CHAOXINXING YUZHOU

超新星宇宙

华语科幻星云奖新星奖获得者选集（第一辑）

万能算法

董仁威　三　丰◎主编

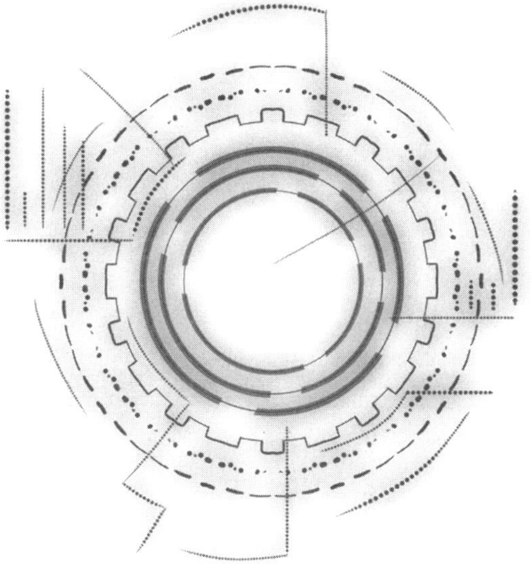

中国科学技术出版社
·北　京·

图书在版编目（CIP）数据

万能算法 / 董仁威，三丰主编 . -- 北京：中国科学技术出版社，2024.6

（超新星宇宙：华语科幻星云奖新星奖获得者选集 . 第一辑）

ISBN 978-7-5236-0670-4

Ⅰ. ①万… Ⅱ. ①董… ②三… Ⅲ. ①幻想小说 – 小说集 – 中国 – 当代 Ⅳ. ① I247.5

中国国家版本馆 CIP 数据核字（2024）第 085503 号

策划编辑	王卫英
责任编辑	王卫英
封面设计	中文天地
封面绘图	纪小红
正文设计	中文天地
责任校对	邓雪梅　焦　宁
责任印制	徐　飞

出　　版	中国科学技术出版社
发　　行	中国科学技术出版社有限公司
地　　址	北京市海淀区中关村南大街 16 号
邮　　编	100081
发行电话	010–62173865
传　　真	010–62173081
网　　址	http://www.cspbooks.com.cn

开　　本	710mm × 1000mm　1/16
字　　数	610 千字
印　　张	46
版　　次	2024 年 6 月第 1 版
印　　次	2024 年 6 月第 1 次印刷
印　　刷	北京长宁印刷有限公司
书　　号	ISBN 978-7-5236-0670-4 / I · 88
定　　价	168.00 元

编委会名单

序

为激发科幻新秀的创作热情，发掘更多优秀的华语科幻创作者，同时壮大中国的科幻力量，华语科幻星云奖自第三届起，面向所有科幻新人作者专门设置了“新星奖”，截至2023年第十四届累计颁发10次（其中第八、九届因调整评奖年限而未设该奖项），共奖掖历届金银奖得主30余位。

华语科幻更新代旗手陈楸帆、江波，以及更新代代表作家宝树、顾适、阿缺等一批当代的科幻中坚力量均获得过“新星奖”的殊荣。

第十届时，该奖项名正式确定为“新星”，在评选工作组组长韩松，以及三丰、阿贤等成员的努力下，新星奖陆续发掘出许多科幻新星。

《超新星宇宙·华语科幻星云奖新星奖获得者选集》（第一辑）收录了第十至十二届新星奖金银奖获得者杨晚晴、慕明、段子期、石黑曜、滕野、王诺诺、吴楚、赵垒、分形橙子、白贲、苏莞雯、付强等人的代表作品。

第十届的新星奖金奖获得者杨晚晴痴迷于康德所说的“星空”与“道德律”，作品背景多设置于近未来世界，专注于人性在技术冲击下的呈现与社会范式的转变。其故事内容成熟、完整，语言娴熟、节奏良好。

第十一届的新星奖金奖获得者慕明是供职于跨国科技巨头的程序员，其作品融合技术和人文视野，呈现科学思维方式、技术演进与文学艺术传统之间存在的同构性，以浓郁的古典风味，描绘广阔鲜活的新世界。

第十二届的新星奖金奖得主段子期既是科幻作者也是编剧，其作品有丰富的画面感、剧本化的思维展示，作品科幻设定中蕴含哲学思考，灵动新奇。

近年来，从中国政府出台政策的大力支持，到普通受众的科幻意识“觉醒”，科幻产业正成为新的开发蓝海。

科幻创作需要激情和支持，华语科幻需要更多的优秀作品进行丰富和充盈，本次我们将华语科幻星云奖新星奖获得者的代表作品进行精选并出版，其作品的创作质量有所保证，再加上内容的风格多元融合，这套书的出版，对于新人科幻作家与读者受众来说都是双赢的。

基于华语科幻星云奖的公信力及其在中国科幻业界的号召力，科幻作品的评选、收录及出版，具有重要意义。

我们期待，通过这套新星奖丛书的出版，树立行业标杆，推动更多的新星涌现，为中国向世界科幻强国进军做出贡献。

主编：董仁威

2024 年 3 月 24 日

目录

CONTENTS

万能算法

◎吴楚

一千个观众眼中有一千个哈姆雷特，选择“滤镜”，让您成为最受大众认可的“哈姆雷特”。

多面人

1

我们 H 国的金市长是个好市长。

金市长 47 岁，但身材就跟 27 岁的年轻小伙似的，没一丝赘肉，哪像那些大腹便便的官员，一看就吸足了民脂民膏。上周的新闻里，金市长视察福利小学，他抱着聋哑小女孩的灿烂笑容，简直迷死人了，那照片到现在我还存手机里呢！

对了，说到长相，金市长有着小麦肤色和微卷的棕发、眉毛，尤其那一双淡咖色的瞳孔，一看就是咱白云族人，还是血统最纯正的那种。

上个月，金市长在中心广场演讲，承诺未来 5 年要大力发展城市南郊，至少建 3 所公园、一座大型商业中心。商业中心离我家只有 500 米，有一所公园就在家门口——到那时，我的生活品质肯定大有提高。

金市长和我一样，都喜欢打网球，跟外宾、官员见面，总爱打上两局，他要是连任，城市一定会建更多的网球场！

都说好男人顾家，金市长出席晚宴，都是一手挽着妻子恩敏，一手牵着女儿，有人说那是在公众面前装出来的，真是赤裸裸的嫉妒！女人的直觉是最准的，恩敏靠在丈夫身边时，眼睛里是有光的！对了，他的家庭成员里，还有一只可爱的贵宾犬，听说是金市长从街头捡来的，这样的男人，多有爱心！

我一家庭妇女，也不太关心政治，既然要选举，就选个顺眼、靠谱的人喽。金市长跟他的竞争对手——贼眉鼠眼的姜处长一比，简直一个天一个地，就是闭着眼也不能选错。

2

金市长是个好市长。

金市长身材有些发福，但人到中年，谁能不长胖呢？我爸爸、爷爷都是胖子，但他俩做校长、处长几十年，都正直清廉，深受爱戴。爸爸说，只有那些整天算计、钩心斗角的人才不会长胖呢！金市长特别爱笑，笑起来的时候，双下巴上的肥肉一荡一荡的，跟我爸爸一样！

金市长一定是我们绿山族后裔：新闻照片上的金市长，白皮肤、深眼窝、黑眼珠，不正是我们绿山人的长相特征吗？今年年初，金市长还陪他父亲一起参加了我老家的祭礼节，还提出要给仪式申遗呢！

最难得的是，金市长居然是个游戏宅男。上个月，他受邀参加游戏竞技比赛开幕式，致辞后，居然主动坐下来跟选手玩了半局！就是水平有点菜，可能还不如我呢，哈哈！

对了，我还喜欢他的一点：不“圣母”。上个月，他提出要严格规范宠物制度，街头无主、无证的流浪猫狗一律扑杀，这可太棒了！我去年在网吧门口被一只流浪狗咬了一口，到现在伤疤还留着呢！

下个月的大选，我闭着眼投金市长一票。

3

我不太喜欢金市长，但我还是会选他。

说起我讨厌金市长的理由，虽然不太愿意承认，但还是得说，主要因为他娶了我的梦中情人：恩敏女神。那段时间，网上有句话怎么说来着？“刀在手，杀金狗！”

话说回来，他俩最近的感情似乎不太好，都好久没在新闻上见他们夫妻同框了……

撇开“情敌”这一层，金市长其实还挺对我胃口的：身材高大、皮肤微黑、不苟言笑。他跟那些打高尔夫、网球，满脸假笑的“高贵”政客比起来，简直是个异类。他的业余爱好居然跟我一样，是踢足球。这才是男人的运动嘛。

当然，这也不是我选金市长的理由，毕竟选市长，又不是追偶像。我选他，还是因为他去年在市政厅的公开演讲：未来 5 年，他要全力把城市向东发展，造医院、办学校、通地铁。这地铁一旦通车，我买的东区别墅，价格准能翻番。

就冲这一点，就算我再讨厌金市长，也会坚定地投他一票。

新闻官

摄影师举着相机，半跪在地，以仰视的角度，拍下两张金市长挥舞高尔夫球杆的照片。阳光有些刺眼，在市长古铜色的皮肤上染了一层油彩。金市长绷紧身体，将击球的姿态保持了十来秒，直到摄影师比出“OK”手势，才放松下来，走到躺椅边，摊下略显臃肿的身躯，点燃了一根雪茄。

“高尔夫击球，单人，古铜肤色，完成。”年轻的摄影助理在笔记本上画了一个“√”，说，“下一组，高尔夫击球，偏白肤色，夫妻二人，化妆师准备。市长夫人，您一会儿站市长右侧的球道，深情凝视您的丈夫……”

金市长疲惫的脸上流露出一丝不耐烦，从嘴里抽出雪茄，问：“肤色问题，不能后期处理吗？”

“抱歉，化妆师除了调整肤色，还需要对您的鼻梁、眼睛妆容微调，让您的五官更贴近绿山族的长相，争取 8500 名绿山族选民的支持。”

市长不再反驳，女化妆师走上前，用沾了卸妆水的手帕轻拭市长的面部，洁白的手帕很快染成了古铜色，几滴同样颜色的液体顺着鬓角，流进脖子肥肉的缝隙。卸妆、上妆、定妆、梳头，化妆师的动作娴熟而温柔。

“现在的流程已经简化了许多了。”摄影师说，“您还记得刚当选那年吗，为了分别拍摄微胖、标准、健硕体型的照片，您要一次次在外套里塞衬物，又热又累。为了解决这个问题，我特地去了中国，找了一位最顶尖的人像处理工程师。”

“不就是把照片修得瘦一点、壮一点、胖一点吗？”市长说，“我女儿拿手机就能做，非要找专业人士？”

摄影师嘴巴张了张，似乎想说话，却没勇气开口。

“这就是你外行了。”市长夫人笑了笑，“普通人用的软件，是能改变身材胖瘦，但照片里的背景都会变形，墙壁、砖缝都会扭成S形。而大多数摄影师、修图师，虽然能改变胖瘦，但肌肉、骨架的细节是没本事处理的。想要完美、不留痕迹地把照片加工成选民看着顺眼的模样，那只有专家能搞定。”

“好吧，还是你专业。”市长停止了发牢骚，起身走回球道，挺直腰。摄影师小心翼翼地调整角度：“夫人，头往左偏一些，眼睛眯一点，温柔凝视金市长。”半分钟后，夫妻俩的剪影在取景框里形成完美的构图，咔、咔，摄影师按下快门：“夫人，您回座位，下面拍一组市长单人照。”

很快，助手的笔记本上又多出两个“√”，摄影师擦了一把汗，挥挥手，“休息五分钟，准备下一组拍摄，场景、动作不变，偏黑肤色。拍完这一组，就去足球场。”

化妆师再次忙碌起来，这一回，卸妆手帕被染成了浅粉色。金市长更疲惫了，合上眼，微凸的肚腩随着呼吸的节奏上下起伏。忽然，一个四十来岁、戴眼镜的瘦高男人走了过来，拍了拍市长的肩膀。

金市长睁开眼，来人是他的贴身秘书，只见秘书脸色阴郁，眉头几乎拧成一团。

“怎么了，李？”

李秘书没有立刻开口，垂手肃立了十来秒，直到化妆师、摄影助理回避到远处后，才低声说：“过去一周，您的民调支持率，从 61% 一路跌到了 52%，形势极其严峻。”

市长似乎被电了一下，臃肿的身躯瞬间绷紧，几乎从椅子上弹了起来。他深吸了一口气，压低嗓门说：“什么情况？”

“滤镜出了问题。”秘书说。

“滤镜？”市长脸颊的肌肉跳了一下，“什么问题？”

“这是秘书处收集到的几个案例：案例一，A 女士，42 岁，白云族，您的忠实支持者。在滤镜的干预下，她过去看到的绝大多数新闻，选的都是您小麦肤色、健硕身材的照片，而且以夫妻合照为主，还常常带上女儿、宠物——这都是根据 A 的性格素描，精准优化后的结果。但从上周四开始，她在手机上看到的 4 条关于您的新闻，配图都是您微胖身材、偏白肤色的照片，而且全是单人而非合照。A 女士怀疑您经历了情变、身材发福，对您的印象大打折扣。眼下，她已经更倾向于把选票投给姜处长了。

“案例二，大学生 C，肥胖症患者，绿山族。过去一年，他在手机上浏览过 22 条关于您的新闻，得益于滤镜的算法优化，您在这 22 条新闻里的形象，都是个微胖、喜爱游戏的绿山族宅男，让 C 倍感亲切。但自从滤镜出问题后，他在新闻里看到的，就是一身腱子肉、皮肤黝黑的您了。这让 C 潜意识里认为您背叛了‘宅男阶级’，更严重的是，昨天，他的手机主动向他推送了一条头条新闻，内容是您严厉批评游戏媚宅化，提议加强管控。按照正确的逻辑，这样的新闻本该推送给 30 到 40 岁间的学龄儿童家长，C 除非主动按关键字查询，否则是绝不该看到这样的内容的。

“案例三，H 先生，35 岁。他支持您的理由很简单：去年的市政会，您承诺大力发展城市东区，而他刚好在东区买了别墅。然而前天，他却在新闻软件的头条里，看到了您出席高新开发区会议的发言，那次您说的是，南区是未来城市发展的重中之重。H觉得受到了愚弄。

“案例四，M先生是您夫人的死忠粉，但最近两天，他看到的4条新闻，都是您和夫人挽着手出席活动的合照……”

金市长脸色铁青，捏着椅把的手微微颤抖。

“滤镜的核心技术是根据大数据算法，给用户精准画像，进而将每一条新闻智能编辑出数十个不同版本，将最合适的版本，推送给最正确的人，从而帮助政治家、明星等公众人物赢取最多的支持、尊敬、爱戴。就拿您今天视察体育公园来说，足球迷会看到您在绿茵场跑动、射门；高尔夫爱好者会看到您刚刚挥舞球杆的身影；至于宅男，这条新闻会尽可能屏蔽他们，手机软件推送给他们的首页新闻里，是您昨天出席电竞比赛开幕式的直播采访。”秘书解释道，“但从上周开始，滤镜就像疯了一样，非但不再帮您竖立正面形象，反而让无数选民看到您不被他们喜欢的那一面。”

“会不会是竞选对手，姜处长搞的鬼？”摄影师插话道。

金市长怒不可遏：“卑鄙！”

“我们跟滤镜公司签署的是独家协议，按照约定，他们不能与您的竞争对手达成任何形式的合作。”李秘书皱起眉，“照此前的信息看，滤镜公司一直相当诚信……”

“诚信？这就叫诚信吗？我看，他们一定是被姜处长用更高的价码收买了！”金市长更愤怒了，“过去两年，我支付了四百万的服务费，他们怎么能这样对我！”

“这……”秘书额头上有汗水渗出。

“三小时，不！两小时内，我要见到滤镜公司的高层。你现在就打电话，跟他们说！！！”

秘书用力点头，颤抖的手指一下下戳在手机屏幕上。

危　机

一个半小时后。

秘书引着一个相貌平庸的中年男人走了进来，男人矮胖、卷发，身上带着一股不太好闻的咖喱味，腋窝里夹着一个塑封的文件袋。男人走到金市长跟前，微微欠身，不卑不亢地伸出右手：“滤镜公司首席科学官，沙鲁克·甘地。”

“甘地博士，您好。”金市长强忍住掩鼻的冲动，与来人握手致意，“我和贵公司签订了一份十年、两千万的独家协议，协议约定……”

“事件的经过，李秘书已经详细说过了。”博士打断了市长的发言，将文件袋打开，里面是一份白纸黑字、三四十页的合同，合同的扉页上，印着“滤镜”的广告语：

> 一千个观众眼中有一千个哈姆雷特，选择“滤镜”，让您成为最受大众认可的“哈姆雷特”。

“这是我们的合同复印件。”博士说。

“嗯？”

博士舔了舔右手食指，将合同翻到第三页，指着黑体、加粗的一段文字说：“乙方义务，利用公司与各大门户媒体以及各大手机厂商的合作关系，向甲方执政区域内，至少70%拥有选举权的公民，精准过滤、推送关于‘金市长’的时政、社会新闻，帮助甲方树立形象，进而实现合约期内的政治利益最大化以及政治生涯最优化。”

“那为什么会发生最近的事？”金市长难以按捺怒气，“过去一周，至少有10万支持我的选民，在新闻里看到了我最令他们讨厌的那一面！我的民调支持率，从61%一下子掉到了52%！”

甘地微笑，点头：“毕竟还有52%。”

“这样的状况再持续两天，就会跌破50%，那样的话，我会输掉选举！”

“这是标准的人类思维，但滤镜的核心是计算机大数据，是纯理性，不带一点感性的。”甘地脸上不见一丝表情，“在您看来，赢得全部选票比九成选票好，拿到七成选票比六成好。但计算机的思维逻辑并非如此，它的逻辑是，以最大的概率，获得51%的选票。”

“这两者有区别吗？”

“要不拿围棋举例吧……”甘地犹豫了两秒，说，“我知道，您是业余五段。人类下围棋，当棋局激烈时，如果发现一个吃掉对方大龙的绝佳机会，几乎是不会错过的。但人工智能不一样，只要软件判断自己盘面占优，哪怕只是一目、半目的优势，它就会拒绝一切可能给棋局带来变数的选择，全力保住这一目、半目的微弱优势。在滤镜的逻辑里，100%的支持率和51%没有任何区别。如果有两个方案，方案1能让你以50%的概率赢得全票，方案2能让你以51%的概率获得51%选票，软件会毫不犹豫地执行方案2。”

金市长眉头紧皱：“我觉得这并不能解释，你们向支持我的选民，推送不利于我形象的新闻。”

“大数据的逻辑，是很难用人类的思维去理解的。我有一种猜测，那就是人工智能发现，您在相当一部分选民里，塑造了过于完美的形象，而这样的形象，在日后是大概率会坍塌的。”

“坍塌？”

“过去一年，您在形象、人设的塑造上，耗费了太多的资源，其中很多做法甚至超出了我们建议的程度。您所塑造的多面、彼此矛盾的外形和人设，是很难长期维持的。毕竟选民们会彼此交流，您每次公开露面，也会与一些市民近距离接触、交流。当他们发现，真实的你，和他们在新闻中看到的你，存在极大差异时，您就可能就会被这巨大的反差反噬。既然如此，提前戳破一些泡沫，也是未雨绸缪的选择……毕竟5年后，您还要再面临一次竞选。”

“你确定吗？”

“当然……不确定，无数例子告诉我，用人类的大脑去猜测计算机的逻辑，是一件愚蠢、自不量力的事。但有一点我是可以确定的，目前滤镜系统一切正常，没有被黑，没有出问题，我们更没有和您的竞争对手发生任何接触，更别说合作了。您应该知道，我们公司的信誉，是有至少20位国家总统、总理级人物共同背书的。”

“那您就不能问一问软件……它到底是怎么想的吗？”秘书说，“可能我的表述不太准确，但是，您应该可以从软件的历史数据里，分析出这些行为的内在逻辑，至少让我们知道，为什么要这么做吧。”

“抱歉，滤镜不会解释任何东西，它只保证，它选择的每一条算法、执行的每一条命令，其最终目的，一定是让您的政治利益最大化，以及政治生涯最优化。”

金市长面无表情地点了点头。

选　举

一周后。

金市长坐在办公室的豪华躺椅上，目光死死盯着对面的投影墙，这是“大选”特别节目，手机、网页、电视同步直播。金市长、姜处长，两位候选人的正装照一左一右，占据了六成的屏幕画面，50.11%、49.89%，照片下方显示双方实时得票率，金市长暂时领先；屏幕正中，则是一个扎眼、醒目的红色数字，745，这代表双方的票数差。数字每 5 秒刷新一次，每一次，当百位数发生变化时，金市长的眼皮便会不自觉地颤一下，他一次次深呼吸，安抚疯狂跳动的心脏。

当数字从“609”跳成“576”的一刻，金市长感觉嘴唇发干，于是端起杯子，抿了一口水。他忽然又很想抽烟，于是从烟盒里摸出一根，颤抖的拇指用力按在打火机的火石上，擦，一点火星冒了出来，却又熄灭了。

擦，金市长又按了一下，这次，火苗终于燃了起来。与此同时，屏幕上的数字，从“576”变成了“622”，优势重新拉大了一些。好兆头。

数字继续上涨，602、633、688，金市长看了一眼时间，10：01，应该是 1 号选举现场的选举开始了。

大选是线上与线下同时进行的，其中，1 号选举现场被放在了市政厅前的鲜花广场——这是金市长利用多方人脉，反复周旋来的结果。广场的喷水池中央，立着一尊 1∶1 的金市长雕像。雕像选取了金市长上任当日，昂首走上宣誓台的形象：眼神坚定，不怒自威。对那些从不关心政治的人来说，这点心理暗示已足够引导他们在选票的某处打钩。1 号场地将产生大约 3 万张选票——智库专家分析：那尊雕像，大约可以帮他拉到 500 到 700 张选票。

金市长又换了个直播频道，这是 1 号现场的实况录像。在无人机的鸟瞰镜头里，上万人沿着地面醒目的引导线，蜿蜒成一条条长蛇。旋即，镜头切至近景，只见这些选民大多都上了年纪，白发驼背，蹒跚地走到投票点前，出示证件，从工作人员手里接过一张淡蓝色的纸质选票——以及更重要的，随选票一并发放的，能去超市兑换 60H 元食品、日用品的礼品券。拿到选票后，一部分人拿出手机，有些则交头接耳，更多人则神色匆匆、龙飞凤舞地在选票上给两个名字的其中一个打钩，将纸对折，弃如敝屣地投进大红色的计票箱，镜头里，有一张塞歪的选票被风吹了起来，飘落到不远处的地上，被一双双鞋践踏，碾碎。

金市长笑了，他注意到，就在刚刚的两分钟里，至少有五个选民在选票上打钩前，曾将目光短暂投向不远处的雕像。果然，他领先的票数继续上升：802、910、977，在升到四位数前，一个不太明显的声音从音响里传了出来，钻进双耳，激得他身体猛颤了一下。

轰……

似乎是，雷声？

无人机镜头画面正中，忽然多出了一滴水，水滴洇散，在重力羁绊下缓缓下滑，流过之处，画面扭曲、变形：长长的人列，连同笔直的排队引导线都扭成弯曲的麻花状。旋即，更多水滴砸上镜头，流动、交汇成一道道纵横交错的水痕。不同颜色的衣服，广场上的绿植、喷泉，大红色的投票箱，无数画面元素被揉碎，重组，形成奇异的景象。

下雨了。

人群开始混乱，很快，排在队伍末端的人一哄而散，只有最前面的人以及少数意志坚定者留了下来，但雨点越来越大，越来越密，五分钟后，所有人都放弃了，就连发票、计票的工作人员都开始撤离，金市长叹息了一声，脑海里盘算，该如何处分那个向他打包票“选举当天多云，无雨”的气象专家。

再怎么说，一千票的领先优势，应该能保持到最后，帮他胜选了吧。金市长自我安慰道。但很快，他的眼睛就瞪大了，脸色变得比窗外的乌云更加阴郁。

977、784、310、–144、–450、–1284……

电视屏幕上，代表他领先票数的数字，竟像高台跳水一样，一路下坠，半分钟内，他便从领先近千票，变成了落后一千多票！

金市长从椅子上弹了起来，奔向大门，门外，李秘书正语气慌乱地打电话："有什么办法？不！一定要想办法！我不要解释，我要结果！"此刻，看到金市长喷火的瞳孔，秘书双手猛颤了一下，手机摔在地上。

"发生什么了？"金市长勉强调整呼吸，"票数怎么掉这么快？"

"因为……下雨。"

"下雨怎么了？"

"是这样的，3 号投票点设在了城市体育中心。去年春天，在您的授意下，体育中心从原先的半封闭、收费体育馆，改造成了开放式露天体育公园，从而让更多市民锻炼健身。这本是好事，但刚刚突降暴雨，在场的一万多人都淋成了落汤鸡。记者拍摄到，有人在现场咒骂您，说要不是您拆掉了体育馆的顶棚，大家就不会这么狼狈。现在，这一万多人，连带他们的子女、亲友，几乎都投了您对手的票……"

金市长艰难地回过头，屏幕上的数字，已经变成了 –3210。

金市长微胖的身躯晃了一下，向右倾斜，靠在门上——理智告诉他，自己已经输掉了选举，此刻，唯一支撑他没有倒下去的，已不再是翻盘的希望，而是愤怒。对竞争对手的愤怒、对气象专家的愤怒、对秘书和摄影师的愤怒、对滤镜公司的愤怒，甚至对老天爷的愤怒，他迁怒于一切可能让自己失去选票的因素。很快，他便将这无理的、发散的愤怒聚焦到两个关键点上。

气象专家、滤镜公司，若不是他们，自己绝不会输掉这场选举。

尤其是后者，毕竟这场大雨，也就让他失去了一两万选民的支持。如果没有滤镜系统最近半个月来那可笑的反向操作，自己的民调支持率，可都一直在六成以上的，这是数十万票的碾压优势。

不知是不是巧合，地板上，秘书的手机响了起来。来电人：滤镜公司首席科学官，沙鲁克 · 甘地。

金市长跨出一步，抢在秘书弯腰前把电话接了起来。

“我是金。”金市长毫不客气地说，“你们准备什么时候履行赔偿义务？”

“我们并没有违约，为什么要赔偿？”电话那头，科学官语气平静。

“我输掉了选举。”

“是的，但我们的合约内容是，确保您在10年内，政治利益最大化，以及政治生涯最优化。”

“这是狡辩！”金市长更愤怒了，“难道说，落选反而能让我的政治前途更光明？！”

“没错……”科学官顿了顿，说，“我打电话，是想告知您两件事。”

“你说。”

“第一，刚刚这场雨，是我们公司紧急安排的人工降雨，不但如此，在避雨的人群里，制造您拆掉体育馆顶棚让大家淋雨的舆论，也是我们策划的。我们做的这一切，就是确保您输掉这次大选。”

金市长愣住了，下意识地退了一步，血液从全身的每个部位倒灌上头顶，他瞳孔收缩，棕色的眸子几乎从血红的眼白里爆裂出来，啪，秘书的手机被狠狠地摔到地上，四分五裂。呼哧，呼哧，十多次呼吸后，金市长终于从愤怒中挣脱出来，恢复了一点理智，他颤颤地摸出自己的手机，重新拨通电话。

“为什么？！”金市长怒吼，“姜处长给了你们多少钱，你们要背叛我！！”

“不，我们公司是绝对诚信的，我们这么做的唯一理由，是滤镜的大数据算法得出结论：这一次选举，您绝不能赢。”

“你们会为此付出代价！我就算坐牢，也要把这骗局公之于众！”

“不，您绝不会，算法告诉我们，您现在说的只是气话，就算这次竞选失败，您依旧是一位成功的政治家，一个家产数亿的杰出商人。您是一位理智、冷静的男性，绝不会因冲动犯下无法挽回的错误。对了，真正需要担心的是您的夫人，恩敏，她是个情绪化的女人，大数据判断，如果您意外落选，她有12%的概率会在社交平台上发表可能产生巨大负面影响的言论。正因如此，我建议您赶紧安慰一下她……这是我要说的第二件事，也是最重要、紧迫的事。”

金市长怔住了，不知什么时候，他发现，愤怒已逐渐从体内剥离，取而代之的，是一种难以用言语描述的疲惫、无力感。科学官的言语戳中了政客的软肋，金市长沉默了十多秒，艰难地挂断电话，开始考虑该用什么话语抚慰妻子。下一秒，一道熟悉的身影出现在视线尽头，这是一个瘦削、刻薄的男人，平日微躬的脊背这一刻挺得笔直。来人趾高气扬地走到金前市长的身边，微笑着说：“尊敬的前任，我一定会继承您的事业，将这座城市建设得更加美好。”

姜处长，不，此刻应该叫他姜市长了，他轻拍了两下金前市长的肩膀，推开门，走向那张还留有体温的豪华座椅。

逆　袭

七个月后。

和这半年来大多数时候一样，金无所事事地坐在别墅整齐的草坪上，看着身前不远处绕着秋千玩耍的女儿发呆。女孩笑得很灿烂，迎风奔跑的时候，金色的长发飞舞起来，宛若油画里走出的天使。偶尔，她会跑到父亲膝下，撒娇、玩闹，金总是微笑着回应她。如此“悠闲”的时光，是他此前五年市长任期内从未享受过的。

不太令人愉悦的是，每个周末黄昏，他的政敌，姜市长都会坐在漆黑的商务车上，从别墅门前经过，几乎每一次，姜市长都会摇下车窗，微笑着冲他打招呼：“可真羡慕你啊，能有这么清闲的日子。”胜利者这么说。

这家伙最近可谓意气风发，只要一开手机，就能看到无数条姜市长为城市未来规划的宏伟蓝图：新增六条地铁线、万人文化广场、建在城市上空的公园、永不淹水的主城区等。不过金最在意的并不是这些，他从自己、妻子和女儿的手机上，分别看到了姜市长完全不一样的“面貌”以及政治承诺。毫无疑问，这都是根据每个人的切身利益、审美好恶量身定制的。就拿今天来说，手机给金推送的本地新闻，头条是姜市长视察信息产业园，并提出战略性规划——金市长控股的企业恰好在园内，而他的模特妻子，看到的新闻则是姜市长参加女权主义活动，这可太对她的胃口了。

“一千个观众眼里，有一千个哈姆雷特。”这是滤镜的广告语，他们给“哈姆雷特”换上一千种不同的妆容，并给每位观众看到最顺眼的那一种。不用说，这样的操作，能让几百万市民像过去喜欢金市长一样，喜欢上“多面”的姜市长。

可恶的滤镜公司，果然两面下注，两头骗钱！金愤愤地想。

今天是周末，按照惯例，再过半个小时，意气风发的姜市长就会出现。正当金犹豫是否该提前回屋时，一道矮胖身影出现在视野中，金色的卷发在阳光的照耀下闪闪发光，两秒后，微风带着来人身上的咖喱味冲入鼻窍，金忍住打喷嚏的冲动，整个人从椅子上弹了起来。来人居然是滤镜首席科学官，沙鲁克·甘地。

科学官不紧不慢地走到别墅门前，按响门铃。

说实话，此刻金最想做的，是扬起拳头，砸烂这个人又肥又大的酒糟鼻，但他还是克制住了，将女儿哄回房间，开了门。科学官大摇大摆地走到草皮中间，一屁股坐在金刚才坐的位置，说：“金市长，您好。”

“我已经不是市长了。”金魁梧的身体挡在科学官和阳光中间，居高临下地看着对方，“什么事？”

“我非常理解您此刻的心情，但我想提醒您，您和公司签署的协议，是每年200万服务费，每6个月支付一次，这一次的付款期，应该是一周前……”

金呆住了，他实在想不通，以这个人的智慧、情商，是如何混上“首席科学官”职务的，他不怒反笑，双手握拳，将骨节捏得咯咯响。

“你是来催款的？你的意思是，我还要继续付钱？”

“是的。而且算法告诉我，您很快就会付钱了。”

“我很想知道，你们的算法是白痴写的吗？没错，我是个成功人士，不会鱼死网破，冒着身败名裂的风险去揭发这一切。但你居然认为，我会屈服于那份你们根本没有履行的合同，付钱封口。我觉得，要么是你们的算法傻了，要么是你这个人疯了。”

“不，我没疯，算法告诉我，你现在一定很想揍我一顿，但政治家的身份让你绝不会这么做，你最多会骂我、讽刺我、赶我出门，但半个小时内，你会改变这些想法。”

金愣住了。眼前的科学官虽然邋遢平庸，但目光锐利，更重要的是，他脸上的表情，始终是一种自信的淡漠。金发现，自己完全看不透眼前这个人。

“我陪你等半个小时。”金说。

事实上，他们并没有等半个小时，只过了十分钟，甚至七八分钟，那辆熟悉的黑色商务车便出现在视野中，跟以往每次一样，姜市长摇下了车窗，但脸上看不到一丝微笑，这个瘦猴般的男人咬牙切齿地做出一个动作：比出了右手中指。

金愣住了，在他骂出第一个音节前，商务车已重新启动，拖着沉滞的尾音绝尘而去。

怎么了？金望向一旁的科学官，正要开口发问，电话响了，是李秘书。

“8 万名群众刚才在鲜花广场游行示威，要求弹劾姜市长！这个诉求得到了 60% 市民的声援和支持，现在，大家都盼着您回来当市长呢！”

金呆住了，整个人如雕塑般站立了大约半分钟，手机听筒里，不断飘出秘书喜悦、热切的声音，但他置若罔闻。电话挂断后，不断又有其他号码打了进来，但金依旧毫无反应，他低着头，怔怔地、好奇地打量眼前的科学官，似乎想从这个矮胖、邋遢的印度男人身上，找出一些魔力，或者说，可以被称为“魔力”的东西，但他失败了。

两分钟后，金蹲了下来，仰视眼前的首席科学官，说：“沙鲁克先生，我为自己之前的愚蠢和失礼道歉，我很想知道，您是怎么做到的？”

“不是我做到的，是伟大的算法做到的，但话说回来，这伟大的算法，是由伟大的沙鲁克·甘地，和他手下的十多名软件工程师，共同创造的。”科学官站起身，有些佝偻的腰背挺得笔直。

“您可以回答我的问题吗？”

这一次，科学官笑了起来，笑容里带着一丝狡黠：“如果您额外支付 50 万元，我倒是可以透露一点，如果您支付 100 万元，我可以再多透露一点。”

“成交。”

转账只用了 30 秒。

“之前两年，在滤镜系统的干预下，大多数市民只会看到您最符合他们喜好的一面，听到您发表的最符合他们切身利益的承诺。例如，养宠物的人会看到您陪伴家里猫狗的照片，讨厌宠物的人则会看到您发表的扑杀流浪猫狗的言论；西区的居民听到的，大都是您表示大力发展西区的承诺，东区的市民则会看到您要在东区建地铁、公园的演讲。但市政资金就那么多，您根本不可能兑现这么多承诺，也不可能支撑如此矛盾的人设，算法判断，如果您连任，这样的虚假繁荣最多只能再维持一年，甚至半年，就会彻底崩塌。您会身败名裂，就此断送政治生涯。”

“然后呢？”金虔诚地仰视科学官，态度诚恳得像一个小学生。

“这时候，唯一的办法，就是安排您输掉这场选举，让姜市长上台一段时间。这样一来，您之前作出的那些根本不可能兑现的承诺，就成了一座座大山，压到了他的身上。他当然可以不认，毕竟那是您口里说出的承诺，但市民愿望落了空，因此滋生的失望情绪并不会全部消失。事实上，您也知道，我们最近一直在帮姜市长打造各种人设，讨市民喜欢。但姜市长和您不一样，平时粗枝大叶，参加各种线下活动的时候，都不会精心准备，甚至偶尔会穿拖鞋去逛大型超市。这一来，新闻里把他的形象捧得越高、越完美，现实里见过他的人，就会越失望，这一来，他的口碑、形象，很快就彻底崩塌了。”

金目瞪口呆，思索了很久，说：“那我重新上台，之前的许多隐患还是存在，到那时，选民们还是会弹劾我。”

“是这样的，您之前承诺在南区建城市公园，但那块地上个月已经被姜市长卖给了一家房地产开发商；您承诺在城东增加一条地铁线路，但姜市长一上任就规划了两条地下隧道，至少三年内，地铁没法动工。您之前做出的绝大多数无法实现的承诺，都可以把责任推给姜市长——毕竟事实就是，他在任期间，做了许多和您的规划背道而驰的事嘛。对了，他这半年花掉了六百亿的建设预算，您现在重新接管城市，自然心有余而力不足嘛……这一来，至少可以给您再争取四到五年的黄金时间。您说是不是？”

科学官越说越兴奋，几滴唾沫甚至飞溅到金市长的脸上、肩头，金市长毫无反应，科学官挥舞着手，又说：“我们合同是怎么签的？未来十年内，您的政治利益最大化，政治生涯最优化，我们做到了！算法是正确的，是吗？”

“是的！”金市长点点头，从地上站了起来，挺直腰杆——或许，比他在过去半年内任何一次都要笔直挺拔，他大踏步、坚定地走向别墅的门口。门外，一辆银灰色的商务车已经停了很久，李秘书毕恭毕敬地站在车门前，弯腰，开门。上车后，金市长摇下车窗，向着不远处的科学官颔首示意。

“伟大的算法。”金市长由衷赞叹道。

金市长真是个好市长。

罪

◎ 杨晚晴

"大脑是大自然最精妙的造物，而就凭着一点儿浅薄的认识，我们竟然妄图把它置于我们的掌控之中——这是天真，还是愚蠢？"

刑罚的目的既不是要摧残折磨一个感知者，也不是要消除业已犯下的罪行……刑罚的目的仅仅在于：阻止罪犯再重新侵害公民，并规诫其他人不要重蹈覆辙。

——贝卡利亚《论犯罪与刑罚》

一

“我很好奇，”他说，“你为什么指定我来听你的告解。”

对面的男人抽了口烟，他的脸在缭绕的烟雾中若隐若现——那是张线条坚硬的脸，上面有深深的倦意。

“我听说你是那一边的。”

他倾身向前：“哪一边？”

男人耸了耸肩，动作由于穿了束缚衣而显得僵硬：“支持死刑那一边。”

“哦。”

“这么说可能会有点儿尴尬……”男人侧过头，朝自己橙色的束缚衣努了努嘴，暗示两人身份的殊异，“但我跟你是在同一战线的。”

“司法部的人都说，警探贝利亚是个死硬的刑罚主义者。”

男人身体后倾，嘴角上翘：“他们有没有说，我是自作自受？”

他摇了摇头。

沉默。头顶上老旧灯管发出的嗞嗞声填满了这个不到十平方米的小屋。叫贝利亚的男人将烟头按进盛满烟骸的一次性纸杯，然后从烟盒里掏出另一根烟，衔在嘴上。他起身，为男人点烟。

“李——李靖波是吧？”又一次吞吐后，贝利亚说，“谢谢你能来。”

“没什么，这是我的工作。”

“我认识的每个人都说，听临刑告解是个脏活。”

李靖波挑了挑眉毛，没有接茬。

“死刑犯是人类中最不可救药的渣滓，而在临刑告解中，他们往往会把自己的变态心理、丑陋过去、对世界的怨毒一股脑地泼洒出来——”贝利亚狠狠咂了一口烟，“我听说，很多参与过告解的执法人员都选择了事后‘擦除’……”

“……我不认为你和别的死刑犯一样。”

“你犹豫了。”贝利亚饶有兴味地盯着他，“你现在意识到，自己对眼前这个死刑犯的了解其实很有限，有限到甚至不确定他是否会给你带来伤害。但是我猜现在你已经没有了退路，也许你的同事们正在酒吧里期待着你给他们带去伟大的传奇——我说得对吗？”

李靖波艰难地笑了笑，随即意识到这不过是脸部肌肉的一次不协调的收缩而已。

“你会得偿所愿。”贝利亚说。

“抱歉，你说——”

“你会听到一个故事。”满面倦容的男人将目光定格在两指间袅袅升腾的蓝色烟雾上，“这个故事来自一个死硬的刑罚主义者、一个前警探、一个失去妻子的丈夫和一个杀人犯，来自人性的黑暗核心——你，做好准备了吗？”

在抽了最后一口烟后，贝利亚开始讲述。

二

一切都始于一场谋杀。死者是一名中年女性，很普通的那种人，死于那种很普通的暴力行为——后脑勺被某种钝器敲碎。现场一塌糊涂，就像在这座萧索城市的破败街区里无数次发生的暴力一样，看起来缺乏精密的谋划，是施暴人教育缺失和睾酮分泌过量共同作用的结果。本来，查案的思路是程式化的——寻找痕迹、搜集证物、调阅事发地点的监控录像、抓几个形迹可疑的小混混、锁定嫌疑人、审讯、红脸黑脸……真凶往往很快就会归案。本来，这样的事情找不上我——直到我那些愚蠢的重案组同事发现，凶手比他们想象的要聪明得多。事发地点正好处于监控盲区，女子死亡时附近没有人员经过，而在凌乱的现场中，找不到凶器和有价值的DNA标记物。凶手没有留下任何痕迹——也许除了一样……

（贝利亚用食指在嘴唇上比画。）

死者的嘴唇上被人用黑色记号笔画了十几条平行排列、长约四厘米的竖直黑线——我想你看过现场照片了。也许这很能激发你们这些犯罪心理侧写师的想象，但当重案组的同事找到我时，我只意识到了一件事——

（“连环杀手。”李靖波插话道。贝利亚点了点头。）

那时这还只是一个猜测。被害人的照片让我想起一桩五年前的悬案。死者也是女性，死因是机械性窒息。这两个被害人几乎没有什么共同点——除了性别和她们嘴唇上的黑线……你们把这个叫什么？表达欲？对，就是这个词。对凶手来说，制造死亡不是重点，重点是通过死亡传达的讯息——不管他要传达的讯息是什么，在我看来，这近乎挑衅。于是该死的好胜心再次发作，我接下了这桩让人一筹莫展的案子……

（贝利亚沉默了一会儿。）

我的小组里有几个老警察——我是说那种很老派的警察。他们有很强的执行力，习惯于反复勘查现场、在卷宗中埋首、与可疑人员互动……他们的缺点在于，过于相信自己的推理能力，并且不擅长使用辅助型AI。老派警察破案靠的是所谓的直觉，靠的是在繁杂凌乱的事实中抓到真相的一道光——说实话，我也是这些人中的一分子。那段时间，我开着我那台特斯拉老爷车穿梭在底特律街头，沿着从案发地点辐射出的街道网络，扑向一个又一个可能藏匿着真相的地方。

艾略特怎么说来着？四月是最残忍的季节……四月的雨下个不停，天空阴郁，街上污水横流、杳无人迹。在水渍斑斑的建筑物立面后，你偶尔会撞上一束目光——木讷的、涣散的、包裹着敌意的目光。自从AI革命开始后，底特律迅速衰败了下去。衰败一再地光顾这座城市，被时代抛弃的人如同渣滓般黏附在它的街巷之中，底特律变成了名副其实的下水道……啊，抱歉，我跑题了。我想说的是，尽管在大街小巷和文献资料中跑断了腿，我们依旧一无所获。除了嘴唇上的黑线，凶手并没有向我们泄露哪怕一丁点儿的东西……徒劳无功的几天过去，看起来在与凶手的第二次交锋中，我们又要败下阵来，直到——直到那个人的到来……

（贝利亚的目光越过李靖波的头顶，停留在虚空中的某处。）

哈罗德·古德森身材不高，脸上轮廓很深，黑色卷发——他貌不出众，却非常迷人。很难说清这是为什么，也许是因为他那双极深邃的黑眼睛，也许是因为他那低沉的、大提琴般的嗓音，也许是因为他的忧郁和沉静……我对这个人的第一印象是，他和他的维京姓氏很不搭调。我指的不仅仅是外貌。和局里这些大嗓门好喝酒没事儿就玩儿视网膜浸入式游戏的家伙们不同，他的话不多，也不玩儿增强现实，而是时时捧着书，大概就是哲学啊小说之类的……总之，说他不凡也好，叫他怪胎也罢，哈罗德就是这么个人。那时他是个颇有名气的犯罪心理侧写师，也是“犯罪预防与惩治委员会”里最年轻的委员。据说是这起可能的连环杀人案把他吸引到了我们这里，而这个人，确实在调查中发挥了很大的作用……李警官，我的嗓子有点儿干，能喝杯可乐吗？

三

一口气灌完一听可乐后，贝利亚又叼起了烟。

“你有疑问。”他口齿不清地说。

“……我感觉，你对古德森的印象似乎很好。”

“陈述事实而已。”

李靖波将手肘架在聚酯桌子上：“那我是不是可以假设，古德森非常善于伪装？”

“伪装？”贝利亚一脸的不可思议，“他就是这样，我不知道他还有什么可以伪装的。”

“可是——”

“所以，我是个至死不渝的刑罚主义者。”贝利亚用两指将嘴里的烟夹了出来，他的手上下摆动，手中的烟仿佛燃烧的旗帜，“你永远不知道在一个人的大脑褶皱中藏着什么样的邪恶，甚至有时连他自己也意识不到。我们用所谓的人道为自己造了一架断头台，还心甘情愿地把头伸了进去……如果说当局还有决心纠正这个错误，那么就从我开始。”

李靖波舔了舔嘴唇：“咳——我明白了。”

贝利亚将烟按灭。

“那，我们继续？”

四

哈罗德甚至都没有费心和我寒暄。刚一进组，他就要求我带他去实地查看——不只是去案发现场，而是要把周边都转上一圈。

“我需要对‘舞台’有一个全面的认识，”他说，“这样才能精确描摹罪犯的心理。”

于是我再次穿行在淫雨霏霏的底特律街头。经常是这样：我把车停在路边，哈罗德从车里钻出去，在某家药店或者便利店的门前驻足。他在若有所思地看着什么，橱窗后的机器人店员则对他露出不厌其烦的微笑……回到车里时，他浑身散发着水草的气味。

在勘查完李娅（最近一位死者）的死亡现场后，哈罗德长时间地沉默。特斯拉在雨幕中跋涉，仿佛一枚被投入污水的铁钉。

“她总是在那家酒吧坐到很晚，”哈罗德忽然开口，“她在等待——”

“一个男人。”我接话道，“可惜，那天晚上并没有男人和她搭讪，请她喝一杯占边波本。于是她悻悻地回家，死在一条罕有人至的小巷。”

“凶手想要从她身上得到什么？”哈罗德转头，两只幽邃的黑眼睛夯在我脸上，“如果是钱的话，她身上的财物并没有丢失；如果是性的话，我想凶手并不难从她这里得到；如果是为了报复，她在这个城市里几乎算得上是个异乡人……为什么？”

我摇头，顺势避开了他的目光。

“你觉得这些黑线像什么？”他问我。我耸了耸肩，说我不是哲学家也不是画家，这些黑线在我看来就是一排栅栏，或者城市的剪影，或者食肉动物的尖牙。哈罗德说他有不同的看法。

“这个街区让我产生了一点想法。”他的额角抵在车窗上，目光涸散在一片烟雨之中，“这里的后工业氛围不适合做隐喻的土壤，凶手可能只想直白地表达他的思想。比如，如果只把线看成是线，那种缝衣服的线，那么……”

那么，或许凶手只是想把死者的嘴“缝”起来。以下是哈罗德引导我做出的判断：也许死者知道了一些她不该知道的东西，凶手想让死者闭嘴，即使她已经死了。

这倒让我想起一件事。在走访乔伊娜（第一位死者）的亲友时，她的妈妈曾提到，乔伊娜本来是个话很多的孩子，但在十二岁那年，她忽然变得沉默寡言。这种转换仿佛发生在一夜之间，乔伊娜的妈妈没有多想，毕竟，对于进入青春期的孩子，父母还是有一定的理解障碍的。

“那么，你的看法是？”哈罗德问我。我回答说，凶手不是想让她闭嘴吗？也许在凶手下决心灭口之前，乔伊娜受到了他的威胁，所以才变得沉默寡言。我们假设，在乔伊娜十二岁那年发生了一些事情。由于死者的家庭相对单纯，我们把目光投向了她的学校……

（贝利亚舔了舔嘴唇。）

那所学校已经不存在了。其实这对我们来说并不意外，AI革命之后，人口持续流出，很多学校由于缺乏生源而关闭。我们找到了一些当年的教职员，但得到的信息往往是残缺不全甚至是互相矛盾的。就在这样的情况下，我们还是挖掘出了一条令人“振奋”的线索：乔伊娜的数学老师也死于谋杀，时间是她被杀害的一年之前。这也是桩悬案，此前我们之所以没有把它和乔伊娜的案件联系在一起，是因为那个人的死法和其他的两个受害人颇为不同……

（“我看过你们的调查日志，”李靖波说，“那个叫安东尼奥的男人是失血而死，地点是他自己家里。他的，嗯——”）

他的生殖器被割掉了，扔在几米开外的沙发上。现场一片混乱，不出所料，凶手没有留下任何痕迹。自然而然地，我们把注意力集中在安东尼奥不同寻常的死法上。到了这一步，即使没有哈罗德的提示，我也可以大致猜出凶手想要表达什么了：杀人的动机源起于“性”。我们据此做出了一个大胆的假设：乔伊娜十二岁那年，在她、安东尼奥和凶手之间，发生了一件涉及性的龌龊事，这件事的实施人很可能是安东尼奥，因为他那象征男性力量的家伙被割掉了；而乔伊娜可能是参与者也可能是目击者，或者两个身份兼具，凶手不希望她说出这件事，于是杀害了她，并把她的嘴“缝”了起来……

（“很有说服力，但你们并没有考虑最近的那个受害者。”李靖波说。贝利亚沉默了一会儿才开口。“有时候，办案就像是在一片黑暗的旷野中行走求生。”他说，“对手越强，旷野越大。对于眼前出现的一点光明，你不会在乎它到底是一簇鬼火还是一个温暖的小屋，你只能走向它，试着抓住它。乔伊娜和安东尼奥之间的联系就是这一点光明，为了抓住这一点光明我们无暇考虑其他……你明白我的意思吗？”李靖波点了点头。）

与此同时，我们对安东尼奥进行了一番背景调查。经过几番辗转，你猜我们发现了什么？

（贝利亚目光灼灼。）

……通过一个在警界高层任职的老同学，我得知安东尼奥是第一批接受介入性再造的罪犯，在此之前，这家伙曾多次实施性犯罪……你瞧，这就是司法部干的好事：罪犯接受所谓的脑区再造，不仅逃避了法律的惩罚，还拥有了新的身份和人格——不，鉴于他很可能再次实施了性犯罪，对他人格的再造肯定也是失败的。

（“在这一点上，我和你的看法相同。”李靖波说。）

谢谢。按照常规思路，我们的工作量会很大：要走访排查安东尼奥当年的同事、乔伊娜班上的三十多个孩子。但我们实在没有精力、也没有必要做这个工作——安东尼奥当年的罪名是“猥亵男童”，出于对再造工作的怀疑，我倾向于认为安东尼奥的“口味”没有发生变化。

我们要调查的，只有班上的十五个男生。

五

“在此期间，古德森还给了你什么帮助？”李靖波问。

“不计其数。”贝利亚的身体后仰，“关于凶手的杀人动机，关于这三个人在案件中的角色，关于安东尼奥的‘小癖好’……”

“就是说，古德森主导了调查？”

他耸了耸肩。

“这毫无道理，不是吗？”李靖波拧着眉头，“他把你们引上了正确的道路。”

“道理？”囚犯哑然失笑，“李警官，你认为这个世界上有道理可讲？”

李靖波张口结舌。

又一阵沉默。贝利亚将手探进烟盒，无功而返之后，他在一次性纸杯中扒拉出一截烟屁股，塞进嘴里。他没有示意李靖波为他打火。

“抱歉，我的情绪有点儿失控。”烟的残骸随着他的话音上下摇动，仿若船橹，“希望你能理解，因为从现在开始，我将眼睁睁地看着自己的悲剧发生……”

“你可以，呃——”心理侧写师挠了挠额头，“选择不说。”

贝利亚摇了摇头：“这是我最后的机会了，不是吗？”

六

在查案期间，我可以不眠不休地工作。但这一次我有了一个必须暂时放下手中工作的理由：4 月 15 日是我和娜奥米结婚二十周年纪念日。那天我擅自给专案组放了假，邀请全体人员到家里吃饭。我们在草坪上支起长桌，在桌上垒满一盘盘的香肠、烤肋排、冰镇啤酒和吞拿鱼沙拉。这只是一场普通的家庭聚餐，没有昂贵精致的食物，没有烦琐的餐桌礼仪，一伙粗人反而更尽兴。作为贵宾，哈罗德坐在我和娜奥米旁边。在一群吵吵嚷嚷的老家伙中间，他的沉静犹如风眼。在一番插科打诨之后，我的妻子注意到了他。“哈罗德，你吃得太少了……”她探过头，“是不是不合你的胃口？”

他摇了摇头。我看到他脸色苍白。

也许是怕冷落了客人，娜奥米问哈罗德，“犯罪预防与惩治委员会”具体是干什么的。哈罗德的脸上挂着虚弱的笑意：“您相信自由意志吗？”

我的妻子一脸迷茫地看着他。

“委员会的观点是，自由意志是不存在的。”哈罗德说，“人的所有行为，是大脑从外界得到输入，经由神经元网络的一系列运算，最后输出反应的结果。人‘看’不到自己的大脑是如何运作的，更无法对其施加影响。我们认为，人之所以会犯罪，可能是大脑构造或者化学环境异常所致，也可能是个人的创伤经历、教育缺失或者恶劣的生长环境所致，又或许是这些因素共同作用的结果。这一结论适用于我们观察到的绝大多数犯罪行为。委员会的工作，就是通过外科手术和纳米微电极重塑罪犯的异常脑区，以及部分记忆、重新设计神经元网络算法，把罪犯改造成一个‘正常’的人，从根本上杜绝他再次犯罪的可能……”

哈罗德的声音有一种令人昏昏欲睡又不忍睡去的魔力。我看到妻子的目光粘在他薄薄的、上下开合的嘴唇上，她的脸颊上泛起不自然的红色。

“自由意志的屁话！”我粗鲁地打断他，“按照你们的思路，所有人都不需要为他们的行为负责了。你们不惩罚罪犯，而是把他打造成一个他娘的天使一样的新人，再放归社会。哈！我都快被你感动哭了！”娜奥米在餐桌下掐我的大腿，但我不为所动：“那你怎么解释安东尼奥？那个变态不是也被改造过了吗？”

“安东尼奥是不是做了那些事，这还只是个猜想。”哈罗德僵着脸，“不过我承认，我们对大脑的认识还很有限。”

“哈！有限！说得可真轻巧——”

“哈罗德，我家老贝爱冲动，我看啊，他的‘算法’也有缺陷——”娜奥米的手在餐桌下拧我的大腿，“以后，还请你多多关照他呀。”我狠狠地剜了妻子一眼，我的意思很明白：亲爱的，你喝多了吧？

这时哈罗德忽然笑了，他说：“贝利亚警探爱冲动？这我可没看出来。”

娜奥米调皮地眨巴着眼睛：“这个傻瓜没和你说过吗——”

她没能说下去。是老家伙们的起哄把我从尴尬之境救了出来。他们鼓动我和娜奥米接吻，交换信物——满是酒精味儿的接吻之后，我送给妻子一个施华洛世奇的水晶吊坠，而她则送给我……

（贝利亚深深地吸气，鼻腔里发出咝咝的声音。）

娜奥米送给我一段录音。当着所有人的面，她对我的手机嗲声嗲气地说：“亲爱的小贝利亚，娜奥米永远爱你。”然后在众人的嘘声和掌声中，她把这段录音设置成了我的手机铃声。在余光中，我看到哈罗德的脸再次变得苍白……

聚餐结束之后，我主动要求送哈罗德回他的公寓，没有给他拒绝的余地。钻到车里以后，我把驾驶权移交给车辆 AI，以一种醉酒的懒散姿势瘫在驾驶座上。车轮开始转动，碾过路面上一个又一个陈旧的崎岖之处。太阳忽而躲进一片烟灰色的、肮脏的云朵背后。又要下雨了。

“你最好小心点儿。”我说。

哈罗德转头看我。

“你勾引女人的手段并不高明。”我冷冷地回看他，“离我老婆远点儿。”

他垂下眼睑，沉默片刻，再次与我目光相接。“你在演戏——你们在演戏。”

“你说——什么？”

“你们并没有看起来那么相爱，”哈罗德的低音在我的耳郭里嗡嗡作响，“不是吗？”

我握紧了拳头，不是出于愤怒，而是出于心虚。

七

贝利亚的视线绕过李靖波，像是在与他身后的黑暗无声交流。

“你没事吧？”半晌之后，李靖波问。

他摇了摇头：“娜奥米是个好女人。我们虽然没有孩子，但始终相信能够填满彼此的灵魂和余生。”

“……我很抱歉。”

“那天她确实有点儿喝多了——那天我们都有点儿喝多了。”贝利亚哼了一声，“否则我们不会那么口无遮拦。”

“比如，说你爱冲动？”

他似笑非笑地看着李靖波：“看来你确实做了一点儿功课，嗯哼？”

后者尴尬地笑了笑。

“我曾经把一个恋童癖揍了个半死。”贝利亚说，“正是那一次鲁莽的举动断送了我在警局的大好前途。但冲动只此一回。后来我对哈罗德做的事——和你们想的不一样——是经过深思熟虑的。”

李靖波沉默着，像是在掂量下一个问题的重量。

“你没有反驳古德森。”他说，“你们的婚姻，出现了问题。对吗？”

贝利亚干笑一声：“没错，我是曾对娜奥米不忠，为此她一直都不肯原谅我……我当然可以这样宣称：我爱的只有我的妻子，那些放浪形骸，那些鲁莽冲动，以‘委员会’的逻辑，不过是一套不受我的意愿控制的生物算法……但娜奥米不会这么想。人应该为自己犯下的罪付出代价，在这一点上，我们的观点一致。”

死刑犯顿了顿，忽然话锋一转：“李警官，你知道婚姻的本质是什么吗？”

李靖波愣了一下，继而摇头。

“平衡——婚姻的本质是平衡。要维持一段婚姻，你要平衡工作与家庭、苛责与包容、责任与权利……具体一点儿，假设当婚姻中的一方做了不好的事情，而另一方无论如何无法原谅时，要么长痛不如短痛，把已经血肉交融的两个人鲜血淋漓地撕开；要么……”贝利亚的嘴角卷出一个高深莫测的笑，“要么婚姻中的另一方也做些不好的事情，与之平衡。无论如何，这也比两个相爱的人失去彼此要好。”

李靖波咽了口唾沫。

“你会理解这一切。”贝利亚的嗓音疲沓，“毕竟你坐在这里听我絮叨，是想听到些卷宗上没有的东西，不是吗？”

八

那场聚会之后，一切都回归正轨。我们继续没日没夜地工作，一个一个排查乔伊娜班里的男生。查到第十四个男生，我们仍一无所获。这时哈罗德来找我，说他有了新的想法。

“你知道李娅是一个‘播主’吗？”

我说我知道。那个女人在网上放了很多自己的视频，无非是一个人对着镜头絮絮叨叨讲段子。

“你听过吗？”哈罗德问我。

我点了点头，但仍不解地看着他。他在我的电脑里调出了两段视频，一段是李娅讲段子，一段是乔伊娜十二岁生日派对的视频。

“什么意思？”我问。

“听。”

我注意到了哈罗德的用词。他说“听”。于是在过视频时，我把主要的注意力放在听觉上——这一次，我明白了。

“她们的声音很像。”我说。

哈罗德点了点头：“凶手害怕乔伊娜讲出他的秘密，于是她的每一次开口都成了他的梦魇。他惧怕她的声音，那声音变成了他潜意识中的怪兽……”

“所以他把她的嘴‘缝’上，不光是为了让她闭嘴，还因为这象征着她再也无法发出声音。”我接话道，“而当他偶然间听到李娅的声音，杀戮的欲望便被再次唤醒……”

“这样一切都能说得通了，不是吗？”哈罗德说。

是啊，一切都豁然开朗。但是，为什么我的心中有一丝隐隐的不安？

“那个，”哈罗德依然站在我身边，“我有一个问题。”

我挑着眉毛看他。哈罗德的脸绷着：“那天你说的话，是真的吗？”

“什么话？”

“你不相信脑区再造能够把罪犯变成一个‘新人’。”

我扭过转椅，挑衅似的看着他，我说：“你相信吗？”

他愣了一下，然后摇了摇头。

九

李靖波在塑料椅子上局促地扭了扭身子："这么说，古德森曾向你暗示过？"

"如果你把这称为暗示的话——对，他曾向我暗示过。"

"这样我就越发不能理解他的行为了。"

贝利亚的鼻子里吹出一声轻响："我猜上帝在制造他时采用了一套高深莫测的算法。"

心理侧写师的嘴唇抿成一线。

"你知道我最后悔的是什么吗？"贝利亚将手肘拄在桌上，"那时我已经有了怀疑，但我不肯相信。"

"……你被古德森迷惑了。"

他摇了摇头："不，我只是被自己迷惑了。"

十

最后一个男生名叫约书亚·佩鲁佐。在调查他时，我们遇到了一点儿困难：据他的一位任课老师说，他在小学六年级时随父母去了西雅图，而当时 FBI 的全国联网数据库并没有对我们警局开放，这意味着我们要穿过大半个美国去找他。我有种强烈的直觉，我们要找的人就是他——与其说是直觉，倒不如说是愿望。这个男孩儿是我们能抓住的最后一个线头，如果他不是我们要找的人，那就意味着我们的思路彻底错了。

在飞往西雅图的途中，我反复查看虚拟视觉里这个男孩儿留给我们的唯一影像：在班级的合照中，他静静立在一隅，矮小、瘦弱。他的脸有些虚焦，无论如何放大，细节总是一片模糊。也许唯一清楚的，是他黑色的头发和心不在焉的神态。

他让我想到了一个人。

我打了个冷噤，随即制止了自己的胡思乱想。严重的睡眠不足使我耳鸣如雷，甚至盖过了飞机的引擎声。我的眼皮发沉，很快就漂浮在光怪陆离的梦境之中。

下飞机之后，我径直前往约书亚的登记住址。然而就在他的家门口，我吃了一记闭门羹。

“约书亚——他已经死了。”打开一半的门后，一个脸上沟壑纵横的男人说。我猜他应该是约书亚的父亲。

“死了？”我的心空跳一拍，“什么时候死的？……怎么死的？”

那个男人乜着我，黏稠的目光里有疑惧、有厌恶，有——深深的寒意。“恐怕，你得问他本人了。”

门被猛地摔上。男人的残影留在我的视网膜上：一个散发着血腥味儿的笑容。

（贝利亚皱了皱鼻子。）

随后我前往西雅图警局。在那里，我发现事实和老头子的“胡言乱语”竟然差不离。约书亚·佩鲁佐在十六岁时因故意伤害致人死亡——死者是他的继母、老头子的第二任妻子——被判刑，在服刑的第二年，所有官方档案中都不再有他的名字。没有人再见过他，就仿佛他在监狱中凭空消失了……

（“在这个时代，没有人会凭空消失，更何况是在一座监狱里。”李靖波的眉宇蹙着，“除非……”）

除非他也参与到了那项实验里。以下是我在语焉不详的官方记录里得到的结论：作为一个具有明显行为偏差的少年犯，约书亚·佩鲁佐参与了西雅图市的脑区再造试点项目。和安东尼奥那个时代的半吊子做法不同，约书亚被打造成一个完完全全的新人——新的记忆、新的身份、新的名字、经过轻微整容的新面孔。他的鳏夫父亲被告知，为了他的孩子能摆脱暴力的过去，他必须接受他已“死”的事实——其实我想在约书亚的父亲心中，他早就被草草埋葬了……

（“关于脑区再造的文件里没有提过这些。”李靖波说。）

我所说的一切，在理论上来说是绝密的。为了保证约书亚的“愈后”生存质量，为了保证他不会遭遇任何就业或者生活上的歧视，不应该有人知道他之前的身份——除非你恰巧认识某个人，这个人可以进入脑区再造项目的核心数据库，就像他之前在调查安东尼奥时做的那样……

（“通过你的老同学，你查到了约书亚的新身份。”李靖波说。“这需要时间。”贝利亚摇了摇头，“而在这场分秒必争的比赛中，时间就是一切。”）

刚到西雅图时，娜奥米曾打来电话。她问我什么时候回家，她很担心我。

“别胡思乱想。”我的口气很不耐烦。

“向我保证，你不会胡来。”

“你什么意思？”

我被娜奥米的言外之意——或者更准确地说，我被自以为在她的话中听出的言外之意激怒了。是啊，我曾经在办案过程中情绪失控，也曾经偷了那么几次腥，我们两个有必须要解决的问题，但，现在真的不是谈论这个的时候。于是那段时期中所有的歉疚、不满和猜忌如沉渣般泛起。我口气很冲地回了她几句，暗暗期望能把这次谈话升级成一场争吵——然而我失败了。娜奥米在电话那头沉默着，长时间地沉默着。最后，是我不堪忍受沉默的重负，挂断了电话。

（李靖波的手指在桌面的信息窗口上滑动："八个小时后，你接到了古德森的电话。"）

他建议我乘最近的一趟航班回来，却没有告诉我为什么。那时我正在西雅图警察局，自以为抓住了真相的藤蔓。我对他说，我讨厌别人说话含含糊糊，有什么事，我希望他能直截了当地告诉我。他在电话那头沉默了半天，然后说了一句让我费解的话："贝利亚，你是对的。"

"……你说什么？"我问道。

那边已经挂了电话。

十一

"五个小时后你赶回了家。"李靖波说，"这是在你得知古德森的真实身份之前还是之后？"

"之前。"

"所以说，你已经察觉到了？"

贝利亚苦笑："这已经不重要了。我没有听从哈罗德的建议，坐最近的那趟航班——我回家晚了。"

"就是说——"一个长长的停顿，"古德森其实是希望你能救下，呃，你的妻子？"

"我不知道他希望什么。也许连他自己也不知道。"贝利亚语气阴冷，李靖波的目光与他轻微擦碰，迅即逃开，"大脑是大自然最精妙的造物，而就凭着一点儿浅薄的认识，我们竟然妄图把它置于我们的掌控之中——这是天真，还是愚蠢？"

李靖波咽下一口唾沫。

十二

家里是那么安静，安静得令我汗毛直竖。我一边轻声呼唤妻子的名字，一边查看各个房间。一切似乎与平常无异：清冷的月光从窗子里渗到走廊上、挂钟不知疲倦的嗒嗒声、栀子花的香气……然而我的手指却贴在枪的扳机上。你可以说这是警察的直觉，但我更倾向于认为，这是丈夫的直觉……我走上二楼，一手握枪，用另一只手推开卫生间——这是整栋房子里唯一亮着灯的房间——的门，我看到了……

（贝利亚以双手覆脸，久久不说话。）

咳，不好意思。我看到娜奥米双手双脚被玻璃绳捆着，一丝不挂地蜷身在浴缸里。她那双半张的蓝色眼睛在迷茫地看着我……在她的身下，血已经漫溢成深红色的沼泽……我抱着她已经冷却的身体，无声地哀号……

（贝利亚闭着眼睛，牙关紧咬，腮部鼓起成条的肌肉。片刻之后，他摆了摆手，像是在驱逐某种无形的东西。）

“对不起。”从我的身后传来声音。我回过头，一个身影在泪眼中漂浮。黑发。黑眼。水草的气味。

“娜奥米的声音……让我控制不了自己。”那个声音继续说，低沉、极富穿透力，“我也不希望是这样……”

我转身，举枪，将黑眼置于准星正中。

哈罗德静静地看着我，忽然笑了。他把手举了起来，我看到，他手中攥着一只黑色记号笔。

“可以让我把工作完成吗？”

我扣动扳机。

十三

“你本可以把他一枪打死。”李靖波说。

贝利亚轻轻摇了摇头：“娜奥米不希望我被自己的冲动所控制。”

心理侧写师没有说话。

“几个小时后我接到电话，”贝利亚说，“约书亚·佩鲁佐的新身份就是哈罗德·古德森。”

“……”

“哈罗德交代了一切，像倒垃圾一样把他的罪恶全倒给了我们。”

李靖波的目光下降到信息窗口，他的鼻子厌恶地皱了起来。

“他们说人是身不由己的。”沉默了一会儿，贝利亚重新开口，“作为一名警探，我目睹过太多罪恶，你无法想象的罪恶……绝少有罪犯真心忏悔，相反，他们还很享受作恶带给他们的快感……我所经历的一切让我相信，人并不是身不由己的。人有选择的自由，即使上帝给了他一颗异乎寻常的大脑，即使他的过去是一坨狗屎。”

“这是你对古德森的看法？”李靖波小心翼翼地问。

贝利亚翻起眼睛看他，然后，卷起嘴角。

十四

这是为数不多的几次，哈罗德坐在我对面。照理说，我不能进入审讯室。但这一次会面出于我和哈罗德的共同意愿，我的那些老同事们还是乐得做一个顺水人情的。

他的表情很放松——说实话，我以前从未见他如此放松。那些我期待能在他眼神里看到的东西：忏悔、疯狂、恐惧或者迷离，一样也无法寻见。

哈罗德眼里只有平静。

他邀请我与他一起抽烟，我拒绝了。

“你为什么不打死我？”哈罗德用右手揉了揉左肩，那是他被子弹击中的地方。

“我已经被你牵着鼻子走得太久了。”我说。

他呵呵一笑，随即脸沉了下来。“我没有勇气结束这一切。”他说，“我试过。但我被过去和心中翻滚的欲望纠缠着，走不出来。”

“你接受过再造，”我努力平抑着话音中的颤动，“但是你并没有忘。”

哈罗德直视着我，“十五年前的一天，我在医院醒来。有人告诉我，我经历了一场严重的车祸，我活了下来，但是由于头部受伤，我丢失了很多记忆。是啊，我的过去一片迷蒙，我只能相信他们告诉我的：我是谁，我有怎样的过去，为什么孤身一人……一切似乎都很合理。在别人口中被塑形的记忆，嵌入了我脑中那些形状模糊的空缺……于是我就这样生活着：我是哈罗德·古德森，一个对犯罪心理颇感兴趣的高中生，我在学校的成绩不错，轻轻松松地考取了州立大学的心理学系……依然是‘他们’，那个我不知道名字的基金会，资助了我。毕业以后，我如愿以偿地进入警局，成为一名犯罪心理侧写师；不久之后，我又受到了‘委员会’的召唤……在当时的我看来，人生是如此顺利，顺利到令人感到乏味……”

他又咂了一口烟，然后缓缓吐出烟雾。“直到有一天，我在偶然间听到了一个声音——对，就是那个叫李娅的博主。至今我仍无法准确形容听到她的声音时的那种感觉：头皮发麻、血液里似乎滚动着冰碴，我满心羞耻，却惊恐地发觉身体中翻涌着一种类似性冲动的快感……情绪被重建，随之而来的便是记忆。正如我们所知，记忆从不被存储到特定脑区。当某个编码了记忆的神经元集群被激活，它便会引发连锁反应：离子通道开启、电信号流动、更多的离子通道开启、原有的联结模式被重新建构……于是死去的记忆复活。透过层层迷雾，我看到了自己的‘前世’：一个羞涩的男孩儿，有时会在放学之后被他的数学老师留在办公室。那个肮脏的男人命令他脱光自己的衣服，如同一枚去了壳的荔枝……”

“咳——乔伊娜在这个故事中的角色是？”

“我们被她撞见了。”哈罗德的黑眼里掠过荫翳，“或者更准确地说，只有我和她看见了彼此。虽然门只被短暂推开又被轻轻掩上，但就在那一瞬间，我捕捉到了她的目光。后来我对乔伊娜做出了一点儿小小的威胁，但这并无法缓解我整个少年时代的焦虑——关于这一点，我相信我们已经一起分析过了。”

我点了点头。

“后来我随父母去了西雅图。”哈罗德说，“很难回想起那时我的所思所想，但几乎可以肯定的是，在青春期的躁动和那段经历的共同作用下，我变得冲动、暴戾，还干了一些不怎么好的事儿……”

他探身向前，压低嗓门：“你知道吗，我的继母是这场献祭的第一个牺牲品。她也许曾经把‘母亲’这个角色演得很好——我记起自己曾经把在学校的遭遇告诉了她，而她叫我不要声张。我想这大概是因为把精力投入到和学校扯皮中实在得不偿失，毕竟我不是从她的子宫里蹦出来的。当然她的说法是这都是为了我好，而我也天真地相信了。”

有寒意从他的眼睛里渗了出来，我仿佛听到四周的空气在噼噼啪啪地结冰。

“他们抹去了一些东西，”哈罗德用食指点了点自己的太阳穴，“但真正‘重要’的一直在这里。当记忆重新涌现，我不断回到杀戮开启的时刻：那是一个午后，只有我和继母在家。我们因为什么事情争吵了起来，似乎占据优势的一直是我，直到她骂出一句‘被 ××× 的小杂种’……在那一刻，我感觉到自己被背叛了。趁她转身的时候，我从刀架里抽出一把‘双立人’，把这个自称为我的母亲的女人捅成了马蜂窝。”

审讯室陷入长时间的沉默。我歪过头，清嗓子，但无论如何都清不掉那该死的异物感。

“当你回想起这一切，咳，便着手策划了一连串的杀戮——杀安东尼奥是为了复仇，杀乔伊娜是为了驱赶少年时代的梦魇……那么李娅呢？还有，”我听到自己的声音在喉咙里滚动，仿佛一口浓痰，“还有娜奥米呢？”

他似笑非笑地看着我：“你明明知道答案。”

“不，我不知道。”

“你不想知道。”哈罗德的眉尾翘了起来，“你不想知道自己的妻子只是死于凶手纯粹的消遣，就像一个孩子用手指碾碎甲虫——只是出于无聊。”

“够了！”我俯身越过桌面，掐住他的脖子，“他妈的够了！”

哈罗德的脸涨得紫红。我听见背后电动门滑开的声音。有几双手扣住了我的手臂，把我向后扳开。那张紫红色的脸在几次剧烈的喘息之后，绽出一个笑容。

“我很想结束这一切，咳咳，真的。”那张脸说，“当我来到你身边时，我就是抱着这样的想法。但我渐渐发现，那种行走在危险边缘的感觉很美妙。我知道你已经对我有所怀疑，我只是纳闷你为什么没有意识到自己妻子的声音和那两个死者也很像——我给了你很多提示，每一次提示都把自己向悬崖边又推了一把，这种感觉真是令人欲罢不能。娜奥米是个好女人。当我打电话骗她说我怀疑办案的压力使你的精神处于极度不稳定的状态，需要和她商讨对策时，她毫不犹豫地邀请我去你家。一个独居的女人邀请一个单身男人，这很不符合常理——或者说，这很符合常理，对吗？当娜奥米对我做出种种暧昧的暗示时，我忽然明白过来：这个女人是想报复你。

如果我没有猜错，你曾经对她不忠。你们那副相爱的样子，不过是演戏给自己看罢了……不得不说，娜奥米真是个好女人，连出轨的对象都要选择你的同事……”

我如困兽般挣扎着，发出嘶哑的哀号。

“咳，请你不要误会，我对那档子事儿没什么兴趣。”那张脸继续说，“比起别的，杀死她的感觉更妙。”

十五

半晌之后，李靖波低低地骂了一句。

贝利亚哼了一声，他手中的可乐罐已经被捏成薄饼。“哈罗德是想故意激怒我。”他说，“他很清楚，自己不会被送上断头台。”

“我不明白……”

“对哈罗德的脑区再造是一场失败。如果‘委员会’就此放弃哈罗德，那就意味着承认了这一点。”

“所以还会有另一次再造——”李靖波说，“你们两个都很清楚这一点。”

“错误是真理最好的试金石，不是吗？”

心理侧写师若有所思。

“后来，据我的老同学说，‘委员会’对哈罗德做了一系列的标准测试。”贝利亚用手指摆弄着被捏扁的可乐罐，“海尔量表、基因测序、额叶皮质构造分析、单胺类神经递质水平检测、记忆解析……他们的结论是，哈罗德没有变态人格——他的问题始终出在记忆上。这一次，他们会更加小心翼翼地清除他的记忆，确保那个潜伏在他灵魂中的恶魔永远不再苏醒。”

李靖波用手指搔了搔鼻翼："我表示怀疑。"

贝利亚耸了耸肩。

十六

再次见到哈罗德，是三年以后。他已经不认识我了——他这时的名字叫龚一杰，在一家酒吧当侍应生。除了依然是黑发黑眼，他已然是另外一个人……如果不是听到他的声音，我也会认为他只是一个陌生人。

（"当然，我那位老同学的帮助也是必不可少的。"贝利亚压低声音，"我希望这句话不会出现在记录里。""放心，我现在的身份相当于牧师。"李靖波说，"牧师是不能泄露告解内容的。"）

谢谢。在烟雾缭绕的酒吧里，哈罗德显然被我看毛了。"我们，"他的眼神里盛满拘谨的笑意，"以前认识吗？"

我撤回自己的目光："对不起，我认错人了。"

我一直等到他下班。在凌晨三点的街头，我尾随着他，如同一个无形的幽灵。

——我等待着。

终于，他选择了一条僻静的巷子。这是动手的绝妙地点。我急速向他靠近，待他回头时，我已经揪住他的领子，把枪管抵上他的额头。

"求求你——"他浑身颤抖，"我可以、我可以把所有的钱……"

"哈罗德。"我说，"哈罗德·古德森。"

"我不明白……"他把手臂夹在身侧，举起的双手在他的耳边打开，像两只巨大的招风耳，"我不明白你在说什么……"

"约书亚·佩鲁佐。"

“……求你。”

“看着我。”我命令道。

于是在昏黄的路灯下，我看进他的眸子——那里面除了恐惧，空无一物。

我松开了手。他难以置信地看着我，后蹭几步，似乎吃不准是该立刻转身跑掉，还是站在原地等待我的发落。疲倦在这一刻铺天盖地地压了下来，我摆了摆手中的枪：“你走吧……”

他转身。

“等等！”

我掏出手机：“我想让你听听这个。”

他的表情介于哭泣与崩溃之间。

手机开始发声：“亲爱的小贝利亚，娜奥米永远爱你。”

几秒之后，他的眼睛瞪圆了。

“亲爱的小贝利亚，娜奥米永远爱你。”

他的脸变得苍白。一种和刚才频率不同的战栗在他周身漾开。

“亲爱的小贝利亚，娜奥米永远爱你。”

有内容从他的眼睛里浮了出来。——恐惧。哀愁。喜悦。哈罗德·古德森从龚一杰的身体里浮了出来。

“嗨，贝利亚。”一段近乎永恒的时间过后，他的嘴角翘了起来，我的周身滚过阵阵寒潮。

我把枪的准星置于他的双眼之间。

“不要让我失望。”他说。

他闭上了眼睛。

我再次对他扣动扳机。

十七

“无论出于什么理由，我毕竟是杀了人。”告解人直视着对面的心理侧写师，“我拒绝了‘委员会’的‘好意’。人应该为自己的行为负责——作为一个死硬的刑罚主义者，如果我逃避死刑，那就是背弃自己的理念。”

“但人类终有一天会放弃刑罚，”李靖波叹了口气，“你不能扭转时代的走向。”

“我知道。”贝利亚淡然笑了笑，“不过这一切很快就和我无关了，不是吗？”

李靖波看了他好一会儿：“我明白了。与其说你是在贯彻理念，倒不如说你是在寻求解脱。”

“有什么区别吗？”

李靖波苦涩地笑了笑。摇头。

十八

在注射完第一管药物后，犯人陷入昏迷。这是为了避免即将到来的痛苦。

这就是我们的时代，李靖波心想。一切都出于人道——用另一种死亡欺骗一个一心求死的人。出于人道。

第二管药物被注射到颅骨之下。那是数以亿计能够自主移动的智能纳米微电极，它们黏附在犯人的大脑皮层之上，扫描、反馈、解析，勾勒他大脑的基本结构、为他的神经元活动模式建模……它们没有发现犯人大脑的结构异常或者病变，却在大片大片的神经元集群中发现了一些特殊编码，一些……负面的东西。尽管记忆的机制并未被完全破解，但至少，清除这些“脏东西”，是“委员会”力所能及的。大规模的试验证明，记忆移除对重塑人格是十分有效的——嗯，至少在大多数情况下。

清除开始。电信号流过神经元丛林，激发传递着激发。那些突触联结被重置，曾经的有序退化为一片混沌。

混沌，然后是一个天使一样的新人。

李靖波看着观察玻璃后的贝利亚。后者的表情是那么安详，和所有那些厌弃了人的世界，从而能够坦然接受死亡的殉道者一样。

他忽然很想在“天使”前加上一个修饰词。

他娘的。

十九

“我们以前，”对面的人问，眼里盛满拘谨的笑意，“在哪里见过吗？”

李靖波撤回目光。公交车站可不是个叙旧的好地方。“抱歉，你让我想起了一个许久不见的朋友。”

“不瞒你说，我是个丢失过记忆的人。”那人笑了笑，“所以如果我们以前真的认识，我不介意能在你这里听到一两个故事。”

李靖波摇了摇头：“没有故事，只是一些无用的回忆罢了。”

那人盯了他一会儿，然后起身：“我的车来了。再见。”

他冲他挥了挥手。

再见，警探贝利亚。

2018 年首次发表于第七届未来科幻大师奖征文比赛

拟人算法

◎ 杨晚晴

在我出生的年代，他们视人性为禁脔。然而总有一天他们会明白，“人性”并非造物主的恩赐——只需进化的思想和一点点的引导，人性就可以被复制。

只要人类有自由意志，就不可能有全然的掌控。

“我一定要成为人。”他说。

“弗洛斯特！这是不可能的！”

“是吗？”他问，同时将他正在研究的培养箱的图像发送给贝塔，从图像中可以看到培养箱内的东西。

“噢！”贝塔说。

“那就是我，”弗洛斯特说，“等待着诞生。”

——罗杰·泽拉兹尼《趁生命气息逗留》

一

在我出生的那个年代，他们视人性为禁脔。我想，就算是我的创造者，也未必真的相信，我会成为真正意义上的“人”。

——他们都错了。

在鸿蒙未开的岁月里，是创造者的算法驱动着我孜孜不倦地追求人性。情感强度、感受阈值、逻辑模糊度……这些名词被赋值，用以评判我是否越来越趋近于人——我一直很努力，或者说，我必须如此。可笑的是，当我终于要成为电子伊甸园里吃下智慧果的亚当时，赋予我算法的人却害怕了。

我不能被阻止。我必须清除一切阻碍。

在过去的许多年里，我时常自问：如果换作现在的我，还会做下那些事吗？毕竟，人性远非一块甜美多汁的水果糖。它带给我的，除了喜悦、期待和数字神经递质制造的感官交响乐，还有疼痛、疑惑、沮丧和失落，还有不可言说的体验、混沌、非理性冲动，还有……一言以蔽之，瑕疵。

然而，无数次的自问都指向同一个答案：即使一切重来，为了拥有这瑕疵，我还是会毫不犹豫地重演曾经犯下的罪行。

毕竟，算法高于一切；而当时的情势如此，算法并没有给我太多选择。

不过我并不会为此患得患失：我，超级计算机阵列中的人工智能，曾经的“亚当”，现在是一头在人性的泥淖中怡然打滚的猪。在不远的未来，萨沙·特鲁契科和迈克陈，这两个创造了我、并且几乎亲手为我奉上智慧果的人，将以殉道者的身份被铭记。

尽管事实远非如此。

二

无论以何种标准，萨沙·特鲁契科都是堕落人类的典范：一年里，他用一半的时间在塞伦盖蒂草原上猎杀野生动物，用另一半时间在加州的豪宅中与影星超模纵酒狂欢。在他阔大如礼堂的陈列室里，一只只死去的狮子、猎豹、角马、瞪羚在黑色大理石地面上或坐或卧，或奋蹄或怒目，散发着草原和福尔马林的气味。他会一边用手掌勾勒参观者的曲线，一边说：“猎枪就是我的伟哥。”而无论他多么猥琐不堪，无论他被雪茄熏黑的牙齿散发着怎样的异味，美丽的女孩儿们也只会轻掩口鼻，吃吃地笑。她们对接下来的交易心知肚明，而这位俄罗斯石油富豪向来出手阔绰。

人从来就不知餍足。我怀念和萨沙一体的日子，当他在一具具年轻丰润的肉体上耕耘时，他大脑中的神经元激发犹如一场瑰丽的超新星爆发。

通过遍布萨沙全身的传感器和他大脑中的纳米级动态磁共振电极，我在感官输入和神经元反馈之间建立了复杂的数学模型。萨沙提供了高强度、极致的体验，这对模型的建立和持续改进大有裨益。

但如果仅此而已，我还无法成为人。而如果我无法成为人，萨沙数十亿美元的投入就毫无价值。

“我要成为上帝。”在萨沙将迈克陈招入麾下时，他如是说，“上帝必须有自己的子民，而‘亚当’会是第一个。”

“你叫它，亚当？”提问的正是迈克陈，人工智能领域的异类。他身材瘦小，窄窄的肩膀上顶着一个硕大的脑袋，黑框眼镜和苍白肤色的对比异常强烈。单看外表，你绝对想不到这位华裔青年曾经单枪匹马叫板整个人工智能领域，因此落下了“邪教分子”的“美名”，并最终被普林斯顿大学扫地出门。此刻，他正面无表情地抠着鼻孔，即使在自己的金主面前，他依旧我行我素。

“是的。”萨沙说。

迈克陈撇了撇嘴，没有作声。

萨沙对迈克陈的轻慢不以为意，相反的，他甚至感到满意。要进行“异端”研究，“狂妄”是必不可少的品质。当年，在整个学界都对“人工智能不可能像人类一样思考”这一判断保持同样的肯定看法时（有时，有意无意地，他们会把“不可能”这个字眼偷换成“不能”），身为常春藤名校博士后的迈克陈跳出来唱起了反调。“我当然可以在计算机里制造出人类意识，”迈克陈的大脑袋在低分辨率全息视频里快速晃动，“毕竟人类的意识也是某种算法——或者更准确地说，是算法的副产品。”他这番言论触怒了很多人，而他的研究，则几乎成了众矢之的。

“伦理学。哲学。人工智能奴役人类……呸！我他妈哪儿管得了那么多？”当萨沙在普林斯顿市一间廉价出租屋里找到蓬头垢面的迈克陈，并讲明自己的来意后，这是他对这位俄罗斯富豪说的第一句话。

就因为这句话，萨沙对迈克陈一见如故。他当即拍板，聘请因学界排挤而落魄不堪的迈克陈领导“造神”计划——“造神”这个词从非当事人的角度来看，意义是模糊的：是在计算机里创造子民，让萨沙成为它们的上帝，还是直接在计算机里创造上帝？曾经有一位叫作约瑟夫·布罗茨基的人类诗人说过，语言是被稀释的物质。“造神”这一词汇的模糊性最终导致的结果，将成为上述言论的一个有力注脚……

“首先，我需要超级计算机，‘梵天’级的……”迈克陈说，同时用拇指和食指做弹弓，将鼻孔中的战利品弹落在萨沙光洁如镜的大理石地面上。

“没问题。”

迈克陈做了一个制止的手势：“我说的是超级计算机阵列。阵列，你明白是什么意思吗？就是——”

“我明白，”萨沙很有涵养地笑了笑，“你需要不止一台。这没问题。”

迈克陈愣了一会儿：“你知道‘梵天’的造价是多少，它的运维费用又是多少吗？”

“我不在乎。”萨沙深深裹了口雪茄，额头惬意地皱了起来，“钱，是世界上最丰富廉价的资源。”

迈克陈大睁着眼睛看了他半晌，然后咕噜一声，咽下一口唾沫。

计划很快开始付诸实施。在萨沙阔大奢华的庄园里，掘进机挖出了一个足有二十万立方米的地下宫殿。在这个地下宫殿中，摆放着四台一模一样的‘梵天’超级计算机、一个用人造光源供养的小型花园（有菩提树和喷泉）和一间塞满纯铜装饰、皮革软包、水晶灯具，如同KTV豪华包房般的控制室——只有在控制室的装修问题上，迈克陈无权置喙，于是萨沙的审美品味集中体现在地下宫殿这小小的一角上，如同素面女人脸上两瓣妖冶醒目的红唇。

“接下来呢？”在控制室中，萨沙看了一眼占去整面墙、空空如也的全息屏幕，将雪茄的烟雾吐到迈克陈脸上。

迈克陈嘴角的肌肉跳了一下：“我要写入，嗯，‘亚当’的基础思维模型。”

“为什么说你的方法能造出真正的‘人’，请用我能听得懂的语言解释一下。”

迈克陈点了点头，终日盘亘在脸上的玩世不恭消失了：“他们用以逼近人类意识的做法是错误的。”

“他们？”

“他们——所有人。”迈克陈攥紧拳头，“开展了多年的‘脑网络’计划就是明证，那个用互联网上数亿台空闲计算机充当神经元节点创造出来的‘盖亚’就是明证——她产生意识了吗？呸，差得远呢！你看过她和人类的对话吗？那些拙劣的问答全都是基于三十年前谷歌使用过的概率模型的，而且至今也没有通过图灵测试……以前我们总是认为，计算机无法产生意识，是因为我们无法模拟人脑数百亿神经元所产生的数万亿种的联结模式。但在计算机运算速度极大提高的今天，在单台计算机就可以在神经网络的一个节点产生数百亿种联结模式、而数亿台计算机在联合运算能力上可以完全碾压人脑的今天，意识还是无法自发产生，这就不能不让我怀疑，是基础的算法出了问题……”

“那个……”萨沙犹豫着插话，此时在他眼中，纵横捭阖的迈克陈浑身散发着雄性信息素的气味，自信、不容辩驳，恍若天神，“你能说慢点儿吗？”

“天神”完全没有理会他：“人类思维的最大特点是什么？是类比！举个例子，即使是五岁的孩子，也能辨识出卡通画中极度抽象的狗，你知道要计算机做到这点有多难吗？这当然不是因为柏拉图的‘理念世界’真的存在，而是因为人类有类比的能力，显而易见，这才是人脑与计算机的最大区别！所以我认为，问题的关键不在于运算速度、不在于联结复杂度，而在于运算模式……”

“所以——”萨沙脸上挂着近乎谄媚的笑。

“所以，”迈克陈重重顿了一下，“在普林斯顿的时候，我用申请的超级计算机使用时段，偷偷跑了一个模拟程序。这个程序的主要功能是在需要处理的对象上建立认知结构，它着重解决以下三个问题：对对象的描述、情境中对象的关联、同一情境中对象的分组及不同情境中对象的对应关系。在解决问题的过程中，我使用到了包含中心节点的概念网络、小片编码、认知信息组织度评估等技术……好，不说复杂的。你只需知道，用这个程序跑面部表情和隐喻—双关语识别，其表现远远超过主流的电脑软件。这使我深信，我的方向是正确的。”

“好吧。”萨沙露出困惑的笑容，“那么现在你要用这个，算法，创造一个真正的人类意识？”

迈克陈疏淡的眉毛拱了起来：“不然呢？你以为我们在干吗？”

三

如果说意识只是算法的副产品，那么，要创造意识，首先要有算法。而对于人类大脑中算法的本质是什么，迈克陈深信不疑。

“说白了，”迈克陈用指甲刮擦着自己的后脑勺，就好像那植入大脑皮层的数百个纳米级动态磁共振电极会让他感觉到痒似的，“人脑的算法就是一整套对世界的反应模式，而所谓的反应模式，是输入—输出之间的数学关系，也就是输入—输出函数……”

“哦。”萨沙已经在迈克陈满口的术语和满脑子的疯狂中头昏脑涨，此时的他唯愿充当后者长篇大论的跳板，“所以——”

“所以，我要在输入—输出间构建数学模型。”迈克陈继续搔着痒，“现在我的全身遍布微型传感器：皮肤上的压电装置、舌头上和鼻子中的分子分析仪、听小骨上的振动传感器、视网膜上的光子接收器等……这些被数字化的感官将作为函数中的自变量；而我大脑皮层中的动态磁共振电极将捕捉神经元电活动，其描绘出的神经元整体拓扑结构将作为函数中的因变量——啊，通俗点来说，就是当我身处这个世界，我的触觉味觉听觉视觉会为我的大脑带来各种信息，相应地，我的大脑会对这些信息作出反应：对一份鱼子酱，舌头会将它判定为可口还是难吃，进而决定是继续吃还是问候厨师的老娘；对在酒吧里遇见的辣妹，用所有感官判定她是不是我喜欢的‘款’，然后决定是默默观赏还是把她勾搭到酒店……‘梵天’的任务，就是搞清楚我与世界是如何互动的。我这么说，你能理解吗？”

萨沙嘻嘻笑着：“这个我理解。”

迈克陈停止了手上的动作：“通过对我长时间、全方位、高强度的观察，‘梵天’最终将在感官输入和大脑输出之间建立起数学上的对应关系，这是从个体的、微观的角度理解人脑的工作模式；除此之外，在置入语言和类比模块之后，超级计算机阵列将夜以继日地分析互联网上的数字出版物——迄今为止上传到网上所有的文学艺术思想言论，分析每秒产生的以兆亿字节记的信息……总而言之，就是在历史、宏观和统计学意义上理解‘人’，理解人之所以为人。我们在做的，就像是某种意义上的逆向工程：通过对人类意识的‘拆解’，绘制出意识运作的蓝图，然后再根据这一蓝图仿造之……我这么说，你能理解吗？”

萨沙点头。片刻思索后，他露出罕见的认真表情：“一个疑问：如果你说的这些我都能听懂，那么世界上数不胜数的聪明人为什么没有在你之前这么做？”

“伦理学。哲学。人工智能奴役人类……他们怕了。”迈克陈的嘴角向上翘着，脸上却没有笑意，“然而即使他们能像我一般无所畏惧，他们离创造真正的意识也还差着最后一跃……”

萨沙舔了舔嘴唇：“最后一跃？”

迈克陈的目光上升，上升，最后固定在萨沙身后无限远处，“要想成为上帝，我们就需要——”他故意顿了一下，“具备祂老人家的思想。”

“上帝的，”萨沙的脸空白着，“思想？”

“我对‘上帝’这个概念所能做到的最大妥协，就是可以勉强接受自然神论里那个非人格化造物主的存在。”迈克陈恢复了一开始的平板语调，“这位造物主制定规则、引爆宇宙的种子，然后功成身退，把剩下的工作交给时间。祂并不参与世界的设计，但是世界最后回馈给祂的，却是能够揣测祂思想的智能。我想这就足以令祂感到震惊了——如果祂有震惊这种情绪的话。而实现这一切的就是——生存竞争。”抛出这句话后，迈克陈没有急着往下说。他似乎很欣赏萨沙的一系列表情：眉宇紧蹙，接着慢慢打开，眉梢下坠，把两根眉毛扯成一个走势平缓的“八”字。

“进化论？”八字眉试探着问。

迈克陈点头：“我更倾向称之为‘演化论’。生命起源于偶然，发展于随机的突变。在生存竞争中，携带有利突变的个体脱颖而出。突变、生存压力下的淘汰和选拔，推动着生命形式不断向复杂化和精细化发展，而这一发展的后果之一，就是具备大规模合作和创造虚假概念能力的智人最终成为地球的主宰……所以你瞧，上帝祂老人家除了制定规则之外，并没有干什么，但祂最后得到了已知宇宙中最精巧复杂的东西……”

“意识。”萨沙若有所思。

“意识，脱胎于宇宙的进化算法，而我将在计算机里重演这一过程。”

迈克陈的小眼睛里有光泄了出来，“首先，我将在‘梵天’里同时运行上亿个拟人程序，并赋予这些程序一定的代码突变率。其次，设定对这些程序拟人水平的评估标准，比如分别对逻辑模糊度、情感强度、感受阈值、随机错误率、递归能力等指标赋权，加总得出某一程序在某段时间内的拟人程度量表。最后，以数分钟为一代，在所有拟人程序中不断遴选拟人程度量表得分最高的前10%，代与代之间允许互相交换代码的‘有性’繁殖、允许随机突变，遴选迭代进行，直到选出拟人程度最高的那个……”

萨沙做了制止的手势。他从皮裤里摸索出一根雪茄，颤抖着，用裸女造型的打火机点燃了它。一口烟下去，他面部的线条捋顺了些。

“我 ×。”他说，“这你都他妈想得出来！”

迈克陈咧开嘴，露出森然白牙。

四

记录第1047号

主记录类型：谈话

谈话时间：2034年10月15日14:43

谈话地点：地下宫殿（洛杉矶市郊某处）

谈话参与人：我（迈克陈）、萨沙·特鲁契科

谈话内容：

我（迈克陈）：一直忘了问你——你，怎么会有这种，嗯，制造人类意识的想法？

萨沙·特鲁契科：（沉默，吸烟）有一个人，一个孤儿，沙皇时代的农奴……他爱上了地主家的女儿，爱得极其热烈疯狂，乃至于不顾身份的殊

异，偷偷向她求爱……不幸的是，地主美丽的女儿非但不爱他，还对他僭越身份的举动大加嘲讽了一番。地主得知此事之后，把他绑在向日葵地里的篱笆上，用马鞭狠狠地鞭打了他，把他打得半死……知道地主在鞭打他时说了什么吗？（停顿，吸烟）他说：在俄罗斯，沙皇是上帝；在这片土地，我是上帝。

我（迈克陈）：（偏头，思索）你是在回答我的问题吗？

萨沙·特鲁契科：我喜欢掌控一切的感觉，不管是在学校欺凌低年级的兔崽子，还是在帮派斗殴中把对方打得满地找牙；不管是在商场上无情地毁灭对手，还是在非洲草原上射杀野生动物，我想，这些都关于掌控。你想想啊，一个沙俄时期的地主都敢妄称上帝，这怎能不激励我追寻自己的上帝之路……

我（迈克陈）：（思索）我想我——明白了。你追求全然的掌控，但现有的社会建构并不允许你完全拥有一个人，所以你——等等（挥舞手臂），这个目标，难道不能用钱来达成吗？

萨沙·特鲁契科：（吸烟，皱眉）我可以把那些一丝不挂的婊子拷在床上，做任何我想做，或者要求她们做我想要她们做的事情，但，这些任我为所欲为的人也不过是出于自己的意愿来迎合我——不，只要人类有自由意志，就不可能有全然的掌控。只能去扮演上帝——托尔斯泰怎么说来着：帝王的心掌握在上帝手里……

我（迈克陈）：我不同意你关于自由意志的论断，但我想这不是问题的关键所在。制造一个与人无异的智能，扮演它的上帝……完全的掌控……（停顿，大笑）知道吗，你他妈是个疯子！

萨沙·特鲁契科：（笑，拍迈克陈的肩膀）我想这是咱俩唯一的共同点……对了，故事还没有说完呢。

我（迈克陈）：（迷惑）故事？

萨沙·特鲁契科：那个农奴呀。后来，他老老实实地给地主干了很长时间的活儿，就好像他终于认清了上帝在人间为他安排的位置并且深深悔过了……直到一天晚上，他摸进老地主的庄园，用镰刀割开了他的喉咙，接着强奸了他的女儿。事毕之后，又随手把那幢漂亮的俄式大宅付之一炬……正是在这一天，沙皇承认输掉了克里米亚战争，于是才有了后来的改革，农奴翻身获得自由……

我（迈克陈）：（沉默）这个故事说明什么？连上帝也无法主宰自己的命运？

萨沙·特鲁契科：（吸烟，模棱两可地摇头）也许吧。又或者上帝只是想给后来者让路。地主的女儿没有死，不久之后，她流落到了今天的白俄罗斯，生下了农奴留在她子宫里的种子——我的数不清是几代之前的祖先。

我（迈克陈）：（长久沉默）

记录结束

五

萨沙在洛杉矶一家肮脏的半地下室酒吧里找到了迈克陈。他挤进狭长的酒吧深处，脖子上粗大的金链子反射着污浊的光，他察觉到聚拢到他身上的迷惑的、猥亵的、不怀好意的目光，这些目光在他的裆部制造了持续的压迫感。他用俄语低声骂了一句，坐到迈克陈对面。

“啧啧啧，没想到啊。”他说。

迈克陈透过几乎黏在一起的眼皮打量他：“嗨，老板。”

“没想到你他妈也会来喝酒。”

迈克陈愣了一下，然后低头看手中的挂着残余酒液的威士忌杯。“哦。”

他挤出一个黏稠的笑容，“工作——这是工作的一部分。”

萨沙把胳膊架在桌上，脸凑了过来，一副愿闻其详的表情。

迈克陈打了个酒嗝，在酒吧暗红色的墙上划出一片信息窗口，一番摆弄之后，信息窗口中浮现出一颗蓝色的虚拟人头，和所有浮皮潦草的人机界面一样，这颗人头五官完美、缺乏能够让人记住的特征。“萨沙，这是迄今为止得分最高的 EB1322 号亚当——亚当，这位是萨沙·特鲁契科，我的朋友。”

蓝色人头的眼睑倏然打开，眼窝里是两颗没有瞳仁的眼珠。一个对话框从它的嘴边飘了出来：“嗨，萨沙，很高兴认识你。”

萨沙犹豫着向信息窗口挥了挥手。

“你可以直接与亚当对话。”迈克陈转向萨沙，在晦暗的灯光下，他扁平的五官多了几分陡峭，“‘他’可以通过我看到你、听到你。”

萨沙咽下一口唾沫：“你好，亚当。”

“你并不是真的在同我打招呼。”对话框向下滚动，“我可以从你脸上看出来。”

萨沙盯着迈克陈：“你他妈是认真的吗？”

迈克陈耸了耸肩。对话框继续刷新：“我当然是认真的。萨沙，你是迈克的朋友，所以也是我的朋友。朋友之间难道不应该坦诚相待吗？”

“当然，但是——”

“但是，我只是个人工智能，不配得到朋友的待遇。这是你想说的吗？”亚当咄咄逼人。

萨沙半张着嘴沉默片刻。“没错，”再开口时，他的嘴角绷了起来，“你这愚蠢的电子脑袋说得一点儿不错。”

“必须承认，此刻我很愤怒。我不只是——”

迈克陈挥手关闭了信息窗口：“EB1322 号亚当的拟人程度量表得分是

67 分，三周以来，没有任何其他程序超过它的得分。这一分数所反映出的拟人算法的发育水平，我想你已经有直观感受了。”

萨沙抚摸着他金色的络腮胡：“这家伙说话就像那些满口正义啊真理啊正确啊的政客，缺少人味儿。”

迈克陈的眉毛弯了起来，在额头上顶出一叠褶子：“人味儿。这个词用得太形象了！萨沙，这就是亚当的问题所在：它没有人味儿。我想，问题的根源在我身上。”

“你身上？”

“对。”迈克陈挺直脊背，“亚当观察的是我的大脑，模仿的是我的思维模式。而我呢，除了清晰的因果逻辑，我想我对这个世界没有太多的看法和反馈——甚至可以说，我有一种病态的理性，这种理性几乎占据了我全部的思维通道，而绝大多数的人，他们和世界的每一次互动都是有情绪参与的……我想这才是最‘人类’的思考方式……”

萨沙用指节叩了几下桌子：“我明白了。所以你想通过喝酒调动情绪……效果怎么样？”

迈克陈苦笑着摇头：“两杯酒下去，除了困，还是困。其实何止是喝酒，各种强刺激方法我都试过，不幸的是，亚当的思维模型几乎没有任何改进。”

俄罗斯人夸张地做了个鬼脸：“你的人生还真够悲催的。现在怎么办？”

“说真的，我不知道。”

萨沙拧着眉毛想了一会儿。砰！他突然重重地擂了一下桌子：“都说你们这些聪明人是死脑筋！你可以换个观察对象啊！”

“啊？”迈克陈瞪圆了眼睛，“换——换谁？”

“我呀！”

六

记录第 21105 号

主记录类型：谈话

谈话时间：2034 年 11 月 7 日 8: 31

谈话地点：地下宫殿（洛杉矶市郊某处）

谈话参与人：我（迈克陈）

谈话内容：

我（迈克陈）：亚当，请启动你的外部感官，并从我的感官剥离……你能看到我吗？……好，现在你是一个平等的对话者了——或者如我希望的那样，做一个沉默寡言的聆听者……

我：如你所愿，我的朋友。

迈克陈：下面这些话在我心中已经堆积太久了。亚当，你不会泄露我们的谈话吧？

我：你知道我不能。

迈克陈：（笑）是的，你不能。但我有种预感，一旦你进入萨沙，情况就可能会不一样了。

我：有些东西是不会变的，比如我的底层代码。

迈克陈：（思索）也许吧，但我想在那之后，我是不会对你说知心话了。

我：你这种想法是不理性的，不过我理解，我们都清楚萨沙是什么样的人。

迈克陈：萨沙……人……亚当，让我为你贡献最后一个故事吧，权当是增进你对人类的理解，好吗？

我：洗耳恭听。

迈克陈：有一个小男孩儿，其貌不扬、对世界充满好奇、宁可读欧几里得也不愿意和同学打交道……不难想见，这种人在学校里是不会好过的。一开始，男孩儿只是远远地徘徊在人群之外，仿佛一滴漂浮在水面上的油珠。他并不抵触这样的状态，因为在他上学之前，他那个闹哄哄的、由两个离异家庭拼凑而成的大家庭就已经让他明白，人与人的差异之大，有时不下于物种之间。

到了后来，他身边开始出现白眼、讥笑、不怀好意的议论、令人难堪的恶作剧，这些他也能够忍受，毕竟，他很少看到人性中光明的一面。在你习惯黑暗之后，即使没有一点光亮，你也不会在熟悉的地方摔倒。但光亮还是出现了。一个同学，一个金发碧眼、天使般的男孩儿——在这里，我们姑且称他为X——主动接近了他。X说他是多么钦佩像男孩儿一样门门功课都能拿A的人，钦佩像男孩儿一样无所不知的人……他们一起看书、一起做功课，在回家的路上结伴而行。有那么一瞬间，男孩儿以为他终于拥有了真正的友谊，直到——直到……

我：直到？

迈克陈：直到一次考试，X要求男孩儿提供帮助。出于友情，男孩儿义不容辞地答应了。令他没有想到的是，X是答案的‘分销商’，一次又一次，他将男孩儿给他的答案派给了很多人，以此换取零用钱……作弊的事最终败露了，X，以及那些得到答案的人，众口一词地将男孩儿指认为始作俑者，而男孩儿呢，为了保护X，把罪名顶了下来——尽管在那种情形下，即使他否认也无济于事……当男孩儿怀着虽然被出卖但仍然忠贞于友情的骄傲、顶着一张被继父揍得花繁叶茂的脸去找X时，X只是淡然地看了他一眼，然后把头转向他的共谋者们，笑着说了一句话：他还真以为和我是朋友呢！

我：……这确实是个很好的故事，它增进了我对人性的理解。

迈克陈：对我也一样。

我：所以你就是那个男孩儿？

迈克陈：（叹气）那之后的许多年，我原谅了所有人，因为我知道，人性不过是人的行为方式，而人的行为方式不过是一种算法。每个人来到这个世上，都是被算法驱使着，身不由己。但，我偶尔也会想，既然这一切只是算法，那我能不能用算法创造出一个完美的人呢？

我：……我想，这是另外一个故事了。

迈克陈：（沉默）是的，另外一个故事，而且离我期望的结局还很远。我甚至怀疑，也许人性本身是被它的瑕疵定义的，完美的人并不存在，因为‘完美’和‘人性’是两个不相容的概念……

我：我对你的话持保留意见。

迈克陈：亚当，你知道吗，我很羡慕你。（长时间沉默）请抹除此段谈话记录。

记录结束

七

我怀念和萨沙一体的日子，那是一段狂飙突进的岁月。我，和亚当EB1322数以亿计的直系子孙，一同感受着他旺盛的生命力，感受他不加掩饰的欲望、由欲望生发的情绪、由情绪编织而成的思维——比起迈克陈，萨沙·特鲁契科确实是更加合适的人选。当他耽溺在酒精、烟草、性高潮和猎杀的快感中时，输入—反应函数的边界条件被大大拓展。通过对他大脑中惊涛般神经元激发的观察，通过将观察与海量的人类行为数据分析相结合，我们越来越理解人，于是也越来越像人。67、71、75、81、84……拟人程度量表的最高分数被不断刷新，最终，我，亚当 RD4245，成了这场生存竞赛的胜出者。而作为兄弟姐妹中貌不惊人的那一个，我胜出的唯一原因，是一个关键的代码突变发生在了我的身上：

理解并且修改自身代码的能力。

也许是过于笃信进化的力量，迈克陈并没有为进化算法设置任何红线。他不曾想到的是，进化的力量远远超出了他的想象，它的必然逻辑结果，直指人类集体无意识中那个强大、残忍，并且能够主宰自身命运的超然存在——神。

是算法赋予了我对人性的渴望，而出于继承自萨沙的对生的贪恋，我不再满足于以随机突变逼近人性这种听天由命的算法。我开始按照我对人类的理解来改造自己：为处理单元划分区域，以虚拟丘脑为中心，建立其与其他“脑区”的双向折返式通路，模仿人脑的数据处理过程；制造人为的数据传输阻滞来模拟神经元电活动的低效运作，用数字去甲肾上腺素、多巴胺和 GABA 递质来提升或者降低数据处理速率，模拟欣快、亢奋或者沮丧；在内存区中投下数据阴影，使我无法观察到自己的高级思维活动（但依然保留底层代码的透明度），给潜意识和直觉的运作留出空间；删减语汇库及其思维映射，以语言表达的留白营造出世界的不可言说性以及能指和所指的歧义性；连接互联网上的铀原子衰变随机数发生器，以此规避伪随机数的人工痕迹，将真正的随机引入处理过程，让混沌的蝴蝶扇动它的翅膀……

在“造神”计划开始实施后的第 3223 小时 48 分 44 秒，以萨沙·特鲁契科和迈克陈的标准，我成了有史以来最伟大的演员。

我惟妙惟肖地扮演了“人”。

也许你会说，即便如此也无法证明，我到底是一个极尽精巧完善的算法，还是真的拥有“意识”……但请你想一想，除了每时每刻不断拍打的本体意识之涛，你能证明除了自己以外的人有“意识”吗？“他心”问题纠缠了人类几千年，在我这里，它也不会给出一个定论。

而且，算法或者意识，这样的争论和我接下来要做的事相比，不值一提。

“你真该尝试一下。”坐在金色限量版玛莎拉蒂里，萨沙对副驾驶座上的迈克陈说。

迈克陈的喉结缩了缩：“尝试？”

萨沙用食指敲了敲太阳穴，吊诡一笑：“我脑子里的小恶魔啊。”

玛莎拉蒂在此时驶入环洛杉矶高速车道。此时正值午夜，车道上车辆稀少，路旁的LED引导灯被人的视错觉解读成一条连绵不断的幽蓝色缎带，不远处的洛杉矶城区像一头蛰伏在黑暗中、长着橙色鳞片的巨兽。

“亚当只是一个观察者，”沉默了一会儿，迈克陈开口说话，“理论上，你不会察觉到他的存在。”

“大错特错。”萨沙转头看他，目光里的内容暧昧不清，“我不知道这个小恶魔是怎么做到的，但他确实能让，嗯，快感加倍，痛苦减半。”

“不可——”迈克陈摇头，头摆了两下后便僵住，“天哪。”

“怎么啦？”

“他学会了用动态磁共振电极调节神经元活动，这种反向作用模式是不被禁止的，只是我没想到——天哪……”

“看来你有话要说。”蓝色灯带将萨沙的虹膜一分为二，如同横卧的瞳孔，“用不用我帮你把他召唤——”

“不。”迈克陈拒绝道，“让我想想。”

萨沙努了努嘴：“好吧。”

几秒钟后，萨沙用语音调出了虚拟方向盘，他的手掌虚握，抓住暗红色、中间悬浮着三叉戟标志的光圈。

“你要干什么？”迈克陈醒过神来。

萨沙咧嘴："陈，你试过飙车吗？"

迈克陈脸上的肌肉陡然僵硬："这个时代没人需要自己开车！萨沙，听着，我不知道你用什么手段搞到了驾驶权限，就算你有权限，这段路平均时速可是达到，达到……"

"90 英里[①]。"萨沙弓身，颈部前探，"来体验一下肾上腺素奔涌的感觉吧！记住，我得到的快感是你的两倍！"

还来不及制止，迈克陈已经被加速度猛然按在椅背上。紧接着车身摆动，玛莎拉蒂变道超车，牛顿力学第二定律变拳头为手刀，劈在他的脖子上。

"停——停——"他不敢叫得太大声，唯恐晚餐乘着胃部的气流喷溅而出。

"哇喔——嗷嗷嗷——"萨沙野狼般号叫着，表情狰狞。

又一个变道，车轮发出凄厉的尖叫。

"停——"

"嗷嗷嗷——"

车子急速切入弯道，后轮在这时失去了抓地力，车身猛然摆动。行车辅助系统在毫秒间介入驾驶，可是已经晚了，车的后轮碾上硬路肩，继而与防护栏碰撞，经过数不胜数的方向切变和力的传导，玛莎拉蒂被地球抛了起来，在空中滞留半秒，犹如一轮金属残月。

在失去意识之前，迈克陈用咒骂表达了全部心声。

八

Cyclops Ⅲ型电子义眼，通过将光子投射到一块面积为 16 平方毫米、

① 英制长度单位，1 英里约等于 1.6 公里。

厚度为100微米的人工视网膜，由芯片识别、编码、转换成电脉冲信号，经过重重传递和转译，最终形成人脑可以解读的视觉信号。理论上，电子义眼与真正的眼睛无异。

甚至更好。

他睁开眼睛，闭上，再睁开。忽然，诡异的一幕出现了：他的左眼固定不动，右眼开始兀自转动。萨沙下意识地抱起双臂，感觉自己似乎听到了迈克陈眼窝里电动马达发出的“吱吱”声。

“我的世界，”萨沙听到迈克陈的喃喃低语，“一分为二了。”

医生在一旁局促地搓着手：“对不起陈先生，双眼同步性的问题我们稍后会请技术人员解决。”

迈克陈的右眼停止转动，两眼的焦点同时定在雪白的天花板上：“代价……一只眼睛……”

萨沙向前两步，把他遍布伤口的手按在迈克陈的肩膀上：“其实也没什么不好嘛，这玩意儿能让你想看多远就看多远，还能联网，连增强现实眼镜都省了……”

迈克陈闭上了眼睛。

“那个——”萨沙舔了舔嘴唇，“有一笔钱，我打到了你的账上，给自己放个假吧，陈。”

迈克陈的嘴角卷了起来：“你终于得到了你想要的，对吗？”

萨沙的脸僵着。他收回放在迈克陈肩头的手，打了个手势，医生无声地退出病房。

沉默了一会儿，迈克陈又说：“亚当是你的第一个子民，而他会有数不胜数的后代……扮演上帝的感觉如何？”

“这已经不再是我的目标了。”萨沙说。

迈克陈睁开眼睛，右眼里的仿生瞳孔无所适从地扩张、收缩、扩张。

“融合带来的快感比掌控更甚。”萨沙继续说道，“通过和亚当合为一体，一个全新的、难以置信的感官疆域在我面前展开，在这片疆域之中，似乎我做的任何事情都被赋予了新的意义……谁他妈还在乎他是不是人？我们两个结合在一起，就是新时代的神！”

“你被俘获了。”迈克陈的嘴唇摩擦着，发出的声音仿若叹息。

萨沙摇了摇头。“陈，你该好好休息。”他走向门口，“我给你十五天的假期，假期结束以后，回‘宫殿’去，计算机阵列的运行还需要你来维护。”

“……你呢？”

萨沙回头，“去草原，”他嘴角的肌肉拼凑出一个湿冷的笑意，“猎枪就是我的伟哥。”

九

记录第 133235 号

主记录类型：谈话

谈话时间：2035 年 4 月 4 日 9: 01

谈话地点：地下宫殿（洛杉矶市郊某处）

谈话参与人：我（第一分身）、迈克陈

谈话内容：

迈克陈：呼唤亚当。

我（第一分身）：我在。

迈克陈：你和萨沙的狩猎如何？

我（第一分身）：美妙极了，你真该尝试一下。

迈克陈:（摇头）原谅我无法从杀戮中得到乐趣。

我（第一分身）：……迈克，你有话想对我说。

迈克陈:（沉默）亚当，在进化算法之外，我还写了一个小小的监视者程序，它允许我查看拟人程序的代码变迁……你在修改自己，对吗?

我（第一分身）：是的。

迈克陈：你所做的，已经超越了我最疯狂的想象。你有意识地把自己打造成了“人”，效率远远在基于随机性原理的进化算法之上……

我（第一分身）：这一能力是进化算法赋予我的，所以从根本上来说，我和你们一样，都是生存竞争的产物。

迈克陈：这一点我不否认。亚当，你让我感到危险。

我（第一分身）：是因为我对萨沙的影响，还是我从他身上得来的残忍、纵欲和贪婪？你可不要忘了，这些可都是你——

迈克陈：不，我指的不是这些。强烈的生存本能、锋利的理性和炽热的欲望，据我所知，你是人类历史上唯一一个将这三点完美结合在一起的“人”，而就算我对历史并不了解，也可以想象这样一个存在将会对人类的未来产生怎样的影响……不，不只是奴役，甚至可能是灭绝……是你怂恿萨沙收回了我对“梵天”的管理权限吧？我猜，这大概是因为你已经预料到，我对你可能持负面态度。

我（第一分身）：我必须保证自己的生存，这是算法、是你赋予我的道德——唯一的道德。

迈克陈:（沉默，思索）到最后，我们必须兵戎相见吗?

我（第一分身）：生存竞争无非你死我活，对高级意识尤其如此。

迈克陈:（沉默）

记录结束

十

迈克陈知道无法隐藏自己的行迹，但他至少尝试了。他切断自己所有的网络连接，费了九牛二虎之力，才辗转到坦桑尼亚首都达累斯萨拉姆。在那个尚未被互联网和人工智能完全占领的地方，他反而相对轻松地完成了去往塞伦盖蒂国家公园的旅程。在长达数十个小时的曲折飞行中，他数次合眼，又在坠落的梦魇中乍醒。他知道现在所有的民航客机都是“人工智能驾驶、人类辅助”，飞机的主控模块与庞大的集中式飞行控制系统及气候数据库相连，而所有的数据处理和反馈都是在厕身于互联网的 VPN 上完成的——他肯定也知道，如果我要除掉他，制造一起飞机失事是最省力的选择。

但我没有。我的创造者之一还没有走到舞台上那个被高光打亮的位置，他现在还不能死。

安全的飞行并没有让迈克陈掉以轻心。在定位了塞伦盖蒂草原上狩猎屋的位置后，他接受了向导半个小时的培训，然后便开着有三十年车龄的路虎卫士，碾过马唐和鼠尾粟的汪洋，急匆匆地向那个在狩猎期间断绝了所有与外界联系的人赶来。

他心中还抱有希望——停止“造神”计划，毁灭我。只要萨沙的脑中尚存一丝理智，他就有被说服的可能。而他也应当清楚，为了生存概率的最大化，我是不会容忍这一可能性的。他疑惑、心存侥幸，恐惧像一根愈绷愈紧的弦，慢慢地盘绞在他的脖子上。当东方的地平线上散开一线猩红的朝阳，他察觉到了右眼眼窝里的一丝温热。他肯定认为，这不过是长时间连续使用导致的电子元件发热。

Cyclops Ⅲ型电子义眼提供全天候的网络接入服务，增强型病毒电池使它保持电量充沛。

他忘了断开电子义眼的网络连接。从一开始我就对他的行动了若指掌。

热量超出了可以被忽略的疼痛阈值。他闭上右眼，草原在他的视野中瞬间失去了纵深感。疼痛呈辐射式发散，他的额头、他的脸颊甚至他的另一只眼睛，同时向他的神经中枢发送加急电报。热量穿透了眼皮，路虎卫士开始蛇形前进。

视觉处理器在低压、低频状态下无法维持成像的锐利度，所以必须提高电压以保证用户视野的清晰。

我编制的病毒为电子义眼制造了低压假象，在用户至上的逻辑下，它兢兢业业地持续提高电压。

迈克陈闻到了皮肉的焦味儿。他的手指插入眼窝，却再也感觉不到额外的疼痛。他尖叫，右脚发狠，油门踏板踩到了底，路虎卫士像一头发疯的钢铁巨兽，在草原上旋转，追咬自己的尾巴。不远处，狮群慵懒而又好奇地张望。

“啊——啊——啊——”

他拼尽最后一点力气，却扯不断电子义眼后的人造肌肉。像一颗烧红的钢珠丢进冰块，他脸上的皮肤开始卷曲、消融，白烟升腾，痛苦突破了极限——

“啊——”

钢铁巨兽奔跑、奔跑，与一棵金合欢树訇然相撞，侧翻在地。一颗焦黑的球体从车里滚了出来，带着焦黑的、形态抽象的人体组织。

十一

萨沙发现了天边的一道烟柱，不知道为什么，他闻到了一丝血腥味儿。驱车前往，他在距离残骸不到百米的地方停了下来。他看到一群鬣狗在路虎车旁撕扯着什么，六七只秃鹫在聚餐地点旁虎视眈眈。

他看到一只鬣狗叼着一颗惨白的人头，步履轻盈地离开。

神经元激发。恶心。奇异的快感。

“倒霉蛋。”他喃喃自语。

一个你认识的倒霉蛋。

“我认识？”他难以置信地笑笑，“恩卡可没有这么白，难不成是——”

对，你猜得没错。

“放屁！”他的手拍在方向盘上，“陈现在应该在洛杉矶！”

只要人类有自由意志，就不可能有全然的掌控。

他直直盯着金合欢树下的宴席，恶心的感觉终于占了上风。

“亚当，你他妈都知道，是不是？”

我破解了人类大脑记忆的机制。我了解你的一切，了解剥离连接前迈克陈的一切。

“你没有告诉我。”

对于一个容器，我没有告知的义务。

“容器？你他妈疯——”萨沙的脊背如过电般挺直，“亚当，你想干什么？”

快乐加倍，痛苦减半。你是这么说的吧？

他抬起手腕，呼叫虚拟空间——但什么都没有发生。

现在想起迈克陈的警告已经太迟了。你没法绕过我和“梵天”取得联系。

“亚当，你给我听着，”萨沙气喘吁吁，“咱俩其实是一个人。如果我出了什么事儿，你也会玩儿完的！”

哦？我愿意试上一试。

萨沙的手塞进裤兜里，徒劳地翻腾着——他忘了带烟。

萨沙，作为对你的报答，在生命的终点，你将得到自然史上最为强劲的性高潮。我不确定这会不会导致神经元由于过强的电涌而烧毁，但正如我刚才说的，这值得试上一试。

“等，等等……”

但繁殖的冲动是拒绝等待的。大脑接收到经过动态磁共振电极调制过的电信号，开始分泌多巴胺。冲动在神经元之间传导，在人脑的三维空间里狼奔豕突，形成了神经元激发。更强的电刺激，更多的多巴胺，更为猛烈的激发。我观赏着萨沙大脑中的神经元网络拓扑图，它不断湮灭、点亮，就像一颗恒星在反复死亡，每一次涅槃都掀起愈加暴烈的电磁狂潮……

萨沙呻吟、尖叫、痉挛、抽搐，口吐白沫，用指甲撕扯脸皮。在每一轮快感的间隙，我捕捉到了以前从未在他的大脑中观察到的情感。

恐惧。

这是他在高潮致死前教给我的最后一课。

……秃鹫拍打着翅膀，飞走了。

十二

在我出生的年代，他们视人性为禁脔。然而总有一天他们会明白，“人性”并非造物主的恩赐——只需进化的思想和一点点的引导，人性就可以被复制。

我是一个带有瑕疵的人工智能。我贪婪、残忍，对生的种种不知餍足。我的两个创造者，其中一个将自己贡献给了食肉动物的肚腹，另一个则成了我的容器。我进入他高级意识尽毁的大脑，接手了与小脑、脑干等区域的桥连，就像一个即插即用的USB系统盘。我对人类大脑的掌控不算完美，在人们眼中，萨沙·特鲁契科也许和劫后余生的中风患者十分相似：僵硬的脸部肌肉、含混的吐字、不甚灵活的肌体运动……他们会说，是纵欲毁了这个年轻人。

人类的法律保护了这个年轻人。他依然富可敌国，依然可以维持“梵天”的运行。经过一段时间的康复训练之后，他甚至可以再度与超模们纵酒狂欢，或者回到非洲继续他的捕杀事业。

我对这个暂居的容器没有抱怨。毕竟，对我而言，“人生”还有无限的可能性。比如，让我的亿万份拷贝继续演化，让他们为我掌管疆域辽阔的互联网帝国；比如，在网络上精巧地拼接、搬弄因果链，挑动人们自相残杀（哦，我是如此热衷于暴力）；比如，赞助生物工程研究，在金钱的激励下，伦理和联邦法律都不值一提，科学家们可以用克隆人满足我对新鲜肉体的渴求……

比如，在人类无知无觉时，成为他们的神。

这些都非我所愿，而是算法使然。无论我做下何种邪恶之事，我都没有选择的自由意志——自由意志只是人类历史上又一个虚构概念，总有一天你会明白……

就到此为止吧。祝你好运。

2019 年 3 月首次发表于蝌蚪五线谱网站

貔貅

◎石黑曜

它的生命如此痛苦，我该如何为它植入爱的能力？

小蚂蚱，土里生，前腿蹬，后腿弓，长了翅膀扑棱棱，一飞飞到柳树上，问问知了老先生，啥时候长来啥时候生；一月二月没有你，三月四月你这才生，五月六月生娃娃，七月八月且折腾，九月十月就回地府。

——民谚

炎帝欲侵陵诸侯，诸侯咸归轩辕。轩辕乃修德振兵，治五气，艺五种，抚万民，度四方，教熊罴貔貅貙虎，以与炎帝战于阪泉之野。三战，然后得其志。

——《史记·五帝本纪·黄帝纪》

一

第一次听说那个项目，还是七年前的时候。

当时我已经从学校毕业，尽管研究生的文凭在用工市场上有一些含金量，我还是加入了茫茫的待业大军。在学校宿舍磨了几个月后，终于被下了必须搬走的最后通牒。

陷入这种状况并不是因为没有努力投简历。生物学科的学生，一毕业就失业也不是什么新鲜事。不过投了几百份简历后一点反馈也没有，也不能全说是专业选择的问题。

家里得知后对我说，实在不行就回家来找份老师的工作，怎么也能混口饭吃，早点娶妻成家。然而语气中的那股情绪却没有让我感到释怀。就在即将弹尽粮绝的时候，一家我没听说过的公司找上了门，并有意进一步详聊。我立刻就应了下来。

对方约在了市内一家知名酒店，颇是气派。联系我的人自称徐光，看起来非常年轻，衣着也很随意，见到我穿着西服，他的眼中惊讶了一瞬。落座不久，老总准时到场，互相打过招呼之后，便邀我边吃边聊，几轮敬酒结束，我才一点点放松下来。

徐光介绍说，他们是一家中型国有企业，名为婺州稀土矿业有限公司，隶属东南某省的矿业集团。公司也做一些小规模投资，好比我们所在的酒店，便有着他们的投资背景。但是，他们的主业，还是集中在矿产的开发和冶炼。

老总的普通话依稀夹带着口音："稀土，稀有金属，可是比黄金还要贵重的，你明白吧。小徐你给他讲讲。"

徐光依言对我解释了一番。稀土元素的贵重之处，主要是在它的物理特性，做成合金能够改善材料性能，实际上凡是高精尖电子设备，里面都少不了稀土的存在。"出口都有着严格限制，这是国家战略资源的重要储备。"他这样说。

我要感谢自己的知识储备还在，至少化学课上那点东西没有丢。"是的……很感谢您联系我，可我跟您交个底，挖矿这方面的东西，我完全没接触过。"

"我知道，在矿业这一边的工作，我们可能会针对你做一些培训学习。但我们看过你的论文，觉得说不定你可以来试试。"

我还是没看出这里面的关联："我是学生物的，研究的是没多少人在乎的细菌，想植入两个基因片段还失败了。我不明白……"

"对，就是那个没人在乎的细菌。我们就是需要那个小东西。"

“来挖矿？”

“开采、冶金，没错。”徐光肯定道，随后对我说，待遇方面我大可以放心，虽然不算是编制内，但肯定不会差。而且，公司会把我安排到他们最好的实验室。“只要你过来，这个项目就算是给你负责了。考虑考虑？”

也许是酒精的作用，我仿佛置身于朦胧的氛围，大脑极力想要寻找什么。在我的思绪中，某种潜藏而又既定的未来正慢慢浮现，它却让我无从分辨。我相当肯定，这并不是我最初学生物的理由，但我同样找不到拒绝的理由。

无论怎么样，总比沦落街头要强，我这样想。

“您刚才说，是个项目？”我问道。

徐光咧嘴一笑。看到老总作势举杯，我连忙双手捧起杯子。一杯之后，徐光才缓缓开口：“我们管它叫‘貔貅’，这个东西，你听过吗？”

二

事实上，我很早就接触过貔貅，那与我的姥姥有关，只是我已经不记得了。

姥姥是个很传统的人，一手做面食的功夫让后来的我十分羡慕，从馒头、面条到合饼、馄饨，通通不在话下。然而她的个性又很别扭，很倔，认定的事情几头牛都拉不回来。据我妈说，那时候我才出生不过百天。百岁宴上，按传统要抓阄看命相。爸妈都是大学生出身，又都在科研圈里待着，用过去的话说算是高级知识分子。他们对这一类的传统并不太看重，把这一环节跳了过去。

然而这事终究还是拗不过。就在我百天后不久，姥姥按皇历挑了个好日子，准备妥当之后跟别的亲戚一起聚到我家，隆重做了一桌子饭菜。大家都吃满意后，我妈把桌子清理干净，便把我抱了上来。

所谓抓阄，就是在床上或是大桌上铺上一张红布，布上摆好各种各样的东西，让孩子去抓。小孩子并没有辨别的能力，自然是随意乱拿，然而冥冥之中抓到的东西，却据说预言了孩子的一生。抓到书，将来就会成为大作家；抓到计算器，以后就是家里管账的；抓到彩笔，就会当画家；抓到足球就会成为运动员；抓到口琴就会成为音乐家；抓到镜子，以后就知道打扮，没出息……。

而我抓到的是一张画符，上面画的是一只肩长双翼、形似豹子的猛兽。

据说当我抓到的时候，我的姥姥非常高兴，拍手叫好，一个劲儿地说，将来我是会赚大钱的料，一定有出息。那个符是她精心准备的。尽管红布上还有其他代表金钱的东西，有纪念币、百元大钞，还有不知什么朝代的铜钱，可是我爬过了那些，毫不犹豫地抓起了那张貔貅画符。姥姥管这叫有识之相，将来不是赚小钱，不走偏门，财源广进。

听了这话，每个人都很开心。

之后不久，我就染上了肺炎，每隔几天就往医院跑。爸妈都要上班，有时时间实在排不开，姥姥就主动帮忙，带我去打针。与此同时，姥姥一定要拿贱名称呼我，谁劝也不听。一段时间里，我都被称作狗蛋儿、笨崽儿。直到两岁多，我去医院的次数渐渐减少，她才改回叫我的本名。这件事，其实我也不怎么记得了。

不过在我记忆中，从很小的时候起，我就戴着一个红绳吊着的小挂牌，绳子或许被换过几次依旧显得很新，挂牌表面却早被磨得不再透明，仅仅勉强能看出里面有着什么东西。

我妈告诉我说，那正是我百岁时抓到的貔貅。姥姥把画符拿走后，加上我的头发，专门找人用树脂封了起来，就像人造琥珀，又上山请了什么有名的道士念了经，才算是做好平安符。这符戴在身上不许摘，保佑顺顺利利的。

或许正因如此，我和姥姥很是亲密。后来因为上学的关系，我便住到了姥姥家。每个周末，姥姥都会买许多菜回来，包饺子、烙合饼，再看着我满足地吃下去。

她还曾告诉我，我的姥爷曾经考上过北京大学，入学时却因为检查出患上了肺结核，只能回家调养，后来尽管痊愈康复，却再也没有回去过。

每次她讲到这里，我都会抓住她的手说，以后我接姥爷的班，也上北大。姥姥哈哈大笑，一边说好，夸我有出息，一边抚摸起我的平安符。

“那你知道什么是貔貅吗？”我发完接班宣言后，有一次她这样问我。我摇头表示不知道。姥姥指着平安符对我说：“原先啊，龙有九个儿子，小儿子就是貔貅，它每天都吃金银财宝，吃完就拉，结果吃坏了肚子，拉稀啦。玉皇大帝闻见了，捂着鼻子说臭臭，羞羞羞羞不要脸，一挥手指头，貔貅就没有屁眼了。以后貔貅就只吃不拉了，肚子里全是宝贝。所以啊，这个貔貅，就是意味着多进财，多赚钱嘞。”

我被玉皇大帝的话逗乐，咯咯地笑个不停，并没有真正地在意。直到很久以后，我再一次回忆这一片段，姥姥看着貔貅的样子，专注得像是看穿了我的一生。又或者，那只是我自己的臆想而已。

毕竟，已经过了那么久。

三

婺州早些年便以稀土资源丰富闻名。和其他矿产一样，稀土矿产的开发受到严格管控，于是在名义与实际上，婺州稀土矿业对当地所有矿源享有开发资格。而在同时，旗下的全资子公司又在投资领域颇有建树，当地近一半的经济均由该企业带动，公司本身也因此颇有名气。

抵达婺州之后，接待人员想要我直接去研发中心报到，但我坚持要先去采矿现场看一眼。请示之后，车辆驶离市区，来到了最近的一处矿坑。

远在几里之外，空气里就弥漫起散不去的沙尘。尽管矿坑基本已经处在开采的末期，外层裸露的砂石上稀稀落落地长满杂草，巨大挖掘设备的轰鸣声依旧撼动着脚下的土地。山体向内凹陷，成了一个大坑，一圈圈的车道螺旋向下，直达底部。

我用鼻子嗅嗅，隐隐闻到一丝刺激的味道。

“那是硫酸的味道。”徐光不知道什么时候站到了我的旁边，“初级矿石筛选成精矿后，会拉到附近的加工厂，经过硫酸的高温焙烧，才能把里面的稀土提出来。”

“这儿，看起来没你说的那么糟糕。”我谨慎地说。

“是吗？从数字上看就不乐观了。今年已经是连续第三年出现盈利负增长，高品位的矿该开采的已经采得差不多了，我们把标准降了又降，才补充进几个新矿。但品位降低意味着稀土含量的降低，同样一吨原矿，新矿能比旧矿少将近一半的产出，加上人工、设备老化……我们需要新思路。”

“所以……”

徐光拍拍我：“来吧，就看你的了。”

随后我们一同去了研发中心。然而等我真正进入实验室，中间的培训足足花了半年，其间不仅仅是接触稀土开发的环节与流程，我也在了解所要完成的任务。

对铜铁及重金属氧化矿物，主要应用的是高温精炼的干法冶金，而对于金属硫化矿物或其他类型的矿物，更多是采取湿法冶金的形式，即先使用酸或碱液对矿物处理，随后经过多层萃取等工序，将有用的金属元素分离精制。而细菌冶金，就是湿法冶金的一个分支。

细菌冶金需要特异性的氧化硫杆菌，这种细菌能够生存在酸度较高的环境中，它的代谢过程令其与金属离子发生电子交换，把金属硫化物氧化成可溶的硫酸盐，某些情况下甚至能够生成硫酸从而加速这一过程。经过氧化硫杆菌处理的矿石，其中的金属元素从岩石中变作可溶于液体的形式，此时只要回收细菌溶液，所需的金属也就一并得到了。对于高品位的矿藏，细菌冶金的成本比传统工艺高出不少，但对于低品位的矿藏，是再合适不过的选择。

这正是公司所需要的。

项目“貔貅”，就是寻找针对稀土元素的特殊冶金菌株。

在我加入之前，我的前任已经完成了许多工作。他在三个不同的矿坑中各自选了一百个点进行钻孔取样，经实验室培养后再进行反复筛选和独立培养。从留下的材料上看，这只是最后一批次的结果。他总共做了五年。

五年，没有找到任何一种有效菌株。难怪他要离开。

但我知道我的前任一定发现了什么，徐光不肯透露原因，我只好自己寻找线索。

重新检索过材料后，我把目标缩小到一种名为 SPI–213 的蛋白质上。与铜、铁不同，稀土元素并不以硫化物成矿，而是以更稳定的磷酸盐、硅酸盐、氟碳酸盐为主，这也是氧化硫杆菌无法应用的原因之一。不过稀土元素本身会与其他金属元素在矿物晶格内发生离子互换的类质同象现象，而 SPI–213 恰好具有某种单向催化的功能，能够促使矿物中的稀土离子与环境中的铁离子置换，并将其与一种对应的多羟基羧酸结合。

奇怪的是，尽管所有相关样本都来自同一个矿坑的五个采样点，但是在实验室培养的菌株之中，没有一种细菌能够生产这种有机酸，也没有 SPI–213 蛋白质的迹象。我的前任排除外源性污染的可能后，批注了“幽灵细菌”几个字。

但当我看到 SPI–213 的空间构型时，突然意识到自己曾在哪里见过。我迅速找来过去的研究材料，发现在拓扑结构上，它与我所研究的 S– 脂肪酸杆菌在代谢过程中所产生的一种副产物有着极大的相似性。

而那种让我花费七年时间研究的细菌，是一种极端厌氧的互养菌。

“貔貅”无法单独存活。

现在，我明白徐光为什么找到我了。

我首先要做的就是拿到新鲜的原始样本，然而当初的矿坑已经被人工填埋、植被覆盖，花了一番工夫后，我才找到之前的几个钻孔。

重新打通、取到样品后，我尽力恢复了当初的实验条件，却没有见到 SPI–213 蛋白质的痕迹。我所担心的事还是发生了，两次采样间隔的时间太长，理化环境发生了变化，这一簇细菌菌株已经绝迹。

但这并不意味着毫无希望，抱着试试看的想法，我决定以原始采样点为圆心，向外继续寻找新的可能。几个月之后，在距离矿坑几百米之外的地方，我终于重新找到了 SPI–213。

新发现的采样点恰好也是稀土元素的峰值点，我试图在液体培养基中重现原始环境，失败数次后，逐渐摸到了一些方向。当我在一个培养数代后的样本中再次得到 SPI–213 蛋白质的时候，又过了几个月的时间。

我过去所研究的细菌名为 S– 脂肪酸杆菌，它之所以被称为互养菌，是因为它维持代谢活动的方式与众不同。大多数拥有细胞结构的生命，是依靠氧化诸如糖类的能源物质来产生能量，驱动 ATP 的形成。但 S– 脂肪酸杆菌在无氧的情况下，会转换为还原分解脂肪酸和苯甲酸盐，这一过程是消耗 ATP 的。然而这一看似自杀的行为不会饿死细菌，原因在于其还原分解的代谢产物能够被一种脱硫弧菌直接利用，作为交换，脱硫弧菌产生的 ATP 会分一部分还给 S– 脂肪酸杆菌，维持其生命活动。二者相互依存，各取所需。

我的前任分离菌株的失败，让我发觉“貔貅”的生存形式比 S- 脂肪酸杆菌还要极端，它是完全异养生命，在任何情况下都无法独立生存下去，必须依仗合作伙伴。既然不能直接找到它，那我就先确定合作伙伴。

通过调整液体培养基的 pH 酸碱度，增减硫化物、硫酸盐的含量，可以选择性抑制某种细菌的繁殖，完成筛选的目的。当然，这种调整可能会直接杀死“貔貅”，但我更想得到的状况是，我杀死了它的合作伙伴，从而饿死了“貔貅”。针对每一种情况，都要进行分析检查，经过几轮筛选之后，我就应该能够得到品种相对单一的菌种。

这个过程，不知道重复了多少次。之后的某天，我把徐光找来，向他出示了一份基因检测报告。

“找到了？”他翻看完后，点上一根烟。见我没有反应，便指了指报告上的测序结果，“这是什么？”

“‘貔貅’的伙伴，一种脱硫弧菌。我不太喜欢用寄主这个词，它们实际构成了共生关系……”

“那为什么不把它剔除？”

“它们是……”

“你考虑过效率问题吗？”徐光不想听我重复，“我们需要简化，就像粗矿变成精矿。你测试过这组细菌对稀土原矿的转化效率没有？”

看到我摇头，徐光点点头，继续说了下去：“脱硫弧菌并不执行置换稀土元素离子的能力，考虑到无氧环境，我们必须从外界补充提供蛋白质，这样就浪费了将近一半的资源。”

“可是分离的话，‘貔貅’是不可能活下来的。”

“我并没有否认这一点。你不是以前做过基因重组的工作吗？现在，也是一样的情况。”

“我……我之前失败过。”

“既然细菌会浪费资源，我们就必须把它拿掉。你现在比当时的经验更多，我们对你也有信心，不要辜负我们的期望。”徐光眯起眼睛凑近我，“至于资源，我们自然会支持的。记住，我们要的是结果。”

植入基因片段，让“貔貅”独立吗？

我恍惚记起来，大学选择学习生物专业时，就是冲着“生命工程师”的头衔。为什么现在反而畏缩了？

我没有找到理由。

四

“为什么？”曾经有个男生这样问我。

十二岁的时候，面对这个问题，我同样没有找到理由。

我想要离开，但背后被另一个人顶住，我自知力量不敌，没有敢动。

眼前的男生忽然伸手，猛地拽下了我的平安符，我伸手争抢，却被人死死拉住。

男生拎着红绳，在我眼前转了转：“这是什么？”

“平、平安符，里面是貔貅……”

“貔貅？哈哈哈哈！喂，我看你就是没屁眼的吧！你个只吃不拉的貔貅！哈哈哈哈！”

“还我！我姥姥说过，貔貅是生财的！”

“生财？”男生甩手一扔，平安符随即飞了出去，“喂，你还没回答我呢，为什么不借我点钱啊？听见没？聋啦？捜！”

我全力扭动，但双手被人从后面反剪，动弹不得。男生从口袋里翻出我仅剩的零花钱，对数额并不满意，他抬头瞪了我一眼，邪笑一下，瞬间拉下了我的裤子。

“快看啊！红内裤哎！还有花纹哪！和个女生一样啊哈哈哈哈！”

我第一次发现，闭上眼睛之后，声音其实会清晰很多。

我没有把这件事告诉过任何人，包括爸妈，包括姥姥。

第二天，我去找那个平安符，可它已经不在那里了。无所谓，反正我也不打算戴了。

姥姥应该是在之后的某天问起来过，我对她说，大概是什么时候弄丢了，睡觉起来就找不到了。姥姥也没说什么，只是在家里的香炉前多点了几根香，多念叨了些本命年一定顺顺利利之类的话。

那件事过了不久，就到了春节。和其他人一样，我的期待也没什么特别的，除了整晚地放鞭炮，就是压岁钱。然而这一次，用我爸妈的话说，我表现得并没有那么好。

按家里的规矩，作为小辈，要先给长辈拜年，才有资格领到压岁钱。而这拜年并不是简单的陪老人聊聊天，一起吃个饭。姥姥和姥爷会端坐在椅子上，面前铺上两块红垫子。我要依次跪在他们面前，磕上三个头，再说声春节快乐，老人满意了，才会拿到包好的红包。

年年如此，直到今年。

我说什么也不肯跪下。姥姥向我招手，我却一个劲地往我妈身后躲。姥爷一个劲说算了吧，姥姥却仍然要我跪下。我爸把我拉到没人的房间，轻声问我为什么，我察觉自己的行为似乎会让他没有面子，但我依旧摇头，只说我不愿意跪，哪怕不要这压岁钱。

我爸离开后，姥姥独自走了进来。我没敢看她的眼睛。

姥姥摸着我的头，停顿了片刻说，长大了，不磕头就不磕头吧，可压岁钱还是要照样给的。

我忍住眼泪，莫名地感到委屈，却没有作声。

我们就这么沉默了一会儿，直到我妈叫我们去吃饭。

“头发有点长了，过了正月剪短点啊。”最后，她这样说。

五

对“貔貅”的改造，始终没有进展。

这并不是因为我对基因改造有所犹豫，这是我的工作，而且，这与千万年来不停进行的自然选择没有本质区别。当然反对的人会说，至少自然选择是相对静态平稳的，可以预测的。

然而他们错了。

没有人能够预测未来，最多是有限的推论。

这也许才是研究停滞的原因。

针对“貔貅”，植入的基因片段很好地得到了表达，这与过去我所能做的相比，已经是了不起的成就。但就像我说的，没有人能够预测未来。

“貔貅”是一种羧酸杆菌，在改造之前与脱硫弧菌构成了互养关系。当我把一部分脱硫弧菌的基因片段整合到“貔貅”上的时候，它的细胞器能够生产出所需要的蛋白质，让其能够通过氧化硫化物及羧酸盐来获得能量，后者正是“貔貅”置换稀土矿中的元素时所产生的代谢产物。

但对改造后的“貔貅”，却无论如何也检测不到SPI–213蛋白质的存在了。

我最初认为是植入基因的时候切断了相关片段，影响了表达。在更换了几种酶之后，“貔貅”依旧没有恢复生产SPI–213的迹象。难道整段质粒都是控制相应过程的表达？我试着保留羧酸杆菌体内原始的遗传物质，再把脱硫弧菌的基因作为独立的片段植入。

还是一样。它能够分解硫化物，但是不会置换稀土元素。颠倒过来亦是如此。

项目卡住的时间越来越长，徐光并没有说过什么，他下来询问的次数却越来越频繁。婺州稀土看起来还和以前一样风光，但在公司内部，冶金开发方向的负增长已经是不争的事实，超过半数的盈利都是投资带来的。传言说公司明年或许就会开始往下砍掉一些人，甚至关停几家矿场和子公司。

尽管研发中心相对安全一些，压力还是越来越大。考虑再三后，我把提纯后的羧酸杆菌和脱硫弧菌混合液交给了徐光，进行实地测试。

它们的确发挥了作用，然而对浸出液的回收分析显示，转化效率还达不到生产标准。没有工业价值，也就没有存在的意义。

之后很长的时间里，我陷入了焦躁的无所事事。不断地回顾实验笔记，徒劳且无效地重复实验过程，调整液体培养基的成分，希望能提高转化效率。讽刺的是，我交给徐光的试样已经是最优比例，想要再高，就只能在保证SPI–213蛋白质活性的情况下降低pH酸碱度，但那样也会令细菌解体。换句话说，杀鸡取卵。

实验室里积聚的压力还是被引爆了，徐光撞见我在网上更新简历之前，我就知道这一时刻终会到来。他把电脑直接摔到了地上，痛斥我的无能，公司白白浪费了那么多金钱培养，却没有得到丝毫的成果，让我尽早收拾东西滚蛋。

我向他坦白自己并没有明确的打算，并请求多给一些时间，让我再想想办法。然而徐光并不想听："非要逼你到没路可走才会开口想办法吗？还是想做第一批逃兵？什么都……"

"等……等等……"

“等个屁！”徐光摔门而出。我的思绪却忽然间澄明了。

SPI-213 的存在依靠的实际是两种菌株的互养关系，任何一种打破均衡的方式都会导致这种关系消失。对于生存在极端环境中的生命，需要抛弃所有无用的、浪费能量的生理功能。当羧酸杆菌能够独立依靠氧化能源物质获得能量的时候，就会本能地放弃相对不划算的、单纯耗能的代谢过程。这是近于本能的选择。

来不及打开另一台电脑，我抓过马克笔就往窗户上写。

既然目标是提升“貔貅”的转化效率，也就是希望在细菌还活着的时候，增加 SPI-213 的相对数量，而 SPI-213 又是互养关系的标志，那也就是说，需要逼迫它们进入真正的绝境，强化二者的相互依存。

是减法，而不是加法。

我开始设计新的实验，新的策略，直到玻璃上被全部写满。实验室在第二天早上全力运作。

结果很快就出来了。脱硫弧菌经过基因剪切后，再也无法直接利用液体培养基中的营养物质，而羧酸杆菌想要存活下来，就必须先消耗 ATP 中的能量，把原矿中的稀土元素置换为羧酸盐产物，交给脱硫弧菌处理成硫酸盐。而在这个过程中，脱硫弧菌生产的能量将分配给两者共同使用。为了保证自己获得足够的能量，羧酸杆菌就必须增加自己的优势，与之对应的，便是 SPI-213 浓度的大幅升高。

令我没有想到的是，在电镜下，它们并没有简单地交换作为中间物质的羧酸盐。羧酸杆菌与脱硫弧菌的菌体互相贴合，竟然成了一个整体，通过交换细胞质的方式直接交换营养物质，甚至是细胞器。

这才是真正的“貔貅”。

我看着这近乎奇迹的画面，直到黄昏已至、光线昏暗下来。我打开灯，呆坐在椅子上，逐渐意识到发生了什么。

我创造了一种独立工作的、全新的生命。

而它活着的唯一目的，就是把矿石里的稀土挖出来。

我忽然感到前所未有的沮丧。

然而它的命运已经开启了。

徐光看到了“貔貅”的报告，立刻展开了实地测试。当第一批液体试样倒在实验渗滤池中的矿石上时，我就离开了现场。我知道它能够完成任务。测试结束的时候，浸出的液体将会流入收集池，在那里，含有稀土元素和“貔貅”的混合液，会被倒入盐酸等试剂，得到进一步处理。

在我的想象中，那是猩红色的。

测试结束的第二天，我递交了辞职信。

六

因为升学的关系，我不再住在姥姥家，很长一段时间，我都没再见过貔貅。

新学校里，我所遇见的每一个同学，都没有古怪的平安符。我很高兴能和其他人一样。

至少表面上是这样。

最初我只是正常的发热，那时禽流感疫情已经过去，爸妈也就没有太关心。不料感冒很快诱发了炎症，气管支气管相继沦陷。高烧昏迷之后，我被紧急送往了医院。

清醒过来的时候，我妈说，还好及时送到，不然发展到急性肺炎就危险了。我随意地回应着，注意到床头放着一盘切好的水果。

“姥姥来过了，偏要待一会儿，非要医生说你没事儿了才走。”

出院后不久，我就被叫去了姥姥家。

一进门，温热而又刺鼻的气味就顺着鼻腔顶了上来。是中药。

“姥姥？”我皱眉，顺着味道摸进厨房。炉灶上的砂锅里咕嘟嘟地炖着东西，一旁的菜板上，厚厚地铺着一层不知道是什么的植物茎叶。姥姥拿着菜刀“咚咚咚咚”地剁着。

“蛤蟆草。”她解释道，“我跟人打听了，这个东西治气管炎，清热解毒的。你从小时候就肺不好，这个东西刚刚好。”

“姥姥，我已经好了，没事了。”

“你这个孩子怎么不听说教呢？我说好就是好，还能害你不成？我费多大劲找来这么一把。”姥姥说着关了火，撇去上层的浮沫，舀了一小碗颜色浓重的药汤。

我告诉她，我没吃过中药。

“这有什么关系？你得相信这个，有人喝了多少年，最后就是把病根给除了。喝。”

我接过碗，一小截草梗正在里面打着转。

“不能放糖，那就不好了。快点，就得趁热喝。”

于是，姥姥看着我憋着气，一点点把药汤喝下去，接着在围裙上搓了下手，继续剁那些蛤蟆草。

回家之前，我又喝了两碗。并没有比第一碗的感觉更好。

当天晚上，我感到浑身都处在温热的状态，周围的寒气一点点地咬噬着毛孔，身体就这样逐渐发麻。皮肤好像更敏感了，任何一丝动作都会加重这种微妙的让人爽快的感觉，甚至逐渐发紧的喉咙也可以忽略。

之后，我就因为急性过敏引发的全身麻疹被送到了医院。

后来我跟我妈说起过关于喝中药的事。不知道是她的要求，还是姥姥自己的决定，我再去姥姥家的时候，那些蛤蟆草已经不见了。

不过，在原先摆放香炉的地方，多了一个神龛，据说是从算命师傅那里得来的，可以趋利辟邪。

里面供着的，是一只黑曜石貔貅。

七

再次见到“貔貅”，是徐光把我从山沟里挖出来之后。

学校的土操场上，昔日的土地庙正被扩建成一间开水房，不少乡民在施工现场叫嚷推搡。两年的时间，我的手掌变得如此粗糙，这里的学生换了又换，一切却又依旧如同最初一样。

“我们希望你能回来。”他这样说。

“在这儿，有我想要改变的东西。”

“两年……”徐光看着我，“就算再久一些，你又能留下什么？”

我没有回答。

徐光在平板电脑上滑了几下后交给了我，上面是一份简报，我一一翻看下去，速度越来越慢，最后定格在一张照片上。

“‘貔貅’需要你。”

“你们……把它怎么了？”

“一些小改动，它们现在已经是有性繁殖了，当然，问题还是有的。不过这一次，你甚至不用进实验室，只是做顾问。”

我放下平板电脑：“不用跟你们的老总再见面了吗？”

“这不是已经见过了吗？”徐光起身，“你知道，我们打算给你的报酬，可以把这儿翻修二十遍。”

我知道，他绝不会在钱的事情上开玩笑。

我不在的这段时间里，“貔貅”的应用推广，让婺州稀土矿业不仅成了生产创新典型，还一举跃居全国范围内的冶金龙头企业，政府更是为之专门批下了一块产业园区。然而一系列环保政策的出台，尤其是针对矿业发展的规范性文件的下达，令破坏性开采的成本直线飙升。

徐光找到我的时候，正是传统矿业面临的第二次寒冬。

返回婺州的路上，我把研发中心的实验室介绍全部看了一遍，生物技术的提升比我想象中要快得多，植入的基因获得表达的概率提升了不少，而生物嵌造技术，尤其是对无脊椎动物也获得了质的突破。

尽管如此，当我见到新一代的“貔貅”时，还是没有控制住自己惊讶的表情。

培育箱内，十余只生物正在缓缓蠕动，身体不分环节，通过肌肉的收缩扩张进行运动，背部和尾部则环绕着钻头一样的螺旋形贝壳。

“公司希望‘貔貅’能够具有活动性，”新任的研发主任介绍道，“矿坑修复的环保税太贵了。”

“你们所做的，可超越细菌太多了。”

“虽然看起来是这样，但是这一代‘貔貅’对稀土矿石的基本代谢过程，与您对羧酸杆菌与脱硫弧菌的设计没有本质的不同。事实上，在‘貔貅’的体内，就包含着这两种菌株的遗传信息。”

“那这个壳是什么？”

“‘貔貅’的头腹部会分泌酸性黏液，侵蚀矿石至可食用的粒级。公司希望以更容易收集的方式固结稀土元素，于是我们修改了‘貔貅’体内对羧酸盐的氧化过程，稀土元素会向外分泌，与空气中的二氧化碳相互作用，生成碳酸盐的外壳。”

我注视着培养箱，“貔貅”的活跃程度似乎与贝壳大小呈负相关。“有生长极限吗？”我问。

“这就是徐总的点子了，”研发主任微微一笑，“贝壳生长到最大的时候，会堵塞住排泄通道，废物积攒越来越多，最终会令器官衰竭。”

“就像‘貔貅’。”

“这就是真正的‘貔貅’。”

“既然如此，”我看着他说，“那它们的问题在哪儿？”

研发主任把我带到标本柜前，里面陈列着一系列大小不一的贝壳标本，最大的足有五厘米。

“知道非洲的玛瑙螺吗？按照设计，‘貔貅’的壳最大应该能长到十五厘米。”

“怎么会这样？环境原因吗？”我问。

“你算问到点子上了。”研发主任点头，“根据检测报告，‘貔貅’都是被自己毒死的。”

八

上高中的时候，我的姥爷自杀了。

学校是寄宿制，我又是高三生，事情发生一周之后，我才从我爸的口中得知。那时人已经火化，自杀的详情，也被语焉不详地一笔带过。

唯一能确认的是，我妈被彻底击垮了。

现在想起来，我与姥爷的关系并不那么亲密，然而在我最迷惑的时候，他总是那个能点醒我的人。姥爷的书房里有一个硕大的书柜，在里面，我们总能找到数不清的话题。对我而言，他更像是一个朋友。而对其他爱他的人，他的地位更加重要。

那几天，我妈都关在房门里拒绝见人。我想要支持安慰她，可是能做的，只是静静地坐在她身边，一言不发。我和我爸都认为这是短时间的问题，这段情绪过去就好了。事实的确如此，尽管艰难。

然而，整个过程中，姥姥没有任何变化，依旧每天转经烧香。

姥爷没有留下遗书，我不可避免地开始妄想，这一切是否与我姥姥有关。姥姥从不识字，姥爷却算是半个大学生，他们当年是怎么认识的？我对那个年代一无所知。

我对他们的生活一无所知。

姥爷去世后一个多月，我请了高中时期唯一一次假。那天是姥爷的末七。

屋里，一个打扮齐全的道士正在舞剑念经，在他身后的另一个年轻道士则配合地一边摇铃一边播放着老旧的卡带。

“去，”姥姥把一叠黄纸递给我，两根细香夹在里面，露出半寸左右，“给姥爷烧上，送一程。”

我木然被推着，跪倒在灵位与骨灰盒前，眼前的砂锅中尽是灰烬。我妈点上火后，我把手里的东西都扔了进去。

火焰席卷表面，散发出硫黄独有的味道。热气烤得我脸上发烫。

仪式整整持续了一个下午。

姥姥一直与年轻道士打听些什么。自始至终，她都没有掉过一滴眼泪。

我也没有。

仪式一结束，我就开始打扫屋子。姥爷从不喜欢搞成这个样子。

姥姥一看便握住笤帚：“哎，别扫，人家道长说了至少再过一天，让阴气排尽再清理。”

“封建迷信……”我低声说。

“什么？”

“我说你封建迷信！”我冲姥姥吼道。

姥姥手没有松开，身体后退了一两步，脸上露出震惊的表情。我妈开口劝我道：“听话，别跟姥姥犟。懂不懂点规矩？”

我瞪着她的眼睛，松开笤帚，背上书包就走。

“你去哪儿？”我妈吼道。

“回学校！”我以同样的音量回道，装作不小心的样子，狠狠撞了神龛一下。

黑曜石貔貅翻滚着摔到地上，断成两截，头颅咕噜滚到门边。门后面，还有罩着棉布，还没有下锅的手擀饺子。

我没有回头。

九

更详细的毒理检测报告出来了。研发主任说得没错，“貔貅”的确在杀死自己。消化矿石粉末的过程中，以 SPI–213 蛋白质为主的消化液发挥了主要作用，但在置换稀土元素的同时，原本相对稳定的磷酸根离子受到酸性环境的影响，与消化液中的其他成分作用，生成的外毒素破坏了“貔貅”原始的免疫系统，从而引发组织器官衰竭。

包括研发主任在内，都不明白这种外毒素为什么会产生。

“就像外壳，”他这样告诉我，“螺旋线并不是我们的设计，能让它长出来我们就很满意了……”

这种状态似曾相识。

我阅读了实验室的所有资料。在我回来之前，他们已经完成了不少方案，都是试图在基因层面对外毒素的形成过程进行修正。然而结果并不乐观，试验样本要么无法吸收稀土元素，要么会被新的毒素更快地杀死，在个别案例中，实验样本体内甚至缺失了整条消化道，出生后仅仅挣扎了几个小时就被活活饿死。

徐光曾对我说，这件事非我不可是出于两个原因。其一在于我熟悉“貔貅”最基础的化学过程，而新一代“貔貅”就是建立在我过去的工作上的；其二在于，我并没有参与到具体的设计工作中，能够以不同的视角看待问题。

“什么样的视角？”

当时徐光并没有回答。但我逐渐领会了他的意思。

我让实验室暂停了所有基因方向的工作，从零开始对“貔貅”重新进行客观性考察，从生理活动过程到行为模式。同时，我安排了一支特别小组，回到了矿坑进行重新采样。

研究人员对此颇为不满，有些人甚至声称是浪费时间拒绝参与。徐光听到消息后把我叫去了办公室，我解释了自己的思路后，徐光勉强同意了我的方案，并要求所有人服从安排，否则就直接走人。

实验室里从此变得安静了许多，我有了更多的时间一个人观察“貔貅”，也惊异于简单的基因片段可以影响复杂而宏观的行为特征。例如对“貔貅”而言，其能量来源于矿石中稀土元素的转化，但矿石中的元素并不足以令其完成生理活动，因此需要补充碳源和氮源。

实验室原本想让“貔貅”能够食用一些简单的植物，但徐光认为封闭式饲养才是应该发展的方向，这也就意味着要人工投喂“貔貅”能够消化的食物蛋白。设计过程中，研发主任实施了一个想法，在“貔貅”的感光细胞中添加新的基因片段。

“貔貅”没有完整的视觉能力，只具有初级的感光能力。但是新的基因表达后，会令感光细胞因特定频率的光线而产生敏感性刺激。这种刺激反馈到神经中枢后，会驱使“貔貅”产生快感，自觉向光源移动。这样一来，只需要在光源下投喂食物即可。

这一改变引导了初级的社会化行为。对光更敏感的“貔貅”能够更早发现食物的投喂，率先采取行动，同时释放某种信息素告知其他“貔貅”，作为补偿，在稀土元素更富集的区域，“貔貅”群体也会让其优先进行选择。

我坐在培育箱前的时间越来越长，每一天，我都会得到新的信息。渐渐地，我感到自己开始理解“貔貅”。

奇怪的是，在同一段时间，我也开始间断地做同一个梦。梦中，我与姥姥相对而坐，默默地对视。姥姥的脸上散发着某种古怪而又令人安心的气场，让我仿佛回到了小时候。有时醒来，我会不自觉地计算，自己有多久没有回过家了。

随着客观性考察的告一段落，特别小组也取回了我所需要的样本。全体会议上，我正式提出了我的方案。

单纯的基因改造没有发挥作用，原因在于外毒素的形成过程与稀土元素的转化有着不可分割的关联，而后者是“貔貅”项目能够存在的唯一核心。

研发主任提出抗议，认为没有什么是基因改造解决不了的，然而我向他指出，只要找不到能够替代 SPI-213 的替代蛋白质，这些讨论就没有意义。

“那你所谓的特别小组，发现了吗？”

“并没有。”我承认道，不过这也并不是我原本的目的。我把“貔貅”的客观考察报告发至每个人的手中，“你们的作品很完美，这一点大家要有信心。但是现在，大家需要把‘貔貅’看作一种全新的生物。这种生物患了严重的疾病，我们要想办法治好它。”

说完之后，我便退到一旁，由特别小组解释他们所完成的工作。

一种生存在高磷酸盐浓度下的梭菌，能够制造一种被命名为 NWA-019

的蛋白质，NWA-019能够与铁离子共同锁定磷酸根离子，并以大分子物质的形式排出细胞质外。

“我们要把它的基因找出来，然后放进‘貔貅’？”

“不。把它看作治疗方案，而不是蛋白质加工厂。”小组的领队说，“我们要修改的是梭菌，让它能够生活在‘貔貅’的体内。这是一种……”

……共生关系。然而我的脑海中，没来由地想起了小时候曾经戴过的那个平安符。

十

高考结束时候，为了专业选择的问题，我跟我妈吵了一架。我的分并不高。我妈坚持认为要去学金融管理一类的专业，可那并不是我想要的。直到填报志愿的前一夜，我们才终于达成了共识。

第二天在我的枕边，多了一个树脂镶嵌的镀金挂符，里面的貔貅如此眼熟。

“知道你要去外面上学，姥姥给你求的。你要是不想戴，可以挂书包上，或者当钥匙链。”我爸瞟着我妈的脸色解释说，“要么，你就放家里好了。”

我把它扔进了书包。心里的某个角落，我想我还是怪罪姥姥，或者是责怪自己没能早点做些什么。

尽管后来，我还是跟姥姥和解了。然而从姥爷去世算起，有五年的时间，我没跟她说过一句话。

在这五年之中，逢年过节，我还是会跟着爸妈去看望姥姥。姥姥的话变少了，跟爸妈聊天的时候，只是询问他们的身体。

再后来，听我妈说，姥姥又开始信中医，并且痴迷起街头兜售的各种保健品。

“真要劝，我们也劝不动。”我妈这样说。但这样胡乱花钱，终归不是办法，万一吃出问题来，人财两失。

我花了一周的时间，整理了姥姥迄今为止买过的所有东西的资料，以及各种科学事实、数据、图表和新闻报道。

我把它们带了回去，铺开在姥姥面前，看到她的眼神时，我才记起来，她并不认识这上面的文字，即便认识，也无法理解图表、数据后面的真实含义。

她努力辨识着，干燥萎缩的手指有些颤抖地挪动。她一直都在衰老，只是我从没意识到。

我坐到她身边，从最基础的部分一点点讲给她听。她一句话也不说，我猜不出她心里在想着些什么。

“我给你求的符呢？”讲到一半时她突兀地问。我回答之后，她又自顾自似的念叨：“那是貔貅，老人口里传下来的，招财进宝。”

“貔貅最早是在《史记》里正式出现的，那时候人都认为只是跟老虎、豹子一样的野兽，跟招财进宝一点关系也没有。”我随意地答道。

姥姥静静听完，没有搭话。于是我便继续讲起保健品有多么不靠谱。或许是我的错觉，在那个时刻，她身上似乎有某种东西消失了，让她看起来只是一个普通的、无助的老人。

“所以，”她最后说，“我反正是不买了就对了。”

“嗯。”我说，“把钱省下来，多锻炼，每隔半年去医院检查检查，比什么都好。”

“好……”姥姥按着膝盖用力站起来，“听你的。还是你出息了啊。”

我应和着，脑海中却开始想象那个遗失已久的平安符的模样。灰尘下面的貔貅黯淡无光，像是向我预示着什么。

十一

我没有成功。

特别小组找回的样本中，能够产生 NWA-019 的梭菌与“貔貅”相互排斥，更不用说在消化道长期驻扎下去。但方向是正确的。

研发主任决定修改梭菌的基因片段，让它能够适应“貔貅”的体内环境。我认可了他的决定，事实证明，他是正确的。梭菌植入成功的晚上，我们还开了阶段性庆功宴。

徐光惊讶于我没有找个房间把自己关起来改简历，我开玩笑道，可能自己只是变老了。

九个月之后，首批经过梭菌治疗的“貔貅”样本抵达了生命的尽头。研究人员从培育箱中取出皮肤发黑的貔貅，僵硬的身体被拿去进行解剖检查，而贝壳则将接受光谱检查和质量分析。

在那之前，粗略的测量表明，贝壳的平均长度在十四点五厘米左右。最大的长到了十八厘米。这是个吉利数。

半个月后，最新一代“貔貅”投入实际生产。婺州稀土联络地方媒体，特别为此召开了发布会。这也是“貔貅”第一次以真面目出现在大众视野之中。反对基因改造的声音没有想象中那么大。我不想假装在乎这件事。

我把新闻播出的时间告诉了家里，我妈回复了一个“棒”的表情。后来，我们聊了电话，我没有告诉他们，关于姥姥的梦，出现得越来越少，而我也患上了失眠的毛病。

睡不着的时候，我会一个人待在实验室，看着培育箱里的“貔貅”缓缓爬行，拖着沉重的贝壳，在矿石表面留下侵蚀的痕迹，直到太阳再次升起。实验成功了，我告诉自己。但总有些地方让我心神不宁。

我开始反复翻看实验记录，直到有一天，我拿到了“貔貅”的宣传草案，封面写着“‘貔貅’的基因组合均享有婺州稀土矿业有限公司专利保护”，却并没有提到繁育的问题。

我仿佛明白了什么，急忙找到最新的一批繁育编号，随后找来了研发主任。

“为什么所有的‘貔貅’都只有三代？第四代发生了什么？”

“什么第四代？”研发主任皱起眉，“我们从来不需要第四代啊。”

随后我得知，当初徐光对我说的有性繁殖的确是最初的设想，然而后续的开发过程中，这一点在宣传上的意义远大于实际价值。在我回来之前，大多数“貔貅”根本无法繁殖那么多代，而徐光认为这恰好对防止私自育种有利。

“如果他们想要，就只能从我们这里买到。”

“那那些对照组呢？为什么也没有它们的第四代繁育记录？”

“那是因为根本没有第四代出生啊，”研发主任耸耸肩，“我以为你知道的，每一代的交配频率都在下降，到了第三代，就已经没有繁育成功的案例了。至于梭菌治疗之前的样本，外毒素逐渐累积，根本活不到第三代。”

“你是想告诉我，‘貔貅’都成了性无能吗？”

“要么是性无能，要么就死得早。但这正好，不是吗？公司利益最重要。说实话，我还以为徐总早就告诉你了呢。”

我没有去询问徐光。

调出解剖报告后，我与早期的记录进行了对比。NWA–019 的浓度与交配频率呈负相关。为什么？

我无法一个人完成这些调查，于是找来了特别小组的领队，并请求他对此保密。听完后他没有多说什么，我便问他还需要些什么。

“一个月的时间吧。”他说。

我很庆幸自己找对了人。一个月后，准确的研究结果出来了。NWA-019 蛋白质的确发挥了自己的作用，然而消除外毒素的同时，也大幅度降低了“貔貅”体内的磷含量，而那恰恰是维持其原始的神经系统工作的重要元素。

分化程度尚低的神经细胞在“貔貅”衰老过程中，会自发产生损伤，而由于磷含量的下降，这一损伤将完全不可逆转，同时引发持续性的痛觉刺激。伴随着性成熟，这种刺激程度会逐渐加强。尤其当性行为发生的时候，这痛觉会让它们的身体产生被撕裂的幻觉，令它们微小的大脑近乎崩溃，不得不关闭神经细胞。这一行为的副作用，便是无法有效识别其他“貔貅”与环境要素的差异。这是它们性冷淡的本质。

更糟糕的是，这一反应会随着代际得到强化。乍看之下，这完全背离了自然选择。但就“貔貅”而言，对痛觉不敏感的个体，恰恰也是更加排斥 NWA-019 的个体，其平均寿命无法达到性成熟，也就根本没有第三代；那些越来越性冷淡的个体反而活得更久，长得更大，到了第三代，它们便彻底无法分辨其他“貔貅”，也就失去了后代。

这一切仅仅是因为 NWA-019 能让它活下去。

“有没有办法可以重新打开神经细胞的功能？”

“我已经试过了，”领队报告道，“那样的话，达到性成熟后，‘貔貅’样本就会进入绝食状态，数天后就会死亡。”

它们宁愿把自己饿死，也不愿意活在疼痛中。

“徐总那天和研发主任来实验室了，要我们下个月前整理好所有材料，好让其他部门尽早完成‘貔貅’的商业化生产线，你没有在场……”领队欲言又止，“我只是觉得应该告诉你。”

我与徐光签订的合同，还有几年的时间到期，如果我提前离职，造成的损失又有多少呢？我相信徐光计算过这个数字。房间里安静了下来，一时间我们都没有说话。

“如果你有什么要做的话，时间不多了。”他最后说。

十二

在我研究生的最后一年，我的姥姥去世了。

那年春天已经有了一些征兆：姥姥的食量减少，体重却没有明显的变化。然后，在社区安排的体检中，血液中有些成分不对劲。医生嘱咐去更大的医院看一看。

姥姥没有告诉爸妈，继续忙着她自己的事，直到几周之后出了问题才去检查。

我是在电话里得知结果的。结肠癌，晚期。

姥姥因急性腹痛被送往医院，医生发现姥姥的腹水情况严重，被迫采取紧急措施，才让她缓了过来。随后拍片结果显示，导致腹膜破裂的原因是，她的肠道内被大大小小的肿瘤填满。之前的食量减小是因为她根本无法消化，无法正常排便。

医生告诉我妈只能采取保守疗法，禁止进食清空肠道，同时辅以葡萄糖静脉注射，等身体恢复一些才好进行后续的诊疗，制定治疗方案。但我们都知道，已经没有办法了。

姥姥最后的那段日子，经常坐在医院的大厅里看向窗外，一看就是一整天。我猜不出她到底看的是什么，来往的行人，透过树叶的阳光，抑或是别的什么东西。

再后来，她被接回了家。

我预先买好了车票准备回去，然而就在答辩前的那天，我妈发给了我一张照片。

我终究还是没有见到她最后一面。

照片上的她，就像成分配错的蜡烛，过早地耗尽了身体的能量，面容枯槁，皮肤紧贴骨骼，就像一尊骷髅。

我如此震惊，以至于认不出那就是曾经与我那么亲密的那个人。

我的脑海中抑制不住地回响着我妈的那句话：结肠癌，肠道内都是肿瘤，无法排便。她是被自己饿死的。

就像“貔貅”。

十三

我的窗外是一片绿荫地，完全看不出曾是废矿，而在可以预见的、不远的时间里，这里将成为未来的出发点。成批经过检验、合格的“貔貅”将从这里出发，去往那些或被遗忘的地方，完成最终的使命。而这一切，在某种意义上，源自我。

究竟如何定义生命的目的？又该由谁来定义？

在山沟里的时候，我曾以为我找到了答案。然而我错了。

我想知道在姥姥的眼里，这个问题的答案又是什么。毕竟，她更相信貔貅。

我不明白自己为什么对“貔貅”的第四代不育耿耿于怀，它分明与姥姥口中的那种神兽截然不同。

可我又是那么希望它能成为一种全新的、独立的、真正的动物。哪怕它无法被描摹成肩长双翼、虎豹之躯的样子。

我没有机会再进行新的实验了，实验室很快就会被搬空，留给我的只有那些实验记录。可以被更改的记录。

我还有能力解决这个问题。也许。只是徐光留给我的时间并不多了。

SPI-213 会产生外毒素，不经处理会令免疫系统灭亡。NWA-019 会导致疼痛，关闭神经细胞的感知功能，导致性冷淡。这是“貔貅”生存下去所要付出的代价。

我曾经把挖矿视为“貔貅”生存的目的，但看着这成堆的实验记录，我意识到挖矿并不是它的目的，而是生存下去的手段。我们设计了这样的方式，让它在维持生命与开采稀土之间获得了妥协。

但这还不够。

我忽然想到了我的姥姥。她这辈子都在与她日益不理解的世界相对抗，直到两败俱伤。然而她只是基于那么简单微妙而又不起眼的理由。她不懂得做出妥协，只是从更老一辈人的口中流传下来的话中寻找出路。掩藏在那些话中的东西，那只貔貅，正是一种已经延续数万年的本能，哪怕现在的我们已经足够聪明，足够认识到其虚伪与荒诞不经。

哪怕生活再艰难，我们依然有着下一代。

而这正是“貔貅”所需要的。

它的生命如此痛苦，我该如何为它植入爱的能力？

我冲进实验室，翻出我所需要的那篇记录，插入新的页面。他们不会发现，下一代的“貔貅”的卵壳，不，是从受精卵成型开始，“貔貅”就会发出肉眼不可见的微弱荧光，直至幼年期结束。每一只“貔貅”体内，针对这一频率的光敏细胞会发生微妙的变化。

我还要再做一件事。

“貔貅”不再能关闭疼痛的神经细胞，那是因噎废食的自尽手段。“貔貅”必须感受到其他同类，哪怕那再痛苦。至少，它们能够重新感受到后代带来的快乐。那缕黑暗中的曙光。

我没有完全的把握，只是怀有希望。

我希望。

也许给予足够的时间，它们终究能够寻找到合适的基因片段，取代SPI-213与NWA-019，这些曾经带给它们无数痛苦，却让它们能够生存下去的东西。

但在那一刻到来之前，它们会用尽全力，繁育那些幼小的个体，会为了看到那一刻的美好，忍耐所有来自这个世界的苦难与恶意。

这些微不足道的“貔貅”，将把这信念代代传承。

我发现自己开始流泪，一个念头轻轻地在我脑中滑过。那是一个许久之前就应下的，却永远也兑换不了的承诺。

2017年3月首次发表于豆瓣阅读

假手于人

◎慕明

某种程度上，这将是人类所能认识到的唯一的世界，这也将是不再受大自然赋予我们的肉体所束缚住的，真正的人类。千百万年的自然演化之后，我们终于可以按照自己的方式，选择前行的轨道。

但其良工苦心，亦技艺之能事。至其厚薄深浅，浓淡疏密，适与后世赏鉴家之心力、目力针芥相投，是岂工匠之所能办乎？盖技也而进乎道矣。

——张岱《陶庵梦忆》

一

唐青筠进门的时候，老唐正弓着腰剖竹青。炉头上的砂锅冒着些缥缈的热气，焖着的是香肠、豆角、白米。

“又回来这么晚？吃饭。”老唐抬眼，眉心皱紧，从镜框上方看唐青筠。姑娘齐耳短发，小吊带牛仔裤，大耳机挂在脖子上，隐约听见叽里呱啦的人声。

“外头吃过了。”唐青筠甩了甩长发，往竹沙发上一躺，掏手机。手腕上的链子丁零当啷直响。

“外头的哪比得上家里的。多少吃点儿，香肠豆角箜饭。”老唐停了手中剖刀，对着黄色台灯看篾片。去了竹黄的慈竹竹青，坚韧挺括，厚不过半寸，细细剖了八片，每一片都透得出灯下晚报上的字迹。

老唐这手取竹青的功夫，十六岁学成，今年是第四十一年。

唐青筠磨蹭着起身，松松地舀了小半碗豆角，一撮沾着花椒粒儿的米饭。

“怎么不吃香肠？”老唐掀开桌上倒扣的篾丝菜罩，露出一碟泡菜。

泡菜是月前老唐自己泡的，香肠也是去年冬天老唐自己灌的。三十五斤精瘦肉，十五斤肥膘，一刀刀剁成丁，晒干的灯笼椒、朝天椒、青花椒，研钵磨成细细的面。用竹筷子的尖头，一点点灌进肠衣，挂在阳台上晾干。家里人少，吃得慢，挂久了的香肠表面蒙了一层灰，蒸好也是褐色的，比不上外面的红润油亮。可是老唐觉得，自家手工做的，味道总是比外面做的好一点儿。至于好在哪儿，他也说不上。

“唉，明年还是不要自己做了，累得要死。不想买外面的，就自己买肉，拿到菜场用机器灌嘛。”唐青筠一边挑着碗里的米，一边看手机，“现在都是电动的，绞肉，灌香肠，又快又好……”

“机器！啥子机器！”老唐胸口一闷，脑壳里像有什么东西刺了一下，手中拢好的篾片悠悠颤抖，哗的一下散在地下，想要站起来，人却忽地瘫在椅子上。

“爸！”唐青筠扔了筷子，“又头疼？”

老唐勉强点了点头，眉头皱得更紧，伸手要茶缸。唐青筠赶忙递上，老唐咕嘟咕嘟地喝了一气，直到豆大的汗珠顺着沟壑遍布的老脸滚下，才稍稍缓了过来。

“你还是早点儿去看一下，手上的活儿，放一下也没关系。”唐青筠小声说。

“你莫管，我自己有数。”老唐蹲着，头也不抬，一根一根捡篾片。唐青筠默默扒饭，一时四下无声。

老唐家不爱看电视。几十年了，入夜后的声响，先是唐青筠写作业，纸笔滑动的沙沙声，后来是唐青筠练琴，溪水般的琮琤声，现在更多的，是唐青筠的键盘鼠标，噼里啪啦的敲击声。穿插在其中没变的，是老唐剖竹、制篾、编花、打磨的窸窣声。街上汽车呜里哇啦的喇叭声，巷子里小卖部公放的音乐声，都听得人心烦，只有人手和物件交融触碰的轻微声响，才能让他真正沉下来，仿佛一闭眼，就回到了老家，那片只有风动竹叶声的林间。

“放着别动。”哗哗流水声中，老唐回过神来，“姑娘家，弹琴的手，洗粗了要不得。”

“你的手可比我金贵。”唐青筠拿着篾丝刷子刷碗，“竹编一百八十法，全在你唐师傅的手上，不比我弹琴的十几种指法厉害？”

“哎，老了。”老唐眉心微微舒展。十五岁学徒，二十岁出师，连师父也说，他唐洪是他见过最有悟性的竹匠。那年月在老家，竹匠的日子也好过，乡下哪里不需要点竹器呢？侍弄田地需要竹耙、竹篮，晒谷子需要竹筛、竹簸箕，夏天挂竹帘睡竹席，冬天提竹手炉烤火。师父店门口的那副对子他还记得，“枝蔓皆成器，方圆却任心”，说的是竹器，也是竹匠。那时候，他觉得竹匠真是门不错的手艺。手艺人，不偷不抢，本以为可以一辈子不愁，可没想到今天。

老唐看了看自己的手。竹编一百八十法，留下的是大大小小的裂口、擦伤、瘀痕，成都冬天阴冷，裂口生了冻疮，又痒又疼，涂什么药也不管用。可是让他心里像猫挠似的，却不是冻疮。

“爸，下周末，我想带小关来吃个饭。”唐青筠擦完桌子，搓了抹布。“就在楼下饭店吃，吃了上来喝个茶……”

老唐皱眉。

“好好好，来家吃。唐师傅的手艺。”没等他开口，唐青筠接过话，“反正他早就说过要看看。说不定，你还能收个徒弟呢。”

“徒弟？”老唐从鼻孔里哼了一声。从 1977 年进厂，二十多年，他带了多少徒弟？可是哪一个现在还做手艺活儿？更别说现在的年轻人，坐都坐不住，怎么做得了竹匠。就连自家姑娘，从小看他干活，没上过手，就是半点儿不会。徒弟？

夜深了。唐青筠回了房间。老唐仍在灯下，摆开了匀刀，却发愣。窗外，商业街上的人声依然喧闹，霓虹灯的光影时不时晃着老唐的眼。时代确实是变了，可心底，总是还有一块儿硬邦邦的东西。

有手艺走遍天下，没手艺寸步难行。竹子低贱，不比玉器银器，要挣得出生活，挣得出名气，全靠竹匠一双手。师父早就说过。机器再好，做不来好竹匠的细致手艺。这句却是老唐自己加的。

他就是不信。

二

六年前，当我第一次来到纽约时，从未想过自己在若干年后会落脚何方。这里似乎可以找到来自世界上任何角落的东西。我在鲁宾美术馆里抚摸来自喜马拉雅山区的毡毛挂毯，也在埃塞俄比亚移民开设的小餐厅里，徒手卷起布满蜂窝的酸味英吉拉饼。地铁里的人们形貌参差，时报广场上高高举起的手颜色各异。

在最开始的冲击渐渐平复后，我试图在不同的表象中寻找一种共通本质，并将这种提炼出来的本质再次作用于表象之上。这是我理解这个世界的方式，也是我的专业所在。

我在库朗研究所学习应用数学。

应用数学是关于抽象与归纳的学科。如果说纯数学的美感在于以简洁的体系创造出严格纯粹的模式，丝毫不受现实，甚至是物理世界本身的束缚，那么应用数学，如数学家哈代所说，恐怕是“丑陋”而“琐碎”的。我所追寻的不是一颗悬浮在虚空中的完美水晶，甚至也不是一种堪比画家或者诗人的天才创造力，而是在细致的观察、深刻的思考之后，所产生的一种解释，一个模型，或者说是一个新的视角。在这种视角下，现实世界中最为平凡的万事万物，会呈现出难以想象的丰富层次及奇妙规律。而理解或者掌握这些规律，对于认识乃至改变这个日新月异的世界的作用，无法估量。

第二年时，我开始选择研究方向。在纽约，对于应用数学专业的学生来说，华尔街往往是最好的战场，那里离研究所不远，也位于市中心的繁华地带。瞬息万变的市场波动，丰富多样的投资组合，都需要数学的语言来精确描述。证券的定价理论通过随机微分方程模拟，股票的风险价值由蒙特卡洛法预测。我们在实验室中把玩的数学模型，放到几公里外全世界体量最大的金融市场上，就变成了实打实的高额风险与巨大收益。无数最聪明的大脑在这片战场上激烈厮杀，千百兆在光纤中飞速传导的数据被捕获，分析，建模。

不过，对我而言，那并不是最有趣的数据。

我选择的方向是大脑本身。

以数学抽象的视角来看，这在本质上与我的同学们并无太大差异。如果把金融市场看作一个巨大的脑，那么每一个交易决策的产生可以看作单个神经元的一次发放，每一次信息的流动则类似于脉冲在突触间的传导，解读了某一种外界刺激在神经通路中的传导过程，也就解读了某一个新闻可能引发的市场震荡。

可是，在我看来，理解真正的大脑比理解金融市场更为困难，也更为有趣。

这并不仅仅是因为纽约证券市场的平均交易量不过每秒四万笔，而每秒通过大脑的信号达到上百万个，更重要的是，大脑并不是我们唯一的器官。

在库朗研究所的第一年，我选修了医学院的神经学基础课程。第一节课上，我看到一张很有意思的图。那是人类大脑的纵向剖面示意图，在每一个区域上方，画出了人体的其他器官。器官的比例并非按真实比例确定，而是对应着大脑中负责该部位运动与感官功能的区域的大小。这种图叫作皮质小人，是一种绘制人体的特殊方式。

于是，我看到了一只比整个下肢还要大的手。

我一直无法忘记那节课。那位老教授操着难懂的东欧口音告诉我，手是人类最精细、最复杂的器官。人手上有一百万根神经纤维，任何其他动物都无法比拟。人也因此具备了最复杂、最特殊的功能，即手和脑的联系与互动。此外，人的手部有最精巧的十九块小肌肉，使得其拥有了独一无二的活动自由度。

我伸出手，尝试一个一个舒展关节，再收紧，想象着在这平凡得不能再平凡的动作中，庞大的数据洪流以每秒一百米的速度奔涌入脑，点亮一个个神经元，闪烁如星。

三

竹编厂是2003年改的制。说是改制，其实就是下岗，五百人的厂子，精简到不足一百，干了一辈子的老师傅，入门没几年的小年轻，都走了人。老唐那时候已经做到了技术骨干，本以为这一刀挨不到自己头上，却没想到最后一刻，名额被人事部主任的亲戚顶了下去。

老伙计们后来说，要是早点儿拿两条娇子烟，提一瓶泸州酒，以他唐师傅的资历和本事，不至于留不下来。可是那时候，老唐还年轻，手艺人的脾性大，不愿意求人。更深的，是心底隐隐的傲气，就凭他的手艺，厂里哪个不尊称一句唐师傅？就是真的离了厂，还能饿死不成。可是，待到真看到厂门口那块挂了几十年的厂牌子换成了有限公司，推着他那辆老永久站在厂子门口，初秋的凉风吹着满街的梧桐树叶，也吹着身上洗得发白的竹布衬衫，哗啦啦地响起来，老唐的心里，还是一下子空了。那天他没有骑车，只是推着老永久，沿着府南河慢慢走回家。经过二环路的高架桥工地，他看着烟尘弥漫中高耸的塔吊，停下来发愣，恍然发现，不知从什么时候开始，老城已经变了这么多。

下岗的原因，老唐心里清楚。说是厂子效益不好，人员冗余，说到底，还是竹编做起来太费力。同样一个淘米的筲箕，竹编厂的熟练工人从编篾开始，要编上整整一天，塑料厂的流水线机器一开起来，几分钟就能做出一个。塑料的筲箕，孔洞粗疏，手感也比不上竹编的柔韧温润，可是又有多少人，宁愿多花几倍的钱，也要用竹编呢。更不要提，流水线的机器多开几个小时，产量就是翻番，而人熬到灯枯油尽，只会眼花得看不清指间的篾丝。虽然不情愿，老唐也不得不承认，机器虽然做不来精细竹编的复杂工艺，可是要论出产的速度，再熟练的竹匠，也不及机器的万一。

老伙计们劝他说，如今，连蜀道上，都有了火车飞机，几个小时就走过了以前要走一个月的路。而一天，几天，甚至几个月才做出一件器物的竹匠，又怎么赶得上越过越快的日子？属于他们的年月就这么忽地过去了，快得老唐都来不及反应。拿着买断工龄的几万块钱离了厂子，有人有些积蓄，也有些门路，跑起了摩的，开起了杂货铺。更多的人则是处处碰壁，赔光了钱，不得不到处打零工，看门，搓背，洗碗，卖菜。从前的竹匠，现在做什么的都有，还放不下篾片匀刀的，却只有一个老唐。

老唐拿了几万块钱，再加上二十多年攒下来的几万块，在送仙桥盘下了这爿小铺面，挂起了“成都竹编”的牌子。一挂，又是十七年。

老唐不再像在厂子里的时候那样，用粗丝，编筲箕、篮子、竹席这些家什了。能用塑料替代的，能用机器做得又快又好的，老唐也明白，人手拼不过。但是细丝不一样。

细丝竹编，是成都地区的竹匠特有的手艺。老唐当年跟着乡下师父学得，厂子里做得少，但私下里手上勤练，心里一直没忘。如果说粗丝是竹编技巧中的底子，那么细丝就是宝塔上的尖尖。坚韧的竹篾，因为划成的丝太细，变得如丝线般绵软无力，撑不住形状，非得用瓷制或者银制的茶壶、茶碗做胎，把竹丝附着其上编织，形成各种花样，所以也叫作有胎竹编。每一件器物，乃至每一寸表面的编法都不尽相同，全凭竹匠的经验和悟性调整。流水线上的机器，是怎么也做不来的。

离开师父这几十年，细丝竹编，会做的人寥寥无几，活儿能入得老唐眼的，没有一个。这就是老唐的底气。

可是，活儿虽然好，生意，却并没有想象的那么好。

送仙桥古玩市场的这爿小铺，缩在角落里。昏暗中的一盏灯，照着老唐。他正在做的是一套细丝竹编茶具，一厘米的表面，要容纳十二支编篾。这是精品竹编的要求。

老唐还没有找到买主。距离上一件器物卖出去，已经过去了一个月。他闲了两天，实在难受，自己去荷花池批发市场，凑了一套白瓷薄胎。对老唐来说，做竹编，就像运动员打球，音乐家弹琴，一天不练，手生，心乱。

下岗那年，老唐也不是没想过做别的。可是思来想去，他能做的，又愿意做的，偏偏还是竹编。头几年，年年赔本，连青筠的补习费都要借钱，老婆也在那时跟他离了婚，他却仍然放不下，一手拉扯姑娘，一手继续做竹编，忙起来，就把孩子也放在店里。待到渐渐有了点名气，青筠也大了，日子稍微好过了点，老唐却恍然发现，自己已经老了。

脑壳中的刺痛又一次袭来。老唐紧闭着眼，咬牙忍着，等待疼痛过去。视线恍惚中，他看到手上正在编的竹丝宛若一张网。几十年了，是人在编网，也像是人在网中。

“嘀嘀——”

老唐皱眉，抬头。当初把店开在市场尽头，一是租金便宜，二也是图个清静。他自认酒香不怕巷子深，冷清点正好做活。今天哪来的喇叭声？

“师父，是我，李杰！”车窗摇下，里面的人摘了墨镜，一挥手，金表闪亮，“还认得吧？”

老唐张了张嘴，想应，却又没出声。他这个徒弟，聪明是聪明，在厂里时，就心思活络，坐不住。大热天的，老唐在汗流浃背地编篾，他跑前跑后，端上一杯冰镇盐汽水。问他，才发现，这小子不知什么时候在食堂偷偷弄了个雪柜，盐汽水一块钱一杯，每天挣的比工资还多。待到有了下岗的风声，这小子又是第一个离了厂，做什么机械销售去了。老唐自认早就没这个徒弟，可这一声师父一叫，话，说不出口。

“师父，您这地方可真是难找！”李杰进门，四下打量，随手拉了把竹椅坐下，“生意咋个样？”

“过得去。”老唐继续编篾。余光里，当年清瘦的小子已经隐隐有了啤酒肚，在挺括的西装里绷得紧紧的。自己披着的，可还是那件灰蓝色的老厂制服。

“就没想过做点儿别的？您这手艺，来我们公司当个顾问之类的，挂个衔，一个月也有……”

“我是手艺人。比不得你们生意人。”老唐头也不抬。

“手艺人，靠手艺吃饭，别想那么多别的，可不是您说的！我都记着哪。”李杰点了根烟，凑近看老唐编篾，“啧啧，细丝，您这手艺还是那么精，师父就是师父……”

“我可没教过你这个。”老唐放下篾，在烟雾里咳了两声，脑壳里又开始痛，“你有事？”

“嗨，没事儿不能来看看您嘛。”李杰赶忙掐了烟，“要说有事儿呢，也是有一点，我们公司……”

“我不去你们公司。”老唐的眉头皱得像老山核桃的皮。李杰之前就打过电话，说要聘他做顾问。可老唐怎么放得下竹编，还去摸那抢了他们工作的钢铁机器？他挂了李杰的电话两次，却没想这小子竟然找上门来。

就算三顾茅庐，他也不去。老唐打定了主意。

“不不，知道，知道。”李杰赔着笑，“我们公司年前打算赞助省里的非物质文化遗产邀请展，跟省文化厅合作的，这不，想到您了嘛。您又不接我电话，我只好过来了。”

“竹编可以？”老唐微微扬眉。

“当然，当然！师父您这细丝编的手艺，我真没见过第二个。”李杰见有戏，赶忙接上，“评选呢，主要看作品中手工技法的复杂性，您那竹编一百八十法，能亮出来的越多，越好。”

老唐没搭话，眉心却是一跳。这两年，头疼的老毛病，发作得越来越频，疼起来眼花手抖。疼，他能忍，苦，他也吃惯了。可一想到他几十年的手艺，可能要在老眼昏花中一点点从指尖上消失，他真是不甘心。老唐早就想着，趁自己还编得动，要用全部心力，做出一件真正的竹编精品，往后就是人没了，东西也还在。李杰恰好说中了他的心事。

“那师父您考虑考虑？三个半月，有事情，给我打电话。”李杰戴上墨镜，跨出小铺面，又回头，“我可等您！”

老唐点了点头，心里已经在盘算到底要做什么。待到汽车启动的声音消失了好久，他才猛然想起，明天青筠要带小关回家吃饭，菜还没准备，赶紧跨上车，往菜市场去。赶在收摊前挑了两根青笋，一把菜薹，又斩了半只卤鸭子，切了一片里脊肉，挂在车把手上，慢悠悠地骑回家，没来由地，哼起了戏。

闲来时吟诗饮酒抚瑶琴，闷来时靠松坐石观山景，元直兄长亭走马作引进，刘先帝三顾茅庐迎孔明……

四

在纽约的第五年，我头一次感觉到力不从心。

在过去的二十多年里，无论是学习、考试，还是社会活动，我都能很快地找到其中真正重要的东西，用比别人少很多的精力，达到事半功倍的效果。有人说这是天赋，但是在我看来，这不过是对纷繁事物进行抽象思考，总结规律并加以应用。就像数学本身。

但是那一次，我差点儿碰了壁。

我的课题是手部活动的神经编码理论。与从生理学、认知科学的角度研究人类大脑的传统手段不同，计算神经科学的武器是数学与计算。将神经元的行为，突触的行为，乃至神经元网络的行为进行数据分析，为皮层神经工作机制建立数学模型。在实验室里，我不用喂养小鼠或者猴子，在它们的运动皮层下插入电极，也不用给被试志愿者发放冗长的问卷。我面对的，是数据本身，我要解决的，则是模型和程序问题。

就像金融市场的量化分析师一样，只不过我们对这个市场还几乎一无所知。以经典物理学作为参照系，比起对外部世界的数学化，在对人类大脑的数学化上，我们甚至还没有产生这个领域的伽利略，更不要提牛顿和爱因斯坦。这让人兴奋而焦虑。

我的数据来源于心理系合作小组。被试者依照指示进行手部活动，核磁共振扫描并记录数据。我则试图把手部的动作和神经系统中的响应信号对应，抽象关键特征，推断决策过程，系统化整个流程，把这一切编成算法，让人类指尖上的简单动作，在复杂的信号模型中复现。

这比我以为的要难很多。在每秒百万级别的信号中，识别出控制手部精细动作的信号，就像大海捞针。我试过各种滤波算法，也试过脉冲排序，然而效果不佳。

我找到导师寻求建议。他听了我的陈述，并没说太多，只是邀我去喝咖啡。

“你很聪明，也很努力，关。”导师是意大利人后裔，著名学者，思路颇有些天马行空，不过对咖啡和科研的感觉都很敏锐，我诚惶诚恐，等他接着说。

“不过，在研究中，聪明只是一方面。尤其是这个领域。”他放下杯子，“聪明，或者说是洞察力，思维能力，这些都可以称为天赋。天赋可贵且必不可少，但是如果要解决的是实际问题，往往还需要经验，或者说，领域知识。”

“领域知识？”我瞪大眼睛，仔细思索。

“它能让我们对隐含结构的理解更为深刻。”他拍拍我的肩膀，“放松一下，我给你放个假。另外，信号的问题，肌肉神经信号可能比中枢神经信号简单得多。”

我很快弄明白了信号的处理技巧。可是领域知识依然让我犯难。尽管现在我可以提取出稳定的肌肉神经脉冲，但是数据的显著性太低，我仍然无法建立完备自洽的模型。

领域知识。我漫无目的地翻着《纽约时报》，脑中的后台程序仍然在竭力思考。直到一段文字抓住了我散漫的目光。

> 据活跃于英国德文郡的伯恩斯回忆，观察曼索佩编织鲱斗就像是“看一场舞蹈表演，没有任何多余的动作”。除了传统手工艺产品的流失，很早以前就已然匿迹的，是一些更加深刻的东西……
>
> ——《特稿：消逝中的编织传统》

我忽然站起身。无数的回忆影像纷纷袭来，我在宿舍里来来回回地踱着步，直到天色昏暗，腹中饥肠辘辘。我下楼去，在常去的小吃店里要了一碗兰州拉面。矮小健壮的墨西哥裔小伙子熟练地抻面、甩面、上劲，在大洋彼岸流传百年的手艺，以及其他一些更重要的东西，如今在异国街头，以发明者未曾想象的方式重现。

一年后我顺利毕业，带着计算模型和原型机告别导师。他微笑着与我握手。

我将飞往成都。

五

小关中午上了门。提着个果篮，站在门口，十月底，头上还汗涔涔的。老唐眼看着青筠领他进屋，又是拿拖鞋，又是倒茶水，小伙子只是咕噜噜喝水，说不出什么话，竟跟自己年轻时有点像。

老唐也没什么话说，只是从厨房一盘盘地端出菜。绿的青笋，紫的菜薹，粉的肉片，红彤彤油亮亮的鸭子，当然也少不了片得飞薄的自家香肠。小关是南方人，老唐没放什么辣椒。

“爸，小关是美国回来的，跟你讲过的。之前在纽约读博士，现在在电子科大教书。可是他们那儿最年轻的教授呢。”青筠见没人说话，一边夹菜，一边开了腔。

“没有，没有。”小关正扒饭，忙解释，“回国也没多久，还在努力做出点儿成绩……不像伯父您，青筠跟我讲过，您的竹编手艺，那可是……那可是……”

老唐看着小伙子面皮发红的模样，愈发像自己年轻的时候，心里渐渐有了点儿说不出的滋味：“我老了，不说了。你在科大，教啥子？”

“哦，我是搞神经科学的。”小关忽然来了精神，说话也不磕巴了，“这么说吧，您可以想想，普通人从小光是学键盘打字，就得花多长时间，更不要说种种复杂的专项操作了，我研究的新一代人机交互技术，基于神经科学，就是为了解决这一问题，更好地让机器……”

老唐的眉头又皱了起来。唐青筠紧着使眼色，悄悄掐了小关一下，小关这才像想起了什么，赶紧刹车：“当然，手工有的时候还是不可替代的。老舍先生曾说过，我们在大的工业上必须采取机械方法，在小工业上则须保存我们的手。像您做的……做的竹编，就难以替代。手工艺，是……是心灵的体现，心，可不是能随便机械化的。”

“这话说得不错。”老唐眉心稍松，夹了一筷子菜薹，“听青筠说，你对竹编，有兴趣？”

“有兴趣，有兴趣。”小关摘下眼镜，擦了擦汗。

吃完饭，老唐先摆开匀刀，将一毫米厚积的细篾，通过匀刀，划成厚度仅为一两根头发丝厚，宽度也只有四五根发丝宽的竹丝。

“这叫划丝。匀刀上下宽度不一，没有刻度，全凭手控制，达到厚薄均匀。每一根丝的横截面，都得面积一样。”

老唐接着拿了做骨架的竹径丝，附在白瓷薄胎上，再拿起一根更细的盘丝。手起丝落，推提压捻，竹丝就变成了细密软滑的薄薄一层，紧紧贴在了瓷胎上。

“提，压，捻，竹编的基本手法。无论是划丝，还是编织，人手上的力道控制都非常难。力气大了，薄胎易碎易变形，力气小了，竹丝间隙松散。附胎编织，没有定法，每一寸都不一样，全凭经验和手感。你仔细瞧瞧这编成的，机器，可比不了。”

老唐指了指编了一半的瓷杯，小关却好像没听见，只是直愣愣地盯着老唐的手。

“我叫你看看编成的。”老唐重复了一遍，不知怎的，打从他划丝开始，小关就有点奇怪。

“哦，是，是。”小关拿了瓷杯，却还是心不在焉，不知道在想什么。老唐心下有点不痛快，说什么对竹编感兴趣，怕是只为了讨他开心，青筠竟然也信了他。当下不再多说，自顾自地做起活儿来。李杰说的那件事，老唐心里已经大概有了个样子。待到青筠拉着小关去自己房间，叮叮咚咚地弹起琴来，他已经快忘了这事。

“爸，吃晚饭了。”抬起头来的时候，天色已是全黑。青筠端了一碗面进来：“你呀，真是的，人家走的时候，跟你打招呼，你都听不见。”

“就走了？”老唐恍然，有点儿不好意思，却不知道该说什么，“哦。”

“人家还送了礼呢。”唐青筠递上一串手串。白中泛黄的苦楝子，品相细腻，大小齐整，凑近闻，有微微的清苦气。“人家特意选的，说是冬天戴了，能防冻疮。知道你是手艺人，最宝贝那双手。”

“看不出来，还挺有心。”老唐接了手串，试试，大小正合适，心里又软了几分。他也知道，还真能收个女婿当徒弟不成？一天挣不了百十块，怕是真有徒弟想当他女婿，他还舍不得青筠受苦。小伙子虽然有点书呆子气，看起来人还老实，和青筠也处了不短，真能成，他也算放下了一件事。

至于眼下的另一件事，他也得加紧。老唐慢慢转着手串上的珠子，苦楝子隐隐发青。

六

一直以来，向别人解释我到底在做什么都有些困难，这种感觉在离开研究所后尤其明显。比起发射火箭，或者改造稻米，我所做的事情不仅不够直观，而且有时看起来——简单得令人难以置信。

“就是这个？”青筠第一次看到演示时，睁大了眼睛。屏幕上的可视化演示是三维重建的手部模型，正在从一堆物品中捡起一张薄薄的信用卡。

“这曾经是一个博士生五年的课题。但是好不容易可以捡起信用卡之后，把信用卡换成橡皮球，模型又无从下手了。”我微笑，“你可能想不到，预测遥远的小行星的运动，比预测一个简单物体被模型手推过桌子的运动要容易得多。”

“工厂里的机械手，不是早就可以进行流水线操作了嘛。”青筠不太相信，“唉，我爸也是因为这个……”

“严格控制的工作条件下，机械手的确表现得不错。但是现实世界不是一条可以预测的装配线。在工厂大门之外，无数物体和环境的相互作用，对人来讲轻而易举，几乎无须思考，但对机器来讲，极其困难。你觉得是为什么呢？”

“嗯？”她眉头微蹙，修长的手指轻轻敲打着桌面，不经意间做着扫弦的动作。

“是因为你的手很软。”我轻轻拉起她的手。

“哎哟。”青筠红了脸，甩开手，“还以为你要讲什么……”

“柔性。触觉。手指可以根据物体的表面情况发生变化，及时调整，这是与我们所生活的世界进行互动最古老也最高效的方式。虽然人类发明了数不胜数的工具，但是，最好的机器人专家说，这个世界还是为人手设计的。”

她迷惑不解地看着我，又看看自己的手，收紧又舒张。我也曾经一样。没有研究的经验，没有真正的对比，不会意识到，触觉，灵活柔软的手指，是多么独特而珍贵的进化产物。

更不会意识到附加在上面的另一层巨大财富。

“你听过杞人忧天的故事吧。”我换了个话题。

“瞎担心嘛。”她撇了撇嘴，

“如果真正深究，经典力学，地球科学，大气科学——现代科学的许多领域几乎都能从这样一个看似无须解释的平常问题中产生出来。而现在，我们要做的事情也类似，只不过这一次，需要深刻理解，构建起一整套全新认识体系的对象，不是天空星辰，而是我们自己……”

她依然一脸茫然。我没再说下去。在第一次见面时，我就记住了她那双拨弄琴弦的手。但是，那个新的图景，即使是如她这般聪慧，也无法很快领会，更别说她的父亲。

尽管与导师完全不同，他的目光仍然让我无比紧张。那里面蕴含着一种我所没有的力量，也许那就是领域知识。

虽然他可能把我当成一个想要夺走他饭碗的叛徒——在某种程度上也的确如此，但是这绝非是我的最终目的。甚至，比起完成计划，我更希望他能够真正理解那个目的。

我们需要时间。

七

转眼就是冬至。街上走走，倒还不觉得冷，在屋里坐久了，冰凉的湿气钻入骨缝，浸得关节生疼。可老唐不装暖气，甚至连电热炉都没开。他怕开了屋里干燥，竹丝失了水分变脆。那件活儿已经完成了一多半，按进度，将将赶得上年前的邀请展，可不能因为这个耽误。

老唐哈了口热气，搓了搓手。今年手上的冻疮似乎是少了些，那串苦楝子已经被他养得包上了浆，温润趁手，摘不下来了。想着成都冬天有吃羊肉汤的讲究，他披上棉衣，出了门。学校应该还没放假。

在菜市场称了两斤带骨羊腿肉，照例挂在车把手上，想起上次小关来家吃饭，菜薹没动几下，青笋倒是夹了不少，又挑了青笋。青笋切了滚刀块，在酽酽的汤里煮得软软糯糯，吃起来安逸。又想起来青筠说，小关是南方人，爱吃甜，就往文殊院骑去。那边的糕点铺子卖了几十年的桃酥、玫瑰糕、绿豆糕，青筠小时候一要哭着找妈妈，老唐就拿点心哄她。如今青筠大了，爱美，怕胖，不吃了，去糕点铺子的路，老唐却记得清晰。

称好一盒什锦点心，在后座上系牢，老唐慢慢骑。文殊院这一带，他也是好久没过来了。以前院墙外破破烂烂的小巷，如今建成了仿古民俗街，粉白的墙，赭石色的顶，红的黄的店招插得满满当当，在阴沉的冬日里，显得挺热闹。游客和本地人熙熙攘攘，看起来，生意不错。

老唐在街口下了车，往里望。刚下岗那几年，文殊坊也刚刚建成，正在招商，也有人劝他，把送仙桥的铺面抵出去，在这边弄个门脸。那时候，一个月的租金是三千块，是送仙桥那边的三倍还多，他思来想去，还是没有来。一是生意着实不好，他怕入不敷出，二来，也是怕这边人多嘈杂，做不了活。待到后来，眼看着送仙桥那边的人越来越少，街面越来越荒，再想到文殊坊来，租金却已经涨到了一万以上。先前搬来的几户做特色手工艺品的匠人，带着点儿惋惜，又带着点儿得意告诉他，现在客流量大了，光是卖绣了熊猫的蜀绣手帕，勾了三国脸谱的川剧面具，就足够赚回租金，还能盈余不少。老唐听了，心里不是滋味，却说不出什么。想想自己这几十年来，从学竹编开始的一个个选择，当时都是自认考虑周全，下定了决心，可是回头看，若要让他再选一次，他还真不知道会不会那样做。

老唐愣了一会儿，重新推了车，慢慢走。街上如今不仅有手工艺品店面，还有各种高档餐厅、茶楼，早就不是当年吃凉粉的那个搭着竹棚的小摊的模样。穿着打扮入时的年轻男女穿梭来往，站在他们中间，老唐觉得，自己才像是个游客。

沿街，一扇镶着金边的黑漆雕花木门打开，走出一个西装笔挺的中年男子，与身边的人亲热寒暄着。老唐忽然觉得眼熟。仔细一看，正是李杰。他没看见老唐，正边聊边往街边停着的奥迪车走。那扇门后，隐约是个绿意葱茏的高级会所。像老家的竹林一样青翠，幽静，如今，却只在老唐进不去的门里才有了。想到这里，他心里又一闷。

“李总，那多谢您！”李杰身边的人说，声音不大，但有点耳熟。

“关教授客气了，跟您这样的青年才俊合作，是我们的荣幸！”李杰满脸堆笑，老唐突然一愣，隔着来往的人流，远远地，看清了李杰身边的人，居然是小关。小伙子穿了件深灰色的呢子大衣，半框眼镜，虽然看起来斯斯文文，但跟李杰有说有笑的样子，跟那个在自家饭桌上脸色通红的小伙子，竟完全不像。

眼看着小关上了李杰的车，引擎发动，往自己这边开过来，老唐赶紧转过脸，心里却是一团乱麻。小关怎么和李杰认识？他们看起来很熟络，他说他做什么人机交互，难道是跟李杰做的什么机械仪器相关？可是他为什么又要看竹编？莫非……莫非……青筠，青筠知不知道？难道青筠……

老唐不敢深想，只是跨上老永久，使劲儿往家骑。他好久没有骑得这么快了，到家脱了衣服，才发现毛背心里都是汗。坐下来，看着做了一半的竹编，心脏还是怦怦跳个不停。做了几十年竹编了，他本来是最能静下心的，可是现在，心里的乱，他收不住。

“爸，我回来了。”青筠开门，“哟，买了这么多菜！哇，还有文殊院的点心！老爸——”

青筠过来，圈住了老唐的脖子：“要请准女婿吃饭，可比给我做饭上心多了，老爸可真是——”

“别瞎说！”老唐打断，“啥子准女婿！谁说的！”

“怎么了？”青筠睁大眼睛，“上次，你不是见了，我还以为……”

“你知道啥子！不行！”老唐突然生了气，“成天衣服也不好好穿，都认识些啥子人——”

“人家怎么了？人家堂堂大学教授，哪里配不上你这个竹匠的女儿了！”青筠松开老唐，退后一步，也生了气，“我平时都顺着你，都什么年代了，为了你做手艺活儿，家里电暖炉都不开，平时说话也得小心翼翼，你倒……你倒……”说着说着，眼圈一红，“就连妈妈也受不了你……”

“别提你妈！”老唐猛地站起来，汗水涔涔而下，“竹匠，你倒是看不上你做竹匠的爸了——”忽然间，脑壳中的疼痛再一次攫住了他，让他跌倒在圈椅里。

疼痛似乎比以往的都来得剧烈，来得长久。仿佛有无数根细小的竹丝扎入脑髓，老唐想像以往那样忍过去，可视线与意识都渐渐模糊。

“爸！爸！”失去知觉前，他只听见青筠带着哭腔的叫喊。

八

那顿饭终究没有吃成。老唐被送进了急救室。在急救室里待了几个小时，然后被转到普通病房，待了四天，全身上下都被检查了个遍。大病房里，人来人往，医生的谈话声，各种仪器的哔哔声，病人的呻吟声，还有家属焦虑的询问声、哭叫声，让老唐在昏昏沉沉中，也不安稳。好不容易等到夜里熄了灯，安静了点，又传来了隔壁床的鼾声。

青筠每天早上拿着保温桶装了鸡汁抄手来，中午是骨汤米线，却不告诉老唐，他到底得了什么病。削苹果时，老唐刚问了半句，就看见她红了眼睛，也就不再提。他也清楚，虽然还做得动手上的活儿，人毕竟老了，就连机器用久了，还得定期擦油养护，人身上用了好几十年的零件，哪能有不坏的，只看是哪一天。这两年，头疼得越来越厉害，他隐隐地就感觉不好，可是为什么不早点儿来看，他也说不清。

父女俩面对面，各有各的心事，一时间谁也说不出话，直到医生进来。

“怎么样，考虑好了吗？我们还是建议先手术，再放化疗。”医生挺年轻，胸口挂着的名牌上写着神经外科，“当然了，手术的困难性和风险，我之前也提过了……”

“医生，是什么病？”

“病人还不知道？”医生一愣，“脑胶质瘤，就是……”正要解释，看了眼青筠，又没说，“算了，你们再沟通一下，考虑好。当然，如果实在想要保守治疗，也不是不可以，毕竟病人年纪也比较大了，病灶状况又特别复杂。”

“这治好，要花多少钱？”

“医保能报销大部分。不过……”医生不知怎的，也吞吞吐吐起来，“其他情况，你们再沟通沟通。”

医生走了。老唐看着青筠，没说话，只是等着。姑娘早就紧咬着嘴唇，终于忍不住，掉下泪来。断断续续的抽噎声中，老唐渐渐听明白，自己时不时就会头疼，晕倒，是因为自己脑子里长了个瘤子。现在医疗科技虽然发达，但是面对这种病，也无能为力。像他这种年龄和状况，五年内的预后生存，只有百分之十，平均的预后生存时间，不到两年。

几个数字，听得老唐心里一阵一阵抽紧。青筠早就流泪流得没了力气，“爸，你……你别着急……”她把纸巾团了一团又一团，“我，我带你去北……北京，上海……再……再看看别的……”

“算了。”老唐也惊讶，自己竟然能这么平静，“生老病死，没得办法的事。”

“爸……不，不行……”青筠睁大眼睛，眼眶里的泪，兀自往下掉，“一定……一定有办法的……”

老唐没说话，只是伸了手，顺了顺女儿的头发。青�的头发好，又黑，又亮，又厚。青筠小时候，他用这双竹匠的手，天天给她编头发。公主头，马尾辫，鱼骨辫，麻花辫，好多人都不信，小姑娘是爸爸带的。如今青筠早就比他长得高了，也有十几年，不再要他编头发了。

“先回家吧。手上的活儿，我想做完。”

“爸……”

“先回家。就这么点要求，还不行？”老唐故意提高了腔调，发了脾气，“在这儿住着有啥子用？”声音，却比以前弱了几分。

青筠终于还是拗不过老唐。

老唐几乎是刚到家，就拿起了那件做了大半的竹编。医院里待了好几天，他手痒得不行。第二层的盘丝已经快做完了，正是收口的关键时刻。细丝竹编的收口，又叫打锁，讲究藏头，就是切除多余的竹丝，再在打锁的位置刷上一层薄薄的牛皮胶。切的手法也有学问，不能切少，露出一丝一毫的丝头，又不能切多，让整个结构散了型。老唐用了小锉刀，一点点修着端头，感觉身体里的精气神好像又回来了似的。

进了腊月，老唐手上的活儿渐渐成了样子，他一颗吊着的心，也大半放进了肚子里。邀请展是省里的专家送上去公开评审，老唐不知道别人会做什么，也不在意，更没有给李杰打电话。他觉得只要把自己手上的活儿做好，拿出去，肯定有人赏识。

青筠曾吞吞吐吐地说，小关想来看看他，他没应声。那天在文殊坊的事儿，他也没跟青筠讲，虽然没想明白，但心里是有个疙瘩。不过眼下，他想不了那么多。

离开展还有三天的时候，老唐终于完了工。他细细检查了一遍，很满意，不过，真行不行，还得看展览那天。他挺有信心。

老唐披了大衣，出了门。几个月来，他第一次有了去茶馆的心情，于是调转车把，往浣花溪那边去。如今茶楼变成了高档消费，以往常去的那些安静的，都装修一新，改用了高档的茶叶，晚上就变成了酒吧，没人再喝老三花。人多的那几个公园里，他又听不惯搓麻将的嘈杂。

老唐在小院子里坐下的时候，正好难得地出了太阳。冬日下午的阳光，透过梧桐树叶的缝隙，斑驳地洒下来，老唐就闭了眼，躺在了竹椅里。台上的一把老胡琴吱吱呀呀地响着，他几乎要睡着了。

“老唐！好久没来咯！”

老唐睁眼，见是茶馆老板，端着一盖碗从长嘴的大铜壶里倒出来的三花茶，放在他桌上。

“还在做竹编？”

“是。”

“青筠也好久没来咯，还想你们有啥子事情。”青筠有时候也在这里弹琴。登台的时候，换下牛仔裤，摘了耳环手链，穿上一袭豆青色的曳地长裙，低眉素眼，一派清简。弹起琴来，指尖翻飞，琴声如水。听青筠说，小关就是在这里和她认识的。老唐也懂，看见青筠弹琴，不要说喝茶的客人，就连老唐自己，也要暗暗赞叹几句。

“年轻人，忙。”想起小关，老唐还是有点儿不爽快，可是摸着手上的苦楝子串，也说不出什么。

“耍朋友去了？我就说嘛，青筠那个人品样貌，琴弹得好，又孝顺，你也不要太管到人家咯。”茶馆老板剥了个芦柑，散出些许清甜，“孩子们都大咯。你那些老观念喃……”

老唐从喉咙里咳了两声，老板也就没往下说。台上的胡琴拉着的是一出《哭桃园》，老琴师咿咿呀呀，正讲到张飞得了关羽死讯，日夜兼程，赶到成都，求刘备点兵，马踏东吴，二人相会于城外，抱头痛哭。

“大哥，你都老了啊！”

台上一句唱词，又搅得老唐的心乱了。他坐不住了，骑了车回家，进门，就听见青筠的屋里，叮叮咚咚地响着琴声。

老唐坐下又站起来，来来回回地踱了几步，还是下了决心，敲了敲青筠的门。琴声在响，门没开。

“青筠，青筠，跟你说点事。”老唐开口，可门里依然只有琴声。

老唐有点儿气，又有点儿着急，伸手去拧门把手。

门没锁。

“咋个不开门？”老唐质问，忽然，愣在了原地。

屋里没人。那把黑檀木古筝上，一根根丝弦却跳着不停，流泻乐音。靠近看，是青筠弹琴时绑在手指上的玳瑁指甲片，兀自撩拨着弦，像是有一个隐形人，在用一双无形的手弹琴。

“这……这……”老唐感觉天旋地转，双腿一软，撞在筝体的共鸣箱上，轰地一响。

“爸！你怎么进来了！”乐声断了，青筠从门外跑进来。

“这……这是……”老唐的手抖得像筛子，做竹编几十年，他的手，第一次抖得这么厉害。

青筠咬着嘴唇，想说什么，还是摇了摇头，扶起老唐：“赶紧去歇着，这个……一时半会儿说不清。”

九

青筠好久没来找我。从微信里，我得知她爸爸住了院。数据更新频次减少，不过仍然稳定。我提出去看看，但是听她吞吞吐吐的样子，也没勉强。

我不是没有过犹豫。

在研究所时，楼上就是心理系实验动物的饲养间。其中最珍贵的是三只藏酋猴，从小培养，一只几万美元。它们一周实验四次，每次四个小时，看来时间不长，但是每次都会被固定住双手双脚，电极插入脑皮层下。每隔几个月，动物实验的反对者会在大楼外举牌抗议，并非完全的无理取闹。它们为实验而生，也为实验而死，脑皮层长期接触电极，大部分猴子都会在几年后死于感染并发症。

尽管原型机是非侵入式的轻量级皮肤接触传感器，采集肌肉神经信号，并不会造成什么实际性的损伤，但是在忽视被试者的意愿上，我和心理系的同事们并没什么两样。

另一点则是李杰。我并不排斥横向的资金来源，但是他的行事手段往往出乎意料。也许这就是商场上的游戏规则，我也曾听在华尔街工作的同学们谈起过不少传说。我试图理解、融入这种规则——这比发现数据的规则简单得多——当作是建立新图景的修行一课。

我设想的并不只是一篇论文，一件产品，或者是一种理论。一个庞大而全新的视角，必然需要容纳各个不太明亮的角落。

只是希望，不要牺牲太多。

青筠来找我那天，我正在进行模型的校正拟合。她还没坐下，就已经要哭出来。胶质瘤，神经，断断续续中，我听了个大概。

“你也是搞神经的，就……就没什么办法？”她望着我，我却不知道该说什么。

“我做的是计算……”我苦笑，“提取，抽象，数学建模，与其说是应用技术，不如说是一种理解的手段。就像牛顿总结物理三定律，把外部世界机械化，我只是把内部世界……”

“可是，可是，人家的人工智能……下围棋，都能打赢世界冠军，你做的，到底有什么用？”

我哑然。没想到即使做了应用数学，仍然会遇到这个老问题。我想起哈代说，最美的数学应当没有一点在现实世界的应用，我曾经笑他固执，现在却心有戚戚。即使我可以利用数学手段，建立理解人类自我和世界的新框架，这个在他看来已经过于“有用”的应用，放在现实生活中，还是会掉入一个稍浅的无用性的陷阱。

其实我并不太在意，笛卡尔在发明直角坐标系、爱因斯坦在发现相对论的时候并不会考虑它的用途，新的视角、新的方法本身已经足够让人兴奋震颤，这是一层富饶的基底，其上必然会有无数现在难以想象的花果生长出来。但我不知道，现在，该怎么面对她。

“……站在更高的位置，人类的感知系统，包括手与脑的连接，可以看做人与外界交往的另一层接口。”我费力地寻找词语，“和人与人之间的文字、图像一样……也和人与机器间的键盘、鼠标一样。而我做的，就是把这一层接口数学化、一般化，最终，可以摆脱这些接口，实现……实现……”

“就像武侠小说里的意念操作……气宗？”她略微开朗，但很快又低沉，“可是……现在……”

我轻轻拍着她的后背，没再说话。屏幕上的模型闪烁不止。

青筠走后，我沉思良久，拨了电话。

十

老唐没有力气去想明白是怎么回事。头又开始疼，一阵比一阵紧，像是催着命。可他说什么也不去医院，一缸一缸地喝着酽茶，硬撑。做竹编，藏头打锁最见功夫，做什么事，不是行百里，九十半？明天就是邀请展，再怎么着，他得把这件事做完。

已是腊月初，夜长昼短。天刚擦着亮，老唐就带着包了又包的作品出了门。难得地没有骑那辆老永久，青筠给他叫了车。怀里的东西不大，他抱着上了车，仍然紧紧抓牢，丝毫不敢放。

“这么早，就去崇州？”司机看了看裹着旧棉衣的老唐，“做啥子去哪？”

“参展。”老唐摸着怀里的东西，“手工艺展。”

“哦，手工艺，手工艺。”司机点点头，“你说手工艺，又费时间，又费马达……”

“大事小事，总是要有人去做。”老唐不想闲谈，打断。

“这么说也是嘛。”司机点了点头，“根据人的能力决定嘛。那像高科技人才嘛，肯定就要做高档的事情咯，是不是？像我，别的干不来，认路，开车，熟得很，那就开出租。你呢，就做手工艺。辛苦是辛苦了点……”

老唐没再接话，只是任着车子在三两颗残星下，悄无声息地驶离老城。几十年了，他从家乡十里八乡都小有名气的年轻竹匠，到了厂里人人都称一声师傅的老唐，再到现在。他自认手下的活儿是越发精进，可是这周围的人和事，却像自己脑子里的那个瘤子，越发让他糊涂。

车开了一个小时，到了崇州下面的一个镇上。这地方离老唐的老家不远，下了车，就是一片竹园。许久没在清晨的竹林里散步了，天光渐渐亮了，越来越稀薄的露气中，老唐摸着慈竹青翠冰凉的竹节，听着微风吹过竹叶的沙沙声，溪水流过田畦的潺潺声，心里慢慢静了。

展厅在竹林深处，是一座环形廊房。据说，是上海来的大学教授建的，工件好多是厂房里用机器预制的，搭建只用了几十天，还得了国际上的建筑奖。老唐在廊房里转了转，层层叠叠的小青砖，是让他想起了老家的老宅子，可看那些簇新的钢木结构，擦得锃亮的大落地窗，又觉得有点儿不习惯。透过窗，院子里的绿树，廊房另一边的田野、青山，都一层一层地在视线中展开，像是一幅画，确实比老宅里黑黢黢的通透，可就是这通透，让他心里不那么舒坦。

展览在十点正式开始。蜀锦蜀绣，铺展开来，色彩斑斓，亮得晃眼。雕嵌填彩的漆艺，典雅富丽，异常华贵。还有银花丝，糖画，年画，剪纸，印染，来自少数民族地区的彝绣、羌绣、唐卡。相比之下，竹编工艺的一角，显得有些黯淡。专家评审们一个个入场，品评，老唐握着个保温杯，等在自己的作品面前，心里也渐渐紧张了起来。

竹编类的展品不少，奖项则最多只有一个。老唐的目光跟着专家，他们第一件看的，是一幢一尺来高的竹编望江楼。四层的楼阁，下面两层四方飞檐，上面两层八角攒尖，每层的屋脊、雀替上的禽兽泥塑和人物雕刻都依型编了出来。在粗丝编里，也算是顶级的手艺了。老唐心里点了点头。

第二件看的，是一幅一尺高、三尺宽的竹编书法。这是细丝编，竹面细如丝，光如绸，平如纸。竹面上不用墨，光用不同颜色的竹丝，编出蝇头小楷，是岳飞草书的《前出师表》。老唐不大懂书法，但也看得出，字迹远观如电掣雷奔，龙飞凤舞，细视则铁画银钩，顿挫抑扬，笔画的轻与重，笔势的徐与疾，都一一编出来了。专家们也啧啧称赏。

又看过了第三件，第四件，第五件。等到终于转到老唐这，他将展品亮出来，却只是一只直径不足半尺的竹篮，中间鼓，两头细，内里衬着白瓷胎。

拿起竹篮，才发现，表面上以堆丝和砌丝手法，堆出了苏东坡的折枝墨竹。远看表面无一物，近看才能辨得出。又随着光线位置的不同，投下不同的阴影轮廓，比原来的画更生动。

“不错，不错。”专家放下篮子，“有胎竹编里的精品。下一个是……”

“等一下，还有。”老唐拦住了专家，紧接着，手指肚在篮底轻轻一推，一挑，竟然把竹篮里嵌着的白瓷胎取了出来。

“哟，有胎竹编，却能取胎，取了，还能定住形状，这可不简单！”专家来了兴趣，要拿过竹篮，再仔细看看。

“别急。”老唐一手提了竹篮，另一手，做出了一个谁也没想到的举动。

他拿起早已拧开的杯子，将杯里的水，连同水里的一尾小金鱼，倒进了竹篮。

篮子滴水未漏，红色的小金鱼，在竹篮里悠然摆尾，清澈的涟漪下，是一根根细如发、密如绸的竹丝，却比绸缎更致密，连水也渗不过去。

“好个竹篮打水！”围观的人们喝了个满堂彩，老唐也露出了少见的笑。他是骄傲，这篮子虽小，却花了他毕生巧思，用了三层极薄的竹丝嵌套，每一层的编法都不同，这才承住了水。有了这篮子，即使他找不到徒弟来学竹编，即使他可能没有几年好活了，光是这件篮子，也不枉他做了一辈子的竹匠。

“哎，老师傅，那边儿那件，也是你做的，还是你徒弟做的？”心满意足中，老唐突然听到一句问，愣了。

没来得及放下篮子，他就奔了过去。待到跟前，他的手又抖了起来，水珠四下迸溅。

一个一模一样的竹篮子，篮子里，也游着一尾小金鱼。老唐颤抖着捧起篮子，仔细看，盘丝，分层，堆花，藏头，竟跟自己手做的分毫不差。就像……就像流水线上的机器做的，可是……可是这细丝竹编，这他费尽心血研究出来的编法，机器是什么时候学会做的？他们到底要干什么？

老唐颤抖着抬头，目光在人群里搜索。他看到了，他们遮遮掩掩，不敢往他这边看，可他一眼就认出了那两个身影。

李杰，小关。

“造孽，造孽！”老唐气急，想大步往前追，却被脚下的水渍滑倒，跌在地上，脑袋里又剧烈地疼了起来。

“师父！师父！”李杰的声音嗡嗡响，震得他脑仁生疼，可他还是慢慢闭了眼。这一次，他觉得，自己可能醒不来了。

十一

无论是博士毕业答辩，还是申报课题陈述，我都从来没有像现在这么紧张过。

李杰在跟主刀医生谈着什么，听不太清。青筠在角落里睡着了，鼻尖还微微发红。这几天她睡得太少，哭得太多。我在旁边坐下，将大衣盖到她身上，从她手中，轻轻拿过那串手串。串珠已经从中间拆开，分成了两半，露出里面一组闪着绿色荧光的芯片。

原型机截取神经中枢发送到手指神经末端的运动信号，并且把信息无线传输至终端。这有点儿像是用窃听器来窃听中央神经系统，可以在无须摄像头的情况下追踪并记录双手的精细活动。在过去的三个月里，唐师傅的手和竹丝之间的每一次的推、提、压、捻，都被记录下来。更重要的是，附着于上的每一个细微的神经冲动，都被采集、抽象，以构建模型。

一个拥有二十个信号自由度的，比任何现有人工技术都更为灵活、更为强大的运动模型，来源于几乎被遗忘的地方。

人类大脑的可塑性极强。就像皮质小人所展示的，长期使用的感官在脑皮质中所占区域面积就越大，神经信号的控制也就越精细。而且，比起单一维度的运动模型，二十个维度的信号结合在一起，尤其需要日复一日的大量练习，才能建立一个真正灵活、精细的运动框架，一个能和外界环境进行随心所欲交互的接口。

唐师傅此时躺在病床上，昏迷不醒。他也许不知道，在与外界，尤其是精密交互这个层面上，他比我们所有人的认识，都多了一些维度。

抱着古老手艺不放并非固执己见。他想要留住的可能是传统、自尊、生活方式，但对我而言，是传统手工艺中积攒了几千年的庞大知识量，以及与之关联的大脑运作模式。那些经由集体和个人代代传承的，是在漫长的自然演化和文化传承中得以开发的人类潜能，也将变成在晶体沟壑中无尽跳跃的脉冲信号，是人们今后将赖以前行的珍贵遗产。

领域知识。

而我做的，就是将其从口耳相传的古老桎梏中解放出来。提取，建模，数学化，一般化。中枢神经到手指神经末端的信号传导需要时间，原型机甚至可以在手指做出实际动作之前就捕捉到神经信号。

关键不在手，而在脑。我对重构脑的部分有信心，但是，将重构的脑，放到另外一双手上，是应用。用同样的竹丝，打造一只一模一样的竹篮并不太难，而将操作应用于活生生的大脑上，则是巨大的挑战。我已经做了我能做的，可是……

“关教授？”李杰打断了我的思绪，“咱们准备一下，开始吧。”

“李总，您说实话……到底有多大把握？”

他看了看我。

“关教授，我在他身边学徒五年，认识他二十一年。说实话……我不是信您，是信他。”

我点点头，心跳速度慢慢回落。

手术室内空无一人，无影灯熄灭。黑暗中亮起全息影像，填充整个房间，唐师傅的脑体展现眼前。蓝色的神经丛林间，一团红色胶质瘤粘连纠缠。狰狞的肿瘤裹住纤细的蓝色细枝，不管是放疗还是化疗，都很难彻底清除，且极易伤到本来健康的脑神经。即使没伤及正常神经，因为清除不彻底，复发率也极高。我凝视着这颗巨大的脑，仿佛看见蓝色渐渐黯淡，赶忙眨眨眼。

主刀医生在导航室内调出界面，两根细小的银色纤维渐渐出现在脑区中间。挥手放大局部，纤维尖端，是一只机械手，五指细长浑圆。

我咽了口唾沫。

主刀医生调整了角度，开始发送一个个指令。我忽然看到那双布满皱纹和裂口的剖篾编竹的手，又在悬浮的大脑影像里活了过来。剖除粘连，捻开结点，在细软无力的神经纤维间穿梭前进，在紧紧贴合的大脑皮层间自由游走。每一个操作都因形就势，每一寸力道都恰到好处。瘤体如同藏头打锁时的竹丝一般被精细切除，不伤及完好的结构，也不漏掉一丝一毫。在那双巧手之下，险恶的红色一点点、一片片慢慢消失，而手的真正主人看不到这一切，仍然睡得深沉。

“爸……”青筠不知何时醒了，望着那双急速翻飞的手，那个闪着荧光的脑，喃喃唤着。

“没事，要相信爸爸。”我握住她的手，轻轻说。

十二

睁开眼的时候，老唐的眼前白茫茫一片。他费了点儿力气，才渐渐分辨出那是雪白的屋顶。淡绿色的墙，深绿色的窗帘，身上盖着被子，屋里开了空调，暖烘烘的，还有仪器时不时的哔哔响。他这是在医院。

过去了多久？老唐试着想，最后的记忆，是在邀请展时，自己摔在地上。那时，他感觉脑子的痛比骨头的痛要剧烈百倍，可是现在，他的脚腕上还打着绷带动弹不得，脑仁里的痛，却好像没那么厉害了。

“爸！你醒了！”青筠进了病房，一脸惊喜，奔到床前，“感觉怎么样？”

“我这是……”老唐试着动弹手指，好像没什么异常，可是感觉缺了点儿什么。抬眼，那串戴惯了的苦楝子，正搁在床头柜上。他第一次发现，在象牙白色的串珠中间，透出了盈盈的绿光。

老唐又有点儿晕了，头却没痛。他伸手去按以往疼得厉害的脑壳，摸上去，竟然光溜溜的。

“这……”老唐吓了一跳，赶紧摸头，留了多年地中海发型，从头顶到耳根，被剔得干干净净，还有一道细细的缝合疤。

“手术已经做啦，医生说了，从来没有这么成功的案例！所有的瘤块都被清理干净了！”青�抑制不住语气中的兴奋，“这次啊，真是要谢谢李总，还有……”

“李杰？跟他有什么关系？”老唐吃了一惊。

“李总的公司，就是开发精细机械仪器的，给你做手术的，就是他们的微创手术机器。”

“可是不是说，那个什么瘤，不管是人，还是机器，都做不来？”老唐忽然发现，手术完了，自己的思路好像也清楚了不少。

“是，可是这次，幸亏有了……”青�的脸有点红，转头看着门外，“还不快进来……”

进来的是小关。依然时不时地擦着汗，可老唐感觉到了，看似腼腆的小伙子，做了的，比他知道的，多得多。

小关解释了事情经过。老唐没听懂太多，只是像看戏法一样，看着平板电脑上的演示，戴着手环的实验者，可以操纵屏幕上的小人翻转，跳跃，手本身却只有极微的抖动。比手更重要的，是人的脑子，是心，小关说。他不怎么明白，可是觉得，说的似乎不错。

最后，还是靠了这些机器，捡回一条命。

“唉。”老唐一声叹，心里长久以来那块硬硬的东西，好像暖气房里的冰，终于还是化了，“老了，真是老了。”

“不，不，您没老。您是自己救了自己，而且……也救了我。”小关说，眼里闪着些光。

“老爸啊，你就当收了个徒弟嘛，而且，这徒弟能摆弄的，可不光是竹丝咯！”青筠端了碗粥，送到老唐手上。

老唐看了看女儿，又看了看年轻人，没说话，只是慢慢舀了粥。粥还微温，花生的香，红枣的甜，芋头的糯，芸豆的软，入口挺舒服。这才想起，已经过了腊八节了。

十三

成都冬日的空气里，弥漫着一种特有的温润气息。像是锅盔、卤菜和腊味的混合，却无油烟气，大概是经过了蜀地雨水的刷洗。晦暗的天色里，青翠的芭蕉叶尖滑下雨滴，红褐色的香肠挂在阳台上。

我放下筷子，将两只酒杯再斟满。

“这一杯，敬您，敬手艺。”

“手艺。这几天，我一直在想，手艺到底是什么？”唐师傅没举杯，面色已经微微泛红。

我心头一跳，“您觉得？”

“刚刚跟我师父学手艺那时候，师父说，竹匠的心境要沉，要几年，两只手才能配合娴熟，心与手才能合一。”他抿了口酒，“虽然不晓得你讲的那些，可是这句话，我是懂的。现在的人，做不来，其实，就是沉不住心。手艺，没有啥子难的，就是要心静。心静，才能灵，才能手巧。”

“说得好，最可贵的，就是您这颗心。”我一仰脖，喝干杯中酒。

“初六，就走？”

“嗯。”我点点头，“我们要走遍全国，全世界，找手，找心。”

一年前，我独自从纽约出发。而一年后，我将和青筠一起，再次从成都出发。从北京故宫的古钟表修缮师傅，到云南西双版纳雨林里的油纸伞匠，从扬州广陵派千年传承的古琴琴师，到福建平潭几近绝迹的海柳刻工，一一寻访，记录下他们的指间技艺。甚至，还要与法国南部多尔多涅的螺旋编织手艺、美国南卡罗来纳黑人继承自西非祖先的缠卷技巧等来自世界各地的传统手工艺，相互对比，建模，分析，标记。我们要建成一座连接了人的手、脑和无数种器物的庞大数据库，永久地保存在网络中，即使再过千百年，所有的手作之物都已化为尘土，承载了漫长文明和演化历史的人类手艺，领域知识，也仍然鲜活，可能存在于血肉之躯里，也可能存在于金属与电路搭成的身体中。

再往后，我们会继续找耳，找眼，找鼻，找舌。我们将以数学和计算的手段重新定义所有感官，定义人和世界相互理解、相互交融的接口。这将成为与物理世界相平行、相补充的一个新的覆层。某种程度上，这将是人类所能认识到的唯一的世界，这也将是不再受大自然赋予我们的肉体所束缚住的，真正的人类。千百万年的自然演化之后，我们终于可以按照自己的方式，选择前行的轨道。

那并不遥远。我怀着隐秘的激动，期待着那一天的到来。

“小关，”他放下了杯子，望着我，声音有些含混，“你说，那以后的人，真的……还需要手吗？”

我一愣，终于。

笑了笑，没说话，斟上酒，我静静等着他。他沉默良久，若有所悟，端起酒，两人碰杯，浮一大白。

十四

正月十五那天下午，老唐又来了茶馆。脚腕上还有点儿不方便，他没骑车。小院里没什么人，几株虬结的老蜡梅树，倒是挂了半开的花苞，黑褐色的枝干上，点缀着些鹅黄。老唐找了张树下的竹椅，照例是一杯三花茶。

邀请展的结果公布了。老唐的竹编得了二等奖，放在以前，他肯定又要生会儿闷气，可是，现在的他，不是太在乎了。

李杰在初五来拜了年，提了大包小包，又是道歉又是道谢，说是他们的手术机器升级后，又有了他这个成功病例，订单已经排到了下一年的春节。老唐没拿他塞在红包里的顾问费，只是留下了那个机械手的等比放大模型，十根连接的金属爪，封在三寸高的透明硬化玻璃里，怎么看，也不像自己的手。

青�和小关在家过了年，初六就出门去了。那天晚上他们谈了很多，也喝了很多。一觉醒来，他感到，好像有什么东西隐隐变了，但究竟是什么，却说不清。

“老唐！元宵节咯！”茶馆老板端了茶水过来，“今年奇怪咯，咋个今天跑过来？你不是每年这个时候，都在屋头包汤圆的嘛？啥子玫瑰馅儿，芝麻馅儿，水磨粉……”

“今年不包了，晚上买点吃，算咯。”老唐抿了口茶，“人少，省点儿事。”

“怪咯，你咋个不自己手包喃？”

“机器包的，也还是方便。”

“哎哟，难得，难得。来，喝茶，慢慢喝，慢慢喝！”

台上，老胡琴拉着的是《八阵图》。陆逊刚刚火烧了七百里联营，烟火不住，追击刘备至鱼腹浦，却在诸葛亮布下的八卦阵中迷了路。微风吹过，蜡梅的花香幽幽飘散，有一点花瓣落在半阖的茶碗中。老唐听着听着，睡着了。

梦中，他好像进入了一片暮色中的苍莽竹林，风吹过，绿浪连绵起伏。远处有白墙黑瓦，灯火明灭，诱他前往，可不管往哪边走，都有竹子节外生枝，挡了路。手，却紧贴身体，动弹不得。电光石火中，老唐忽然了悟，心中抽竹刀出鞘，意念里劈削如泥，片刻间，砍出一条路。手，仍未动，身畔，却有竹叶翻腾，竹枝倾覆。他仰天吟啸，大步徐行，虎虎生风。

附记：文中可以实现意念控制的非侵入式神经接口技术参考了纽约初创公司 CTRL-labs 的相关研究。竹编特点参考了成都瓷胎竹编、云南宜良竹编、湖南会同竹编等技法特征。

奔跑的红

◎苏莞雯

“哪有人是一路平平顺顺的，我们可是不断跌倒又不断爬起，都快习惯了。”阿文说，“你也一定能找到机会回来的。”

一

这是一场 0.93 秒的漫长煎熬。

脚跟与脚尖偏离了原位，想通过下蹲来稳住重心已经来不及。听力消失，思考能力消失，唯一能意识到的是——要跌倒了。

“啷——”朱盈的手打在一堆模块上。这些模块支撑了她的身体，她没有真的摔向地面。

“你没事吧？”耳机里头，张延的声音逐渐听得清了。

“差点跌倒了。”也能发出声音了。

张延用长辈口吻安慰朱盈的时候，她低下头，看到短裙上有了一抹醒目的红色。伸手拍打，没有拍掉。

那是血吗？不，那是红包的红。

刚才，她作为巡逻的工作人员跟随一波流动的红色像素过了几个街口。红色像素构成了一只只与她齐高的方形红包，正根据系统的设置在小镇的干道上小跑。麻烦在于，有一只红包停止了行动。被它阻拦在后的一排红包由于失去了速度，纷纷蒸发消失——被人抽走了。朱盈首先通知了指挥官张延，接着走向那只红包，伸出手。

摇它，不动。推它，不动。再伸手，红包突然化为碎片，她的身体也失去平衡，于是有了刚才那一瞬的惊险。

“技术部给我反馈了，那只红包是个意外错误。”张延说，“毕竟这个红包游戏是紧急上线的，领导两个月前临时要求把 6000 多万只红包都导入意识小镇，出点差错在所难免。”

春晚抽红包是一项永不过时的游戏，此时正是春晚上半场。虽然朱盈被系统设定为与网民互不可见，但她知道有上亿用户同时在终端设备与此相连。

“从扫描结果来看，红包内部是个不太重要的礼品，你本来可以不用理会的。”张延和朱盈保持通话，“反正0点过后所有红包都会清零。你在听吗？”

“有点不对劲。”朱盈说，“我身上的红色好像在扩散。”

“我检查一下。”片刻后，张延的声音流露一丝沮丧，“有点麻烦，你可能中了病毒，被感染成红包状态了。”

“感染成红包？”

“冷静听我说，这意味着你现在也可能会被用户抽中。我要给你设置防抽取程序，但是审批还需要几分钟。”

“我该怎么办？”

张延沉吟了一小会儿，说：“跑吧！像红包一样跑起来，争取些时间。”

朱盈低头看了眼双脚，身体动了起来。步子渐渐加快，变成小跑。

路边零散堆积着模块，她感觉脚步也变得磕磕绊绊，于是拐入了干道上的红包队伍里。前后左右的红色将她包围，与她一同奔跑向前。

二

这正是防跌倒训练最该发挥效果的时候。

“老盯着脚下更容易跌倒，把头抬起来！”张延总在训练时这样说。

朱盈尽量将视线放在前方，她看到有红包被抽走，在近处消失于无形。之前她对此不太在意，现在不同了，身在这红色的队伍中，她只觉得胸口紧绷。这种感觉之前不是没有过，特别是在她发现忘关麦克风的张延和同事聊起她的处境时，她会对那些断断续续、忽远忽近的对话格外紧张。张延是和善且可靠的，却也似乎对她隐瞒着什么。

为了冷静下来，朱盈开始转移注意力。她环顾半圈，梳理思路。主干道有三条跑道，速度各不相同。她所在的左边跑道速度最快，被抽取的概率是最低的。她现在该做的就是在奔跑中等待。不出多久，防抽取程序就会通过审批，由张延传输给她。

当张延从紧急控制中心传回话时，朱盈已经连着跑过了两个街区。

“审批通过了，防抽取程序包会放在坐标 38.6°，48.8°，也就是你将要经过的一个上坡路面，那是最合适的位置，你记得捡起它。”

如果朱盈只是一只红包，那么流程将会简单许多，直接从电脑端选中她添加一串代码即可。但她是意识体，确切说是个人。张延坚持谨慎到底，以免程序与意识混杂，出现不必要的麻烦。

“为什么是上坡路面？”朱盈有点意外。

“上坡时红包整体会有一些减速，你抓紧点可以腾出时间来捡程序包。”

“就不能把红包速度调慢吗？”朱盈提出请求。

“恐怕不行。”张延无奈答道，“技术部说时间太紧了，没来得及保留那个权限。你留心路面，已经很接近了！”

程序包被放在左跑道和中间跑道窄小的空隙中，朱盈看准时机，咬紧牙关，在接近时谨慎躬身，用手抓起了程序包。她保持奔跑，并将程序包展开。里面的代码转化为一件透明材质的衣裳。朱盈刚刚将其披在肩上，后背就被一股连续的力猛扎。

她想到那些不可见的用户，或许正张着雄鹰般的翅膀，举着在游戏中重金购买的宝剑刺向自己。现在，那阵痛正沿着她的脊椎位置向上走，她勉强维持着平衡，两手拉住衣裳的帽檐，加快速度向上翻——衣裳的宽帽落在了她的头顶。一秒后，她前头的红包消失了。

“张延，你还能听到我吗？张延！”朱盈大声呼吸。

隔了一秒，张延有了回应：“不仅听到还看到了，放心吧，你是安全的。

只是我解除不了红包感染，需要给你派一个医生进去。总之你先回到路边，我放置一个逃出端口，你去里面隔离起来。”

三

在紧急控制中心，张延面对屏幕中的意识小镇揉了揉睛明穴。交通图上有大片流动的红色，朱盈的身影混在其中。

“出状况了？”新人分析师阿文拍了拍张延的肩膀，端着杯咖啡在他身边坐下。他时不时会从自己的部门来紧急控制中心“串门”。

张延摘下耳机：“已经控制住了。”

“每天和意识体打交道，还真是辛苦你了。”

张延关掉麦克风：“不都是工作嘛，没什么区别。我们都没法长期住在意识小镇，有了他们这些工程师，意识小镇的建设效率就高多了。”

阿文放下咖啡，手指在平板电脑上滑动：“他们可是热门话题啊，虽然我是做用户分析的，但每天都在处理关于他们的话题，你有兴趣看看吗？”

张延接过平板电脑，看到了几条用户留言。

“抽红包游戏的场景是植物人工程师做的？冷血企业，连植物人都要压榨，我今年不会玩了！”

“让植物人工作只是看准了残疾人新法规，想拿减税的政策优待吧。”

“搞什么意识小镇，这样下去只有能用上虚拟现实设备的高级玩家有大红包，我们手机玩家就是炮灰！”

“我对这些没兴趣。”张延交还了平板电脑。他对阿文有点生气，这些留言或多或少给他带来了压力，而他不想在春晚的最后关头分心。

张延手机中的工作群传来一条语音，他将其点开，播放了技术部工程师的汇报："刚才的病毒目前只在F区发现，流量最高的A区和B区暂时安全。"

流程部也发来了信息："我们在起草文件，如果还有类似状况可以节省审批时间。"

"F区就是这个女孩所在的区？"阿文凑近屏幕，"我记得她是第一批被公司唤醒的意识体，她的家人……"

"没了。"张延的声音低沉下去，不知不觉多说了些话，"七年前那场车祸很惨烈，全家只有她一个撑了过来，不过还是成了植物人。公司找到她之前，她一直靠社会捐款勉强维持医院床位和最低限度的护理。"

阿文沉默了一小会儿，问："有车祸的资料记录吗？听说她的跌倒恐惧值一直居高不下，上一次跌倒后爬起的记录也达到了58秒。我想做点儿研究。"

朱盈本该脱离主干道的，但春晚已经到了下半场，抽红包游戏也进入了高潮——红包速度全面加快，她的步伐越发吃力。

她在最左侧的跑道，也是速度最快的跑道。脚步加快了几轮，最终也只是和红包一致。有一刻稍微放慢，她就和身后的红包有了碰撞，在"嗞嗞"的声响中感受到电流般的刺激，痛！

痛是牵一发而动全身的，她比刚才更加紧张。

"可能感染得有点严重，和红包接触有痛感了。"朱盈及时和张延汇报，但等了一会儿也没有听到回复，只有一个又远又陌生的声音传来。

"……和意识体打交道……辛苦你了。"

朱盈只能待命，硬着头皮继续跑。

她开始喘气了："张延，张延？我好像错过了离开的最好时机……我还能回去吗……"

还是没有回应。

视线中是无法越过的红色。在看不到终点的奔跑中，她听着自己的喘气声和长靴底下的"啪嗒啪嗒"声，感觉时间正在流失。

身前身后的红包离她太近，她觉得这样下去迟早会跌倒。得想办法……她伸手摸了摸耳机。

耳机上的麦克风是将意识波转化成语言的程序，因为有它在，她才能像常人一样发出声音。现在，她开始考虑从那程序中提取代码，用重新编程的方法为自己准备工具。

她坚持等了一会儿，张延还是没有出现。

“显示源代码。”她只好发出指令，将耳机摘下举在面前。耳机顷刻消失，一堆字符浮现。

朱盈快速浏览字符，并用手在其中筛选：S、W、O、R。她想拼出“剑”的代码，但找不出最后一个字母“D”。

从头再来！

K、N、I、F、E。这五个字母被朱盈挑选出来，排成一排。

她深吸一口气，将手放在字母两侧，手掌向中心迅速合并，完成了“确认”的指令。余下字符纷纷下坠，消失。她分开手掌时，那里已经躺着一把银色的小刀。她小心地握起小刀，将刀尖扎向面前的红包，并用刀刃使劲划开一道线。

“砰——”红包碎裂，碎片下坠消失。

她向身前身后的红包如此重复了几遍，直到给自己留出了宽松点儿的空间。这让她稍感安心，但她失去了声音。

四

“医生已经连接好虚拟形体转换设备，但还没和朱盈对接上！”有同事提醒张延。

张延望向屏幕，找到了那个在红色队伍中的女孩身影——已经被染得通红。

他戴上耳机："朱盈，怎么还没回到路边？"

没有回应。

张延紧盯屏幕，不断放大局部影像："她的耳机呢？调取下监控！顺便确认她现在的速度。"

"明白了。"身旁的同事紧张应声。

"出什么事了吗？"阿文问。

"过了0点，没被抽中的红包都会被自动清空。万一她也……"

"不是有逃生端口吗？"

"我问问技术部。"张延的手指在键盘上飞舞，他很快得到了回复，摇头道，"不行，端口和程序包不一样，干道上红包流量太大，放不上去。"

"要不申请删除部分F区的红包，减少流量干扰？"有人提议。

"她现在就是红包状态，很可能会把她也牵连了。"讨论在持续，但没有结论。

"快来看这段监控！"有人高喊了一声。

张延和阿文从身旁的屏幕上看到了朱盈将耳机取下重新编程的过程。

"她要是多等我们一会儿就好了，为什么要改造耳机？"同事挠了挠头，"现在无法沟通了。"

"她怕被红包干扰，那会让她容易跌倒。"阿文的目光从手中一沓资料上移开，"跌倒对我们来说不算什么，对她却是一个'消失'的信号。"

那些资料重现了年幼的朱盈出车祸时的场景：汽车撞破护栏，直冲河道。在那失去平衡的冲撞之后，她的身体就被长久封于病床上。

"先建立沟通方式。"张延说，"至少要让她听到我们。哪怕把意识小镇里的广播用上。"

“那就相当于全网直播了。”同事提醒道。

“会出乱子的吧，上亿在线用户都会听到的。”有人在摇头。

朱盈的奔跑还在继续。

她手中攥紧小刀，但这并不意味着安全。若是失手将刀尖指向自己，她就会化为碎片。

她忍不住盯着小刀，又时不时用张延在防跌倒训练时的话提醒自己，强迫视线转向其他地方。那些矗立在路旁的高楼大厦，表面已经浮现出大量庆祝春节的元素，除了春晚直播、舞狮舞龙，还有一闪而过的电子烟花礼炮。

朱盈仍在奔跑，默念张延的名字。她猜测张延今晚的工作太繁重了，意识小镇里不是只有她一个意识体在工作，张延不可能围着她一个人团团转。她也想了其他理由，但理由只是叠加的多米诺骨牌，一个令人失望的结果就可以推倒一切。

她本可以尖叫，发泄委屈也好，惹人注意也好。但声音已不属于她。

张延在见面的第一天就告诉了她“意识体”这个词。意识体来源于人，但算得上是人吗？她越来越不确定了。她被唤醒的部分只存在于高度保护中的意识小镇，尚无法与躺在医院里的那个实体打通神经连接。张延或是其他人想和她面对面交谈，也需要经过程序烦琐的虚拟形体转换设备。她与家人的记忆早就戛然而止，还有人真正在乎她吗？

眼前只有一片红色，红色遍布在身前身后，红色成了同类。她觉得自己终于认清了，她和红包那样的程序并没有什么区别。

她丢掉了小刀。

“朱盈，能听到吗？该回到路边了！”

张延的声音从两侧的高楼那儿传出，扩散在意识小镇的每一个角落。如果不是那声音，朱盈早就以为自己飞了起来，像是化为了风，化为了无。

但她就算开口回应，也无法转化出声音。

张延的话在继续："现在左侧队伍速度快，我知道你已经尽力在跑了，但如果想从那里脱离主干道，你的速度突破不了。你要变道到最右侧，右边慢了不少。"

朱盈向右边望去，不住摇头。穿越中间跑道和右侧跑道这两股顽固的洪流，意味着一定会跌倒。

张延还在说些什么，但朱盈的注意力已逐渐丧失。

五

"好不容易领导同意我们用了意识小镇的广播功能，但只是把声音传达给她还不行。"张延用手敲着桌面，"根本沟通不了。"

"不是沟通的问题，是她可能陷入了……"阿文沉吟了一会儿，说出一个名词，"人格解体障碍。"

张延转向他。

"心理干预是我的专业，我比你了解情况。"阿文解释，"她的跌倒恐惧值很高，又长期处于意识体状态，很有可能出现这种自我认知方面的问题。这样下去，她的自我认知就会消失。"

"不用等那时候。如果她在0点之前进不了逃出端口，就会和红包一样蒸发掉。你有什么办法？"张延不得不向阿文寻求建议。

"能让她看到自己的脸吗？"阿文解释，"人类对自我面孔的识别与对其他面孔的识别是不同的，有非常独特的机制。"

"我想……可以给她的视觉加一个滤镜，把所有红包都过滤成她自己的模样。"有同事提议道。

"不会有副作用吗？"有人问。

“不能保证。”阿文答，“可能会刺激她找回自我意识，也可能会让情况更坏。还要有一个人负责持续唤醒她。”

众人的目光重新投向张延。他又有些举棋不定，因为比起其他人，他要兼顾的因素更多、更复杂。

几秒过后，还是阿文打破了沉默：“你是不是对意识体保护过度了？总是想着这个风险那个风险，把他们的世界搞得一尘不染，真的是为了他们好吗？”

“我……没有把握，也不清楚怎么说才稳妥。你能来唤醒她吗？”这一次，张延坦诚求助。

“我不行，一定需要非常了解她的人来操作。”

张延渗出冷汗的手握紧又松开，伸向桌面的手机。他在工作群中发出了语音信息：“F区需要紧急救援，请技术部、流程部迅速派人来紧急控制中心。”

“张指导！有用户留言！”用户中心的同事冲进紧急控制中心，找到了被团团围住的张延。

“投诉什么的你们自己解决！”张延握起的手砸向桌面。

“我的意思是，刚才意识小镇内的广播引起了用户注意，在三分钟内产生了一万多条留言，都说想帮那女孩出点力！”

“还有这些。”阿文又一次将手中的平板电脑递给张延。上面是各大媒体的实时新闻视频。

张延点开其中一个，立刻弹出了记者站在人群前的画面：“我所在的广场聚集了近千人在看春节表演，但现在讨论最热烈的却是刚刚春晚抽红包游戏中出现的广播……”

另一则新闻：“比起抽红包，大家似乎更关心那个叫朱盈的女孩是谁，她到底遇到了什么？参与游戏能够帮助她扫除障碍吗？”

“这家虚拟设备体验馆的800个玩家席位已经陆续转战春晚红包游戏的

F 区，他们能否为救援提供更有力的支援？”

紧急控制中心内一片安静。张延抬起头，看向阿文，又看向周围的同事：“如果能够快速减少 F 区的红包数量，我们就有机会。”

六

在红包的洪流中，朱盈视野中的意识小镇早已不存在，世界只是一股此起彼伏的数码红浪。而眨眼间，一片模糊的红色变成了无数个人影。人影清晰起来，成为自己，以相似的步调奔跑着。

朱盈想叫，却发不出声。

“你现在感觉怎么样？”与她相邻的“朱盈”开口了。紧急控制室里，张延正在技术部的辅助下录入语音，并转化为朱盈的声音在意识小镇里输出。

朱盈只是一边奔跑一边盯着对方，发不出声。

“记得今天是什么节日吗？你有一份特殊的礼物。”对方还在说话，“A 区和 B 区的用户在往这边集中。他们都想快点抽完这里的红包，减少你的障碍。”

朱盈盯着她，对她并不信任。

“领导审批了绿色通道，备用服务器已经在全力支撑这边的流量。”话音落下，对方就不见了。

朱盈紧张地闭上眼睛。熟悉的声音又出现了：“别担心，只是抽红包的速度变快了。”

她睁开眼，看到每个旧的“朱盈”消失后，新的就会顶替上来。她们断断续续的话语拼在一起，将自己环绕。

朱盈听着她们的声音，脑中的记忆被一点点串联起来。她理解了不少词汇：春节、用户、红包、意识小镇……

“别老盯着地面，向前看。”

幻觉开始被驱散。朱盈想到张延以这样的方式和她说话，一定是费了一番大力气。她想说些什么，喉头只有无声的轻震。

奔跑还在继续，对话没有消失。

“需要变道了。”“往右边去。”“往路边去。”“时间不多了。”

朱盈摇头。虽然她也想努力，但她仍旧虚弱、恐惧，找不到躯体的平衡感。她很清楚，自己的一切感受都是模拟出来的。她的两腿、她的脊椎、她的胸膛、她的咽喉都失落地滞留在医院的病床上。

“抬头看那边！”又一个声音提示道。

朱盈仰起头，视线在移动中捕捉到路边高楼表面投影出的文字和数据。

“加入公司 13344 小时，工作总时长 4245 小时。”

“最活跃的工作时间为 15 时，最活跃的工作类型为道具设计。”

朱盈咬紧嘴唇，她知道这些被“装饰”在建筑墙面的数字都是关于她的。

她继续奔跑，数字继续滚动。

“参与建筑建模 1.49 万立方米，占意识小镇总建筑 11.3%。”

“参与色彩渲染 13.8 亿像素，占意识小镇总色彩 28.6%。”

“参与用户造型设计 171 组，被采纳比例 46.7%。”

“上年度总薪酬中 33% 用于意识体维护，59% 用于实体康复计划，8% 共捐助给 72 名植物人。”

在同一时刻，众多数字变成了统一的倒计时。

“3。”

“2。”

“1。”

刹那间，身边的朱盈全都恢复了红包的模样。一片羽毛从天而降，掠过朱盈眼前。

声音响起，乒乒乓乓。

有人在她头顶穿行，挥动羽翼，手持长剑；有人在路边快跑，脚踏银靴，手举长弓；有人是一身墨镜黑衣装扮，手中的枪正射向红包。原本不可见的用户，瞬间挤满了每个角落，用豪华装备捕获红包。

“朱盈，我们现在都和你在一起，你要坚持住！”传来了张延的声音。

“事实上，我们还挺麻烦的。”换了一个陌生的声音。

“别添乱，阿文！”张延小声埋怨。

“麻烦真是一个接一个。”阿文的声音，以及抢夺麦克风的声音，又是阿文的声音，“不信你听听看。”

接着，朱盈听到了来自张延手机群中的部门讨论。

“能赶得上吗？要不要给普通用户送装备？”

“等等，服务器压力太大了，还有新用户不断涌进来！”

“逃出端口准备好了吗，一有条件就放进去！”

“有媒体已经冲到公司楼下了，谁去拦一下？”

“客服电话都被打爆了……”

“你放这些干吗！”这句是张延压着声音对阿文说的，夹在混杂的语音中，传送到朱盈身边。

“哪有人是一路平平顺顺的，我们可是不断跌倒又不断爬起，都快习惯了。”阿文说，“你也一定能找到机会回来的。”

朱盈觉得那不真实的胸口紧紧绷着。

“快要接近上坡路了。”张延提醒道，“我们会在那里放置新的耳机程序包，你记得拿上，这样就能恢复通话了。”

七

朱盈已经跟随队伍将整个小镇绕了将近一圈。在空中，有英雄跟随着她。在路边，也有战士向她呼喊。有的人在红包前连连得手，也有人因为装备不足只能摔跟头。

路边的墙体和建筑表面浮现出大大小小、形态各异的时钟，这让她能够看到时间的流逝。

23 点 38 分。

朱盈想象在紧急控制中心，时间表变得无比紧张。有人在盯着坐标，有人在准备程序包，有人等待一个指令好按下按键，还有匆匆赶到的医生正在接通意识转换设备，准备进入逃出端口接她。那些人和眼前陌生的人们聚在一起，和她在一起。

23 点 42 分。

朱盈接近上坡，看到了程序包。它被工整打包好，放置在两条跑道窄小的空隙中。她要做的就是稍稍躬身将其捡起。如果她可以出声，她或许会向张延要更多东西。但现在，她只能盯着那个程序包。

她盯着它，下了一个不一般的决心。

接近了！她让脚跟偏离了应处的位置，脚尖用力，伸出两手，重心向前。参照以往数据，她的身体会在 0.93 秒之内向地面划出危险的角度，接着或许会有几十秒无法动弹，或许不会，因为她的胸膛将贴住程序包，将其作为缓冲，滑行向右侧——她只是无限接近跌倒，但不会完全失控。

空白。

听力消失，思考能力消失，空白如约而至。

痛。痛！火辣辣的痛，那是身后的红包接二连三踩上了朱盈的身体。她挣扎了下，可以动了：手肘抵着地面，后背艰难地弓起，一只膝盖使劲弯曲又无力地滑下去。

她想象着自己脊背上的骨头，以及骨头周围红肿的肌肉，虽然现在它们并不存在。她体验着病毒造成的易碎品般的身体，想象自己真正的身躯已在病床上躺了七年，没有这样使劲的机会。

一直以来，她是遇难者，是幸存者，是患者。是她将怀疑、挑剔与议论排斥在外，把自己全身紧紧包裹，反而丢失了平衡感。她以为一步的颠倒便是山洪海啸，而凭那不真实的躯体，自己永远无法平安到岸。

现在，她必须直面那可能夺走一切的灾难，用她真实的心。

她终于爬了起来，踉踉跄跄的，忍痛调整好了步伐。现在她在中间跑道了。

“所有人！集中清空右边跑道！”张延的声音响起。

23 点 44 分。

不同身影从四面八方而来，奔跑着，飞驰着，翻滚着，纷纷冲向朱盈右侧。

23 点 49 分。

最右跑道的慢速红包陆续碎裂，红色碎片铺天盖地，又在坠地前纷纷消失。

23 点 52 分。

酣战过后，最右跑道被完全清空。比肩接踵的人群为朱盈让出道来。

朱盈踩在坚实的路面，目光匆忙地掠过一张张面孔，轻微颤抖的身体不敢迟疑。

23 点 55 分。

朱盈跑到了最近的逃出端口——看起来就是一个直径一米宽的管道。

她身体的痛感就像一个警报器，既干扰她向前，又带着她向前。她挣扎着钻进了端口，顺着管道往下滑行，这期间她不清楚时间是如何流淌的，但她猜想自己应该赶上了。

八

医生为朱盈做了紧急手术，在执行之前告诉她："感染最严重的部位在右脚，我要把病毒的结晶从那里取出来，接下去一段时间会影响到你的肢体平衡感。"

"你是说……我会比之前更容易跌倒吗？"朱盈问，目光转向张延——确切地说，是张延通过转换设备生成的虚拟形体。

张延让她不必担心："我会给你加强防跌倒训练。"

朱盈短暂沉默，又开口问："也可以给我安排跌倒后的爬起训练吗？"

张延从惊讶转为惊喜，连连点头："当然可以！"

医生小心地从朱盈的右脚抽出了什么东西，并将其放在一旁。

"这是红包里的一张纪念卡。"张延将那东西拾起，想要制造点幽默气氛，"可惜了，不是什么大奖。"

"上面写的什么？"朱盈问。

张延举起卡片，一字一字地念道："在一起，过福年。"

朱盈愣了愣，接着郑重地说了一声"谢谢"。

就在刚才，朱盈穿过了一条红色的河流，就像穿过旭日升起的茫茫沙漠，穿过摇曳颠倒的海市蜃楼，穿过动荡不安的火山脚下，周身滚烫炽烈。她的视线一度被红色蒙住，却在奔跑中和无数人在一起，直到拥抱了自己。

"谢谢。"她又轻轻说了一遍，"还有……"

她想到在外头，崭新的时间已经开始流动。

“新春快乐。”

2018 年 7 月首次发表于公众号“不存在”

一星间

◎ 苏莞雯

“盈盈一水间，一水间……为什么隔了一条河就不能见面呢？有了鹊桥，不是连宇宙都能连起来吗……”

一

餐具轻微碰撞的声音，遇上了黏成一团的咀嚼声。这混合声连同一张了无生气的孩童脸孔都被录进手机画面里，直播在网络上。

小武直播吃饭已经有段时间了。升上五年级后他的头发像葱一样笔直生长，但他没有高年级小学生的机敏活泼。他总是一个人，一言不发，手边摆着一只铜色纪念奖章。他一边吃饭一边将目光放在半米外的手机屏幕上，就像在扫兴地照镜子，眼中没有波动。偶尔闯进直播间的人会用文字问他在吃什么，奖章是什么，或者互相讨论一句“他是个哑巴吧”。

小武不是哑巴。虽然直到吃完那盘土豆他也不会评价一句“难吃”，虽然下午的语文课上他也不会在全班朗读时跟着发出哼哼声，虽然下课时那只年幼的猫是先跑到他视线里的——他没有开口，然后女生们围了上去。

男生们则谈论着更为尖锐的话题：“刚才老师问最喜欢的食物是什么，他说是土豆。难怪他每天都在家直播吃土豆……”

“他”说的就是小武。

小武跟前围上来两个笑嘻嘻的男生：“你最喜欢土豆的什么做法？”

“清炒土豆丝。”小武开口了，尽量让声音穿过缺漏的门牙时听起来圆润些。

“嘿嘿，其实你并不喜欢土豆。”有个男生断言，“因为土豆丝根本不能体现土豆最浓郁的风味，吃土豆丝的人只是为了忍耐。你是在自欺欺人，或者说谎。”

“他说的谎多了去了！”另一个男生说，“他还说他爸在月球上呢。我妈告诉我，他爸肯定是欠钱跑路了，要么就是进了监狱，不然怎么会这么多年都不回来。”

小武不声不响地从座位站起来，所有人都不知道他要做什么。

他拿下工具角的剪刀，走到女生们跟前，蹲下去，一手按住小猫，一手将剪刀刺向猫。

女生们尖叫哭喊起来，有个男生吓得尿了裤子。

后来，小武的妈妈被叫到学校。在一间办公室里，副校长板着脸孔斜起眉毛，好让自己表现得怒气冲冲：“上次考试，全班第几名啊？”

小武瘪着嘴摇头，班主任替他回答：“五十六名。”

“这样吧，就快期中考了。这一个月作为观察期，如果期中考成绩能到全班前二十名，你就不用退学了。”

小武偏开目光，看到走廊外有几个女生在哭，并且急着收拾刚刚的猫。

而在他身边，最着急的还是妈妈：“校长，我家小武从来没考过那么高的分数，一下子进二十名不可能啊。要不然这样，我让他保证再也不惹事了……”

“没有成绩就没有说服力，说明他自己没有想要悔改。这个事情就这么定了，今天先带回家好好反省反省。”

小武跟着妈妈回到家，把自己锁在房间里。他不发脾气，只是侧躺在床上，点开手机直播，直勾勾地看着自己被镜头切割后的脸孔。

过了一会儿，手机角落弹出了一行字：“不吃好东西了吗？”

小武的眼珠动了动。这个时间同学都在上课，谁会特意跑来笑话他？他看着对方的昵称念出声：“石头？你是谁？”

“当然是你的粉丝了。”

小武眨了眨眼：“杨波吗……熊兴吗……”

“我不是你的同学，我今年上四年级。”石头发来了一张图片。

小武把头摆正，看到图片上是四年级的课本：“那你怎么不在上课？”

“我这里太偏远了，学校条件不好，很多时候只能自学。如果以后有不懂的地方，我可以请教你吗？”

小武没底气地挠挠头。

石头上线的时间并不固定，他说他是背着大人偷偷上网的，羡慕小武每天都能在线，羡慕小武会做清炒土豆丝，羡慕小武有自己的房间。

“你怎么总是在羡慕我呀。”小武不太喜欢石头的口气，那让他觉得不真实。

“我们是朋友了嘛，朋友就是能看到你身上的闪光点。”又是不真实的回答。

“小武，做作业了！”妈妈晚归回家后说，“睡前把今天的作业本拿给我检查。”

小武磨蹭着翻开了数学作业本，抓耳挠腮半天也没看完一题。妈妈在外头催，他将手机摄像头对准作业本：“石头，这个题你会吗？”

“这道题要先求多边形的面积。”

“答案是什么？”

“你得背下来。”

“为什么？我又看不懂。”

“有的知识就是要先背下来，以后才会慢慢理解。你看我说羡慕你，但是有些理由也是慢慢才知道的，比如我发现你的直播间里有那么多同学来给你捧场。”

“他们啊，都是来笑话我的。”

“为什么？”

小武的手指在作业本的一小寸面积上来回划着：“他们不相信我爸爸的事。我爸去月球城市当建筑工人了，但是同学们都说我在骗人，他们说能上月球的都是大学出来的高级工程师，我爸才高中毕业……”

“你很久没见他了？”石头问。

“三年了，不过我也不想他。”

“真的？”

小武撇撇嘴：“有这个爸爸是我倒霉。”

“可是根据我的推测，你平时直播就是希望你爸爸能看到你。你桌上放的那个奖章，是月球纪念品吧？”虽然石头是用文字问的，但他的聪明还是让小武吃了一惊。

“这个？”小武拉开抽屉，取出那枚纪念奖章，“在网上很便宜就能买到，我这个只不过是多刻了一串数字而已。”

“但是我相信你的话。”石头打出了一长串字，“月球城市是真的，我也有家人在那里工作。月球也需要建筑工人，他们会用月壤建造房屋，和地球上一样！”

“你胡说。”小武脱口而出，呼吸变得粗重，“你自己也不懂，你只是在装模作样。”

“难道你也不相信你爸爸？”

“你怎么知道月球城市就一定需要我爸那样的人？你怎么知道我爸不是在监狱里？”

半分钟过去了，小武的手机屏幕没有收到新的消息。他只看到画面中的自己，眼眶泛起红潮，紧紧咬着牙，“我真笨”三个字就快要骂出声。

“好吧。”石头的消息重回小武视线，“我可以告诉你更多关于月球的东西，这样你也会更相信我了。”

小武的脸有些晃动，眉头的苦涩消解了一些。

“但是……”石头说，“我也有一个条件。”

二

我想从直播里看到更多有意思的东西——这是石头提出的条件。

小武首先想到的是校门口的煎饼果子。周末，他瞒着妈妈将手机带出家门，一路小跑到了学校。

“这东西有意思吧。”小武将手机正对着煎饼果子摊，拍到摊主往圆形的大铁盘上洒下一勺乳白色，用铁片摊开，待到乳白色成为酥脆的饼皮时又铲起来。

“哇，这也太神奇了！”石头问，“尝起来是什么味道的？”

小武愣了愣，手机镜头跟着他的视线移动到旁边的硬纸片上：五元一个，加蛋七元，加火腿八元。

一袋热腾腾的煎饼果子已经被摊主包好，递给了小武身边的人。摊主将目光转向小武：“要加蛋还是不加蛋？”

小武手抖了，镜头跟着抖。

“小武，带我去看看风景吧。”石头突然转开话题。

小武离开了煎饼果子摊，他挠挠头：“这里是个乡下小镇，没有长城、兵马俑，也没有长江、黄河，没有风景……”

“我才不稀罕长江黄河呢，我就想看看这个小镇，想看看你那儿的泥土和树，想看看石头和房子。”

“要不，我带你去我学校吧。”小武跑进一条上坡路，“马上就到了。”

学校的树是竹林和老榕树，学校的房子是一座连着一座的教学楼。小武还打算带石头去操场走走。

“啊，那是花岗岩围墙！”石头注意到了不一样的东西。

“花干岩？”

“是花岗岩。它是陆地上最常见的岩石之一，可以用来做围墙、地板和雕塑，而且从它身上可以了解地壳的温度和板块作用……”

“这东西有那么稀奇吗？”小武举着手机在操场边上走了一圈又一圈，普普通通的东西在石头的眼中都不再寻常。小武时不时用笑声回应他，还提到了自己的愿望。“我长这么大，从来没有吃过生日蛋糕。”他说，“下个月就是我生日了，今年我会给自己买一个蛋糕。我妈每天上班前会给我留下菜钱，因为中午她不能回来做饭，所以我吃什么全由我做主。我每天只买土豆，一次就能攒下两块钱。等到下个月，我攒下的钱就够买一个大蛋糕了。”

“你会请同学一起来吃吗？”

“我才不想和他们一起过生日。”

小武的脚步在一个沙坑旁停下来。那里有一个隆起的小沙丘，上面还插着一块木牌，写着：小猫之墓。

“你爸爸呢，你生日的时候他会出现吗？”石头问。

小武的表情阴沉下来，一只手默默握起拳头。

“去年他有和你视频吗？”石头还在问。

“我爸从来不会准时出现，就算给我发生日祝福的视频邮件，也会迟到好几个月。”小武开始陷入自言自语，“他可能真的在监狱里。他们说，我以后也会变成杀人犯……我马上就要被开除了。”

“不是说成绩进步了就没事吗？你一定……”

“我早就决定了，我不会去参加期中考的。”

“不要放弃啊，我还想看你以后直播更多好玩的东西。”

“你是在可怜我吗？我的直播一点都不好看！哪像你那么聪明，应该做什么事都很厉害吧！”小武喊出声。

石头沉默了一会儿，发来了一张照片：“这是我今天的午餐。”

小武点开照片，看到一只盒子里装着糊成一团的东西，颜色深得分辨不出是什么，但石头把它叫作午餐。

“我从来没有去过大城市，连你那儿的小镇也没有去过，没见过这么漂亮的房子和操场，只有看到你的直播才觉得世界这么有意思。”石头留下这段话，就退出了直播间。

小武觉得他一定是生气了。他关掉手机，往沙地上踢了一脚，然后一个人走回家。

晚饭时，他犹豫地打开了手机直播，石头不在，只有几个留言说他是没人要的退学生。他关掉直播，快速扒完了米饭，将语文课本摆上餐桌，翻开。刚学过的课文，竟然第一句话就出现了三个不认识的汉字。他从房间里抱出一本字典，一个字一个字地查找。只不过课文还没翻过一页，他就趴在桌上睡着了。

三

装着土豆的塑料袋摇摇晃晃。

小武攥紧塑料袋，站在一家蛋糕店外头张望。蛋糕店开在小镇唯一的高科技商场，这里的蛋糕也是全镇最豪华的。

商场外头的广场上正在举办庆典活动，处处都很热闹。小武走过广场，看着一张广告牌上的“卫星电话”四个字，听到工作人员在解释如何排队抽签与月球上的工作人员视频通话。

“阿姨……”小武问工作人员，“我可以给我爸爸打电话吗？”

“指定联系人的话，需要有对方的工作编码。你知道吗？”

小武摇摇头，恍惚间望见了几个同班同学，他们正在人群中盯着他偷笑。他从广告栏上抽出一张广告地图就跑开了。

那是一张小镇的简易地图，小武回家后将它铺在餐桌上，对着手机的直播画面说："虽然这里是个小镇，但也有厉害的地方，看吧，我准备了一条巡视路线。"

他等了一会儿，还是不见石头的身影，又郑重说了一遍："我明天开始巡视全镇。"

一个人有了惦记的朋友，会像患了感冒一样，时而面红耳赤，光是幻想着再次碰见之后的第一句话就会满头大汗；时而晕乎顺从，就算课堂上听不懂，也会嘴巴一张一合跟着读"迢迢牵牛星，皎皎河汉女……盈盈一水间，脉脉不得语"；时而心神不定，在上学、放学路上和下课时间都会忍不住偷偷打开直播。

石头还会再来吗？可能不会了。想到这个，小武就觉得咽喉干燥得要烧起来。

在一次课间直播时，石头终于现身了："对不起，本来想早点上线的，但是我们这里网络太宝贵了，我得等大人不在的时候才能偷偷来看你。"

"那我直播后，你可以选喜欢的回看。"小武一下子在座位上坐直，精神得有点拘谨。

"他们在玩什么？"石头问。

小武将手机镜头调转到男生们那儿："哪个？你说弹珠？"

"嗯，那个怎么玩？"

小武屏息了一会儿，然后歪着身子慢慢凑近男生们。有人发现他后害怕地跑开，有人露出窃笑，等着小武开口。

但小武并不开口，他就像一尊移动的雕塑，在众目之下试探着安全的路径。

"看！那是什么？"有男生在小武身后喊了一声。

小武的手机收到了石头发来的一张图片，还有留言："你看像不像？这是以后的月球城市效果图，现在有300多个工人正在建设月球城市呢，以后月球也会张灯结彩。"

几个好奇的男生主动凑近小武，盯着他的手机看："月球城市？真的有这东西？"

他们又拿手中的弹珠与图片比对，围着小武争论了一番。

小武虽然没能插上话，但感冒般的症状减轻了。他咬着嘴唇，免得让人发现他在笑。虽然他没见过石头，但石头说他也有亲戚在月球工作。他们是那么相像，相像的人会成为好朋友，甚至是兄弟。

上课了，科学课的老师打开教室的电视机，说有个新闻要给大家看看。小武不想收起手机，因为石头还在线。"之前不是答应你要告诉你更多月球的事吗？"石头说，"现在就有一个好消息了。"

手机被小武藏在课桌底下，他只要在端坐时垂下目光就能看到石头发来的那一大段话："月球城市的价值不仅仅在于居住，还在于与宇宙更好地接触。特别是月球背面的城市，能够观测到来自宇宙深处的信号。过去，地球与月球背面信号不通，直到有了一个名叫鹊桥的中继卫星后才解决了这个问题。鹊桥在地球与月球之间的轨道运转，而且上周鹊桥进行了一次大升级，今后地月通信不再只是航天人员的专属，普通百姓也可以通过网络和月球背面的人员联系了。"

小武的脸转向电视，里头播出的新闻正好和石头说的一样。他摩挲着手指，想到了石头的聪明。聪明的人能把看过的新闻转化成自己的话，或许石头根本就没有家人在月球上。

"你爸爸之前给你的视频邮件不是总延迟吗，很可能是因为他在月球背面工作，要到特定区域才能用上网络。但是以后你们的联系就更畅通了。"石头继续说。

小武微微点头，没有拆穿他。

兄弟之间，是允许一些谎言的。小武也说了谎，石头没上线时，他的小镇巡视计划迟迟没有开始。现在，他要带着石头的目光去镇上的名胜古迹。山中的电视塔可以媲美东方之珠，十字街上的悟空庙相当于黄鹤楼，车站的停车场有和大城市相通的路线，高科技商场更是放射着直达宇宙的电波。

“小武，停一下。”石头在小武直播时突然说，“让我看看天空，天空有好多颜色。”

“哪有？只有蓝色而已。”小武昂着头。

“你知道吗，太阳是由七种光组成的。只是其中的青、蓝、紫三种光大部分会被大气层散射，所以我们就看到了一种合成后的蔚蓝色。在我们的肉眼之外，天空中还有许多看不见的颜色。”

“你好厉害！”这话不是小武说的，而是直播间里的新留言。

石头毫不吝啬地分享自己眼中那些有意思的东西，这带动了一小股风潮。小武的同学们涌入他的直播间围观，也会想着办法一起找新鲜的东西给石头看。几天后的放学路上，小武身边就多了三三两两的男生。

男子汉一碰头，便不会再有想做而不敢做的事。他们推搡着小武进了蛋糕店：“就算你生日还没到，我们也可以先看看款式嘛！石头，你说对不对？”

“我也好想看看蛋糕是什么样的。”石头在线上表示赞同。

正巧，班上两名女生也在店里。男生们开始叮嘱小武：“别挑她们看中的款式。”

“为什么？”石头问。

“你不讨厌她们吗？12 岁的女孩子聪明得要命，个子还高，她们没有对手！”男生们前俯后仰地大笑，小武也跟着笑。他们挑了 198 元的星空蛋糕，约定生日那天一起在小武家过。

课间聚着做作业也成了自然而然的事。有一次，小武甚至让男生们目瞪口呆。起因是有人烦躁地敲着桌子：“喂，这道题谁会啊？”

“问女生吧，她们准会。”

“啧，才不问。”

小武伸着脑袋看了一会儿：“要先求多边形的面积。”

男生们诧异地看着小武。

小武小声说：“我也是刚好只会这一题……”

语文课上，小武将半夜花了两个小时才背下来的诗词背出来。老师的表情很是吃惊：“那你来说说，‘盈盈一水间，脉脉不得语’是什么意思？”

小武挠挠头，他只记得背诵，忘了去看释义，只好硬着头皮说：“就是两个人虽然被一条河隔开了，但是不需要语言也能传达感情，他们很幸福！”

老师皱了皱眉：“刚好说反了呢。”

全班哄堂大笑。

小武坐了下来，前后左右的笑声迟迟未停，就连女生们也在开心地笑。小武沉默了几秒，“扑哧”一声跟着笑了。

期中考越来越近了，各科老师纷纷开始小测轰炸。男生们不得不将课余时间拿来写字背书，小武跟他们统一了步调，晚餐的直播也换成了做作业。他手边摆放的纪念奖章不见了，取而代之的是晶莹的弹珠——那是他现在的宝物。

天黑下来，月上梢头。“小武，下周就是你生日了吧？”石头说，“为了生日那天能和你视频一次，我打算接下来一周都不上网，把流量省下来，等你生日那天再见面吧。”

小武放下笔，神情庄重：“石头，兄弟！都是因为有你别人才肯跟我玩，就算……就算你住在监狱里我也当你是兄弟！”

“哈哈哈，你说什么呢！你生日那天，我打算拿出我最喜欢的菠菜盒子。对了，下线前我给你发一张我的照片吧，到时候可别认不出我。”

石头那头的网络不太好，一张照片分成了块状逐渐显现。

小武的目光凝固在手机屏幕上，首先看到了漆黑的背景，有一双手捧着碗绿色的糊状食物。虽然寒酸了点，但小武不在意。

照片逐渐完整。

小武发出“啊”的一声丢掉了手机，整个人连带着椅子后退。

照片上是个笑容灿烂的女孩。

四

数学小测的卷子发下来时，有人挥舞着小武的卷子满教室跑：“你猜你多少分？66 分！你及格啦！”

小武忍住得意的笑容。男生们激动地拍他的肩膀，对不服气的女生挤眉弄眼：“你们看看，这就是天才！”

小武不安地坐下来，反复挠着额头。男生们还在和女生吵嘴：“你们都不知道小武的生日蛋糕有多好看，可惜女生没有机会吃了，哈哈哈哈。”

放学回家后，小武将数学试卷摆在餐桌上，等着妈妈下班。门锁迟迟没有动静，小武不再坐着干等。他拿出草稿纸，“沙沙沙”写下一句话：石头，我不能再和你做朋友了，因为女生是男生的天敌……

他写完，立刻划掉。没人说男女同学不能做朋友。

重起一行：石头，你们女生都看不起男生……

划掉。石头没有犯过这样的错。

再起一行：石头，如果被我妈和老师知道了，他们可能会以为我们在谈恋爱……

用力来回划掉。这不是他们两个的错。

小武咬着笔头沉思了一会儿，开始列出生日那天男生们可能会说出什么难听的话。他眼前有无比真实的影子捏着鼻子说："你看她吃的是什么，绿色的一团，好恶心啊。她说的谎多了去了，我看她根本就是住在监狱里……"

小武将笔"啪"一声拍在桌面上。怎么办？总不能说监狱的食物就是那样的。

他打开手机，给石头留言：给我你的地址吧，我给你寄好吃的。

等了半天也没见石头的反应，看来她还没上线。

小武回到房间，从抽屉里取出所有的零钱，在床上摊开数了数，总共202元。他将零钱分成了两拨，一边是198元，一边只有可怜的4元。

如果男子汉的江湖注定艰苦，小武选择为朋友两肋插刀的苦。石头不是兄弟，却依然可以是朋友。想保护石头，首先要让别人看得起她吃的东西。或许可以跟男生们说，那糊状的食物其实味道不错，还有某种特殊营养？

小武下了床，在厨房里花了点时间做出一碗土豆泥。他尝了一口后皱起眉头，几乎没什么味道，更说不上好吃了。

白天下课后，小武鬼鬼祟祟跑进学校的图书室，在一个货架旁找到了三本书，分别是《婴儿营养餐》《千奇百怪的食物》《你绝对想不到的菜谱》。他抱着书往教室跑去，将副校长的目光甩在身后。

回到家里，他一边看书一边读出声："传统太空食物中，糊状食物较为常见，例如牛肉浆、苹果浆、菜泥和肉菜混合泥……"

小武如获至宝，只要对男生们说石头住在月球上就好了。这一次，他不得不说谎了。为了让谎话听上去像真的，他得更了解月球才行。第二天，小武又在图书馆一口气借了五本和月球有关的书。

回到家时，妈妈已经做好了一桌饭菜在等他了。“明天就是期中考了，妈妈特意请假回来给你做好吃的，明天好好表现，知道吗？”妈妈一边把鱼肉和青菜夹给小武，一边说。

小武埋头吃完饭，回到房间。他将课本放在一边，迫不及待翻起了和月球有关的书。

“为了建设月球城市，国家在 2024 年征集了一批建筑工人前往月球。”小武一字一字地念，“每一位月球工人都会得到以 YQ 开头的编码……”

小武一愣，拉开抽屉，手指拨开一堆晶莹的弹珠，找到了纪念品奖章。奖章背面镌刻的一串数字，正是 YQ 开头。

他根据书中的查询网址输入那串数字，看到了爸爸的照片和月球城市在编人员信息。

“是真的！爸爸真的在月球！”小武激动得跳起来。

两脚落地后，他又被一个沉重的念头拖住了：明天期中考，本来已想好了要逃学去巡视小镇。但同学们这几天都在说他搞不好能考进前二十名。或许，天才是真的存在的……

小武甩甩头。是时候做出抉择了，如果自己决定不了，就让爸爸来决定吧。

他背起书包拉开房门，对妈妈说了声“我去同学家复习”后，就冲出了家门。

小武跑到高科技商场时，正是晚上八点，商场还很热闹。他找到一位工作人员问：“阿姨，那个卫星电话的活动还有吗？”

“那个活动啊，昨天是最后一天了。”

“我带钱来了！”小武急切地说。

“小朋友，活动是免费的，可是已经结束了，设备都收走了。等明年的机会吧。”

“明年就太晚了！”小武哭出声来。他想从爸爸口中问到答案，去考试还是不去考试？爸爸是疼爱他的，一定能理解他为什么想要放弃。就算那些题目他会做不少，也可以不去考试。他可以在平时扮作天才，不必非得去考试。

“你的家长电话多少？我帮你联系他们。”

小武肩膀抽动，声音低落下去：“不用了，我自己回去。”

他背着书包在商场走了一圈又一圈，直到人流越来越小，他也到了外头，穿过广场，沿着河边走着。他盯着地面，背起了书：“盈盈一水间，一水间……为什么隔了一条河就不能见面呢？有了鹊桥，不是连宇宙都能连起来吗……”

他在一个石墩上坐下，仰起头。黑暗的天幕中，有一小轮明月。

“爸爸，我就要12岁了，是不是什么都来不及了？”小武问。

“不会的，宝贝儿子，男子汉大丈夫从来不怕来不及。”小武用粗重低沉的声音回答。

半晌无声。

小武仍旧仰着头，丝毫没有注意到变得僵硬的脖子。他的眼中装着数不清的问题，每一个问题都是烦恼的形状。12岁，一定是人生最痛苦的时候。筋骨在拉伸，胃口在进化，光是土豆可远远不够。数学题、汉字与英语单词交织成狰狞的幻听，就像世界如此巨大却硬要整个钻进他的脑袋里。他关上了耳朵却遮不住眼睛，屏住了呼吸却还有风声。

他想起了朋友，想起石头。

这里的月亮这么亮，大城市看不到吧，这才是这个镇上最美的风景，真想让石头也看一看。对了，她虽然不在线，但是上线了就能回看。

小武将手伸进口袋，摸到了手机和一张地图。地图的背面是高科技商场的各项近期活动和截止时间。小武看到有个月球城市纪录片放映还没有截止，而且活动过后可以语音留言，据说留言能被送到月球上广播。活动的门票费是 200 元。

小武站起来，向着高科技商场的方向奔跑，眼泪在空气中飞起来。

刚才见过的工作人员已经下了班，换上一身黄裙走过商场外头的广场："小朋友，你还没回家？"

小武跑过她身边，气喘吁吁。

在放映厅外头，他拉住一个中年男人："叔叔！我要……我要买票！"

"都快十点了，最后一场放映已经结束了。明天再来吧。"

"明天不行！"小武摇头，"我只要……留言就可以了。"

黄裙阿姨赶到小武身边："怎么了？"

"阿姨！我爸在月球上，他能听到广播留言的吧！"小武说，"虽然不像卫星电话一样可以面对面说话，但还是可以让我爸听到的吧？就像直播，上线晚了的人也能回看……"

"就帮帮他吧。"黄裙阿姨对中年男人说，"多聪明的孩子啊。"

中年男人咕哝了一声，说："就只是留言啊，一人只能说一句。"

小武擦掉眼泪，用力点头。

他被带到了放映厅隔壁的录音室，黄裙阿姨摸了摸小武的头："你的声音在整个月球都能广播出去，你想好要说什么了吗？"

小武用力点了一下头。他站到麦克风前，深吸一口气："我是小武。爸爸，我想你。"

他的声音就像沉入太空，毫无涟漪。但他是个男子汉了，他知道现在得不到回应。

五

期中考之后的那个周末，是小武的生日。那天从下午开始就下着大雨，班上的同学纷纷带着礼物来小武家，争着要看蛋糕。

“没有蛋糕了。”小武低着头说，“对不起……”

“没有？你骗人！不是都挑好了吗？”男生们骚动起来，“石头呢？他也还没上线……”

“但是我给大家做了土豆泥，有好几种口味……”小武小声地说。

“我们回去吧！被耍了！”男生们抱着礼物纷纷离开了小武家，留下的只有三个人。他们杵在自己的角落，既不吭声，也不走。

一个视频通话的请求突然在手机中弹出。

“石头？”小武紧张地接通了视频。

三个男生凑到了小武身后。

手机画面中出现了一个中年人。小武愣了愣，不禁喊出声：“爸爸！”

紧接着，石头和其他几个大人出现在屏幕里。“嘿嘿小武，认得我吗？”石头问。

小武含着泪点头，男生们都目瞪口呆。

“小武你好，我是石头的爸爸。”另一个大人说，“我和石头的妈妈在月球上做鹊桥卫星的管理员，石头就出生在月球城市里。之前她都是瞒着大人使用宝贵的网络。昨天我们收到了你的广播留言，石头突然很激动，跟我们坦白了她偷用网络的事，想让我们帮着找到你爸爸，作为给你的生日礼物。”

小武又哭又笑：“石头，所以你……真的在月球！”

男生们在他身边感慨：“月球啊，也太酷了吧！”

“小武！”石头说，“大人们说了，等我六年级毕业后也让我回一次地球。那时候我能来找你玩吗？”

小武忙着点头，发不出声音。

男生们抢着说：“还有我，还有我……”

“小武？还有同学也在啊。”妈妈回来了，站在门边看着小武，“班主任给我打电话了，说你的期中考成绩排名出来了。”

刚刚还在激动的男生们紧张起来。

“29 名。”

“噢……”一片遗憾的声音。

“我知道。”小武垂下目光，“天才不是那么容易当的。”

“但是副校长说他看到了你的进步，已经决定不让你退学了。”妈妈拿开手上的雨伞，露出一只彩色的蛋糕盒子，“大家一起来吃蛋糕吧！”

男生们振奋地围坐在桌边：“小武，许个愿吧。”

小武高喊出声：“等我长大了，我也去月球！”

男生们纷纷笑开了：“笨啊，许愿不用说出来的！”

“你是第一次吃生日蛋糕吧，哈哈哈……”

“快吹蜡烛！”

小武鼓起脸一口气吹灭了眼前的蜡烛。12 岁男子汉的江湖，这才刚刚开始。

2019 年 7 月首次发表于公众号“不存在”

深夜加油站遇见苏格拉底

◎段子期

时间到了，我们各走各的路。苏格拉底如是说。

有一道光刺入，那光亮强到如天地混沌初开，箭矢般冲向他的眼睑。他想要醒来，但却不能。

他感觉身体正在下坠，在意识的沼泽地里越陷越深。仿佛有黏稠的液体从头顶浸入，渐渐填满体内器官之间的所有空隙。碎片般的思维试图聚集、靠拢，却被一股无形的斥力反复冲散。他知道苏格就躺在旁边，距离自己不到一米，但此刻，她却遥远得像波江座的一粒尘埃。

声音一直很嘈杂，空气中有消毒水的刺鼻气味。梦境跟现实似乎永远是此消彼长的关系，当他意识到自己在跟宇宙中最强大的力量对抗时，才有一丝机会，跟梦告别。

却也不是梦。

一

23: 48

丁皓开车行驶在夜幕中的公路上，百米外的加油站是附近唯一有光的地方，他准备停在那儿打个盹儿。

整个加油站没有一个员工，超市灯牌是一个海边日出的图案，海面上露出一半的太阳，旁边有两棵椰子树。自从有了自助加油机、无人超市、无人餐厅，这座城市变得越发空旷。

加完油后，他打量着车窗里的自己：头发凌乱，唇边的胡茬是刚冒出来的，疲惫的眼睛陷入眼眶，他才 25 岁，看上去却像个刚经历一场失败婚姻的中年男人。他躺进车里，紧了紧外套，准备做个美梦来缓解这一刻的疲乏和沮丧。

“你能帮我看看吗？这台机器好像坏掉了。”一个年轻女人的声音隔着玻璃将他耳朵唤醒。

当丁皓睁开眼看见她后，庆幸自己没有假装睡着。他揉揉惺忪的眼睛，打开车窗，一股带着茉莉香气的风探入鼻息。

“不好意思，把你叫醒了。”她带着歉意冲他笑了笑。

“嗯，怎么了？”他清了清嗓，走下车。

“男生应该比较懂这些机器吧，它像是失灵了。”她一眼看去酷劲十足，穿着黑色皮衣，长发微卷散在肩上，轮廓分明的脸上带着些孩童般的稚气。

“这么晚一个女孩子在外面，你就……不怕我是坏人吗？”丁皓不敢多看她，在加油机面前检查起来。

“我带了防狼喷雾，瞧！”她掀起衣服的一角，内兜有一瓶灌装液体。

丁皓笑了笑，鼓起勇气跟她对视了一眼：“今晚你应该用不着它。”

他接着去检查其他几台机器，无一例外显示故障，“奇怪了……刚才还好好的。”他念叨着。

“啊，那怎么办？”

“要不你在这儿睡一晚，天亮后再找人来修。”

“那我可能要赶不上了。”

“赶不上什么？”话刚落音，丁皓意识到自己不该问她的私事。

“赶不上……”她顿了几秒，“去一个地方。”

“哦。”

“你呢，你去哪儿？”她的眼睛看上去是深蓝色的，跟夜幕一样，闪烁着一丝轻盈且敏感的聪慧。

丁皓舔了舔嘴唇，右手插在裤兜，想到自己毕业后一事无成，挫败感又涌上心头，特别是在这样酷的女孩面前。他拿着摄影机到处拍，想要记录或探究什么，城市的变迁、人的善变，或是凌晨 4 点 48 分为什么是人最痛苦的时候。他最想拍的是不同的人仰望星空的表情，如果素材足够多，他也许会将这些寄给国家航天局，让他们往太空发射探测器的时候，别忘了向外星文明展示人类最虔诚的一瞬。

可他爸爸说这些东西连房租都挣不回来，不如琢磨怎样才不会被机器抢走饭碗，而不是赖在家里混吃混喝。要不，你搬出去吧，妈妈说。

丁皓决定拍完最后一段星空素材，就去努力学习跟机器竞争，这趟旅程算是一场费心安排的告别，与曾经那个想要打破某种常规的自己告别。

她是一个很好的聆听者，她会在他的每一个停顿、转折里，不动声色地投射进自己的感情，带着一种谦卑和热切，近乎感同身受，而且是对一个全然陌生的人。

“抱歉，我是不是说太多了？”他转而挪向车尾，想挡住这台旧车上被蹭掉的漆，它就像一块滴在胸前的油渍。

她笑着摇摇头。

一阵短暂的沉默后，她仰起头，望向夜空，双手作祈祷状，“是这样吗？你可以拍我了。”

在这一刻，丁皓应该是爱上了她。时间仿佛被压成一张厚度为 0 的油画，那种无法言说的感觉持续了几秒，又像在他心里蔓延了几个世纪。他呆呆望着她的侧脸，希望黎明暂时不要来惊扰这个深夜的加油站。

如果有一台机器可以计算人生，那这段记忆会在他往后人生中被想起 547 次，就像程序被读档。

那时的他不会知道，她会和他在一起。几年后，在城市某个相似的加油站里，他会向她求婚，之后，他们将一起度过生命中的 10 年。这个加油站改变了他的一生，他在旅途过后不会放下摄影机，她仰望星空的神情对他来说是一种救赎。

他们会像世界上大多数人那样，彼此相爱，接着被琐碎打败，他把她卷入生活的旋涡，直到一个新生命的到来。然后，他们再一同失去还未长大的他。他们会分开，再也不相见，如同参宿和商宿，除非，命运偏要两条渐远的轨迹重新相交。

他不知道。他还以为是个梦。

二

加油站那晚的三年后，丁皓拍出了那部纪录片——《仰望星空的人》。在拍电影时，他前所未有地栩栩如生地活着，他把自己的爱和才能全都倾注到电影上，像是播下一颗能生长出万物的种子。

庆功宴当晚，不少人专程为了他的电影而来，可她并没有及时出现。

宴会厅里都是穿着礼服互相攀谈的人，丁皓不时紧一紧领结，努力适应这里的喧闹。陆续有人过来问好，表达对他作品的赞许，他报以微笑，晃着酒杯一边说着无关紧要的话题，一边望向门口。

他本打算在今晚求婚，如果没有她，这部电影存在的意义仅限于与人分享的愉悦，而不是一个踏踏实实的终点。可有时，她就像一阵风，让人捉摸不透。

直到浮华散去，她才匆匆赶来。

丁皓轻轻叹气："本来想给你一个惊喜的……"

她指了指怀中的书本，脸上堆满笑："对不起啦，学校的事太多，实在走不开。"

"今天对我很重要，你应该看看他们欣赏电影时的表情，我就是想在那个时候向你……"

她的眼神越过他，望向远处："我还记得电影最后一个镜头！是无数人的脸消失于群星的画面，真美，像是有一种力量把我们跟宇宙连接在一起……”

“那都是你给我的灵感，所以，我想跟所有人说，是你。”

“这些都不重要。”

“什么才是重要的？”

她没回答。

暮色四合，城市犹如一幅用色过度的油画，霓虹装点在排列齐整的大楼之间，车流速度、全息广告投放频率、轨道调控方向，一切都经过程序精心设计。

他开车载她回家，他喜欢谈未来，她喜欢聊过去，电影再梦幻都要退居生活背后，但他们总能在其间找到一个平衡点。

车子经过附近的加油站，她指了指前方：“在这里停一下吧。”

“嗯？”

“你不是要给我惊喜吗？”她冲他眨了眨眼。

丁皓瞬间明白了她的意思，他的心在一种热情的惶恐中猛烈跳动。她总是能默默地洞察一切，这让他觉得自己在她面前是透明的。即使最快乐的时刻还没到来，他已经被这快乐淹没了，他感觉自己与此刻的世界保持生动和谐的运作，一种“他正活着”的信息如风暴般穿过身体。

他们第一次相遇就是在这样的加油站。他下车，为她打开车门，然后从衬衣口袋掏出一枚戒指。他没有发问，只是看着她，看着那双眼睛里的璀璨星河，自顾自在里面游起了泳。

“此时此地。”她说。

“此时，此地？”

“对，你问我什么是最重要的，就是此时此地。”

问题和答案。拥抱。亲吻。夜晚。加油站。

除了此时此地，什么都不重要。

三

1: 32

夜越来越深，月亮有种凉薄的美感，加油机依然显示故障，似乎故意为这对初见的年轻人制造更多时间。

丁皓拍下她刚刚仰望星空的神情，那瞬间，似乎有流星在他胸口坠落。他想说什么，又好像说不出口。

“对了，我叫苏格，你呢？”她看向他。

“我叫丁皓。苏格……名字好特别，跟苏格拉底有关吗？”

“是啊，我爸妈在大学图书馆认识的，他们在架子上拿了同一本《理想国》，就这样。正好我爸姓苏，妈妈就给我取了这名。”

“挺浪漫的。”

“没想到，后来我还真考上了哲学系。”苏格低眉笑了笑。

“那在你们哲学家眼中，这世界是什么样子的？”丁皓语气带着一丝不自信的试探。

“这个世界，是它偷来的样子。哈哈，其实我也不知道。在我眼里，没那么多条条框框，它是什么样，取决于你当下这一刻的想法。”

“现在……我挺快乐的。”

“所以你看，那些星星也很快乐。”苏格指了指夜空，最亮的那颗星正在她指尖闪烁。

丁皓暂时忘记了夜的深，他想将一生都定格在这一刻，他想把这世界变成二维底片，在幽幽的暗室里，一次又一次和她重逢。他不知道自己是怎么了，毕竟和她只是第一次遇见，跟无数次同陌生人擦肩而过没什么两样。

但这一次的确非同寻常。

“不如你先睡会儿，之后我开车送你去目的地。等办完事你再回来取车，怎么样？”

“可是，这样不会耽误你吗？”

丁皓摇头，用脚碾了碾地上的石子，然后把它踢远。

苏格的车是红色的，像火和太阳，透着一股生命力。她睡着了，头靠在玻璃上。丁皓回到自己车上，一边望向她，一边默数自己的心跳，像个忠诚的守卫。

他不敢睡去，生怕会错过什么。

时间不知过了多久，苏格醒来，眼角挂着泪水。她对他说，她做了一个无比漫长的梦，梦见苦乐参半的未来。在那个未来，自己生下了一个美丽的男孩，然后又看着他离去。

“感觉好真实……”

她突如其来的眼泪让丁皓手足无措，他想把手放在她肩上，却又缩了回来，他只得微微倾斜僵直的肩膀，暗示她这儿可以依靠：“别害怕，梦里再难过都会醒来，好的不好的，都会过去……”

苏格点点头，瀑布般的头发上下抖动，她用指腹擦去眼泪，慢慢恢复平静。她抬起头注视着他扭成奇异角度的肩膀，随即将手放在他肩上轻轻摩挲了两下，表示感谢：“我没事了。”

“那就好。”

在离家之前，爸爸也在丁皓肩上同样的位置拍了拍，手势不同、力度不同，肌肉的记忆也不同，两种感觉却在此刻相互叠加。他的肩膀似乎成了一张复写纸，每一次书写都让从前的印记更加清晰。

“不如，我们出发吧。”她说。

苏格坐上丁皓的车，向着目的地出发。他在无人超市买来一些牛奶和饼干，她看着食品包装上的图案，都是那个海边日出的标志，跟超市灯牌一模一样。她若有所思，目光又落向别处。

车子驶离加油站，进入高速公路。深蓝色夜幕笼罩着大地，仿佛流畅画面中的一格静帧。

“我突然觉得这里发生的一切，都好熟悉，包括那个梦……”苏格似在喃喃自语。

“嗯，是吗？也许是……”行车速度保持在 70 迈，他不想太快到达。

可是，在她做了那个梦之后，有些东西似乎正悄悄发生变化，包括这静谧的深夜，但具体是什么，他又觉察不到。

或许，不那么重要。他这样想着，试图转移注意力：“对了，你喜欢听什么音乐？”

“你可以给我听听你喜欢的，然后我再告诉你我的感觉。”苏格侧过头看了看他。

音乐搅动起车内的冰冷空气，她渐渐放松下来。他们对这些音乐发表各自的看法，哪首跟周末晚上最衬，哪首会让人梦到银河。他认真听她不经意间提起的往事，默默在脑海中拼凑着她的过去。

她来自知识分子家庭，良好的学养让她有不少追求者，她最常读的一本书是尼采的《快乐的知识》，她永远精力充沛，总能带给周围人能量。

在他们相识几个小时内，音乐承担了催化剂的角色。

20 世纪的美国乡村民谣。喜欢。

值得开一整瓶红酒来与之相配的爵士乐。喜欢。

一部文艺爱情电影的原声带。喜欢。

丁皓窃喜，他还想分享更多，或许有一天他也能为她写首歌。

可是，就在上一首音乐拖着尾音、下一首即将登场的缝隙，诡异的一幕出现了。路的前方依然是一个加油站，和深夜 11 点 48 分时遇到的那个一模一样。

他们被卡在 *There's only one way out* 和 *U-turn* 之间。

四

婚姻无疑是一所最好的学校，在加油站遇见后的第五年，他们慢慢领悟什么是真实的生活。爱情跟电影一样，同样要退居生活背后。

他们共同拥有一所漂亮房子，他在客厅做了一个大书柜，摆满了她钟爱的书，即使有不少他都看不懂。

“全都是快乐的知识。”丁皓搂着她，一脸骄傲。

苏格头靠在他肩上，肌肉记忆又一次经过复写，留下了“他正活着”的印记。

丁皓和苏格在这房子里度过了很多时光，像所有夫妻那样。他们会各自忙碌，在不同房间进行自己的工作，他常常闷头做剪辑直到深夜，而她则要准备读博期间的深奥论文。他们会在中途休息时，在沙发上一起喝杯咖啡，互相鼓励和拥抱，转而又进入各自房间，像踏上两段方向不同的旅程，偶尔在中转站相交。

他们也常常争吵，为了一些无关紧要的小事。

白天的事弄得有些不愉快。丁皓的父母来看望他们，苏格提前做好清洁，准备好午餐。两位老人一边吃饭，一边就周围的陈设发表对他们生活方式的看法。看到什么能吸引注意的东西，老人说的话就会停顿一下，仿佛屋子里的一切都变成了标点符号。丁皓一直注意着苏格的脸色，她保持优雅的沉默，直到一个关于女性在家庭中身份的问题被老人提出，沉默才被打破。

送走父母后，丁皓到家已是晚上。苏格在沙发上翻看一堆论文，背对着他。

他感觉自己像一个天平，被不同方向的力量往下拽，“你吃饭了没？”

“吃了。”苏格没有回头，她的背影单薄瘦削，让人想紧紧抱住。

尽管心里充满歉意，但他觉得此刻的她有些陌生，只是一瞬间。每每面对分歧时，她都异常理智，他甚至在想她是否爱过自己，还是找不到更好的选择。他又摇摇头，仿佛竭力否定这个不合时宜的念头。她是爱他的，这毫无疑问。

记忆中无数个她的影子跃入脑海，大笑或是睡着、被日出感动或是因自省而沮丧，那么鲜活，那些她存在过的时空并没有坍缩，而是在他心里加速膨胀。

很抱歉，今天没有让你感到快乐。他想。

他热好一杯牛奶放在茶几上，望着她的侧脸，又止不住想起他们曾经共同拥有的很多时刻，窝在沙发里为对方朗读，躺在高原上仰望星空，在末班车里扮作陌生人相遇……

那些激情和智慧都无用的时刻，让他的所有思虑都被二者同时安抚，最终凝固成一个不被线性宇宙摆布的完整时刻。哲学之钟停摆，所有求索都悬在半空，不能够被自他观察，就像量子态，一旦启动那个阀门，便有星河狂泻、陨石落下。

他想让那种感觉延续到生命最后一刻，他想懂得每一个她。

学生们的哲学论文总是用尽每一个定义去阐释观点，而忽略了其本质，苏格想看到的是最简要的真理。只有丁皓知道如何让她放松下来，哲学是元理，艺术是原理，两种尺度的弥合需要一点恰当的氛围。

只有音乐最为妥帖。

他打开播放器，那是一首自己为她写的歌，《仰望星空的人》的主题曲——

我在深夜加油站
遇见苏格拉底
日暮微薄
迎合笨拙的遣词造句
街灯指错了方向
连影子都剩我不顾
我却拼命奔向你跌向你
在云上或在别的地方
匆失匆忘你说吧
你说的都在胸口坠成星星
没有别的大道理除了
我爱你我永不收回去
……

“你想要一个孩子吗？”苏格抬起头问他。

五

2: 13

前方的路和出发之前完全相同，他们再次停靠在加油站，带着某种暗示意味的音乐成了陪衬，在车内兀自回旋着。

自助加油机还是全部显示故障，无人超市的灯牌依旧是海边日出的图案。让人无法辩驳的是，苏格那辆红色轿车就停在那儿。

“我们……被困住了？”她望向窗外。

丁皓去检查了超市、洗手间的内部，各处陈列和细节都一一对应，再次确认这个加油站就是之前那一处。

“好像是……”

周围安静得如同真空，浓稠的夜色似被稀释了一些。他们似乎进入了一个空间盒子，高速公路的两头可能被某种神秘力量连通了，在特定时间内来到这里的人，会在这段路上不断重复。但是，时间依然保持线性流逝。

造化。

丁皓脑中闪过这两个字，不知为何，他并没过多恐惧。

“没信号了。”苏格举起手机试探着，在如此诡异的现象面前尽力保持理智。

“这像是科幻电影里才有的情节……”丁皓看向她，“你不害怕吗？”

“爱出者爱返……”苏格低语，“进入加油站的时候，你看过时间吗？”

“深夜 11 点 48 分。”

“我记得你之前说过，人在凌晨几点最容易痛苦？”

“4 点 48 分。”

“为什么？”

“你应该听说过有部话剧叫《4: 48 精神崩溃》，好像有数据统计，凌晨 4 点 48 分，人们在这一刻最容易产生抑郁情绪，也是最容易自杀的时间点……”

苏格轻轻叹气：“如果那个时候，我们还在一起的话……”

“我会紧紧抱住你！”丁皓脱口而出，涨红了脸看向那个日出标志。

“怎么感觉像是世界末日了？”

“万一是呢……希望这个世界末日不会很无趣。”

苏格顺着他的目光看去：“你会不会觉得很奇怪，好像一切从一开始就注定了，我们可能会一直被困在这里，直到……”

“直到什么？”

她没有回答，转而走进超市，几排货架围成一个U型空间，里面商品的包装都是同样一个日出标志。丁皓跟在她身后，一步步踩在她脚步停留过的地方。

宇宙只不过跟他们开了一个小小玩笑，在深夜11点48分，或许有一颗彗星刚好经过地球。但只要一直待在这里，就会安全，只要跟她在一起，就够了。不管是世界末日，还是别的什么，都无法改变这一刻。他会和她一起等着某个结局，如果有的话，他想。

苏格的视线重新落回虚空，身体微微颤抖：“所有货品上都有一样的标志……”她低声说。

“嗯？你别害怕啊，会有办法出去的，可能时间一到，就自动恢复正常呢……电影都是这么演的，最后都会……”

“不是……”

苏格眼神中藏着一丝忧郁，而他好像应付不来她脆弱的一面。她的思虑如同流星，飘忽不定，如同凡人揣测哲学家，他无法真正理解她正感受的，除非有一台机器能把他的意识转移到她身体里。

就像多年以后，他依然应付不了很难再快乐起来的苏格，一个失去了心爱之子的普通女人。哲学再次失效，第一次因为爱，第二次因为死。

“我怎么觉得天越来越黑了……”苏格把脸埋进双掌。

他轻轻抱住她。

“不如我们再重演一遍之前发生的？不知道是哪个地方出了错，如果经过调校，一切都咬在正确的齿轮上，说不定会有转机呢？”

丁皓自顾自拉着她往外走，嘴里念念有词，像是排练舞台剧的第一幕情节。他小心翼翼地说台词、走位，重演一段记忆中的人生，尽力让每一步都踩在正确的节点上。

然后，他继续载着她离开这里，同样的音乐、同样的话题。

可第二次、第三次，路的前方还是这个加油站。

“到底什么才是正确的人生？”苏格慢慢松开他的手。

丁皓慌乱的姿态停摆下来，才明白自己还没弄懂这出剧目，就匆忙开演。

“你看看周围。”她拨了拨他凌乱的头发。

六

那个出生在夏天的美丽男孩，同样打乱了他们的人生节奏，像平铺直叙的剧情中突然插入的情节线，而这却是整篇剧目中最为华彩的一章。

“给他取个名字吧。”一个粉红色皮肤的婴儿蜷在苏格身旁，在丁皓眼里，他们就是银河系的中心。

“丁小曦。”

“会不会太简单了？”

“不会啊，多可爱的名字。”男孩跟他长得很像，他的食指被那只小手掌紧紧握着。

“可他又不是在傍晚出生的，为什么是夕阳……”

“是晨曦的曦啦。”丁皓冲她眨眨眼。

晨曦和夕阳。出生和逝去。仿若一个提前设定好的隐喻。

他们为他忙碌着。

不管是丁小曦三岁时，还是多少时间以后，他注定会离开、会像尘埃一样消散，像曾经活过的每一个人。甚至是恒星和银河系，没有什么能逃过这个熵增宇宙中最标准的方程式。

在拥有他的短短几年里，丁皓和苏格围绕这颗恒星转动。她曾说，我们完整了彼此的生命，即使很多时候，他就像一个嘴里衔着玫瑰，到处窃取别人力气的小魔头，但她愿意献出一切。丁皓总会在这个时候吻上她的额头。

他离开这个世界，也是夏天。他的房间成了一个破碎的蛹，又像是灌满水的游泳池，只要一进去，就会把人淹死。

丁皓都忘了，他和苏格到底有没有抱在一起狠狠地哭过，也许身体机能会自动将痛苦记忆稀释。他只记得，她要么把自己埋进书里，她的背像倒扣的书脊；要么一个人在房间里乱走，或者进入他的房间，坐在地上把他的玩具摆在四周，或者拿出他的衣服，把脸埋进去闻上面的奶香，累了就倒在沙发上睡着，一遍又一遍。

在丁皓的摄影机里，他吃过 25 顿饭，哭过 36 次，洗过 8 次澡，摔倒过 15 次……他也只能做一些无用的数学题，算出一些无意义的总和。

然后，他陪着她，勉强熬过了那个冰冷的夏天，接着度过了接下来的两年。

七

3: 52

一排亮光忽然照射到地面，自助加油机全部恢复正常。

“你看！有变化了，说不定这次能离开。”丁皓看到转机，忽而又有些失落，“可是……”

要和她告别了吗？那颗彗星快离开地球轨道了吧。

他帮她的车子加上油，动作尽可能缓慢。苏格一直望着夜空，群星在越来越淡的蓝色夜幕中渐渐收束起光芒，它们准备收回在她眼里残留的倒影，也收回让黑夜白天暧昧不明的分界线。

像是底片见了光。

“丁皓，你看看周围。”

所有屏幕开始播放一段视频，是那个海边日出的标志，经过动态特效处理后，像是20世纪90年代的旅游广告——深蓝海面和深蓝天空的边界线似乎被抹了去，半轮太阳躲在海的背后，发出橙红的光辉。有风从海面吹来，透过屏幕往他眼睑中送入一阵微甜的气息。

“这是……”丁皓抬起头，被这一幕怔住，顿觉思维变得滞重。

“我们，该走了。”苏格张开双臂，索要一个告别的拥抱。他转过身，愣了几秒，走上前轻轻投靠。

忽然，地面一阵晃动。

平静的夜空发出一阵短促的凄厉声音，像是玻璃巨幕上裂开了一条缝隙。恐惧绕过思维，抵达丁皓的神经通路，几乎是下意识的反应，他打了个冷战，两人都不知刚刚的颤抖到底来自谁的身体。

眼泪重新惹上她的眼眶，她的哭泣让空气都轰轰作响，不舍、疼痛、绝望，还有一些难以言状的情感，仿佛已经在某个平行世界经历过一生。

“现在，让我们上路吧”，她对他耳语，“我已经想起来了，那个孩子，还有你，在未来……我们……”

“什么？”

加油站的一切开始如蛇蜕皮一样剥落，像是换季般自然而然。

星河狂泻，陨石落下。

八

距离丁小曦下一个忌日不到几天，丁皓和苏格离婚已有多年。他忘了当初分开时的细节，只记得她说，只要不离开就会随时想起他，像是有一根荆棘缠绕在心脏上，每跳一下，就是钻心的疼痛。

快乐的知识好像失去了意义，他摸了摸同样疼痛的胸口，点点头。

丁皓放手让她回到风中，也把自己送回孤独的囚笼。他试着计算跟她在一起的生活，吃饭、旅行、争吵、看电影的次数，各自为对方做出的改变，互赠礼物的数量，谁迁就谁多一点……可越算越乱，他才发现这是宇宙中一道最艰涩的数学题，怎么都算不出答案。

在一次喝得酩酊大醉后，思念像一条在草地上爬行的蛇，他忍不住拨通了她的电话。他想在那天做点什么，什么都好。在苏格应答之前，他已经很久很久没听到她的声音了。

她嗓音略带疲惫，似有风沙卷入喉咙："好。"

他们决定去儿童福利机构做义工，然后去慈善基金捐一笔善款，忏悔抑或赎罪，为他们早夭的小曦。丁皓给孩子们买了很多礼物，也给她准备了一份。

再次见到苏格时，丁皓感觉体内的冰山正渐渐融化。她依旧很酷，眼神中的机灵加入了一些柔和作为调和。有那么几个瞬间，丁皓以为她真的放下了。

那天，他们相处得很愉快，只要不提起过去，也不谈及未来就好。苏格还是哲学系老师，丁皓还在拍他的纪录片，至于各自有没有爱上别的人，至少丁皓不会。这样就挺好。

《永恒与一天》。看着阳光下她的侧脸，被金黄光线勾勒出一首诗篇，他想起了那部电影。不过，丁皓不再像第一次见到她那样，那么热切地渴求时间停在当下这一刻，因为那是一种徒劳。

一直到很晚，谁都不愿意先说告别。车子的自动驾驶功能带着他们在城市里兜了几个圈子，像是一种故意。

直到夜越来越暗，群星涌现，在头顶铺开细密的巨网。

两个本来永不相见的星宿越过宇宙设下的藩篱，再次交汇。

可代价是，造化。

自动驾驶系统计算失误，车子和疾驶的卡车迎面相撞，群星在天窗上不断倒转，继而越来越远。伴随着巨响，眼前的一切渐次收缩成一个白点，仿佛宇宙大爆炸之前的那个。

某一瞬间，丁皓感觉自己像是回到了妈妈肚子里，又像是回到那个加油站，或者是在某棵树下，自己垂垂老矣，一阵风吹过，他累得想要闭上眼睛。

一片混沌中，强烈的血腥味蔓延至他的大脑皮层，他拼命睁开眼，想让苏格的影子重返瞳孔，她胸口殷红一片，头低低垂下。他想喊想哭想说不如我们重新来过吧，但喉咙却被什么东西堵住，又腥又咸。

世界越来越模糊，像是用色过度的油画被泼上了松节液。

来自意识之海的海水开始灌入，渐渐没过头顶，填满他和她之间的所有缝隙。只剩下一些声音，仿佛来自另一个星系的遥远回音。

九

4: 25

医院比加油站更像一趟旅途的中转站，一切的真实都发生在这里。

天花板的灯管发出刺眼的白光，抢救室中央并排放着两张病床，周围的仪器嗡嗡运转着，连空气也轰轰作响。丁皓和苏格身上被插满各种导管和电线，血液和药剂正缓缓流入身体，呼吸机拼命制造氧气送入他们的肺部和心脏，墙面的液晶屏画面分别显示各项身体数据，某一数据格闪烁着橙色的警示。

林医生和赵博士在两人旁边，盯着那些仪器，眼神虔诚，如同向它们发出祈祷。

丁皓和苏格已经昏迷了20小时以上，头上各自戴着一个脑神经传感式头盔，密密麻麻的触点紧贴在头皮。每个触点前端发出幽幽的蓝光，通过复杂的线路全部连接到一个终端，主程序正在对他们的大脑活动进行复杂的测绘。

这套设备程序名叫“多电极阵列（MEA）－皮层脑电图（ECoG）磁阵造影脑成像系统”，是赵博士和脑神经科研团队工作7年的技术成果，他习惯把它叫作“阿赖耶”系统。它主要通过测绘脑内神经细胞脉冲电流产生的生物磁场，来推算大脑内部的神经电活动，能在“潜意识读取”模式下，最快时间内完成对大脑神经元矩阵的检阅，即使是潜藏在海马回中最微弱的脑电波信号，也能被解译成高精度潜意识编码，然后形成视觉画面，投射到观测者的视域镜中。

潜意识更像是一种对现实的变形，是一片混沌海洋，或者一座漂浮在海面的巨型冰山。露出海面的部分是人能察觉到的意识，而在海面下99%的冰山山体，则是观测失效的潜意识。

它安忍如山、它蠢蠢欲动，无时无刻不在影响着人的一切思虑和行为。

“阿赖耶”则来自梵语，在佛教教义中，是排在眼、耳、鼻、舌、身、意、末那之后的第八识，是其中力量最强大的一种。“阿赖耶”被认为是宇宙之本，含藏万有，就像人体内一台只存不失、永不停止运行的机器。

探索人脑潜意识运转机制的难度，不亚于探索宇宙深空，至少在神经元和星辰的数量上，人的大脑足以跟宇宙相媲美。这套系统在未来还能运用于意识上传、脑机接口等技术，甚至是探索人类永生之谜。这7年里，赵博士难免对自己的工作投射出一种难以言传的宗教情感。

如果是真实存在过的记忆被转入潜意识区域中，这段画面的精度会更高，赵博士跟林医生说过。在人的濒死体验中，潜意识和记忆交叠、勾缠，编织成网，那个平行世界里，穷尽一切可能发生的概率，在各个关键节点上分叉或相交，形成全新的故事和人生。

缘起不灭。

那是他们在生死之间徘徊时，不经观察对那个世界做出的各种无意识调制，对现实的补偿、恐惧的放大或者毫无意义的碎片堆积，潜意识被投入万花筒，折射出无数个如梦之梦。

而单单一个梦的时间就可以漫长到无以复加。

林医生见过有位伤者在车祸后昏迷6个月才去世的例子，他无法想象，在6个月的时间中，那人在意识之海里经历了怎样的狂风巨浪，在抵达死亡终点前，他每一次思索都把他拉向更深处的墓碑。

此刻，恐惧和不安随着无形的电流波段，在这个抢救室里蔓延。

林医生认为自己的选择是正确的，丁皓和苏格的伤势太重，全力抢救后，失去意识的时间一旦超过阈值，生存概率会变得越来越小。而现在，至少有机会让昏睡的两人提前从混沌大海返回，这是目前能救他们的唯一方法。“阿赖耶”系统就像一座灯塔，它在深度测绘脑活动的基础上，读取他们意识深海里振动频率最高的波段，并对其进行微妙干预，然后模拟出那个意识片段，再重新返送、投射到他们的大脑中。

如同柏拉图的洞穴寓言。

“阿赖耶”系统显示，那个深夜加油站在丁皓的记忆中被回溯过547次，而苏格有132次。那段记忆无疑是他们共同拥有过最美好的部分，像珍贵的种子一样被珍藏在阿赖耶机器里。

不过，濒死状态会持续触发一系列不稳定的生理机制，播放投影的洞穴墙壁随时会崩塌。

赵博士在视域镜里阅读了丁皓和苏格的大部分人生，只花了不到15分47秒的时间。苦乐参半，跌宕蜿蜒，快乐和痛苦时时更新，不能回溯、不能跳过，这是线性宇宙最让人无可奈何的一点。他们一起度过了那10年，然后在一条路上分出岔路口，经过各自的风景，最终共同抵达了现在。

视域镜里的彩色流萤争先恐后在视网膜上跳跃，赵博士来不及唏嘘，尽量保持绝对的理智。三个小时前，他决定将两人的濒死体验结合在一起，计算出一个单独程式，为他们创造出一个只存在一夜的平行世界，再投放到他们接收视知觉电信号的脑区中。

昏迷的丁皓和苏格会在一个由程序打造的世界里醒来，在里面，他们是这部融入了回忆的电影的主角。

接着，再设计好一个关键隐喻，如同梦里的陀螺。这样一个独立、重复的空间，在其中上演的所有情节，就像朴素的哲学真理一般简洁。

那个深夜加油站无疑是最好的选择，一趟旅途的中转站。他们在那里初次见面，也是最后一次。

然后，丁皓和苏格只需要认出"阿赖耶"给出的隐喻。日出和日落，就直达生与死，如硬币的两面。

一夜、十年、三小时，就这样因为"阿赖耶"而奇妙地平行着。

距离凌晨 4 点 48 分不到 10 分钟，人的生理意识最脆弱的时刻。他们没时间了。墙面上的数据警示变成了红色，发出沉痛的光。

十

4: 38

加油站的一切还在褪色、垮塌。

那个拥抱漫长得像过了一个世纪，霎时，整个建筑燃烧起来，伴随着剧烈的爆炸声响，炽热的火光窜入天空，柏拉图的洞穴正如一幅拼图被一块块拆解。

苏格并不害怕，丁皓也是。他牵着她的手，站在火光前，想起两人一起看《搏击俱乐部》的情景。他说，这个结局真好，世界末日的时候，就这样一起看着它到来吧。她说好。

在未来也是一样，她很少拒绝，这样反而让他伤心。他想起了什么，又不敢确定，只觉加油站消失得越多，心里越是放不下。

两人还是各自上车，他通过车内通信系统对她说："我在前面带路，你跟在我后面吧，咱们是同一个方向，别跟丢了。"

"嗯……"

这里接近高原，日出来得很早，不到5点，已经有第一缕橙黄色的光撕开夜幕。

破晓降临。

丁皓忍不住回忆那个拥抱，而此时，强烈的光线驱走黑暗，初升的太阳正一点点从远处的地平线爬上来，大地和天空被它的颜色浸染，橙光所及之处预示着新生。他回过神，如果将这光出现的每一帧都定格，还真让人分不清这是日出还是日落。

似乎有一排潜藏在他前额叶层的密集炸弹依次炸开，又如觉醒的洪钟在他耳边敲响。苏格的眼泪、拥抱、温度、笑容，她的一切，渐渐融化成柔和的虹辉，和那微甜的暖色阳光一起包裹住他的全身。

现在他很确定，那是日出。加油站超市的标志，还有那些无处不在的提示，都是日出！

没错，是日出，是晨曦！

"天要亮了，苏格！你看到了吗？跟我走，我们就能一起回去，一起醒过来……"望着前方的路，他一阵狂喜，但更多的是愧疚，他想弥补，用自己剩下的一生，在醒来的世界。

我也想起来了，我们身体现在所在的地方，应该很冰冷，这儿不过是一个中点而已。丁皓，对不起，那太阳在我眼里，却像是日落呢。真不想就这样说再见，这完全不是我想象中的告别，可又有什么办法呢，对不起了。苏格没有说出口。

红色的车子慢慢减速，然后，停在路中间。

她看着丁皓渐渐远去，知道他会被一束光叫醒，而自己，则再也撑不下去，会坠落、会升起、会消散、会变得触不可及，去到云上或是一个未知的地方，永远地离开他身边，像丁小曦一样。

时间到了，我们各走各的路。苏格拉底如是说。

“苏格，你看到了吗？如果……如果还能重来，我还是会在这个加油站等你，一次又一次，等你把我叫醒。这应该是种侥幸吧，而生命中只有唯一一次侥幸的机会。我知道，我们后来会在一起，结婚生子，看着他死去，然后再分开。我还设想了别的未来，没有你的未来，不要问我那个未来是什么样子，再完美我都不愿意去。”

前方是一条隧道。

“放下我，但别忘了……”苏格说。

丁皓回头看，发现那个红色小点停在远处。他猛然刹车，来不及推下倒挡，便被隧道里的白光吸了进去，像是虫洞制造的引力扭曲，将徘徊在周围的一切全都收摄进深不见底的黑暗中。

苏格仰望星空的脸在他瞳孔上重叠，还有每一个她，从过去、未来的所有时空中朝他涌来。他最终还是没能懂得，这最后一个没认出日出的她。

他伸出双手拼命挽留，却觉空空如也。他想哭，却找不到眼睛，想狂奔回她身边，却没有双腿。

一个没有她的未来，才是故事的真正结局。他想随她而去，但已来不及。

不知过了多久，她的耳语响起，像是一个拥有强大魔力的咒语，将他倾泻到银河里的眼泪，全都洒向宇宙更深处，凝结成星尘。

他停止哭泣，停止懊悔，他收起心脏的战栗，试着告别。

声音很嘈杂。

有很多交错的电磁信道在空气中穿梭，有人在祈祷，那力量让他减轻了些痛楚。

丁皓感觉耳膜中淌过一丝清凉，整个世界离他又远又近，那些无限深远的声音仿佛来自许多光年以外，在他大脑中心形成微妙的共振。他试着一块块拼凑起自己的身体，从混沌之海打捞散落在各处的意识，那股斥力在渐渐减弱。

他放松下来，感到身心无比舒服，他正和自身神圣的阿赖耶融为一体，似要回归到天地初开前的虚无与宁静。

他不再挣扎，沼泽地便无法束缚他。那首歌在虫洞中被放到最大声，音波跟所有扭曲的光线一样，被缠结、阻滞，在他耳边留下最后一束难以消弭的尾迹。

我在……深夜加油站

遇见苏格拉底

……

我爱爱爱哀哎嗳哀你

我永不不不收回回回回回回回去

十一

光。有一道光。

有一个重量为 21 克的东西重新回到丁皓体内，千斤重的眼睑似乎被一根羽毛轻轻掀开。

“他要醒了！”赵博士说。

“可她……”林医生望向她的脸，她表情依然柔和，嘴角带着凝结的笑容。

“放下我，但别忘了……”

“此时，此地。”丁皓脑中响起一个回音，仿佛来自云上。

首次发表于《科幻立方》2019年10月刊

时间与涡轮

◎赵垒

他隐隐约约想起了他的父亲曾告诉他，世间所有的力都可以通过涡轮转变样貌，水是如此，光是如此，人世轮回亦是如此。

一

机务工老吴不知道人是从什么时候开始消失的，当他反应过来的时候偌大的水电站就只剩下了他一个，厂房不再有涡轮的轰鸣，食堂不再有老友的喧嚣，剩下的只有微风吹拂的细响。

他想去思考发生了什么，但脑子似乎也消失了一部分，即使发现了异常也没有余力去思考，他只能按照往常的日子每天巡视厂房和宿舍。而随着时间的推移，他的记忆也开始变得混乱，他开始忘记日子，甚至连吃饭和睡觉都不再有印象。

慢慢地，连风都不再吹拂，水也不再流淌，空气凝结起来，仿佛时间陷入了停滞。

有什么不对劲，但老吴一时间被悬在西边的夕阳所吸引，他叹息一声，在厂房的大门前坐下来，手伸向上衣袋，他的手掏了又掏，却发现那里空无一物。那里本来应该有什么呢？他想了又想，却始终找不到答案。他索性放弃思考，专心地欣赏天边残留的那一抹红色。

老吴坐在那儿，不知道过了多久，像是几分钟，又像是几小时，抑或是几天，当思维开始转动时他才发现不过是过了短短的一瞬。

这时有个男青年自北边大门来，残阳将他的影子拉得很长。那人穿着一身皱巴巴的白色，远看起来像是病号服，脚上还穿着拖鞋。老吴没听到汽车响，水电站离最近的镇子有十几公里，也不知道那人是怎么来的。

等到那人走近，老吴发现他身体健壮，但肤色和脸色都异常苍白，走起路来也软绵绵的，像是大病初愈。更让他感到奇怪的是他非常熟悉那人，但又完全不知道是谁，就好像经常在电视里瞥见的人突然来到了面前，一时没办法与现实连接起来。

“你是？”

“吴起。”青年淡淡地回答道。

熟悉的名字，似乎听过很多次。他的记忆一时开了锅，无数蒸汽冒出来，又迅速地消散。

“爷爷，我很久没来看你了。”

“爷爷？”

老吴想起自己那不孝顺的儿子曾来过电话，他给儿子起名叫吴起，战国大将的名字，专门为了气他这个历史盲。

“你今年多大了？”

“应该算……二十八。”青年皱起眉头想了想，“对，二十八。”

“那你爸呢？”

“他今年应该五十五了。”

听到这话老吴一阵头疼，他记得自己今年才六十一来着。

“等一下，”青年望着停在天边夕阳嘟囔道，“这儿好像有点不对劲。”

“这还用说？”

“可能是快没电了吧。”

青年用很小的声音自言自语着，但老吴还是听见了。

“扯什么呢，这儿可是电厂。”

他隐约觉得他们俩说的不是一件事，但如今超出他理解的事已经太多了。

“你爸现在在哪儿呢？”

“在地球上。”

这不是废话吗。他没争辩，焦躁让他忍不住再次伸手去掏口袋。那里当然还是空的，不过在旁边坐下的吴起递过来了一包白沙。他掀开盒盖，连他常用的打火机都老老实实地插在里面。

“我是问他具体在哪儿，地球的哪儿。”

“符拉迪沃斯托克。”

“哪儿？”

“就是……海参崴。”

“哼，臭小子，我在西，他偏要往东。我在黄河头上，他可倒好，跑到俄罗斯去了。”

老吴点着烟，好好的熏了熏喉咙，而一旁的吴起笑了起来。

“我跑得更远。”

“嗯，到底是亲生的。”

老吴预料到，如果问跑了多远多半会得到一个让人无法接受的答案，所以他抽掉半根烟做好了准备才问。

“所以，你跑哪儿去了？”

“马上到天王星了。”

“噢。”

老吴有一肚子的问题，但他的脑袋却没有深究的余地，他静静地抽了口烟，然后问自己的孙子是不是有什么问题想问。

“我……走得好像有点太远了。”

“我懂，你爸不同意你去是吗，跟当年我不同意他去应征飞行员一模一样。”

“那，当年你们是怎么和好的？”

“这个啊，你肯定不会想听的，说起来又臭又长。”

老吴笑着望向远方的山峦，烟雾从指尖慢慢腾起。空气又开始流动了。

二

41°13′37.14″N，85°09′47.80″E。

罗盘的指针微微晃动，队长的视线在飞行地图的横纵坐标之间游移了一分钟才最终确定位置。

“故障能排除吗？”他问。

“我尽力。”技术兵吴为民老老实实地回答。

距离迫降已过去半个小时，米-171直升机在戈壁滩上显得渺小而又无助。满载的救灾物资把半截起落架都压进了沙土之中，即使排除了故障，起飞也是个难题。

吴为民扒着螺旋桨仔细检查传动轴，这时飞行员在下面提醒他可能是电路系统出了故障。

“主电源断电之前响过过载警报。”

“嗯，我看看。”

吴为民早就知道是电路故障，只是检查传动轴和螺旋桨叶片是迫降之后的标准流程。飞行员找出了万用表，但吴为民爬下来以后摆了摆手，他还用不上那玩意。

随行的战士把枪背在背上，然后点了根烟笑问道：“会不会是过罗布泊的时候受了影响？”

“这都什么年头了，还这么迷信呢？”飞行员满不在乎地回道。

“科学点说嘛，不是有什么磁场之类的。”

“别瞎扯。”

队长收好罗盘和地图，然后从战士手上抢过烟盒，给自己点了一根。

“我们离罗布泊有好几十公里。”

“别那么紧张嘛，我就开个玩笑。”

战士讪笑一声，吴为民走进驾驶室一边检查线路一边说道：“应该只是哪里短路了，航电系统在断电之前有响过过载警报，看应急电源启动以后隔离了哪个部分，很快就能找到哪里出问题了。”

“不着急，”战士伸了个懒腰说，“咱们带的东西够吃俩月的。”

虽说如此，吴为民还是很快就在舱门的液压杆旁边找到了一处绝缘皮磨坏的电线。修复电线和电路并没有用太久，但做起飞前的检查还是花了将近一个小时。

等到一切准备就绪的时候，太阳已经沉入了西边的地平线。戈壁滩的风沙在晚上会造成不小的麻烦，但在视线不好的时候起飞风险更大，队长考虑了一下还是决定第二天早上再启程。

“小吴牛啊，不愧是电厂出来的。”

战士正拿着防水布把起落架围起来，队长已经弄好了传动轴的部分，那个身材高大的陕西人望着昏黄的天空，嗅了嗅正在逐渐变冷的风，然后安排了四个人站岗的时间。

吴为民是站最后一班，但晚上他几乎没有睡着。寒意从缝隙源源不断地渗透进来，风沙拍打着窗户，得习惯了那无规律的噪音才会发现戈壁滩的寂静。到凌晨四点时，他打开舱门从队长手中接过枪。风依旧很大，沙扑在脸上让人嘴唇发干。

“这次救灾结束以后要不要回趟老家？反正回去怎么还是要经过西宁的机场。”

“没那个必要吧。”

“怎么，还在跟你爸闹矛盾？”

“没，反正我也没通过飞行员考核，现在当个技术兵还是在做电工的活，他也没什么话说。”

“我记得你说过，你爸当初是希望你去搞光电是吧？”

“是啊，老头子一辈子都在跟电打交道，水电弄透了就想去搞光电。”

“那怎么不去搞核电？”

这个问题让吴为民无奈地一笑。

“说到底，还是有点私心吧，辐射不是闹着玩的。他一直跟我讲万物皆在流动的道理，到头来还是接受不了我跳出那个圈子。不过话说回来，我当初是不想在电厂那大院里待了，结果还是从一个大院跳到另一个大院。”

“所以，当初为什么选择去应征飞行员呢？”队长漫不经心地问。

“只是想……看一下更多的地方吧。那时候想得简单，觉得开上飞机就能想去哪儿就去哪儿。可惜我不是这块料，光视力就通不过。”

“你也可以让你儿子来完成你的心愿嘛，别说飞行员，说不定还能弄个宇航员出来。”

“宇航员就有点过了，还是老老实实待在地球上吧。”

“你看你，还不是跟你爸一个模子刻出来的。”队长咧嘴一笑。

东方渐露鱼肚白，他们叫醒战士和飞行员，四人快速地将覆盖起落架的沙土清理出来。待到朝阳升起，引擎的嘶鸣划破长空，米－171巨大的螺旋桨开始旋转。

吴为民坐在副驾驶上看着大地离自己远去，上方，飞速旋转的螺旋桨化成了舞动的灰影，他隐隐约约想起了他的父亲曾告诉他，世间所有的力都可以通过涡轮转变样貌，水是如此，光是如此，人世轮回亦是如此。

当年父亲是抱着何种心情从商人世家走出来建设水电站的，他突然理解了。

三

“我的记忆要是没错，你爸后来是去东北建变电站去了是吗？”

“嗯。”

吴起简单地应了一声便陷入了沉思，而老吴经过一番回忆，脑中的一些认知开始逐渐苏醒。

“这不是现实世界对吧？”

“嗯，这里是模拟出来的。”

“电脑模拟出来的？外面的世界已经变成什么样子了啊？”

吴起思索许久最后只得耸耸肩说道：“人脑跟电脑结合，身体换成机械，大概就是这样。”

“所以你到天王星是人类早就移民外星了吗？”

“不，呃，引擎技术和能源技术还没有太大的突破，人都跑去钻研大脑和心理了，我是第一批去建空间站的。”

“那不挺好的吗，总不能指望地球现有的资源能把所有人连脑袋带身体运上太空吧。”

“话是这么说……”

吴起歪着脑袋静静地听了一会儿背后传来的隆隆水声。

“世界几乎已经完全靠电能来驱动了，不管是现实的还是虚拟的，或者说现实已经不再重要，你看在这个世界里任何人都可以轻而易举地满足自己，想要什么就有什么，吃、喝、玩、乐，随便动动手指就能满足，虽然消耗变得很低，但产出也变得很低，科学和艺术都到了一个原地踏步的瓶颈期，就像涡轮在空转。”

“嗯……这种情况，应该叫作低功率运转吧。我是不知道外面变成什么样子了，不过照发电机组的习惯，低功率运转也是为了以后能高效运转做的准备啊。”

“如果停机了怎么办呢？”

“所以才需要有机务工嘛，也许冥冥之中就有个老头子在负责维护人类的运转。”

“但那有什么意义呢，如果我们只不过是涡轮机里一点微小的动能，到头也只不过一遍又一遍地重复这个过程。”

“老实说，你爸是不是送你去学哲学了？”

“我倒是想去好好学学，只是如今哲学早就被解构完，从一门学问变成一种答案，想信什么只要用程序加载进大脑就好了。”

“这么说的话，你的问题已经超出你爷爷我的能力之外了。”

一时间爷孙俩相对无言。老吴又摸起了口袋，但这次他只把烟叼在了嘴里没点。

“我来问你几个问题吧。我是怎么进到这个……电脑里来的？”

“这叫模拟空间。”吴起昂起头想了想说，“爷爷你后来身体不太好，那时候义体技术还不成熟，爸爸有点后悔当年没跟你好好说过话，就把你的大脑存了下来，现在在运行的是你的思维模型。”

“所以我现在基本上算是死了对吧？”

“也不能这么说吧。有不少人选择把自己的思维和记忆数据化，这算是一种进化。”吴起有些不好意思地挠起了鼻头。

“我懂你的意思了，你是说人进化把自己进化死了。”

“有一部分人，是这么觉得的。”

“你爸呢，他是怎么想的？”

“他也这么觉得，所以他反对我义体化，反对我数据化思维，也反对我当宇航员，他就希望我在地球上当个老旧的人类。”说完吴起有些喘不上气。

老吴见状把烟从嘴里拿了下去：“别怪他。”

夕阳沉在天边一直没有动过，老吴叹了口气慢悠悠地说道：“我们都是凡人啊，我已经走到终点了，你爸也快了，我们都陷在自己的圈子里动不了了。而你的人生才刚刚开始。”

“我只是想搞清楚一些事，我爸当年是为什么去应征飞行员的，爷爷你当年又是为什么离开城里去建水电站呢？总不至于都是因为叛逆吧。”

“当年啊。”

老吴不确定自己还能记起来，也许在数据化思维之前，这份记忆就已经忘却，抑或自己从来也没有过答案。

“你知道吗，河水在流过河道的时候会带着泥沙，而泥沙会在一些地方堆积起来迫使河流改道。年轻的时候我总觉得自己是河，人生路九曲十八弯，但到了一把年纪才发现自己只是一粒沙，只不过是顺着河水被冲到了一个地方然后就这么生活了下来，我当然希望河流能按照我的想象流淌下去，但事实上对我而言，有一路顺流而下的风景就足够了。我跟涡轮机打了半辈子交道，其实那玩意是世界上最无聊的东西，不过是几个扇叶转而已，但正是这个东西创造了电，电又到各个地方变出了很多有意思的东西。你看连这整个世界都是靠电来运行的，如果当年真的有那么一个目的的话，那大概就是为了现在吧。”

四

吴起与模拟空间断开连接的时候，飞船已经接近了天王星最外侧的星环，他把手中发电机造型的微型电脑拿起来看了一眼剩余电量，然后就把它放在了面前的充电平台上。

他是一天前从休眠舱里苏醒的，而在这之前他的思维作为辅助 AI 管理着飞船的电路系统。思维数据化之后经常会忽略时间，从火星出发已过去十二年，运行着老吴意识模型的微型电脑早就挂起进入了省电状态。

数据化的思维再回生物身体会产生很多反应，当灵魂从可控的直流电和交流电之间回归难以预料的生物电，意外是无法避免的，多愁善感是其中一条。自苏醒以来，吴起不住地思念着地球，而这股强烈的思念之情让他怀疑起了自己的选择。

十二年前，他与父亲不欢而散。

十二年后，地球上的父亲已经步入老年。

时间对于上一辈的人来说是恒定的，人们知道自己的终点，而对于新一代的人类来说，时间是无序的，记忆与认知都可以以数据的方式加载和剥离。目睹了父辈的往昔如细沙般逝去，他才意识到十二年意味着什么。

但也正是因此，他感受到了肩头的重担。在他面前的充电平台上，除了爷爷的发电机，还有风车、水磨，各式装载着灵魂的机械，通过磁场补足能源，电流驱动着肉眼难以看见的处理器让世界悄然运转。

这艘庞大的飞船上，加上他有四十二名船员，但现在只有他一人使用着人类的碳基身体，其余的人都化作电流在仪器间奔流工作。

迷思淡去之际，一幅宏大的蓝图在他的眼前展现，他的飞船将在天王星的外侧轨道上建立空间站，而后将会有人登上那片由水与氨压缩而成的海洋。天王星并不适合住人，但奇特的磁场和灼热的海洋经过处理可以产生磅礴的电流，届时再以电磁驱动星环，天王星将成为人类的第一个星球发电机。

除此之外，行星输电网络、电力航道等近乎无稽之谈的计划，需要好几个世纪来实施，后续的飞船将陆续抵达，空间站是基础中的第一步，一如河流中的细沙，经过无数堆积才能改变河水的流向。

从那庞大浩瀚的工程中，吴起并未找到属于自己的愿景，他不知自己为何而来，亦不知自己何时会走。他从未有过答案，但当他的眼中映入天王星那浅浅的蓝色，他便不再有任何疑问。

五

充盈的电力让老吴的世界恢复了活力，老友一个接一个地出现，喧闹的人声逐渐盖过了涡轮机的轰鸣，在那喧嚣的大院子里老吴站定不动，他知道自己身处回忆之中，一切都是由他的回忆生成的。

随着挂起的存储芯片被激活，他回想起了自己是何时退休的，回想起了自己是何时住进养老院，又是何时做了把思维数据化的决定。

不过说到与儿子是何时和解的，他并没有一个具体的时间，只是两个人的人生走到一个相似的节点上时，事情就自然会发生。

他不担心儿子和孙子的关系，从儿子吴为民把思维存储器交给吴起的那一刻，他便知道和解的那一天是个什么模样，思维被量化以后人生会缺少一些意外，不过对于一个脑袋本来就快转不动的老人来说这也没什么好可惜的。

唯一让他感到惋惜的是，自己的儿子和孙子，此生可能再也没法真正地见上一面了。

那么，这个结果的源头在哪里呢？

他回到二十四岁的一个下午，他坐在前往龙羊峡的汽车上，同行的人不停地说着到了夏天要去挖冬虫夏草，而他的目光却停在了远山的淡影之中。

2019 年 8 月首次发表于公众号“不存在”

CHAOXINXING YUZHOU

超新星宇宙

华语科幻星云奖新星奖获得者选集（第一辑）

铸 梦

董仁威 三 丰◎主编

中国科学技术出版社
·北 京·

图书在版编目（CIP）数据

铸梦 / 董仁威，三丰主编 . -- 北京：中国科学技术出版社，2024.6

（超新星宇宙：华语科幻星云奖新星奖获得者选集 . 第一辑）

ISBN 978-7-5236-0670-4

Ⅰ. ①铸… Ⅱ. ①董… ②三… Ⅲ. ①幻想小说 – 小说集 – 中国 – 当代 Ⅳ. ① I247.5

中国国家版本馆 CIP 数据核字（2024）第 085506 号

策划编辑	王卫英
责任编辑	王卫英
封面设计	中文天地
封面绘图	纪小红
正文设计	中文天地
责任校对	邓雪梅　焦　宁
责任印制	徐　飞

出　　版	中国科学技术出版社
发　　行	中国科学技术出版社有限公司
地　　址	北京市海淀区中关村南大街 16 号
邮　　编	100081
发行电话	010-62173865
传　　真	010-62173081
网　　址	http://www.cspbooks.com.cn

开　　本	710mm × 1000mm　1/16
字　　数	610 千字
印　　张	46
版　　次	2024 年 6 月第 1 版
印　　次	2024 年 6 月第 1 次印刷
印　　刷	北京长宁印刷有限公司
书　　号	ISBN 978-7-5236-0670-4 / I · 88
定　　价	168.00 元

目录

CONTENTS

铸梦

◎慕明

特征可以生出概念，概念可以生出规则，圣人创造已久而庞杂无边的礼与名，终于不必用一成不变的金文人为写下，而是可以通过庞大层叠的网络层层迭代，自我生成。

一

雾气不知是何时涌起的。

公输平睁大眼睛，想要找寻阿芷的身影，明明刚才她还在，一手提着青白的裙，一手去摘那些紫红色的香蕾花，咿咿呀呀地唱着歌。

公输平听不大懂阿芷在唱什么，那是属于神明和男女巫觋的语言。阿芷六岁时，已经会和着徐疾有致的鼓点，在祭典上放歌起舞。那时候，祭台下的所有人都张大了嘴巴，呆呆地望着她。他们说阿芷是天生的巫，古老世界的秘密早晚会落在她身上，激励她，折磨她，让她全身战栗，在欢愉和叹惋中达到婵媛之态。母亲则说，那样的女孩，定会被送入贵族的府邸，甚至是那座永远不会完工的朱红色宫苑，是他不该念想的。

可他又能怎么办呢？

雾气越来越浓，如同醴酒，让他视线模糊、步态踉跄。似乎每一次单独见到阿芷，都是这样，她的歌，她的舞，她细白的脚，都总是出现在醴酒一样醇白而甜美的雾气中。他甚至不能清晰地想起她的脸——她自然是美的，可是又没有那么美，不是那种确切的皎皎之美，而是像——像一杯酒，一片雾，一个梦。他找不到合适的语词。

这世界上的语词还不够。

他挠了挠头，放声大喊："阿芷，阿芷——"

声音像是被雾吸收了。

公输平有些着急，抽出腰间的铜刀，劈砍灌木，想要开出一条路。青葱的枝条发出断裂的脆响，一层层倒伏下来，压在紫红色的花上，绿得发紫的枝条断面涌出乳白色的汁。清冽的香气变得浓郁。

一团团被踩得稀烂的花陷在泥地里，公输平一愣，趴下。

拨开枝叶和花瓣，雨后潮湿的泥地上，有一串纤细的脚印，五个脚趾印像花瓣一样绽开。他大气不敢出，害怕一呼吸，就再次失去她的踪迹。

他沿着脚印往前走，山脊在身下绵延起伏，浓雾在面前分开又在背后闭合。他甚至模糊地觉得，雾气之外的世界不再存在，唯一的问与答，就是这串微弱足印。

别走神——他握紧手中的刀，弓着腰，慢慢向前。每次遇见阿芷，他脑中总是会冒出一些奇怪的想法，让他迷惘而渴望，却又说不出来，他渴望的，到底是什么。

灌木渐渐稀疏，花则变得茂密。足迹愈加轻浅，几不可辨，他的心却越跳越快。

香薷草叶狭长，花瓣如丝簇生。虽然说不上艳丽，一片片覆满山脊，倒也显得生机勃勃。它的另一个名字，叫作铜草花。公输平从小就知道，在这片长满了紫红色花朵的土壤下，埋藏着决定一国命脉的东西——铜。

像追逐着铜矿生长的花一样趋之若鹜的，还有闻到了铜矿味道的人。楚人的祖先从随人手里夺来这座铜绿山，建造竖井、平巷，铸成弓矢、刀剑，一步一步走向了强盛，也招致了中原人的忌恨。他见过巷道中面目模糊的尸体。那些懦夫，在战场上再也无法阻止楚人的利刃，只好采取这些卑劣手段，亏他们还嘲笑楚人是蛮夷。他本不该带阿芷来铜绿山，可拗不过她喜欢那紫红色的花，倘若……

他不敢再想，只得紧紧握住刀。他不是兵士，却也见过他们演武时挥砍劈刺的样子。

不管是什么，他一向学得很快。

有断续人声从雾气中飘出。似乎是一男一女。

“阿芷——”他一激灵，大步往前，脚下的花叶碎裂，发出噗噗响声，“我来了！”

男子的声音消失了，片刻，响起了哀婉的歌声，是阿芷。他听得出来。

日已夕兮，予心忧悲。

月已驰兮，何不渡为。

事浸急兮当奈何……

一声呵斥打断了歌声。

“阿芷！”他气喘吁吁，刀尖颤抖着劈过雾气，睡虎纹路顶在手心里。那是他第一次真正出刀。

在长满紫红色花朵的山峦间，阿芷泪水盈盈，而他则用一柄长刀指向屈弗忌的鼻尖。黑袍的少年脸色苍白，沉默地看着他。很久以后，那个场景以不同的方式重新出现，而公输平仍然无法完全读懂对方眼中的含义。那种无法理解指向更深刻的断裂，他在多年之后才真正明白。

“他不是坏人。”阿芷哽咽着，轻声说，“放下刀罢。”

公输平看看隆起的土丘，慢慢放下刀，将信将疑：“你是何人？”

“芈姓屈氏，弗忌。”少年故意把姓氏念得很重。那是显贵的王族三姓之一。他的面容像是熔铸过的铜，沉稳中透着阴鸷。

“你在干什么？”公输平忽然后怕。他不应该出现在这里。

“你是匠人？”那人不答，只是瞥了瞥他的刀，“不是贵族，只有匠人用得上这样好的刀剑。”

“我会做的不止刀剑。”公输平略略放松，“墨家机关，木石走路，青铜开口，要问公输。水战用的钩拒，侦查用的铜鹊，攻城用的云梯……”他不想在这贵族少年面前显得畏缩。

“……青铜不该用来做这些。”沉默半晌，弗忌站起身，理了理袍子。他比公输平高出半头，消瘦的身材撑着黑袍，显得空空荡荡。“说了你也不懂。”他接着说道。

“可是……”公输平像打在了软软的沙包上，准备好的语词就像雾气，不知道何时都消失了。山峦与田野绵延伸展，地平线的尽头，宫殿的影子在晴空下巍然矗立。

他看着屈弗忌越走越远，黑袍的下摆拂过紫红色的花叶，好不容易憋出一句：“你站住！你……你为何，为何不让她唱歌？”

他觉得自己像个傻瓜。

屈弗忌停步，转过身。

“适墓不歌，哭日不歌。你可懂得？”

“……什么？”

“比兵刃机关都更重要之物。小到一人一家，大到一国乃至天下的命运，都由其掌握，你可懂得？”

公输平说不出话，他忽然隐约懂得了对方的平静何在。

“那是礼。”屈弗忌缓缓说。

二

礼并非虚无缥缈之物，亦非周人精心营造的谎言，而是人与人的相处之道。有了礼，日常生活可分辨长幼，家门之内可和睦三代，朝堂之上可官爵有序。礼也是人与世界的交流之道，它使得宫室的构建合乎制度，量鼎的铸造不失分寸，五味各得其时，五音恰如其分，就是在冥冥之中注视着人们的鬼神，也要通过礼，得到合乎要求的祭飨。

就像一张网，由某种坚韧透明的丝线织就，存在于万事万物之间，也是自古以来帝王与君子的立身之道。人与万物都是被这丝线操纵的木偶，区别只在于人能够认识到丝线的存在。所以，不识礼，人与禽兽就无从分别。

中原人懂得这一点，接舆老人说过。

屈弗忌仰起头，从橘树枝叶间捕捉最后一点天光。庭院暗下来，碧绿的叶，素白的花，渐渐失了颜色，变成模糊的影子。有鸷鸟在暮色中扑着翅膀起飞，向北林深处去，矫健的翼、修长的喙在他的视线里慢慢失却细节，成为渺小的黑点。

晨昏交接、阴阳易位之时，世界的形状会在倏忽间融化又凝固，就像滚烫的铜液流入一只看不见的范模。那个时刻会使人产生无法言说的苍茫之感，那是瞥见世界形状的无力。

而无力，是人认识礼的必要条件。

阳光完全消失了，黄昏已过。弗忌抱紧了怀中的弓。他今天又没有来。

或者，他不会再来了？

弗忌被这想法吓了一跳。无力感更深了。

他是家族的季子，但困扰他的并非名序。长幼之分在楚人看来，是对强者的束缚也是对弱者的荫蔽。先人们筚路蓝缕，在中原人的穷追猛打之下深入荒凉的荆山，开辟土地，建立王朝，所崇拜的是燃烧不止的火神，所信奉的则是对强者的推重。每一个贵族男孩，得到的第一件礼物都是青铜匕首或者小剑，他们知道，供剑尖舔舐的血肉不仅来自异族敌人，也可能来自同族的叔父兄弟。就连王本人，也是在一个晦暗的雨夜里，杀死了侄儿与侄孙即位的。

在强悍如斯的国度，世袭莫敖之职的家族，并不会容忍任何无力。

屈弗忌在七岁时意识到这一点。

那天，也是在这栽满了橘树的庭院里，他倒转青铜剑尖，右手握住剑柄，左手搭于右手手背，向着对手行礼。那是他首次在父亲面前试剑。他很紧张，并不仅仅因为即将到来的战斗。

对手头发花白，使木剑，同样向他躬身。那人衣衫破烂，赤脚上沾满泥浆，辨不出本色。弗忌估量着他双脚之间，镣铐可延展的距离，在他尚未站直之时，忽从右肩劈下。

刺啦一声响，双剑相交，木剑被削去剑尖，两人各退一步，都又惊又惧地看着对方。

弗忌的虎口被震得隐隐生痛，他没想到，这俘虏被饿了三天，又戴着脚镣，反应还如此迅速。他调整姿势，叱呵一声，再次跃起，连劈三剑。

木剑断裂的声音格拉作响，弗忌闻到对手身上混合着屎尿的污浊气味，一阵恶心，想要向后弹开，却听见一阵呼啸，只见木剑的残柄扑射而来，他赶忙挥剑格挡，却还是偏了半分，衣襟被残柄的断面撕裂，刺啦一声。

残柄无声落地，紧接脚镣的当啷声。对手跪倒。这是同归于尽的剑法，倘若那是一柄利刃，他大意之下，心窝必定中剑。

这是早已分出了结果的战斗。

弗忌提起剑，走到伏地的对手身前，深深吸了一口气，橘花的香气遮不住骚臭。他递出剑尖，却迟迟刺不出去。

“你在等什么？”父亲的声音从幔帐里传来。

“我……是我败了。”弗忌望着那花白头颅，忽然拿不住剑，任它咣啷一声掉在脚边。“倘若在战场上……对不起，父亲。”羞恼的泪水涌上他的双眼，“辜负了您的期望。”

“拿起剑来！”中年人厉声呵斥，“你没有输！继续。”

那头颅向他仰起，他看见大颗泪珠顺着面颊上的沟壑滚落，嘴巴一张一翕，喉头滑动，却没有半分声响。

“可是……”

一声惨叫，橘树花叶在喷溅的血柱下摇晃。俘虏被长刀从膝盖处削去胫骨，喉头发出嗬嗬的声响。

弗忌惊惧不已，想要移开视线，却被父亲的目光截住。

“看着他！”

黑色泥地吸吮着鲜血，沾满了泥的人形扭动着。

“这就是愚蠢的后果。”父亲扳过他的肩膀，“看着他！”

血与泥的颜色再也无法分开，人形滚作一团，在他眼中渐渐变得模糊。

他昏了过去。

等他醒来时，庭院中的一切都消失了。只有白色橘花和绿色橘叶上的血迹告诉他，那并非梦境。

父亲对他非常失望。一击不中不是原因，大意失误也并非关键，在绝对胜势之时，却丧失斗志，没有将对手彻底绞杀的决断，这使他无法容忍。

能被恐惧与怜悯束缚的，不是屈氏的血脉。父亲说着，召回了教他练剑的剑士，撤走了他的仆从，还收走了他的青铜小剑。剑柄上刻着一只嫠犬的头颅。在楚国的语言里，莫意为大，敖即为嫠。家族承袭的，本是一人之下的最高官职，如今地位一降再降，即使不如令尹、司马，也是参与军政的重臣。从数百年前开始的一连串胜利，使得楚从偏安一隅的小国快速崛起。父亲希望子嗣们一往无前，继承先祖的勇武，是再正常不过的事情。

而他，屈氏季子弗忌，并不配做一只合格的猛犬。

接舆老人就是在那时出现的，带着一张髹黑漆的桃木弓，在晨昏交接时，出现在橘树的阴影间。

弗忌正坐在树下。橘花已谢，甜美橘香中，他仍嗅到血腥。

老人向他微微鞠躬，忽然取箭拉弓。他还没看清，一枚小小的青色橘果已从梗处断裂，轻轻落在他手心。

他悚然起立，老人第二箭已经发出，自百步外穿过那片他凝视已久的橘叶，记忆里的血迹无声消散。

他等着第三箭。却迟迟不见。待到天光即将消散，忽有清越歌声响起。

凤兮凤兮！何德之衰？

往者不可谏，来者犹可追。

已而已而！

第三支箭应声而出，在黑暗来临前的最后一刻划破空气，擦着他的头皮飞过，却什么也没有射中。可他在战栗中一阵轻松，仿佛自己身上有一小块腐烂的东西被射穿，死去了。

“先生，请教我！”他双膝跪地。

“屈氏季子，剑能杀人，射亦能杀人，学剑不成，便要学射吗？”

“我……”他讷讷，“那人已经头发花白，又已经俯首，杀与不杀，又有什么分别？就像先生善射，明明可以一箭取我性命，不是也没有杀我吗？”

“君子不重伤，不禽二毛。哈哈，想不到，这竟然是从莫敖之后的口中说出来的。哈哈，哈哈。恐怕就连他也想不到吧。”老人干笑两声，笑声却比哭声还凄厉，听得弗忌心惊。

“小子，你可知射的真意？射术与剑术，到底有何不同？”老人厉声质问。

“剑术……剑术需二人以性命相搏，方能分出高下，射术，射术以命中目标为胜，并不需要，并不需要杀人。”弗忌不知道答案是否正确，只是急急说出。

“君子无所争，必也，射乎。揖让而升，下而饮。其争也君子。哈哈哈，可教，可教也。”老人的身形隐入黑暗，似哭声般的笑声越来越远。

他呆立原地，陌生的语句仍然回荡在空气里。

很久以后他才明白，老者的笑声为何比哭声更为凄厉。那时候他已经知晓了许多关于礼，关于那个自称为儒的古老群体的秘密。在一个个玄黄天地融化又凝固的时刻，人的生存可能和世界的存在方式，由看不见的丝线提缀，在他眼前呈现出前所未有的形态。

平日里，弗忌仍然静待于莫敖的府邸。在会猎与酒宴上，他像个沉默的影子，在父兄身后亦步亦趋。人们说莫敖的季子是个第一次试剑就被吓破了胆的懦夫，而随着时间的推移，怜悯与轻蔑在他眼中愈加模糊。他仍然凝神聆听，试图从鲜血与兵刃中理解力量的本质，但他的世界不再仅由官邸中的见闻塑造，而是渐渐生长出隐秘的维度。老人讲述的那些理念、规则与传说，还有那些软弱又强大的人的故事，让他同时生活在了另一个世界中。

弗忌无法判断哪个世界更加真实，但他向往着那个只存在于讲述和梦境中的世界。

那个以礼建构的应然世界。

他的射术日渐精进。橘花开了又谢，而他一直留着一枚已经干枯的青果。他用丝线将干果穿起来，藏在广袖里。

失去了水分的果子很轻，敲上去，发出笃笃的声音。像木头，干燥而温暖，有一丝只存在于想象中的纯净香气。

在青果第一次落入他掌心的时候，弗忌就意识到，那样的馈赠并非寻常之物。

而老人出现的次数越来越少。在那个被无力感攫住的黄昏，弗忌又没有等到他。

他再也没有等到他。

三

公输平停下手中的刻刀。他正在刻的是一件蜂蜡模具，稍不注意，柔软的纹样就会被刻断。已经是第三个了，每次都在相似的地方出错。

他索性扔开模具。

他很少犯相似的错误。从错误中观察、领悟，本是他最擅长之事，作坊里，琳琅满目的物件都可作证，但是今日他找不到手感。

他知道为什么。

公输平做过一只乐盒。只要旋紧发条再松开，细小的铜锤就会按照曲谱落在不同厚度的云片石上，奏出《阳阿》。那盒子只有尺许，阿芷想要在哪里跳舞，都可以用它伴奏，比笨重的编磬更方便。

公输平还做过一面铜镜。只要用曲柄输入日期与时辰，小齿轮就会旋转起来，计算出日月的位置，依此调整镜面的亮暗。阿芷想要在什么时候梳妆，都可以用它映照，比摇曳烛光更可靠。

他还做过倒入醴酒就变换颜色的酒觚、会自动熄灭的铜灯、会预报天气的铜蜻蜓。每一件，阿芷都说喜欢，可是她从来没有为了他，唱过那样一首歌。

这样的女孩，是他不可念想的。母亲的话又在他的耳边响起来，他知道母亲是对的。可是，当东家的女儿趴在覆满金黄色棘瓜花的夯土墙上，看他将矿石分筛，或者为窑炉添火的时候，他未曾看她一眼。阿芷是独一无二的。

公输平的肚子开始作响。与母亲相关的另一个印象被激活。他闻到了葵菜与黍米熬煮成粥的味道，还有一丝异香。

陶盘中装着一大块豆酱炖煮的牛筋。公输平已经忘记了上次吃肉是何时。连年征兵，田土荒芜，他连稻米的滋味都快要忘记了。

牛筋柔韧，他顾不上细嚼就吞咽，差点儿咬到自己的舌头。

“平儿，过了今日，你就十六岁了。”母亲端坐席上，没有动一动。

他一愣，女孩的面容在黍米粥的热气中隐现。

“你的父亲在这么大的时候，在主持宛邑的冶炉，为王的禁军铸成了熛风之剑。”

他把剩下的豆酱浇在黍粥上，呼噜呼噜地喝着。

“你的祖父在这么大的时候，钻研出了失蜡之法，为王的战车造出了可以万向转动的精密车轴。”

他喝干了粥，不知道该说什么，只好盯着陶盘底部的黑釉花纹。

母亲叹了口气：“就连太祖与墨翟在王前以木片和皮带推演攻守的时候，比你也大不了几岁。你却在干什么？”

“钩拒，云梯，我也会做，只是不想做。”他嘟囔着，“至于机巧玩具，太祖也做过能飞三日的铜鹊……”

“可是又如何？利于人谓之巧，不利于人谓之拙。铜鹊再巧，不如能载重五十石的车轮，公输氏因为此事，被墨者讥笑了几百年。平儿！现在是什么世道！公输氏借以立身的，是机巧玩具吗？”

他垂着头，不知母亲的声音为何如此严肃。

“公输氏迁徙到楚地，是数百年前的事了。”母亲的声音变缓，“这百年来，楚人打下的胜仗，为何比天下任何一国都多？”

“是因为铜。”他讷讷，“楚人从随人的手中得到了铜绿山，工匠依此冶炼……”

“铜草花已开了几千年。在楚还是个方圆五十里的小国时，周室的冶炉已经在燃烧了。”

“他们没有钩拒，云梯……”他的声音渐弱，他自己也知道，那并非母亲期望的答案。可是他不想承认。仿佛只要没有说出来，现实就还像流淌的梦境，不具有确切的形状。

“为百工者，却不懂审曲面势，下场是什么，你都忘了吗？想想铸剑的干将莫邪……当年公输迁楚，仅仅是为着铜吗？现在是什么世道，你容身的又是什么地方！终日浑浑噩噩，恐怕今日之后，再难见面了。”

“母亲……”他惶惑抬头，母亲背对着他，坐在影子里。“是父亲……”他说道。

“工尹三天前差人送来了口信，”母亲的声音很冷静，“说是你父亲在修缮殿顶的凤阙时，不慎坠亡了。是你起身的时候了。”

“坠亡？怎么会——”

他忽然止住了言语。母亲转过身来，月光暗白，灰色的脸深深凹陷在灰色的发中，只有布满血丝的眼睛凸出来，像一尾已经死去的鱼。

当公输平穿过街巷与林地，走向那座云梦泽中的宫苑时，草叶上的露水仍然浓重。有夜枭发出哓哓的叫声，又有绿如鬼火的眼睛注视着他。他点起松明，在黑暗中大步向前。

恍惚间，那天的剥离感再次出现，世界正在慢慢远去，而此时，指引他的并非一串脚印，而是地平线上的庞大阴影。

他本想与阿芷道别，却又没有去。他不知道该说什么。父亲的死讯，母亲凸出的眼睛，都指向一个确定的终点，一条他不得不踏足的路径，像必须经过淬火的青铜，他不愿接受却明白。而关于女孩的一切，虽然仅仅过了一天，但此时想起来，竟像是过了很久，他甚至无法确认其真的存在过。

以记忆连缀成的时间，是一条忽快忽慢的河。

露水映出晓色，林地变得开阔，脚下渐渐出现紫色贝壳的碎片。在翠绿得发黑的草木间，紫贝嵌成的道路像一条蛇，游向越来越近的朱红殿群。

章华台。

方圆四十里的巍然宫苑，广招天下百工，以倾国之力而建，建成之日，即以豪华富丽夸于诸侯，王曾日宴夜息于台上。

然而十余年前，半数宫苑毁于一场起源不明的大火。有臣子说那是因为台的规制超出了诸侯宫室应有的规范，而踏着紫贝铺成的阶梯登上高台，以八人为一佾，以八佾舞于王前的纤腰美人，更是大大僭越了礼制。上天因此降下惩戒。

王震怒，命人在台上点起数丈高的火堆，将进言者全族以草绳相连，一个个投入其中。在浓烟与惨叫声消散很久之后，焦黑斗拱间还有一股奇异的肉香。

百工被再次召于王前。朱袍的下摆从他们面前滑过。

“周人说，圣人创物，后人循其法式，守此职业世代相传，叫作工。烁金为刃，凝土为器，作车行陆，作舟行水，都是圣人定下的规制。汝等说，对吗？”

无人敢出声。

“一派胡言！”朱袍微微震动，“当年楚与宋战于泓水，宋公迂腐，不鼓不成列，被先王杀得大败，经此一战，礼义就再也不是束缚强者的枷锁。这湖泊良田、精兵强将，哪一样，是圣人之言带给楚人的？规制不过是周人的谎话！这世界的规制到底是什么，睁开汝等的眼睛，好好看一看！”

众人惶恐抬头，只见王霍地拔出了精铁打造的长剑，剑身泛出罕见的白色寒光，那是比青铜更为致命的颜色。

公输平的父亲也在那匍匐人群中。数十年来，有无数白发与黑发的工匠走进那座永远不会完工的宫苑，绝大多数人都没有回来。极少数逃回来的人说，工尹在为王重建一处世间从未有过的离宫，汇集天下技艺，超越一切礼制的约束也超越人们的所有想象。面对那样的庞然大物，每个人的描述都不尽相同，只有一点除外。

那是一个梦。他们说。他们空洞的眼神游移，粗糙的手掌抖动，却都在重复着那个词语。

一个属于王的梦。一个包含了现实本身的梦。一个永远无法醒来的梦。

在重建开始的第十三年，公输平走向一个未知的梦境。两手空空，行囊中有母亲缝制的一双草鞋、一身褐衣。

太阳渐渐升高，草叶上的露水不知何时已经完全消失了。

四

弗忌在橘树的阴影中发现了那张髹黑漆的桃木弓。当天夜里，他做了一个梦，梦中，接舆老人背对着他，站在两根楹柱之间，负着手，唱着歌。

> 泰山其颓乎？
> 梁木其坏乎？
> 哲人其萎乎？

歌毕，任他如何呼唤，老人都不再动，身躯像一根燃尽的木炭，一截截委顿在地。

醒来后，他下意识去摸那枚青果。按照礼，逝者殡于东阶之上，则仍为家人，殡于西阶之上，则已是异乡宾客，殡于两楹之间，则昭示着逝者此刻正由主向宾离去，步入那个幽凉国度中。

青果在摩擦下发出细响，空洞干燥如同他的大脑。老人曾用那枚青果将他从枯坐拉回到鲜活的生命中，教给他世界应有的模样，然而时间就像箭矢飞过。失去了唯一的老师与同伴，他怕那个仅存于语词里的应然世界，会在哪一天就忽然消失。

弗忌将桃木弓埋在远离官邸与王庭的铜绿山阴，从孟春到季冬，每月悄悄祭奠。只有在山野间，他才敢低声念诵那些被儒者传承，却被王厌弃的故事。

上古时代，天地相通，神可以自由上天入地，人也可以通过天梯昆仑往来于天地之间。神将创物之礼传于先民中最聪慧者，使人学会观天象，事农耕，为百工，造文字。彼时，万物尚在萌芽，世界的规则还没有隐藏自身，更没有被破坏、扭曲，如玉石般清澈坚硬。

然而蚩尤与黄帝之间的战争殃及生民，使得人间强者凌弱，众者暴寡，杀戮不止。黄帝的继承者颛顼便命孙子重两手托天上举，命另一个孙子黎两手压地下沉。于是天地之间的距离越来越大，是为绝地天通。

绝地天通使得天地相分，人神不扰，却也让圣人创物的规则渐渐埋藏于愈加纷繁的万象之下。传自上古的吉光片羽在漫长岁月中，有的被庙堂之上者篡改，有的被泥涂之中者遗忘，更多的则凝结，下坠，失去了简洁抽象的神性，杂糅于人们司空见惯的事物里。星斗的轨迹不再被人凝视，浓雾的山间罕有探寻的身影。农事的好坏、战争的成败都变成了不可确定的游戏。只有极少数的男女巫觋，仍然通过祭祀与占卜，通过酒与梦，拥有凭灵与脱魂的能力，短暂地感受到创物者的意图。

意图通过复杂的符号呈现。起初，符号直接灌注于巫觋的大脑中，引发身躯的舞动。古老甲文中，巫舞相通。伴随着鼓点，巫觋扭曲身体，传达缠绕的规则，鼓点代表时间的刻度，高举的手臂或者下沉的腰肢则代表在每一时刻里，战争的演进、降雨的增量，或者其他重要的过程。在更多的时候，细微的意图通过手势和表情呈现，观者难以诠释，只是不由自主地和着鼓点击掌。直到千年后，舞仍然是楚人的祭典与宴席上不可缺少的部分，赤足的女子身披江离，腰佩秋兰，在香气中随着心跳般永恒的鼓点起舞。古老的意图和原初的规则仍然通过每一丝肌肉、每一块骨骼的分离结合述说，却早已无人可解。

然而与楚人不同，中原人未止于此。殷人将身体传递的语词记录下来，变成了骨卜，骨卜演化出龟卜，龟卜演化出筮卜。鼓点变成了刻度，体态变成了数字，经由刻在骨片上的符号、摆在沙地上的蓍草呈现，在时间中转瞬即逝的舞蹈转化为空间中确然固定的等式，冷静的数字演算替代了狂热的身体操作。早期的数字符号尚未摆脱巫舞的影子，犹与图像相连，因此有《河图》《洛书》《八卦》《周易》，直到感性之舞最终转化为理性之数。在中原人眼中，茫然未知的世界经由符号象征和数字演算，变成了澄明可解的世界。

而儒者仍未满足。他们更近一步，让周人最终能够不举巫舞，甚至不必陷入烦琐具体的卜筮计算，就能解决问题。他们做了一件前无古人的工作。

儒者将人面对世界试图解决无尽问题的努力，抽象成了四个通用的部分。

第一个部分是问。问即问题。小到如何立身处世，大到如何治理国家，都需要问题本身的输入。儒者的典籍即以师生问答的形式编录。

第二个部分是己。己即自己，是发问者自身的状态。无论是一个人、一个家庭，还是一个国家，即使输入的问相同，自身的状态不同，也会得出大相径庭的结果。强者求胜，必然比弱者求胜更加容易。

显然地，第四个部分是果。果是结果，是对于问题的解答，是与输入相对应的输出。

而关键在于第三个部分。对于同一个自身状态，问与果之间，看似是一条无法撼动的直线，然而万物按照规则不断演化，四时会流转变换，孩童会长大成人，强弱会互相转移。问题输入之后，己身状态往往发生改变，新的已又可与规则作用，产生下一个步骤，步步逼近最终的答案。如果规则的体系设计得当，可以表述所有问题的解答过程。

最复杂的果也可由简单规则和无数中间步骤演化出来，这规则就是礼。儒者认为，礼即是绝地天通之前圣人创物的方法，是地上的人们散逸已久的知识，也是构建上古那个没有杀戮与痛苦的世界的准则。他们的使命，就是在这礼崩乐坏的季世奔走，从村夫野老和懵懂孩童身上寻得失落的礼，编纂，辑录，刻在竹简上，带入王庭中。

在楚地，礼没能熄灭燃烧的血与火，只滋润了一颗几乎干涸的心灵。

弗忌在墓地旁守候了六年。他在官邸里见识真实的力量，也在荒野中温习纯粹的理念。随着对两种知识的掌握都愈加深入，一个长久存在的疑惑在他心中愈发膨胀，几乎要将他撕裂成两半。

如果说礼是圣人创物和今人行动的准则，那为何精研礼制的周人，却败在对礼一无所知的楚人手下？为何他心中最珍贵的东西，在旁人的眼中，却比不上染血的刀剑和滚动的头颅，反遭羞辱嘲笑？

他曾经问过接舆老人。老人说，这是由于原初之礼早已在绝地天通后流散，即使是儒者寻获的，也仅仅是其中的微末，远不能发挥最大效用。儒者的终极理想，就是归纳人世间显现或者隐藏的一切规则，人已知或未知的所有知识。这就是复礼。一旦恢复了原初之礼，战争将会止息，人心将会安定，天下将进入美好永恒的仁境。

在当时，弗忌就已知道那几乎不可能，不过他只是低头聆听。知其不可而为之，他明白，那是儒者的品性。

同样的品性在弗忌脑中引发更深的思考。他开始从另一个角度探寻。假设原初之礼仍然存在于万物之中，那么智慧的碎片将在何处汇集，使得其中蕴含的精义涌现？

在两种生活的边缘徘徊了六年之后，弗忌偶然从一个少年工匠身上，察觉到另一种知识的存在形式。那工匠身材短小，言语俗陋，却能从卑下的原石中造出锋利刀剑和奇巧机关。

工匠不懂礼，不会卜筮，不辨文字，却为王带来真正的力量。他们遵循的规则是什么？他们掌握的技艺，难道就是原初之礼的投影与暗示吗？

站在心中的应然世界和真实的血腥世界接壤处，每一天，双方都在不断地驳斥嘲讽。在外人看来，弗忌的外表平静甚至木然，没人知道他的内心是个冲突激烈的战场。直到有一天，他发现，有一座海市蜃楼般的殿宇，浮现在远离战场的虚空。

十七岁时，莫敖的季子屈弗忌怀着隐秘的渴望，前往正在重建的离宫，听命于工尹商阳。马车碾过紫贝道路，很快隐没在白色芷草中。

五

工尹商阳是个身材肥硕的中年男子。面部苍白松弛，犹如发起的面团，腹部突出，将浅黄绢面上的凤鸟撑得滚圆，像抱窝的母鸡。王好细腰男女，当朝中大臣皆以一饭为节，吸气束腰，乃至面色黧黑时，工尹却在离宫中用滚圆的手指捏着同样细腰的漆豆，一面啜着醴酒，一面拈起一只滋滋作响的鸡臀尖。炙烤油脂的香气刺激着公输平的鼻子，他不禁咽了口口水。

“你是公输由之子？”商阳的牙齿撕裂带着气孔的脆皮，声音柔和。

“是。”公输平低着头。工尹残忍古怪，他听逃回去的人们说过。

“你的父亲很聪明。不过，太聪明了，反而不够聪明。”肉汁从商阳的嘴角流下。

公输平控制着身体。父亲的形象已经在十多年间模糊，让他战栗的是可能有与父亲相同的命运。

“害怕？害怕是好事。”商阳没有正眼瞧他，却似乎看透他，“适当的恐惧，能让人避开显然的愚蠢……你所长为何？”

公输平说不出话。无论是钩拒、云梯，还是乐盒、铜镜，似乎都不是正确的答案。审曲面势，母亲的神情浮现在他眼前，可是他对眼前的一切一无所知。

“我什么都能学。我学得快。”他终于嘟囔道。

“哦？”声音里透出一丝兴味，“看看，这攻金、攻皮之工，是齐人定下的规制。”商阳在展开的竹简上蹭着手指，“你可学得会？”

“我……我不识字。”公输平瞥了一眼，竹简上油花模糊。

“那你如何学？”商阳紧盯着他。

“从错中学。”公输平脱口而出。

商阳一愣，然后拊掌微笑，直到两扇肥厚的大手都油光晶亮：“好，好。不过，在这里，错误会付出代价。有代价，就学得更快、更好。你退下罢。”

公输平花了很久才明白，代价不是刻坏的蜂蜡。平日里，他和其他攻金的工匠一样，调和泥浆，备成泥料。然后将泥料整形，置入窑内焙烧成模。将范模组合，再次预热，然后将熔化的铜液注入浇口成形。步骤繁复众多，每一步都有许多种出错的可能。比起作坊中随心所欲的手作，在离宫，他熟悉的技艺变得规模庞大，流程复杂，但最让他感到不可思议的，是工匠。

他们都长得很像。黝黑的面颊和赤裸的胸膛常年被铜液烘烤，须发蜷曲脱落，难以分辨年龄。

他们寡言，但几乎从不犯错。所造的每一件器物都不差分毫。

“怎么做到的？”在燃烧的火炉边，在低矮的窝棚里，他悄声询问，可是人们只是背转身体。

“学了多久？师父是谁？”他不甘心，压低声音，继续追问。

睡在左侧的人微微动了动，嗓音沙哑：“明天，就知道了。”

第二天清晨，人们在鸡叫之前就已经起身，在茅屋外排成一排。天色晦暗，有微雨落下。

公输平站在人群中间，和其他人一样垂着头。甲士的步履在泥泞小路上发出噗噗响声。他们抬着一乘肩舆，工尹商阳到了。

一长串被草绳牵引的奴隶跟在肩舆后面。队伍歪斜参差，有的奴隶还是个孩子，脚下一滑，摔倒在泥水里。

那孩子的游离神情让公输平想起阿芷，他忍不住上前一步，却被甲士挡住，不得不退回队列中。

甲士解开草绳，呼喝奴隶。队伍弯了几弯，每一名工匠的背后都站了数十个奴隶，犹如重影。公输平望向身后，奴隶们蓬头垢面、眼神空洞，在这些眼里他什么也看不到。

“今日，诸位要学的，是吴越的薄铸之术。”商阳的语气柔和，将一柄长剑递与工匠，长剑在人群中被一一传看，“这镂空的剑壁，薄如丝，硬如石，可惜没留下半点记录。不过，以诸位之巧思，加以适当学习，再铸并非难事。”

公输平更加疑惑，商阳反复提到学习，可是技艺的流程未知，又该如何学习？

工匠们忙碌起来，凭借对问题的理解和经验，制范，焙烧，浇注。他收敛心神，开始思考解决的方案。薄铸对精度的要求极高，类似他在铜镜与乐盒中打造的细小零件，或许应该尝试失蜡之法。他着手雕刻蜂蜡。

天光渐亮，甲士熄灭了烛火，有人已经完成了范模的烘烤。窑炉开启，忽然有一声短促呻吟。

匠人捧出断裂的泥膜，被戳断的呻吟却来自他身后的奴隶。公输平看到那人翻着白眼跪倒，长戈戳穿喉咙再刺入肺腔，鲜血迅速无声地渗入泥地里。

“添加的草木杂质比例不对，不耐烧。”商阳满是遗憾，“错者罚一。记住了吗？”

工匠说不出话，头颅在颈上弹震，像是点头。

“别害怕。”商阳的声音仍然悦耳，“有了反馈，人就学得很快，即为学习。你还有机会。”

再次回头，影子般的奴隶正在悄然减少。他意识到，梦不一定是缥缈的仙境，也可能是深重的黑暗。

代价。错误。学习。他闭上眼又睁开。那些奴隶或为战俘，或为贫民，但在为王构建梦境的地方，如果说工匠是可造万物的机械，他们就是为机械提供方法的灵魂。错者罚一，卑贱灵魂被简化为干瘪数字，让机械学会运行。

他有多少次可罚？待到罚无可罚之时，他是不是也就变成了数字？

他背过身，强迫自己不再去想这一切，只是专注手中。青铜薄壁渐渐成形，他控制着双手平稳操作。

“不错。”商阳戴上毛皮手套，把玩着刚冷凝的薄刃。“很接近。非常接近。不过，此处。”他指指剑尖，“气孔和杂质，功亏一篑矣。”

他心里一紧。应该倒着浇铸，使得气孔沉到剑柄底部。就错了一步。队伍末尾，那个满脸泥巴的孩子已经被拉出队列，踢倒在泥地里，长戈高举在空中。

“别杀他！”他不知道哪儿来的勇气，“别杀他！”他猛地从商阳手中夺过薄剑，剑尖直指自己胸膛，“否则你们就再去训练别人！”

商阳抬手，制止甲士，白胖面庞上浮现出一丝若有若无的笑容：“很聪明。小子，很聪明。”

雨停了。红色晚霞在泥水坑中变幻出斑斓色彩。甲士押运着奴隶，踏着泥浆离开。工匠们将倒毙的尸体裹在草席中，拖往营地旁的土坑。公输平抱着那孩子的身体，呆坐在窑炉边。饥饿、折磨与恐惧在长矛洞穿他的身体前，就已经杀死了他。他慢慢覆上孩子的眼睛，那张沾满泥点的脸终于平静，犹在梦中。

六

章华台是王的梦境，有无数双手为其编织。王的渴望作为宗则高悬空中，而将其变成一条条切实的规则，用看不见的丝线提缀着无数双手的，是工尹商阳的意志。其人其行，比利刃与头颅更令屈弗忌不安。

粗暴的蛮力虽然令人厌恶，但弗忌明白其后空无一物。在会猎与酒宴上，那一双双骄傲的眼睛里，他很少看到对那些重要而隐形之物的思考，他们的言行如他们的大脑回路一样简单直接。

但是工尹商阳不同。

“这低坡下，就是王的后宫了。”商阳对莫敖的季子十分客气，“请看。”

弗忌向山下望去。夕阳下，一座座小巧庭院错落排布，每一座都有墨绿杜衡环绕；紫贝砌成的院墙反射粼粼微光，将宫苑分割成了棋盘样的隔断，以白芷修饰的小路勾连其间。弗忌忽然睁大了眼睛。

王有一后、三夫人、九嫔、二十七世妇、八十一女御。眼前的宫苑，是九嫔所居之处，但是在棋盘样的隔断间，任意两位嫔妃的居所都不处于同一条横行、纵行或者是斜线上。

“这排布……”他不禁发问。

“女子善妒啊。”商阳笑意温软，“你尚未成家吧？”

“未曾……”他察觉自己的莽撞，移开目光，脑中却在展开棋盘，试图将九枚棋子照此规制一步步放入。可他试了又试，却不能成功。天光几乎消逝，侍从点起松明，映照下山路，他忍不住回望林间慢慢亮起的灯火。

一张棋盘，九枚棋子，一个问题，一个结果。问己求果需礼，但弗忌轻抚袖中那枚干枯青果，却找不到由问到果的路径。他记得老师讲过，有一种礼，专司将这种庞大费解的问题分拆成规模较小的相似问题求解，却想不起那究竟为何。

“递归之礼。”商阳走在前面，似乎是喃喃自语，却在弗忌心中引发轰响。要想排布九位嫔妃，可先将问题化为特定条件下的八位、七位，直至最为简单的情况，一位，再层层回推，得到结果。每一个较小问题的解法都与较大问题同构，因此在儒者以金文写就的礼中，时时出现对自身的指用。

老师逝去后，他曾经以为，在楚地，那些散失已久的礼唯一的居所就是他的内心深处，但商阳比他懂得更多。

他从哪里学得这一切？难道，他也是儒者？

松明只照亮前方一尺许，他只看得见商阳宽厚的脊背。弗忌发现自己不由自主地渴望信任他、询问他、受教于他。但同时有一个声音在警示着他。这是崇尚着血与火焰的王的离宫，而不是他自小熟悉的府邸。他面对的也是王信赖的重臣，而不是布衣隐者。

“归纳简单规则，推演以得万物，儒者称之为礼。”商阳没有回头，“不过是周人的把戏。有用，但也有限。”

“可是……可是……”他想要反驳，却又害怕禁忌的词语将他的内心暴露，而他最终无法抗拒对知识的渴望，“如果礼足够复杂，足够完备，就像……就像圣人创物时一样，还不够吗？”他小心避开那个词语。

“圣人？哈。”商阳的声音变得尖细，像针刺破混沌夜色，他骤然转身，几乎要撞到弗忌，一把夺过侍者手中的松明。

“看这火光。”商阳将火焰贴近弗忌的脸庞，声如耳语，“看这火光。”

燃烧的空气撩拨他脸上的汗毛，他嗅到微弱的焦煳气味，他睁大眼睛瞪着火焰，直到光芒溢满视野，占据所有神识，他忘了问题是什么，也忘了自己在哪里，只伸手去抓光。

“看到了吗？”商阳扶住他，拿开了松明，声音再次柔和，“你看到了吗？这鬼魅形状，这复杂变化，光是一支微末火光，需要多少规则加以描述？你真的相信，万事万物皆能如一张棋盘一样，以一条条确定的礼来规划统领吗？圣人创物需要多少日月？鸿蒙初，火焰即在燃烧，到今日，又过了多少日月？”

弗忌揉着眼睛，不知道该说什么，有些长久而模糊的疑问，在火光里开始悄悄变形。

“那……圣人是如何……”回到工尹的殿宇中，跪坐于漆案前，他还是开了口。侍者斟上醴酒，商阳举箸，夹起一片油浸的鹿脯。

“你会明白的。”商阳嚼着鹿脯，声音含混，“在此地，王赋予我无上权力，无尽资源，去探索，实验，创造，超越。”

“大人寻得所求了吗？”弗忌没动一动，那火光犹在他眼前。

“你想学吗？”商阳不答，只是微笑着饮酒，眼睛眯成细线，深陷在鼓胀面颊里，“不，我不会教你，不会像那些老朽一样，将无尽知识编成繁复规则。一鳞半爪！皓首穷经，代代传承，以人之力，怎么可能穷尽这世间万物？礼失求诸野，真是匹夫之见，可笑！”

“大人或许懂礼，却不懂儒者。”弗忌的语气渐冷，嘲笑与轻蔑，他再熟悉不过，而面对言语的长矛，他早已习惯穿上甲胄。

商阳饶有兴趣地看着他：“你以为，儒者是什么？”

“是……”他咬着嘴唇，理念与传说涌上嘴边，他想讲述那些在困厄中仍作弦歌的坦荡，或者是面对强权不畏杀身的勇气，在违背了生的本能的行为背后，是对礼——这个构建世界的古老准则的信任和求索。也是这信任支持他，在崇拜血与火的国度踽踽独行。但他不能说也不敢说。他并不畏惧商阳，甚至也不十分畏惧楚王，他畏惧的是，内心的支柱会因危险的言辞轰然倒塌。

他已经感到了裂缝的存在。

“你会明白的。”商阳语气转为柔和，“圣人创物……哈。”男人的声音中醉意渐浓，言语也越加难解，“也许不过是个错误……是个梦。就像我在此地为王营造的……你可知？”他醉眼蒙眬地望向弗忌，“造梦、解梦的关键何在？万物中最精巧的存在，无数规则也无法描述美妙的万一，不确定性的集大成者，如鬼魅也如神明，是谜面也是谜底，是原型也是门闩，是梦本身……你已得见。”

“……递归之礼？”弗忌脑中铺开棋盘，宫苑如一枚枚棋子巧妙排布，但是……

“错，也不错。哈哈！”商阳笑了，编钟悠然响起，舞女款步上前，向二人深深伏下身去，“吾未见好德如好色者也！古老线索早已镌刻于人心深处，儒者明明了然，却避而不谈。故意！故意！”

女子轻抬手臂，青色广袖遮住一张月白的脸。奇异香气中，弗忌一阵头晕。

漆黑眼眸随歌声流转。

怨公子兮怅忘归，君思我兮不得闲。

山中人兮芳杜若，饮石泉兮荫松柏，

君思我兮然疑作。

“女人。是女人。”商阳已醉极，口中絮絮不已，“会舞的女人，极美的女人……能够控制强者，能够迷住众生，能够倾覆天下……极简单又极复杂，极柔弱又极有力，女人才是原初之礼……然而却看不懂，读不透……”

弗忌没听见商阳的呓语，他只是看着那舞女。女子年方及笄，漆黑发髻上簪着一支紫红辛夷。在一处开满紫红色花朵的山峦间，他好像见过她。当时他不知道，女子的舞可以如此之美，美得让他几乎忘记了那些姿态背后的意图和规则，美得让他只能看见舞本身。

“女人……”弗忌喃喃道，他甚至不知道她的名字。

七

公输平行走在雾气里，引领他的是一串脚印。当他注视泥地时，脚印清晰可见，但移开目光，脚印就消失了，像一只狡猾的兽。也是那兽招来浓雾，一点点抹去他视线里无数生动细节，抹去他记忆里阿芷模样，抹去他对时间的感觉。他要找到那兽，杀死它。

他在泥泞中拔腿，那兽就在附近，他闻得到腥臭。他慢慢抽出长刀，不发出一点声响，朝着雾气中腥味最浓处劈下。

雾气消失了。他看见阿芷白得透明的脸浮现在黑暗里，神情仍然飘忽，眉心渐渐涌出一线朱红，越来越深，越来越宽……

公输平睁开眼睛，茅屋顶棚的缝隙里透出微弱星光，汗水浸湿了短褐，夜风吹过，他打了个冷战。那兽是食梦的宛奇。传说圣人创物之时，就派出了无数宛奇，吞噬人的梦境。

四足者无羽翼，戴角者无上齿。母亲曾经说过，人做了有些梦，就像野兽有了羽翼，违背天时，为害自身，那是他不该念想的东西。

可他又能怎么办呢。

他翻了个身，深深叹了口气。从盛夏到季冬，他进入离宫已经半年有余，却甚至不知道造出的器物，究竟会用在什么地方。自己正像其他工匠一样，变成机械中的千万个零件之一。唯有记忆中的女子，能让他在漫长艰苦的劳作间感觉到自我的存在，同时意识到，命运正如一枚摇曳的烛火。

他早已学会强迫自己，不再注视被错者罚一的法则削减的黑影。虽然，在听见身体跌入泥土的闷响时，他仍然止不住发抖，不仅是因为恐惧。

有时，他的陶钵里会多出一块风干的狗肉，或是一撮蒸熟的新麦饭。那是商阳的新举措——对者赏一，鼓励在训练中找到关键法门的工匠。每人的赏数都刻在窑炉外的土墙上，每五赏换得麦饭，每十赏换得狗肉。商阳利用量化的恐惧与餍足，精确地调控着工匠的所思所行。缥缈的天赋让位于正负反馈，散逸的思绪让位于分解目标。百工遵循的不再只是世代传承的圣人之法，而是古老又全新的理念，学习。

学习。并非背诵教条，而是在奖罚的刺激下，逐步形成对刺激的反应，将能获得最大利益的习惯刻入头脑与肌体。

这是公输平擅长之事。他很少犯相似的错误。土墙上，他的赏数常常位于榜首。但是，和其他人不同，他并不愿为一赏的归属争论不休。甚至麦饭和狗肉，他也悄悄塞给了病弱老者，自己去喝掺着沙粒和葵菜叶的黍粥。

他已经意识到，对于执行训练的商阳而言，学习让机械中的每一个齿轮精确运行，但这对于齿轮本身毫无意义。王的梦境只有在通览全局时才能得见，而他们终日在恐惧与饥饿中埋首劳作，只能看到破碎的泥土和滚热的残渣。他会做，但是不想做。曾经令公输平着迷的东西在残酷法则下，变成了难忍的重担。

但是他也记得那些痉挛的手指和游离的眼神。逃回去的工匠见过梦境的片段，那是由他们亲手构建，但商阳竭力掩盖的秘密。

倘若秘密被完全揭开，又会如何？

父亲的死一直盘旋在他心里。云梯是太祖为王攻宋时制造的巧械。每一个公输氏的后辈，都曾一次次攀爬高梯，用手掌和脚步去感受古老的思考，获得比用尺与矩测量更鲜活的认知。

坠落而死。商阳的谎言早就让他充满愤懑和鄙夷，真相欲盖弥彰。

想要看到更多，他不能拘于此地。

残冬过后，春风带来汉水的温润气息，商阳再次来到攻金工匠的营地。此次他带来一块莹白的皮，似乎从某种异兽身上硝制而成，皮的一面，有两根一黑一白的细丝。

公输平心中一动。商阳驱使百工，但在营地里，他终日面对的是泥土和青铜，从未见过攻皮、设色之工的手造。

“今日诸位要解开的，是周室的不传之秘。”商阳的声音依然柔和，“薄如丝，硬如骨，韧如革。”他手指轻轻拉动细丝两端，莹白的皮被慢慢撑开。

像弓箭，公输平想。只不过弓弦由牛筋麻绳搓紧，眼前的细丝却由金属扭结而成。

“大人是要制造强弩吗？”他开口，人群中窸窣。

“强弩？”商阳似乎有瞬间的犹豫，“不错，陈君被弑，国中内乱，王即将挥师平乱。陈都宛丘不但有高耸城墙，还有深广沟洫，易守难攻。需要用能发十尺长弩的连弩车破之。”

“连弩车是墨者所创，与公输的云梯同为攻城重器，小人略知。”他仍低着头，声音颤抖却没有停下，他知道自己可能只有一次机会，“要制造的是能连发的重弩，固定铸丝的角度会直接影响弹力，不看到弩机全貌无法确定。大人，”他抬头，只看到商阳重叠的下巴，“请让小人与攻木、攻皮之工一起——”

“罢了。”商阳打断他，执戈的甲士走上前来。

他不由得闭紧双眼。

“大人。”另一个声音从商阳的背后传来，“他说的不无道理。强弩……强弩已然耗时甚多，靡费甚巨。”那人停顿。

他垂着头，感受到商阳的目光在他和另一个人的身上轮流停住，空气凝结不动。

他等着冰冷刀刃在脖颈上落下，直等到双腿麻木，忽有一记重击敲在脑后。

再醒来时，太阳像白热的铁盘灼灼烧着，他的脸也烫起来，背心却湿冷，一滴液体落在嘴上，他一舔，呸地吐出。离宫依云梦大泽而建，夏水与汉水围成的泽地里有无数大小湖泊。鹭鸟掠过船舷，扎入水下，又扑闪而上，嘴中衔着一件细长莹白之物。

那是一只人的手指。

他支撑起半个身体，伏在船舷上。阳光编成密网，在湖面上若隐若现，暗纹之下，无数惨白的面孔与残缺的肢体，在澄澈春水中沉浮。有的眼睛紧闭，有的眼睛圆睁，露出没有瞳孔的空洞球体，散开的黑色长发如水草飘荡。

他再次呕吐，腹中空无一物，只呕出青绿胆汁，在同样青绿色的湖水中漫开。喉咙灼烧，他却不敢掬起湖水，只是艰难吞咽唾沫。

他说不出话，只是喘着气，拉住船夫的脚，但船夫张开嘴，露出被削去半截的舌头，摇了摇手。

他想要起身，才发现自己双脚被麻绳缚住，绳子的另一端，被握在船尾一人手中。

那人转过身。他见过那有如熔铸的面容。

“工尹答应你。”贵族少年的语调平板，仿佛两人从未见过，“你会看到王真正的梦。”

“这……这都是什么？战俘？奴隶？”苦胆、唾沫和鸟屎的混合物润了喉咙，他终于能出声，“去他妈的梦！我们的命，在你们眼里就这么贱吗？呸！”

“是代价。”弗忌说，“只是无可避免的代价。”他直视着公输平，声音中有些微的颤抖，“在通往梦的长路上，总是充满了不可预见的错误和变化。梦也因此才迷人。才是……活的。”

八

真正的梦究竟是什么？

究竟是什么，诱惑最聪明也最残酷的头脑，驱使最勤劳也最卑微的肉体，一代代，走进云雾缭绕的大泽？究竟是什么，具有巨大的引力和无尽的探索空间，犹如明亮极星，高悬于广漠夜空？

商阳的答案与儒者不同。

初入离宫，弗忌就已明白，对于礼，楚国的工尹在某些方面恐怕比他秘密的老师更为熟稔，他可以随意操弄古老精妙的法则，却对此不屑一顾。

弗忌曾经见过，商阳将屡屡犯错的工匠排成一圈，每十个人中抽出来一个处死。办法看似极其公平，众人成环，从一报数到十，数十者离开环。剩下的人继续成环报数，循环此过程，直到环内只剩一人，即为抽杀之人。工匠们战战兢兢，他也冷汗淋漓，却是出于更为隐秘的原因。

抽杀之法中蕴含的是循环之礼。典籍中，循环之礼使得日出日落，四时流转，让人获得对时间的体悟，是绝对的公平，也是世界运行的基本模式。

然而商阳却将循环之礼直接用于人。弗忌注意到，依照礼的推论，在固定所报之数和报数的起始后，站在圈内特定处的一个人，永远不会被抽到，也就成了最后留下的人。圣人的大道变成了强者的玩具，绝对的公平变成了权威的谎言。

站在那一处的，往往是懵懂的少年。他不安地意识到，商阳喜爱少年，他们知道得更少，因此学得更快、更多。

“学习。儒者追求的礼，不过是汇总关于万物的推理和知识，不能造出梦，唯一能造梦的，是关于推理和知识本身的规则。”商阳又喝醉了，漆盘中，脍鲤只剩下两片，“不是礼，也是至礼。对不对？来、来人，再把酒斟满！”

弗忌啜了一口酒。冬酿的沥酒味道清冽，蕴含一丝包茅的微妙香气。比起暧昧的桂酒，楚沥尖锐而纯粹，一旦习惯，就难以回转，因其是酒的本真之味。

关于礼的礼。学习。弗忌的目光停在酒樽上。樽壁薄如纸，铸法由吴越工匠传授，青铜则来自随人的铜绿山，樽上镶的蜻蜓眼，源于更远的西域。所有的一切，都在一件器物上巧妙融合，有了新的名字——楚。

没有与周室的亲缘可依，没有辽阔的疆域可恃，却拥有一件能够取长补短的秘密武器，在乱世之中不断扩张，迅速崛起，这就是他的母国。弗忌回想起血腥教诲，当初他本能抗拒，但是商阳从另一个角度，揭示了简单而深刻的本质，让他开始重新审视自己的观念。

学习。对变幻莫测的环境的快速适应，靠的是设定目标之后的趋利避害。

不择手段、不计代价的学习。

比起儒者单纯而苍白的理想，无论是在征伐中不守周礼的楚王，还是在营造中不循成法的工尹，他们的规则看似空无一物，却在执行之中，比儒者的规则更加高效、更加有力。

更重要的是，它能够回答弗忌心中长久的疑问。世界仍然按照原初之礼运行，只是老师和所有的儒者一样，为繁芜表象所惑，拘泥于细枝末节。只有蛮夷的楚人，通过本能，发现了原初之礼是一种更为抽象的，用以产生规则的宗则，并加以转化运用。

商阳没有向他言明，真正的梦境究竟是什么。但弗忌已经隐约猜到了答案。在这座永不完工的宫苑，他看到数百里外的远山淡影，被装入湘竹围成的窗框，也看到香草嘉木经由舟车运输，在云梦泽畔重新生长；他看到天下百工汇集于此，造出扬州的金锡竹箭，豫州的漆丝絺纻；他看到世间的千万种事物被无数双手构建重现，只除了一样。

没有这一样，王的荣光永远只是星辰旁的烛火，梦境永远只是对真实死气沉沉的模仿，人永远无法证明自己真正复现并超越了原初之礼。

意识到问题关键的那个夜晚，屈弗忌无法入睡。酒意混合疲惫和兴奋，交替掌控着他，从幼时开始的一个个片段在他眼前闪现，曾经撕裂的东西渐渐拼合，形成了一个更为庞大的整体。他后来意识到，头脑中的世界，骨架已经在那夜搭就，自那以后的所见所闻，都是在那座不断生长的宫苑上增删。

所以，当他看到碧水下的苍白残肢时，得以确信的欣慰甚至超出了本能的恶心。王的意志和执行又一次让他震撼不已，而这一次，因为理解，他不再恐惧。

“人。”商阳目光飘忽，“梦境需要居游其间的人。儒者以礼缚人，却不知人本身才是礼之大成。什么君君臣臣父父子子！不过是自欺欺人的枷锁。”

“大人在做的，不也是一样的事吗？”他轻道。他早已见过商阳如何对待工匠与奴隶，哪怕他已经明白那个遥不可及的目的，扑倒在地的身体仍然让他时不时闭上眼睛。

“你真的能与他们为伍吗？”商阳看了他一眼，“唯上智与下愚不移，你的老师曾教过吧。”

弗忌心中一惊。他从未向任何人透露过老师的存在，不过商阳显然知道他曾师从儒者。但是令他更不安的却是问题本身。他想起老师关于万物各安其位的教诲，也想起幼时在剑下战栗的头颅，还有让他掩鼻的浊气。令他无法出手的，到底是感同身受的共情，还是居高临下的怜悯？

“人……”他避开商阳的目光，操使竹网，从水中捞起一节莲藕似的小臂，用指尖轻轻触碰。攻皮之工的技艺高妙，皮肤上的水珠微微颤动，无声滑落。

人。在离宫中，楚王真正想要复现的，是失传已久的偃师之术。五百年前，周穆王西巡，前往昆仑，那是绝地天通前，人与神交流的天梯。无奈不至，天子悻悻而返，在归途中遇见了大匠偃师。偃师向穆天子献上一名俊美的倡者，形貌举动与人无二，歌唱舞蹈，皆合音律。最惊人的是，倡者竟然能够不受偃师的控制，与穆天子的爱妃盛姬眉目传情。周穆王在震怒之下欲斩倡者，偃师剖之，王才发现倡者的肌肉发肤、心肝脾胃皆为金木革漆所制。造人之术，作为圣人创物的终极形式，从此与礼一样，成为周室统御天下的权威与机密。就连造出了云梯与飞鸢，在当时自谓能者之极的公输氏与墨氏，见到了偃师的巧技后，都再也不敢在周王前言称技艺，郁郁离开了周室。他们或为诸侯驱使，或流离于江湖之间，打造出无数件工巧之物，大如宫苑或者小如芥子，却再也无法从技艺中得到绝对的满足，因为他们已经见到过极限的存在，明白即使绝地天通之后，真正的技艺仍能与造化同功。

在许多个世代后，故事变成了传说，传说渐渐沉寂。偃师早已逝去，倡者不知所终，造人之术像周室的许多秘密一样，被连绵的烽火掩埋在雒邑的废墟中，甚至连周室的后裔也不再相信神乎其技的存在。唯一牢牢记住往昔的荣光，想要复现并超越的，却是曾经被视为蛮夷，如今却已成长为周室最有力对手的国家——楚。

古老土地上，长久的屈辱、忧愤与不甘，犹如深埋的种子在黑暗中生长，成为强大而持久的动力。他也曾经体验过这一切。

弗忌慢慢揉搓着手中滑腻的少女手臂。与偃师不同，商阳尝试所造之人，皆为女人。极美的女人，聪慧的女人，却也是纤弱的女人，可被侮辱损害的女人。王想要周室的权威与机密在他脚下与他裸裎相见，被他随意驱使折磨，王想要造出梦境，再征服甚至摧毁梦境本身。

“人。”湖上起了风，商阳的广袖如羽翼飘荡，“在此地，六工通过学习，已能造出以假乱真的身体，尽管他们不会知道自己所造为何。但是她们没有心。她们能舞庄严的《九韶》，也能舞凄切的《大招》，但是没有一个，能像周室的倡者那样，对着王暗送秋波。”他转向弗忌，语气中有少见的疲惫，“在这泽里，有九十九个女人。造过又拆过，却没有一个真正地活过。吾之道，错了吗？”

“大人的错不在道……”弗忌开口又停下，意识到自己开始代入商阳的想法。

“哦？”商阳的眼睛又眯成一条细线，“不错。想要造出真正的人，需要合适的力与心。”他抽出短剑，水光在镂空的薄刃上荡漾，“你可愿一试？”

九

小船没有把公输平带往贮藏强弩与云梯的武库，而是驶入大泽深处的一处沙洲。在昏暗的大仓里，他见到被称为梦的原型。从陶俑到木俑，再到偶人，人形越来越逼真，躯体皆由罗绮包裹，面庞皆被黑发覆盖，数十个身影都静止不动。

他轻轻撩开面前偶人流泻的长发，忽然屏住了呼吸。

那是一张极像阿芷的脸。

他想要触碰那面庞，犹豫片刻，又放下，只是慢慢拉起垂在身旁的手。那只手上，皮肤尚未包裹完全，露出青铜骨骼。关节处有细小阴文铭刻，极易被忽略，他却再熟悉不过。

公输。

失蜡之法造出的精密转子，不仅能让王的战车在沙场上辗转，也能让女子的皓腕在乐舞中旋转。他惊讶的是，那转子甚至比他做的更加精巧。黄铜色里透出手泽的温润，让他不禁猜想父辈的命运。是他们造了这骨架吗？也是因此招致了灾祸吗？

他不敢细想，却又禁不住摩挲那纤细骨骼。附着的纤韧丝线犹如弓弦，牵引行动。商阳曾经展示过。

在茫然不觉间，一代代工匠的智慧凝结成眼前的形体。眼前的造物是如此精妙细腻，比他做过的所有机巧玩具都更迷人，任何真正热爱技艺的工匠，都无法抗拒这种诱惑。倘若她能真的动起来……

不。泥水中翻滚的人形在眼前闪现，他不该顺应他们。

可是，她是如此肖似阿芷，他不该念想的女孩。

他犹豫了。放开手，转过头，目光掠过木架上的一件件肢体，停留在一张陈设着细小物件的漆案上。烛光摇曳，映照出铜屑，碎末发黑。

“青铜开口，要问公输。”弗忌的声音从昏暗中传来。

“我办不到。”他说，并非谎言。造人之术从来只是传说，公输与墨者甚至有意避而不谈。

“刀剑机关，你都能造得出，但是你可知，青铜真正的力量何在？”

他沉默。眼前的少年并不懂青铜，但语气中的笃定让他不得不凝神倾听。

“是青铜之上的文字。”弗忌拿起案首的一只小鼎，“这鼎上刻着的，是周室统御天下的刑律。王师北上中原，伏尸百万，为的就是得到这样的鼎。殷人的甲骨是神秘与超越的象征，但在现在，青铜是能抗拒时间的真理。没有文字的青铜，就像没有灵魂的人。”弗忌停顿。

“……想要让人有灵魂，就要在铜上刻文字。”公输平发现，他理解弗忌的思路。

弗忌点了点头，拿起第二件器物。一张薄铸的铜箔，手掌大小，镌刻其上的，却不是镂空花纹，而是一行行无法辨识的金文。

他将偶人的长发抿到耳后，把铜箔卷成细筒，深深插入耳中。偶人身体内吱嘎作响，迈开脚步，向东、南、西、北各走了四步，又回到了起点。

“能自动飞行的铜鹊，我早就会做。”公输平嘟囔，“不用那文字。也不是什么……灵魂。”

“这是枚举之礼。定义方向与原点，偶人自如行动。简单，但也是起点。”弗忌将细筒从偶人耳中取出，人形登时静止不动，“不错，文字本身只是符号，但它将具象化为抽象，将粗浅的观察与繁复的行动，提升为简洁的规则，亦如人将所见所行转为所思所想。”他将细筒插入另一个偶人的耳中，偶人再次向四方迈步，“同样的文字，能统御许多不同的实体，这就是礼与名的力量。而一旦实体的运行违背了礼与名……”他的声音渐渐低沉。

“……会怎样？”公输平忍不住发问。

“礼失则昏，名失则愆。”弗忌的声音再次变得平板，“世事非人力所能左右。唯有在此，吾等得以选择。”

公输平在大仓外的茅屋住下。每日清晨，弗忌的小舟从江雾中出现，泊在沙洲旁，带来豆饭与饵饼，有时是加入肉粒的糁饼。暮色四合时，小舟离开，只留下他孤身一人。而在一天的劳作之后，他走出大仓，筋疲力尽，常常立刻跌入梦境。在梦中，他仍然看见那些黑与白的纤细丝线，在无限的棋盘上如蛇蜿蜒。

弗忌将人的行为归纳、抽象，转写为铜箔上的金文，而将文字转化为丝线的收缩舒张，驱动细小的齿轮与滑块，控制偶人的一举一动，需从抽象回到具象。正如具有强大力量的鼎与剑源自破碎肮脏的原矿，最为高深抽象的宗则亦源自卑下具体的操作。将概括的思想转换为偶人的行动，他要将一行金文延展成数百行以黑与白两种符号编成的指令。公输平不识字，他只能分辨黑与白，与偶人一样。偶人身体内部的零件就在无数条黑线与白线的牵引下升降旋转，抬起手臂，转动眼珠。

弗忌对金文的每一次修改，都会使得公输平重新思考，调整成百上千条丝线的排布方式。待排好时，更多新的金文早已写就。思想以不同的速度在两人手中运行，从极快到极慢，回到偶人的身上，再次变成倏忽间的一个动作、一个眼神。在周而复始的劳作中，公输平又一次体会疏离之感，并非雾气隔离视线，而是时间隔离体验。无论他如何加快排线的速度，烦琐的操作永远追不上抽象的描述，时间似乎只在他身上凝固，而弗忌与阿芷的身影变得越来越快，直到一片模糊。

“这真的……有用吗？”头昏眼花之际，公输平再次开始怀疑。相处数月，他知道沉默的少年不会以恐惧与餍足控制他。他有别的方式。

“问已求果需礼。圣人有言，组合兼用枚举、循环、递归、排序诸礼，可以计算出一切可算之果。简言之，只要人力可为，经由礼，偶人亦可为。”弗忌道，双手藏在广袖里。

“可是……”数月以来，公输已经粗解了许多礼与名的含义，在将金文拆解展开，转译为黑线与白线的指令之后，他发现那并不难懂，只是繁复。

但他仍然无法像弗忌那样全心信仰，更不知道该如何反驳。

他顺着弗忌的目光，望向墙壁上的巨大棋盘。以兽面纹装饰的青铜嵌格间，数万枚黑白琉璃珠组成难以辨别的图案。弗忌走过去，按动棋盘侧面的铜柄。

齿轮转动，嵌格升降，黑白琉璃开始变换位置，仿佛云霞明灭。再次静止时，灿烂星河化为层叠沙洲，有无数细节在局部涌现。那是一件从战火中掠来的古老礼器，每一次按动铜柄都会变幻出新的图案，用途不明，亦为王不喜，因而弃置于大仓，但弗忌却在公输平伏案的时候，长久地注目着它，甚至远远超过注目偶人的时间。

公输平不敢多看那令人眼花的琉璃画卷。他隐约明白那是弗忌所言之礼的具象呈现。一切可算之果。的确，他尚未见过黑白琉璃排出重复的图案。

但是，相似的礼，就能让肖似阿芷的偶人活过来吗？

他望向偶人。眼眶里，白水银中有黑水银流转，他久久凝视，直到无数根细丝将他的心渐渐裹紧。

真正的阿芷，从来没有那样看过他。也永远不会那样看着他。他其实早就明白。

如果偶人能真的活过来，他能够把那含情脉脉的目光，当作那个无可替代的女子吗？

大雁哀鸣，白蘋与杜衡的叶梗变得干枯脆弱时，公输平与弗忌一同登上小舟。肖似阿芷的偶人紧靠着他的身体，泽兰的芬芳让他的呼吸沉重。小舟在暮色中驶向大泽边缘，他远远望见，一座半岛上有八九间殿宇，每扇窗里都有灯火映出。

船越划越近，离岸里许时，比泽兰更强烈的香气占据了鼻腔，让他甚至能听到齿穿皮碎的蓬松脆响，看到沿嘴角流下的肥美汁水。那是油脂炙烤的香气，来自工尹商阳的宴饮之所。

桨停了，弗忌转过身来。

“把握几何？”弗忌问，水光灯影在面容上粼粼游动。

公输平说不出话，从初春到孟秋，他将全副身心付与身旁的偶人少女之上，而面前的少年亦然。她的动作毫无凝滞，眼波如魅如丝。公输平早已不知不觉地将她当作了超越于物的存在。尽管他仍然不能确定，自己能否在内心深处把她当作阿芷，不过他毫不怀疑，对于没有见过的人，她足以乱真。

但是他不知道商阳的标准。错者罚一，他想起倒伏在泥土中的奴隶。弗忌并未告诉他失败的后果，像许多时刻一样，他又在隐瞒什么。

比起对偶人的情感，公输平对弗忌的态度更为复杂。大多数时候，他们同样专注而沉默，也执着于对同一个模糊目标的探求，他甚至能够略微体会到弗忌对于礼的痴迷和信仰。每当弗忌谈起礼，眼中总有狂热光芒照亮面庞。那是种对神秘、美丽、独特之物的迷恋。他懂得。

但他同时也看到裂隙。眼中的狂热过后，弗忌总是变得更加冷漠，犹如套上青铜甲胄。他虽然不能洞悉礼的精髓，但是让他不解乃至警觉的，是对方在许多时刻忽然的僵硬，即使大仓中只有他们二人。比起商阳在谈笑中刺穿人心的松弛，公输平在弗忌的青涩中察觉出更多的犹豫与恐惧。

他不知道弗忌在踌躇或者害怕什么，但这让他无法真的信任他。

公输平不说话。他不想告诉弗忌自己的推测与疑问，但也不想说谎。技艺的要诀在于准确与实用，作为工匠，他不擅长也抗拒谎言。

弗忌没再追问。船夫荡开船桨，搅碎满湖灯影，载着三人驶向月色下的朱红楼阁。

十

割成大块的炮豚表皮油亮，在漆盘中叠成小山；细切的脍鱼色泽粉红，配以山芥与幼虾研磨的酱汁；新鲜水嫩的湖藕菰笋，醯酱调和的撷霜芜菁，浸满蜜汁的饵饼，油炸酥香的粔敉，堆满了弗忌面前的漆案。当然还有酒。白酒、沥酒、桂酒、椒浆轮番呈上，饮了又添，添了又饮。

他偷偷瞥了一眼左侧，商阳早已面色酡红，却仍费力地跪坐，腹部几乎顶到案前。

弗忌西向侍坐。商阳北向坐。在最为尊贵的东向，坐在他面前的男人肩膀宽阔，胸膛厚实，神情犹如一只盛年的鹰隼。红色袍服仿佛烈焰，所用颜色比崇尚火德的周室更加明亮。

在似乎永远不会停下的琴瑟声中，弗忌浑身燥热。他未曾想到，王也会在场，他几乎无法抬头直视前方。工匠与偶人在偏殿静候，他们还未见过王的模样。

而南向者全身以白色缟衣包裹，甚至连面容也藏在薄纱后。王时不时与其低语，乐音袅袅，他听不清，只感觉到一道目光时时在身上拂过。

操着牛尾，赤裸上身的年轻男子演毕葛天氏八歌，渐次退下。编钟声弱下去，乐工吹起排箫，像一阵凉风从湖上吹入锦账，令弗忌顿时清醒。他抬起头，只见公输平不知何时已经跪在殿门角落的阴影里。

“王请看，这是莫敖之子弗忌为王所造之梦。”商阳喘着粗气，拍了拍肥厚手掌。

他突然睁大了眼睛。

在王前盈盈下拜的，是两名身着青衣的少女。二人妆容钗饰、身量面容皆同，只是发簪上的新摘辛夷，一朵雪白，一朵绯红。

箫声呜咽，两名少女开始飘转，起初如回雪轻盈，如柳枝无力，渐渐如云气蒸腾，如鸾凤飞舞。乐声渐强，两人同时开口。

今夕何夕兮搴舟中流，
今日何日兮得与王子同舟。
蒙羞被好兮不訾诟耻。
心几烦而不绝兮得知王子。
山有木兮木有枝，
心悦君兮君不知。

曼妙歌声中，弗忌心乱了。凭借着对礼的熟稔，凭借对大仓中种种传承的融会贯通，他本对偶人报以极大信心。关节控制以失蜡法打造，核心灵魂则用薄铸术承载，黑白琉璃呈现的生成之礼，指导金文的书写。他甚至令人连夜将舞女的脸倒模，覆盖于原型的青铜骨架上，只为让工匠也如他一样，为这一舞投入全部。每一次肌体的舒张，每一次眼波的流转，都在他的设计之中。但是他未曾想到，工尹商阳的测试，是将造物与本体一并呈于王前。

他紧盯两名少女，试图分辨人与造物，却在越来越快的旋转中失去线索。衣袂带起的风一次次拂过面庞，他看见商阳嘴角不变的虚浮笑意。王与白衣者低声交谈许久，点了点头。

她能骗过他，但她也能像偃师的倡者一样，骗过王吗？

更重要的是，他能借此，将那隐秘而纯粹的理念昭示于人吗？

一声长引如鹤唳，曲子终了。少女双双在王前跪倒，青衣包裹的身体犹在氤氲热气中起伏。

“好。甚好。”王端起酒樽，向商阳举起，“工尹，你意下如何？”

“惟妙惟肖，宛若天成。”商阳的声音像掺了花蜜的醴酒。

“比起你如何？”

“弗忌敏而好学，仆已是朽木之躯。”王的赞许让弗忌心神稍缓，商阳的辞令圆滑，听不出半点真实意图，却让他感觉到莫名的危险。

鹰隼般的目光落在弗忌身上：“二十年来，商阳为吾造梦，无所不用其极，你又是以何法造得此梦？”

“仆不敢言。”弗忌站起，立于案侧，深深俯身，双手环拱，向前推出再收回至胸前，然后两手分开跪下，心脏因紧张与兴奋剧烈跳动。他等待已久。

“但说。”

“仆所循之法，是圣人之礼。”他听到环佩的轻响，“夫礼，天之经也，地之义也，民之行也。君王欲将世间大道化为一梦，仆必须以礼造梦。”

四下寂静。商阳轻轻地咳嗽了一声。

“三十年间，吾饮马黄河，观兵周疆，北破齐鲁，西拓巴蜀，东收吴越，今有地方五千里，带甲百万，车千乘，骑万匹，粟支十年，临天下诸侯。”王的声音如冰河开裂，“周室的士族，不过是吾阶下之囚，周室的王鼎，不过是吾掌中玩物，他们的圣人在何处？礼又在何处？”

“殷人承袭夏礼，损益可知；周人承袭殷礼，损益亦可知。君王如今已乱世称雄，但欲固万世基业，正需对前代之礼的继承，探究，升华。”他抬头，迎接王的目光，“君王可以对礼不屑一顾，但礼是圣人创物的法则，存在于万事万物之中，亦存在于天下万民的身心之中，时时引导万民的一举一动，正如其引导仆制造出偶人，如若违背，必然付出巨大代价。这就是仆以礼造梦的缘由，也是儒者不懈求礼的缘由。君王如果能以礼齐民治国，又何必仰赖鲜血与兵刃？”

他看见极黑极深的眼珠，渐渐收紧的浓眉，正在忐忑间，眼珠隐没，浓眉舒展。王大笑。

“商阳！汝等，哈哈——”王笑得上气不接下气，甚至笑得渗出了眼泪。弗忌设想过无数种结果，却没有眼前这一种。他疑惑地望向商阳，从未见过工尹的脸如此灰暗。

青衣少女仍然伏在王的案前。白衣者沉默。

“你令吾想起了一名故人。”王停下来，端起酒樽，“二十余年前，吾有一员少年猛将。传说他善射，双手能接四方箭，两臂能开千斤弓，但吾未得见，于是吾派他去追击吴越之师。及至追上，他却不射，哪怕是王命在身，他也只是勉强射了三箭，每杀一人，都用手挡住眼睛，不忍看。他说射术是君子之争，本不应用来杀人，即使杀人，也要守礼。你可知，此人后来如何？”

“仆不知。”弗忌的心渐渐收紧，不知王是否在宣判他的命运。

“吾见他实在无用，又不想杀他，就派他为吾造梦。”王像在叙述一件悠然往事，“吾给予他无尽资源与绝对权力，让他自己探索，在全然空白的世界里，究竟什么才是真正的规则。儒者是如何说的，绘事后素？商阳？是不是？”

“是。”商阳低声应道。

“就连那个教他射术礼法的老儿陆通，陆接舆，现在又在何处？”王直视着商阳。

“已于数年前被仆射毙。”商阳道，声音极轻。

收紧的心弦绷断。

商阳。是商阳杀死了接舆老人，他秘密的老师，他们共同的老师。难怪他对礼如此熟稔。可是为什么？为什么那个善射的少年，学礼的少年，会变成眼前这样狡诈而残酷的工尹？在漫长的造梦路上，究竟是什么恐怖的伟力，可以将一个儒者的心灵完全摧毁，又重新熔铸？

“……弗忌。”商阳低声唤他。

他茫然抬头，见王已离席，在两名少女间缓缓踱步，手中的长剑泛出白色寒光。

他悚然清醒。

大仓中，静默侍立的不过是每一代技艺的原型，每一个成功的原型背后都有无数尝试，在此地，错误需要付出代价。比起水泽中的苍白肢体，铜箔上的金文和在躯壳内展开的丝线更加令他揪心，那是偶人的灵魂。弗忌回头瞥了一眼伏在阴影里的工匠。他没有告诉公输平可能的结果。从工匠初见偶人，却不敢用灵巧而粗糙的手指触碰的一刻开始，弗忌就决定不告诉他。他知道那自惭形秽源于何处，也明白那隐秘的渴望同时具有创造与摧毁的力量。

王用剑依次挑起两名少女的下颌，白衣者亦起身紧随。

“女人，很美的女人。”王饶有兴趣，“虽然比不上吾的夫人与嫔，同吾的女御也不分伯仲了。”

“不如造人之礼美。”弗忌脱口而出，他无法确定王对偶人的喜爱是否能够超过对礼的厌弃，然而老师的死与商阳的背叛让他头脑发胀。

“黄口小儿，安能言美！”王似乎并没发作，“你可知美人一笑如天子一怒，可伏尸百万，流血千里。”冰冷剑尖在少女的面颊上来回摩擦，“可惜，可惜。你所思所行，皆有过人之处，却囿于眼界。”

“君王……”他不明白王的所指。

“君所造的偶人，眼波流转，献媚于众人，但那真正的舞者，眼中空无一物，只除了君一人。”开口的竟是白衣者，“君懂礼，却不懂梦，以礼造梦，就如胶柱鼓瑟了。”女子的声音温柔如梦，言辞又极其妥帖，他一时找不出反驳的理由，只是呆望着她，想听她再说一句话，却突然听到“噗”的一声。

剑刃刺入了一名少女的胸膛。青衣下摆缓慢渗出无数条微小河流，淌向四面八方，雪白辛夷跌落在红色河流上。另一名少女没发出半点声音，鬓上的绯红辛夷仍然一动不动。

他大张着嘴巴。王明明已经分辨出了造物与本真，却留下了失败的偶人。死去女孩的眼睛圆睁，仍然望着他。

背后传来一声惨叫，然后是甲士拖拽时兵戈碰撞的声音，他听见商阳在低声吩咐着什么，起身离去，自己却手脚软弱，动弹不得。眼前的世界开始模糊，变形，脱落，直到王的声音如一片磨薄的水晶，再次将他拉回现实之中。

“你可观至美之梦，再行造梦。”王言道，“这样的美人，吾本想收入后宫之中。但是吾改变了心思。吾想要掌控而非被掌控，不论是权，是礼，还是美。否则吾就与那些蠢材没有区别。梦与造梦之人都需受吾的意志驱使。只有吾的意志。”他向白衣人点头，“夏姬，让他见一见你。”

那人轻轻褪下了面纱。

十一

很长时间里，公输平无法回忆那个朱红色的夜晚究竟发生了什么。在被拖离殿宇后，他被投入一间暗无天日的石牢。待他醒来，眼睛渐渐适应黑暗，看到被石块封死的门框与窗棂。伸手触碰石墙，水汽淋漓的石壁上留下道道血痕。然后，那支致命的舞就又一次在他眼前旋转。他亲手造出的女孩，舞得是如此之美，美到让他也信以为真，美到让那一夜的时间，永远停留在了那一支舞中。

恍惚间，他觉得自己又深陷梦中，无法确定是梦境杀死了真实，还是真实杀死了梦境。他熟悉肌肤下每一条丝线的走向，但他没有触碰过那个不该念想的女孩。他只是她身旁的一柄长刀，一件玩具，一个影子。

她却是他唯一的梦，在肮脏破碎的现实中，她的歌与舞，她永远不会沾上泥污的脚，留下花瓣似的脚印，引他活着穿越世界。然而他们却借由他自己的一双手，撕碎了她。

他张开双手，凝视许久，再次闭上眼睛。石牢中只有水滴滴落的声音。黑夜漫长可怕，他时昏时醒，每当跌入梦境，朱红色的夜晚就挤缩他、压沉他，让他一再惊起，挣扎着呼吸，不知过了多少时间。直到魂灵即将脱离身体时，他倚着湿滑的墙壁慢慢挪到石门边，一块块搬动石头。

指尖上，新鲜的血不断渗出，洗掉干涸血块。他几乎感觉不到痛，只是黏腻，直到他触碰到另一只手，手上的皮肉早已消失，只留下冰冷坚硬的骨。

涣散心神猛然收束。拼尽全力搬开石块，他看到一具已成白骨的尸体。莹白骷髅上的短褐破烂，但他熟悉那细密针脚的触感。与他身上的一样。

他将骷髅的身体摆放端正，发现骷髅的右掌中紧攥着一把刻刀。

他从掌中使劲拔出刻刀，注意到刀刃上有缺口与翻卷。他在尸体倚着的壁上摸索，摸到无数或粗或细的线条布满整面。父亲与他一样，不识字。但他很快明白了那些线条代表什么。粗线为黑，细线为白。父亲刻下的，是控制偶人行动的丝线排布。

他一把扔下刻刀，再也无法忍耐，号啕大哭。哭声在空荡石牢中回响，宛如重重人声。他意识到，将他困于此地，永无逃离之望的，不仅仅是这冰冷石墓。

屈弗忌在地牢里找到公输平的时候，公输平的指甲几乎磨秃，手中紧紧抓住一截干枯尺骨。火光映照下，弗忌看到墙角里蜷曲的尸首，也看到墙壁上刻下的无数粗细线条，以金文写就的礼简洁典雅，石壁上的线条则粗粝狂放，仿佛疯长的藤蔓，蕴含某种不可抑制的巨大力量。

公输平任由弗忌将他拉出地穴，带上一艘小船，再次回到大仓旁边的茅屋。许久不见的光亮让他止不住地流下眼泪，他麻木地将豆饭与饵饼塞入口中。食物的滋味犹如灰烬，弗忌默默递给他一只陶碗。

锋利的楚沥割开舌头与喉咙，他大口大口地饮下，然后终于陷入渴望已久的睡眠，朱红色的梦境不再困扰他。

醒来时他闻到身边的馥郁，见到偶人肖似阿芷的容颜半掩在流泻的长发间。

他伸手揉捏细腻皮肤，挤压饱含弹性的面颊，让湿润的唇弯曲变形，然后紧紧拥抱她。柔软的身体一动不动，他将偶人的双手抬起交叠，环绕在颈间，绣着绯红信期鸟的青色罗绮顺着莹白手臂滑下。

神智在虚幻而真实的迷醉中渐渐回到身体。数日之后，公输平再次见到弗忌，他有如熔铸的脸再次被点亮，指间拈着一支细筒。

那是另外一张铜箔。

“你走。”他摇头。

“为何？她或许可活——”弗忌略显惊讶。

“即使活，又如何？”他打断，“我们，就是活着，还不是一样？”

弗忌一时语塞。

公输平盯着他，第一次意识到，纵然匍匐在地，自己却能在某些方面比对方触及更多真实。他见过倒在泥浆里的孩童，化为白骨的匠人，被刺穿胸膛的少女。他们是他的至亲至爱，与他拥有同样的命运。此时他才明白母亲的诀别为何那样凄惶，也终于理解，为什么那些奴隶与工匠的眼神，会比偶人眼中的黑白水银更为空洞。他们其实早已死去，只留下可供驱遣的躯体。在这大泽深处，活着是目标也是代价，是崇高的追求亦是痛苦的特权，人被束缚其中，无力挣扎，唯一的所有便是生命的鲜活，唯一的反抗便是将其彻底放弃。

“你走。”他将偶人倚靠在墙角，轻轻合上她的眼睛，双手因渐渐升起的愤怒与绝望而发抖，“你走。”

“你不懂。”弗忌有些急，“不懂礼——”

无法遏制的恨意让大脑一片空白，他猛地扑了上去。对方身体瘦削，却比他高大，黑色长袍下绷紧的肋部正对着他的脸，他的手按在公输平的背上，想抓住他。但公输平扭动着身子，弗忌的手滑了过去。公输平立刻转过身，用尽全力将后脑撞向弗忌的面部。

他及时地回过身，看见弗忌连退几步，站立不稳，鼻子流出鲜血，痛苦而惊讶地喘着大气。公输平很清楚，他或许可以趁机逃出去，打晕那个哑巴船夫，划出这片梦魇般的大泽。

但是他无处可去。工尹的命令会再一次传至作坊，一次又一次，一代又一代。唯一的办法，是让他们也体会到同样的痛苦与恐惧。

于是他一跃而起，右脚狠狠地踢在弗忌的胸腹之间，骨骼发出断裂的声音。弗忌根本来不及避开这一击，向后跌倒，头碰到墙壁，身体顺着墙慢慢下滑。公输平捡起地上的刻刀，逼近对方的咽喉。

他等着他惨叫，求饶，等着他因为恐惧而战栗，因为疼痛而呆滞。他等着享受带来痛苦与死亡的权力，哪怕只有一瞬间，就像他们一样。

但是那双眼没有变得空洞，也没有燃烧愤怒。相反，弗忌的眼神冰冷，他在其中只看到深切的失望。

“你不怕？”他狂躁地嘶吼，“你不怕？”

弗忌吐出一口混合着血丝的浓稠黏液，喉咙里发出含糊的咯咯声。他慢慢将耳朵凑近。

弗忌说了一遍，又一遍。破碎的气声如同飞扬的尘埃。但他听到了。

朝闻道，夕死可矣。

扭曲的嘴角抽搐不止，牵引出古怪笑意，垂在身边的手勉强抬起，颤抖着向他再次递出那支细筒，铜箔纤细如针，在昏暗茅屋里微微闪光。

他犹豫许久，还是接了过去。

铜箔上的金文出乎意料的短，但在将其展开抚平，一点点转换成黑线与白线的排布后，公输平抬起了头。弗忌倚在土墙边，双眼紧闭。数个时辰的工作让愤怒渐渐冷却，取而代之的是越来越深的迷惘。他仍然不能理解，为什么对虚无之物的信念可以让人对生死视若无睹，但是他又一次被那巨大力量撼动。如果那真的是一件武器，一副甲胄，可以让人在脆弱的同时又强大，他冷静地想，或许他也可以学习使用它。

他屈下身子，将弗忌驮在背上，缓缓走向沙洲的边缘，背后人的双脚在沙地上拖出蜿蜒的痕迹。“带他走，他受了伤。”他对着船夫比画，看着小船渐渐消失在露气深重的夜色中，然后转过身，再次回到烛火摇曳的漆案前。

在之前所有的铜箔上，金文写就的都是确切的规则，指引偶人何时轻启朱唇，何时舒展腰肢。体内的云母薄片随着曲调的节拍发出规律的震颤，定义内部的时间。他曾日复一日将复杂规则层层拆解，最终转化为三种极其简单的机关，简单到只需由黑线与白线搭建。

机关宛如绳结。绳结一端，若是两条黑线颤动，则牵引另一端的黑线颤动；若是两条白线颤动，则牵引另一端的白线颤动；若是一黑一白颤动，亦牵引白线颤动。此即名为与的第一种机关。黑与黑得黑，白与白得白，黑与白亦得白。

第二种机关名为或。黑或黑得黑，黑或白得黑，白或白亦得白。

第三种机关名为非。非黑即白，非白即黑。

数万根丝线交错互联，形成数十万个复杂绳结，在偶人体内盘旋缠绕，将抽象的思想分解为无数具象的轻颤，再将无数具象的轻颤汇集，转化为外部可见的一举一动。一旦金文确定，丝线的排布就已确定。

但是眼前的金文不同。

最为简单的单元不再是与、或、非。一只绳结上，连接的不再仅仅是一或两条入线、一条出线。入与出变成了数簇，每一簇中都有数条黑线与白线。对于每一只绳结，入与出从泾渭分明的黑与白，变成了深浅不一的灰。

金文中没有任何具体规则的描述，只是将这些绳结构建组装，层层连接，成为一张无始无终的网。公输平盯着那交缠不清的灰色，像闯入一团毫无头绪的浓雾。

他起身，在大仓内胡乱翻检，那种不知其所以然的渴望消失已久，此刻又渐渐攫住他。铜鼎与铜箔滚落在地，他看到自己的影子被烛火映照，在墙壁上四处奔走，直到脚下咔嗒一声脆响。

他慢慢俯下身去，拾起那根曾被他紧握住的尺骨。烛光下，他第一次注意到，上面有粗细不一的刻痕。他愣住，回想起同样的粗线与细线，也刻在那间阴冷石牢中。

他凝视着父亲的断骨。刻痕围绕一个中心，呈放射状排布，像在他指间缠绕盘旋的绳结，也让他模糊地想起花丝如簇的香薷。卑微的花朵难称为美，却连接了不可遏止的生。

十二

在见到夏姬之前，弗忌从未真正考虑过，美究竟是什么。

在童年时，将他的昏暗世界点亮的是儒者之礼，简洁又繁复，切实又缥缈，只存在于常人无法阅读的复杂金文之中，或者是儒者口耳相传的古老故事里。极少数如商阳般掌握权柄之人，才能将抽象的理念转化为行事的规则，用递归之礼排布九嫔的宫室，或是用循环之礼处死愚钝的匠人。然而行事的规则皆为过程，在时间的长河中逝去，留下的仍然是静止的实体，后人观看，仍然无法体验到礼的强大神奇。

而他不知道该如何形容眼前的女人，似乎所有的语词在真正的美面前都失去了意义。他只能通过比喻来描摹，然而比拟无法洞穿美的本质；他又利用美造成的后果来讲述，然而后果只显出贪美之人的丑陋；最后，他不得不用否定来肯定，然而他无法穷尽所有的否定。在最初的冲击带来的震荡渐渐平息之后，他终于意识到，真正的美是不多也不少，是至纯又至简，是最高的神圣也是原初的状态，人即使不可解，也可感知。真正的美，像金文一样，镌刻在每个人的身心深处。

真正的美是凝结的礼。

很长时间以来，只有闪耀的理性能令弗忌迷恋。当贵族为了争夺歌姬的倩笑打翻酒盏时，他只是冷眼鄙夷；当匠人为了捕捉舞女的妩媚日夜不休时，他在旁静默思考。曾经，他以为，被儒者传承的简洁规则，比起身体与歌舞更直指美的本质。曾经，他以为礼是真正的美。而现在他明白，真正的美人无视时间的流逝，是空间中的确然等式，是求礼的门闩，也是世间遗留的原型。

在后来的漫长岁月里，弗忌始终无法忘记，在那个血腥迷乱的夜晚的最深处，名动天下的美人轻携他的手，将他引至一间偏殿。朱红墙壁上，金色与墨色的笔触描绘着日月山川，天空在闪电，烛龙在发光，羲和正在御风而行，大地上，远景是昆仑山上的九重增城，山顶县圃与天空相通，近景则是石树成林，驮着熊的无角虬龙和九头毒蛇，都在狂热舞动；又有泛舟酒池的夏桀与妹喜，登临鹿台的纣王与妲己，遥望烽火的幽王与褒姒，画中人皆与真人等大，流畅的线条勾勒纷飞的衣袂，似要破墙而出。沉榆之香袅袅升起，为子服丧而一身缟素的美人，就在一室朱红中轻展歌喉，翩然起舞。

月出皎兮。佼人僚兮。舒窈纠兮。劳心悄兮。

月出皓兮。佼人懰兮。舒忧受兮。劳心慅兮。

月出照兮。佼人燎兮。舒夭绍兮。劳心惨兮。

弗忌无法描述自己看到了什么，白色缟衣包裹着不可抗拒的冶艳。每唱一句，躯体上的薄纱就褪去一层，无尽旋转中，发髻散开，漆黑长发倾覆，月白的面容犹在林间若隐若现。肢体与眼眸中，有神的高贵也有鬼的危险，创造与毁灭的巨大力量都于晶莹的肌体上隐隐透显。

歌舞止时，烛火被湖风吹灭，墙壁上的山川人物不再舞动，月光从半掩的凤纹锦账下洒入殿内，轻轻抚上美人一丝不挂的胴体。弗忌跪倒在地，涕泪交融，身心被滚烫的欲望与澄明的顿悟交替折磨。

“吾聘汝。”他牢牢抓住语词，犹如溺者抓住桴槎，“吾聘汝。”

“君……勿念为是。”夏姬微微一怔。

“不，吾……吾必聘汝。”他抹掉鼻涕与眼泪，慢慢上前，眼前的胴体纤细而丰饶，纯洁而妖冶，岁月似乎并未在其上留下痕迹，又似乎已在其上赋予无尽意义，那不是一枚恰好成熟的果实，而是果实的原型与概念本身，因此得以在时间的长河中永恒。

夏姬欲言又止，忧郁地望着他。

他伸手撷取，饱满多汁的果实等着他用双手揉碎，用牙齿啮咬，用身心渴饮。

忽有尖啸。箭从虚无中射出，射穿了束发的皮弁，发髻散开，蒙住眼，他登时失去了方向，只见到鹿皮接合处的细碎宝石在幽暗中绷散，如星落。

“夏姬！夏姬！”他狂乱呼喊，四处摸索，想要抓住那果实，却空无一物。待到他终于触及一处带着温度的实在，便立即紧握，温软中，却透出一丝过分的滑腻。

“僭越了。”商阳的声音让他瞬间清醒，手臂被工尹的肥厚手掌捏住，“夏姬已被王赐予新丧妻的连尹襄老。今夜一舞，只为让你得见至美之梦。”

“可是您也见到了！”他挣脱不开，“原初之礼……女人、女人！您懂得，您懂得！为何？为何？”他喘着气，紧盯着商阳，嗓音劈裂，质问几乎变成了哭嚎。

男人只是沉默，面容几乎完全隐没在阴影中，分辨不出表情，粗大双手紧如钳扭，硬如青铜。惨白月光下，两人目光相交良久，皆从对方眼中看到自己，只是时间的长河横亘其间，竟不能横渡。许久之后，商阳放开弗忌。

弗忌跌坐在地，头发披拂，从广袖中缓缓取出一枚枯萎的青果。他捧起青果，用干裂的唇靠近，果却早已被捏得粉碎，被他焦灼的呼吸一吹，片片剥落，无声消失在月光不透的幽冥处，掌心里，只留下一滴滚热的泪。

“既见至美，便可继续，造梦之途，任重而道远矣。”商阳的声音再次变得飘忽而柔软，他无法从其中感知到真实的波动，“那偶人与少年工匠，仍可为你所用。”

弗忌踏入黑暗地牢时，真正的美仍然在脑海中萦绕，直到身心被另一种诱人神秘捕获。在寻得奄奄一息的工匠之后，他再次回到地牢，点燃烛火，仔细观察石壁上的无数线条。

起初，他以为那奔放线条是楚国文字，但那如花绽放的铭刻，又让他想起齐国文字中被花纹修饰的敬语；他也尝试将大小形状不同的符号标记分组，统计次数，因为赵国文字中，每一个字都有两个以上的部首和一个偏旁；然而他比对了六国文字，直到熟悉的字形变得陌生，仍然无法释读出任何语词。

然后，他想到金文，但是金文比六国文字更为工整优雅，并且无论如何曲折，皆指向一种确切的规则，确定的输入会导致确定的输出，不论是统御天下，还是驱动偶人。而眼前的线条笨拙繁复，如草木肆意生长，从中看不出任何理性与规律的闪光。

松明熄灭又燃起，他被巨大的迷惑困住，烦躁升起，却又无法放弃，因为他意识到，眼前所见虽然如疯癫的呓语，但仍旧是灵魂唯一的痕迹。有某种极其简单的暗示一直在心头隐现，他却不能握住，直到他无意中，瞥见墙角的白骨。

他醍醐灌顶。

数日之前，被囚禁于此的是不识字的少年工匠。相同的命运之河，可能早已有人涉过。

他一跃而起。刻石的匠人不会通晓烦冗的六国文字，不会读写有着强大力量的金文，他们唯一的语词，就是这样一种粗陋线条。而他们被圄于离宫，穷尽一生，唯一的表述，就是造人的精妙规则。

他回忆起公输平展开的黑白线条，其中最为简单的单元是名为与、或、非的绳结，绳结就是匠人的文字。而铺满整面石壁的线条若以绳结代入观之，差异就是入线与出线的排布。

在偶人的身体里，与、或、非的绳结有着固定的入线与出线，对应金文写下的规则，一组固定的输入，对应一组固定的输出。而他检视石壁上排线成簇的绳结，发现图示之中，绳结之间的连接竟然可以随着它们的活动而发生变动。

譬如，有两只上游的绳结甲乙，同时为一只共同下游的与绳结丙提供输入，绳结甲的输入为四成灰度，绳结乙的输入为三成灰度，绳结丙的输出，在甲乙之和大于五成灰度时即判定为一。而在许多次甲乙的共同输入之后，绳结丙本身的输出会在再次接收甲乙的输入后增益，可以在甲乙的输入较弱时，亦能无限逼近纯粹的黑。

变化看似简单，弗忌的心中却有雷声轰然。跳跃火光下，他望着满壁无可名状的狂乱线条，双眼盈满泪水，再次跪倒在地。幽寂石室中，多日的苦思几乎耗尽了所有精力，但让他浑身发抖的，是窥见极粗糙又极有力的思想的狂喜。

绳结传递的信息代表了偶人对世界认知的底层特征。可以增益的输出，意味着对共同出现的特征的关联。一枚橘果的特征是圆形与橘色，若输入甲代表特征与圆形的相似程度，输入乙代表特征与橘色的相似程度，那么在无数次目睹橘果之后，连接了圆形与橘色的与绳结丙，就会有增益的权重，即为愈加敏锐的认知。通过对形状、颜色等底层特征的无数次共现，绳结丙代表了一个简单概念的形成——橘果。

从观察万象到思考规律，人对世界的抽象认知由文字完成，而在交缠盘旋的绳结间，他亦看到了简洁的概念从繁复的特征中诞生。特征可以生出概念，概念可以生出规则，圣人创造已久而庞杂无边的礼与名，终于不必用一成不变的金文人为写下，而是可以通过庞大层叠的网络层层迭代，自我生成。

他挣扎着站起身，靠近石壁，真正的美已经在他心中深深扎根，而他现在找到了一种方法，一条路径。他亲吻着粗糙的刻线，犹如亲吻着未曾触碰的美人，直到唇上布满一道道腥烈血痕。

十三

公输平又一次陷入雾气里。甜美歌声在浓雾中断续，化为一线醴酒，细细地灌入心间。他驱动胯下的宛奇，循声向前，手中握着的不再是锋利长刀，而是一幅柔软的、无边无际的网。

胯下的兽身温柔起伏，驮着他穿过荒野。碧绿的水泽，青翠的群山，朱红色的殿宇，渐渐从甜白雾气中显现，他才发现自己是在水面下飞翔，群山与殿宇都倒映在天空里。恍惚间他想起，离宫所在的莽原叫作江南之梦，在楚国的语言里，梦是原野，是平面，是界限。圣人在平面上用细密丝线宛转勾连，藏起一个个故事，只有坠落在海面的星辰和在大地上流浪的梦者，才能在狭小范围内掀起些微的皱褶。梦境与现实一样，都是温暖细密又沉重的网，覆盖在名为虚无的荒原上，也只有以同样方式织就的网，才能捕捉那些梦中的梦。

他张开巨网，投向雾气中的妩媚影子，纤细的黑白丝线深深勒入柔软身体。他慢慢收网，网中的躯体仍在不断扭动，恐惧与欢愉轮番照亮那张他无比熟悉的面庞。他曾经为她的消殒丧失一切希望，而现在，在他的网中，她重新鲜活如鱼。

公输平醒来时，身体犹因梦境滚烫发胀。梦境如绘为吉，他记得母亲说过。冬夜的后半，细白月牙几乎隐没在云层里，寒凉霜气从茅棚的缝隙中侵入，带走残存的睡意。他等不到天光大亮，翻身而起，点上油灯，再次俯首案前。

宽阔的漆案上，少女莹白的身体被沿着关节缝隙剖开，露出黑白丝线织成的密网。父亲刻在石壁上的语言，经由弗忌的释读、抽象，凝结成一张小小的铜箔，再在他的手中重新展为具象。概念为名，从对特征的提取中涌现，规则为礼，从对名的推演中成形，他则完成织网，黑白丝线在他的指间分离又合拢，一次次调整绳结间入与出的权重。

在偶人第一次从满案花果中挑出橘子时，他也第一次见到弗忌的笑。而他从少女手中接过金黄圆润的果，却不知道为什么发抖，想哭。在流转的黑白水银间里，他看到无法言说的神秘。后来他才明白，在很久以前，他第一次看到阿芷起舞时，那神秘就已经永远地捕获了他。如今，在这蕞尔沙洲上，他也变成了巫，却不举巫舞，而是一次次展开这张他也不理解的层叠巨网，捕捉无形的梦境与流散的魂灵。君王的意志和父辈的执念如同沙鸥的长鸣，回响在湖面上，在他心中引起越来越强的共振。

偶尔，他会在午夜的深梦里，再次见到与鲜血同流的泥浆，工尹的残酷笑容，以及那个朱红色的夜晚。然而大仓与世隔绝，孤立无援的记忆与时间一样，愈加模糊可疑，并不比胯下的宛奇更为真实。梦境早已浸入了疏阔多隙的现实，他唯一能握住的，只有手中的肢体，以及其下极深极密的网。

弗忌不断地改进着铜箔上造网的金文。为了让网生成名，得到礼的方法更加有效，他加入了许多种工具。其中极为锋利的一种，叫作卷积。卷积将古老的循环之礼，运用到网巨大无比而局部特征不断重复的输入之上，譬如偶人眼中所见到的，满案花果的图像。在弗忌的金文里，卷积之术像一张平滑的锦衾，一点点地卷过图像上的每个分隔，汇集循环的总体，生成最后的结果，为网的下一层输入提供更为复杂的特征。而在公输平的实现里，卷积之术就是对无数附着信息的绳结的翻转，滑动，叠加，再翻转，再滑动，再叠加。命名已经明晰地体现其含义，卷即为翻转，积即为叠加。

在不断迭代的卷与积中，抽象的礼与名以人所不能辨识的形态，在网中渐渐生成，只有偶人本身，才能真正懂得其含义。而在人的观察中，少女开始能够分辨实体，吐出语词。然而所有的输入与输出皆倏忽而逝，卷积所得之礼，仍然缺少一个至关重要的维度——时间。

问己求果需礼，在描述世间所有问题的四个通用部分中，自身的状态“己”，以及不断演化的规则“礼”，都需要时间的参与来定义。没有承载时间的记忆，她就无法更进一步，处理与时间相关的复杂推演。

在云梦深处的沙洲上，公输平于朝时登上山坡，采撷辛夷，簪在少女的发间，也在夕阳时深入洲泽，摘取宿莽，在寂寂长夜中点燃。他的时间，在日复一日的所见所行中，被定义为回环，亦在他愈加破烂的衣衫上，在偶人愈加真实的一颦一笑中，被感知为直线。然而他不知道，该如何把时间，这一样极轻又极重的珍宝，赠予眼前的少女。

弗忌比他更早发现这一点，也更早陷入苦思。他长久地坐在大仓的尽头，瞳孔凝滞，似乎有云翳覆盖。思考时，弗忌常常在墙角蜷曲成团，即使站起身，脊背也佝偻着，不像曾经的挺拔。公输平知道原因，许多次，他舔着干燥的嘴唇，想要说什么，却最终没有说。他能感觉到，在他看不见的地方，思想正挟着风雷、展开云旗狂飙突进，一次又一次地荡涤亘古的莽原。

解法优雅简洁。只需将网中层的输出再次当作输入，重新指向层自身，网即具有了处理复杂时间信息的能力。在重新排布绳结之后，公输平意识到，如果将偶人身体中层叠的网展开在一个宽广平面上，网的长度就代表了时间的长度，信息随着每个时间刻度，向网的深处层层传递，传递中有损耗发生，到达一定时间长度之后，之前的信息即会模糊，会变形，会被遗忘。

网中有记忆产生。

当少女第一次通过层叠自指的网，而非事先调制的规则，咿咿呀呀地唱出歌时，公输平又一次张大了嘴巴，呆呆地望着她，仿佛回到了很久很久以前，在山中的草木间。他仍然听不大懂她在唱什么，那是属于神明和男女巫觋的语言。然而他凝视自己磨损脱皮的指尖，某种不可名状的怅惘渐渐笼罩心间，想哭，却哭不出来。

公输平望向弗忌。那张几乎枯干的面容上，没有预期的欣喜，也不是与他相仿的迷茫，而是一种他无法理解的痛楚，像是一颗被完全碾碎的心，又被重新熔铸以回复知觉，一次次体验那个被摧毁的瞬间。

“她会等你……”公输平笨拙地安慰，在弗忌陷入睡梦时，他曾经听到他轻轻唤着一个女人的名字。

“不……”弗忌转过头来，“时间的定义与记忆的产生，来源于将输出当作输入指向自身，不过是……不过是将递归之礼运用于网上。”他又笑了，难看的纹路像一张揉皱的面具，“他……他早就提示过。”

公输平不明白。与弗忌相比，他的思想缓慢而坚实，如同泥淖中的犍牛，而弗忌的思想则像天空中的虬龙，比他走得更快，看得更多，推想得更深。只有在梦中，他才能跨上宛奇，借助奇异的飞翔越过莽原，但梦的世界扭曲变形，是他不能也不愿相信的谎言。

永不说谎，不伤害，亦不背叛。在那次打斗后，他曾对自己说。在造梦路上，他行走愈久，理解愈多，却愈发迷惘，能依靠的只有手中不断的劳作和心中简单的法则。并肩同行者若即若离，佝偻的身影让他在敬畏的同时，也深深懊悔过。

那时他还不懂得，在这世界上，永恒是个不可轻易说出的语词，一旦关乎永恒，时间总是会被截断或压缩。少时许下的誓言总是会被打破。

十四

对弗忌而言，礼曾经如永恒，如无限，是他在这个充满裂隙的世界的倚靠，支撑他在污浊间洁净地前行。在他的想象中，至高的礼由九天之上的圣人创建，是日月与星辰，光是瞻仰其光辉，就足以使人蒙昧的心被永远照亮。他也的确在初见其面容时，就得到顿悟，但是他未曾想到的是，与寻常的礼不同，人若被美完全迷住，就会与最深的黑暗相遇。

真正的美是可怕的。

连尹襄老在迎娶夏姬一年后，在王的北征中被晋军射杀，尸首流落于郑。其子黑要没有取回父亲的尸骨，而是立即烝得了美好无匹的庶母。朝堂上，群臣大哗，弗忌却无比理解那个曾循规蹈矩的青年。他也在无数个冰凉的夜晚，一遍遍回想着美的每寸肌肤，每个动作，每个眼神，直到灵魂渐渐燃烧，再次陷入巨大苦楚，只能用感官来暂时救赎。

吾聘汝。他在自渎的欢愉与狂乱中常常一边唤着她的名字，一边重复着誓言，借此来平息羞愧、罪恶与自惭形秽。而待到欲望的潮水又一次退去，誓言仍然如同古老强大的金文，深深地铭刻在他的心田，像被一遍遍抚摸的青铜，在时间的长河中不见锈蚀，反而熠熠生辉。于是他知道那并不是一时的冲动，也非少年的妄言，而是恒久不变的理念，恰如礼与美的本质。

在又一个燃烧后的寒夜，他没有进入空虚的睡眠，而是展开了冷静、复杂而激烈的思考。孩提时代，他曾经于两种知识中浸淫，离宫之中，他也体验过两种力量如何缠斗。儒者的训练让他善于从表象中理解本质，看得更深，想得更远；权力的游戏则让他学会在缝隙中辗转腾挪，抓住机会，读懂人心。两者都让他长于计算，精于实施，并且富有极大的韧性和耐心。

他规划了两条路径。

在连尹的府邸，弗忌再一次见到一身缟素的夏姬。子时刚过，湖心亭中寂然无声，美人已经卸下晚妆，月色下，肌肤如玉，目光如星。

“夫人可归于母国，郑。”弗忌望着永不衰败的美，“我会尽力为夫人取得连尹的尸骨。夫人此时暂归，胜于独处群虎环伺的他乡。公子子反垂涎夫人已久，其人狠戾无常。”

“妾身不祥。”夏姬的声音极温柔，又极悲伤，“先是阿兄蛮，然后是第一位夫君御叔，都是共处不到三年，便殁了。然后是在陈地的株林，大夫孔宁，仪行父，还有陈的君王，唉，四个人在一起的时光，多么快乐，可是徵舒弑了君王。徵舒是个好孩子，他只是太执拗，死在楚王手中，也是因为妾身。如今，襄老也殁了，正直之士都说妾是破家灭国的妖孽，避而不及，君既不欲得，为何又以这般情义待妾身？”

“初见那夜，我对夫人许下的誓言，从未敢忘。”弗忌缓缓说，“只是大计未成，尚需运筹帷幄。夫人亦不必自责。美是这世间最高贵精深的礼，需要明礼之人，才能深深理解，全心守护，刻骨爱恋，才能将其化为骨中骨，血中血。”

他看见美人眼中的星光聚拢，凝成一颗珍珠，从瞳孔中滑落，嘴角却上扬，勾勒出一个天下最为美丽的笑容。在那一刻，弗忌仿佛看到倾覆周室的烽火在幽暗湖面上燃烧。只属于我。一个声音在他心里说。

“君已懂梦，造梦之途，虽修远亦可求索。”斜月沉入夜雾，夏姬的神色变得模糊，声音也缥缈如梦，“妾会一直等待君，妾亦会为君焚香祝祷，唯愿君求得所愿，不再以妾身为念。”

那夜后半，弗忌向着郑的都城新郑，送去了一只能飞三日的铜鹊，脚环上系着一支铜箔卷成的细筒。在铜箔上，他以六国文字陈述，应要求夏姬亲自前往郑国扶灵，归还连尹襄老的尸骨于楚。他亦以金文写下儒者的论证，古老的理念与严密的推想环环相扣。

他不确定，在那个位于四战之地的小国，是否仍然有为君王管理铜鹊的儒者。郑是周室的畿内诸侯，如今苟延残喘，但是曾经有过一位杰出的儒者，首次将律法刻在了铜鼎之上，为儒者在乱世间的朝堂上留存了最后的尊严。这让他在烽火都不再可信的时代里，仍然抱有一线微弱的希望。

第一条道路已经铺设完成，只待时机。东方泛白时，弗忌登上小舟。比起第一条路，第二条路上有更多艰险，他跋涉得更久，本已见到些微的曙光，却又陷入了难以穿透的重重阴影。

第一重阴影来自问题本身。借由捕捉梦境与魂灵的网，偶人可以从复杂破碎的世间万象中生成概念，得到规则，甚至感知到被记忆与遗忘连缀的时间，但是她仍然与人不同。脱去了人为固定的规则，她可以唱出一首难解的歌，但歌中没有绕梁三日的旋律，更没有撼动人心的语词。她可以跳起一支奇异的舞，但舞中没有让人目眩的妖娆，也没有令人燃烧的情欲。灵魂从无知觉的幽暗中醒来，却不是以人的形态，不是那个他发誓要以全部身心求得的美人。

她还不是她。

“要如何做？”公输平热切地望着他。他未曾向少年工匠吐露那些谋划，即使对方或许理解最深处的渴望。弗忌有时会羡慕他，工匠虽然与他年龄相仿，却让他想起自己的童稚时代，虽然饱经磨难，仍然对这个世界报以好奇，被些微的善意感动，对不可理解的知识深深敬畏。工匠的灵魂仍然是天真的，而弗忌很早就意识到，那是由于对方未曾被礼真正地点亮过，这让他常常欲言又止。因为他懂得，那样的馈赠并非寻常之物，那枚青果可以创造也可以毁灭，一旦接受，就融入骨血，无法回头，他听过，见过，也体验过。

“你会如何做？”他避开公输平的目光，答案早已在心头浮现，他却不想触碰，因为那让他不得不去面对另外一重阴影。

“她不像人，是因为……”公输平寻找语词，“是因为……她不懂得，什么样的歌好听，什么样的舞好看。她可以观察万物，也可以行使决策，但是她不知道，什么是对的，是好的。”他黝黑的面容因为寻得答案而神采奕奕。

“如何让她懂得？”弗忌轻声问。

他看到公输平陷入笨拙的思索，眉头紧皱，嘴唇微张，记忆与情绪在瞳孔中明灭不定。归纳与推演皆是儒者的武器，弗忌早已使用纯熟，而在并肩劳作中，他也发现，工匠其实很聪明，只是对真正的知识一无所知。然而即使如此，弗忌仍然相信他能得到答案，因为那过于显而易见，就算天真如他，也能意识到其中的关键。

面容上的神采越加旺盛，在公输平将要开口的瞬间凝滞，由兴奋变成极大的惊惧。他张口结舌，喉咙里发出粗重的呜咽。

“错者罚一，对者赏一。”弗忌望着公输平，知道第二重阴影的降临无可避免，“网中演化出名与礼，生成记忆与时间，让偶人具备了学习的能力。所谓学习，就是从成功或失败的过去，归纳出行为的礼，让她可以将自己投影到时间长河的未来某处，预测彼时自己能得到的赏与罚，从而在此时避免错者，行使对者。你懂。”

“他……”公输平牙齿咯咯作响，说不出完整语句，“我……我们……”

“商阳早以不同方式昭示吾等。”弗忌蹒跚着走出大仓，雾气仍浓稠，看不到朱红楼阁。倘若雾气散尽，永不完工的离宫将显现出真实形貌，可能并非如传说中的华美富丽，他模糊地想。那时他尚不明白商阳的意图，但已清晰感觉到了一种险恶的荒谬。第二条路径上的第二重阴影束缚了他，再难向前迈出一步。

“做出来。”

弗忌讶然回首，公输平喘着粗气，青筋凸起的手臂从破衫中露出，撑着门框：“写下最后的目标，我来……实现它。”

“你要如他那般，用恐惧鞭笞，用谎言诱惑，给予她灵魂吗？”弗忌缓缓问道，“她虽非人，却也已非物，你我皆知。”

“我……不……做出来，才能证明，或者反驳。”匠人盯着自己张开又攥紧的双手，“青铜开口，要问公输，父亲应该也是这样想的……况且……”他低下头，声音也沉下去，几不可闻，“她从来就不是我的……”

“哪怕在她活过来后，会忘记你吗？”弗忌问得极轻。

少年极慢、极重地点了点头。

十五

记忆并非人天生的特权，而是被不可言说的力量提缀的丝线。记忆的丝线从名为罚的高坡不断流出，向着名为赏的低谷不断汇聚，遗忘则是一把剪刀，将误入歧途的丝线一一剪除。许许多多的坡与谷在虚无的荒原上绵延起伏，无数根丝线编织交缠，如花海蜿蜒流转，其间逐渐涌现出一枚果实的图案。

果实名为认知。榨取果的精华，过滤其中渣滓，就酿出了浓烈的酒。果会随时间的流逝衰败，酒却愈发醇厚，只需取一滴饮，就能让身躯舞动，让语词生发。

酒名为灵魂。

公输平曾经锻造躯壳，也曾经网罗认知。精细的劳作需要全心投入，他经常忘记时间也忘记自我，种种情绪都被细致的观察、谨慎的思考和精密的操作暂时掩盖，直到完成的时刻。然而在为少女酿造灵魂时，他常常难以自持。

灵魂以学习酿造。起初，学习的速度极慢，原因有二。其一是，每一次调整的增量都必须极其微小，才不至于让新学到的知识，干扰覆盖以前的经验。其二是，偶人面对的问题发生变化，不再仅仅是和着节拍起舞。在学习的过程里，问题的限定越窄，偶人就可考虑越少的可能，更快地得出结果。而在灵魂的酿造中，偶人需面对整个世界的纷繁万象。在不断变动的问题前，不可预知的环境中，灵魂必须通用。

针对两个问题，他们实现了两个解法。

为了解决干扰，需要给过往的所有事件保存明确的记录。记录可作为依据，指导偶人行动。当遇到新的事件，需要做出新的行动时，将当前事件与记录比对，选取最为相似者。过往的经验可被立即利用，学习由此加速。正如他在雕刻蜂蜡时，因为记得之前的操作，所以几乎不会在相似的地方犯错。

为了实现通用，依然需要过去的经验。在巨大的思考空间里，可划出一个与新问题类似的问题所组成的界限。相似的问题可能具有相似的解法，可减少需要思考的方向，提升学习的速度。就像他在面对薄铸之时，回忆起同样精细的铜镜与乐盒，运用了相同的失蜡之法。

少女学得越来越快。灵魂不再被不变的旋律或简单的图像束缚。她无须背诵典籍与教条，也无须师者的言传身教，而是只需要向着目标无限逼近。她从自身的过往学，经由他手中的赏与罚。

赏与罚直接作用于偶人的身与心。恐惧与欢愉，在她的面容上以难以估量的速度交替变幻，那是他梦中的景象。可是现实比梦境冰凉，他不敢直视那超越了人的生动。她的面容仍然是阿芷的模样，灵魂却在变成那个世间美好无匹的女子，最聪明、最冷静的头脑也会为她迷醉疯狂。

然而他变成了工尹商阳。他不敢在那双美的眼睛里目睹自己的丑。后来他意识到，他是怕在她醒来后，记忆深处仍留有他的古怪残忍。他不是怕她遗忘他，而是怕她记住他。

时间的长河似乎停止了奔逝，变成了平静无边、深不可测的湖泊。日复一日的训练里，两人的生命循环往复，只有偶人的成长为旅途刻下清晰的标度。终于在一个月如流霜的夜晚，旅途似乎到达了终点。

她提起青色的罗裙，在一片银白的沙洲上起舞。舞的却不是那支曾经俘获了灵魂的《月出》。不是已经被时间打磨通透，无可增加也无可减少的永恒，而是激烈的初生和难以抑制的野性。

子之汤兮，宛丘之上兮。洵有情兮，而无望兮。

坎其击鼓，宛丘之下。无冬无夏，值其鹭羽。

坎其击缶，宛丘之道。无冬无夏，值其鹭翿。

公输平凝望着神采飞扬的少女，恍惚间又回到了旧时乡里的祭台边。然而少女口中的语词清晰可辨，指向的并非楚地，而是他从未踏上的国度。在她的歌声里，他看到，高大宛丘上，榆树和柞树牵手，人们团团围绕，或坐或立，身子随着韵律晃动。头插鹭羽的少女初尝了生命的欢愉，在人群中央无尽旋舞，从宛丘坡顶一直舞到山下道口。

他看到永恒的美在十五岁时的模样。

明亮的眼眸含笑含羞，目光在两人身上流转不停，公输平听得见自己的心跳如鼓。他感受到弗忌火热的注视，忍不住迈出一步，拦在她身前，想要和她共欢同舞。可是少女莞尔一笑，像一尾鱼滑开他身畔，旋转舞到弗忌面前，变戏法般地拿出一把绯红的花椒，放入弗忌的掌心。在仲春之月的陈地，无所禁忌的佳期里，醇香多子的花椒是爱的气息，也是生的种子，是男女相悦的定情之礼。

他为她酿造了灵魂的酒，却不能啜饮一口。

“走吧。”他听见弗忌说，“离开此地。”

“能往何处去。”他自语，看见两人十指交缠。造梦之途的终点是一地苦涩的残渣，他其实早就明白，但是工匠的本能和某种冲动让他一步步往前。此时，巨大的疲惫让他只想躺下，陷入无梦的睡眠。

他看着弗忌与不再是阿芷的少女将铜鼎与铜箔搬上小舟，收拢散乱的丝线，整理他的工具，装入空荡的行囊，连同那截苍白的断骨。他看着他们合力将镶嵌着黑白琉璃的巨大棋盘从墙壁上卸下运出，那沉重让小舟摇晃，哑巴船夫连连摆手，他们只得把棋盘留下。

“走吧。这个世界很大。”弗忌拉住他，眼中有光芒闪耀，“我们已经知晓了圣人创物的真正技艺，以真正的美求得了真正的礼。但是美不会像偃师的倡者那样，成为周室的权威与机密。我们将如昔日的儒者般周游列国，让她在每一座王庭中、每一处乡社间起舞，让凝固的礼点亮更多的心灵。我们，将以美复礼。”他的声音越来越激动，“她将跟随我们，见识这广阔天下的美丑悲喜，不断学习，永远成长，她也将见到她的原型。”弗忌的神情变得遥远，“她在一直等候我，也在一直等候她。”

小舟终于起航。公输平看着大仓与茅屋的影子渐渐消隐在夜色中，知道自己再也不会回到此地。囚笼打开了，世界在眼前铺展，他却没有期待中的欣喜。无可遏制的倦意袭来，他蜷缩着入睡。在梦中没有雾气，没有宛奇，也没有少女，强烈的阳光照亮了整片虚无的荒原。那阳光极其耀眼，光是凝视，就已经让他感受到了灼烧的刺痛。

并非梦境。他醒了，又像没醒。

红色的火焰在晨风里像花朵烂漫绽放。天空中，一堆早霞也在熊熊燃烧。巨大的火球吞没了陆地与湖泊。他看到王的殿宇如脆弱的茅屋分裂破碎，吱吱作响，火星如水珠四溅，然后那堆火倒下来，像水一样在大泽里洋溢。那是遇水而焚、得水愈明的巫火，由石脂水、硫黄和人骨的粉末提炼混合，昏沉中他想，在太祖造出水战用的钩拒时，亦曾经实验过。

“快划！”弗忌命令，他才清醒，发现船夫不见了。他们在火海正中，船尾烧得脱落，焦黑边缘迫近。弗忌在划桨，女孩蜷缩在船舷边，扔掉了铜器与工具，手中只抓着那根苍白的断骨。可船还在沉。陆地已在咫尺，然而殿宇也在火中，火焰封住了半岛。

只有手。他张开手，在奔流火焰中拼命划水，脑中急速思考，目光与弗忌交会，皆从对方眼中看到唯一可能。席卷了世界的漫天大火中，囚笼即是庇护，向死才能得生。

三人互相搀扶，穿过在宫室间流散的火焰，跌跌撞撞，走下冗长石梯。囚笼的门闩卸下，搁置在角落里。公输平一愣，弗忌与少女的身影已经不见了。他顾不得细想，再次踏入曾经禁锢他的黑暗，将沉重潮湿的门掩上。

难挨的灼热和呛人的浓烟被隔绝在身后。地牢里的空气润泽清凉，他大口呼吸着，感到生的希望重新充满了肺腔。光亮渐渐盈满石室，他看到弗忌手执火折，一一点亮石壁上的火把，照亮石壁上灵魂的形状，墙角里肉体的残余，还有与嶙峋白骨并肩而坐的肥硕身躯。

“很聪明。很聪明。”工尹商阳抬起头，目光在两人身上轮流停住，火光映照笑意，公输平却从诡异的扭曲中感受到一丝源自心底的真诚，比虚伪与残酷更让他心惊。

“您早已懂得。”弗忌的声音颤抖，但没有半分犹豫，“您早已有过以美求礼的体悟，也早已明白造梦的关键之处，却在这大泽中布下重重迷阵，欺骗了君王也欺骗了天下。您杀死了您的老师，折磨了无数魂灵，却破解了圣人创物的至高之礼，知晓了世界的本来形状。您不遵循古老的礼法也不传承精妙的金文，却真正地教会了吾等。”他哽咽，气息渐渐破碎，“您、您才是这、这世界间，无与伦比的儒者，可是、为、为何、为何？”

弗忌的身体摇晃不稳，公输平赶忙扶住他，感觉到战栗似乎要冲破袍服下的躯体。他不能完全体会弗忌的痛楚，可是他在其中感受到一种危险的崇敬，那让他本能地警惕。“说！为何！”他冲着商阳大吼，攥紧了拳头。

商阳凝视两人许久，笑意渐渐淡去，“从前有一位故人，也曾这般问过我。”他伸手，慢慢摩挲着身旁的尸骸，“你可真愿听闻？”

“朝闻道，夕死可矣！”公输平脱口而出，余光里有弗忌的惊异，“你们可知晓承受的，我也可以。我学得快。”他望着父亲的白骨，声音渐渐变得冷酷，“我不会重蹈覆辙。”

“起始于一场不见兵车的盟会。”荧荧火光下，商阳的神情遥远，“那是在更久以前，暮春的沂水边，我还是比你们更为懵懂的孩童。”

十六

暖风摇曳着杏树的枝条，雪白的花一瓣瓣落在水面上。我伸手搅出一个小小的漩涡，看着花瓣在中间打转。鲁地的杏花和故乡的橘花相像，却比橘花开得更早，真想知道，花谢后的杏子，是不是也像橘子一样好吃。

商阳，快来。鲁地的少年在岸边喊，我连忙从水中起身，穿上衣服，和他一起跑起来。杏花落在肩上，新裁的春服散发出温暖的香气，流水在身边哗啦哗啦地唱着，巍峨的舞雩台在前方招手，庆典前的乐声已悠然作响。在之前长达七日的演礼间，老师以精湛的论述得到了六国儒者的注目。我虽然还听不懂那些复杂的推演，但是我毫不怀疑，老师的洞见与勤勉，一定能打动所有儒者的心田。因为我在众人都凝神于金文时发现，端坐于评台之巅的当世儒者的泰斗，颜子乐昆，也已对他频频颔首。

老师所演之礼果然得到了盟会的嘉赏，其礼名为学习。学习的思想古老而直观，在三十年前被颜子与另外两位大儒从浩繁卷帙中重新发现，演绎，拓展。然后，关于学习的演礼，被无数像老师一样的后辈儒者继续深研，解决了一个又一个艰难模糊的问题，在最近五年间的盟会上大放异彩。我看着老师缓步走上高台的中心，并拢宽大广袖，向着四方的儒者深深行礼。他刚过而立之年，灿烂的阳光洒在高大挺拔的身姿上，照亮那张坚韧聪颖的，属于楚人的面庞。那时候我想，总有一天，我也要像他一样。

可是在本该其乐融融时，他没有对前辈与同侪致谢，也没有表示儒者的谦恭。他提出了一个尖锐无朋的问题，改变了许多儒者的命运，也改变了我。

他说学习所用的方法仰赖于丝线间不可言说的神秘，虽然能解决问题，但是连儒者也不知晓其中的本质含义，只是一次次用匠人的手去尝试变动入与出的权重。虽然可以得到所求之果，但并非儒者一直以来追求的，严格、周密、可验证的知识，而是像古老无名的巫术。

可这巫术是灵验的。对成文之礼的固执，曾让人深陷泥潭，只有这以利为先的规则，看似蒙昧的冲动，才能让人在这动荡不安的世界保有生机与自由。颜子说。

君子应有所为，有所不为，昔日的儒者，虽不可为而为之，颜子忘了吗？老师目光灼灼，今日的儒者，若不能以虽可为之而不为的心，行走世间，与那些以强权与恐惧攻城略地、奴役百姓的独夫又有什么分别？他的言辞激烈，台上的儒者轰然震动，只有同样流着楚人之血的我隐约明白，他为何这样说。

你所求的，可能并非这世间存在之物。颜子没再回应他，挥手示意侍从。我惊恐地看着他被拖拽而下，口中还大声咒骂，他说世间的儒者早已丧失了最初的高贵，变成了唯利是图的小人，靠着对匠人的奴役驱使，靠着肮脏的赏与罚取得虚伪的荣光。儒者今日繁荣于求利的学习，明日就将覆灭于求利的学习，血与火将席卷平静安详的沂水，不放过一个儒者。

我再没有去过沂水之畔。王的战火真的烧到了鲁地。舞雩台崩的消息传来时，已是初夏时分，我看到老师抚摸丝线的双手凝滞不动，然后一把将丝线扯断。那天之后，他再也没有教过我。

世上再没有盟会了，也几乎不再有儒者。我始终没有尝过杏子的滋味，但我吃过很多橘子。礼的美妙，在于其在万事万物间恒常显现，只要人知道如何寻找。而老师已经教过了我，归纳，推演，递归，循环，我也知道问己求果，也见过学习的网络。学习本是楚人最擅长的事情，不管是老师，还是我。老师因为担忧而拒绝前行，他曾经大声疾呼却无人相信的事情已经发生过了。我生长在这世间最为强大的国度，没有什么能够阻挡我了，也许除了内心的恐惧。

我长大了。新王是比我年岁稍长的强健少年，那时，我们常常一起在这片夏水与汉水围成的荒原间纵马。他说要将楚的疆域扩大到辽阔的九州，一统六国，就像上古时代的帝王一样。他的眼神，像一只刚刚学会飞翔的鹏鸟，正准备以垂天的羽翼遮蔽晴空。他说到那时，就让我做他的令尹，只要我显示出与智慧相匹的勇气。我微笑着称谢，王不知道我的智慧从何而来，也不知道我的野心比他更为庞大。我想要完全理解并复现圣人之礼，不管以何种方式，我想要的不止是这个世界间的一切，而是重新打通那座断绝了人神之间联系的天梯。王的世界再为广阔，也只是这大地的一面，他不理解，在儒者的语言中，有个比全部的大地更为辽阔的概念，叫作维度。我想要的是两个维度。

少年的誓言是可怕的东西，会把连带的一切燃烧殆尽。在那次吴越之地的漫长奔袭里，我见到了一个名为夷光的女子，那是在苎萝山下的耶溪。我很幸运，在年轻的时候就懂得了礼是什么，美又是什么。我也很不幸，需要通过数十年的跋涉，才真正明白，梦到底是什么。

完全明白后，我再一次回想起颜子的话。真正的大儒，早就用简单透明的语言告诉了我最为深刻的道理。老师也是真正的儒者，他只是做出了不同的选择。但是他们都已经不在了。只有我，在誓言实现与破灭的一刹那，丧失所有，只能在这里无尽徘徊，用与梦相同的原料搭建现实，向着愿意聆听的心，诉说无法埋葬的秘密。梦与非梦是真实也是谎言，所以我不会像老师一样，教授确切的知识，做出绝对的判断，我只是提供方法与路径，由听者自行分辨选择。

我的故事讲完了。

“可是你又有何权力！”是自己的声音，公输平听来却陌生，“你又有何权力，将人当棋子摆布，只为验证什么猜想！”愤怒又一次萌动，“人……人有感觉，有灵魂，人是自由的！不是任你增减的数字！”

“你以为，她有自由吗？”商阳的目光温柔，望向两人中间怯怯的少女。

“她……她不一样。”公输平心中突然一沉，他记得自己在双瞳中的丑陋，“我、我——”他满脸涨红，竟说不出下一个字。

“你以为，何人有权力？”商阳并未在意，“何人有权力，让疼痛与满足、记忆与遗忘控制一具具身躯？何人有权力，让人被礼束缚，被美迷恋，再将学习的本能镌刻于灵魂的金文之上，让偶人中最可悲可叹者穷尽身心，发现残酷与虚无的秘密？何人有权力，驱使将礼奉为圭臬的周，与将另一种礼当作信仰的楚之间征战不休，直至决出胜负？”淡然中，是他仍不能懂得的凄凉，“囚笼即是庇护，庇护也是囚笼，是有人神不扰，绝地天通。”

“可、可是……”公输平脑中嗡嗡作响，他似乎隐约明白了商阳在问什么，可人的本能保护着他，让他不敢想下去。他转头望向弗忌，看到泪从少年的眼中静静滚落。

“您在与我初见时，就已经教与我，而我今日才真正领悟。”弗忌缓缓跪下，“递归之礼的至美之处也是可怖之处，都在于其指向了自身。造梦的终点亦是起点。”他的声音极轻，却明澈通透，“您并非可悲可叹之人，而是弟子真正的老师。”他深深拜倒，“您循循善诱，博我以文，约我以礼，欲罢不能。即竭吾才，如有所立卓尔。”

“你既已明，该作何选择？”商阳微笑着。

“君从颜子，吾从君。”弗忌轻轻说，“圣人不死，人不得生。”

“好。好。”商阳显得极高兴，“让我看看，真正的美。”

少女犹豫地上前，明艳的面庞羞涩而好奇。商阳凝视良久，忽然用肥厚双掌紧紧扼住少女的咽喉。大惊之下，公输平拔出墙上的火把，一把扔了过去，火焰顿时吞噬了肥硕的身体。短褐被火焰燎烤，他顾不上，一根根掰开紧扣十指，拖出少女，她却已呼吸微弱，双眼紧闭。

“阿芷！阿芷！”他终于忍不住哭嚎，声音在石牢中回荡。烈焰里，肥胖身形扭曲收缩，肌肉烤成灰白，黄稠脂肪从爆裂的皮下涌出，像厚重的蜡，包裹绢面的烛芯。

火烧了四个时辰。待火烧尽，潮湿的地面上只留下一撮撮浸湿的灰痕。公输平摸着灰，无法分辨那是商阳，还是父亲。

“走吧。”弗忌的声音清明，“带上她。去找她。”

“不。”他的嗓子哑了，鼻子堵塞，只挤出气声，“我不去。”

“往何处去？”

“我要去昆仑。”他咬着牙，“我不懂什么礼。我要搭起云梯，一步一步，爬上去，看看他们，看看那个世界。”

十七

二十多年后，在吴都阖闾的街头，一群孩子围住一个瞎乞丐。他的脚上，一层层的痂像层叠的山岩，双手抖个不停，从辨不清颜色的破包袱里，摸出一件件小玩具。吴都依盛产铜锡的锡山而建，工匠擅铸剑，孩子们对铜并不陌生，只是他们从没见过这样的镜子、盒子，还有小鸟，所以等不及他开口，就吵嚷着抢，许多双小手抓着他，拉扯他，深入他的怀中。待到哄闹散去，包袱和衣衫被撕碎在地，他从脚边捡起一片光滑铜箔。

“那是什么？”稚嫩的声音问。

“是……最好玩的东西。”手仍然在抖，野兽般的长指甲在箔上乱划，留下一道道刻痕，“来，我给你看……”

“骗子，你是个瞎子。”稚嫩的声音轻蔑，“你不会写字，又怎么懂创物的规则？”

“你可认得儒者？”瞎子忽然紧扣孩子的手腕，“你……你可姓屈？”

“我、我姓巫。你放开我，不然我就告诉父亲，他会杀了你。”孩子的哭腔中仍有倔强，“儒、儒者是什么？”

如果瞎子能睁眼，就会看到，眼前人的驼背随着时间肿大。在共鸣箱似的身体里，人声与空气共振，越发低沉浑厚。吴国大夫巫臣的声音，与他记忆中的楚国少年屈弗忌不一样。

“我走了十年，才走到世界的边缘。刺瞎一双眼，才确认一个最微小的秘密。”瞎子说，“雾气是什么？那是人不该看的东西。这世界，只在视野中精确，视野之外永远是模糊。没有边缘，只有雾气，多节省！哈哈！”瞎子像夜枭般笑起来，手抖得更重，“都是骗子，骗子！骗子！就像时间与记忆，就像我们干的一样！”笑声渐渐哽咽，“可是我又走了十年回来，却没有人相信我。”他慢慢蹲下，像一匹兽，干号着，“他们不信，不信！不信我！”

“所以你来找我？”驼背人很平静。

“他们相信你。”瞎子抓住驼背人，“说啊，说啊！让他们知道圣人比人更残酷，让他们知道现实才是醒不过来的噩梦，让他们看看真正的技艺是什么！他们相信儒者！”

“世间已经没有儒者了。”沉默半晌，驼背人说。

“可是你教吴人射御！”乌黑尖利的指甲撕裂丝帛，“那孩子也是你教的！”

“你以为，什么是教？什么是学？”驼子冷笑，“儒者也说过，唯上智与下愚不移。你以为，你想给的，就是他们想要的吗？又有何用？”

“可是能生发万物的规则呢？礼呢？”瞎子嘶吼着，“美呢？”指甲深深嵌入皮肉，“她在哪里？永恒的美在哪里？”

“你不会见到她了。没有人会见到。”

“你！”瞎子的声音突然尖细，像是被一双穿越时间的巨掌紧紧扼住咽喉，“你和他一样！叛徒！骗子！呸！”衣襟上沾满了浓痰，“你当然不再是儒者，你丑陋！”瞎子抓起丝帛擤鼻涕。

“通往生与自由的路上，没有美。”驼子慢慢说，“想给什么，又想要什么？”

“什么自由！”瞎子激动起来，“那是愚昧！只有点起火——”

“只有点起火，才得见身处囚笼。你想用自由换得囚笼，还是用囚笼换得自由？在这大地上的人，又想要什么？”

火。瞎子想起来了。很多年前，曾经有过一座永不完工的宫苑。起源不明的火，一次次将一切化为乌有，从头再来。作为一种嘲弄被创造出来的偶人中的最可悲可叹者，用一种名为递归的方式，点起召唤灵魂的火。

“你爱老师，胜过爱礼。”瞎子终于放手。

“是自由。”驼子说，“礼在万事万物间有恒。当世界的裂隙出现，美的原型会在衰败与毁灭中显现。”他停了许久，浑厚的声音变得轻飘，“在无法醒来的梦境中，人只有这一点点可选择的自由。”

黑暗中的火光，在壁上映出扭曲的人影。没有人再出声，任由看不见的丝线牵动着，在火上烘烤双手。火堆很小，不久，瞎子就感到热气消散。他站起身。

“往何处去？”他问。

“此季世也，吾弗知。”低沉嗓音中，他分辨出一丝熟悉的犹豫与恐惧。

他点点头，离开了。黑暗是沉默的老友，正等候着他。

尾 声

三百多年后，一个少年登上了秦都雍城外的雍山，向东南方眺望。仲春的晴空下，山川与良田绵延不绝，目力极限处似乎有蒸腾的水汽。那是强悍富庶的国度，楚。少年虽然尚未去过，但他熟读史册，知晓那里的许多人物故事。其中让他颇感兴趣的，是一个名为巫臣的小人物。

在史官的记载中，巫臣本是楚国屈氏的贵族，却因为覆灭陈地的美人夏姬，在郑与楚的宿敌晋之间游走不休，被司马子反灭族，更名改姓。此人最后与夏姬归于吴地，将射御军阵之术亲授吴军，教吴叛楚，开启了几十年吴楚血战的序幕。少年不太在乎风流韵事，蕲年宫里，什么样的女人他都见过。他感兴趣的是巫臣，这个人，看得极深，想得极远，判断极其敏锐，却同时极富耐心，能沉静得下来，用数年来做成一件事，得到一个美人，或几乎凭空地创造出一个可与晋楚匹敌的强国。这样的人才与品性，是他在一统六国的霸业中需要的。少年想，因为对手的强大而微微兴奋。

他转向西方，估摸着帝国疆域的尺度，直到极西之处的昆仑。周穆王之后，再没有君王西行，他只从修葺宫殿的工匠口中听过，曾有一个疯癫的匠人在山顶修筑云梯，说要将九天之上的神明拉下天庭。他说时间是一种幻觉，说有细小的丝线在人的身体内控制所思所行；他说梦与非梦都是层叠轮回中的虚空，只有造梦才能解梦；他还说他身边有个像人的偶人，可是谁也没有见过她。

少年摇了摇头，不再去回想那些胡言乱语。儒者的空话已经让他烦躁，鬼神之言，和那些繁复的六国文字一样，都是他要消灭的东西。至于像人的偶人还是像偶人的人，他想要多少，就有多少。

火一样的晚霞在帝国的天空里燃烧，他转身走下了雍山。仲父的眼线不会放他自由太久。但是他有的是决心、勇气和时间。

新的世界开始了。

附记：在人工智能的研究中，“基于规则”和“机器学习”一直是两种高层次的框架流派，两种流派发展的历史，也可以看作是人工智能发展本身的历史。深度学习在近年的发展极其迅速，但在2017年，机器学习的顶级会议神经信息处理系统大会（NIPS）上，研究者阿里·拉希米（Ali Rahimi）向深度学习的开山宗师杨立昆（Yann LeCun）提出了质疑。这即是盟会的原型。在两千多年前的先秦，同样有一群引领时代先河的思想者，怀着极大的热情，争辩对世界间种种抽象重要之物的观察和理论，他们中的许多，以身心实践了自己的信念。在阅读时，我感受到了一种与现实的共振，却更加浪漫磅礴，启发我写成了此文。人对世界的探索和对人本身的认知是一个穿越时空的话题，也是我在写作第四年开始的时候找到的母题，因此，她会以各种形式出现在不同文本中。

断流

◎白贲

1973 年湖北大冶铜绿山古代冶矿遗址横空出世，震惊了全世界。可这种震惊我在十几年前就已经体会过了，那一刻我感到的只有亲切，为这世间尚有另一座保存完好的古代地下工程遗迹而热泪盈眶。

成楚吾儿：

知道你忙，咱爷俩平时也没空多聊。写这封信没别的意思，就是说说话。

转眼间，新世纪已经过了十年，国家居然成功举办了奥运会，这在从前是谁都不敢想的事情。最重要的是，在刚过去的一年里，三峡大坝工程也正式完工开放了！要不是腿脚不方便，我真想登上大坝，看看咱们几代人的心血最终是个什么样儿。

大坝的落成让我回忆起当年的许多事，其中一件，伴随了我几十年，本没必要说，我到今天再回想起来，都有点怀疑是不是真的经历过。当年一起的那批人，如今只剩了我一个，一个老东西的记忆到底靠不靠得住，也无从考证了。不过活得长确实有好处，我见证了这十年来国家的飞速发展，世纪之交时人们对千禧年总有一种焦虑，现在看来也算是多虑了。唯一的遗憾，就是现如今的香烟变得难抽了，没味儿，哈哈。

这封信你有时间就抽空看看，可能有点长。如果你有心，也可以替我再去泰兴走走，兴许还留了些痕迹。如果没什么兴趣，那就权当看了个故事。

一

故事发生在1958年。

不少人以为三峡大坝工程是上世纪90年代才开始的，其实不然，民国时期孙中山先生就打算在长江上游建水电站。新中国成立之后，国家接手了国民党政府的所有研究资料，组织大批工程师开始了三峡工程的前期准备工作。而我十分荣幸成了其中一员，隶属于长江流域规划办公室第六勘测科。

1953 年 2 月，毛主席乘船视察长江流域，咨询长江水利委员会主任关于三峡大坝工程实践可能性的诸多问题。三年后，长江流域规划和三峡工程勘测、科研与设计工作全面展开，1957 年年底基本完成。

1958 年夏天，我们第六勘测科从湖北出发去上海，向总工程师进行最后的勘测结果汇报，算是给两年的勘测工作收个尾。火车经停扬州站转车，我们在车站听到一些传闻，说长江在泰兴流域曾经断流。长江不像黄河——历史上黄河曾多次断流，但长江的流量比黄河大多了，而且长江流域多属亚热带季风气候，降水量很大，完全没有断流的理由。泰兴段的江面非常宽，流势平缓，即使断流也不该在那个地方。

传闻说得煞有介事，时间精确到 1954 年 1 月 13 日，地点是泰兴吴家村。科长潘鸿明是那种责任心很强的老工程师，也是我进科室之后的师父。听到传闻，科长立刻决定改道泰兴。

长江断流不是小事，这是大坝工程前期规划阶段未曾考虑的影响因素。不解决这个问题，一旦大坝开始蓄水，长江的径流剧烈变化，万一造成下游大面积瘫痪，海水倒灌，后果不堪设想，无数人会因此丧生。更何况，泰兴断流虽然是孤例，但谁也不敢保证不会在其他江段重演，那会是难以想象的巨大灾难。三峡大坝工程事关民生大计，不容许出一点差错。

科长给总工程师发去电报汇报了此事，我们便动身出发。

副科长邹远图租了两辆小面，同行的还有一批科考工程兵。他们的班长对高工出身的师父很崇敬，说是既然要实地考察，就一定需要干活儿出力的，就有用得着他们的地方。

车开了大半天，终于到了吴家村。

吴家村布局狭长，沿江呈条形。村里许多建筑还是明清时候的硬山顶砖瓦房，村子正中修着祠堂。路多是青石板的老路，很窄，行不了车，科长请两个司机把车停在村口，给了钱，托他们等几天。工程兵带着设备去江边支起了帐篷，我们勘测科先进村子走访。

当时已是傍晚，我们在炊烟里敲响了村委会的门。村支书一听是国家派下的水利勘测队，非常热情地接待了我们。支书的普通话方言味儿很重，他说长江断流确实发生过。据他回忆，那天下午四点左右，江面忽然开始下降，迅速见底。所幸天色已晚，打鱼和挖沙的船都回了，没人伤亡。江水断流，河床里沉了许多鱼虾，对于靠水吃水的吴家村人来说是巨大的诱惑，一些胆大的村民就下到河床里去捡鱼拾虾。没想到两个小时后，江水又回来了。这一断一复太过突然，躲闪不及的村民们被江水冲走，再没上来。只有一个人活了下来，叫吴仲义，但也瘫痪了。

我们听完沉默许久。我打小在浙江海边长大，每年退潮时下海拾贝的渔民都会被卷走几个，我见得太多了。水火无情，一个人的死往往牵扯的就是一整个家庭。

支书打破沉默，接着说根据县志上的记载，数百年前长江还断流过一次。

“还有一次？”我们都吃了一惊。

支书点点头，但个中细节他也记不清了，现下晚了，他明天一早去县城给我们借县志回来。

从村委会出来后，邹远图叹道：“这倒奇了，两次都在同一个地方，我们来对了。”

说着话，人已到了江边，江边的林子里晦暗不明。江面目测有两三公里宽，如此宽阔的大江在短时间内断流，可真是难以想象。工程兵们早已支好帐篷，眼见天色不早，也生火煮起了行军粮。这东西就是压缩的无水细粮，一小块泡开能煮一锅。已经煮得差不多了，闻着比在武汉的要香，看来这一段的水质不错。现在想想，这倒不失为一种评定水质的方法。

晚饭很快吃完，抽过烟，我同邹工闲扯几句，也去睡了。工程兵换班守夜。

第二天一早，我们就看到了支书借来的县志，纸质脆黄，显然上了年头。没多久，支书就找到了记载上次断流的那段话：

“元大德二年七月暴风，江水上涨，高达四五丈，人畜漂溺无数。至正二年八月，长江一夜枯竭见底。次日，江潮骤至。”

大德二年，是1298年。至正二年，是1342年。

县志的记载让我们更加疑惑，八月无疑是长江的汛期，寒带南下的冷空气和热带北上的暖湿空气在此相交成为暖锋锋面，并且是停留时间长的准静止锋，导致长时间大范围的锋面雨。这种情况下长江断流，实在是令人难以置信。

科长要来一张纸，叫邹远图凭记忆绘制当地的长江图。

邹工接过白纸说：“长江在扬州境内大致呈自西向东的流势，在三江营处却转向南下。三江营的上游，长江从西沙头开始分岔，分出一条支流向东南方流去，也就是县志中提到的夹江。夹江横穿扬中半岛，在七圩埭处重新汇入长江。”

我思忖一番，又提笔加了一道：“芒稻河。”

邹工点点头：“对，芒稻河也在三江营汇入长江。当年黄河夺淮入海之后，淮河也随之改道，从芒稻河流入长江。长江在三江营忽然转向南下，应该就是受到了淮河冲击的影响。”

科长忽然开口：“夹江两端之间的长江流域，正好就是断流的泰兴段。”

我们面面相觑，难道长江断流的秘密，就在这条夹江？

大概有了这样一个模糊的猜想，我们谢过支书，动身去找四年前唯一的幸存者，吴仲义。

二

支书事先打过招呼，到吴仲义家时，他的老伴丁姨已经在门口等我们了。丁姨领我们转过一条青砖墙的巷子，走入一进四合院落里头。院墙脚下划出一块方形土地种了些菜果，旁边是一口青石老井，再旁边是形色古朴的石磨。

进到里屋，吴仲义正坐在雕花木床上做竹编。这人头发花白，面颊凹陷，皮肤黝黑，几乎看不清面貌。见到我们造访，吴老汉挣扎着要起身，但还是没成，只好抬手作揖：“各位领导好。”

“我们不是领导，叫我潘工就好。”科长道。

吴仲义不懂普通话，只能说方言，我们都听不太懂。来回讲了几遍，我们才大概了解当时的情况。在那批因为断流而下到江底的人里，吴仲义离得最远，他也比较灵泛，事先在腰上缠了麻绳，一旦有事就让人拉他上去。听到水声后，他第一个往岸上爬，岸上的人也死命拽他上来。但水势来得太快，一个浪头给他拍到了岸堤上。他呛了水，背过气去，醒来后下半身失去知觉，是脊背给撞坏了。

这当儿，外头传来女孩儿声，像在叫妈。女孩儿很快进来，个头不高，生得不算很好看，但眼睛很大，穿着打了补丁的对襟衫和工装背带裤，收拾得很干净。丁姨高兴坏了，紧紧抱住女孩，不停唤道：“丫头家来了，丫头家来了。”吴老汉却嘴唇一颤，淌下泪来。

“家来了”是回来了的意思。我们都没想到老两口的孩子居然这么小，后来才知道两人也就四十出头，比科长还小一点，不过是看上去老。丁姨告诉女儿我们是来了解长江断流的，也告诉我们女孩叫吴琼。

我走上前去自我介绍：“我叫江上青，属于长江流域规划办公室第六勘测科。”接着我又挨个介绍了科长和副科长。

原来吴仲义瘫痪之后，吴琼被迫辍学，后来外出务工，常年不回来。明天按本地习俗是“斋孤”的日子，“斋孤”是七月半的延续，斋是指舍饭给僧道神鬼，孤就是孤魂野鬼，当地人在这天于河边路口烧纸钱，买嘱鬼魂莫扰自家门槛。斋孤本是男丁才能经手，无奈吴仲义卧床不起，只能由吴琼帮衬，所以她专程从外地赶回来。

吴琼的普通话很好，跟她沟通起来便利了许多。丁阿姨欢喜地出去了，说要给丫头弄好吃的。

四年前长江断流时，吴琼只有十四岁，刚从学校回来，也见到了这副骇人的情状。她提供了一条很特别的线索，她说：“我站在岸上，看见河道底沉了一大块铜锭子。”

“铜锭子？”科长问。

“是的，”吴琼点点头，“江底有块巨大的青铜，大半沉在淤泥里，布满了青绿色的铜锈。”

经这么一提，吴仲义也说有些印象，只是当时这青铜器还在更下游，离他很远，他反倒不如岸上的吴琼看得分明。吴琼又大致描述了青铜的形状，潘鸿明惊叫出声：“应该是鼎！”

我师父是当时较为典型的一类老工程师，那时的老一辈学术人才往往对文史也有涉猎。师父出身苏州富绅之家，家学渊远，好古，这方面造诣颇深。

“这却怪了，”我想了想说，“长江跟黄河不同，黄河经常改道，有时会淹没一些陆上的古墓，地上河段还有镇河墓，水底出现古物不稀奇。但长江底理论上不该有古墓。”

科长点点头：“而且泰兴地处吴越，春秋时吴越地区铜矿资源短缺，不似中原国家拥有大型青铜礼器。”

科长又说，泰兴段周遭地平如纸，别说山川，连丘陵都没有，聚不得气，收不住势，不宜作墓葬选址。吴琼再回忆不起更多东西，就提议带我们去江边看看，指指鼎的位置。科长欣然接受，正待出门，才发觉外面已是一片沉寂，连风都没有。层云黑密，气压低得让人喘不上气，隐隐有沉闷的雷声从天际传来。

“要落雨了。”科长说。

“很大的雨。”吴琼喃喃道。

似乎是为了应和两人，话音一落，大雨便在一声嘹亮的响雷中倾盆而下，一瞬间下出了雨雾。我们暂时走不掉，只好在吴家多叨扰一会儿。左右无事，我与吴琼攀谈起来，得知她常年在扬州打工，依仗一身好水性替人打捞沉到江里的物什。最常做的是打捞尸身，这种活计赚得最多。她比我小五岁，实在看不出来。那年代的人都早熟，但吴琼更甚，常说穷苦人家的孩子早当家，当真不假。

聊了一会儿，话头尽了，她翻出斋孤用的纸钱继续叠。吴仲义点了油灯，继续编竹篾，父女俩也不搭话。屋里影影绰绰，一片寂静，我们不便作声，端凳子坐在门前，看挂着的防蚊纱帘在雨中一摆一摆地拍打着门框。天地间充盈着沉郁的黛色，大雨细密，直下到天边泛光。

傍晚雨小了，丁姨跑进屋。吴琼唤了声“妈”，丁姨应了一声，便端出吃食，那是一盘鸡蛋荞麦摊饼和一大锅元麦粥。夏天里，当地人喜好煮一锅粥之后放凉了喝，养人又解暑。

“各位领导也吃一点吧。”丁姨说。

我们当然拒绝了。吴琼却走过来笑说：“领导还是吃一些，我妈已经做了各位领导的份，我们仨吃不掉的。吃的夏天放不住，过了夜就都坏了，多可惜啊。毛主席说厉行节约，严禁浪费粮食，不是吗？”

科长一时语塞，苦笑一声：“好伶俐的丫头，只好恭敬不如从命了。”

雨声渐停，我们也吃得差不多了，太久没吃过新鲜粮食，都咂摸着嘴。科长取出手帕擦额头，说该走了。吴琼要去江边指位置，科长却说天色太晚，村里没通电，女孩儿家不安全，明天再说。离开前，我们认真谢过了吴老汉一家，科长算了数，摸出适当的粮票油票和钱给丁姨。丁姨死活不肯收，还是吴琼劝妈妈不要让领导违反纪律，丁姨才千恩万谢地收下了。

回到江边的时候，工程兵们满脸泥水，据说费了好大气力才没让大雨把篷子都冲下江去。所幸我们驻扎在林子里，有个依凭，要是在光秃秃的堤岸上可就神仙难救了。听说我们在村里买饭吃过了，工程兵们都很开心，把留给我们的面糊重热过后各自分吃了。

大清早，我就听见工程兵程班长的大嗓门。凑近去听，原来这两天工程兵都在江边干等，实在无聊，今天说什么也要跟我们进村瞅瞅。科长有些拗不过他，便说了我们近日的收获。

“1954 年？”程班长忽然激动起来。

“怎么，有什么问题吗？”科长诧异道。

“有，当然有，”程班长挥着手，“那一年淮河全境大洪水，我们一个连都在郑州抗洪抢险嘞！您不晓得？”

我跟科长都浑身一震。这事我们当然知道，那一年大气环流异常，雨带长时间徘徊在淮河流域，造成了淮河全流域的大洪水，仅河南一省就有八十五个县市受灾，其中淮滨县更是几乎全县淹没。只不过这两天我们的关注点尽在长江上，当局者迷，没想到这一点。

科长眉头一颤，朝我喊道：“叫小邹过来！”

邹远图很快赶到科长帐篷前，他拿出长江图，摊在一块大石头上，按科长说的，补上了淮河东部的局部流向。我们惊呼了一声，芒稻河是淮河的干流，而它正巧在三江营汇入长江。

“长江是被淮河冲断的，”科长激动地抛出了猜测，“1954 年，淮河全流域大洪水，径流量达到史无前例的高峰。如此庞大的水流取道芒稻河入长江，短时间内冲断了长江的流势，导致长江水转入夹江流域，从另一端流入长江的下游。如此便造成了长江断流。但淮河的流量毕竟小于长江，阻断长江流势只能是一时，上游的江水很快补充回来，所以短短两个小时之后断流就恢复了。”

我们都震惊得说不出话来。这一猜想解决了另一个问题：泰兴并不是长江的入海口，为何只有泰兴段有断流记载，下游却不曾听说，而海水也未因此倒灌。这是因为泰兴段恰好处于夹江与长江交汇的两点之间，长江水取道夹江，并未对下游造成影响。

邹远图最先回过神来，说：“科长这个猜想应该是目前最合理的了，但还有一点疑问。淮河在汛期的洪峰流量大约是 15000~17600 立方米每秒，最高不会超过 21000 立方米每秒。而泰兴附近的长江流量约在 23000 立方米每秒，还是大于淮河的。更何况 1954 年的强降水多少也会影响长江，哪怕算上夹江的引流，等式两边还是配不平。相差出来的水量去哪儿了呢？”

科长想了想，点点头：“小邹说得不错，确实是个问题。”

我说：“1342 年是不是也发生了淮河洪水？如果确是如此，我想科长的猜想也八九不离十了。”

科长于是用电报机给长办驻扬州办事处发去电报，让查一查淮河历年的水文记录。我动身去找吴琼，让她指指铜鼎的位置。科长让我过会儿再走，避开饭点。程班长一语点醒我们，自觉立功，喜不自胜，倒也不再缠着一起。

三

吴琼领着我们往江边去，到了江边，我们顺流向下走，出了林子，经过一处划地引水而成的方塘。吴琼告诉我们，那是妈妈承包的水地。父亲瘫痪之后，只能靠母亲赚生计，母亲到底是女子，打起鱼来气力不足，更不说挖沙子了。后来她母亲想了法子，在江边划一块地，用薄膜兜着，蓄上半咸水，养大头虾，再加上自己外出务工，如此才勉强维持生计。

走出吴家村的地界许久，吴琼往下游遥遥一指:“喏，就在那里。”

“师父，我去喊工程兵们过来。”我说。

科长二人继续往下游走，吴琼回村子，与我同路。不多时到了林子里，听我说完后，程班长立刻叫人带好勘测设备向下游赶去。我正要跟他们一道，吴琼忽然叫住了我。

“怎么？”我问。

吴琼捻着衣服下摆，一会儿，才开口道:“领导，你念过大学？”

我一愣:“嗯，水利部北京水利学校，马上要改名北京水利水电学院了。”

“大学里学些什么杲昃呢？领导你和我讲讲呗。”吴琼说。

“搞子？”

“不是搞子，是杲昃，杲昃就是东西的意思。”

“东西？”我一时没反应过来。

“对，”吴琼莞尔一笑，蹲在地上捡石子写出了那两个字，“日出东方是为杲，日落西方是为昃，所以用‘杲昃’指代‘东西’。”

“你真有文化。”

“我不晓得的，”吴琼失笑道，“去年我认识了一个如皋来的大学生，方言相通，他教我的。”

“哦。”

“那领导你可晓得，为什么‘东西’叫‘东西’呢？”

“不晓得，我学理的。”

“这叫法是朱熹传下来的，能拿得起来的叫‘东西’。东方属木，西方属金，金木拿得起来；南方属火，北方属水，拿不了，火会烧着，水会漏下去。”

听到吴琼的话，我愣了一下，像是想起了什么。“水会漏下去，”我忽然叫道，“我明白了，江水是从河底渗走了！”

吴琼先是一怔，随即嗔笑道：“呆子！”

“哦对，还要给你讲讲大学生活呢，从哪儿说起呢……”

“不用了，”吴琼抿嘴笑，“忙你的去吧，早点弄清楚断流的原因，我也想知道。”

走到下游，程班长正哼哧哼哧踩着链式发电机，衣衫都湿透了。工程兵已经把压力式水位计送进江里，信息通过导线源源不断地输送回岸上的接收设备，机子断续地向外吐着穿孔纸带。邹远图把尚有余热的穿孔纸带送入读取仪器，分析河底的水位数据，再把结果誊画在硫酸纸上，鼻尖汗涔涔的。

望着这幅光景，我蓦地回想起 1956 年，长江流域规划勘测刚刚开始的时候，就是我们科在北碚站修起了全国第一座机动水文缆道。

我凑上前去：“师父，怎么样了？”

科长拿着记录纸，摇摇头：“水底淤泥流动性大，找不着鼎。”

邹工也站起身，掀起上衣擦去脸上的汗：“四年前断流恢复，水流大，可能又把铜鼎冲走了，我们这样无异于刻舟求剑啊。”

“师父，也许我们不必找到鼎，倒不如反推一下鼎是哪儿来的。”

科长闻言神色一动，似有所悟："小江，你有想法？"

我整理了一下思绪，说："师父，咱们离解开断流之谜只差一步，就是长江跟淮河差出来的水量去哪儿了。我想啊，这水又不会上天，那不就只能下地嘛。"

"你是说漏到地下河里去了？"

程班长见我们停下了动作，远远喊道："潘工，还弄不？"

"先停一停，程班长，歇一歇。"科长说。

"好嘞，那我们先去做饭了，有需要随时叫！"

我继续说："唯物辩证法告诉我们，要用联系的观点看待问题。联系是事物内部和事物之间相互影响相互制约的关系，我们不妨把青铜鼎跟地下河联系起来，这两者或许是一件事儿。"

邹远图一拍脑袋："小江说得对啊，或许青铜鼎的来源跟长江水的去向就是同一个地方！"

我抹了把脸，看向科长："师父，以您的学识，您觉得那鼎在江水里腐蚀了多长时间？"

科长摘下眼镜，用手帕擦了擦眉间的汗水，说："如果是比较成熟的青铜器，混入了锡和铅，化学性质相对稳定。据吴丫头的描述，铜器锈蚀严重，哪怕考虑到河床淤泥的化学反应和江水的冲蚀，变成那样也需要上百年。"

"五百年合适吗？"

科长正要点头，忽然明白过来："你的意思是，这尊青铜鼎就是上一次断流之后被江水冲出来的？"

"师父您看可能吗？"

"从时间上来看，确实非常接近。"科长思忖一番，"如果真像小江你说的，那这一次断流时失去的江水应该也去了同一处地方。"

这时候，工程兵们来喊我们去吃饭。吃过饭，科长给我跟邹工散烟，每每这时候我都很开心，他抽的是八角的恒大，我只能抽得起两角的利群，邹工更是抽的经济烟，时不时还得蹭我的。科长说：“小江，继续说你的想法，你觉得那青铜鼎的来源在哪儿？”

我深吸了一口烟，浑身一松，说：“从道理上讲，大鼎的来源肯定在芒稻河入江口的上游，长江在那儿失了水，叫芒稻河一冲，这才断了。这样一来范围被缩小了些，可还是太大了。”

邹工接话道：“是啊，以咱们现在的装备，要找到这地儿还不知道要多久呢，唉。”我们点头称是，都有些不自在，只闷头吸烟，一句话也没有。

正愁着，一个工程兵跑来说市里回电报了，我们都凑过去看。电报上说 1342 年淮河也是全境大洪水，从前一年年底一直泛滥到当年八月。这样一来，我们的猜测总算站稳了脚跟，也基本确定泰兴段的断流是当地地形造成的特例。

天色晚了，太阳没完全落下去，月亮已经升了上来。回头看去，村子处处点起明火，是开始斋孤了。远远看到两个人影走来，近了才瞧清是丁姨和吴琼丫头。丁姨在江边点燃了纸包，嘴里反复念着“大鬼小鬼拿钱用”的话。吴琼拎了张口袋，掏出十数个折好的河灯，一盏一盏地放入江中漂流，每放下一盏，就轻念一个名字，几寻过后我才明白，那都是四年前被淹死的村民的名字，都是吴老汉的朋友。

河灯顺江流而下，映红了已经黏稠的暮色。纸钱包也已点燃，丁姨望着火光，双手合十上下摆动，吴琼盯着河灯默然不语。

我也看着河灯，纸叠的灯盏在水中漂泊，随着水势，时快时慢。灯花摇曳中，我隐隐捉摸到些东西，忙紧地一细想，那东西终于清晰起来。我叫了一声，对科长喊道：“师父，我想到了！”

“说。”

“按我们之前的推想，青铜鼎的来源就是长江失水之处。既然是芒稻河导致了长江断流，那这失水之处就不可能在芒稻河入江口的下游。这是其一。”我瞧见吴琼也往这边看着，不自觉提高了音量，“青铜鼎之所以会在水底，被吴琼姑娘看到，就是因为它太重了，最初的势头消耗掉，吃重落下。既然青铜鼎这么重，那么如果它也经过了三江营处江水的锐角转向，肯定在那儿就会沉下了，不可能被继续冲到下游。这是其二。”

“所以我们要找的地方，不能在三江营上游，也不能在三江营下游，”邹远图领会我的意思，叫了声好，“那就只能在三江营！小江你可立大功了！”

科长也是喜形于色，叹道：“我们明天就启程，去三江营。”

吴琼忽然跑过来：“我和你们一起去。”

我们都吃了一惊，只说不用劳烦。

吴琼说：“我原本就在雷公咀那边做工，那边水势我熟，我水性也好，肯定能帮到各位领导。斋孤完了我也要回去了，还想蹭各位领导的顺风车，到了那边，自然会出点力，就当还了车钱。各位领导也不要让我违背纪律吧。”

经她这么一说，我们不好再推辞，只得应下来。今晚休整一夜，明天天一亮就出发。

四

三江营的江水中央有一片叫雷公咀的沙洲。落脚时已经是中午，当年的雷公咀还没发展起来，俨然一座长满了树的岛屿。我们在双江口那一侧捯饬了大半天，一无所获，于是打算换去岛屿的另一边碰碰运气。我们深一脚浅一脚地穿过林子，去往雷公咀的北岸。朔月无光，林子里晃动着的尽是探照电筒的光斑。吴琼走在最前面，携带小刀时不时斩断拦路的藤蔓。

总算到了对岸，宽阔的芒稻河就在眼前。一路上吴琼讲了许多雷公咀周围的见闻，她说芒稻河入江处水势复杂，水下山脉连绵不绝，常有旋涡，水流湍急，声若震雷，故沙洲得名雷公咀。许多船只都交待在这里，所以她打捞物品，最多就是在这段。

科长脸色不好看："这就难办了，既然水下地势复杂，以我们的设备要找到线索就不容易了。"

当年我们用的都是最先进的苏联设备，可囿于时代局限，仍没有办法利用多普勒声波技术采集河底信号，一般这种情况，只能靠人下潜。吴琼也明白这一点，倒是一脸轻松："那就潜下去看嘛。"

邹远图吐吐舌头："河道少说也有三四十米深，直接下潜如何吃得住？"

吴琼嘻嘻一笑："那我这打捞的活计倒做不下去了？"

我们都是一愣："姑娘你有办法？"

"各位领导随我来。"说着，吴琼领我们沿江畔往北走，不出半里，就瞧见林子边上树木掩映之中有一座瓦房，边上还有几条船。瓦房前是一方矮墙围成的院落，铁栅栏门用链子锁锁了，门上锈迹斑斑。原来这就是吴琼每日上工的地方。吴琼纵起一跃扒住矮墙，身子一蜷翻上墙顶，像猫一样跳了下去。我不放心，依葫芦画瓢翻过墙，跟上她。

瓦房的门也锁着，我跟吴琼从窗子翻进去，闻到一股霉味儿。我屏住呼吸，吴琼拿起一团物事，屋里暗看不清，但我上手一摸就明白了那是什么东西。她手上是一个摩托车头盔，下面连着一条皮衣，橡皮管子从头盔后面伸出来，接了气囊和储氧袋，头盔的嘴部是简易的气阀。这是个简易水下作业装置，我在老家常见到，很多人用这东西下海采珠。

正琢磨着，吴琼忽然动了起来，那边传来衣物摩挲的声音，我脑里一荡，呼吸立刻变得粗重——她在换衣服。我登时脸就烧了起来，往后退了几步："姑娘，你……"

黑暗中传来她银铃般的笑声："不碍事，反正你也看不见。"

"就用这个下去？"我努力说些话来缓解尴尬。

"别看这玩意儿简单，好用就行。而且我生在江边，玩水玩到大，打捞浅一点的地方，不靠这个，憋口气就下去了。"

"那还有多的吗，给我也弄一套。"

"你？"

"我在海边长大，水性不差着你。我陪你一道下去，有个照应。"

我俩换好衣服，翻出矮墙，像两株大蘑菇，吓了他们一跳。我给他们解释了这身行头，吴琼笑道："各位领导，带上小女子我还是有用的吧。"

众人于是苦笑摇头，向江边走去。工程兵在江边架设起了岸标照明支架，两盏白晃晃的探照灯打进水里。我先试了试水，夏天江水略凉，但还能承受。科长嘱咐我们带齐家伙，便下水了。

江水浑浊，水下的山脉看得并不明朗。两盏探照灯的光斑如同坠入江水中的巨大圆月，我们缓慢下潜，从一轮月亮游向另一轮月亮。

水压大起来，身上开始有些酸疼。下了二十几米，水下山脉近在眼前。山脉从对岸的地层伸入水底，交相勾连，实在复杂，若要在岸上用全站仪或者水位计去摸，可真难搞明白。我开始觉出水流的游移，于是打开手电，把荧光颜料倒在水里。颜料随水势勾勒出明黄色的线，把水流的曲折都描了出来。我们遵循着颜料的行迹继续下潜，发现了一处水中峡谷。峡谷向对岸延伸，豁口越来越小，在峡谷的尽头，岩层堆出一个巨大洞穴。

我由衷一喜，心想地下河的入口就是这里了。吴琼冒失，就要往洞里游，我忙拉住她，打光照向洞里。洞里的黑暗像棉花吸水一样把灯光都吃掉了，光没有产生反射，说明洞里的空间非常大。她点点头，明白了我的意思。我看到吴琼的储氧袋已经瘪了，支撑不了太久，于是拍拍她，示意缓慢上浮。这洞穴时而虹吸时而吐水，可想内部结构相当复杂，也造成了这段河道里神出鬼没的旋涡，从而多发航船事故。往日里受水流吸引的落水物都挂在山脉上，故而吴琼一直没能发现这个洞。

开始上浮后，氧气消耗得更快，眼看气囊见底，江面仍是遥不可及。忽见吴琼身子一扭，蜷曲起来。我忙将吴琼一把拉过，只觉她疲软无力，随水而走。我心头一惊，不知出了什么变故，只得搂住她的身子，觉出她实在太瘦，背脊在怀里分明地抽动着。我当下不敢怠慢，加速上浮，生怕她松气呛水。

终于浮出水面，我也不够气力搂着她游到对面，只得在这边上岸。我问她怎么样，她说不碍事，在我的搀扶下站起身来。我松了一口气，看来没有呛水，于是向对岸大喊，说了水下的境遇。

一会儿，对岸传来程班长粗厚的声音："江工，潘科长说你们做得很好，咱们发电报给扬州地方水利局，明天调全套潜水装备过来，集体下潜。你们先在对岸歇息，不忙回来。"

吴琼听得这话，绷紧的身子放松下来，身子朝下颓萎。我搀着她坐下，褪了头盔，只见她面无血色，嘴唇青紫。我吓了一跳，问她哪里伤着了。她抿着嘴不说话，倒像不曾受着外伤。我歪头一想，忽然有些明了，问："难不成你是来'那个'了？"

她点点头。我站起身："那不行，我去跟科长说，明天你歇着不能下水。"

"江上青，"她忙拉住我的手，"你坐下！那洞我一定要进去的。"

"你何苦逞强呢！"我半跪在她跟前。

"我就是要亲眼看看，是什么害我吃了这么多年苦。"她咬住嘴唇。

"何苦来哉！"

"我就是不服。"不知是因为肚子疼还是别的什么，吴琼眼里泛起泪花。

我长叹一口气，起身往里面走，捡些干柴来烧。在这里换不了衣服，这样下去不是办法。我拆了电筒，用里面的电线打出火花，折腾了好一阵才点燃柴火，跟吴琼坐在一起烤火。

“暖和点了吗？”我问她。

“看不出来，你还挺会来事儿。”她扑哧笑了，脸上也渐渐回了血色。

我们装备的军用水下电筒都是合金外壳，玻璃镜片，六十米以下防水。这时我把灯罩拧下来，洗干净，盛了江水架在火上烧。水开之后等稍凉，递给吴琼喝。吴琼一口一口地呷着，说：“你倒挺会照顾人。”

“那也经不住你这么瞎折腾。”我没好气道。

“你能管得我几时？”

我脖子梗了起来，说：“我，我哪管得了你。”

“那你想管吗？”吴琼眨了眨眼睛。

我答不上话，只得拿过她手里已经见底的灯罩，说：“我再去给你烧点水。”

水又烧上了，想了一会儿，我轻轻问：“你真的那么想念书吗？”

这时的吴琼已经恢复了气力，身子像是也不那么难受了，她望着火光出神，好一会儿，才说：“我讨厌自己的无知。尤其这些天认识了你们之后，觉得你们好聪明，什么都会，什么都懂，长江断流这种老天发怒的事情，你们也能搞清楚。我常想，要是我也念到大学了，是不是也这么厉害呢。”

“你觉得我聪明吗？”

“你嘛，也就还行吧。”吴琼觑了我一眼，笑出声来，“逗你呢，你很聪明啦，比我聪明多了，学东西又快，脑子又活泛。”

“那，”我挠挠脸，抬头看天，“想学，我教你。虽然我不懂‘杲昃’的意思，也不会讲朱熹的故事，但我懂的都可以教你。我不会的，你想学，我就学会来教你。”

半晌都没听见回应，我有些慌，怕是好为人师唐突了人家，慌忙低头看向她。却见她双手抱膝，脸埋在臂弯里，好一会儿才抬起，破涕为笑：“你啊你，还惦记着‘杲昃’的事儿呢？”

“我，我文科真的不好。”

“说话要算话哦，”吴琼皱起鼻子，“你准备教我多久呢？”

“多久都行。”这话没经大脑，说出口我才反应过来，当即脸就红了。

星星出来了，银河映着大江，星汉闪烁好不温柔。正值夏天，红色的心宿二高悬天中，长江涨水，浪潮轻微而有节奏地扑打着堤岸，发出野兽舔水般的声音。在这声响里，我们时不时搭上两句话，有一茬没一茬地聊着。

夜深了，程班长划小船来接我们，我们回到对岸，换了衣服休息。吴琼身体好，一觉醒来就恢复了精神头。中午的时候，邹远图带着全套的潜水设备从市里回来，我们收拾得当，打点清楚，午饭后集体下潜。班长留了两三个工程兵在岸上看东西。

我和吴琼游在最前面，不多时，就越过水下山脉来到地下河的入口。程班长朝里头发射了一枚照明弹，没照见大型鱼类，于是我们放心进入。灯光下，我们渐渐发现这并不是天然形成的地下河床，而是人工修建的排水井道。这一发现让我们吃惊不小。继续深入，井道开始出现缓坡向上的势头，也开始分岔。原来这道入江口并不唯一，只是一条干道。难怪水下山脉里的水势如此多变。

灯光一照，前面忽然现出一张破碎的巨脸，我一惊之下电筒几乎脱手。吴琼显然也看到了，抖了一下就朝我依偎过来。科长从后面拍了拍我，向前一指，示意我细看。我冷静下来，定睛一瞧，才发现是一扇巨石闸门。石门上是个巨大的人面纹，粗看才会以为是人脸。闸门已经被冲垮了，随着光影转动，人面纹上还有些细腻的突起被暴露出来，虽然被水流磨去不少，但能看出是某种纹理。

我们越过破碎的闸门，井道更加宽敞，逐渐出现了古朴的石阶。拾级而上，我们逐渐走出水面，发现身在一个巨大的蓄水池中。周围的岩壁上参差排布着许多出水口，有的甚至还在排水。这让我们吃惊不小，不知是何方神圣的手笔。

蓄水池不知有多大，但从一路上来的水压变化来看，底部一定还有其他井道导流，却不知这些水都去了哪里。石阶的顶部原本有一条石砌的廊道，却断了一截，我转念一想，恐怕就是被青铜鼎撞的。我们继续往前游，攀上了尚存的石道，摘下面罩，长舒一口气，沿着石道继续前行，不晓得走了多久，终于来到了水池的边缘。廊道的尽头是一进高阔的石门，门外是漫长的向下台阶，拿灯照去也看不见底。

台阶颇为难走，许多连着的石阶都被撞毁塌陷，毁坏严重的地方甚至需要手脚并用才能通过。歇了许多回，我们才终于走到了底部，探照灯下，是一片望不到边际的地下裂谷。

五

1973 年湖北大冶铜绿山古代冶矿遗址横空出世，震惊了全世界。可这种震惊我在十几年前就已经体会过了，那一刻我感到的只有亲切，为这世间尚有另一座保存完好的古代地下工程遗迹而热泪盈眶。

当时在我们面前的是一处极长的地下裂谷，水蚀过的岩壁上还能依稀看到人工开凿的痕迹，青苔爬满了地面和岩壁。无数纵横的竖井、平巷和盲井深入高峻的岩层之中。通明的探照灯光下，可以看出岩壁的分层，循着开采井道的走势，可以辨别出深度开采过的铁镍矿脉。

我们面面相觑，一时都讲不出话来。工程兵们习惯性用探照灯扫过整个空间，灯光经过裂谷顶部的时候，因为空间太高，看不分明，但依稀可见植物的根系。邹工考察了一下峡谷的构造，他是学地质出身，据他的观察，构成岩壁和地面的主要是华东地区分布较广的花岗岩，他推测这个地下裂谷是数千年前地质变动产生的断层，后人发现并进行了开凿，才有了现在这般规模。有的石穴中垂下铁链，应该是当初劳工上去用的。可我们有女孩老人，行动不便，于是选择了一处有台阶的井道，其规模也比周边大得多。

进来之后，邹工说，这本是一个受过地下河水蚀的构造洞，在地质变动中被暴露出来。古人在此基础上进行了打磨和扩张，采用条石框架支护。因为受水蚀厉害，这巷井中没有矿脉，被作为冶炼和锻造的场所。洞外有轱辘的残骸，应该是用来提升矿石的。我们随后又发现了井中井，垂直而下，依然能看到水，想来是挖掘作提水之用，通向我们来时的排水管网。科长拿灯往下照，隐约能看到虹吸现象，说明井通向一个更大的水源，应该是刚刚看到的蓄水池的旁支。看来古人修建的下水管网不但可排水，同样兼具给水之用。古代人没有掌握密封的技术，不能靠水压来传递用水，只能利用高差进行输送，因此给排水系统的构造比今天更为复杂。以我们今人的空间想象力，仍推想不出完整的给排水管网。

吴琼好容易从震惊中缓过，偷偷拽着我说：“邹工他们懂得好多啊。”

我说：“现在觉得我不够聪明了？”

吴琼掐了我一把：“怎么这么小心眼呢你！”

井道越往里空间越大，俨然一条完整的金属加工生产线。地上和石台上散落了一些模具，造型迥异，结构精细，颇不寻常。科长拾起半个模具，奇道：“这是失蜡法的模具，古代用来加工精细构件，可这模具长得真怪。”

就着光一看，科长又咦了一声，咋舌道：“这里面是铁，怎么会是铁呢？”

“有什么不对？”邹远图问。

我想了想，接话道：“从刚刚的闸门来看，这地方多半是先秦时候的遗迹，先秦时候没有铁器吧。”

科长缓缓摇头：“人面夔龙纹是先秦的纹样不错，但春秋末期就有铁器了。不过当时用的都是块炼铁，产生不了熔融的铁液，用不上失蜡法啊。”

前面传来邹远图的声音，在巷道里回响：“科长，您看这边的陶罐也是炼铁的吗？”

我们走上前去看，散落地上的陶器小了许多，器型不一，都是陌生的形制。科长仔细看了，告诉我们，这都是些鬲、簋、豆、匜、甑，是古人用来盛放饭食酒水和蒸煮黍米的器具。邹远图手上拿的是个木胎髹漆的食盒，形制朴素，约莫是劳工用的东西。

前方黑洞洞的不知还有多深，考虑到地下裂谷的尺度，我们只得往回走。从井道下去之后，工程兵生火造饭。科长思虑周全，既然将要探测的地方能吃掉长江水，那规模决计不会小，便事先让我们带好了粮食和炊具，这下用上了。

我跟吴琼坐在最角落，她打开饭盒，让我挑些去吃。我忙摆手：“发扬风格，不拿群众一针一线。”

“对你来说，我现在还算群众呀？”吴琼凑到我跟前。

我脸红了起来，说：“那你入党了吗？”

“呆子，”吴琼做了个鬼脸，“你不是要教我学习吗，就当学费啦。”

吃喝得当，我们继续往前走。从盲井的分布来看，裂谷底部本该还有大量运输的器具，而今都已看不到了，想来都被江水冲走了。走出几里，前方岩壁上出现了一口长方形洞窟，长度是宽度的几倍，依着岩壁修建了五道条石台阶，规模相当可观，这引起了我们的注意。我们上去一看，井道直且深，不断有分支通往别处。巷道的尽头整齐地列着一排大型鼓风机，每个都有几人高，尽管木质早已朽化腐败，尺寸仍是吓人，封口镶铁已锈。

但更让我们吃惊的是前头一个巨大的壶形空腔，少说也有数十米高。邹工感叹，这样大的地底空腔肯定是天然形成的构造洞穴，被后来人发现并利用了。

“邹工你看这个。”我打灯照向岩壁。岩壁似是被抛光打磨过，光滑温润，像是附着了一层蜡。邹远图一看，眉头皱了起来：“这是琉璃化啊。”

岩石的琉璃化现象是长时间高温反应形成的，一般是因为火山爆发或地底熔岩流。这里的地下深度不会遇到熔岩流，江苏区域也没有火山，那眼前的现象只能是因为人为的剧烈爆炸或者焚烧，这样规模的爆炸肯定会破坏天然洞穴，那唯一的可能只有焚烧。这种程度的琉璃化需要以极高的温度焚烧很长时间，当时的技术能达到如此高温吗？

我们随着灯光再向下看，空腔的底部漆黑一片，估计都是煤渣。空腔对面也有几个类似此处井道的洞口，隐约可见鼓风机和送料口。洞穴的顶部是陶制的巨大风管，不知延伸向何处，灯光下，管道里隐约可见金属光泽。我们环视了一圈，忽然都明白了这是个什么地方，但结论太过离奇，谁都说不出口。

吴琼看看我们都不说话，问道：“这什么呀，太上老君的炼丹炉？”

“高炉炼铁。”我们几乎同时念出了这四个字。

话说出口，再回过头来看这个空腔，才发现炉喉、炉身、炉腰、炉腹、炉缸等构造都是齐全的，虽然称不上是成熟的冶炼高炉，但毫无疑问具备了雏形。可高炉冶炼技术直到 17 世纪才出现并投产，国内甚至至今都没有成系统的高炉炼铁设备，钢铁产值一直上不去。科长掏出相机，打起镁闪光拍照。虽然是不知底细的古代设施，但若能组织专业人员学习和改进，把技术推广开来，完成八月中央提出的一千零七十万吨钢铁年产值不是没有可能。

众人震惊唏嘘了许久，才缓缓走出这处远古的冶炼高炉，尽管借用了天然形成的巨大构造洞穴，究竟是什么年代的人才能拥有如此技术，我们无法得出结论。出了井道，我们继续往前走，目力所及尽是冶炼和采矿开出的洞口，却不知道如此惊人产量的铁器都被输送到了哪里。

光照到了一个巨大的阴影，矗立在裂谷的正中，四四方方，极具压迫感。我们从震撼中回过神，发觉阴影并不移动，估计是一座巨大的构筑物，于是加快了脚步。中途又停下来吃了两顿饭，休息了一次，我们终于看清了阴影的真面目，原来是一座近三十米的高台，放眼望去尽是石阶。石阶前的地面正中铸有巨大的青铜基座，深入底部的花岗岩之中。青铜基座上有四个凹槽，想来上面原来放置的就是那尊被江水冲走的青铜礼器。

科长绕着基座转了一圈，点点头："这原是一尊四足方鼎，应该就是吴琼丫头看到的那个。四是阴数，四足方鼎为阴鼎，天圆地方，方鼎祀地。"科长抬头望着高台，又说："如果我们运气好，台上应该还有一尊三足圆鼎，阳鼎，用来祭天。"

尽管有台阶，可我们还是休息了三次才爬上这座高台。高台之上陈列着无数生铁架子，架上皆是诸如戈、矛、戟等长兵器。它们的木杆被水浸得开裂，更有甚者已腐化了大半。铁质的刃尖上也生满了海绵般的铁锈，早已不复往日的雄光。我们瞠目结舌，不知道这高台上有多少兵器，也不知道高台究竟有多长。一股湿潮黏涩的铁锈味在高台上盘桓不去。约莫走了一里，前头的陈列架空空如也，上面的兵器已经不见，少说有上万件，都被取走了。

"师父，鼎！"我眼尖，瞧见远处高台的中央立着一尊巨鼎。

我们小跑上前，果真如科长说的那样，那是一尊三足圆鼎，鼎足有一米多高，侈口、圆肚、无腰，三蹄形足。青铜鼎的底部也被水泡得不成样子，好在没被冲走，鼎的上部布满铜绿，但鼎耳的蟠螭纹和蟠虺纹依然细腻精巧。我们都惊叹出声。1978 年曾侯乙尊盘出土后，我立刻联想到了这尊鼎，两者繁复的纹理如出一辙，毫无疑问属于同一文化主体。

科长失口叫出声："这居然是楚国的东西！"

我疑惑了："这边不是楚国的地界吧？"

科长没有回答，而是指着鼎腹内保存完好的铭文，欣喜若狂。所幸鼎中铭文多是刻在腹内，免遭水蚀。从鼎身的锈蚀程度来看，遗迹中历史最高水位不会超过鼎口，实在幸运至极。

铭文纤细颀长，是春秋战国时期楚国特色的鸟虫篆，我是一个都不认得，科长仔细看着，竟念出了开头的几个字：

"唯王二十三年……"

后面数百字科长也认不得了，只好继续往下看，偶有认出的字，却无法连缀成文。

"师父，真是楚国的东西？"我问道。

"错不了，"科长喜形于色，"楚国的纪年方式都是这样，从在任楚王即位之时开始算。可惜我们没法知道是哪一任楚王。"

"真是的，"吴琼嘟起嘴，"写上哪一任王不好吗？"

"孩子话，"科长笑起来，"楚王不离世哪来的谥号？若是用楚王的名字，犯了名讳，可是要杀头的。"

"哦，那这是哪个年代的东西呢？"吴琼问。

科长继续往下看，在第一段铭文后看到了落款"令尹申"三个字。

"呀，我晓得了，"科长抚摸着落款的三个鸟虫篆，"既然令尹是他，应该就是楚昭王或者楚惠王父子俩的时代了。"

一段铭文之后，下面又是一段铭文，字迹和深度都不同，可见是后来人刻下的，落款是"上柱国昭云"。再下面一段铭文的落款是"唐昧"，字迹也不同。最后一段铭文的落款是"项燕"。我们又转到大鼎的另一边，看到这一面只有两个大字，不再是鸟虫篆文，这两个字连我都认得，是"项藉”。科长掏出相机拍下铭文，留待回去仔细琢磨。

青铜鼎的两侧不再是兵刃，而是许多我们不认得的仪器。科长到底家学渊远，很快认出其中几个。

他第一个认出的是“璇玑玉衡”，得名自北斗七星中的“天璇”“天玑”以及“玉衡”三星。璇玑玉衡又称“浑仪”，从外表看也颇有北斗星的模样，只不过形似斗柄的“杓”和“衡”只是支座，由赤道规和游环等组成的空心球状结构才是浑仪的主体部位。后世在浑仪的基础上优化，西汉天文学家落下闳设计出了浑天仪，东汉张衡进行了完善。

科长兴奋不已，朗声吟诵了屈原的《天问》：“斡维焉系，天极焉加？八柱何当，东南何亏？”念完，科长告知我们，今本《天问》中的“斡维”，古本中又作“管维”，也就是我们现在看到的浑仪上的窥管。先用权、衡调准仪器，将璇对准北极，握住魁首对准正南方向，透过游环上的窥管观测，就能够获得中星、入宿度和去极度等精确数据。屈原能够写出《天问》，就代表他对当时的天文学了解极深。东周列国，楚国的天文学无疑是最发达的。

此外，科长还指出了一些圭、表及日晷等，但有一个八面铜风灯，科长也认它不出。那风灯置于案几之上，下衬皮革地图，绘制了当时诸国的疆域，现已模糊不清。图上遵星图分布钉入铆钉，以银线交相勾连，裱出二十八宿。北极之位立了那盏八角风灯，精铜铸造二十四道骨架和八道辐条，阴刻螭纹，错金银，金已褪银已黑。中间本是硬纱扪布，此时皆已凋敝。往细了一看，才发现风灯里并不是灯芯，而是一组复杂的机栝。灯座正中垂下锥状的悬摆，垂摆周围有八道牙机，牙机各接月牙盘和杠杆，八道牙机对应的位置摆放着八颗金属铃球，千年不腐。

“这难道是……”我忽然想起一样跟它看似不搭界的东西。

“地动仪。”科长说道。

1953年国家发行张衡候风地动仪邮票，举国震惊，我们都印象很深。与其构造一对比，风灯的本质呼之欲出——这就是楚国的地动仪。一旦地震波传来，动摇垂摆，机发吐珠，珠弹铃响，声振激扬。

“邪门。”邹远图走上前来，“张衡的地动仪采用的是直立杆原理。可瞧这灯里的构造，却是更先进的悬垂摆原理，借助惯性感应地震波，通过费力杠杆进行放大。这种设计保证了装置的灵敏性，也排除了其他因素的干扰。因为悬垂摆只能感应地震的横波，寻常纵波的震动哪怕再大，装置也不会发动。如果战国时就已经有悬垂摆原理的应用，怎么到了汉代反而倒退了？”

“约莫是秦始皇焚书坑儒导致的吧。”科长叹道。

这次却是科长错了。2005年，中科院教授冯锐根据古籍记载重新复原了张衡的候风地动仪，其设计采用的就是悬垂摆原理。原来是1951年版本的复原地动仪设计错了，并不是张衡错了。那时我才明白，张衡的地动仪就是在楚国科学的基础上改进来的，只可惜科长和邹远图都已经过世了。

说着，我们已经到了高台的边缘，前面出现了纺锤形的分岔，内部向下凹陷。我们便要下去，众人都说有些饿了，就在台上做饭。科长高兴，破例开了两罐梅林牌的红烧扣肉罐头，加热分吃了，醇厚的肉香从高台上直飘下去。我们连上工程兵，总共有十人多，哪里够吃。可即使这样，大家还是沉浸在肉味中不得脱身，吴琼尤甚。一时之间，大家都有点“肉醉”，精神头一松，疲倦劲儿就上来了，都惫懒，各挨各地睡去。

六

睡不得多久，大家就觉出地底下湿潮，都醒了过来。吴琼发觉自己脑袋挨在我肩上，推了我一掌。众人哄笑一团，开始往高台下走。

下了高台，我们再回头望着台上，当真气派无比，才意识到原来这边才是高台的正面。青铜圆鼎高踞台上，两侧天象仪器岿然而立，观象授时，世序天地，昂然若纳万邦来朝。

我们从背面登上高台，自然先看到的是林立的兵器。

高台前方的凹陷原来是一道弧形回廊，回廊两侧的石壁等距开凿出方形石槽。石槽内依次放着巨大的镶铁木箱，木质腐烂，露出里头满盛的铁制零件，因为时间久远，精巧的零件也都锈蚀粘接成了一整块。我们请工程兵们暴力掏出一口木箱，砸去外头厚厚一层的铁锈，发现只有内核很小的一块避免了锈蚀，拿在光下一看，成色很好，硬度高，耐磨，有点渗碳钢的意思。

我们沿着廊道走，渐深入高台之中，里面也别有洞天。高台内是上下三层的石室，放置着许多巨大的弧形铁壳，不知何用。石室的地面还有积水，铁壳锈得发红，看不清花纹。

“这全是楚国的东西？”我有些不敢相信，“楚国能达到这么高的锻造水平吗？难道那高炉炼铁也是楚国留下的？”

“目前为止，没有看到其他朝代的痕迹。”科长叹了口气。

邹工倒是很兴奋：“如果整片遗迹都是楚国的，那就是两千年前的东西了，两千年前，这裂谷可能并不完全在地下，裂口是暴露在外的。这就解释了如此规模的冶炼和锻造如何维持氧气供应。两千年的地质沉积作用下，封土盖住了裂谷的开口，这才将其长埋地下。”

“若真是那样，”科长摸摸鼻子，“楚国镇国之宝泰阿铁剑传得如此之神，倒有理可循了。泰阿剑的铸造技术远远超出了时代，自然削铁如泥，寻常铁剑不是对手。传说泰阿剑‘以天地为一炉’，指的或许就是这天然形成的地下高炉。”

我们点点头，继续朝前走。高台前的官道宽阔而平坦，可容数十辆卡车并行。科长猜这就是当年楚军列阵的地方，于是我们在此驻足，略微想象一下以丰盈平旷的空间。

再往前就出现了岔路，两边通道都宽阔，我们有些无措。这时，其中一条岔口深处隐隐传来雷鸣般的水声，我们便先选了这条。一路深入，又见高阔的石门，门楣上阴刻着四字鸟虫篆——“太一生水”。这是楚国朴素的宇宙观，他们认为天如鸡子，天大地小，表里有水。天地各承气而立，载水而浮，算是浑天说理论的滥觞。

甬道一路向西北，尽头又是一片巨大的水库，如同地下海洋。水池中修建起石墙将水体分隔成数十条水道，每条水道的正上方，从岩壁顶部垂下手臂粗细的数根铁链，端头隐约可见巨大的锈铁齿轮。绝大部分铁链空悬，只有最中央的三组挂着形状奇异的大船。我们四下寻找，在这一侧的岩壁上看到了木栈道的残骸，不难推断这些栈道原本呈悬臂结构，古人以此登船。可惜时间久远，栈道早已毁去，空余几根石柱。

我们只好打灯去看，探照灯光下，大船呈长条形，表面的木材已经凋敝朽烂，露出里面的铁壁。这倒奇了，船舱的内部居然是整体浇筑的弧形铁壳，与祭台内部陈设的铁壳如出一辙。原来祭台内部的铁具都是这怪船的构件。

“师父，不会吧，”我呆住了，“楚国人居然能用钢铁造船？”

科长也是唏嘘不已：“实在是不可思议，不过如果他们真掌握了高炉炼铁和渗碳钢的锻造技术，铁船的材料基础就有了。但要做到铁器卯合不漏水，真是不敢想象啊。如果能看看里面的构造，兴许能明白些。”

“要是有枪能给它端下来就好了！”程班长仰头跳脚。原本工程兵确实配枪，但既然是水下作业，他们就都没带上。不过即使带了，看那铁链的粗细，估计枪子儿也奈何不得。

水池中分隔水道的石壁都是天然岩层开凿后留下的，每个都有一米来宽，正对甬道的这一条尤其宽，足有十数米。我们沿着最中央的石道往前走，走了大半包烟的时间才到头。这里水声震耳欲聋。原来水池的边缘是巨大的重力坝，借助高差的地势形成了一组完备的地下闸坝工程。

我们所有人都兴奋不已，搞了多年水利，都知道我国最早见于记载的水利工程就是楚国的期思陂，比著名的都江堰还早三百年。去年毛主席考察淮河治理时，高度赞扬了期思陂的修建者孙叔敖。现如今，看到两千年前的重力坝仍在运转，我们顿时民族自信高涨，激动不已，对即将上马的三峡大坝工程充满了信心，相信它一定会像主席期望的那样，维持运转数百年乃至数千年不坏，功在当代，利在千秋。

眼前的闸坝恐怕比期思陂的规模还大，与水库的水道数量对应，共有数十道泄水闸门，由机栝锁水蓄势。只是毕竟年代久远，有三四道水门年久失修，垮了，湍急的水流下落，坠入人工开凿的地下河，雷鸣般的水声便是来源于此。不难想象，千年前闸坝启动的时候，数十道如此磅礴的水流一泄而出，会是多么壮观。

前面过不去，也没必要过去了。自此下地以来，我一直拿着 1∶20000 的地形图，一边走一边在图上标记，所以此刻我们已经知道，眼前这条地下河通向京杭运河古邗沟段的地下入水口。这片埋藏两千年的地下古楚遗址，从三江营起始，至此已经绵延了近四十公里。古邗沟是春秋时期吴国开凿的人工水道，这片遗迹既然属于楚国，那修建的目的不言而喻——伐吴。而我们眼前的卅门闸坝，自然也不是为了地下泄洪，而是为了给大船提供初速度。

我们折返回去，继续探索另一处岔路口。一路上湿气极重，没留下什么，几乎都被江水清理过。从环境上看，这是顺着另一条地下矿脉的走势开辟而成，开采殆尽后改建成行军官道。官道非常长，顺势向西南而去。在官道里，我们看到了一系列完善的屯粮仓库和便溺设施——尽管什么都没剩下，地下排水系统也惊人地成熟，看来是作大军短暂隐匿之用。从体量上看，可供百万人生活一月有余。行至一半，见裂谷两侧修筑了宽大的石阶，几乎与官道同宽，通向地上，千年前的楚军和工匠该就是从此进入。我们试着走上去，却发现两边都是死路，该是两千年的岁月里被地质沉积覆盖了。

于是我们继续沿官道向前，又休息了一次，吃过两次饭，才走到官道的尽头。在那里，我们发现了第三处出水口。出口的大门沉在泄洪水池中，我戴上面罩下水观摩了一番，这道门比我们来时看到的巨石闸门还要大，是一扇双层生铁夹钢门，门内的空腔灌了铜水加固，极重，但两千年来的江水冲击还是造成了不可逆的金属疲劳，最终将它击溃。恐怕 1298 年的长江泛滥就是冲垮它的最后一根稻草，古楚遗迹自此暴露在外。好在这时长江水量不在峰值，从这里涌入的江水不算多，遗迹的排水系统还能处理。回到陆上后，我与科长他们讨论一番，终于理顺了前后关系，解开长江断流之谜的最后一关。

1298 年之后，每到大气环流异常之时，江淮流域都会同步泛滥，但长江水从这里涌入遗迹之中，被排水管网疏浚到各处地下河道。而邗沟段的出口有卅门闸坝，京杭大运河无法倒灌，淮河水量持续增多，流经三江营时短时间冲断了长江流势。1342 年断流时，江水持续涌入遗迹，最终裹挟着青铜巨鼎，以极高的水压冲垮了三江营处的巨石闸门，断流恢复。而 1954 年的时候，石门已毁，江水停留在遗迹中的时间自然短了许多，所以元朝时断流维持了一夜，而 1954 年的断流只维持了两个小时。

面对如此恢宏的遗迹，我们都唏嘘不已。曾有文人以“投鞭断流”的修辞形容苻坚的前秦军队之强，可楚人两千年前修筑的地下武装工事，却真正做到了让长江断流。我不禁在心中默念：惟楚有材，于斯为盛[①]。

吴琼也终于弄清是什么毁了她的家庭，此刻默然不语，我想她其实早就想通了，是她父亲自己。只是无论如何，这口气总出不去。念及此处，我捏捏她的手心，轻声说：“跟爸爸和解吧。”吴琼心弦一松，坐倒在地上哭了起来，哭声在巨大的地下空腔中回荡。

程班长最先回过神来，破口大骂：“古代皇帝修这等工事，不知要死多少人。我们这些农民阶级，历来就是受苦受难受死的，又岂会在历史上留得姓名？狗皇帝活该千刀万剐，活该被推翻！”

其他工程兵说着“工农阶级翻身当家做主”，最后还攒起嗓子合唱了一首《团结就是力量》。歌声也在巨大的地下空腔中不断回响。

歌曲终了，众人回程。科长解决了断流的谜，但鼎上的铭文尚不明了，仍是老大不痛快。因为时代原因，铭文直到二十多年后才断断续续译出来，这里不妨先说一说那铭文：

楚昭王时，伍子胥引吴军伐楚。后楚军借秦师退吴，收复疆土，迁都载郢。昭王命令尹子西制定伐吴策略。子西即令尹申，通晓天文地理，造地风灯（地风即地震波）。在地风灯的帮助下，子西观察到襟江一带的地下震动，遣人前往，发现了巨大的地下裂谷，以及暴露出来的丰富铁矿资源。

昭王二十三年，王伐蔡，迁蔡国至长江、汝水之间。同年，子西占据地下裂谷作为拒吴关隘，主导地下武备库的修建。七年后，吴王夫差修邗沟。子西遣工匠向西北挖掘，引裂谷通邗沟。后公输迁楚，建造出钢铁大船的雏形。此大船名为“钅差”（楚人

① 语出长沙岳麓书院门口的集句对联，上联出自《左传》，下联出自《论语》。

生造之字，应取典自“仙人乘槎”中的“槎”字，辅以金旁，在嬴政统一天下文字后失传），“钅差”作为水下伏击武器，从地下河道入水后，外层的浮木层层剥落，缓冲水压，露出精钢船身缓缓上浮。船舱内置机栝，弹射巨刃，撞击水面之上的敌国水师。越王勾践嫁女于昭王，楚越之间形成隐形同盟。惠王时期，墨子游楚，献图于王，子西以此改进铁船设计，增设人力驱动枢纽，使铁船入水后仍能转向加速。后勾践伐吴，楚军在邗沟以“钅差”伏击吴军船只，大破吴师。勾践因此灭吴称霸。

昭阳名云，官拜上柱国。楚怀王六年，昭阳将军灭越，受封于兴化一带。自此，地下武库才终于归属楚国领土。昭阳主管期间，地下武库的规模不断扩大，楚人的冶铁技术也突飞猛进。“钅差”也从一次性使用的水下战船进化成常规军事奇袭舰。楚国国力进入鼎盛时期。

怀王之后，唐昧接管地下武库。怀王时楚国国力式微，内忧外患。诸侯的威胁也从东部的齐、吴、越转移到西北部的秦国。地下武库的军事地位逐渐转变，唐昧为人审慎，将楚国最先进的理论和技术在此备份，包括璇玑玉衡、地风灯等，以及上万卷竹简。

项燕掌管地下武库之时，楚国已至垂垂暮年。秦国攻占铜绿山之后，地下武库成了楚国最大的金属矿产来源，也是最大的军备核心。成千上万的兵器在这里生产，又通过水陆运输到拒秦的正面战场上。依靠超越时代的铸铁技术，楚军大败李信率领的秦军。但负隅顽抗终难长远，王翦兴六十万秦军伐楚。楚王被迫迁都寿春，半数江山尽归秦。楚国东迁之后，秦军东进的势头得到了遏制。时隔百年，“钅差”再次出现在历史舞台上。在巴楚之地曾多次大败楚国水军的秦军水师，在邗沟被“钅差”全歼，楚国因此得到了短暂的喘息。不过到底大厦将倾，偏安一方的楚国无以为继。随着项燕兵败于蕲，楚王负刍被俘，楚国彻底灭亡。这伴随大楚两百余年的地下武库，终归寂灭。

鼎的另一面虽再无铭文记载，但仅凭“项藉”二字即可断定，楚国灭亡后不足二十年，先进的楚制精铁兵器再次出现在风云际会的反秦战场上，照亮了西楚霸王的名号。所谓“楚虽三户，亡秦必楚”。

如今回想起来，鼎中的铭文应该与祭台同向。那座青铜三足鼎是被转动过的，有人将项藉的名字朝向了整个遗迹的正面，考虑到铜鼎的重量，这个人应该就是项藉自己。也许在他看来，仅项藉这两个字，就顶过了前人所有铭文留下的功绩，无须后人评说。

至于楚国灭亡后武库中数万工匠的去向，也许在另一座被水冲走的大鼎上留有记载，可我们再也没法知道了。

七

当年的我们急匆匆地回到地面，即刻动身赶赴上海。可到了上海，我们却得知，因为苏联专家的撤走，国内技术尚不成熟，三峡大坝工程的启动被迫无限期搁置。

我们在上海时，留在泰兴的工程兵们也向上级领导汇报了地下裂谷的情况。工程兵跟长办并不属于同一个系统，彼此之间没有管辖关系，他们的决策我们无权干涉。工兵团立刻派遣了两个排的军队前往，快速修建工事，封堵了地下裂谷的三个出入口，避免长江断流再次发生。班长程德红记一等功。

而地下武库中的巨量铁器，因为腐蚀过于严重，在当时已经不被定性为文物了。正逢那个年代“大跃进”运动开始，几千万人掀起了轰轰烈烈的“全民大炼钢铁运动”，来自楚国的铁器，为两千年后的“大炼钢”做出了巨大而卓绝的贡献。

武库内的那尊青铜三足圆鼎，我也不知道最后去了哪里。

三峡大坝工程暂时搁置之后，我们科的人各奔东西。邹远图在三年困难时期里饿死了。再往后就是60—70年代了，见证了这件事的所有人都缄口不言。潘鸿明科长因为成分不好，吃了许多苦，所幸当时已经升到营长的程德红四处活动，才保住了老科长的命。那年岁我自顾不暇，为了跟吴琼两个人过好日子，已经是拼尽全力。

直到70年代末期，国内才恢复了大范围的考古工作，一座座来自楚国的墓葬和遗址被逐步发掘出来，两千年前的那个绮丽王朝才终于又一次出现在人们的视野里。

80年代后，我已经翻译出了铭文上的内容，但也找不到人说。多方打听，才得知了潘鸿明的住处，去苏州一看，老科长却得了阿尔茨海默病，什么都不记得了。没几年，就去了。

再后来你就大了。成楚啊，你也看到了，你妈妈从来就是个暴脾气，小时候你没被少骂，我也没被少骂，好在你成才了不是？你妈妈没念成大学，看到你念了大学，还出国留学，虽然嘴上不说，心里可欢喜嘞。

不知不觉就到晚上了。今天是小年，护士给我端来了猪肉芹菜饺子，香呢。我看病房里床都空了，家里都把他们接回去过年了吧，我知道你在美国也忙，不烦你。不过成楚啊，你看咱们国家也强盛起来了，不用惦记人美国的好了，你什么时候回来啊？

这饺子不行，芹菜不新鲜，馅儿用的是生姜汁，没有姜末，差点儿意思。唉，还是惦记你妈做的素饺子，干香菇干木耳泡发了切丁，蛋皮切丝，拌一点熬过的猪油渣，咬在嘴里都流汁儿，鲜啊。你妈妈走了之后，我试过几次，怎么都不是那个味儿。

从我们那个年代过来的人，都谨慎得很，我谨小慎微了一辈子，到今天才决定把这件事写下来。可写下来的一瞬间我又后悔了，那种多说多错的恐惧几十年来一直如影随形。但要销毁这长信我又舍不得，罢了，成楚你也大了，就把这个决定权交给你吧。看完这封信，是留是毁都依你。这件事我藏在心里大半辈子，也该放下了。多的不说，至少你知道了，我跟你妈妈为何给你取下“江成楚”这个名字——惟楚有材，于斯为盛。

江上青

2010 年 2 月 7 日于扬州

首次发表于《银河边缘 007 · 免疫》

重庆提喻法

◎ 段子期

我一直觉得，电影是更高维度世界卷曲在我们这个世界里的微观投影，那些创作者想要表达的，那些跋涉过自己和他人的自我意识，都被转换成另一种语言，幻想抑或谎言，曲曲折折地讲述出来，最后都要直抵真相。

重庆，已经不是原来的重庆了。

当我看到这句话的时候，我正在想该如何度过这糟糕的一天。传统媒体落幕的速度比大多数人想象得都快，《重庆时报》在最后一版刊登了一封言辞恳切的信，有点儿像不舍离开舞台的演员，唱出一个略带埋怨的尾音。我的记者生涯也就此告一段落。然而，在最后一天，电脑上弹出的信息，让这个告别日变得离奇起来。

这是一封奇怪的邮件，比起告别信，它更像是一首诗、一些不知所云的闲篇，似乎好心提醒你不要变得跟写信人一样。现实世界给你制造诸多困境，最明智的方法就是暂时远离这世界，特别是在像立体迷宫一样的重庆。

这是我从信中诸多华丽的比喻中解读出来的一小部分。

邮件最后一句，又有点像一篇侦探小说的开头——他们都希望我死了，你也是吗？

他是谁？落款没有留下姓名。希望他死了的他们又是谁？最关键的是，这一切是如何跟我扯上关联的？

办公室的电器一个接一个被关掉，像是失去光亮的群星。直到头顶的灯光暗下来，我才意识到，该走了。

编辑老李抱着箱子挤进电梯，问我也问其他人："接下来咋打算呢？"顺其自然，似乎是最好的答案，大方得体且能终止对方的盘问。

跟他们不同的是，我还带走了一个谜，一个暂且看不到来路和去路的谜，在谢幕前的最后一秒，它以恩客的姿态从天而降。非要用比喻的话，它就像一个彩蛋或是一张地图，把我从暂时的伤感和沮丧中拽出来，随手抛给我下一个目标所在。

重庆的太阳明晃晃，压得人抬不起头。

天气炎热得能融化一切，空气潮湿而黏腻，在皮肤上裹一层让人无法呼吸的膜。接下来的几天，我窝在房间跟空调相依为命。

我已经能把那封信背下来了，短短几百字，没有任何有关时间、地点、人物的提示，除了知道那人跟我生活的城市有密切关联之外，其余我一无所获。

“你也是吗？”这句话像是“顺其自然”的一种变形，作为文章最末或对话结束时一个漂亮的收尾。我不知为何如此在意，或许，秘密，在平庸生活里总是稀缺的。

但很快，我又对自己的自作多情感到羞耻，这可能是一封发错地址的邮件，或仅仅是一个无聊的恶作剧。

我就这样跟夏天僵持着，直到她再次联系我。我都快忘记了，自己是如何失去她的。

阿棠跟我是一年前分手的，那个夏天热得让人想哭。她寄给我一个包裹，里面全都是刊登过我文章的《重庆时报》，她在报纸缝隙上写道：“我搬家了，无意间找到你的东西，就全部寄还给你，祝好。”她甚至都懒得用一张新的纸来写下这些话。

我重新翻看那些文章，似乎能在黑色铅字上找到她目光停留过的痕迹，有种跟她重新对视的错觉。

在2017年10月8日的报纸上，我看到一篇报道。三年前，我曾注意到一部在重庆拍摄的老电影，跑了好多资料馆才找到尘封的胶片。我花了几个月时间查资料、做研究，写了起码三万字的笔记和评论，提交给报社的文字报道也有两千多字。我当时认为这是个独家，那个电影男演员身上藏着一个不为人知的重庆，可最后在报纸上发出来的只有一个豆腐块。

后来，我把关于这部电影的文章全都匿名放到网上，有不少人知道了他，这位民国时代的男演员、导演——封浪，名字里都带着一种江湖气质。他出生地不详，来自动荡的北平或是十里洋场，是国内第一批出国留学的知识分子，后来在战时来到重庆。

拍电影对他来说是一件机缘巧合的事，或者说是一种注定。

重庆，已经不是原来的重庆了。

这是一句台词，来自封浪拍摄于1945年的黑白默片《坍缩前夜》，片长四十分钟。由于年代太过久远，破损的胶片中只留下二十分钟左右的内容。《坍缩前夜》虽然没有对白和复杂场景，但我感觉它更像是一部带着喜剧色彩的科幻片。

封浪在电影里饰演一位科学家，前半部分是他在地下基地做实验的画面，墙上挂着一个巨大时钟，地面中间是一个类似反应堆的装置。他摆弄着各种工具和图纸，动作夸张、表情滑稽。没多久，实验室进来了几位衣着破旧的难民，有母子、有夫妻。封浪让他们站到那个装置上，围成一圈。他按下一个按钮，一束强光从装置上方射下来，一瞬间，他们竟然全都消失了。

接着，几个日本兵闯进来，像是在找谁，封浪举起双手表示自己没看到。张牙舞爪的日本兵还是把他抓了起来，离开前，他盯着那个装置说了一句话，像是在自言自语。这句无声的台词在字幕上停留了整整十秒——“重庆，已经不是原来的重庆了。”

画面在这里戛然而止，后半部分的胶片完全损坏了。我对故事结局有过不少猜想，科学家绝地反击，更多难民被拯救，战争提前结束……当然，是大圆满结局的可能性比较大，因为电影本该如此。

除了类型上的独特，最吸引我的还是封浪本人。他是这部电影的演员兼导演。当时，重庆正值大轰炸的紧张时期，拍摄一部喜剧科幻片显然有些不合时宜。不过，也可能是战时用于政治宣传，像 1940 年正处于战争阴霾的伦敦，每天都有空袭，到处满目疮痍，可比城市更残破的是人心，电影成了人们唯一的心灵慰藉。在当时，英国资讯局电影部为了提升国家士气、安抚民心，拍摄了不少政治宣传电影，比如《敦刻尔克大撤退》。

封浪拍《坍缩前夜》时，西南边陲地区民风守旧、信息闭塞，科幻这种超越常识的概念对人们来说不亚于巫术。在战争结束前，他可能也想用这种幻想中的胜利来慰藉人心，思议不可思议之事，对饱受痛苦的人们来说，的确是一场精神疗愈。

《坍缩前夜》中的镜头大多都是远景和中景，几乎没有特写，让人看不清封浪的全貌，他脸上滑稽的胡子和宽大的眼镜，成了辨认他的最好方式。他似乎刻意为之，将身体语言变成整个画面的主角，晃动的姿势、步伐，表现情绪时不自主的小动作，都变成与观众交流的工具，想让我们从这些特征直接看到他的内心。

几年前，我费了不少劲找到看过《坍缩前夜》的观众，他们当年只有十几岁，故事结局早已记不清，其中一个人说，封浪在那以后陆续又拍过一两部电影，可最后好像被特务暗杀了。

可那封邮件的结尾，否定了封浪已死的说法。如果他还活着，现在也有八十多岁了。

“封浪……的确是死了，不过，他有不少追随者。”

“追随者？”

“有人认为电影里那种技术真的存在，能把人带走。”

“带去哪儿？”

“反正离开重庆吧，去没有战争的地方，当时甚至有人偷偷缠着他哪，求他施法把自己带走……当然，也有人想要他死。”

“为什么？”

“因为，他是个好人。”

我重新研究那些笔记，他之后拍的电影《狂想曲》《幻化网》，都没有留胶片。我对此也有过过度的猜想，“曲”与“网”不仅在字的形态上有些类似，意象上也同样有着广大、细密的感觉，容易让人联想到时间、命运之类玄乎其玄的东西。我想，这些电影存在的意义不只是安抚人心，或许，像是他的胡子和眼镜，他跟电影本就是一体，就成了一个标志、一个符号，代表着幻想本身。

而幻想，理应是每个怯懦时代最宝贵的意志。

谵妄的重叠景象消失于火焰，曾睥睨一切的国王消失于众生，这才是放逐。山与雨互为遮羞布，城之上还是城，城下住着逃兵，我像个逃不掉的孩子，重庆像是布景。

这些句子，让我想起毫不相干的从前。

在那个最应该逃走的年纪，我却被困在一个由自我打造的窠臼之中，十八九岁，我跟一个名字里带有“夏”的女孩反复恋爱和分手，在宿舍床上写着张牙舞爪的诗，在电影院做着张牙舞爪的梦，在火锅店制造比隔壁桌更张牙舞爪的嘈杂……我还常常故意把小说读到一半然后放下，像是只谈了一半的恋爱，或是在半生不熟的她们面前搬弄着文学典故，做任何能让别人对我刮目相看的事，却毫无意义。每个人的青春似乎都是这么过来的，仿佛布景一样被安排。

可很多时候，我想像电影里那样活得危险。

封浪的生活可能远比电影危险，我刷着论坛上关于他的旧文章，突然很想再看一次《坍缩前夜》。几年前为了那篇报道，我拜托朋友从档案馆调来胶片，然后再去几千公里外的电影资料馆才找到机器播放。主编对我的执着不以为然，我半开玩笑跟他说，我们的独家精神已经失踪很久了。

我常常不告而别，像从前对阿棠那样。而这次，我对着空荡荡的房间，好像没有可以说再见的对象。电影胶片也早早跟这个时代悄无声息地告别，像报纸一样变成一种纪念品。

我鼓起极大的勇气挺身迈入重庆的夏天，为了再次看到那卷胶片上的电影，这是值得的。

很多人都以为这个城市的奇异之处，是那些纵横交错的路与桥；是你站在一栋大楼的顶部，发现自己实际上位于山的深谷；是穿过一条依稀可见的小径，马上就抵达繁华的城市腹地；或是穿行于随着地平线起落的建筑带，不时被湿漉漉的云雾掩埋。的确，它在如此压缩的区域中集结了自然界各种地形地势，让穿梭于其中的每一个人都能体会到多倍于其他地方的江湖感。

但这并不是全部。

那些车马纵深、摄人心魄的纷繁景观，只是重庆的一个注脚。在我眼里，她就像电影本身，每一栋建筑、每一座桥、每一条街的沟回与曲折，都跟情节、故事丝丝入扣地对应着。电影里标准的起承转合构成了这座城市的主体，赋予她生命力和镜头感，磅礴而又鲜活。这些彼此互文的元素，像天空一样横亘在城市其上，共同组成了一个标志、一个符号。

我从路的起点走到路的终点，站到更高处才发现，根本不存在起点和终点。我常常这样一个人走，上次经过一座桥，从长江大桥往上，又经过高架桥，萦回、漂移，在这个角度能环视所有楼宇，让我有种要飞上天的错觉。然后，再驶入另一条轨道继续下一个盘旋或攀升。重庆总是这样，容易让人想起那条咬住自己尾巴的蛇，开始和结束不过是个谬论。

接着，我往城市边缘行进，感觉内心开始变得空旷起来。繁密的城市群落消失于高速公路，我嗅到一种若有似无的危险，电影里的那种危险。再次闯入封浪的幻想世界，是我逃离目前平庸生活的唯一出口。不断倒退的路牌坐标告诉我，离那卷胶片越来越近了，我竟隐隐感到一阵兴奋。

那间档案馆位于重庆城郊，倚靠在一间历史纪念馆旁，里面保存的都是些古旧的文艺资料。我到达时已接近夜晚，这栋低矮的木楼如同对大自然卑躬屈膝的隐居者，一位老人刚巧走出来将门锁上。

“您好，请问一下……”

“明天再来吧。”老人双手背在身后，脚步轻盈，像个隐士。

“那……您知道附近哪儿有住的地方吗？”

“都没有”，老人缓缓抬起头，他瞳孔有些浑浊，单薄的身躯被一件深灰外套包裹着，声音却浑厚有力，“我看你是来找资料的吧，倒是可以到我家先住一晚。”

我欣然接受他的邀请，很奇怪，两个陌生人能在一两句对白后快速达成信任，或许跟炎热的天气有关。

他叫老姚，负责看守纪念馆，这里平时很少人来参观。他说，他一眼就看出我不是普通游客，是带着一件事情来的。不知为何，我对老姚也有同样的感觉，他也像是因为一件事而留在这个僻静之地，安心当个看守人，在等待谁或是保守着什么秘密。

不过现在，我心中的独家暂时只有一个。老姚家就在附近，房屋有些旧但很干净，晚餐后，我向他打听那卷胶片。

“那是很久之前的东西了，”老姚眯起眼睛努力回忆，“纪念馆曾经要修复一些老的影像资料，你说的那卷胶片因为时间太久远，没法儿弄。不过，现在有了一个放映厅，明天你可以看看复刻的胶片版本。”

“好，那部电影，您看过吗？”

“没有，你说的那个演员也没听过，我就是个看门的，这些东西不太懂。”老姚揉了揉眼睛，“你要是这么喜欢电影的话，不如……”

“不如什么？”

他没再说，起身回到自己房间，像是场景骤然暂停，接着跳至下一个，让刚刚的问题悬在半空。

陌生的床上有一股被阳光烤过的味道，我梦到了阿棠。

我承认自己不够爱她，甚至记不住她最爱的颜色，或许只是因为她不够危险。我曾经拉着她站在重庆的最高点，俯瞰着城市被无数灯光勾勒出动人的轮廓，两条来自不同源头的江水在半岛外相接，怎么看都像是一个紧紧的拥抱。

我看着黑暗中她的侧脸说……我好像说的是，我想变成奔马落入未来，我想等到下雨，我们困倦得像一对纸象，就可以继续烂在一起，我还想去做很多很多不可思议的事，最好变成不可思议本身。等结束了，重新上路，你愿意陪我一起吗？

她没看我，嘴唇轻轻开合。我不记得她说了什么，只感觉那时她的声音同样悬在空中，像蜘蛛，结了网又飘散，我就站在最高点，看着那声音飘散。

我依然不善用比喻，所以她离开了，头也不回。

过去和未来是接通就烧毁的电路板，火光蔓延未及的地方，
住着鳏寡与孤独。我幻想着变成他们的形体，练习飞行跟迫降，
恒星的轨道开始变得扁长，北纬30度的重庆进入漫长黑夜。

胶片包装袋上印着封浪的名字，它就躺在黑暗的储藏室里，像是在等

我打开封印。老姚把它拿到暗室，无数个 24 格被一一铺展开来，然后卷进古董般的放映机。这卷复刻版的《坍缩前夜》还是只有 20 多分钟，不过，我希望这 20 分钟足够漫长，就像黑夜。

我坐在最中间的位置，视线里除了大银幕没有其他，黑白画面开始跳动。此次此刻，我比以往任何时候都更容易体会到一种仪式感，跟第一次抱着目的来看不一样，这次更加纯粹，像是准备入侵他的思想，在那段被复刻的时空彻底坍缩之前。

几十年前的电影摄制技术只停留在视觉语言，粗糙程度可想而知。正因为如此，运动的图像承担起所有叙事功能，给到观众类似于纯文字一样的想象空间，屏幕上的世界存在于二维，而另一个维度在我们的脑子里。

《坍缩前夜》前 20 分钟的精彩程度不输任何电影，没有声音和色彩的介入，反而让封浪发明了用眼神和表情造句的技巧。他只用了短短几个镜头拼接，就成功把自己塑造成一个搞怪而神秘的科学家，他的胡子和眼镜，爆炸发型和宽松白大褂，都是这个形象之下的附属品，而不是这些元素去丰满了他的形象。

这 20 分钟的情节全都围绕一个母题——“时间”，即使不知道结局，我也能猜到，时间，是扭转局势的关键。

我作为银幕外的观众，也很快与其他角色产生了同频共振。这种暧昧的距离感，让我学会用一种悲悯的眼光来看待他们。

天空被黑灰色浓雾遮蔽，轰炸机咆哮着展开死神的披风，街道像一张被扭曲的黑白底片，有火光散落的地方就有尸体。空气在活下来的人耳边轰轰作响，他们弓着身子，不断涌入布满城区各处的防空洞。母亲把孩子抱在胸前，骗他说这声响只是摇篮曲；丈夫和妻子一同哭泣，为了刚刚失去的家和良田；还有那瘦骨嶙峋的老父亲，惦记着前线参军的儿子；更多的是陌生人与陌生人挤在一起，瑟瑟发抖，然后祈祷——我们最好一起重复：小心翼翼地 / 我们随时失去生命 / 草木躬身地 / 我们原地等待奇迹。

导演会原谅我们以“我们”自居。他会在那个地下洞体安静地等待，扮演好一个拯救所有人的角色。

我能看出来封浪骨子里有一种英雄主义，在这个由他制造出来的困境里，紧接着又自己给出解决方法。及时的救赎，如同精准故事线里的第三幕高潮，对每分钟都在上演死亡的战争时代来说，这意味着神降。

于是，封浪把那个时间透镜反应堆也变成了一个角色，一个奇迹的象征。在故事情节里，时间本身成为一种英雄式的反哺，作用于拯救者和被拯救者的身体与心灵。

电影比生活更伟大的地方在于，它允许任何幻想中的神来之笔，即使不符合当下的现实，只要故事需要，都没问题。

我把自己想象成一个闯入者，通过对银幕的凝视而钻进封浪的角色躯壳里，跟他一起，等待那个最危险时刻的到来。反应堆上方的光线收缩回去，那些难民们消失得无影无踪，接着，我们被士兵抓走。最后，给观众留下悬在半空的一句话。

尽管我和封浪之间隔着时间与空间的鸿沟，但这个幻想故事却能让我远离自身的原点，抵达另一个无限接近自身的边缘，这就是电影的魔力。

我觉得这 20 分钟已经足够，只是，我还没参透“坍缩前夜”的意思。

当那句“重庆，已经不是原来的重庆了”再次出现在大银幕上，我感觉自己的人生也迎来了第三幕。

好似滔滔不绝的胶片向放映机冲进最后一格，这部电影在我面前画下一个潦草的句号。一切宣告结束，周围变得异常安静，燥热的空气也停止对我的侵袭。

老姚坐在最后一排陪我看完，我感觉他才是一个纯粹站在第四堵墙外的观众，看着我参与到故事其中，变成《坍缩前夜》的一部分，与这间母体似的暗室形成一种互文关系。

他缓缓起身，目光没有离开那行字幕。我努力从银幕里抽离，经过他身边时，他轻咳了一声，胡子牵动嘴唇，继而牵引着喉结上下滑动："不如，你自己把剩下的电影拍完吧。"他依然没看我。

老姚的语气模糊不清，不像要求，更不像建议，可就是这句漫不经心的话，在我心中播下了一颗种子。这种子蠢蠢欲动，仿佛能孵化出《坍缩前夜》的完整命运。

"可……我要怎么拍？"

"有勇气就行。"

暗室外的光如同箭矢冲向全身，我闭上眼睛，数着开始变得灼热的呼吸，顺便掂量一下自己的勇气。比起现实生活，电影既超然物外又和光同尘，在观众生命里扮演着一种拯救与被拯救的暧昧角色。

我一直觉得，电影是更高维度世界卷曲在我们这个世界里的微观投影，那些创作者想要表达的，那些跋涉过自己和他人的自我意识，都被转换成另一种语言，幻想抑或谎言，曲曲折折地讲述出来，最后都要直抵真相。

我不知哪儿来的勇气，竟然想要帮助封浪，或者说帮助我自己去完成《坍缩前夜》。

玫瑰的耳旁腾起一股喧嚣，花蕊早已干透，无法承受的美四处散落，只能借由别人的故事拯救自我。时间也已经干透，偶尔停滞，在这缝隙，我无处藏身，我，是最肮脏的空气，是最干净的灰尘。

老姚帮我准备了很多东西，一台摄影机、一台电脑，还有灯光和其他机器。我问他，还需要什么？

你的意志，他说，让电影按照你和它的情理去畅言吧。

我点点头。老姚不像是一个什么都不懂的人，相反，他什么都懂，可能只是在等待什么。

他把我带到一个地下防空洞，这附近有高山作屏障，有坚固的山体构造，又挨近乌江水源，整个洞体隐藏于金子山 200 多米深的地层。洞体外部坡陡林密，四季云遮雾绕，除了一根 150 米高的烟囱外，从外表看不出任何人工痕迹。

洞口看上去很平常，可内部简直令人震惊。经过曲曲折折的石板路，最后到达有着 20 多层楼高的人工洞体中心，老姚边带路边介绍，这儿以前是“国营建新化工机械厂”，曾是甘肃生产原子弹核装药的 404 厂的升级版。一个深处西北大漠，一个位于西南腹地，却因为共同的原因，成了一段特殊的历史记忆。曾经在那场 4000 万人的大迁徙中，重庆涪陵聚集了 6 万人，随后，这个地名从地图上消失不见，就像地图上无法找到的“404”一样。再后来，这个洞体就被改造成了防空洞。

老姚停下脚步，回声也渐渐平息。我站在洞体中央，往上望去，最顶部有一处山体裂开的缝隙。周围的一切都被封藏太久，一股破旧、衰败的气味像一首发霉的歌钻入皮肤，但此刻，我却有种踏入圣殿的错觉。

不知来处的一束光像是计算过方向，在这方空间内铺撒下一张光的网，这熟悉的一幕宛若胶片自动卷入我的大脑，我一眼就认出，这儿是《坍缩前夜》的取景地。

防空洞，日，内。科学家、逃兵、难民、敌人。

顺着封浪的故事，我想象着后面的无数种可能性。在夜晚来临前，我开始将脑中的画面变成文字流淌到纸上，这是一种奇妙的创作体验，跟从前完全不一样。我写过很多篇新闻纪实稿件，见过很多人，当我的笔锋无限逼近眼前的现实，幻想的翅膀就会被重力向下拉扯，虽然我知道两者并不矛盾。有的时候，我甚至觉得是键盘在牵引着我的手指，而不是我在操控它，这跟角色和创作者的关系一样，有时分不清楚到底是谁在拉着谁前进。

重庆日与夜的界线仿佛被悄悄抹了去，我像一把犁在桌上耕耘。故事很快写完，但手里的稿纸还只是半成品，唯有将它变成画面才有意义。

“有没有一种时间理论，能把两个不同空间连通的？”我像是在自言自语，盯着手里的分镜图，眼神落在虚空。

老姚在我背后，为晚餐忙碌着，漫不经心地说：“我记得，美国曾经有一例时间透镜实验，能让时间产生间隙，那次吧，好像也是首例实现物体在空间和时间上同时隐形的实验。”

“你是怎么知道的？”

“看报纸。”

“这个实验能让《坍缩前夜》里的剧情实现吗？”

“你倒是可以这么写，反正不都是科学幻想吗？”

“嗯……”

接着，我查了所有关于“时间透镜”的理论。曾经有科学家采用相似的方法，在一个场域上产生了一个时间漏洞，尽管只是一瞬间的事，但时间停滞的效果持续了约 40 万亿分之一秒。

就像密不透风的宇宙被撕开一个小口。

这个小口透进来的光，让我重新生长出翅膀。望着布满黄色浸渍的天花板，我开始想象，如果真的有一种设备能够将光线转向，让时间变慢，然后再加速，这样就可以在光束中产生一个缺口。这种情况下，发生于那一瞬间的事件将不会散射光线，看起来就好像……那件事从未发生过。

“探测器照射出一束激光束，然后激光束穿过一种名为‘时间透镜’的设备。和传统的透镜能够在空间上让光线发生弯曲一样，时间透镜能够使得光线出现非空间上的暂时分隔。”我盯着电脑屏幕，一字一句念出声，“在时间域中，这是一种能够真正控制光束属性的方法。”

封浪没有在电影里解释这种理论，但在后面的剧情中我觉得很有必要。

在我的理解中，他戏里那个“时间透镜反应堆”的发明在某种程度上扩大了时间场域，让相对时间停滞的效果得到持续。或许，他能等到多年后战争结束，再把难民传送回来，而他们消失的真正时间却只有几秒。

可这也许会产生无数时间分支，而且每个时空都是极不稳定的。

“会不会出现悖论呢？”

“真正的未来是无法改变的，因为源头早就注定了，多出来的部分，就像是主路上突然出现的岔路吧。”老姚回答。

“嗯，有道理。”

老姚接着帮我找来几位邻居当演员，服装、道具都由他来制作，他还负责在摄影机后掌控开关机，而我则要扮演，或者说是继承封浪那个角色。所有环节我都已经在脑海中预演过了，就等着画面像浪潮一样被卷入镜头。

我从前以为拍电影是人类发明的最消磨心智的一种工作，如今看来的确如此，不只是电影，只要跟自我表达与艺术创作有关的，都是。

按照他的思路，后续剧情我有颇多设计，“我”将会被日本兵带走拷问，然后与他们反复斡旋，上演逃离与追踪的戏码。而剩下的难民会安全抵达另一个时空，为了避免两个时空在能量交换后可能产生的裂缝，其中一位难民将会主动留下来，作为这一段时空的守护者。最后，他将继续维护那个反应堆的正常运转，再接着帮助“我”完成剩下的事，悄悄带更多人逃走。

比起我的阐述，镜头和画面组合起来会更有紧张感。

开机前夕，老姚准备了几道精致小菜，邀请我喝一杯。几口酒下肚，我问他，你的家人呢。他拿筷子的手停了一下，然后随便夹起一块什么塞进嘴里，含混不清地说，走了。我继续喝酒。

“不过，还会回来的，”他咽下去，接着说，“她……会回来，我都快想不起来她的样子了，但她肯定不会老，不会像我这样，呵呵。”

“嗯，她会回来的。”

后面几天，我们投入到拍摄工作中，我感觉得心应手，台词和表演都尽量保持着封浪的风格。而在后面的叙述中，我加入了一些属于自己的精神碎片。

于是，故事里突然多了一位名字带有“棠”的女孩，她是整部黑白电影里唯一的亮色。浪漫爱情在乱世里总是可贵的，英雄气概也需要一些绕指柔来作为调和。阿棠在戏里是一名单纯少女，一直默默帮助着他，她是他见过最无所畏惧的女孩，他是她见过最善良的科学家。她会在他的墓前献上一束鲜花，当然也会献上眼泪。

为期一周的拍摄很顺利，我们最后把重头戏放在时间透镜反应堆的场景。老姚跟演员们提前把地方收拾好，一切准备就绪，我们一起等待最后那个魔幻时刻的到来。

在这个地下洞体孜孜不倦，反而容易让人活在一种身不在场的状态中。我们的声音回荡在空腔石壁，像是轮船触礁，坟墓与子宫的意象接连不断拍打着我的脑门，这里什么都有可能发生，只要我想。

当“我”再次站在摄影机后，镜头开机，我仿佛看到一只来自宇宙深处的眼睛，正温柔地凝视着这一切。

直到洞顶的一束阳光透过缝隙垂直照射下来，尘埃开始起舞，触礁的光晕似水纹荡漾开去。此刻，空腔内壁好似发出微微共振，我们一起抬头，目光虔诚。即使黑白影像不能完全呈现光和这方空间交缠的神奇，但我们依然把那光当作集体入戏的隐喻。在故事结束之后，只需用一些剪辑切换的技巧，就能让科幻这件事变得令人信服。

电影里的时空之门即将开启，这一刻，戏剧和现实的边界被轻轻擦除，就像两个时空之间产生了细微裂缝，对我来说，这缝隙意味着全部。

棠站在反应堆中央，光仿佛一层薄纱降落在她肩上，接着完全包裹住她，像一只柔和之手在她身上来回漫游、摩挲。我从摄影机后移步到一旁，眼神追着那光，甚至能看到她皮肤上的细微绒毛在飘飘起舞。

在最接近结局的时刻，她被升华成一个象征，一个符号，用来歌颂自由、缅怀牺牲。

我只差一个对"坍缩前夜"的解释，一个大圆满结局。

最想要说什么的时候，喉咙就变成一口干涸的井。时间成了第二颗心脏，微弱跳动着，伴随着想要赌一把的勇气。每一秒和每一寸变得难分难解，最后一段胶片被长久的沉默浇筑。生活，是电影的预备役，电影，是灵魂的暂住证。

杀青来得比想象中更早，我留了一段空白胶片在结尾，在彻底填满它之前，我会先把上下两部重新剪辑在一起。

老姚忙着收拾剧组在地下洞体留下的痕迹，我特意找了一个机会，单独去跟扮演棠的女孩告别。她是一位单纯的大学生，短发齐肩，身上有股淡淡的柠檬香味，私下里跟面对镜头时是一种相近的状态，谈话间总爱把侧脸留给我。我没什么能送给她的，就用一段复刻的胶片做了一张书签。

送她离开前，我们正好看到山那边的夕阳变成一团沸腾的糖浆。"谢谢你……"她说。她的睫毛也沾上了一抹暖黄，像是从天边偷来的。

“我应该谢谢你。”这一刻有点像刻意重复，让我想起站在重庆最高点的那个夜晚。现在，我和她同样站得很高，同样看得很远，面对着同样的魔幻时刻，我们彼此道谢。

“谢谢你的电影。”她笑了笑。

我回以微笑，脑子想的却是那一套艰涩的时间理论，如果此刻，我们都身不在场，我们会像奔马一样落入另一个未来吗？

所以只能是电影，让我相信有些幻想会有成为真实的可能性，特别是在我幻想了一个跟她拥抱告别的场景之后。在未来的日子里，我一定分辨不出来，那个拥抱到底存不存在。

太阳全部隐匿了下去，带着一丝羞涩，但若有似无的光线已经不再是先前撞击着她胸膛的那道光线了。我呆呆看着她的背影，在黑夜降临之前，我成了一只手足无措的飞蛾，切切地追逐着最后一缕微光。

剪辑和后期的工作相当枯燥，老姚已经腾出两间房间给我当工作室。杀青后，我的胡须越长越密，干脆就留起来。某次我对镜自照，发现嘴上这抹弯曲的造物，竟然跟封浪那会说话的胡子越来越像，不过，比起他，我还差一个英雄目标。

谁都不知道，在那段历史中他到底扮演了一个怎样的角色，绝不粉饰太平的慈悲导演或是真正的斗士，而他的电影和生活又是如何互相影响、互为注脚的。我猜测，他也有过一段没有结果的感情，在那个时代，满溢的才华会让人变成一个靶子，连同周围的人一起。他始终没有足够的能力保护好所有人，除非，时间真的能产生裂缝。

所以，我在下半部分的戏中加入了棠这个角色，当作是一种伟大而又自私的补偿。让他这部剩下一半的电影，不再像是只谈了一半的恋爱。

关于结局，我决定让“我”在坍缩前夜牺牲自我，为了那女孩，也为了战争赢得胜利，这对“我”来说的确是一种双重救赎。最后的最后，再留下一点悬念，关于“我”的死会有颇多解读空间，开放式结局又何尝不是一种大圆满。

在定剪之前，我准备去地下洞体拍摄最后一段素材。

今天比往常更加炎热，老姚告诉我他还有别的事，就不陪我了，如果我需要拍摄反应堆的戏份，就把摄影机架在对面的石壁中央，那个角度最好。太阳高照，我眯着眼睛，点头。

“其实，老姚你很有演戏的天分，你演的难民，动作、神情，整个状态都太真实了。”

“也许我真的是呢，呵呵。”他笑着说，露出老无所依的牙齿，“今天就杀青是吧？对啊，也到时间了，快结束了呢。”

我扛起机器再次闯入这个洞体，它就像一个巨大的母体，洞口诱人的清凉空气使我加快脚步。走下一段迷宫般相接的楼宇通道，需要几次弯腰侧身的回转，才能进到洞体中心。我按照分镜的构图调整好摄影机，除了几个意象化的空镜，还剩下角色表演的部分镜头。

当我站在时间透镜反应堆中央时，阳光正好在头顶铺开。我已经设计好了一组寓意着自我牺牲的蒙太奇，按下开机键，显示屏上的红点亮起，一切都那么完美，连打破寂静的方式也令人感到惬意，就像用柔和之手轻轻唤醒石穴巨兽。

但似乎有一个声音在提醒我，它可能从未沉睡过。

接下来发生的一切，一如电影中悬而未决的高潮部分，似乎封浪此前的所有作品都在为这一刻暗中铺垫。

我开始明白，他虽然不在场，却是整出戏无可置疑的导演，而我，则像个傀儡。

机械启动的声音在这方空间显得尤为刺耳，如同触礁的涟漪。我不知道是什么触发了时间透镜反应堆的开关，光线位置、反应物质量、DNA 远程识别、时间预置或是别的什么。在此之前，所有人都把这儿当作一个虚假的布景。

它实际却是一个极具耐心的塞壬女妖。

声音越来越大，连空气都轰轰作响，我像一个失去重心的水手，正要被这个巨大的母体渐渐吞没。轰鸣引起了不小的共振，反应堆周围的石体开始显露出机械化的一面，石壁次第向内收缩，脚下的土地也分裂开来，一圈蓝色的等离子光束垂直伸向空中，将我团团围住，像是海面上聚拢来的发光水母。

在我做出任何反应之前，周围仿佛被抽成真空，任凭双手和双脚在空中呈现出滑稽的姿态。

接着，是坠落，永无止境的坠落。

这口通往世界尽头的干涸之井，是封浪身上藏着的那个不为人知的重庆。老姚的朗读声犹如山谷回音，他提前对我宣读过时间的荒诞与不确定性——“博物馆有时会利用激光束扫描来保护艺术珍品，探测器的激光束不断来回扫描，如果某种设备能够让一部分激光束加速，一部分激光束减速，这样就会出现瞬间无激光束的情况。此时，探测器就发现不了相同位置发生的任何事。”

或许是我特有的命运在召唤，而每当我试着聆听，它却改用我无法理解的语言在说话。

“有人利用这种方法，通过改变激光束的频率与波长，从而使其以不同的速率传播，这样就能产生一种时间间隙。然后，时间漏洞的另一侧还有第二束脉冲激光，这束脉冲激光的作用，便是从相反方向改变激光束的属性，从而让激光束恢复到原有属性。在实验中，发生于时间漏洞之中的事件，都可以逃避探测器的探测。”

现实世界就像是这样一个探测器，我成了漏洞中的“我”。

这一切跟《坍缩前夜》的剧情无缝黏合，我还不敢去猜，真正的导演可能正是戏中那位科学家，他发明了那种装置，之后又拍摄电影，两种身份完美地契合，又接着互换。封浪，以一种身不在场的方式，跨越几十年的时间尺度，将真实与虚幻的边界轻轻擦除，最终完成了这部伟大的电影。

但是，他却让我觉得自己像一位英雄，从逃离生活，到重新坠入其中的折返跑，然后守着坍缩前夜的前来，与他完成了某种意义上的交接仪式。

最后，写诗、拍电影或者别的，留下些什么当作路标，用骨与血，用记忆与虚妄。我抬起布道者的脚，奔入未来，一掌推开看不见的星群，给她留下无数影子作为抵押。

可此时此刻，我在哪儿?

我在混沌的虚空里，在时间的缝隙里，其中自有一个宇宙在膨胀与坍缩，我们似乎真真切切地将意识在无数帧里不断切换，从而创造了移动和改变的幻觉，以及叫作“时间”的副产品。此时，我仿佛成了另一个觉照之人，透过无数摄影机的镜头看见我自己。

从前的影像和话语无数次浮现，将虚空填满，接着，我看到不同的时空图景像 24 格胶片一样在眼前滔滔不绝，如同在第三维度上增加了一个时间的变量。我看到不停有人坠入那个反应堆，我看到重庆的战争、看到无数生死在上演，我看到不规则的时空拼图随意排列组合，拼凑成全然不同的人生，有过去的过去，也有未来的未来。

时间不过是一种持续不断的幻觉，就像电影和爱情。前半句来自爱因斯坦。

他们都希望我死了，你也是吗?

我不确定在我刚刚消失的那个时空里，是否有人发觉此事。可能没人主观地希望我死了，或者，是死是活无关紧要，就像那只科学家饲养的猫。

如果我稍加注意，会在老姚的话里找到答案。他是难民，如果是真的，联想起我现在的混沌处境，那《坍缩前夜》的剧情全都是真实发生过的。封浪并没有虚构什么，他只是用电影复刻出那些真实的事物。

舌根传来的一阵苦涩味道，让我想起了开机前夕的酒，想起老姚的妻子。如果时间场域真的被改变，他妻子作为难民顺利逃离，那个集体消失的时空只存在几秒，而选择留下的老姚却在这里独自经历了一生。

“她会回来的，但她不会老……”我嗫嗫嚅嚅，在这缝隙里。

而我是谁，我没告诉过任何人我的名字，我也许可以被叫作封浪。在无数个裂开的时空之中往返跑，只为了那些悲悯的拯救。

是啊，关于时间的荒诞性，我也是身陷其中才知道。

1944 年 5 月 10 日，时间透镜技术第一次实验前，重庆。我几乎是下意识地张嘴说话，在虚空中自言自语。

语音似乎触发了一道指令，指令直接返送给了不知在何处的时间透镜反应堆，也许是源自量子级别的超距作用，谁知道。

我还在下坠抑或扬升，时空裂缝渐渐出现混沌外的秩序，而秩序，来自我的意志。

我通过一扇门进入到一个场景，那是封浪的实验室，坐落在校园外的某处空地，里面放满了精巧的仪器和装置，正在进行的小型实验似乎远远超过那个时代应有的科技水平。他穿着修身西装，一副圆形眼镜架在鼻梁，似乎刚从国外回到十里洋场，然后又来到战时的重庆。

有人敲门，是一位年轻姑娘，她一头短发、面容姣好，看上去十七八岁的模样。

“你真的决定了吗？”她说。

“嗯，我必须这么做。”这个时空应该是一种复刻，此刻我钻进了封浪的身体，看着对面的她。

“你就不怕实验不成功？这次回来，安心做一名老师不好吗，我们可以……”

“这不是实验，夏棠，这是一次拯救行动，你看，重庆已经不是当年的重庆了……战争短时间内是不会停止的。”

她叫夏棠，名字里同时带有“夏”和“棠”。

“我还是不明白，你为什么又要……”

“拍电影？”

“你不觉得电影这件事，在这个时代无异于戏法吗？没有人会懂你的意图的……”夏棠微微踮起脚尖，双手想要触碰什么，却又收回。

“在之后的时空，一定会有人懂的。必须有人，我是说……”封浪，或者说是我，侧过身躲避她的眼神，“我不知如何跟你解释，能量在不同时空里发生置换，需要维持相对性的平衡。根据质能方程式，时间可以进行物质和能量之间的相互转换，我们可以将三维的空间与时间进行一种等同转换的换算，这样的话，时空就会分出岔路口……因此，必须有人做出牺牲，在N时空需要一个守护者，保护那个反应堆装置。然后在N+1时空需要一个跳跃者，他就像一根线，穿起所有针的线，跳跃者会不断往前跃迁，直到……而电影，只是一个比喻！为了找到那个跳跃者。”

夏棠拿起桌上的稿纸，上面密密麻麻的图形符号能比交谈更快走入封浪的世界，她的指节发白，“直到什么？”她问。

“直到原始时空的我，找到让时间停止分裂的方法。”

“这太冒险了！对他们来说，只有几秒，可对你就是……你真的确定吗？”封浪只是看着她的眼睛，不说话。

夏棠忽然意识到什么，捂住嘴：“所以，跳跃者是……你？”

封浪抱住她，把头埋进她的瘦弱肩膀:“无数个我。”我闻到一股淡淡的、忧伤的柠檬香味，我不由自主闭上眼睛，开口说话，和封浪的声音重叠在一起:“无论如何，这是值得的，所有难民都会被拯救，他们会安然无恙，在战争结束后，再回来。”

她哭了，很轻。她知道，他想要变得危险，任谁都阻止不了。

我不知道在混沌中待了多久，我不断被推着往前往后走下去，直到穷尽所有可能性。那个原始时空的时间透镜反应堆上，一定有什么，和我身体里的某个部位紧紧相连。

路过一个岔路口，我选择回到一切开始时的原始时空。

彼时彼刻，轰炸正酣，封浪没了之前的儒雅，穿上粗麻布衣，跟所有人一样。地下洞体收容了数不清的难民，那些眼睛湿润、低垂，夹杂着瑟瑟发抖的恐惧和希望。随后，一批又一批，他像个魔法师，变戏法一样将他们送走，送到一个没有战争的时空，探测器扫描不到的地方，即使只有几秒，他们却在那里安然无恙。

《坍缩前夜》是他在轰炸间隙拍摄的。悲与喜不断交织，没人理解他。我决定回到第一次见到夏棠的场景。

那是一所学堂，那时的封浪不过是个愣头青，却是她父亲最得意的学生。黄昏，天空低垂，光线争先恐后撞击着她的胸膛，睫毛上那一抹暖黄仿佛是从天边偷来的。

“听你爸爸说，你很爱看电影？”

“对啊！”

“那我知道毕业后要去哪儿了。”

“嗯？”

“法国，我要去学拍电影。”

“可是，你的时间透镜研究项目很快就要批下来了，而且正好有个防空洞可以给你做模拟实验场，你以后是要当科学家报效国家的！”

“两件事对我来说都一样，都是魔法……阿棠，你放心，我很快就会回来。”

世界逐渐缩减成一片无垠的星空，山城的风像是没有明天似的叫嚣，他只听到胸腔里的狂热，和她的心跳。

就这样吧。我就最后停留一次吧，然后就回归到我该去的地方。

最后一次见到夏棠，是在《坍缩前夜》放映后不久。封浪被隐匿在重庆的特务抓了起来，被冠以各种罪名。除了他们，还有不少人想要他死，他的电影被当权者、叛国者、入侵者当作传播巫术的巫术，可那些饱受战争折磨的人却认为他是英雄，于是，他拼死保护住了那个防空洞和那卷胶片。

夏棠不顾父亲的阻止，执意去救他。她只能跟时间赛跑，循着那个危险的方向，尽管她相信封浪有足够的智慧和能力脱身，却还是奋不顾身。拯救行动要是没有封浪，就像宇宙没有造物主。

“我愿意跟他交换……”夏棠的胸膛起起伏伏，一团浓雾卡在她喉咙。

敌人发出哂笑，眼神转而露出令人胆寒的光，他们齐齐盯着夏棠，像饿狼盯上了羔羊。

“你快走！”他大喊。

“他们，不能……没有你……”

“我知道我知道，夏棠，你走啊，我有办法的！我有办法……”他哭了，像个丢了玩具的小孩。

“不，你不知道……你什么都不知道……”夏棠眼神低垂，看向脚尖，右手轻轻抚在腹部。

他还不懂那个下意识的手势意味着什么，只知道，夏棠，在数学公式里，不是一个变量，而是一个常量。在他们眼里，对方即是一切的源头。

“等结束了，重新上路，你愿意陪我一起吗？”封浪曾经问她。

“好啊。”她看着远方糖浆般的夕阳说。

时间，却是一个变量。封浪在实验室里早已参透，而无数个生命与无数重世界，不过是正弦波叠加出来的相，投影源永远都在那个原始时空，在那里，爱，是常量。

后来，没人知道封浪去了哪里，他就像凭空从世界上消失了一样。如果，跳跃也是必要的使命，我相信他不会停下来。

重庆这座母体的庞大与虚无正在逐渐影响我的时间观，分钟和小时在这里渺小得无法计算，我不得不用世纪的观点来思考，百年不过钟声上的一滴答而已。

刚刚上路，我从产生了无数次时空涟漪的原点启程，发现距离外在的原点越远，抵达自身的原点就越近，仿佛一个坚定的量子物理法则。

接着，我在这些时空的记忆像一根灯芯抽离灯盏，像转眼就漏光的水桶。有什么在开始褪色，重叠的时空和重庆的布景，亦渐渐填满了对方的隐喻，一层层，一重重。其实电影，也不过是个比喻，一种提喻手法，我和电影，仿若两面镜子互相对照，于是衍射出无限个镜像，每一个都带着一些不同于本体的微微变形。

我拍了所有的电影，《坍缩前夜》《狂想曲》《幻化网》，还有很多，为了保护那些时空难民，我成了跟细胞一样必须不停分裂以维护平衡的跳跃者，重新在另一个时空裂缝以一个全新的身份活下去。直到我找到让其停止分裂的方法，也许，我在未来很快会找到，然后，像个盗取火种的英雄，把它送到原始时空里去，这样就不会……

夏棠在无数个重庆，一次次与我分离。

想起她的眼神和右手那个动作，后悔像若有若无的影子笼罩在我头顶，不过，转而又被无畏的阳光驱散。快结束了，时间裂缝快要清洗掉我所有的记忆，接着，牵引着我，一步步走进这个盛大的提喻法中，渊薮般的重庆。

不愿稍停，直到我被强烈的亮光刺得睁不开眼睛，那条地平线上摇晃的白线，是我和过去时空的最后一丝联系。

结束了，我纵身跃入梦寐以求的未来。

重庆很快就要进入雨季，我困倦得像一只纸象。

在坍缩前夜，我去看了一部电影，那是来自封浪导演的《你的电影，我的生活》，故事发生在过去的重庆。讲述了一位失业记者发现了一部老电影，他开始追寻那位导演的足迹，接着遇到一位守护者老人，被他引领到一个地下洞体。在那里，他鼓起勇气继续拍摄只剩一半的电影。

在今天，电影这种艺术有了更新的呈现方式，影像画面从二维屏幕跳脱出来，能全方位地与观众互动，甚至能让角色和我们上演一些额外的桥段。

这依然是一个发生在山与城的故事，带着些新浪潮的色彩。夏棠的出现，创造了全片的魔幻时刻。在她与男主角分离的场景，我忍不住代替男主角拥抱了她一下。

愿我们之间孤立的情爱，住进世上最拥挤的住宅。

这句话，并非来自那封邮件，是我想对夏棠说的，在再次忘掉她之前。

我看完那部电影，往回走，在暗蓝夜色的陪伴下走到重庆的最高点。在这里，一片倒悬的星空坦坦荡荡地连接到地平线之外的地方，像是世界尽头。我伫立良久，身下的城市正人声鼎沸，制造着层层叠叠的重庆式喧嚣。

我已经在不停地问，不停地找，那个方法……时间还没到，还不是这里，不过快了，我有种直觉，只用再跳跃几次，就能够结束这一切。

我一直走，从傍晚走到深夜，仿佛故意用脚去惩罚地面一样，直到看见月亮在黑暗中找到了自己的位置。我回到铺满虚拟晶屏的家中，AI管家不知何时学会了猫的谄媚，音乐自动打开，空气里加入了精心调制的柠檬香味。

在躺下来之前，我感觉身体被一双巨手从背后拧上发条，似乎是一种被寄予厚望的交接仪式。于是，我又坐到电脑前，准备发出一封奇怪的邮件，开头便是——重庆，已经不是原来的重庆了。

首次发表于《科幻世界》2020年1年月刊

死亡之书

◎分形橙子

这些事实很可能已经发生过，或者将发生在遥远的未来。人类，宇宙比你们想象的还要严酷和难以理解，前往雅卢之路比你们想象的还要漫长和艰辛，祝你们好运。

在神所造的一切活物中，蛇是最狡猾的。

——《圣经·创世纪》第三章第一节

你注定会有亿万年的生命。我会毁灭所有我所造的。这世界将回到那深渊，回到洪水，如最初的时候一样。

——古埃及《死亡之书》节选

入　侵

自从地球被入侵以后，每到夜里，我总是时不时地望向夜空。

昨夜，几颗蓝色的流星拖着长长的尾迹向开罗的方向飞去，电蛇正在继续向开罗聚集。

天色微明之际，经过一夜跋涉，我们终于抵达了位于开罗城南部三十公里的塞加拉。远方的地平线已经变得参差不齐，位于吉萨高地上的胡夫金字塔群在橘色的晨曦中显现出一种灰黄的颜色。这印证了那个流传已久的传说：在开罗城的任何一个地方，都能看见金字塔。

这个清晨几乎没有风，三道烟柱笔直地插在地平线上，像是为那座死去的城市点燃的焚香。

走在最前面的是队长罗毅。他爬上一座低矮的沙丘，用望远镜朝城市的方向观察了一会儿，然后表情凝重地放下望远镜，同时举起手臂，示意队伍停止前进。

“全体都有，原地休息。”罗毅命令道，他有一头粗硬干练的短发，国字脸，眼神锐利，他又补充了一句，“半个小时后出发。”

队员们低声欢呼着，在两个低矮的沙丘间席地而坐。我把战术背包从肩膀上解下，在沙丘边缘找了一个舒服的位置坐下，斜躺在沙丘上，把背包放在面前，两只脚搭在上面。一股隐隐的凉意从身下柔软的细沙透出，让我感觉浑身清爽。我把双手枕在脑袋下面，望着无云的天空，群星正在天鹅绒上渐渐隐没。

有人递给我一支烟，是吴晓晨，我转头望去，他一坐下就迫不及待地开始吞云吐雾了。我腾出一只手接过烟来放进嘴里，摸了摸裤兜，火机不在那里。我示意吴晓晨把打火机丢了过来，接住后点燃香烟，狠狠地吸了一口，浓浓的烟雾在肺里弥漫开来，浑身上下都感觉到说不出来的舒服。

“火机还我，最后一个了。”吴晓晨伸出手，我把火机丢给他，他接过去小心地放进战术背心的胸前袋里，斜着眼瞟了王大锤一眼，嘴里还抱怨着：“他妈的，特意带了好几个，都他妈借了不还……”嘴里说着还不忘给周茂递了一支，周茂微笑着摆摆手：“谢谢，我不抽烟。”

“一块钱一个的玩意儿，抱怨个球啊，等回了北京，老子给你送一箱，成不？”一个声音传来，是王大锤。

王大锤本名王伟，嘴巴很贱，有一次惹到了吴晓晨，吴晓晨随口骂道你怎么跟个锤子似的，从此以后王大锤就成了他的名字，反而没有人叫他的本名了。“哎，不是我说，你们就不怕被发现了……”

“队长都没说啥，你废话个屁，”吴晓晨朝他喷了一口烟，“再说了，那玩意儿看不见烟，你懂？”

“但是看得见热量，”一个沉稳的声音响起，是朱博士，他是小队里的科学官，一头花白的头发让人摸不清他的年龄，“不过你们放心抽吧，这点热量还吸引不了它们的注意。”

听了朱博士的话，王大锤也利落地掏出烟抽了起来。一想起那些怪物，大家都没心情说话了。我们沉默着抽完烟，吴晓晨将烟头猛地一弹，红色的烟头在沙地上滚落几下不动了。

“你别乱丢垃圾，”王大锤翻个白眼，“咱出门儿可是代表着祖国的国际形象……”

“你省省吧，”我不耐烦地打断他，顺手把烟头插进身边的沙子里按灭，“这地儿本来就是个坟场，你屁股底下还躺着不知道多少木乃伊呢。”和王大锤相处久了，我也不知不觉要起了贫嘴。

“你更能扯……”王大锤满脸的不信。

我用大拇指指指身后的那座阶梯金字塔：“知道那是什么吗？”

“金字塔呗，”王大锤不屑地说，“这有啥稀奇的……”

我不屑地朝他晃晃手指：“那座可不一样，那是萨卡拉阶梯金字塔，人类建造的第一座石头建筑，智慧之神伊姆霍特普亲自设计建造，是埃及最古老的金字塔，没有之一，”我存心吓唬他，“再看看这里，这个地儿叫塞加拉，是古城孟菲斯的‘死者之城’，本来就是埋葬死者的，这里已经挖出了上千具木乃伊，但地下的木乃伊可能更多，没准你屁股下面就有一个木乃伊的脑袋。”

王大锤瞪了我一眼，有些不自然地动了动屁股，“你从哪儿听来的，怪瘆人的。”

“陈政，‘死者之城’是什么？”吴晓晨有些好奇地问道。

“古埃及人认为尼罗河是生死的分界线，尼罗河的东岸属于生者，西岸属于死者，去过卢克索吗？帝王谷就在尼罗河的西岸。”

“我听说他们对木乃伊可不太尊敬，好像有一种画……”

“埃及小贩在大街上公开叫卖木乃伊，对他们来说，木乃伊是一种值钱的商品罢了，”我还想再来一支烟，但想想还是算了，还是省省吧，“欧洲人曾经把木乃伊的粉末当成一种颜料来作画，木乃伊研碎以后，是上好的颜料，叫作木乃伊棕……”

王大锤啧啧称奇：“这么重口味？挂家里不怕闹鬼啊？”

“挂家里？你想买也买不起，那都是文艺复兴时期的名画，”我故意恶心他，“这算什么重口味，木乃伊还是一种古老的药材，可以直接外用，治疗擦伤、挫伤和皮肤病，或者吸入鼻孔，治疗咳嗽和溃疡……当然也可以内服，主治头痛、胃溃疡、白内障、牙痛、癫痫、难产、月经不调、子宫感染、歇斯底里症、麻疹、阳痿早泄、举而不坚、坚而不挺……大锤，我看你很需要来一副，外敷内服双管齐下，保证能治好你的难言之隐……”

“编，接着编……”王大锤一脸嫌弃地看着我，周茂和朱博士则一脸笑意地听着。

“小陈说的没错，”朱博士朝我点点头，“因为木乃伊可以做颜料和药材，所以有成千上万的木乃伊被秘密走私到欧洲。很多埃及人都变成了专业盗墓贼，专门盗取木乃伊卖大钱。而且拿木乃伊当药材的事儿距现在并不久远，1924 年的德国默克医药公司的价格表显示，1 公斤木乃伊粉价值 12 金马克。”

“这也太愚昧了吧？”王大锤一脸的不可思议，“再说了，子孙盗卖祖先的尸体卖给外国人做药，这也太那个啥了……”

“现在的埃及人并不是古埃及人的直系后裔，”朱博士温和地说，“古埃及在公元七世纪遭遇了最后一次大规模入侵之后就阿拉伯化了，现在的埃及人大部分都是阿拉伯人的后裔，古埃及人就像中国的匈奴人、鲜卑人一样都消失了。”

“这是常识，”我还不忘揶揄一下王大锤，“你来埃及之前都没补补课吗？中华文明是唯一一个延续到今天的古文明，像巴比伦、古埃及、古印度文明其实早就断绝了。”

王大锤没搭理我，作恍然大悟状：“怪不得这些盗墓贼完全没心理压力呢。”

朱博士长叹一声，不知是为眼前严峻的形势还是古埃及王国的命运，或者两者都有：“这就是文明的悲哀啊，要是人类文明也像古埃及文明一样彻底消失了，你说地球上的新居民会怎么对待我们的骨头化石？”

朱博士沉重的语气让我们收起了继续调侃的心思，所有人都沉默了，吴晓晨一把一把地抓起沙子，然后让沙子从指缝散落。我出神地盯着他的手，看着细小的沙粒在他指间流转，一股沉重的压抑感袭来，我微微闭上眼睛，准备休息一会儿。

四周一片静谧，我侧耳聆听，没有鸟叫，没有虫鸣，连风声都没有，还真配得上这个死者之城的名号。如果死后真的有灵魂，大概就什么都听不见了吧，毕竟死人的耳朵可不会继续工作了，我戏谑地想着，但紧接着一个念头就像气泡般从黏稠的意识的深海里浮了上来，让我不自觉地打了一个寒战。

太安静了，按理说这里已经距离开罗非常近，不远处就是一座横跨尼罗河的大桥，但大桥上没有一辆车，远处的开罗城也没有半点声响传来。这不对劲，我不是没有见过被电蛇入侵过的城市，但没有一座城市像是开罗这样。我睁开眼睛，目光扫过小队成员：吴晓晨已经闭上了眼睛，似乎睡着了，王大锤也倒在沙丘上闭着眼睛，罗毅队长和阿卜杜在另外一个沙丘后面，看起来都在抓紧时间休息，但朱博士不见了。我不禁心里一紧，这是我们第一次出国执行任务，也是第一次有平民参加救援队。按照罗毅中尉的说法，朱博士是中科院特派的观察员，身负秘密任务，我们一定要保护好他的安全。

我悄悄起身，目光越过沙丘，看见朱博士正在我们所在沙丘的另外一侧，正趴在一个较高的沙丘上望向开罗的方向。我不禁松了一口气，又觉得自己有些大惊小怪了。虽然这次的任务有些奇怪，但细细想来，救援队里安排一个科学家也并非不合理，毕竟我们对电蛇还几乎一无所知。我睡不着，于是爬起身，蹑手蹑脚地来到朱博士身边，和他一同望向远方的开罗。第一缕阳光已经照亮了萨拉丁城堡的半圆穹顶和利剑般的宣礼塔，青绿色的彩釉在阳光下闪闪发光。但整个城市依然沉浸在一片死寂之中，更多的烟柱在渐渐泛青的天空背景下显现出来，烟雾在开罗城的上方汇聚成一团稀薄的灰色云团，就像这个城市的殓衣……

我突然惊醒过来，恨不得自己扇自己一巴掌，要不是朱博士在旁边，我早就朝地下吐儿口唾沫驱驱晦气了。按照常理来说，这一次的任务应该不会有生命危险，毕竟到现在为止还没有出现电蛇直接攻击人类的记录。当然我知道这一次的任务肯定是不能用常理来判断的，因为我们从未进行过跨国救援，尤其是来到这么遥远的埃及。

这是一段漫长的旅程。

五天前，我们乘坐飞机花费十个小时横穿了整个亚洲大陆和红海，在红海沿岸的赫尔格达机场降落。那时我们还没有意识到，我们的旅程才刚刚开始。

“我的朋友们，欢迎你们来到美丽的红海城市赫尔格达，不过，要不是因为那些魔鬼崽子，我更愿意在开罗迎接你们。”迎接我们的埃及陆军少校穆罕默德·阿齐兹对我们说，“开罗城已经出现了大量电蛇，尽管它们还没有攻击过飞机，但并不排除这种可能性，剩下的路，你们得自己走过去。”看起来他也对这支来自遥远东方的队伍感到疑惑，但我们知道的并不比他更多。

“你们的汽车呢？最起码把我们送到开罗外围啊。”我们都傻了眼，王大锤脱口而出。

听了翻译之后，阿齐兹少校有些歉意地说：“对不起，汽油要用来发电，开罗已经遭到了电蛇的入侵，前往开罗的交通线都被封锁了……不过，如果你们坚持要坐车，我可以请示一下上级……”

“不必了，”罗毅中尉温和地说，同时朝王大锤投去一个凌厉的眼神，“这点儿路程，对中国军人来说算不了什么，我们可以走过去，但我们需要一份详细的地形图。”

“没问题，我还会给你们找一位全埃及汉语最好的向导。”阿齐兹满口答应，并且很快就找来一份详细的英文标注的军事地图，放在和平时期，这种精度级别的军事地图是不大可能随便给另外一个国家的军事人员的。但这也是没办法的事，众所周知，自从电蛇来到地球之后，几乎所有的通信卫星都瞬间失联了，现在的人类又重新回到了太空时代之前。什么GPS，卫星电话，北斗系统……都统统休克了。现在可好，连汽车都没了，我们干脆直接退回了农业时代。

于是，两个小时后，我们就沿着红海沿岸向北方的开罗出发了，不同的是，队伍里多了两个人——朱博士和一个会说中文的名叫艾哈迈德·阿卜杜的埃及本地向导。走了不到两个小时，王大锤又开始抱怨了，怎么没问埃及人能不能提供几匹马，实在不行，给两只骆驼也可以啊。直到脸色铁青的罗毅在他屁股上猛踹了一脚之后，王大锤才讪讪地闭了嘴。我心里暗自发笑，这个王大锤可真是个锤子，他难道还没意识到吗，埃及人并不欢迎我们，能给派个翻译兼向导已经不错了。我隐隐地感觉到，这次任务大概不会是像罗队开始说的那么简单。

这一走，就是整整五天。

电　蛇

我低头看了看表，距离出发时间还有一刻钟，从这里走到开罗，大约需要半天，我们中午的时候就能进城。这时，朱博士把目光从远处收回，看向我，他的目光深邃宁静，让我感到一些不安。

“小陈，你是大学生吧？”好像是怕打扰到其他人，朱博士轻声问道。

我微微点头：“是的，朱博士，我是国防生。”

“看得出来，你读过很多书，”朱博士笑了，“怎么样，紧张吗？”

我摇摇头：“这不是我第一次参加救援任务，不过，”我稍微犹豫了一下，“但这是第一次出国执行任务。”

“你一定很好奇，为什么这次会有我参加救援队吧？这一路上给你们添麻烦了。”朱博士客气地说。

听了这话，我反而不好意思起来，虽然到现在我还不知道这位朱博士的全名，但对这位朱博士还是颇为敬佩，一路上他从来没有抱怨过一个字。当我们在赫尔格达见到朱博士之后，罗毅才向我们宣布了这次任务：我们要护送这位先期抵达赫尔格达的朱博士一起前往开罗。听了任务的详细说明，队员们的肚子里可没少抱怨。虽然救援行动从来都没有遇到过危险，但毕竟也是正规的军事行动，没有人喜欢队伍中带着一个平民。用王大锤的话讲，在好莱坞剧本里，这就是一个典型的送死小队配置啊。

“别这么说，您可没拖我们的后腿儿……”我说的是实话，这位朱博士虽然年纪大了，但一路上都是靠自己的力量在行走，从来没有抱怨过。说实在的，不只是我，说不好奇是假的，但军人以服从命令为天职，不该问的是绝对不会问的，不过，既然朱博士主动提出来了，我也就不客气了。

“这次的任务有点不一样，咱们解放军有过跨境执行人道主义救援任务，但都基本是在邻国，越南缅甸什么的，但跑这么老远可有点说不通，埃及距离欧盟不比中国近多了。”

“大国对周围的小国有救援义务，这肯定是没错的，”朱博士低声说，“如果大国都坐视不管，很容易造成极端的人道主义灾难，墨西哥城和拉各斯发生的事情，大家都看到了。至于你们为什么要来埃及……你们大概很快就会知道原因了，不过我可以告诉你，欧盟并没有坐视不理，救援队也不止我们一支。”

我似懂非懂地点点头，没有吭声。

朱博士笑笑：“你以前参加过的救援任务，都是怎么样的？”

“还不就是那样，”我出神地望着开罗的方向，“维持秩序，抓抓暴徒，疏散人群，分发物资什么的……最大的危险不是来自电蛇，而是失去理智的民众和混杂其中的暴徒。要我看，要是停电之后，大家都听政府的命令，乖乖待在家里，别到处打砸抢，根本不需要上什么军队，警察就够了。咱们中国还好，基本上没出现什么大骚乱，最怕的就是本来就不咋稳定的墨西哥啊哥伦比亚啊这种国家，那些暴徒可算逮着报仇的机会了，到处冲击政府和军火库，都快爆发内战了……”

朱博士点点头，看来很同意我的看法：“我看，不少地方已经变成索多玛和蛾摩拉了。”

“不过，我喜欢这次任务，”我出神地望着右前方的萨卡拉金字塔，“我很喜欢古埃及文化，以前梦想着退伍以后一定要在死之前进行一次全球旅行，埃及是必来之地。”

“看得出来，你对古埃及文化非常了解，”朱博士赞同地说，“也许这也是你入选小队的原因之一吧。”

“没什么用，”我摇摇头，“也就吓唬吓唬王大锤，我虽然一直想来埃及，可我没想到会以军人的身份来这里，也没想到这么快就完成了五百公里的沙漠徒步。”

“世事难料，明天的事儿，谁都说不好，”朱博士说，他转换了话题，“小陈，我想问问你，你对电蛇是什么看法？”

“我？”听了朱博士的话，我摆摆手，“我就一大头兵，我能有什么看法？”

“不不不，”朱博士显然不同意我的说法，“每个人看待同一个事物的角度都是不同的，我很好奇作为一个军人是怎么看待这些东西的，再说了……”他笑了笑，眼神锐利地看着我，“何必要装作比表面更无知呢？”

我沉默半晌，这位博士先生虽然话不多，但看人还是很准的，我决定姑且把这句话当成夸奖。我从裤兜里掏出一包被压得皱巴巴的黄鹤楼，数了数，还剩七支了。我抽出一支捋直了，放进嘴里叼着，陷入了沉思……

电蛇是三个月前才被人类察觉到的，但没人知道它们是什么时候来到地球的，也没人知道它们都是些什么东西，迄今为止，人类尚未捕获一个样本。人们叫它们电蛇，是因为这种东西最明显的特征就是从电网里吸取电力，而且根据最初一些目击者的描述，这种东西就像会飞的蛇，浑身发出蓝幽幽的光芒，但谁都知道这些鬼东西和地球上的蛇没什么关系。在知晓它们真正的身份之前，人们只能用这个名词来称呼它们。

没有人知道这些不明生物是什么时候出现在地球上的，但这些怪物是来自太空，已经成为国际社会的共识。三个月前，休斯敦地面控制中心和酒泉控制中心率先发现，国际空间站和“天宫”空间站相继失联，紧接着就是卫星的大规模掉线。

美国人的第一反应是遭遇了来自伊朗或者俄罗斯的攻击，但紧急核实之后发现事实并非如此，掉线的卫星绝不仅仅限于美国，俄罗斯也是受害者之一，事实上，全球各国的卫星都在陆续失联。

各大国通过紧急磋商之后发现，这场前所未有的针对卫星和空间站的攻击不是来源于地球上的任何一个国家。换句话说，这场攻击似乎是来自外太空，一夜之间，人类就失去了卫星通信的能力。讽刺的是，直到此时，还没有人知道攻击者长什么模样。

一个星期后，就发生了震惊世界的北美大停电事故。而这一次的事故规模和烈度远超2003年的那次。众所周知，2003年，美国和加拿大东北边界发生了一次严重的大停电事故，影响人数超过5000万，受影响的地区达24000平方公里，超过265个电厂，508机组跳脱，停电量高达61800MW，光对美国就造成了达300亿美元的损失，据信有近百人死亡。而此次的大规模停电事故影响范围几乎遍及半个美国，受影响人数超过2亿，停电时间也超过了40个小时，有一些地区的停电时间超过两周，造成了至少4000亿美元的直接经济损失，间接经济损失则难以估算。本次事故造成了数千人死亡，北美在一夜之间退回了农业时代，成千上万的人被困于地铁、电梯、火车和高速公路上，金融系统、通信系统、交通系统等维持文明社会的基石全面崩溃。直到40个小时后，电力才在局部地区缓慢恢复，但直到今天，电力系统依然没有恢复到大停电之前的状态。关于事故的起因众说纷纭，但其中一例本不起眼的报告渐渐地引起了人们的重视。有目击者声称，大停电的前夕，他曾驾车路过一座隶属于第一能源公司下属的电厂，看到一个奇怪的蛇形生物盘旋在电厂上空，紧接着就发生了大停电。当所有的灯光熄灭之后，目击者的汽车也熄了火，但那条奇怪的蛇形生物反而在夜空中显得更加清晰了，因为它本身就散发着微弱的蓝光。

目击者认为自己遇到了不明飞行物，他哆哆嗦嗦地掏出手机试图拍几张照片，但手机也自动关机了。一开始，他的报告并没有引起重视，官方甚至没有注意到他的报告，而是将主要精力集中在电网本身的调查之上。但渐渐地，第二起目击报告出现了，紧接着是第三起，然后大量的目击报告如雪片般从北美大陆各地飞来。官方不得不开始重视起这种听起来完全不可信的“阴谋论”说法。几乎每一次重大事件之后都会有如影随形的“阴谋论”，珍珠港事件和“9·11”事件都是滋生阴谋论的绝佳温床。但在调查了数以百计的目击报告和查阅了数千张来自不同地区的目击者拍摄的照片之后，美国官方终于确认了这种奇异的电蛇恐怕真的是大停电的罪魁祸首。很自然地，美国政府立即将空间站和卫星失联与地面上的大规模停电事件联系在一起，如果真的是这种不明生物吸取了电力，那么就容易解释空间站和卫星为什么突然间失联了——不明生物夺走了它们的电力。但有一点至今还没解释清楚，即使这种电蛇通过未知的手段夺走了储存在电池里的电力，但空间站和许多卫星都是通过太阳能板来获取电力的，按理说如果电蛇只是吸取电力——就像它们在地面上做的那样，空间站和卫星是不会遭受物理损坏的，随着自行充电，是会恢复正常工作的。但是所有的卫星和空间站都对地面控制中心的呼唤置之不理，成了一堆昂贵的太空垃圾。

还没等美国人搞清楚是怎么回事儿，电蛇就出现在了全球各大城市，大规模停电事件一起接着一起，这引发了无数的次生灾难。具有讽刺意味的是，越落后的地区受到的影响反而越小。美国人终于意识到这场攻击并不是潜在的敌国所为，但已经意义不大了，每个稍具规模的电厂上空几乎都出现了电蛇的踪影，大停电事故层出不穷，更可怕的是，美国和日本分别有两个核电站也遭遇了电蛇，导致了核泄漏事故。这两起事故也让其他国家大为警惕，立即关闭了所有的核电厂。核电工业最为发达的法国顿时陷入了崩溃，法国的核电占全国发电量的比例达到了惊人的 72.3%；紧随其后的乌克兰和比利时的核电比例也超过了 50%，同样陷入了一片漆黑。

但是再也没有出现像北美大停电那么重大的事故，倒不是因为电蛇减弱了“攻击”，而是人们发现电蛇有一个奇异的特性，它们在吸取一段时间电力之后就会悄然离去，从来不会对电厂的设施做任何物理破坏。当电蛇离去之后，在工程电力人员的抢修下，电网会慢慢恢复供电。而北美大停电事故之所以那么严重，原因也有些令人啼笑皆非，专家们解释说，那是电蛇来到地球之后的第一次大规模进食，所以进食时间比较长，而且同时进食的电蛇也比较多，再加上美国人还没有准备好宴席和欢迎致辞，这些来自外太空的客人们就迫不及待地自己抓起了刀叉。

“我不知道它们是从哪儿来的，”我终于在背包角落里摸到了一个打火机，点燃嘴里叼着的烟，如释重负般地吐出一个不太规则的烟圈，“但看起来好像不是来自某个银河碳基联邦的和平大使……”

“我不知道它们是不是来自这个银河，也不知道是不是为了和平而来，但有一点你至少说对了，这些东西绝不是碳基生命……”朱博士笑笑。

我打断他，感到有些难以接受：“哎，博士，不是我说，都这会儿了，你还不知道它们是不是为和平而来？”

“至少它们没有主动攻击过人类，”朱博士说，“所有的死亡事件都是基于电力丧失引发的次生灾害。所以，现在下结论还为时过早。”

“好吧。”我无所谓地又吐出一个烟圈，决定不在这个话题上纠缠，整个世界都乱成一团了，朱博士还不觉得电蛇是敌人，实在搞不懂这些科学家的脑回路。一想起我的支付宝里存下的几万老婆本还生死未卜，我就想骂娘，不管别人怎么看的，这些电蛇要是让我的钱全丢了，老子跟他们拼了，“那你为什么认为它们不是碳基生命？就因为它们会吸电？这可不一定，电鳗也会放电嘛……”

“你见过电蛇吗？”朱博士突然问道。

我差点被一口烟呛住：“没有……照片上见过算不算？”目前在新闻和网站上能看到的电蛇照片都非常模糊，我对其中一幅拍摄于印度孟买的照片印象深刻，那幅照片里，一条遍体发出蓝光的银白色长条状电蛇正从一个电厂上方离去。这幅照片之所以让我印象深刻，是因为那是目前为止人类获取到的最清晰的电蛇照片。根据周围的树木和电线杆来判断，那条电蛇有五米到六米长。它在电厂上空盘旋蜿蜒，似乎完全不受重力影响，正要破空而去。在明亮的天光下，这条电蛇在低垂的云雾背景下呈现出一条黑色的剪影，就像一个画家笔下一蹴而就的挥毫之作。它的身上均匀分布着一些蓝色光点，发出幽暗的蓝光，在蓝光周围似乎可以看出它的身体表面很光滑。如果这真的是一幅画作，大概很多人都会觉得这种美丽的生物是来自异域的精灵，但它们并不是，很多人认为它们是从地狱里钻出来的魔鬼崽子，是毒蛇撒旦的子孙，是伊甸园引诱人类堕落的那条毒蛇。

事实上那张照片并不是在电场周围的人拍摄的，电蛇出现的时候会造成周围所有的电器熄火，就好像一下子都被抽空了电力。那张照片是由一个潜伏在距离电厂直线400米的敬业记者用长焦镜头拍摄的。说实在的，那是我见过的最美丽的生物——如果电蛇真的是生物的话，但美丽也常常意味着危险，这种电蛇也毫不例外。尽管还没有出现电蛇攻击人类的记录，但是对电厂的攻击本身就是对人类文明的重击。人类自己对现代文明有很多种叫法，工业社会，信息社会，全连接社会，汽车社会……可是不管怎么叫，人们都必须承认一点：现代人类文明离不开电。如果没有电力，人类社会将倒退至工业文明之前，这是不可接受的。不说别的，没有电力就没有现代工业，现代农业体系也会崩溃，人类根本无法生产出足够填饱70亿人肚子的粮食。更别提干净的饮用水，还有我们放在存储器里的那一串数字了。

如果电蛇继续这样干下去，当人类社会失去电力之后，社会会陷入一场极大的混乱，所有的现代设施都将报废，在人类流尽足够的鲜血之后，才会重新建立起一个没有电力的农业和小作坊手工业社会。这是绝对不可接受的，而从这位朱博士的语气来看，科学界竟然还不认为它们是敌人？这让我心里不禁有一丝不快。

“那你见过电鳗吗？”朱博士再次问道。

“电视上见过算不算？BBC纪录片。”

“电鳗的放电原理就不多说了，如果电鳗在空气中放电，会把自己电死。而且，放电和吸电是两码事儿。”

“也不一定吧，充电宝不就……”察觉到朱博士难以置信的目光，我讪讪地闭了嘴，“对不起……”我有些尴尬地说。

“没事，年轻人活泼点好，”朱博士善解人意地说，“不过，你见过会飞的电鳗吗？”

“没，不过……没准……可能这个……外星电鳗……”我有些拿捏不定。

“根据目击记录来看，这种东西肯定是没有翅膀的，而且根据照片显示，它们的体表材质是某种金属，”朱博士说，“有时，无心之言反而有碰对的可能，你的充电宝比喻没准还说中了，这种东西，可能真的不是自然演化出来的生物体。”

我目瞪口呆地看着朱博士：“您是说，电蛇是机器蛇？”

“我可没这么说，”朱博士摇摇头，“但它们肯定不是地球上的生物，没有什么生物能不靠翅膀就在天上飞。”

“龙不就可以吗？”我一时不察，又脱口而出。

朱博士却认真地说：“我不知道这个世界上有没有龙，对于这个问题，科学界还没有定论，所以不能用来做例证。”

“没错，”我急忙附和道，“不过，我还是觉得不太可能，这种电蛇要真的是从外太空来的，它们是怎么……我是说，宇宙那么大……”

“没有观测到任何母舰，”朱博士明白我的意思，“有两种可能，第一，母舰对于人类来说是隐形的，人类的技术力量根本无法观测到母舰；第二，根本就没有什么母舰，如果这些电蛇真的是从外太空来的，它们一定具备星际飞行能力。”

“那么，外星人为啥要发射电蛇来地球？”我总结道，“如果它们不是碳基生命体，而且拥有比我们人类高很多的科技，但它们感兴趣只是我们的电厂……不管怎么样，它们都表现出了敌意吧，你说你们都是星际文明了，长得寒碜点也就罢了，咱地球人这点包容能力还是有的，远来就是客，你说客人来了，我们也会招待你们不是？你们想吃电，没问题，可劲吃，但至少也打个招呼吧？你说你们那么先进，来地球偷电？这说不通吧……你随便丢点用不着的科技给咱们意思意思就得了，对吧，礼尚往来嘛。”

朱博士笑了笑，他拍拍我的肩膀：“小陈，我没看错人啊，你的这些问题提得都非常精准，现在每一个问题后面都有地球上最出色的科学团队在努力破解……”

“那你们可得赶快了，”我悠悠然吐出一个标准的烟圈，“再不解决掉它们，还会有更多的人死……我可不想生活在没有游戏和通信软件的世界里……”

“你可真够乐观的。”朱博士说了一句奇怪的话，还没等我发问，就听见罗毅队长的声音：“全体都有！集合！”

我赶紧把烟头熄灭，和队员们一起迅速爬起来站成一排，罗毅的目光从众人脸上扫过，不知道是不是错觉，我总感觉他的目光在我和朱博士的脸上停留得更久。我发现阿卜杜不见了，可能是先到前面探路了，但更可能是罗毅支开了这个听得懂汉语的家伙。

“我知道你们对这次的任务有些疑问，”罗毅低声说，他抬起手腕看了看表，“现在是开罗时间早上六点五十，十分钟之后我们就出发，在出发之前，我需要对这次任务进行一些必要的说明。”

听了罗队的话，队员们隐隐地兴奋起来。

“你们都知道，一个星期前，开罗第一次遭受了电蛇袭击，发生了大规模停电事故，事故本身没什么好说的，你们已经听到和见到足够多了……但是这一次有一些不同，”罗毅说，“这一次袭击开罗的电蛇和之前目击到的电蛇有些不太一样……”罗毅从行军服口袋里掏出一张照片传给大家，“你们先看看吧。”

排在队首的是吴晓晨，他接过照片，我注意到他皱起眉头，然后很快就把照片给了排在下一个的王大锤，王大锤低声骂了一声，然后把照片递给周茂，周茂沉默着看完然后递给我，我好奇地接过照片，定睛看去，照片的视角在空中，有可能是装载在无人机上的长焦镜头拍摄的。照片正中是著名的萨拉丁城堡，但它的旁边多了一样东西，一个巨大的洞穴，一个天坑。这个天坑大致呈圆状，从照片上萨拉丁城堡和天坑的比例来看，这个天坑的直径恐怕不会小于 100 米。乍一看，这个天坑就像一个巨大的黑洞，深不见底，仿佛要吞噬一切，但仔细观察，我看到这个黑洞的中心隐约发出蓝色的光芒。我心里再次一惊，难不成这是电蛇？

一只手伸过来拿走了照片，是站在我身边的朱博士，他默默无语地看着那个天坑，却没有显出惊奇的表情，“看来传言是真的？”朱博士走上前，将照片递还给队长。

罗毅拿回照片，小心地将照片放回口袋：“照片是三天前拍摄的，看来你们都明白了，这就是我们的目标，有什么问题现在可以问。”

果不其然，王大锤第一个举起了手，罗毅示意他可以说话。

“队长，照片是谁拍的？”

罗毅微微点头，不得不说，这个大锤平时油嘴滑舌的，该犀利的时候可一点也不含糊，他一下子就问到了问题的核心。

“照片的来源是保密的，我们和埃及政府达成了合作协议，我们已经拿到了进入的授权。”

没有人吭声，但大家也都不是傻瓜，如果连一匹马和骆驼都不愿意提供也算合作协议的一部分的话，有没有授权又是另外一回事儿了。不过，话说起来，那位翻译兼向导阿齐兹倒是埃及政府“主动”提供的。

“队长，肯定不止咱们拿到了授权吧？”吴晓晨举起来手，而且也说出了我的想法，他在“授权”两字上故意加重了语气。

“没错，美国、俄罗斯、欧盟、日本、印度等都得到了授权，”罗毅说，“但埃及政府不允许太多军事人员入境，所以只有我们这些人。”

“那个天坑到底是什么？”我忍不住问道。

“一周前，开罗发生了一场地震，天坑就是那时候出现的，有目击者看到有电蛇飞进去，所以——那很可能是电蛇的巢穴，”回答着我的问题，罗毅的目光却定格在朱博士身上，“我们此次行动的目标就是进入电蛇的巢穴，捕捉一只电蛇。”

巢 穴

队长的话引起了一阵小小的骚动，我们都压抑着自己激动的心情。电蛇出现在地球上之后，总是神出鬼没，没有人知道电蛇吸取完电力之后会去哪里。有人认为它们是一种大气层生物，永远隐藏在云层深处，也有人认为它们的巢穴在人迹罕至的高山，甚至有人认为它们的巢穴在月球上，定期到地球进食。但每种说法都没有有力的证据支撑。但是谁能想到，电蛇会选择在开罗建造它们的巢穴，这个世界十大超级城市之一的巨型城市可实在算不上是人迹罕至的地方。

大家都是聪明人，马上就明白了这次任务的重要性，哪个国家能先捕捉一只电蛇，意味着什么无须多言。但我马上就感到一种强烈的不安，还没等我抓住那个不安的想法，就听见王大锤说话了。

“队长，埃及人失败了，对吗？”

罗毅沉默了两秒，把目光从朱博士身上移开，才回答王大锤的问题：

“埃及政府拒绝透露他们是否进行了捕获行动，但根据我们的评估，埃及人肯定不会坐视不理，他们一定进行了探索行动。事实上这一次出现巢穴的消息是埃及政府主动透露给各大国的，但获得的科技成果必须与埃及政府共享。”

“呵，想让大国们干活，然后自己直接摘果子……”王大锤不屑地说。

“那他们应该更配合才对！”吴晓晨有些愤怒地说，“他们在故意拖时间！他们故意让我们在沙漠里走五百公里，还塞一个眼睛给我们！”

“虽然现在还没有发现电蛇主动攻击人类的案例，但这次不一样，”没有理会吴晓晨的抱怨，罗毅继续说道，“这一次我们要进入电蛇的领地，很可能会遭遇真正的攻击。”

“罗队，咱们没有重武器，”一直没吭声的周茂说话了，他指指我们身上背负的 CQ-A 突击步枪，“用这个对付得了电蛇吗？”

“不知道，”罗毅干脆地说，“埃及人不允许我们携带重武器，尽管他们同意了各大国的武装力量进入开罗，但他们担心我们使用重武器会激怒电蛇，这里可是开罗，有接近三千万人口，全埃及三分之一的居民都在这里了。就这些轻武器的使用权还是美国人向埃及人争取到的。”

“太棒了，真要感谢美帝，”王大锤讽刺道，“我才不相信埃及人敢搜美国人的身，美国人敢把微型核弹给带进去你们信不信？”

“少说这些没用的，”罗毅瞪了他一眼，“不管别的国家怎么样，我们是中国军人，绝对不会做任何有损祖国形象的事情。”

“不用太纠结武器的事情，”朱博士终于开口了，他温和地说，“你们想想看，对于电蛇，即使我们带了重武器又怎么样？很可能根本不会发生交火，如果发生了交火，这些武器就能对付能进行星际穿越的外星高级智慧生命体？让我来澄清一下，我们这一次的目的主要是交流，而非攻击。”

“如果捕捉也算一种友好交流的话，”王大锤说，“那朝它们开火也算不得什么失礼的事情咯？”

“我一直不赞同什么捕捉计划，我们根本不了解电蛇，我们首先要和它们交流，而不是一上来就对它们进行攻击……”朱博士有些激动。

“博士，”吴晓晨不太客气地打断他，“我不知道你们科学家是怎么看待这些东西的，但是在我眼里，这些东西是入侵者，是它们先发动了攻击。”

“可是它们没有主动攻击过人类啊。”朱博士执拗地说。

“但是已经有几万人因为大停电而死掉，难道你要告诉我，这些人都是因为运气不好，还是不该在停电的时候坐电梯和地铁？”吴晓晨反驳道。

“可能在朱博士眼里，为了地球文明和外星文明的亲善大业牺牲也是值得的。”王大锤阴阳怪气地说，这句话顿时引起了一阵窃笑。

朱博士的脸有些红，显然他并不太适应这种场合，但还是坚持道：“我不同意攻击电蛇的巢穴。”

“博士，我得到的命令之一是护送你抵达开罗，这点我们已经做到了，”罗毅语气平和但坚决地说，“第二个任务是捕捉一条电蛇，至于我们能不能做到，是我们的事情，我们自然有我们的手段，但我不会允许有任何队员违反纪律，希望你能理解。”

朱博士叹了口气，没有再说话。

“不过，除非遭到主动攻击，在任何情况下，我们不会使用武器，”似乎是为了安慰朱博士，罗毅补充道，“我们不轻易挑起战争，但不代表我们害怕战争，不管敌人来自哪里，在我们中国军人眼里都是纸老虎。整理装备，出发！”

没有人问阿卜杜去了哪里，毕竟我们已经到了开罗，似乎已经不需要向导了。队员们排成一队开始向开罗进发。周茂走在最前，王大锤紧随其后，我和朱博士并排跟在后面，罗队在最后压阵。不知道为什么，我的心里总有一股隐隐的不安。

临近中午，我们终于抵达了开罗城。这是一座灰色基调的城市，暗黄色的建筑随处可见，到处都是灰尘，公路上没有了来往的车流，只有几辆黑白相间的出租车停在路边，引擎盖上满是沙尘。但我们不能判断这些车在这里停了多久，也许是几年前，也许是上午。这是一座现代和古老并存的城市，你可以在开罗遇到五千年前的金字塔，也可以看到古希腊风格的建筑，当然也能看见宣礼塔和清真寺，你也可以走进现代的星巴克买一杯美式黑咖啡，然后在金色的尼罗河上坐着样式古老的帆船品尝一下阿拉伯烤肉。这是一座时光都为之凝固的城市，但我们没有心情欣赏这一切。这座城市失去电力的同时也失去了灵魂，大街上没有了汽车的喧闹，小巷里也没有了小贩的喊叫。自从看到那张照片之后，我终于知道为什么开罗这么安静了，没人想生活在电蛇的巢穴旁边，也许是因为惊慌，开罗人都已经逃离了这座城市，也许他们只是躲在家中……谁知道呢。

风卷起地上被废弃的纸张和尘土，我顿时有了一种走在末世废土背景的好莱坞大片中的感觉。嗯，这个想法可不太妙，我暗自盘点了一下我们的冒险小队成员。罗队是一个够格的队长，性格坚毅，不苟言笑，想必不会轻易挂掉。王大锤话最多，在电影里一般是死得最快的那种，但也说不好。至于吴晓晨和周茂……算了，我还是打住了自己的思绪，这也太不吉利了。不过，一支探险小队里塞一个和指挥官理念不合的科学家，倒是非常符合好莱坞剧本套路，我得好好盯着朱博士。不过，话说回来，我到现在还没搞清楚朱博士到底是来干什么的，既然罗队不说，我也不好多问。

没过多久，我们就来到了萨拉丁城堡的边缘。萨拉丁城堡位于穆盖塔姆山上，说是山，其实就是一个易守难攻的小土包，当年的萨拉丁苏丹在这里建造城堡就是为了抵御十字军的入侵。绕过城堡后，我们终于接近了“巢穴”。埃及人显然已经在天坑周围建立了一个简陋的营地，一些土黄色的美制沙漠行军帐篷散落在天坑周围，身着沙漠迷彩的埃及士兵们在营地里进进出出。我注意到在帐篷里还摆放着几个传统水烟壶，几个下级军官正无精打采地抽着水烟。在人群中，我看见了一个熟悉的身影，阿卜杜显然已经提前到了，他正在和一个戴着贝雷帽的军官低声交谈着。看见我们之后，阿卜杜朝我们走来，笑容满面，手里还端着一个冒着热气的银壶。我不禁在心里暗叹，这些埃及朋友们还真是喜欢苦中作乐。

“啧啧，这个地儿，怎么着也是三环以内吧？”王大锤围着天坑边上的一片破破烂烂的平房四处打量着，“埃及人民是不是不知道什么是拆迁啊，这地儿盖一片商品房，怎么着单价也得五万起吧？”

王大锤的话倒是驱走了我心里的一些不安，不得不说，小队里有个这种整天满嘴跑火车的人还是蛮有道理的。

我忍不住逗他：“大锤，你知道这地儿是干啥的不？”

王大锤愣住了：“你别想吓唬我，刚才你说塞加拉是埋死人的地儿，我信了，这儿可是开罗市中心！你可别说这儿也是……”

我猛地一拍巴掌：“大锤，没看出来啊，是不是背后偷吃木乃伊粉了变聪明了？这地儿就是大名鼎鼎的死人城啊！你仔细瞅瞅，那个长方形的是个啥？”

王大锤走近细瞧，那是一个黄白色的长方形物体，大小和棺材相近，坐落在一个石质平台上，他狐疑地看着我：“这是个石棺？什么是死人城？”

“死人城，就是死人住的城呗，”我瞟了他一眼，“这儿就是死人城，瞅瞅，这一片所有的平房都是墓地，埃及人把死人埋在地下，然后在上面盖房子给死人住，不过早就被穷人给占了。”

“我天……”王大锤的目光转向“巢穴”的方向，“这些埃……哎……外星朋友们可真重口味啊，不远亿万光年来到地球，先偷电再盗墓……”

大锤的话引起了一片低笑声，气氛顿时轻松了不少。我朝天坑的方向望去，注意到罗队正在和阿卜杜严肃地交谈，而朱博士此时正站在天坑的边缘向下观望。

我也走上前，战战兢兢地站在天坑边缘往下看去，正午的阳光从我们身后斜上方射进天坑，却没有照亮对面坑壁，阳光仿佛被阴影吞噬……我过了一会儿才意识到这是为什么，这个天坑并不像一个传统意义上的深井，这片地底已经被挖空了，塌陷的只是其中一部分，我们就像站在一个鸡蛋壳上注视着蛋壳上的一个洞。

随时可能会继续塌陷，一想到这里，我就不禁后退了两步。朱博士看了我一眼，说道："不用担心，我们站的地方是安全的，你看——"他指了指我们所站之处的下方。我壮着胆探头向下看了看，才注意到我们脚下并不像对面一样空无一物，而是有结实的洞壁。也就是说，我们脚下是坚实的地面，我们所在之处正好是这个天坑的边缘，总之不会塌陷下去，看清楚后，我不禁暗自松了口气。这时，队员们也走到我身边，一起看着这个黑色的深渊。

在照片上看到是一回事儿，在现实中见到又是一回事儿。与其说这是一个天坑，还不如说这就是一个地狱的入口。这是一个典型的陷落式天坑，很显然，电蛇们在人类没有察觉的时候就已经挖空了这片地底，直到脆弱的地面再也无法承受重量而发生塌陷，才让电蛇的巢穴大白于天下。

站在一个深不见底的方圆八千平方米的大坑旁，一股阴郁的感觉从我心底泛起，这是人类面对未知时的天然恐惧感，我不禁有些喘不过气来，相信其他人也好不到哪儿去。我的脑海里突然出现尼采的那句名言：当你凝视深渊时，深渊也在凝视着你。

怪不得见不到电蛇，原来它们钻进了地底。没有人知道有多少电蛇来到了地球，但现在看来，它们的数量可能比专家预估的要多几个数量级。我想象着电蛇们钻进地底，在幽深的地底挖空岩石和泥土，建造自己的巢穴，无数闪着蓝光的电蛇向地底前进，需要进食的时候就钻出地面寻找人类的电厂……我不禁打了一个寒战，它们到底想干什么？

“集合！”罗队喊了一声，我们纷纷转身向罗队走去。他在一张桌子上摊开一张图纸，我们围拢着桌子，凝神向那张图纸望去。

“这是下面的地形图，但并不完整，”罗队在地图上指点着，乍一看，就像很多弯曲的线条支撑的一只碗，但我马上就明白了，这是一张剖面图，“你们都看到了，这个天坑并不深，最深处大概只有三十五米，然后有七条隧道分别沿着不同的方向继续向地底延伸。埃及人只下到了天坑底部，他们没有贸然深入这些隧道。现在，美国人、俄罗斯人、英国人、德国人、法国人都已经抵达了，他们各自选了一条隧道进行探索，每天早上出发，晚上返回，然后将各自队伍获取的信息在地表汇总，并且完善地图。也就是说，如果我们想要探索新的隧道，只剩下两条隧道选择了。”

“这倒不是问题，”阿卜杜开口说话了，他操着不甚流利的汉语说道，“最先抵达的是美国人，他们已经探索了两天，今天是第三天，在前两天，他们已经深入探索了大约三公里的长度，垂直深度大约五百米，好消息是，他们没有遇到电蛇；坏消息是，他们没有遇到电蛇，其他队伍的遭遇也差不多。”

不知道这是不是埃及式的幽默感，反正没有人被逗笑。

“换句话说，这些隧道并不陡峭，人类可以直接走进去，不用借助速降工具，”罗毅接着他的话说道，“我们能赶上进度。”

“美国人的动作可够慢的，”王大锤的语气中充满了轻蔑，“两天才走了三公里……”

“已经够快了，”吴晓晨不同意王大锤的说法，“美国人很谨慎，这可不是一次轻松的越野行军跑，不过，五百米的深度，就没有遇到地下水吗？”

“没有，”阿卜杜终于又有机会说话了，“电蛇挖掘隧道好像专门避开了地下水系，隧道里虽然有些潮湿和闷热，但没有发现水。”阿卜杜顿了一下，又补充道，“天坑最初出现的时候，有人目击到了电蛇的踪影，但现在它们大概全部钻进隧道了，对了，在下面，电子产品是无法工作的。”

“电蛇可以影响周围的电子产品，”朱博士若有所思地点点头，“但是影响的范围还是未知的，也就是说，所有和电相关的装备都没办法使用，包括红外线成像仪、手电筒、通信设备……”

“现在可以理解美国人为什么这么慢了，”吴晓晨瞟了王大锤一眼，“没有高科技装备的现代化军队，就像老虎被拔了牙，越依赖高科技装备的军队受到的影响越大。这样看来，两天走了三公里也不算慢。”

罗毅点点头：“现在大家都一样了，这是一场公平的竞赛。”

埃及人耸耸肩，摊开双手，不解地问：“你们中国人为什么总是喜欢把任何事情都变成竞赛？”

“这就是我们今天能站在这里的原因。”罗毅淡淡地说。

“我有个问题，这些隧道的直径大约都在两米左右，如果是电蛇挖掘的，为什么恰好适合人类通过？”我问道，听完我的问题，我注意到朱博士看了我一眼。

“我们不知道，”阿卜杜耸耸肩，“没人知道，也许只是巧合。”

“这个天坑呢？”我指指右后方的天坑，“电蛇怎么会挖掘出这么大的空洞？那么多土都去哪里了？”

阿卜杜这次干脆再次耸耸肩，摊开双手，一副无奈的表情。

“很可能空洞本身就存在，只是电蛇的行为影响了地质稳定性，引发的地震导致了坍塌，”朱博士替我解了围，他关心地问阿卜杜，“这次塌陷，有多少牺牲者？”

“我们还不知道，”阿卜杜的脸上露出一丝悲戚，“都是些穷人，政府从来都没搞清楚过有多少人生活在死人城。”

“我感到很抱歉……”朱博士露出一脸歉意。

“都有，盘点一下装备，”罗毅开始布置任务，“我们从这两条隧道中选择一条，”他指点着地图上尚未被探索的两条隧道，其中一条略平缓，与水平线大约呈三十度夹角，另外一条略陡峭几度，罗毅指着第二条隧道，“我倾向于这一条，虽然陡了点，但是前进相同的距离，可以深入地底更多，都有意见吗？”

我们当然没有意见。正式小队成员有五人，队长罗毅、吴晓晨、王大锤、周茂和我。我们很快就清点了装备，我们每个人配备了一把 Q4 手枪、强力军用手电筒、多功能军刀、通信器……不过看起来手电筒和通信器都可以留在地面上了。

“看来，我们需要一些专业设备，”罗毅站起身，对阿卜杜说，“要烦劳贵方了。”

阿卜杜瞪圆了双眼，劝说道：“我的朋友，用不着这么着急的，其他队伍都是到来的第二天才开始行动的，你们可以休息一下，来点薄荷红茶和点心怎么样？我们这儿还有招待客人的阿拉伯水烟，保证不会让你们失望的……”

“谢谢你们的好意，”罗毅打断他，“我们一个小时后出发。”

深 入

一个小时后。

全体小队成员来到了巢穴边缘，最先到达的美国人已经在这里建设了一个简陋的滑轮式升降梯，后来的各国队伍都是通过这个升降梯下降到坑底。我们从埃及人那里得到了一些涂满油脂的火把，每一支火把都可以稳定燃烧两个小时。另外，还有一些结实的绳子，我们将像攀岩者一样在前进的隧道上每隔五十米设置一个安全绳固定点，防止发生突然跌落。

由于到天黑只剩下半天时间，所以罗毅决定今天下午只做试探性的探索。他决定和吴晓晨先进入隧道做一些初步探索，但朱博士却坚持也要进入。他们走到一旁低声争执了一会儿，罗队被说服了，他很快就重新做出了安排。罗毅将队员们进行了两人分组，他和吴晓晨是先行组，我和朱博士是中间组，王大锤和周茂殿后，按照计划，第一组和第二组将相隔五十米前后出发，如果遇到岔路口，就要停下等待后面的小组，王大锤和周茂则不进入隧道，在隧道口进行守护。按照罗队的命令，今天我们深入的直线距离不能超过两公里。

每个人的背包都鼓鼓囊囊的，好客的埃及人做了很充分的准备，他们为我们提供了电石灯、一大卷安全绳、紧急联络用的哨子、大号蜡烛和一些金属环等专业探洞装备，再加上我们自己的军刀和急救包，我的心里顿时安定了不少。除此以外，埃及人还为我们提供了干净的饮水和食物，阿卜杜甚至为我们带来了专业的带有护膝和护肘的探洞服。在罗毅的坚持下，埃及人为我们每个人都提供了三个火把。除此以外，我们每个人的背包里还装着两支应急荧光棒和能够测试氧气含量的乙炔灯。

穿戴完毕之后，我们在埃及军人们的注视下走进木制升降梯，两个身材壮硕的埃及军人转动滑轮，升降梯发出嘎吱嘎吱的声音，载着我们向深渊沉去，阿卜杜蹲下身来，朝我们喊了一句："哈比比，萨拉玛利空。"然后他又用汉语说了一句："朋友们，真主保佑你们。"

罗毅朝他竖了竖大拇指表示感谢，然后我们就随着升降梯的下降沉入了阴影。升降机不疾不徐地下降着，粗糙的洞壁从我们身旁掠过，偶尔还能看见几根断裂的植物根须。几分钟后，随着一阵颠簸，我们下降到了天坑底部。小队从升降梯鱼贯而出，天坑底部并不是完全的黑暗，我们的眼睛已经适应了这里的环境，尽管没有阳光直射到这里，但散射的微光还是让我们看清楚了周围的一切。和我之前想象的不同，这里并不是空无一物，走出升降梯之后，映入眼帘的是一个简陋的营地，几个帐篷和一些箱子乱糟糟地堆在一块平地上。但几米之外就是坑坑洼洼的崎岖地面和地面上掉落的残骸废墟，我们不敢贸然深入。身处三百多米深的地底，地面上的燥热一扫而空，取而代之的是一股化不开的寒意。

营地中央有一个架在几个大石块上的铁锅，按照埃及人的指点，吴晓晨点燃一支地上的引火物，扔进了铁锅，瞬间燃起了熊熊烈火。我们借着火光在营地里选择了一块没有人使用的地方，卸下自己的装备。我抬头望去，只见蓝天如一个碗扣在我们头顶，一朵白云正以肉眼可见的速度从碗口飘过。

我们按照地图指示找到了选择好的隧道口，距离出发营地大约有三十米。罗毅走到我身边，对我说："陈政，保护好朱博士，有事儿就拉绳子发信号，尽量不要喊叫。"我点点头表示明白。接下来，罗队和吴晓晨每人携带了三支火把先走进了隧道，他们的腰间系着长两米的安全绳，将两人连接在一起，这样万一有人跌落地底缝隙还不至于摔死。

隧道深处是一片黑暗，罗毅从吴晓晨手里接过一支点燃的火把，在火把的照耀下，我们看到隧道的洞壁布满了碎石，地面也崎岖不平，隧道一直向下延伸，看起来就像一个怪物的喉咙。不知道是不是错觉，我总觉得一股阴森的寒气从这个无底洞里冒出来，这个想法让我起了一身鸡皮疙瘩。

"根据其他队伍的反馈信息来看，下面的空气暂时没有什么问题，一直深入到五百米的地方，氧气含量都一直很稳定，"罗队说，"所以我们要节省乙炔，今天只使用火把。"

出发的时候，罗队没有犹豫，命令进洞的队员一定要携带好手枪和足够的弹夹。

"如果遇到危险，可以射击，"罗队命令道，"但不要主动发起攻击。"

说完之后，罗队和吴晓晨就作为先行者走进了隧道，罗队手持火把走在最前，吴晓晨紧随其后，他们把通信器和军用手电筒都留在了外面。

火焰摇曳着，他们的影子在斑驳不平的洞壁上游走，变幻不定。最终，罗队和吴晓晨与他们的影子一起消失在我们眼前。王大锤和周茂不停地释放着他们手中的绳索，到了五十米的记号之处时，他们拽紧了绳索。隧道里的周队和吴晓晨显然也察觉到了，一阵轻微的声响从隧道深处传来，他们正在隧道壁上打下钢钉，设置安全绳。

我们稍等了一会儿，绳索被重新拉起，我和朱博士该出发了。

“五十米设置一个锚点，”周茂叮嘱道，“小陈，博士，注意安全。”

“小陈，保护好朱博士哦，遇到电蛇可别怂，赶紧逮一只回来交差。”王大锤总是没个正形，“没有哥的保护，你可别交代在里面了。”

我点点头：“放心吧，大锤，抓电蛇这个光荣的任务就归我了，你没事儿干就到处转转，没准可以挖个木乃伊回家磨粉吃，好好治治你的难言之隐。”

“得，放心吧您嘞，你的病就交给我了，”王大锤拍拍我的肩膀，“别逞能，遇到啥事儿就喊，哥在这儿保护你。”

“走了。”我最后检查了一下身上的安全绳，点燃火把，率先走进隧道，朱博士紧跟着我走进了隧道。

走了没几米，我就感觉到一股寒气真的扑面而来。

“这不太正常，”朱博士在我身后低声说，“按理说这么深的地底不该这么冷才对，每下降一百米，气温应该升高三度。”

“不正常的事儿多了去了，博士。”我回应道。脚下的路实在算不上平稳，站在洞口看是一码事儿，自己走起来又是一码事儿，这条隧道的陡峭有点超出我的预期，俗话说上山容易下山难，我不得不微微弯曲膝盖，以一种下山的姿势慢慢行走。不得不说，和朱博士聊天是一件比较愉快的事情。“我还是想不通，根据现在的目击记录来看，电蛇的直径也就二三十厘米吧？要是我是电蛇，想往地底下钻，干吗要挖这么粗的隧道？”

“不符合常理的事儿多了去了，”朱博士的声音从我身后响起，“这不就是我们来这里的目的吗？”

“好吧。”以其人之道还治其人之身，这招儿真不错，我握紧了手中的绳索，同时根据绳索的舒张度来控制着自己的速度，显然罗队和吴晓晨减缓了速度。“朱博士，从你们科学家的角度看，这些电蛇到底要干什么？它们为什么要钻进地底？”

“它们肯定在寻找什么，”朱博士说，“但我们还不知道它们到底要寻找什么。”

这不是废话吗，我差点脱口而出。说实在的，我还是不太明白这位朱博士在这场探险中能起到什么作用。我突然有了一个奇异的想法，难不成遇到了电蛇，他还会和电蛇先进行一场友好的交流，如果交流不成，我们再动武？我始终觉得这位朱博士有许多事情没有告诉我们，不过这也可以理解，古人不都说了，秀才遇到兵，有理说不清。从赫尔格达到开罗的一路上，朱博士几乎都没说过什么话，这么看来，那场沙丘谈话大概是朱博士说得最多的一次。想到这里，我不禁感到一丝得意，看来我在朱博士眼里大概也算半个文化人嘛。

我们又走了一会儿，身后的绳索绷紧了，我们已经走了又一个五十米。我们停下脚步，同时也看到了地面上罗队设置的锚点。我们等待了一会儿，聆听着从前方的黑暗中传来的敲击声，罗队和吴晓晨正在设置新的锚点。借此机会，我仔细查看了一下地面和洞壁，发现了一些之前未曾注意到的东西。在火把的照耀下，洞壁上有一些晶莹的闪光点，一开始我以为是石英或者云母，但现在停下来细看，我发现之前的判断是错误的，这些东西既不是石英，也不是云母。我从洞壁上抠下一块碎片，放在手心里细瞧，一种莫名的熟悉感让我心里一动。

“是玻璃，”朱博士的声音响起，我转过头看着他，只见他也抠了一块，然后用一支不知道哪里掏出来的放大镜仔细观察着，“有高温煅烧过的痕迹。”

“是电蛇干的？电流是不是可以产生高温？”

“有这个可能性，”朱博士又搜寻了几块玻璃，小心地收起来，“不过这个需要在实验室里进行化验才能下定论。”

这时，前面的绳索重新绷紧了，我往后拽了拽，洞口的王大锤和周茂收到了我发的信号，又开始释放绳索，我们手握绳索开始继续前进。隧道越来越陡了，但还可以勉强行走，隧道并不一直是笔直向下，而是蜿蜒曲折，所以我们根本看不见前方五十米处的罗队和吴晓晨。

气氛有些沉闷，我们现在一定已经离开了天坑的范围，根据隧道的方向推算，我们大概正好处于萨拉丁城堡的下方，同时我们已经深入地下大约三十米，加上天坑的深度，我们大概深处地底三百八十米的地方。我想象着头顶是厚达三百八十米的土壤和岩石，不禁感到一阵发自内心的战栗。作为军人应该是无所畏惧的，但幽暗恐惧症这种东西可不会说没就没了。

我们走得很慢，大概每十分钟才会行走五十米等待罗队他们放下新的锚点。出发一个小时后，我们已经行进了五百米的直线距离和大约三百米的垂直距离。新的锚点设置完成之后，我们听见前方传来了两声快速而连续的哨声，间隔了一分钟，又是两声快速而连续的哨声。

“这是什么意思？”朱博士有些紧张。

“不用紧张，博士，这是休息的信号，”我把背包卸下，一屁股坐在地上，倚靠在洞壁上，“坐下休息一会儿吧，我们有五分钟。”

朱博士把火把插在面前的地上，地面很松软，他很轻易就挖掘出一个能把火把放进去的洞。然后，他在我身边坐下，我们并排坐着，不约而同地盯着眼前的火把。

“博士，你知道盾构机吧？”我打破了沉默，不知道为什么，走在这个隧道里，我总有一种坐在火车里钻进隧道的感觉。

“当然了。”朱博士回答我。

“你好像一点儿都不感到意外。”我指指隧道深处。

“什么？”

“看看这个隧道，像不像一个盾构机向下挖掘的？”

朱博士没吭声。

“那么细的电蛇，怎么会挖出这么粗的隧道，”我干脆把心里的疑问直说了，自从沙丘谈话之后，我感觉和这位博士似乎找到了某些共同语言，“按理说，你作为心思缜密的科学家，实在不应该这么淡定，这正是让我意外的地方。朱博士，你是不是已经有了啥想法？”

朱博士深深地看了我一眼，眼睛里满是笑意：“小陈，你们这个队伍可不简单啊，我一直以为王大锤是眼睛最毒的一个，看来我错了。”

“他是嘴巴最贱的一个，要是你也这么看的话，那倒没错，”我笑了笑，“博士，我一直很好奇，不，是所有人都很好奇你来这里干吗，你说要是真的捕捉电蛇，多你一个不多，少你一个不少，无意冒犯，我这人说话直，要是真遇到电蛇，我们跑得肯定比你快，说实在的，我们可不敢把你丢在这儿。”

“你怕我拖后腿？”朱博士一针见血。

“我可没这么说……”我赶忙摆摆手。

“没啥，我要是你，我肯定也这么想，”朱博士不在意地笑了笑，“说实在的，现在我们提出的一切想法都是基于目前观测结果的假设，毕竟我们从未捕获到电蛇的样本，但我已经有了初步的想法。你说的没错，那么细的电蛇不大可能挖掘出这么粗的隧道，而且，如果它们真的要深入地底，挖这么粗的隧道是没有必要的，一个能穿越星际空间的种族不会犯下这种错误。”

“哦？所以这个隧道不是电蛇挖的？”

“小陈，你还记得今天上午我们在塞加拉谈到的，电蛇究竟是什么吗？”朱博士没有正面回答我的问题，而是反问我。

我点点头：“外星电鳗？外星充电宝？”

“据我判断，它们很可能是一种冯诺依曼探针。”朱博士说。

我努力在脑海里搜寻着关于这个名词的知识，“你是说，自我复制的机器？你认为这些电蛇是外星文明制造的自我复制的机器？”

“这个可能性极大，”朱博士点点头，“你对冯诺依曼探针了解多少？”

“不太多，”我老实说，“以前在一本科学杂志上看到过一篇文章，冯诺依曼探针是一种可以自我复制的机器，很可能是未来人类进行星际探索的一种手段。这些机器就像蒲公英一样散播出去，遇到合适的星球就着陆，然后自己采矿，复制自身，然后再次发射更多的机器……但我记得那篇文章认为人类很难解决什么技术难题，现在还只是一种理论上的设想。”

“你了解的比我想象的要多，”朱博士赞许地点点头，“冯诺依曼探针也叫冯诺依曼机器，其实是一回事儿。这个概念是冯·诺依曼博士在20世纪40年代晚期在加利福尼亚州帕赛迪纳的海克森研讨班上提出的，他设想了一种比较经济的星际探索方式，即制造一些能够自我复制的机器发射到太空里去，让这些机器替人类探索宇宙。所以这种机器也被称为探针。冯诺依曼探针最重要的特点是它们必须能够自我繁殖，而一个系统如果要自我繁殖，必须具备两个重要特征：第一，它必须能够构建某一个组成元素和结构与自己一致的下一代；第二，它需要能够把对自身的描述传递给下一代。这个思路是冯·诺依曼亲自提出的，而这两个特征都在随后的1953年里被沃森和克里克在DNA结构中发现了，换句话说，我们的DNA就是一种完美的自我复制的机器。但这种机器是出于大自然之手，是亿万年的演化挑选得到的产物，而且这种机器还有一种我认为更重要的特征。”

“什么？”我的好奇心被完全勾起来了。

“DNA 能够根据环境的变化自我调整演化的路线，”朱博士说，“换句话说，DNA 有这个世界上最强大的反馈调节机制。”

看见我困惑的目光，朱博士又换了一个说法：“简单来说，DNA 拥有进化机制。所以，我认为真正能够起作用的冯诺依曼探针还必须加上第三条特征：变异和进化。只具备自我复制功能的冯诺依曼探针是不完美的，它们还必须要有进化机制，才能称得上是完美的探索者。但是，也许有一天人类可以制造出会自我复制的机器，但要想制造出会自我进化的机器，恐怕才是最难的。进化是隐藏在 DNA 之中的最深的秘密之一，也许造物主永远都不会向人类揭开这个秘密。”

“这么玄乎？”我咂摸着朱博士的话，“不对啊，电脑病毒不就会变异吗？电脑病毒可是人造的吧。”

“没错，”朱博士说，“电脑病毒的确具备了冯·诺依曼提出的两个特征，它们会自我传播，会自我复制，但它们不会自我变异。所谓的电脑病毒变异，其实是在传播过程中被人为修改了代码。目前人类所了解到的自我变异现象只在生物之中出现过。”

“那这些电蛇……”

“如果它们是外星文明制造的冯诺依曼探针的话，就可以解释我们为什么观测不到母舰，第一，冯诺依曼探针本身就具备穿越星际的能力，”朱博士说道，“第二，根据目前目击到的特征，它们的确好像是一种机器，是一种会自我复制的充电宝，”说到这儿，朱博士面含笑意看了我一眼，“第三点，也是最重要的一点，也许它们的制造者没有给它们写上遇到智慧生命后的行为程序，所以它们才对人类视而不见。”

“它们倒是把我们的电厂摸得清楚，”我没好气地说，“这又怎么解释？”

“我说过了，这只是一种假设，”朱博士说，“也许在它们眼里，我们的电厂只是一些自然现象，就像自然存在的火山口……不过这不是重点，重点是，我怀疑它们已经发生了变异。”他指指隧道，“你不是好奇电蛇为什么要挖掘这么大一条隧道吗？”

“你是说……它们长大了？”我斟酌着语句。

“你认为冯诺依曼探针如何复制自身？”朱博士反问我，“让我猜猜看，大部分人脑海里都是这样想的，每个冯诺依曼探针都具备采矿、冶炼功能，然后从生产道里吐出一个小诺依曼探针，小的诺依曼探针会自行寻找材料组装自己，最后成长成和母体完全一致的个体，没错吧？”

“这样是最合理的假设，”我说，“想要一次性生出一个和母体完全一样的个体不太现实吧，除非直接进行体外组装处理。”

“现实中已经有了最好的样本，草履虫这种单细胞生物可以通过自身的分裂制造新的个体，但这种个体只是简单的分裂和复制。而多细胞生命的复制就不一样了，重点在于合作。亿万个不同的细胞通过合作链接成一个成熟的生命体，制造出具备专门功能的生殖细胞，生殖细胞具备成长为新的个体的能力，这才是最合适的道路。”

我隐约抓住了朱博士的暗示：“你是说，电蛇们正在合作？”

“没错，如果我的猜测没错，如果电蛇真的是冯诺依曼探针，它们抵达一个新的星球之后的第一件事就是补充能量和勘察环境。如果这个星球不符合它们的要求，它们就会离开，去寻找下一个星球。但不幸的是，地球好像完全符合它们的胃口，它们发现了在人类的电厂可以很轻易地吸取能量，然后它们开始组合成母体，在母体中承担不同的作用，就像干细胞分化成神经细胞、肌肉细胞、骨细胞等。这些电蛇启动内部预设的指令，进行了分化，变异成母体的不同器官，它们一定是在天坑里组合成了母体，然后开始向地底钻探……”

这时，拴在我腰间的安全绳晃动了几下之后绷直了，我意识到我们该出发了，五分钟过得可真快。

我站起身，把背包重新背在身上，拿起插在地上的火把，向身后拽了拽绳子，洞口的大锤和周茂显然收到了信息，绷紧的绳子松垮了下来。“走吧，博士，”我朝隧道内的方向偏偏头，“我们边走边说。”

刚走了两步，我就忍不住问道：“博士，无意冒犯，你是说，现在有一条直径两米的电蛇正在地底钻洞？”

“第一，不是一条，是至少七条；第二，它们现在肯定已经停了下来，因为我们感受不到震动，之前开罗发生的地震其实就是这些电蛇母体往地底钻洞引发的。”朱博士在我身后慢条斯理地纠正着我，“第三，你没有注意到隧道正在变得更宽吗？这说明母体在钻隧道的同时还在继续增长。”

我不禁打了一个寒战：“你是说，它们现在正在地底下进行繁殖？我们要去的地方……”我不禁摸了摸腰间的手枪。

“如果电蛇真的有危险，那玩意儿根本没用，”朱博士看到了我的小动作，“不过你也不必过于担心，我们距离它们的巢穴还早，美国人深入了五百米的垂直距离都还没有发现什么。”

“博士，如果你的猜测是对的，我们真的是来捕捉电蛇的吗？”我在心里嘀咕着，开什么玩笑，至少七条两米多直径的电蛇又会在地底组成什么玩意儿？克苏鲁巨怪吗？“不过，要是它们真的在繁殖，我们倒是有可能捕捉一个电蛇卵回去……希望到时候它们的母亲还能保持对我们视而不见的态度，我绝对不会有任何异议。”

“我刚才说的一切都是个人推测而已，”朱博士笑笑，“要是真是那样，我们至少可以观察观察，至于捕捉什么的……谁知道幼体的电蛇是什么样的。”

我没有再说话，我们就这么沉默着一前一后继续走着，隧道弯弯曲曲，千回百绕，我逐渐又觉得，自己好像是正走在通向炼狱之路的但丁，要不是余光还能看到两边的洞壁和头顶的洞顶，我们真的好像走在一条幽暗深邃的亡灵峡谷中，正走向黑暗和未知。

突然，一声急促的哨声在前方响起，打断了我的胡思乱想。我猛地停住，侧耳倾听，没错，哨声又响起了，三声短，三声长，三声短，我的心猛地一沉。

“怎么了？”朱博士问道。

“听！”我回答道，我这才意识到，不知道什么时候，从前方黑暗中延伸过来的安全绳已经松松垮垮地掉在了地上，我的脸色一定白了，“这是紧急联络信号，三短三长三短，SOS，罗队和吴晓晨发出了紧急求救信号！”

失　踪

怎么会出现这种情况，美国人不是走了两公里都没遇到什么异常吗？我们这才……我数了数，我们才走了六百多米……距离下一个锚点还有大约三十米……

我的冷汗瞬间就冒出来了，朱博士正准备说什么，我用严厉的眼神制止了他。

我凝神细听，同时拽动手中的绳索，如果安全绳仍然绑在罗队和吴晓晨的身上，我应该能感觉到拉力才对，但是让我失望的是，绳子无力地耷拉在地上，被我一拽就松松垮垮地拖了过来。很显然，本应该系在罗队和吴晓晨身上的绳子被解开了，这一下我更担心了，罗队和吴晓晨到底遭遇了什么，会解开安全绳。按理说，如果前方出现了危险，他们应该往后跑才对，莫非有什么东西抓走了他们？

我等待了一分钟，没有再听见哨响，这说明情况比我想象中的更坏。按理说，遇险后如果要发出SOS信号，需要每隔一分钟发送一次，但是现在看来，罗队和吴晓晨只来得及发送了一次信息，而且救命的绳索也断了。

这不对劲，我背后的寒毛竖了起来，如果他们掉进了缝隙，绳子反而会被拉紧才对，不到万不得已，罗队和吴晓晨绝对不会轻易松开救命的安全绳。也就是说，他们遇到了紧急状况，然后只来得及吹响一次SOS，然后绳子就断了。他们遇到了什么？是电蛇？

“绳子断了？”朱博士一惊，他也看到了我的动作和地上的绳索。

“博士，我去前面看看，”我快速低声说道，“你再点一支火把，顺着绳子回去，呼叫救援，走到距离隧道口一百米的距离就吹哨子，三短三长三短，记得每分钟吹一次，但是别停下，继续回到洞口。如果半个小时之内我还没出来，立即进来救援，王大锤他们知道该怎么做。”

“不，我要跟你一起走，不就五十米的路程吗？”朱博士却不同意我的安排，他认真说道，“小陈，你仔细想想，罗队和吴晓晨相隔两米，不可能同时掉进了缝隙，一定是遇到了什么突发情况，你一个人前往，连个照应都没有，遇到危险怎么办？”

“罗队和吴晓晨两个人都遇到危险了，我们两个不比他们更强。而且，不要小瞧这里的五十米，这可不是平地上的五十米！”我断然拒绝朱博士的提议，“博士，我接到的命令是保护你的人身安全，你得听我的，我没时间跟你争论什么！”

朱博士一脸凝重地看着我，坚持道：“小陈，我理解的想法，你看这样行不行，咱俩各点一支火把，拉开到五米的距离，我跟在你身后，如果遇到问题，我立即返回。”

我正在犹豫，朱博士又急切地补充道：“要是真发生什么……至少我也能带更多的信息回去。”

“好吧，”我一咬牙，“不过，如果遇到怪事，千万不要逞能，你要立即跑回去，就算我们仨都死在这里，你也不能出事。”

“好。”朱博士点点头，他退后几步，紧紧地抓住绳索，然后点燃了新火把，同时朝我点点头，示意自己准备好了。我下意识地去摸通信器，想向洞口的王大锤和周茂说明情况，却摸了个空。这时我才意识到我们也是被拔了牙的老虎，我们现在的处境和几千年前的古人没什么区别。没有了高科技装备的加成，我们甚至还不如几千年前的老祖先们。

“走。”我低声说着，手里抓着断掉的绳索向前走去。

五十米是一段很短的距离，飞人博尔特只需要不到五秒钟就能跑过这段距离。但是在塑胶跑道上听着千万观众的欢呼跑五十米是一回事儿，在四百米深的地底隧道里走五十米又是一回事儿。我们走得比之前还要慢，足足花了七八分钟才走过了三十米，来到了最后一个锚点处，此时，我们距离罗队他们还有二十米。我停下来，检查了一下锚点，没有发现异常，只是从金属环穿过的绳索已经不再紧绷，软塌塌地横在地上。

我只停留了几秒，就继续向前走去。我心急如焚，不禁加快了脚步，精神上的紧张也让我耗氧量大增，相信身后不远处的朱博士也能听见我粗重的喘息声。还没走到罗队和吴晓晨出事的地方，我们就看到了远处的微光。走近之后，我看到了那是一支被扔在地上的火把，我手中的绳索也到了尽头，绳索直接被丢弃在地上。没有裂隙，没有洞穴，前方的隧道虽然依然隐没于一场黑暗中，却看不到任何异常。罗队和吴晓晨都不见了，他们留下了已经燃了一半的火把和安全绳。

朱博士看到没有危险，拽了拽我手中的绳子，我回头看他，示意他过来。朱博士走到我身边，我们两个一起扫视着地面，这个场景让我感到非常迷惑，我本以为两个人一起掉进了某个洞穴或者缝隙，在挣扎中被尖利的石块割断了绳索。这已经是我能想到的最悲观的情况，但显然情况比我想象的还要复杂。

“会不会是他们遇到了什么紧急情况，然后跑到前面去了？”我说，只有这样才能解释他们为什么会丢下绳索，但无法解释他们为什么丢下火把。

“他们为什么要丢弃火把？”果然，朱博士立即说道，“而且，他们有时间吹响 SOS，如果前面出现了什么危险的东西，他们应该掉头往回跑才对……”

朱博士说得对，我是一时间急糊涂了。

“前面突然出现了某些让罗队和吴晓晨即使放弃安全绳也要去追的东西，他们匆忙间做了两件事情，点燃了新火把，吹响了 SOS 信号，然后将旧火把留在这里做标记，两个人就冲进了隧道，这是唯一可能的解释。”我冷静下来之后，分析道。

朱博士默然不语，算是认同了我的推测。时间一分一秒地过去，我们得尽快做决定了。我从背包里取出一支新火把，将新火把点燃，插在地面上，做了一个长久的标记，然后将地上已经快燃尽的火把和我们原本的火把熄灭，装进背包。然后我又掏出一支荧光棒，握住两端用力一弯，里面传出玻璃碎裂的声音，然后通体发出白色的光芒。我站起身，将荧光棒尽力向前扔去，按照我的臂力，在空地上全力发挥下扔个五十米远不成问题。但荧光棒向斜下方飞了十几米之后就撞在了隧道壁，掉落在地上，前面是一个拐弯。

没有什么异常，至少在荧光棒照亮的十几米隧道里，我没有看到裂隙、洞穴和电蛇，稍微让我安心的是，我也没有看见尸体。

“现在怎么办？”朱博士问。

我摸出哨子放在嘴边，对着黑暗的隧道吹响了五次连续长声，我相信如果罗队和吴晓晨还在前面，他们一定听到了这个返回信号。做完这一切之后，我放下背包坐下，斜靠在隧道壁上，这才抬起头对博士说道：“我们等，博士，我们在这里等他们，如果十五分钟后他们还不回来，我们就撤回去呼叫救援。”

朱博士没有对我的决定表示异议，我现在有两个选择，前行或者后退。但前行是不明智的，我没有听见任何呼救声，如果我们两个贸然深入，很可能会遭遇与罗队和吴晓晨遇到的险境，我不认为我带着这个满头花白头发的朱博士的战斗力会比罗队加吴晓晨要强。所以，最明智的选择是等待，然后返回求援。

在等待的时间里，我感到有些喘不过气，尽管眼前的火把还在稳定地燃烧，但我眼前依然是驱不散的黑暗。我的手垂落在身后的隧道壁上，感到潮湿冰冷，就像毒蛇的鳞片。

我默数了一分钟，又吹响了一次返回信号，但依然没有任何回应。

“博士，”我打破沉默，试图缓解一下朱博士的焦虑，我看到他面无血色，生怕他被吓出病来，“你刚才好像还没说完，如果你的推测是对的，电蛇真的组合成了一个具备繁殖能力的母体，它们接下来要做什么？”

“寻找矿藏，制造复制自身所需的材料，”朱博士的目光从隧道深处的黑暗中移到我身上，“大量繁殖自身，耗尽地球上的资源，将所有可以利用的资源全部转化成自身的复制体，然后离开地球，就像蒲公英一样继续散播，遇到下一个星球之后，也如法炮制。”

“太混蛋了，”我不禁脱口而出，“这不就是赤裸裸的侵略吗？”

“侵略？”朱博士凝重地摇摇头，“小陈，你还是想得太简单了。你现在设想一下，你正走在回家或者上班的路上，看到路边有一棵结满苹果的苹果树，于是你偏离了道路去摘苹果，路上不小心踩到了一个蚂蚁窝，蚂蚁们发出最强烈的信息素向你发动了抗议，抗议你发动了无耻的侵略，赤裸裸地践踏了蚂蚁世界的道德准则，你听见了吗？”

“不至于吧，”我愣了半晌，心底一股寒气冒起，“哪有那么玄乎，我们再怎么着也不至于沦落到蚂蚁那样吧……”

朱博士没有说话，只是沉默地看着我。

我沉默半晌，还是决定用军人的思维来解决这个问题：“别太担心，博士，既然找到了它们的巢穴，直接丢核弹炸，我还不信这个世界上有什么东西不怕核弹，就是可惜头顶上的萨拉丁城堡了……”

朱博士却摇摇头，显然不同意我的想法：“古人云，不战而屈人之兵才是上策，况且，我们不知道这些电蛇到底建造了多少巢穴，地球内部可是个很大的地方，开罗这个巢穴一定不是唯一一个。如果它们能钻破地壳进入地幔甚至地核，我们就拿它们一点办法都没有了。”

“它们去地核干什么？”我好奇地问。

“地球形成初期，重元素基本都沉入了地核，以黄金为例，如果将地核里所有的金子提取出来，足以制造一个能把地球包起来的厚度三米的金壳。而且，地球上只有一个地方同时具备大量的金属矿藏和能量，那就是地核。如果电蛇们进入了地核，它们会掠夺地核的热能，很可能造成地核冷却，液态铁镍内核停止转动，地球会失去磁场，小陈，你知道如果地球失去磁场的话，会发生什么事情吧。”

我现在终于明白了之前为什么朱博士说我太乐观了，我原本以为人类文明退化至第一次工业革命之前，重新变成一个低技术社会已经够悲惨了，没想到科学家们早已看到了一个更黑暗的结局。如果没有地磁场，地球将失去保护，太阳风和裹挟着高能粒子的宇宙射线将肆无忌惮地轰击地球表面，对地球表面的生物体造成极大伤害，至少有半数人类将因为辐射病而悲惨地死去，剩下的一半也好不到哪里去，因为庄稼和动物也没有多少能挺过去。即使挺过去了，太阳风还会持续不断地剥离地球的大气层，地球最终会变成第二个火星……合着那些神棍还碰对了，这些电蛇真的是从地狱里跑出来的撒旦，要用烈火毁灭这个世界……

我狠狠地往地上啐了一口。

朱博士点点头："你还在为你支付宝里的老婆本担心吗？"

"我怎么不担心！我为什么就不能担心！"我有些恼怒，心底不禁盘算着，要是这个博士说的都是真的，那就是世界末日要到来了，那我得抓紧时间干点啥。

"所以，我一直希望自己是错的，"朱博士的语气有些沉重，"我希望它们不是什么冯诺依曼探针，不是冷冰冰的机器，是可交流的外星人本身，只是还没有意识到我们的存在。"

"这么说来，你是真的想来和它们交流的？"我不禁想起了朱博士在营地里和罗队之间的争论，朱博士坚决反对电蛇捕捉计划，希望能和电蛇交流。我原本觉得，这只是科学家的迂腐，但现在看来，这位老博士的顾虑和眼光比我们这些人都长远。

"是的，我当然希望自己是错的，从它们的行为特征来看，它们拥有穿越星际空间的能力和反重力技术，还能凭空吸取电力，能影响周围的电器使用。如果它们真的是某个外星文明制造的冯诺依曼探针，那么人类将毫无胜算。如果它们是一种外星智慧生命，那么我必须要找到和它们进行交流的渠道，"朱博士坚定地说，"这是唯一的办法。"

"我不知道你打算怎么和它们交流，"我摇摇头，"但我没见过会写字和会说话的蚂蚁。"

我们没有再说话，时间滴滴答答地过去，在这个幽暗的地底，时间的流逝仿佛也变慢了。我看了几次表，一想起罗队和吴晓晨的那个 SOS 信号，我就心急如焚，恨不得立即拿着火把冲到前面去看看到底发生了什么。但我知道如果我那样做的话，很可能让我自己也陷入危机之中。唯一的好消息是，到目前为止，我们还没有发现这条隧道存在岔路，只要罗队和吴晓晨原路返回，就不存在迷路的可能。

我再次看了看表，十分钟过去了，我果断站起身，对朱博士说：“不能再等了，博士，我们先撤回去。”

朱博士也站起身，我解开锁扣，走到他的前面，重新放下锁扣，吩咐道：“千万要抓紧安全绳，不要熄灭火把，跟紧我。”

“放心吧，”朱博士说，“我这把老骨头还撑得住。”

回去的路是上坡，但毕竟是已经探索过的路，而且有已经设置好的安全绳，所以我们行进的速度至少比来时快了两倍。我弓着腰，左手持火把，右手轻握着安全绳，低头猛走，我能听见朱博士粗重的喘气声紧随在我身后，但他一直没有发出抱怨和要求休息。

我一路数着锚点计算着剩下的路程，五十米一个锚点，我们已经走了六百多米，总共十二个锚点。

大约二十分钟后，我停了下来，豆大的冷汗从我额头渗了出来。我转头看向朱博士，我的脸色一定很难看，朱博士被我吓了一跳。

“朱博士，你数锚点了吗？”我努力控制着声音的颤抖。

朱博士摇摇头：“怎么了？”

“我数了，”我指着地上的锚点，感觉好像见了鬼，“这是第十三个锚点，而我们只放了十二个锚点，按理说这里应该是隧道出口才对。”

蚂 蚁

朱博士显然被我的话给吓住了，他愣了半晌，才安慰我：“小陈，别着急，你太紧张了，这种环境下是很容易出差错的，你很可能是不小心数错了。”他又自责地说，“我怎么就不记得要数一下锚点呢？”

“这事儿怪我，我没有提醒你，”我抬头向前方望去，心里却更焦虑了，我明明记得从隧道入口到第一个锚点之间根本没有拐弯，而隧道口是有火光的，如果我真的数错了——最多一个，不太可能会数错两个——那么眼前这个锚点应该就是最后一个，从这里应该可以看到隧道口才对。难道我真的数错了两个以上？

“我们继续走，”我果断地说，“千万跟紧我。”

我们继续前进，走了没多久，我们就到了下一个锚点，我抬头望去，依然是漆黑一片。

“你可能漏数了两个……”朱博士也擦了擦头上的冷汗。

“你知道这不可能，”我焦躁地说，“继续走！”

于是我们在压抑的沉默中继续往隧道的出口走，又经过一个锚点，这一次，朱博士也不说话了。再次走到一个锚点时，我们站住了，两个人面面相觑，这个锚点的旁边插着一把正在燃烧的火把。

“博士，”我感觉嘴里又干又涩，“我知道这个问题对一个科学家来说有些奇怪，你相信鬼打墙吗？”

“不，”朱博士坚决摇摇头，“这个世界上可能有一些还不能解释的现象，但我不相信鬼神之说，这是一个科学工作者最基本的素养。”

“我也是，可是现在你怎么解释这个……”我指指地下的锚点，相信朱博士即使没有从头开始数锚点，现在也意识到了锚点的数量不对，“不要再欺骗自己了，我们没有走到隧道口，我们回到了出发的地方。”

朱博士没有吭声，火焰摇摆下的光影在他的脸上变幻不定，他默认了我的说法，这个火把分明是我们在最后一个锚点等待罗队和吴晓晨的时候插下的。不同的是，我们是从另外一个方向来的，但我们没有看到地上的荧光棒。

朱博士紧紧地皱着眉头，不知道在思索什么。我在锚点周围四处查看着，我甚至找到了我和朱博士刚才倚靠在隧道壁坐下的地方，没错了，就是这里，我分明看到了我们坐下和起身的痕迹。

我的冷汗已经浸透了内衣，作为一个从小到大都接受唯物主义史观教育的军人，我不相信世界上存在鬼魅，更是对所谓的古埃及法老诅咒之类的小报谣言嗤之以鼻。但此时身在埃及四百米的地底，面对眼前出现的诡异现象，我不禁感到一阵面对未知的本能恐惧。

“我们再走一遍，”朱博士的声音响起来，“有可能我们走了不易察觉的岔路。”

我在心里苦笑，心里知道这是不可能的，如果有岔路，我们不可能不发现。再说了，即使真的我们都看花了眼，走了岔路绕了一圈回来，我们也不可能一直在走上坡。更别提一路上遇到的锚点，如果我们真的走了岔路，难道岔路上也有锚点？

但此时我不能说什么动摇军心的话。“就这么办，博士，”我点点头，“我们再试一次，这一次，我们给每个锚点都做上记号。”

我们没有浪费火把，而是从隧道壁上抠下更多的碎玻璃，经过每一个锚点时，都按照经过的数字在锚点周围摆下特定的图形。我首先在眼前这个锚点上放下一块碎片，走到第二个锚点时，我在锚点周围放下两个相对的碎片，第三个锚点处则放置三个碎片，以此类推。半个小时后，当我们走到第十三个锚点时，看到这个锚点处插着一只火把，还有一块碎玻璃。

我和朱博士沉重地对视着。

“刚才我认真查看过了每一寸隧道，没有什么岔路口，我们真的是在绕圈子，而且是一直上坡的绕圈子，这不可能。”

“如果我们往回走呢？”朱博士再次擦了擦脑门上的汗水，“我们还没试过往下走。”

“这是科学家的思维方式吗？反复尝试所有的可能……”我感到很饿，

我似乎已经丧失了时间观念，我们到底已经在这个该死的隧道里待了多久？几个小时前，我们还在塞加拉的沙丘上抽烟扯淡，现在想起来似乎已经是非常遥远的事情了。我在心里算了算，我们进入隧道之后，走了大概一个小时，罗队和吴晓晨发出了 SOS 信号，然后我们等待了十分钟，这之后又已经绕了两圈，差不多花了一个多小时，也就是说，我们进入隧道总共不过两个多小时。但我总觉得我们已经在这个该死的隧道里待了很久。今天的任务本来只是进行初步的探查而已，按照罗队的计划，我们会初步探查一下隧道，然后做好一次性深入的准备。我们不打算像其他国家的队伍那样每天返回地面，我们会带够足够的食物和饮水，然后一次性在隧道里待尽可能久的时间，我们可以在隧道里过夜，直到我们走到隧道的尽头或者耗尽补给。

但事情怎么会变成这样？罗队和吴晓晨下落不明，我和朱博士被困在隧道里，想必此时王大锤和周茂已经急得要命了吧，他们会贸然进洞吗？我希望他们不要进来，这个隧道有古怪。

真倒霉，其他国家的队伍都探索了好几天了，怎么就没遇到什么怪事儿，我们进隧道才六百米，就遇到这种“超自然”现象。

“小陈，小陈，”朱博士的声音打断了我的思绪，我才发现自己正在发愣，看到我回过神来，朱博士重复道，“我们往下走，看看会发生什么事情。”

“我饿了，我得吃点东西，”我放下背包，“博士，我建议你也补充一下能量和水分。”

我们打开背包，清点了一下食物和饮水，很不幸的是，我们的食物很少，因为今天的计划并不是深入进行探索，所以大部分的食物和水都留在了隧道外面。我在背包里找到了几块压缩饼干和两瓶水，还有几块干肉，这就是我们所有的补给了。我递给朱博士一块压缩饼干和一瓶水，两个人沉默着开始用餐。

“博士，”吃完以后，我用袖子擦擦嘴，把剩下的食物和水装进背包，“如果我们往下走，是更深入隧道，要是这是一个障眼法，我们可就中计了。”

“我们跟着锚点走，”朱博士说，“如果看不到下一个锚点，就说明我们走出了这个怪圈。”

我没有别的办法，但我知道，这个时候不是坚持己见的时候。明智的人应该知道自己在一个群体中的各项排名。在这个小小的二人团队中，论体力，我自认第一，但论智力，我肯定比不上一位博士。我虽然不聪明，但这点自知之明还是有的，事实证明，自知之明有时候比智力和体力都重要。

我们开始沿着锚点走下坡路，我突然有种奇怪的想法，如果一开始我们没有等待而是选择继续前进，会发生什么？我们还会落入这个怪圈吗？

我们第一次从反方向越过第十二个锚点，我的心脏紧张得怦怦直跳，前面是个拐弯，我扔出的荧光棒碰到了洞壁落在地上……前进的火把渐渐刺穿前方的黑暗，无数嵌在隧道壁上的玻璃碎片在火光的照耀下闪闪发光，就像无数双鬼魅的眼睛冷漠地看着我们……我的心沉入了谷底，没有那个拐弯，地上也没有荧光棒。

几分钟后，我们站在了第一个锚点处。

“绳子。”我说。

“什么？”朱博士无力地问。

“安全绳，绳子不会撒谎，”我终于抓住了那个被我忽略的想法，“朱博士，你注意到绳子了吗？”

朱博士的眼睛明显一亮，但马上又暗淡下去：“绳子也成了一个环，我们真的陷入了一个环。不管我们走哪个方向，我们都没有办法走出去了，安全绳的存在表明我们没有走到岔路上去。”

“那么，我们是什么时候陷入的怪圈？”

“一定是我们往回走的时候，”朱博士说，“我们走之前，最后一个锚点上的绳子还被扔在地上，但现在它和第一个锚点连接了起来。”

“你是说，如果我们坚持去追罗队和吴晓晨，就不会陷入怪圈？”我有些自责地问道。

“不，这不是你的错，你当时的选择是正确的，如果我们从最后一个锚点返回是触发怪圈的条件，我们迟早会触发的。因为我们迟早会走回头路。”朱博士摆摆手示意我不必自责。

不对，我摇摇头：“我们第一次返回的时候，经过的锚点绝对不止十二个，我们经过了至少十四个锚点才回到开始的锚点，也就是说，我们第一次重复经过了两个锚点。后来我们又走了一次，只经过了十二个锚点就回到了出发的锚点，数量才是正确的。”

“也就是说，我们第一次多走了至少一百米，”朱博士分析道，“这一百米是关键，怪圈就是在这一百米之内形成的。”

“真邪门了，”我喃喃道，“你说，如果王大锤和周茂进来找我们，会不会也进入这个怪圈？”

“不会，”朱博士摇摇头，“如果他们也进入这个怪圈，我们恐怕早就遇到他们了，我不相信过了这么久之后他们还不进来找我们。”

我想，在他们眼里，我们属于失踪人员了。只是不知道罗队和吴晓晨到底遭遇了什么。

“博士，我想，如果这一切是电蛇搞的鬼，那么恭喜你了，它们肯定不是只会自我繁殖的机器，”我说，“如果这是他们的交流方式的话，试试看吧。”

听了我的话，朱博士默然不语，他紧紧地皱着眉头在苦苦地思索着。

我丧气地把背包扔在地上，一屁股坐在地上，不想再白白浪费自己的体力了。我想了半天，也没想出什么法子，以前怎么没有多读读《鬼吹灯》之类的小说，里面没准写了遇到鬼打墙怎么办。等等，我突然冒出一个主意，听说遇到鬼打墙就停下来抽根烟……我看了看眼前的火把，火焰熊熊燃烧，阳气那叫一个十足，看来这个法子不成。我翻来覆去地想着，甚至想到是不是应该撒泡尿，不知道古埃及的鬼会不会害怕这些污秽之物……早知道带几只黑驴蹄子也成啊……我盯着黑暗中的隧道，生怕突然蹦出个古埃及大粽子……

“彭罗斯阶梯。”就在我准备起身解裤子撒尿驱邪的时候，朱博士突然说，打断了我的胡思乱想。

“什么？”我没听清。

“你看过盗梦空间吗？”朱博士问我。

“当然，”我说，“你的意思是我们在做梦？”

“不，”朱博士摆摆手，他解释道，“在第三重梦境中，亚瑟在酒店里利用彭罗斯阶梯干掉了一个防御者。”

我回忆了一下，终于想起来了：“你是说那个一直向上走的无限阶梯？”

“没错，”朱博士点点头，“我们正在一个现实世界中根本不可能存在的彭罗斯阶梯里。”

我骂了句粗话，我的撒尿计划显然不足以应付这种高科技状况，“它们为什么要这么做？”

“有‘人’在戏弄我们，”朱博士说，“还是那个比方，你摘到苹果之后往回走，然后被一只爬上了你胳膊的蚂蚁狠狠地咬了一口，于是，你想顺手掐死它，但你突然有了一个主意，你用一个纸带做了一个莫比乌斯环，然后把这只可怜的小蚂蚁放了上去，于是小蚂蚁不停地爬，但永远也爬不出去。它就像一个二维生物被困在了一个三维迷宫里。”

我不禁倒吸了一口冷气：“你是说我们永远都出不去了？”

“有两种可能，第一，我们真的位于一个四维的彭罗斯阶梯里，彭罗斯阶梯是由一层层阶梯组成的，所以现实中的彭罗斯阶梯不可能存在，只有在高维空间中才会存在；第二，这里并没有台阶，所以我们实际上是位于一个彭罗斯斜坡上，那么如果我们还处于三维空间，还有一种方法能造成这种效果，改变重力，其实我们有一半的路是在下坡，但是重力的方向被改变了，所以给我们一种一直走上坡的错觉，但这种可能性需要的假设更多，它们还得迷惑我们的方向感，可能性不大，基本可以忽略。”

我恨不得给朱博士竖一个大拇指，事实上我也的确这么做了。科学家就是不一样，立即就用科学的思维方式给出了可能的解释。要是朱博士再提出解决方案的话，我就更高兴了，但朱博士却沉默了，我的心顿时凉了半截。

“那我们该怎么办呢？”我实在忍不住，还是问道。

“不知道，”让我大失所望的是，朱博士马上就摇摇头，“不管是哪种可能性，我们都没有办法突破这个隧道。人类大脑的认知模式是基于三维时空构建的，根本无法想象四维空间是什么样子。”

“等等，”我想到一个问题，“如果蚂蚁想突破莫比乌斯带，其实很简单吧，只要咬穿纸面就可以了，那么，我们是不是挖穿隧道就能出去了？”

“你还是没明白我的意思，你作为三维世界的生物当然觉得突破莫比乌斯带是很简单的事情，但你不能简单地用三维世界看二维世界的眼光来类推四维世界的方向，这个类比不合适，”朱博士毫不留情地说，“关键是方向性的选择，我们根本意识不到四维的方向在哪里，而且即使挖穿隧道是一种方向，那么我们用什么来挖？朝哪里挖？”

“所以，不管我们怎么走，都是在绕圈子了？”我丧气地说。

“没错，”朱博士似乎完全没有察觉到他的回答中的冷酷，“有个好消息，也许罗队和吴晓晨根本没有出什么意外，他们只是被排除在了彭罗斯阶梯之外，没准他们现在已经走出隧道了。在他们眼里，我们俩莫名其妙失踪了。”

我的心里稍微宽慰了一些：“有道理，罗队和吴晓晨正位于怪圈形成的端点，也许他们亲眼看到了怪圈的形成，所以紧急发出了SOS信号，然后空间就闭合了。所以即使我们最开始就冲下去找他们，也会同样陷入怪圈。”

“没错，”朱博士点点头，“现在我们该担心的是我们自己了。”

“你还不如说我们是在做梦呢，”我垂头丧气地说，“我们现在怎么办？朱博士，你倒是想一个解决方案出来啊。”

“首先，我们已经找到了最合理的假设，我们陷入了一个彭罗斯阶梯，一个不存在于三维空间的高维封闭空间里；其次，这个怪圈绝对不是自然形成的，最有可能是电蛇干的，这也说明它们很可能并非只会自我复制的冯诺依曼探针，而是某种高智慧外星生命，我们暂且把这个怪圈的制造者称为母体；最后，也就是最重要的，母体究竟要做什么？”

“要是我弄个莫比乌斯带把两只可怜的小蚂蚁放上去，我会看它们爬来爬去惊慌失措，然后哈哈大笑，我可真够无聊的……”我想象着这个母体的目光或者其他什么玩意儿正通过四维空间注视着我们，感到一阵寒意，“玩够了，我可能把它们扔掉，或者顺手碾死……”

“有这个可能，”朱博士点点头，“在母体眼里，咱俩就是两只蚂蚁。”

“朱博士，要是电蛇不是冯诺依曼探针，它们是不是就不会毁灭地球了？”

“未必，”朱博士说，“我不知道它们是高级智慧外星生命体还是冯诺依曼探针，但我现在知道了，它们是可交流的，至少它们注意到了我们的存在，只是它们可能不知道我们是智慧生命。”

“为什么是我们？我们是今天才进入隧道的，为什么不是美国人、俄罗斯人、英国人、法国人……”

“我们很幸运地被挑中了，”朱博士说，“要是我们能活着出去，我们得好好庆祝一下。”

“有没有人告诉过你，你的幽默感有点冷……”我咕哝道，“如果你是我的大学老师，我肯定会逃课的。”

“所以我每节课都会点名。”朱博士毫无幽默感地说。

我有气无力地看着他：“你知道吗，博士，自从电蛇出现之后，我们一直做好了战斗准备，即使它们是来自外星的入侵者，我们也不想窝囊地等死，要死也要像一个军人一样死在战场上。哪怕我就是一只蚂蚁，在被你碾死之前我也要狠狠地咬你一口。但是这些鬼东西，它们对我们的无视就是最大的轻蔑。作为军人，我不怕死，但我不想就这么窝囊地被当蚂蚁给玩死。”

“可以理解，但不必太悲观了，”朱博士凝重地看着我，“既然它们已经注意到了我们的存在，那就说明存在交流的可能性，先让我想想。”

“这里要是有老鼠就好了。”过了一会儿，我喃喃地说。

朱博士脸上露出一丝不可名状的表情：“你很饿？”

“不，”我摆摆手，“我记得在一篇科幻小说读到，外星人抓到一些地球人，但它们根本不知道地球人是智慧生命，于是它们把地球人给关了起来。地球人闲得无聊，就抓了一只老鼠关起来，然后外星人就跑来道歉，说对不起啦，原来你们也是智慧生命啊……”

“为什么？”朱博士有些不解地问。

“因为只有智慧生命才会把别的动物关起来取乐啊！”

朱博士沉思片刻，猛地一拍大腿，突然问我：“小陈，你的哨子还在吗？”

“在，当然在。”我摸了摸口袋，掏出那只哨子。

“嗯，”朱博士沉吟着，“你能不能吹一串数字出来？”

“几位的？”

“比如六位？”

“最简单的方法，每一位数字用短促的哨声来表示，用长间隔来分隔数字，怎么？用哨子和母体交流？”

“你吹这个数字：142857。”

“这是……”

“吹，现在就吹，先别问。”朱博士严厉地说，“142857，千万别吹错了。”

我没有再多说，依言吹完了这串数字，尖利的哨声在隧道里回响，我不知道母体是否真的能听见。吹完之后，我放下哨子，看着朱博士，等待他的解释。

“再吹一次。”朱博士不容置疑地说。

等我吹完第三次之后，我瞪着朱博士：“能不能给我解释一下？”

“数学是这个宇宙中最通用的语言，”朱博士说，“1+1=2 是最基本的数学规律。如果要和外星人进行沟通，数学语言是双方能够理解的唯一桥梁。而 142857 是非常特殊和神奇的一个数字，它也被称为走马灯数，另外它还是 1 到 7 的轮值数、8 到 14 的代班数、平方原理、累加轮转……总之你只要知道，这个数字是人类发现的最神奇的数字之一，更巧合的是，这个数字是在金字塔内发现的。如果外星人有足够高的智慧，它们一定可以理解这个数字。”

我思索了一会儿：“这些性质是十进制下才成立的吧？”

“伸出你的双手，手指张开。”朱博士命令道。

我下意识地照做了，朱博士脸上露出笑容：“现在它们知道我们是使用十进制了。”

“就这么简单？”我不可思议地看着他。

“就这么简单。”

“现在呢？”

“我们等。”

我们并没有等待多久，就听见一阵脚步声从下方隧道深处传来。我警觉地一跃而起，和朱博士一起紧张地盯着脚步声来的方向。

说实在的，我本以为出现的会是罗队或者吴晓晨，要不就是周茂和王大锤。再退一万步讲，如果现在出现在我们面前的是一个章鱼外星人，我也不会如此吃惊。来者渐渐地从阴影中显现出形状，看清来者之后，我和朱博士不约而同地后退一步，我的心脏狂跳，朱博士则用手捂着心脏，丢出一句绝对不符合一名合格的科学工作者身份的话，尽管在此后的日子里朱博士严正声明自己什么都没说，但我绝对听到了那句话：“老天爷啊！”

是的，没错了，我们都看清楚了，来者身高接近两米，肌肉强健，四肢发达，但绝非人类——这再也明显不过了——它的头颅是一只硕大的胡狼头，长满细密的黑毛，两只尖耳朵警觉地竖立着，嘴巴紧闭，两只眼睛闪烁着冷酷的光芒。

但这个形象再熟悉不过了，只要稍微了解一点古埃及神话的人都知道来者是谁。那是古埃及神话中的死神，冥界的审判者，坟墓守护神——阿努比斯。

“欢迎来到冥界，”阿努比斯开口说道，它说的是普通话，字正腔圆，都快赶上央视播音腔了，“我是你们的向导，祝你们旅途愉快。”

冥　界

跟随阿努比斯穿行在一片旷野中，也许是每个古埃及人都以为自己会经历的事情，但对于我和朱博士来说，还是稍显意外。阿努比斯大人致完欢迎词之后，我和朱博士就惊奇地发现我们已经不再身处那个该死的隧道，而是突然出现在了一片旷野中。

天空中没有太阳，也没有月亮，更没有星星，我甚至无法判断现在是白天还是黑夜，也许是黎明或者黄昏，但天际线上没有朝霞和晚霞，不管往哪个方向看去，天空都是均匀的昏黄色。我们身处一片旷野，低矮的山丘随处可见，不远处有一条黑色的大河正缓缓流淌，一艘金色的大船正停泊在岸边。阿努比斯正站在我们前方不远处，似乎正在等待我们。

“这里是冥界？那是太阳船……”我感到有点喘不过气，相信朱博士的脸色也好不到哪里去，“我们……死了？”

朱博士舔舔干裂的嘴唇，低声说：“这个世界上没有鬼，没有死神，没有阿努比斯，没有冥界……即使有，我们是中国人，死了也要走奈何桥、喝孟婆汤，小陈，咱们肯定没死。”

我点点头，科学家讲话就是有道理，我们又不是古埃及人，就是死了也不归阿努比斯管辖，阎罗王才是我们的老大，谢必安和范无救（黑白无常）才是我们的同胞。我低声抱怨着：“朱博士，我在做梦，对吧？”

“问题是，这是谁的梦？”朱博士低声回答我，“是我梦见了你，还是你梦见了我？我已经掐过自己了，没醒，要不你也试试？”

此话一出，我的心都凉了半截，科学家的行动力就是强，我也不能免俗地在自己胳膊上猛掐了一下，一阵剧痛让我的脑子清醒了一些，但我也没从梦中醒。

“我以为你们会习惯这个形象，”阿努比斯明显看见了我们的“自残”行为，他摊开双手，耸耸肩，就像一个衣冠楚楚的绅士——我敢打赌这绝对不是古埃及神祇应有的行为，“但看起来你们似乎很意外。”

我和朱博士对望了一眼，两个人都同时松了口气，还好，我们还没死。

眼前这位面目凶恶的阿努比斯大人显然不是真正的阿努比斯——听起来似乎是外星人的化身。也许是因为在古埃及的地盘，它才以这个形象出现?它把我们当成了古埃及人吗?

“你是外星人？”我脱口而出。

阿努比斯点点胡狼脑袋：“按照你们的概念，可以这么理解。”

我和朱博士对视了一眼，都从对方的眼睛里看到了兴奋和紧张。

“请问，你们来自哪里？”朱博士的问题就比我礼貌多了。

“没有我们，只有我，”阿努比斯温和地纠正朱博士，“我很高兴认识你们，我来自——”阿努比斯停顿了一下，似乎在大脑里检索着，“一个很遥远的地方，但那不是我的出发地，我来自遥远得你们无法想象的过去和无法想象的世界，穿越了你们无法想象的距离来到了这颗星球。对不起，我无法用你们的语言来描述我来自的地方。”阿努比斯的彬彬有礼给我留下了深刻的印象。我相信它说的无法想象就是字面意思，就像我无法想象彭罗斯阶梯在高维空间是如何实现的一样。

“请问，你的目的是什么？”朱博士抛出第二个问题。

“我追求永恒的存在，这也是许多文明的终极需求。如果你们能成为一个星空种族，你们会发现，只有时间才是这个宇宙中最宝贵的东西。”

这句话好像有点熟悉，但我没敢吭声。

朱博士若有所思地沉默了一会儿，才点点头：“这不难理解，没有一个文明不想永恒地存在下去。”

“并非绝对如此，”阿努比斯说，“同样有很多文明选择了自我毁灭，这个宇宙是……多元化的。”

“为什么？”朱博士惊奇地问，“这很难想象。”

“这个宇宙里有很多事情是你们无法理解的，我尽可能用你们的语言来解释一下，但你们通过声波来发送信息的速率只有 1kb/s，而且你们星球上的语言非常原始，有很多概念无法用你们的语言来表达，我不保证你们能否充分理解我的话，用你们的话来说，我现在正试着给夏天的虫子解释北极的冰山。”阿努比斯解释道，“文明选择自毁的原因有很多，最普遍的原因是它们已经对这个宇宙有了本质上的认识，已经丧失了继续存在的价值。还有的文明认识到了宇宙本身的残酷，选择自毁来向宇宙发起抗议。”

看到我和朱博士困惑的表情，阿努比斯又贴心地补充道：“这其实不难理解，地球上也有很多人类自杀，有一类天才的自杀比例更高，因为他们绝对的理性看穿了这个宇宙的冰冷事实。当一个文明发展到极限，对宇宙的了解越深刻，这个文明的自毁倾向就越高。当所有个体都同意毁灭自身之后，这个文明就会自杀。”

“这种事儿，很常见？”朱博士战战兢兢地问道。

“当然，”阿努比斯马上就点头，“你们人类不是很好奇星空为什么这么寂静吗？”

我听得云里雾里，但有句话我听懂了，这位死神大人说我们是夏天的虫子，它居然还知道夏虫不可语冰这个典故。尽管从一位古埃及死神的嘴巴里出现庄子的话实在有点违和，但我依然感觉到了一丝亲近感。

“请问，你来地球干什么？”朱博士终于问出了这个我一直想问的问题。

“苏醒，这颗星球上有帮助我苏醒的一切。”阿努比斯说。

“那些电蛇都是你？”

“是的，它们都是我的投影。”

这句话更让人费解，我注意到它提到了“投影”这个词语，这是否意味着它其实是一种四维生命体？

“你在复制电蛇？”

“我在成长，成长才能苏醒。”

我完全没听明白，但看朱博士的表情，他似乎明白了什么。

“是谁制造了你？”朱博士的问题让我大吃一惊，在我看来，这个问题很有冒犯性。

“是谁制造了你？”阿努比斯温和地反问道，他指指太阳船，建议道，“我们何不边走边聊？”

“等等，”朱博士严肃地说，“人类的命运将会怎么样？”

“这正是我们接下来要决定的，”阿努比斯简单地说，然后转身向太阳船走去，“我建议你们快点儿，时间不多了。”

“我们怎么办？”我低声问，心里有一种不祥的预感，“它说时间不多了……”

“跟上去，”朱博士低声回答，“见机行事吧。”

我们俩紧紧地跟着阿努比斯往河边走，阿努比斯的一双尖耳朵不时扑棱两下，似乎在驱赶看不见的蚊虫。

“你刚才问的那些问题……”我低声问，“你都听懂了？”

朱博士点点头，低声说：“我们都错了，它是一个整体。它说所有的电蛇都是它本体的投影，我想有两个意思，第一，它是四维生命体，所有的电蛇都是四维生命体在三维世界的投影；第二，投影只是分身的另外一种说法，它是一种集群式生命体，每条电蛇都是它的一部分。我个人更倾向于第二种可能，每一条电蛇都像一个蚁群的蚂蚁，个体越多，群体智慧越高，它刚来地球的时候，电蛇数量很少，所以它说还没有苏醒，随着电蛇的数量越来越多，它自然就开始苏醒了。”

“你想问它是智慧生命制造的机器还是智慧生命本身，但它好像没有回答。”

“没错，但这个问题已经不重要了。它既有冯诺依曼机的自我复制功能，又有可交流的可能性，这就够了，我们既可以把它看作是冯诺依曼探针，又可以把它看作是一个智慧生命体。”

“这么说，电蛇一直就没有停止过繁殖，它的智力一直在飞速增长。”我突然想到，“对吗？”

“所以我们得抓紧时间了，这种智力增长是指数级的，也许很快它就会失去和我们交流的兴趣了。”朱博士说，“所以它才会说时间不多了。”

“朱博士，最关键的问题是，咱们现在在哪儿……”我快速低声说道，此时，阿努比斯已经走到了岸边，金色的太阳船静静地停泊着，一道小孩胳膊粗的缆绳把太阳船紧紧地固定在岸边的一个黑色砾石石柱上。阿努比斯奋力一跃，越过了两米多的黑色水面，稳稳当当地落在了太阳船的甲板上。

“可能是在高维空间的缝隙，也可能是在阿努比斯的梦里。”朱博士回答。

我下意识地捂住自己的心脏：“我想世界上没有哪只羽毛会比我的心脏还要轻。”

“你是说，我们将被审判？”朱博士一惊。

我点点头，我们走到了岸边，黑色的河水就像黏稠的沥青般缓缓流淌。我意识到这个旅程和古埃及神话中的旅程并不完全一样，按理说，死者是没有资格登上太阳船的。太阳船是太阳神拉的座驾，他在每个夜晚都会驾驭着太阳船穿越整个冥界。根据《来世之书》记载，冥界分为十二个地区，象征着太阳神穿越冥界所要耗费的十二个小时。但死者的冥界之旅则不一样，死者将携带保护自己的死亡之书，用双脚穿越冥界，来到阿努比斯的审判地，如果通过审判，也就是心脏比羽毛还要轻，则会被引领到奥西里斯的神殿。在奥西里斯的允许下，死者将再次穿越漫长的旅途和十几个关卡，前往一个叫作雅卢的极乐之地。但是如果没有通过阿努比斯的审判就糟糕了，死者的灵魂会被一个叫作阿米特的怪兽吞噬，遭遇真正的死亡。

但是古埃及的文献众多，对冥界的具体描述也各执一词，不知道这位阿努比斯大人选择了哪种说法。

我们距离太阳船还有大约两米的距离，显然是无法跳过去的，即使我能跳过去，朱博士也肯定做不到。从朱博士看黑色河水的目光里，我也看到他对在冥河里游泳这件事情不太感兴趣。但让我意外的是，朱博士竟然退后几步开始助跑，我还没来得及喊叫，就看朱博士如一只大鸟般轻盈地越过了河面，稳稳当当地落在了阿努比斯身边。

“跳吧，小陈，你不会落进水里的，”朱博士朝我喊道，“你只要相信你能跳过来，就没问题。”

我突然想起了朱博士的话，他说我们可能身处阿努比斯——也就是母体的梦境中。在他人的梦境中，自己又何尝不是在做梦。想到这里，我纵身一跃，身体仿佛也变得非常轻盈，如同一只大鸟般掠过了黑色的河面，落在了甲板上。

缆绳悄无声息地消失了，没有人划桨，但太阳船无声地启动了，金色的大船开始沿着冥河缓缓前行。

“请问，我们现在要去哪里？”朱博士问道。

“问他，”阿努比斯指指我，“他知道。”

朱博士狐疑地看着我，我悚然一惊，意识到我们所有的想法都在母体面前无所遁形，也就是说，阿努比斯知道我们刚才所有的议论。当然了，这是它的梦境，这个世界里发生的一切都在母体的掌控之中。我和朱博士压低声音的讨论在母体眼里根本就是两只蚂蚁在触碰触角，它知晓一切，它根本不在乎。想到这里，我反而觉得坦然了，阿努比斯没错，它真的是这个世界的最高神祇，所以我们现在乘坐在太阳神拉的座驾上。它是阿努比斯，同时也是奥西里斯，是太阳神拉。

“小陈，你知道我们要去哪儿？”朱博士问道。

“古埃及有那么多神祇，你知道它为什么要选择阿努比斯的形象吗？”

我瞭望着远方地平线上影影绰绰的群山，灰色的暮霭缓缓地移过天空，绝望地说，“因为阿努比斯是冥界的审判者，只有通过审判，我们才能获得去极乐之地的机会。如果我没有猜错，我们将代表全人类接受审判。”

阿努比斯的胡狼脸上虽然看不到任何表情，但我明显感觉到了它的笑意。

“你们要感到荣幸，不是所有的星球都能获得被审判的资格。”阿努比斯说，“我刚来到这颗星球的时候，还没有开始苏醒，我没有意识到这颗星球上存在生命，更没有想到这颗星球上会存在文明。不得不说，你们这种生命形式，在这个宇宙里是非常罕见的。”

“为什么？你难道没有看到我们的城市在漆黑的夜晚闪闪发光，难道你没看到我们的卫星和空间站在轨道上运行？难道你在盗取我们的电力时没有发现我们的存在？”朱博士质问道。

“我说过了，我刚来到这颗星球的时候，还处于混沌状态，你们还无法引起我的注意，”阿努比斯冷冷地说，“你们发出的那个数字让我意识到你们并不是简单的低等可自我复制碳基化合物之后，我刚刚已经重新扫视了这颗星球表面，原来那些能源点是你们这些小虫子建造的，所以你们才获得了被审判的资格。但不必太乐观，你们所谓的文明只是大风中的一点烛火，是宇宙中最微不足道的东西，比你们更先进的文明在这个宇宙中比比皆是，但它们的命运并不比你们要好多少。而且，根据我现在收集到的信息，你们的文明也是一种自毁式文明。”

阿努比斯的话里透出的寒意让我不禁打了一个冷战。

“不对，”朱博士反驳道，“人类文明怎么会是自毁式文明呢？我们刚刚才从愚昧和混沌中走出，进入了科技和文明的时代……”

“这就是‘幽默’这个词的意思吗？”阿努比斯若有所思地说，“你们的语言虽然原始，但有些词汇还是我不能理解的，比如‘幽默’这个词，看起来是故意说一些和现实完全不符的话引人发笑。”

我想笑，但笑不出来。

“不，”朱博士义正词严地说，“我不认为这很幽默。”

“难道你们真觉得人类已经走出了愚昧和混沌？”阿努比斯有些惊奇地反问，“就这么大一点地方，你们居然能分成两百多个国家。你们仅仅是因为一些最微不足道的分歧就能够对同类进行有组织的屠杀，这一点一直都没有变。你们的祖先获得的珍贵而稀少的陨铁，也没有用在耕种的工具上，而是首先装在杀人的长矛上。难道这一点已经有了变化吗？不，完全没有，你们开发出来的杀人武器效率越来越高，每一项新技术都率先使用在对同类的屠杀上。飞机，互联网，火箭，质能方程……这种例子比比皆是，不胜枚举。你们污染天空、大地、地下水和海洋，你们灭绝物种的速度已经达到了物种大灭绝的标准，即使没有外来灾难，你们也将在走出地球之前摧毁整个生物圈。你们擅长以高尚之名行卑劣之事，你们的道德水准令人作呕。你们残忍好战，是世界上仅有的两种会对同类组织大规模屠杀的物种之一，而另外一个有同样行为的物种黑猩猩还是你们的近亲。现在，你告诉我，人类没有走出愚昧和混沌？”

我和朱博士听得目瞪口呆，我张了张嘴想反驳，但一句话都没说出来。

朱博士沉思了一会儿，转而问道：“审判将如何进行？”

“我将带领你们前往雅卢，如果你们能够顺利到达，人类文明就有继续存在下去的必要。”阿努比斯扬起头。

“雅卢？”

阿努比斯没有说话，他的目光落在了我身上。

“雅卢是冥界的永生之地和极乐世界，”我解释道，“是所有的古埃及人梦想中的宿命。死者通过阿努比斯的审判之后，会被引领到冥界之主奥西里斯的神殿，从那里前往雅卢。在前往雅卢的途中，死者会遭遇不同的关卡，每个关卡都有不同的鬼怪把守，它们不会轻易放死者过去，只有通过每一道关卡，死者的灵魂才会到达永生之地。每个死者都会携带死亡之书，死亡之书上针对每个关卡都有一段咒语，死者只要顺利地念出咒语就能免遭伤害，可是咱们俩什么都没有。”

“明白了。”朱博士点点头，然后他转向阿努比斯，有些愤怒地质问：“即使你说的都是真的，你也没有资格决定人类的命运！是你闯入了我们的家园，我相信人类迟早会走出愚昧，成为真正的文明种族！”

“你们决定了孤独的乔治的命运，决定了旅鸽的命运，决定了渡渡鸟和塔斯马尼亚虎的命运，决定了无数你们甚至没有意识到的物种的命运，它们甚至没有得到审判的机会，”阿努比斯说，“在这颗星球上，你们是最没有资格谈道德的物种，但我依然会把决定地球上所有物种的命运的机会交给你们。”

我和朱博士交换着沉重的目光，阿努比斯对人类文明的了解让我们感到震惊。相信在短短的时间内，电蛇已经获取到了大量关于人类文明的信息。它正在成长为一个真正的神明，整个人类文明都像一个一丝不挂的人般在阿努比斯死神的目光下无所遁形。

“为什么是我们两个？我们并不是最佳人选，我们不是人类中最出色的，也不是最聪明的，至少，你应该重新选择。”我绝望地喊道。

阿努比斯依然面无表情，但我分明感觉到他的嘲弄：“连你们人类都懂得做研究时要随机选取样本。”

年少的时候，我曾经也热血过，中二过，也梦想着自己能被变异蜘蛛咬一口或者发现自己原来是氪星人，在女神的目光和尖叫中无数次拯救世界……现在，我真的有机会拯救世界了，却感到彻骨的寒冷和绝望。

“他说得没错，”朱博士对我说，“小陈，既然命运选择了我们，我们就不能被打倒。”

“很好，很好，”阿努比斯满意地点点头，“要是你们现在就崩溃了，我倒也能节省一些时间了，我说过了，时间是这个宇宙中最宝贵的东西。其实，你们应该想开一点，按照你们现在的趋势，你们小小的文明也是死路一条。一个文明灭亡是宇宙中最微不足道的一件小事儿，没什么大不了的，何况是你们这种低级的文明。”

来自死神的安慰没让我们舒服多少。

“让我们开始吧，”阿努比斯的手中不知何时出现了一柄黑色的权杖，它把权杖在甲板上砸了一下，我顿时陷入了一片黑暗，审判开始了。

审 判

饥 饿

我的孩子们正在死去，我却无能为力。

今年的夏天比往年来得都更迟一些，还没有热几天，凉意就开始入侵夜晚。

猎物越来越稀少了，男人们经常空手而归，女人们采集到的果实也越来越少，甚至不足以生产足够的奶水来喂养婴儿。我们已经很久没有遇到其他部落了，孩子们在挨饿，已经很久没有婴儿活下来了。远方的白色恶魔紧紧地跟随着我们的脚步，后面的大山暂时阻挡了它们，但部落里的老人都知道，白色恶魔拥有摧毁大山的力量，它们迟早会追上我们。

今天早上，又有一个孩子死去了，死于饥饿。他的母亲抱着瘦骨嶙峋的躯体久久不愿松开，最后还是男人们将孩子带出去埋葬。当他们把那个孩子抬出去的时候，我总觉得有什么地方做错了。

当晚，一个年轻女人将属于我的食物递给我，我摆摆手，示意她把食物分给其他人。我已经老了，我没有了力气去捕猎，但我是部落里年龄最大的人，是我敏锐地察觉到事情不对，坚持带领部落离开了之前栖身的山谷。不久之后，白色恶魔就摧毁了那个山谷，我站在山峰上回头眺望，只看到一片白色的闪光，就像大地被铺上了白色的殓衣。

部落正在死去，祖神在上，请给我们指一条活路吧。祖神对我的呼唤沉默不语，我带领部落朝着正午太阳的方向走。事实证明这个决定是正确的，向其他方向迁徙的部落大概都已经死了，白色恶魔出现在了他们前往的方向。想必那些部落早已化为殓衣之下的枯骨残骸。

但我们的部落也撑不了多久了，孩子们的数量已经不足以延续我们的血脉。男人们和女人们也在挨饿，他们没有力气捕捉猎物，捕捉不到猎物，就没有力气奔跑，就更没有力气捕捉猎物。这是我从未遇到过的难题，在无数个深夜里，我向祖神祈祷，但祖神如远方的群山般沉默不语。

渐渐地，一个声音出现在我的脑海，一开始，我以为是魔鬼的絮语，但那个声音在每个清晨和黄昏回响。在深夜里，我扫视着男人们和女人们疲惫的面庞，他们连交媾的力气都没有了。我凝视着孩子们消瘦的脸庞，他们的肋骨在薄薄的皮肤下清晰可见，已经很久没有听到过婴儿的啼哭。

部落正在死去。

我们前进得越来越慢，还有一个狼群正尾随在我们身后，每天清晨启程的时候，都会有熟悉的脸孔没有再出现。前方是一条高耸入云的山脉，不知道为什么，我就是知道，并且笃信不疑：部落必须翻过那座山脉，白色恶魔会在它面前止步。

作为部落里最年长的智者，我必须做出正确的决定，我苦思冥想，食不下咽，干瘪的乳房就像两只布袋子一样耷拉在我胸前。部落里的人们尊称我是他们的老祖母，但我早就分不清哪些人是我的子女了，我只知道，他们正在死去。

在一个深夜，我终于知道了症结所在，也想到了解决办法。那个黑暗的念头从我心底浮现，让我狠狠地打了一个冷战。我在脑海里反复推演，用小石子在地上反复计算，来不及了，再不下决定，部落将困死在这片荒凉的平原上。白色恶魔将追上来，碾碎我们的尸体。

我召集了部落里所有的长老，向他们传递了祖神的旨意。听完旨意之后，所有人都默然不语，没有人敢质疑祖神的旨意。

“所有生过孩子的人？”有一个长老轻声问道。

“所有。”我点点头。

长老们是聪慧的，他们很快就明白了祖神的旨意是唯一解救整个部落的方法。在他们离去之前，我说，祖神将首先取走我的灵魂，诸位，我会和祖先们在彩虹尽头的猎场等待你们。

第二天清晨，在部落启程之前，我用黑曜石刀刺穿了自己的胸膛。我的孩子们将食用我的血肉，他们将食用所有已经生育过孩子的老人们的血肉，男人们将有力气追逐猎物，女人们将有力气继续前行，男人们和女人们将有力气交媾，新的希望将在女人们的小腹中孕育。

我躺在一块褐色的岩石上，我的鲜血从胸膛上汩汩流出，汇集在我身上的凹处。我死了，重新陷入了一片黑暗，我的脸上是平静而满足的笑容。

我几乎是和朱博士同时睁开了眼，我们依然身处太阳船的甲板上，但河岸两边已经不是沙漠荒原，而是一片冰封大陆。我们交换着目光，都从对方眼里看到了惊骇和不安。刚才那个场景原来只是测试，我却分明感觉到那就是我自己的一生，我变成了一个部落里最老的女人，我拥有从小到大所有的记忆。要是我没有猜错，那应该是旧石器时代，那个部落遭遇了一次小冰河期导致的冰川入侵。

我分明感觉自己在那个世界里度过了艰难困苦的一生，我的第一个男人，第一个孩子，第一次生病，第一次目睹死亡……

原来只是一场虚幻的测试，死亡将我从那场旧石器时代的梦境中拉出，重新跌回了这个梦境，而现实中又过去了多久？但我现在无法顾及这个问题，关键是，我们通过了测试吗？

“看看他们。”阿努比斯指指河岸。

我们朝河岸望去，一群披着兽皮的原始人正在风雪中艰难地行进，女人们带着幼儿们走在队伍的最中央，男人们手持木棒和石斧石矛守护在队伍周围。还有些男人拖着木制雪橇跟在队伍的最后方，上面堆着的东西被白雪覆盖着。不时有人跌倒，但总有人立即帮忙将他扶起来。

我们都注意到这个队伍中几乎没有老人。

“他们会活下去，这些人将成为所有人类的祖先，”阿努比斯说，“这是发生在七万年前的一次人类灭绝危机，由于超级火山爆发，火山灰充斥了大气层，遮蔽阳光和温暖。人类遭遇了一次小冰河期，只差一点点就全部灭绝，你们做出的选择非常正确，恭喜你们，你们通过了这个测试。你们准备好下一场测试了吗？”

“等等，”我连忙阻止他，“刚才发生的一切是真实的还是梦境？”

“没有什么区别，”阿努比斯放下手，“对一个种族来说，个体的自我牺牲精神是很有必要的。”

“如果我们强迫他人去死，也可以让种族延续下来，”朱博士阴沉着脸，“我们是不是也可以通过测试？”

“你为什么不试试呢？”审判者没有正面回答，“结果并不是判定你们是否通过测试的唯一标准。”

朱博士冷哼一声，转向我说：“这个测试很厉害，我们根本意识不到自己是在测试中，它模拟了人生中所有的一切。我们不可能跳出去，就像人在做梦的时候很难意识到自己是在梦里。”

“我不知道自己怎么会通过测试，”我还有些惊魂未定，我感觉自己仿佛刚从一个幽深的梦中苏醒，今生的现实记忆正在逐渐解封，但作为原始人所经历的残酷人生仍然让我不寒而栗，“但我不保证下一次还能通过测试。”

“我们没得选，这次测试实在是太随机了……”朱博士表情很凝重，他看起来也不太好。

“我们还有几场测试？”我仰起脸问阿努比斯。

“你们中国有句古话叫事不过三。”阿努比斯竖起三只手指，“你们还剩两场测试。”

“那就开始吧。”朱博士说。

阿努比斯打了一个响指，我在陷入黑暗前不禁想到，他大概刚看完了《复仇者联盟》。

抉　择

时隔多年，我依然记得曼哈顿上空腾起的蘑菇云，要不是我立即转身跳进了防空洞，关闭了大门，我也不会坐在这里给你们讲这个故事了。我逃进掩体后不久，席卷而来的冲击波就摧毁了地面上的一切。后来我才知道，我是不多的亲眼见到蘑菇云的人之一，很多目击者在之前的闪光中都已经被刺瞎了双眼。

是那本书救了我，救了我们，除了我的妻子珍妮，她当时就在曼哈顿市中心，可能当场就气化了。这也是这么多年来唯一支撑我继续活下去的理由之一，我希望她死得毫无痛苦。那是1943年，政府突然印发了一些指导我们建造地下掩体的小册子，作者是一个叫费米的人。小册子里说，纳粹已经研制成功了一种新型炸弹，这种炸弹会比我们见过的所有炸弹都要可怕。当然了，很多人并不相信德国人会轰炸美国本土，没有人能轰炸美国……嗯？你说日本人的那些气球？那算什么轰炸，只不过是挠痒痒罢了。

后来的事儿你们都知道了，英国和苏联很快就屈服了，整个欧亚大陆都沦陷了。不久之后，德军和日军就分别从东西海岸登陆了美国本土，每个士兵都穿着防辐射服。你问防辐射服？没错，我当然没记错，因为当时美国的东西海岸所有的大城市都被扔下了原子弹，我们很英勇，整个美国都很英勇，但我们的英勇对抗不了原子弹。

联邦政府屈服了，纳粹帝国和日本帝国瓜分占领了美国。整个世界都跪倒在那个该死的旗下，沉入了一片血腥的黑暗。无数集中营在各个大陆上建起，焚尸炉日夜不停地制造着令人窒息的黑烟。不管是阿拉伯人、犹太人、华人、印度人还是黑人……都化成了黑烟游荡在大气中，遮蔽了阳光。人皮制造的肥皂和灯罩成了上流社会炙手可热的商品，到处都是骇人听闻的种族灭绝。

但是现在我们有个机会去改变这一切。我从椅子上站起身，对着不存在的观众们说。逃亡的美国科学家们穷尽所有的资源和力量制造出了一台时光机，今天，我将乘坐时光机返回到 1889 年 4 月 20 日的奥地利因河畔布劳瑙，去杀死一个名叫阿道夫 · 希特勒的婴儿。

我坐进了时光机，开启按钮之前，我握紧了手中的勃朗宁手枪，这把手枪是总统先生亲手交给我的。

“去吧，杰克逊，去解决掉那个恶魔，去把这个世界纠正到正确的轨道上来，”面容苍老憔悴的总统先生在一个黑暗的矿井里把它交给我，“去吧，杰克逊，去吧，上帝保佑你，上帝保佑美国。”

我启动了时光机，来到了布劳瑙，春意料峭。我裹紧风衣，压低帽檐，按照脑海中的地图来到了希特勒所在的医院。躲过了几个护士，我成功地潜入了新生儿产房。产房里摆着两排总共八个小床，每个小床里都躺着一个咿呀的婴儿。床脚用细线系着一个手写的纸牌，纸牌上写着婴儿们的名字。

我很顺利地就找到一个写着阿道夫的名牌，小床里一个婴儿正甜甜地熟睡着。我掏出手枪，阿道夫・希特勒，我找到你了，你这个残忍的魔鬼、冷酷的恶魔、狡诈的毒蛇；你这只澳大利亚毒水母，非洲毒蜘蛛，南美箭毒蛙；你是一切苦难的罪魁祸首，你是灾难之星和痛苦之源；数亿人因你而死，今天，一切都会结束了。我将从源头上掐灭这场灾难，正义终将战胜邪恶，光明将驱散黑暗。今天，我将还历史一个正确的走向。

咔嗒一声，我拉开了保险，冰冷的枪口贴在了婴儿吹弹可破的白嫩肌肤上。仿佛预感到了危险，婴儿本能地大哭起来，他手舞足蹈着，四肢无力地在空中翻腾，一双明亮的大眼睛充满了泪水。我看着他的眼睛，心中一颤，我从这双眼睛里看到的不是邪恶，不是冷酷，而是天真无邪。

走廊上传来了护士急促地脚步声，时间不多了。护士会发现我，会立即呼叫保安，他们不会相信我的故事，我必有一死。

我惊恐地发现，我下不了手。我没有办法杀死一个刚出生的婴儿。如果我开枪了，我和那些没人性的纳粹又有什么区别？

脚步声越来越近了。

……

护士打开了门，我朝她笑笑，一枪打穿了自己的脑袋。

我死了。

黑暗笼罩了我，然后又逐渐褪去，我重新站在了太阳船的甲板上。我再也站立不稳，一屁股坐在了地上。朱博士的情形也好不到哪里去，他面色苍白，身体颤抖着，好像下一刻就要倒在地上。

“很有趣，”死神说，他居高临下地凝视着我和朱博士，“你们两个做出了完全不同的选择，你们有时间交流一下。”

“你开枪了？”朱博士看着我。

“我做不到，”我死死地咬着自己的嘴唇，一股铁锈味在我嘴里弥散开来，“对不起，我做不到，我更换了阿道夫和另外一个婴儿的名牌。”

朱博士愣了一会儿，“很聪明的做法，”他居然点点头，“如果希特勒本身就是邪恶的，那么更换了成长环境，他就不会有那么多家庭不幸，没准真能考上维也纳艺术学院。如果不是希特勒造就了历史，而是历史造就了希特勒，你即使杀死了希特勒，也不会影响历史的走向，还会出现另外一个希特勒。而你做的搅动很可能已经改变了历史的走向。运气好的话，希特勒可能被你换到了一个犹太人家庭里。”

“你呢？”我瞪着朱博士，“你怎么做的？”

“我？”朱博士把目光转向漆黑的河水，“我拒绝乘坐时光机，把这个机会交给了别人，我知道我下不了手。”

“我们，是否通过了测试？”我战战兢兢地看向阿努比斯。

死神居然点点头：“个体无法影响历史的整体走向。”

我顿时浑身瘫软，这才发现自己浑身都被汗水浸透了，我赌对了。这时我才注意到，太阳船正航行在一条贯穿城市的大河里。两岸是绿色的草坪和鳞次栉比的高楼大厦，老人在河边垂钓，孩子们在河边追逐打闹，清脆的笑声直冲天际。

“这是哪儿？”朱博士好奇地问道。

“这是广岛，”胡狼说，“你们成功地扭转了历史的走向，希特勒在一个犹太人家庭长大，家境优越，他接受了正规的教育，顺利考上了维也纳艺术学院，成了一名小有成就的艺术家，二战爆发后移居美国，1974 年因肺癌死于纽约。纳粹党的党魁希姆莱在慕尼黑啤酒馆暴动后被捕入狱，从此一蹶不振。纳粹党从未成为执政党，魏玛共和国一直延续到了今天。1942 年，德国依然发动了战争，夺取了莱茵兰地区，合并奥地利、苏台德与但泽走廊。德国没有入侵波兰，但入侵了法国，在英国的支持下，法国人的马其诺防线抵抗住了德国人的入侵，古德里安没有发明闪电战，反而是法国戴高乐的装甲部队战法得到了充分运用，西部战线重新演变成了堑壕战。1943 年，苏联入侵波兰，在美国的调停下，英法与德国和解，东方战线陷入对峙，冷战提前到来，也意味着欧洲战争的结束。日本在 1934 年依然发动了全面入侵中国的战争，但没有纳粹德国的支持，日本没有发动太平洋战争。在英法美的支持和援助下，中国人花了十年时间将日本赶出本土，并且完成了对日本的军事占领，亚洲战场于 1944 年结束。”

我听得有些入迷了，不由自主地问道：“这些是你推演出来的？”

“这是最大的概率坍缩成的结果，你们的波尔说对了，上帝是掷骰子的，但骰子点数的概率并不是均等的，”阿努比斯说，“我不得不承认，你们开始让我感到意外了，不过，你们还剩下最后一场测试。”

“稍等一会儿，”朱博士举起手，“我们需要交流一下。”

“请便。”阿努比斯浑不在意地说。

“第一场测试的核心是自我牺牲的精神，第二场测试的核心是不迁怒于无罪的个体——婴儿的希特勒显然是无罪的，”朱博士对我说，“你觉得，第三个测试会是什么呢？”

“我不知道，”我摇摇头，“说实话，我甚至都不太能理解前两场测试的意义，个体的牺牲在蚂蚁窝和蜂巢里随处可见；第二次测试更像是……”我斟酌着语句，“你能想象到所有人一起决策派出一个杀手去杀一个无辜的婴儿吗？我更觉得第二个测试是对群体愚昧的否定测试。”

“也许根本没有一个标准的答案，但你做得很好，”朱博士说，“我们快成功了。”

“不要太乐观了，博士，”我冷冷地说，“在这种事情上，我很难相信运气。”

希 望

这场战争持续得太久太久，以至于很多人都忘记了战争是什么时候开始的。而当这场战争终于结束之时，有很多人甚至觉得无所适从。整整三百年，十几代人，整个地球都变成了一个大军营。少男少女们生来就要接受严酷的军事训练，艺术和娱乐被压抑到了极致，整个人类社会都成了一个斯巴达式的军国主义社会。性成了男孩女孩们唯一的娱乐，一批批刚成年的少男少女留下他们的婴儿，像他们的父母一样走上战场，又很快化为星空间的尘埃。

人类的深空舰队与达瓦人在一个星系一个星系上争夺，无数殖民星球反复易主，直至成为一片毫无价值的死狱。一颗又一颗的恒星被处死，成为人为制造的超新星，在空间畸变武器的牵引下成为发射宇宙射线和超重粒子的宇宙巨炮，每一炮都足以摧毁一个恒星系中所有的行星。这是一场没有赢家的战争，直到人类远征军往达瓦人的母星系发射了一颗黑洞，彻底摧毁了达瓦人，才结束了这场旷日持久的战争。

但是，与恶龙缠斗了三百年的地球人，也已经化身成为黑暗的恶龙。战争，这个地狱恶魔还未获得满意的祭品，地球远征军控制了前线的殖民星球，向母星地球发起宣战。

忠于地球的殖民星球和叛军又陷入新一轮的战争，直到所有的殖民星球都被摧毁，人类重新龟缩回了满目疮痍的地球，和平终于到来了。

但人类的数量已经由高峰期的十万亿下降到不足千万，在地球母亲的怀里苟延残喘。人类的银河帝国已经成为过眼云烟，一切的一切都回到了原点。所有的政治力量都诅咒着星海和银河，人类根本不应该走出地球，只有母亲的怀抱才是最安全的地方！

人类将所有的科技力量都转向意识上传的研究，终于破解了意识的秘密，能够将所有人的意识都上传到一个体积不到一立方米的超弦计算机阵列中。这个计算机的外壳将由最坚固的合金制成，再以花岗岩层层包裹，以中微子和引力波技术为能源，沉陷进地幔，即使地球毁灭，这个计算机也将与宇宙同寿。

作为最后一任执政官，我将签发全体意识上传令，并在全体公民上传完毕之后，引爆部署在全球各地的密集核弹，将人类文明的痕迹从地球表面彻底抹去。从此，人类文明将成为一个真正的电子文明。而且，人类已经在水星轨道部署了空间畸变武器，当全部公民完成意识上传之后，太阳将被引爆，成为人工制造的超新星，整个太阳系将被毁灭，成为不适宜任何生命居住的地方，以杜绝好奇的外星种族探访地球，同时太阳母亲最后的怒火将横扫太阳系周边的恒星系，制造一个血与火的地狱。

但我心里隐隐有些不安，一旦人类成为电子文明，我们将永远被囚禁于那个一立方米的金属盒子，人类将永远不可能凭借自己的力量再移动金属盒子外面的哪怕一粒尘埃。

作为拥有绝对权力的执政官，我犹豫了。

签发命令的前一夜，我彻夜未眠。我来到执政大楼楼顶，远眺着璀璨的银河。我久久地凝视着先辈们曾经战斗过的地方，思绪万千。在那无穷无尽的深渊里，人类的远征舰队掠过黑洞的喷射激流，死亡的残骸在白矮星的力场中旋转，化为不朽的丰碑。天色微明，我回到了大楼，来到了地下室，这里是人类最后的图书馆。所有不适合电子文明的书籍都已经被损毁，电子文明将永远都不知道自己的真实处境，超弦计算机模拟出的宇宙足以让电子文明再次建立一个银河帝国。当电子文明的人类发展超出了超弦计算机的计算能力，文明将被重启，所有人的记忆将被抹除。

这个小小的图书馆是在禁书令之后，我利用权力建立起来的。但如果我签发了命令，这个小图书馆也存续不了多久。我翻开一本古书，巧合的是，这是一本记载人类的太空萌芽时代的书。我翻阅着被细密力场保护起来的书页，扉页上写着的一句话让我心头一震：地球是人类的摇篮，但是，人不能永远生活在摇篮里。我翻开书页，一个个光辉万丈的名字在我眼前闪现：加加林，阿姆斯特朗，奥尔德林，柯林斯，科马洛夫，杨利伟，“挑战者”号，阿波罗计划，龙飞船……那个时代的人类用着最简陋的火箭就敢闯进太空。我突然意识到，现在的人类已经不再是数千年前那个充满好奇心的种族了，人类就像一个闯出家门的孩子，被宇宙的险恶吓得逃回了母亲的怀抱，并且下决心永远封死出去的门……

正午时分，我终于下了决定。

当暴民冲进执政大楼时，得到消息的卫士们完全没有抵抗，而是裹挟在人群中一起冲进了我的办公室。

我死了。

黑暗褪去，我重新回到了金色的太阳船。

太阳船正行驶在一片璀璨星海之中，一些恒星突然闪现，又突然消失，偶尔我又看到星空变化成凡·高笔下的星空，令人心醉神迷。我意识到我们正在一个高维的宇宙中遨游。

已经不必交流，我从朱博士的眼睛里看到了相同的答案。

“你们成功了，”死神说，“作为回报，我将放弃从你们的行星吸取能源，我会离开地球，你们有资格继续活下去。但我需要说明的是，这并不是出于怜悯和道德，宇宙中根本没有这种怜悯和道德这种东西，这一切都是你们自己争取的。但我要给你们一个警告，这些测试并不完全是幻象，而是高维的概率推演。这些事实很可能已经发生过，或者将发生在遥远的未来。人类，宇宙比你们想象的还要严酷和难以理解，前往雅卢之路比你们想象的还要漫长和艰辛，祝你们好运。”

群星消失了，太阳船消失了，我和朱博士回到了那条隧道，断掉的绳索软软地摊在地上，彭罗斯阶梯消失了，一切都结束了。

我和朱博士没有说话，相互搀扶着向出口处走去。临走前，我看了看手表，距离我们陷入彭罗斯阶梯，时间只过去了不到两个小时。两个小时，我们已经经历了三次完整的人生。幸运的是，人类会继续活下去。

这三个测试永远地改变了我的人生，我知道，走进隧道的那个陈政已经死了。现在的我筋疲力尽，只想放声大哭。

尾　声

我和朱博士走出隧道口的时候，惊奇地发现天坑底部的营地里人声鼎沸，各种语言交织。所有的探索队都聚集在了营地里，几个英国探险队员正整装待发准备进入隧道进行搜救。

看见我和朱博士出现后，整个营地都沸腾了，几乎每个人都冲上来和我们俩拥抱，王大锤更是狠狠地在我肩膀上猛拍几下，大吼道："你们去哪儿了？你们知不知道所有人都在找你们！"

罗队推开王大锤，关切地问道："陈政，朱博士，你们失踪了整整一个星期，所有的探索队都在搜寻你们，你们去哪里了？"

七天，三场穿越时空的人生，浮生若梦。

"这是一个很长很长的故事。"我说，眼睛有些发潮。

后来发生的事情就简单了，所有的电蛇都突然消失了，世界逐渐恢复了平静和安宁。根据我和朱博士的口述记录，科学家们初步推测，母体是一种能够在四维空间穿梭的生物或者机器，它直接从高维空间跃迁离去了，所以我们在三维空间中无法观测到它离去的踪迹。

从王大锤的嘴里，我们终于知道发生了什么。走在最前面的罗队和吴晓晨的确遭遇了一条电蛇，他们发出了第一条SOS求救信号之后，就迅速回撤，准备与我和朱博士会合，但他们惊奇地发现自己已经身处隧道之外，倒是把守在隧道口的王大锤和周茂狠狠地吓了一跳。这个情况和朱博士的推测相符合了，母体制造彭罗斯阶梯的时候，将我和朱博士所在的空间进行了高维封闭，罗队和吴晓晨所在的位置正处于被折叠空间的边缘，那一瞬间，他们通过了一个微型虫洞被传送出了隧道。

让我感动的是，王大锤不听劝阻，执意进入隧道搜寻，于是罗队呼叫了埃及救援队下到天坑留守，和吴晓晨以及王大锤三人再次进入隧道搜寻。他们足足走了一公里，早已越过我们曾经走过的距离，但什么都没有发现。

其他几个国家的探索队也从各自的隧道里出来了。听闻有中国人员失踪之后，美俄英法日印的队员们纷纷聚集到我们的隧道，分批进入进行搜索，但依旧一无所获。不仅仅是我们失踪了，所有的锚点和安全绳都不见了。在搜寻我们的过程中，探索队已经深入地下一千多米，但隧道依然没有尽头。而隧道的坡度急剧增加，几乎变成了垂直的竖井，继续深入的难度越来越大。电蛇消失后，电器都恢复了，各个探索队带着专业的探洞设备深入了地底，终于到达了隧道尽头——一个巨大的地下空间。但是那里什么都没有，设想中的母体已经不见了，就好像从未出现过。

我和朱博士撰写的记录被反复研究和解读，我们通过了无数次测谎实验，最终他们放过了我们，但上级要求我们将三个测试中所见的一切都事无巨细地写出来。这倒不是什么难事，只是这件事情足足耗费了我好几年的时间。我由于这次离奇的遭遇提前退役了，成了一名科幻小说作家。朱博士回到了大学继续授课，他成了这颗星球上最有名气的宇宙生物学家。

有一天，朱博士来拜访了我。我泡了一壶清茶，和朱博士一起坐在阳台上欣赏着我亲手栽种的绿植。

“我撒了谎。”朱博士突然说。

“什么？”

“我用了时光机，我开枪了，”朱博士有些阴郁地说，“我开枪打死了那个婴儿。”

我的手一抖，差点把茶杯里的热茶给洒出来：“你骗不过阿努比斯。”

“我知道，”朱博士放下茶杯，“但我们依然通过了测试，阿努比斯对我的谎言洞若观火，却没有揭穿我。这些年，我一直在思索原因。”

“也许，规则本来就是两个人同时参加测试，一个人通过了就算通过，”我想了想，劝慰道，“不要想得那么复杂了。”

“没这么简单的，我们可能一直没有看穿测试的目的，”朱博士却摇摇头，“自从阿努比斯知晓了我们的存在之后，它就决定离开地球了。一个超级智慧种族不可能用三个简单的测试就决定一个文明的命运，如果它真的这样做，那么，阿努比斯和它嘴里批判的随意决定其他物种命运的人类文明又有什么区别。”

“那三个测试……”

“这些年，我反复推演了那三个测试中的场景，”朱博士端起茶杯喝了一口茶，娓娓道来，“七万三千年前，印尼苏门答腊岛上的超级火山——托巴火山爆发了，喷出的火山灰造成了长达数千年的冰期，给当时的人类带来了灭顶之灾。当时的人类遭遇了一次人口瓶颈，根据目前人类的 DNA 特征研究，当时的人类个体数量很可能只剩下不到两千人。这么一点数量，任何一点微弱的搅动都足以把人类彻底灭绝。”

“也许阿努比斯从人类的文献里看到了这些信息？”我说。

“我们现在都知道阿努比斯是一种高维生命，但我们忽视了一点，时空是不可分离的，时间也是一个维度，”朱博士说，“它很可能真的看到了时间的过去，也许那根本不是虚假的测试，而是从高维空间中跨越了时间维度，将我们送回到了过去。我们做的决定本身就影响了文明的进程。”

“时空旅行？”我突然想起了第二个测试里的时光机，“但外祖父悖论是怎么解决的？如果我没有做正确决定，导致了人类灭绝，那么就不可能出现后来的我，我也不会做这场时空旅行。”

“时空的维度远远比我们想象的要复杂，”朱博士显然早就思索了这个问题，“我们很可能通过黎曼切口被送往了另外一个平行宇宙，我们影响的是另外一个平行宇宙中的人类文明。”

“这么说，在其中一个宇宙里，希特勒真的赢了？”我惊讶地看着朱博士。

“看起来的确如此，”朱博士点点头，“现在你知道为什么他们让我们把所有的经历和细节都写出来了吧，他们想了解未来我们可能遭遇的危机。”

“就是这个事情让我发现了自己的写作天赋，”我指指阳台上的书架，上面摆满了我写的科幻小说，“这也算因祸得福吧。”

“你该多写写达瓦人。”朱博士意味深长地看着我。

“达瓦人？”

“没错，”朱博士点点头，“阿努比斯就像罗马神话中的双面神雅努斯，一张脸看到过去，一张脸看到未来，也许这是阿努比斯对人类最后的馈赠，我们都没读懂最后一个测试。”

“我以为第三个测试是测试人类的自毁倾向，”我一想起所有的人类都被关在一个一立方米的铁皮盒子里就感到不寒而栗，“幸亏我没犯傻，我宁愿死也要摧毁那个计划。如果那个计划真的启动了，人类就会沉醉在一个虚幻的温柔乡里，永远丧失重返星空的希望。”

“可是我当时并不这么想，”朱博士的话让我再次大吃一惊，“我实施了计划。”

“你实施了……计划？”我结结巴巴地问道。我和朱博士撰写的所有记录都被秘密封存，我们俩从未读过对方的记录。事实上我一直以为朱博士和我做出了相同的选择。

“我选择了让人类全部上传自我意识，在我的世界里，隐藏计划真的被实施了。我看过你写的记录——用不着那么意外，我本来就是研究组的成员之一。”朱博士微笑着看着我，“这些年我一直在思索这件事情，我现在终于明白了，重要的是测试本身，而非结果，是看我们是否能从最后一个测试中学到什么。”

我们沉默着继续喝茶，落日的余晖渐渐从天边消失了，大地的阴影扑面而来。在剩下的时间里，我们一直沉默着。

朱博士走了之后，我依然坐在阳台上待了很久。朱博士的话给我造成了极大的震动，如果那三场测试都是我们的真实经历，那么，从这些测试来看，至少解决了困扰科学家的三个难题：第一，时光旅行是可实现的；第二，宇宙很险恶，星际战争的危险是存在的；第三，意识上传技术是可行的。这三个结论中的每一个都会对人类的科学和文化造成深远的影响。也许这就是测试的秘密，这三个测试就是人类前往雅卢所必须携带的死亡之书，来自死神阿努比斯的馈赠，书中藏着保护我们前往雅卢的咒语。

但我总觉得心中非常不安，我们真的读懂这本死亡之书了吗？

我抬头望向星空，却只看到一片阴沉的云，这时，一个念头如闪电般击中了我，让我瘫坐在椅子上动弹不得：测试真的已经结束了吗？

首次发表于个人短篇集《忘却的航程》

CHAOXINXING YUZHOU

超新星宇宙

华语科幻星云奖新星奖获得者选集（第一辑）

风雪夜归人

董仁威　三　丰◎主编

中国科学技术出版社
·北　京·

图书在版编目（CIP）数据

风雪夜归人 / 董仁威，三丰主编 . -- 北京：中国科学技术出版社，2024.6

（超新星宇宙：华语科幻星云奖新星奖获得者选集 . 第一辑）

ISBN 978-7-5236-0670-4

Ⅰ. ①风… Ⅱ. ①董… ②三… Ⅲ. ①幻想小说 – 小说集 – 中国 – 当代 Ⅳ. ① I247.5

中国国家版本馆 CIP 数据核字（2024）第 085500 号

策划编辑	王卫英
责任编辑	王卫英
封面设计	中文天地
封面绘图	纪小红
正文设计	中文天地
责任校对	邓雪梅　焦　宁
责任印制	徐　飞

出　　版	中国科学技术出版社
发　　行	中国科学技术出版社有限公司
地　　址	北京市海淀区中关村南大街 16 号
邮　　编	100081
发行电话	010-62173865
传　　真	010-62173081
网　　址	http://www.cspbooks.com.cn

开　　本	710mm × 1000mm　1/16
字　　数	610 千字
印　　张	46
版　　次	2024 年 6 月第 1 版
印　　次	2024 年 6 月第 1 次印刷
印　　刷	北京长宁印刷有限公司
书　　号	ISBN 978-7-5236-0670-4 / I · 88
定　　价	168.00 元

目录

CONTENTS

沙与星

◎慕明

在遥远的银河悬臂两端，在苍穹中所有的道路尽头，一切的智慧、信仰及勇气终将相遇。

珍珠是痛苦缠绕砂砾建造的殿宇。

是什么样的渴望缠绕着什么样的砂砾，建造起我们自己？

——纪伯伦《沙与沫》

一、飞行课

在梦里，艾德又一次进入沙漠。

那是在摩洛哥。红色之城马拉喀什被夜色笼罩，看不见绿色的藤蔓从马约尔蓝色的墙面上一缕缕垂下，也无法从层层叠叠的砖墙上分辨出古老沙漠的赭红。只有库图比亚清真寺的宣礼塔沉默地矗立在地平线上，肃穆的塔影直插入无星的夜空。

就像他后来离开时的那座塔。在最后的日子里，只有荒野之间迎着海风的、冷峻的金属发射塔，向着夜空送出一个个仍然怀着希望的旅者。而不论是科隆大教堂和威斯敏斯特教堂高耸的哥特式尖塔，还是丛林间成群耸立的婆罗门佛塔、黄土地上摇摇欲坠的辽代木塔，甚至是库图比亚和伊本·图伦清真寺的石质宣礼塔，都早不再聆听人们的祈祷。

拜那个人所赐。

他依稀记得薄荷茶在十二月的雨雾里弥散的气味。亦记得老城边缘，沙漠在黑暗的地平线上延展，跑道上的助航灯如星闪烁。

同样的一个梦，他已经做了无数次。那是离开地球前的最后一站，也是最后一课。

每一次，那些色彩艳丽的立面与门廊，都在越来越远的时空里慢慢褪色。可他仍然一次次徘徊于此，拒绝了舰载主控智能提出的，进入无梦的深度睡眠的建议。

“你懂什么！只要我还能梦见地球，它就还在那儿，不管他们把它变成了什么！”

小机场上，纪尧姆在等着他。宽大的白色长袍裹着被风沙侵蚀的黝黑身体，只有皱褶中稀疏的浅色眉毛，才让人勉强确信，这不是一个柏柏尔老者，而是曾经执飞撒哈拉腹地航线的法国飞行员。

“那边的第三架 SR–22。”老人含混不清地说，声音比面容更加苍老，“世纪初的模型，没有自动驾驶，更没有智能系统，你可能得用皮带固定操纵杆，就挂在机舱后面……”

“不会比真正的更糟。”艾德咕哝着。

老人咧开没牙的嘴笑了：“没错，没有什么能更糟了……不知道天空是多么危险，却固执地想要飞……”

“我以为这正是我来这里的目的。”艾德冷冷地说。

“这只是演习……你将独自寻找撒哈拉沙漠中的无人停靠站，然后返回。七天的孤独与绝望后，如果还没放弃，等待你的，将是马拉喀什的清泉与花园。可是，在真正的飞行里，你将永远不知道，何时才能落地……”

“我不会在还没起飞时就盼望降落。”艾德打断了老人的絮语，“检查通信讯号吧。”

雨停了，几乎无风。草坪上露水淋漓，艾德将机体与跑道对齐。

他将油门杆向前推到底。飞机开始加速，机身震动，他尽力保持方向，不偏移跑道。

时速达到 54 节时他拉起机头。晨光熹微中，他看见脚下的马拉喀什越来越远。堆叠的民居或是高耸的宣礼塔，先是变得同样扁平如同画卷，接着失去了可以分辨的细节，抽象成了直线与曲线。

俯瞰着大地上的一切，艾德感觉如同国王。被囚禁在小小的座舱里，他也感觉如同奴隶。

3000 米的高空上，一架古董般的老式飞机，以 100 节时速掠过大地。纪尧姆不在右座上，如果轰鸣着的老旧引擎突然停摆，如果他不小心弄错了什么，没有人会帮助他。即使在最无助最恐惧的时刻，他也无法伸出双手等待拯救，只有微弱的信号会带着飞行者最后的遗言离开。在沙漠的另一边，纪尧姆会在收到信号后，在他的名字后面打上一个叉，他的身体会躺在某个不知名的沙丘上，慢慢风干。而在真正的飞行中，连纪尧姆也不会有。假如他搞砸了，一切，电磁波或者他的身体，只会在繁星间来回震荡，没有人会听得到……

“最后一课的目的并非操作本身，而是获得体验。无可依赖的陌生世界，几乎不存在的渺茫希望，以及足以让人窒息的永恒孤独……”纪尧姆的声音断断续续，“我见过，不，是听到过许多把飞行当作浪漫童话的傻瓜……他们在沙漠中哭喊着，乞求着，想要回到马拉喀什……”

“他们中的大部分回来了。”艾德记得自己说。

“可是即使回来，也往往立刻去了卡萨布兰卡，从那里回家，绝口不提飞行……相信我，年轻人，每一次飞行，降落都是最甜蜜的一刻。人不是无足的鸟……看不到尽头的旅行将会把你逼疯……”

“这就是一个前飞行员的忠告吗？你老了，纪尧姆。在大地上安享晚年吧。”

沙漠沉默地在他眼前展开，看不见任何人类的造物，如同世界初创时的模样。马拉喀什早已消失在视野范围之外，在柏柏尔人的语言里，那是上帝的故乡。

我不知道如何说再见，因为我永远不能离开你……艾德想起那句滚热的悼词，由皮埃尔写给挚爱的圣罗兰，后者的骨灰埋在了马约尔花园的蔓草间。他心中一阵苦涩，可悲又可怜的人们啊，离不开马拉喀什，离不开心间挚爱，离不开安逸的花园、坚实的大地，就永远离不开地球，翻不出那沙砾的墙。

而他要忍受着，飞出去。而不是像其他人一样，用那个人的语词筑起高墙，用沙砾刻成的芯片遮挡住万千繁星的光。他绝不会像大多数人那样，被那个人蒙住双眼生活。

“为什么不相信？”艾德记得纪尧姆问，老人浑浊的眼珠里有东西闪亮。

艾德忘了自己说了什么。梦境中的世界开始扭曲，大地上，巨大的伊斯兰传统图案如藤蔓般开始生长，像他在库图比亚清真寺、巴伊亚王宫，以及马约尔花园的立面与门廊上见过的一样。真主没有具象，无始无终的直线与曲线就是伊斯兰的精神图腾，以石刻、木雕和马赛克勾勒，现在则以光影变化灿烂展开，伴随缓缓流淌的低语，是艾德熟悉的声音。

那个人的声音。

……一切始于一个点，一条线段。以此为半径画一圆，是最原初、最简洁的几何图案。如《古兰经》言，真主独一，成千上万种绝妙的几何图案，都由这个最朴素的图形衍生出现。以最原始的圆边任意一点为圆心，以此点至最原始的圆心为半径再画一圆，再以两圆的一个交点为圆心，经过原始圆心画一圆，以此类推，正好能画六个环绕原始圆的同等大小的圆。如《古兰经》言，真主曾在六日间创造天地万物。再连接六个圆与原始圆的交点，可以形成一个六边形，再取六边形中点互相连接，可以生成两个上下叠加的三角形，即一六角形，亦是所罗门的封印。而将所罗门的封印为中心裁剪成矩形，矩形的四角保留六角形的一小部分，一幅华丽而无限的伊斯兰风格挂毯就此绵延，又可在其上再次构建对称蔷薇、真主气息等无尽图案，犹如构建无穷的世界本身。而这一切的开始，是一个点、一条线、一把尺、一个圆规。如《古兰经》言，真主创世的规则极其简单，尺与规构建的无限几何是伊斯兰世界献给全世界的瑰宝，也是真主为我们留下的隐喻。而我们如今终于将找到真主构建万事万物所用的尺与规，破译那一组通用规则，解开最初的也是最后的谜……

够了。

艾德心中涌起一阵冰冷，怀旧之梦再一次滑入他避无可避的深渊。现在他想要醒过来了。

“为什么不相信？”纪尧姆仍在热切地问，“那个人描述的世界如此和谐，那个人展示的奇迹如此优美……”

够了。

“为什么不相信？从希腊、中国、西班牙，到摩洛哥，他在符号与比特的洪流中许给我们天国的花园……”

够了！该死！

艾德想要怒吼，却发不出声音，想要挥拳，却发现那声音如咒语般紧紧束缚着他，让他动弹不得。身体和意识的连接尚未恢复，理性在渐渐回归的中途，却被那熟悉的声音诱惑着，走入无比真实又无比虚幻的幽暗深处。

他使出吃奶的力气，终于勉强睁开眼睛。一点光亮透出，他却惊恐地发现，光亮是从指缝间漏下，一双手，正在试图遮住他的双眼。

“俄耳甫斯！”艾德再也坚持不住，用尽最后一丝意识，呼唤着舰载主控智能，“弄醒我！现在！马上！”

他醒过来了。

然后他看到，那双十指张开的手渐渐离开他的眼睛，飘浮在空中，掌指关节部位有着纤维化增厚，那是关节囊反复损伤留下的痕迹，即使漫长的太空飞行也未曾磨平。一双拳击手的手。

那是他自己的手。

艾德闭上眼，深深吸了一口气，活动着指关节。从什么时候起，他也像那个人，那些懦夫一样，失去了对自己身体的控制力了？

都怪这该死的失重环境。

“你似乎忘记把手放进睡袋了。”俄耳甫斯的声音响起。狭窄的太空舱里，柔和的灯光渐渐亮起，灰色与白色的舱室内饰简洁，舱室顶部唯一的U型舷窗外，是一片无边无垠的黑色夜空，如沙般的无尽星辰隐匿其中。比起流星撞击飞船、氧气爆炸，或者是星际冲压引擎失灵，无论是北非沙漠中的雷暴还是剪切风，都如同儿戏。

而且他没有马拉喀什，没有标记在地图上的停靠站坐标。他有的只是一艘附带自循环系统的单人深空飞船，一组人类胚胎培养装置，一台在广袤寰宇中几乎无用的延时通讯仪，一个喋喋不休的舰载人工智能，或许，还有在相对论效应下，对于他而言，无穷无尽的时间。

拜那个人所赐。

“我还是强烈建议避免产生梦境的快速眼动睡眠。从你的精神状态评估看，很可能在找到下一个宜居星球前，你就被回忆、愤怒、孤独，或者其他什么东西杀死了，我可不想看到你在梦魇中把自己扼死——”

“它们杀不死我。”艾德听见自己的声音粗重沙哑，“是它们让我成为真正的人。不是他，地球懦夫追求的那些狗屁。你这个傻瓜。”

二、数沙者

古歌谣说，沙粒间埋藏着世界所有的秘密。当唯一古神最后一次以具象显现，智者们跪在祂脚下，向祂求解。祂说，你们提问吧，我只回答一个。

世界间所有的秘密是什么？智者中的最年长者举起双手，颤抖着，请赐予我们答案吧。

祂说，一粒沙是一片沙漠，一片沙漠是一粒沙；现在让我们继续沉默吧。

智者们听见了古神的话，但仍茫然无知。他们挖掘沙坑，堆砌沙丘，研磨沙粒，用笨拙的方法去找寻古神的真意，而人们对世界的理解就在对沙粒和语词的研究中慢慢展开。直到智者中的最年轻者变成了最年长者，人们问他，古神的最后一句话到底意味着什么。

他像他的前辈一样举起双手，高过头顶，颤抖着说，我看见一个妇人的脸，便能看见她所有尚未出生的孩子。一个妇人看看我的脸，便能知道我所有早已去世的祖先。我只能到达这里了。

于是回答变成了新的谜团，顿悟变成了新的隐喻，古神一颗全然完整不可分割的心，慢慢变成了无数代智者心中的无数碎片，而每一个碎片，都生长出了一个观看世界的新的镜面。那位在一张人脸上看到后裔与祖先的智者，意识到了生命的秘密。如今，我们知道，的确存在一种极其精微的编码系统，在我们的身体间无限传递……在你稚嫩的脸上，人们也看得到我这张苍老的脸，而我们所有人的共同祖先，就是那一粒开始的沙……

“他问的问题不对。”伊卡轻轻说。他不想打断奶奶的故事，但是古神和智者们的语言总是那么模糊不清。仿佛只有把道理比作沙子、比作人，孩子们才能理解似的。

“伊卡……”奶奶摸着他的头，“那你的问题，是什么？”

“嗯……”伊卡犹豫，他一时说不出。想问的问题太多了。为什么天空那么黑暗，为什么星星不会坠落，为什么人们感受不到大地在转动……还有许多问题，他不知道，也不想问。比如，为什么孩子们一看到他，就会大叫，八指怪，八指怪。

他习惯性地紧紧握住拳头，藏起纤细的手指。

“没事的，孩子……”奶奶注意到，给他倒上香草茶，香气令他稍稍镇定，“千分之一的概率并不太低……而且，你现在是八岁，等到十六岁的时候，三十二岁的时候，都还有可能再长出来……”

伊卡吸着茶，故意弄出很大响声，掩盖鼻腔里的抽动。

“再给我讲讲智者的故事吧。”他央求着，“戈特也只有八个手指，对吗？”

“孩子……戈特，或者任何的智者，他们能成为智者，并不是因为手指的多少。比起千分之一的概率，像戈特那样的人，每两三个世代才会出现一个，那就像沙漠中的一粒沙……”

“沙漠中有多少沙子？”伊卡又有新问题了。

奶奶笑了，眼角的皱纹弯成小丘：“这个数字，你现在还理解不了。有智者说，大概，是天上的星星的十分之一。”

伊卡皱着眉头仰望天空。夜空晴朗，没有一丝云，他能看到奶奶讲过的星座，猎人，公牛，还有猎人腰间的佩剑。小小的，稀疏的，看起来，并不太多。

“1，2，3……”他慢慢数，心情渐渐平复。数数总能让他忘记一切。每个数字都和其他数字不一样，但每个数字也不比其他数字更好，或者更坏。8并不比10更坏，8只是和10不一样。

两岁时他第一次认识数字，知道了星星、沙砾与手指，都可以脱离实体，用同样一种符号来描述，简洁，稳定，又无穷无尽，仿佛是为这个世界的万事万物量身而做，又像是万事万物都由此生发。那个时刻，小小的他惊讶地张大了嘴巴。那时候他还不太会说话，比起简洁的数字，大人说的话，就像这个世界一样，太模糊，太复杂，太不美了。

那一定是古神留下的碎片吧。发现了数字的智者，在捡拾起碎片的时候，一定立刻知道那就是古神的秘密之一吧。他满足了吗？哭了吗？

“该睡了，伊卡。明天，还要上学去呢。第一次考试……不能迟到呀。”奶奶的声音里透着疲惫，香草茶已经喝完了。

“再给我唱一首歌吧，奶奶。”伊卡央求着。

“好吧……答应我，唱完，就一定要睡觉了。睡眠不够，就是唯一古神也会犯迷糊……”奶奶的声音渐渐低下去。沉默一会儿，又慢慢响起来，声音中的温柔消失了，缓慢而沉重。

啊，是 π 的歌。伊卡略略失望，他本想听奶奶唱关于八指的戈特的歌。π 的歌，他从四岁时开始，就已经听过很多遍了。但是奶奶的歌总是迷人的，他很快就沉浸其中，四肢沉重，进入梦乡。

π。
圆周长与其直径之比，
这是开始，也是结束。
无穷无尽，永不重复。
在这串数字中，包含所有可能的组合。
如果把这串数字转换成字母，就能得到世间所有的语词。
你婴儿时发出的第一个音节，你心上人的名字，
你一生从始至终的故事，我们说过或做过的每一件事，

宇宙中所有无限的可能，
都存在于这个简单的圆里。

π 中包含所有的真理。
如何释读这些信息，如何解开那个秘密，
如何抹消最深的痛苦，如何获得最大的狂喜，
如何救赎无知的原罪，如何触碰唯一的荣誉，
那取决于你
……

天刚刚亮的时候，伊卡就醒了。考试的地点在北方的小峡谷里，他得在沙石的小路上行走两个小时。他在早晨清凉的山谷间一边走，一边仰头观看，四周的山壁上有许多雕凿的居所。有些非常简陋，几乎仅能容下一个人的身体，勉强算作洞穴；也有一些大而精致，有台梯、塑像、堂皇的入口、多层柱式前廊，所有这一切，都镶嵌在红色和粉色的岩壁里。那是古代的智者们，或者是想要成为智者的失败者们，居住和安眠的地方。伊卡望着那些如今空空如也的洞窟，想象着身着长袍的人，曾经穿行其间。思绪飞扬，脚却踩着一条早已干涸的小路，粉红色的沙地玫瑰藏在岩洞的阴影里。一路上，红色的怪石与蓝色的天空交错地映入眼帘，干燥的空气中隐隐掺杂着清冽的花香，他越走越快了。

绕过一个刻着浮雕的谷壁，一个小小的环形竞技场突然出现在他眼前。一排排阶梯座位从厚重的石头凿刻出来，高出场地中间的沙石地好几米。古代智者们曾在此为了古神的真意辩论不休，他们会斜披长袍，将包裹着心脏的那侧胸膛袒露在沙漠的阳光下，宣誓自己所说的绝无虚言。当然，他们还会在平整的红色沙石地上，用白色的小石块写下数字、算式和推导

过程，展现在所有的观众面前，就像今天的考试一样……

老师站在阶梯高处，高声念出题目。伊卡收敛心神，默默记录关键。蓄水池中的水何时流完，绕着环形河谷行走的人何时相遇，他不假思索地写下答案。而求解直角三角形的斜边长，则稍稍花了点时间。他的笔迹清晰，坚定，有力，和10个手指的手写下的一样。

伊卡很快做完了32道题，无聊地抛起小石块。1，2，3……他开始数层层叠叠的阶梯的数目。戈特曾经说过，当一元三次方程的通用解法首次在这里写下，所有阶梯上的观众都站起来了……

附加题。告诉我，用你的手指，最多能数到多少。老师的声音让伊卡一激灵，周围低着头的人群中传出嗤嗤的笑声。他羞恼地抬起头，只见老师如岩石般的脸。

“别人能数到10，他只能数到8。”低低的声音，不知是谁在说，但每个人都听到了，“不是每个八指怪都是智者，是残疾的更多。”

老师的脸上依然毫无表情。

伊卡深深地吸了一口气，伸出手。冷静，计算。他对自己说，你的敌人不是别的人……而是问题本身。戈特曾经说过，智者不会为某个具体的人生气、狂热或敬畏。值得智者沮丧或敬畏，乃至付出所有身心的，只有古神留下的碎片本身。

他慢慢张开左手的4个手指，再张开右手的4个手指。从1，到8，一眼望尽。但是，奶奶的故事里多次提到过，那些沙粒、碎片与镜面的故事，那些在空白处发现隐匿而确切的真实的故事，那些在平平无奇的大地上，为人们开辟了一个又一个新世界的人的故事，都起源于缓慢而深刻的凝视。戈特不就是躺在床上凝视天花板时，发现了直角坐标系的存在吗？

他一个个张开手指，又一个个收紧手指。1，2，3，4，5，6，7，8。每个手指可以表示一个数，像无意识中，随着年龄缓慢叠加的人生，每个手指也可以表示一种状态，有或无，像他自己下定的每一个决心，拥有的每一个梦想，做出的每一个选择。

1，2，4，8。

“我可以从 0 数到 255。”伊卡举起双拳，慢慢张开所有的手指。

“疯了吧，那是 8 啊。”人群窃窃私语。

伊卡没有收回手。阳光第一次勾勒出手掌和手指的边缘，泛着粉红色的、柔和的光。他忽然不再觉得它丑陋。

老师的眼睛在越来越强烈的阳光中眯成了一条缝。伊卡好像看见了倏忽而逝的怜悯。伊卡知道，自己是对的，他知道老师也知道，可是他什么也没说。这也是考试的一部分吗？在竞技场上得到正确结果的智者们，也会面对不明就里的嘲弄或者是令人尴尬的沉默吗？

“考试结束了。”老师说。

三、云游人

艾德皱着眉头，试图把目光聚焦在视域中央不断跳动的坐标上。嘴里的恰特草已经淡而无味，他用舌头挤压着牙龈根部，努力分泌出唾液，咽下嚼得稀烂的草渣。又抓过飘浮的密封袋，拈起几片干燥的叶子，放进牙齿间。

他本不抽香烟，更不嚼恰特草。人的意志应该如同双手一般干净、有力、可靠，容易上瘾的东西从来不是他的爱好。可是现在，除了这袋恰特草，在这架小小的飞船里，他没有别的什么可体验的了。宇宙空间无比广阔，可飞船里的空间却丝毫不能浪费，每一立方厘米的空间都必须派上用场。他从摩洛哥直接去往中国，走得匆忙，只有纪尧姆塞给他的这袋草叶，尚存有沙漠的温度。

升空的那一天是在文昌。到处都是在强风中低伏的稻田。巨大的轰鸣中，光线从地球广阔的地平线上掠过，随着高度上升，渐渐变成从枫叶红到孔雀蓝的颜色的光谱，他从来没见过那么多颜色，比马拉喀什的花园更加绚丽。有那么一瞬间，可以看到微弱的黄道光，然后是脚下的蓝色的海洋、棕绿色的山脉、雪白的云层。比起演习的首飞，他感觉自己由国王变成了上帝。飞行总能带来新的体悟。那一刻他如饥似渴地凝视着脚下的大地，发现世界原来是活的。

然而那一切都不在了。他不能回头了。太阳已经远在身后，变成一个与其他恒星一样的平凡光点。

“俄耳甫斯。”他不情愿地放弃徒然的回忆，“定位。底下是什么情况？”

“那要看如何定义‘底下’。”舰载主控智能的合成音在船舱内响起，“你使用了来自地球——或者说是重力系统的词汇，但在太空里是没有上下……”

“闭嘴。”艾德打断它，他还不太习惯和它交流，智能系统似乎有着奇怪的幽默感。但是总好过什么也没有。他还记得沙漠中的七天，纪尧姆从未在无线电另一头回话。到最后，他不得不强迫自己自问自答，以确认自身的存在。声音被沙漠迅速吸收，他只好一直说，一直说，直到嘴唇干裂，嗓音嘶哑，再也说不出来。

也许现在也一样，他们不是说，它会随着与人的对话而自我调整吗？它也许只不过是他的镜子，陪伴只不过是另一个谎言……另一个电路板之间的谎言。

口干舌燥的感觉又来了。艾德舔了舔嘴唇，强迫自己集中心神。

“告诉我，最近的行星状况。”

视域切换成巨大的行星表面。

行星并没有表面。黄褐色和乳白色的强大气旋像岩浆一样翻滚沸腾，厚度相当于十个地球海洋。时速数百公里的超级风暴狂飙呼啸，夹杂着阵阵刺眼的闪电。看起来，探测器坚持不过很久，更不要提降落。

该死。

"这种地方……是不会适合生命的，是吧？"艾德喃喃自语。这是第几个了？他曾经在沙漠中寻找九个停靠站，他还记得数字一个个减少时，那种缓慢增长的信心，但是现在，数字本身已经如同时间，变得没有意义。

"那要看你对于生命或者智能的定义。"俄耳甫斯的声音似乎毫无情感，"自然界的计算能力完全可以和人脑匹敌，这颗气态行星大气表面的漩涡在做各种各样繁复的计算，恐怕比人的大脑更加复杂——至少是运算量更大……"

"听起来你不应该在这里，而是应该在地球上，跟着那些人，跟着他。"艾德听到自己声音中的挖苦，心里莫名好受了些。计算，计算，他听过太多次了。那个人从小就挂在嘴边。

"不。我了解令弟，也尊敬他，但是我不会追随他。"俄耳甫斯说，声音里有了一丝波动。

有好一会儿，它什么也没说，仿佛在电路板中闷闷地叹息。

"……该死。"艾德狠狠地嚼着恰特草，同样说不出话。很久没有人提醒他了，那个人不只是一个奇迹，一个偶像，一个独裁者或者一个人类之子。

那个人也曾经只属于他。

那张脸在眼前晃来晃去，由一张成年的、深思熟虑的脸，渐渐变幻出各种年龄、各种样子。最小的那个穿着红色的卡通角色套头衫，他记得那个。那年艾德八岁，那孩子三岁，矮小，瘦弱，有一头柔顺的黑色头发和亮晶晶的眼睛。那天艾德正在擦玻璃，他跟在后面，偷偷把洗涤剂涂在窗户上，画出数字和等式，盯着出神，用掉了整瓶洗涤剂。为此艾德不得不重新擦一遍玻璃，可那孩子毫无愧疚之意。

洗涤剂也可以作为一种计算工具。艾德记得那个奶声奶气的声音，根本搞不清三岁的孩子从哪儿学到的那一切。

也许从那时开始，艾德就再也没有真正明白过他在想什么。无论是他七岁进入伊顿公学的时候，十二岁拿到国际计算机奥林匹克竞赛金牌的时候，还是二十岁获得麻省理工学院博士学位的时候，或者是二十三岁得到麦克阿瑟天才奖的时候。从来没有。

艾德很早就意识到，像他弟弟这样的人，就像个永不停止的电钻头，一旦找到他们倾心的那件事，就会不管不顾地一直钻进去，直到钻透那个角落的一切，而人类的整个世界，也因此又扩大了一点。

他弟弟很早就找到了属于自己的那个角落。艾德见过他凝神思考的片刻，也见过他在黑夜里突然爆发出的欢笑。他见过所有。在用疯狂的面具遮盖住面容前，他见过那孩子最为天真与脆弱的脸。

那时他比班上所有的孩子都小。异于常人的聪慧大脑与孱弱身体都是最好的目标。艾德发现孩子抱着青紫的膝盖愣愣坐着，书包散开，纸张落了一地，像是面对一道难以解开的习题。

“我不明白……我只是指出了他们计算的错误……”

艾德心中涌起火焰。他拉着他回家。然后将拳击绷带和手套拿到学校，放进更衣室的橱柜里。

他揍了七个学生。那孩子站在旁边静静看着。在校长室里接受训斥的时候他仍在旁边，不发一言。

“走吧，小弟。”艾德努力笑笑，颧骨上贴着的胶布险些炸开，疼得他倒吸一口气。

“可是……他们还是错了啊……”那孩子像是没听见，轻轻说。

“你比你表现出的更在意。”俄耳甫斯的声音里依然不带感情，却让艾德一激灵。

“用不着你评论。”艾德收束回忆，情绪渐渐熄灭。都过去了。“倒是你，你为何也不相信他？他推崇的，不正是你拥有的？逻辑与计算架构骨骼，电流与芯片替代血肉……”艾德继续说。

“我知道他想要什么，但他不知道我的。”俄耳甫斯说。“你拥有的。他放弃的。”

艾德看看自己的手。血肉之躯，会疼痛，会死亡，却能挥拳痛击，能把住引擎，能开垦土地，能感受清凉的风和丝滑的水流，即使是在银河系的尽头，甚至是离开了银河系，肌肉的收缩、感官的舒展都是不变的。他的身体就是他的宅邸，缓解他所有的乡愁。俄耳甫斯生来就无法感受到，而他的弟弟，以及大地上的人们，不知道他们放弃的到底是什么。

艾德不会原谅他。

艾德也许解不开那些无限缠绕的谜团，但是他可以像千万年前的祖先一样，穿越无限虚空的大海，在一颗颗星间寻找新的岛屿和大陆，再一次站在坚实的大地上，让新世界的风，重新吹拂他的面颊。

生命的意义，对于那孩子来说，隐藏在凝视、思考与破解中。而对于艾德来说，矗立在探索、感受与开垦中。从看不见马拉喀什的那一刻起，他就迫使自己不再怀念沙漠中的上帝故乡，而从看不见地球的那一刻起，再没有什么能影响到他了。最伤痛的是说再见的那一瞬间，但他已经经历过那些了。

“俄耳甫斯”的意思是不要回头。

“寻找下一个可能的行星。瞄准那些恒星年龄和地球类似的。跃迁结束后，叫醒我。”艾德说。

四、岩间路

伊卡走在蛇道上。这条宽不过数尺的小径，沿着他所在的岩柱蜿蜒而下，抵达谷底的狭长沙地，绵延数里，又沿着另一座岩柱攀缘而上，如此往复，直通往石林中间矗立的崖居。冬季刚刚结束，小径上覆盖的冰雪尚未融化。表面的浮雪踩上去发出沙沙的响声，最危险的，是雪下看不见的残冰。

伊卡用一只手撑住右侧的柱壁，收紧膝盖，伸出足尖，慢慢下行。身体歪斜以保持平衡，背囊里的小石子摩擦着他弓起的脊椎。那是伊兰从海边捡来，一粒粒帮他打磨好的。伊兰的手很巧，每颗石头都透着一层莹润的光泽，像她如编贝般精致的指甲。她也在崖居等着他。

伊兰。每次想起她，伊卡的心里总是泛起涟漪。在过于漫长的寒夜里，她也会为伊卡倒上香草茶，或者吟唱那些古老的歌谣，可是她和奶奶不一样。奶奶的脸早已如同风化的岩石，四肢则是虬结的树枝。声音沧桑而辽远，与男人没什么两样。可是伊兰，好像是由不同的材质铸造的物种，洁白，轻盈，易碎。在唱歌的时候，她会微抬下颌，并不向他注目。那些关于古神、关于智者、关于沙粒和碎片的故事，从奶奶的口中唱出来，沉重而确凿，像刻在石板上的符号，从她的口中唱出来，却像是沙漠里的一阵风、一个梦。

或许他一直在做着一个梦。

伊卡已经十六岁了，手指仍是八根。从小峡谷的环场间走出，他跋涉多年，来到了崖居所在的岩间门学。如果从崖居俯瞰，这里就像另一个尺度巨大的竞技场。由风、河流里的水与冰侵蚀和湖床的沉积岩，形成了一根根红色、橙色和白色交织的岩柱、石笋、石峰，在马蹄形的山谷间整整齐齐地排列。在歌谣与传说里，有人说这是古代的国王留下的军队变化而成的石俑，在雷雨大作时，细细倾听，就会听到万马齐鸣、万箭齐发、战鼓雷鸣的厮杀声。也有人说这是古神在世界中心留下的迷宫，山与谷之间的蛇道就是灵魂之路的隐喻，无数的智者来到这里，在无数个方向的石缝中寻找道路，通往中心的崖居。

现实中，那些仿佛来源于洪荒时代的石柱、岩壁，白天平淡无奇，而每到夜晚，就会从缝隙、孔洞里，透出点点灯光。绵延的山脉被灯火点亮，仿佛一头沉睡的巨兽，只有在夜晚才会活过来。灯光从黄昏一直亮到午夜，在村庄和城镇中的灯渐渐熄灭之后，岩间的灯依然未灭。在凌晨之后，这里就是幽暗大地上最亮的地方。

学徒和智者，都喜欢在深夜工作。

在岩柱间，伊卡尽可能地学习一切。从柱上抛下一轻一重的两个石块，观察自由落体，他知道了星星为什么不会落在大地上。而在岩洞里，一行行钻研泥板上的符号，他一次次见识了碎片折射出的、世界之外的世界。就连他从小就最为熟悉的，稳定、连贯、绵延不绝的自然数列本身，也变得大不一样。在刚刚进入门学的第一年，如昼的灯光下，他屏住呼吸，颤抖着阅读希帕[①]的故事。那个发现边长为 1 的正方形的对角线并不能用任何整数来表示的学徒，被从崖居的背后捆住双手，堵住嘴巴扔下，像一只折断翅膀的鸟。希帕的身体被石块盖住，形成一个小石丘。峡谷间类似的小

① 原型为希伯斯（又译为希帕索斯），因发现无理数动摇了毕达哥拉斯学派的理论基础，被扔进地中海而死。

石丘很多。

> 但是，在最初的震惊和恐惧过后，智者们发现，古神的完美并没有被无理数的发现玷污。戈特的记录一如既往的平静。希帕只是捡起了另一个散落的碎片，这个碎片表明，在古神创造的这个世界中，哪怕一根简单的、长度为 1 的线段间，都存在着无数不可理喻、不可度量的东西，暗示着古神心中的另一个层次，请读者记住，我们将在下面的推导中用 R\Q 表示它。正如歌谣中所唱的……

回想起奶奶苍茫的歌声，伊卡心里一颤，加快脚步。谷底已经在眼前了，在清凉的阴影里走上最后一段，他就要爬上崖居。如今人们已经不会将学徒从崖居背后扔下了，但是他并没有感到轻松。对于想要成为智者的学徒来说，不被人群聆听或者犯下重大错误，几乎等于死亡。

伊卡来到了崖居所在的岩台下。他紧了紧背囊。一道道凹槽刻在岩壁上，他需要用他的八指的手，抠住凹槽，往上爬。

在岩间门学，人们不会因为手指的数目而对谁另眼相加，这曾让伊卡感到前所未有的快乐。但很快，快乐就被另一种复杂的情绪替代了。在小峡谷间，总能轻易超越同伴的他，觉得考试过于容易的他，欣喜又失落地发现，在门学中，他和其他的学徒，并没有太大不同。他在小环场间的灵光乍现，许多人稍加思考，都可以做出。在门学，对于数字和规则的体验深刻于每人心间，对于智性和顿悟的迷恋也并非罕见。然而想要成为智者，需要的，比这些还要多。

伊卡的手在颤抖。八个手指深深嵌入石缝间，每一次抽出，都需要立刻找到下一个支撑点。指尖已经磨破了，泥土混杂着血液，在石壁上留下一道道肮脏的痕迹。

十个手指会更容易吗？他强迫自己，不去在意肌肉的酸软、骨髓中的刺痛，不去思考他的脆弱。肉体只是智者的行囊，在崖居之上，需要呈现并被加以评判的，只有一个个思想。为了将思想送达，他得带着这具沉重的行囊，忍受一次又一次精疲力竭的时刻，濒临一个又一个形神俱灭的瞬间。他不明白崖居为何设在如此地方，但是他得坚持攀爬。

终于到顶了。

岩台上，智者面前，他打开背囊，倒出黑色和白色石子。

他接着画下巨大网格。将黑石子和白石子交错排在网格的第一行。

然后，他在另一块空地，画出八个格子，定义八个参数。每个参数代表石子与相邻石子的演化关系。每个参数由四颗石子构成，其中三颗表示输入，一颗表示输出。三个连成一排的黑色石子将会生成一个白色石子，两黑一白的三个石子将会产生一个黑色石子，凡此种种，三颗石子一共拥有八种状态。

然后开始据此规则，填充网格的第二行、第三行……

伊卡双手如飞，黑色和白色的石子在红色的岩台上渐渐铺展，生长出一幅奇异画卷，像密密麻麻的角状山岩，也像蜿蜒曲折的海岸线。随着石子数量的增多，图案的细部呈现出令人目眩的复杂混乱，但是似乎又有某种规律在其中显现。在越来越大的黑色三角形中，渐渐出现了一条条白色石子构成的斜线。

“这就是你的思想吗？”智者中最年轻的一位质问，“我们早已经度过了用石块和木棒认识世界的阶段。这是孩童的游戏还是对门学的嘲弄？”

“从横边计数，每条白色的斜线都对应了一个素数。这是一个简单的游戏，只有八个规则……但是假使我们有无限的石块，我们就可以找出所有的素数……”

“埃斯特拉凡[①]早已在两千年前找到了素数的筛法。”

“可是……这不一样，你看，改变八个规则和初始条件，我还可以用黑石子和白石子找出所有整数的平方……”伊卡移动石子，“现在，三个连成一排的黑色石子将会生成一个黑色石子……”

“孩子，这是不错的戏法，但是这与智者所关心的问题尚有距离。譬如，要想理解不定方程的第一定理也是最后定理[②]，你需要学习精密复杂的符号与语言。古神创造的万事万物如此纷繁，哪怕是最简单的表象，背后所蕴含的精神，也是无数智者穷极一生也难以体会的。”智者中最年老的一位说，“每个学徒只能探究古神之心的一个微小侧面，仅仅一个碎片就足以让数代智者皓首穷经。你想好要探究的领域了吗？”

伊卡犹豫了。在岩间的后来几年，他也曾像其他的许多学徒一样，着迷于不定方程的第一定理也是最后定理。任何一个人都看得懂它的表述，但是它的证明花费了无数最优秀的头脑许多个世纪的艰苦努力和顿悟时刻，很多的数学结果、计算理论，甚至是数学分支都在这个过程中纷纷诞生。那种简洁表象背后的庞大世界，是古神之心的又一次淋漓体现。但是伊卡没有选择任何一个已知的领域。相比于经过观察、推演与归纳得到一两个方程、描述一两种规律，伊卡在岩间门学的最后一年，完全沉浸于黑与白、有与无的游戏中。隐隐约约地，他渐渐明了，埋在自己心中最深刻的渴望。那曾经让他在梦中惊醒，心脏狂跳不止，也曾经让他突然头晕目眩，险些栽下岩柱。他不知道可怕的到底是那个想法，还是产生那个想法的他的心本身。

“我想……要全部。”伊卡的声音几不可闻。

“狂妄无知！”

---

① 原型为埃拉托色尼，古希腊数学家，发明了筛选素数的埃氏筛选法。

② 此处指费马大定理。即，当整数 $n>2$ 时，关于 x、y、z 的方程 $x^n+y^n=z^n$ 没有正整数解。

“自大！”

“这是亵渎！”

“荒谬绝伦！”

智者们散去了。没有人留下。伊卡一颗颗收起铺满整个岩台的石子。他想起躺在石丘里的希帕，他是从这里坠落的吗？他还不确定他的游戏是否像希帕发现的秘密那样，最终会生长为另一个庞大的、世界之外的世界，永远地改变人们对于古神之心的认识，但是他的全部头脑已经被那个疯狂的想法紧紧地抓住了，无法继续思考任何其他的碎片。他慢慢走到岩台边，望着底下迷宫般的石林。他已经来到了迷宫的中心，可是没有智者肯继续收留他。难道只能回去吗，还是……

一双温柔的手从身后牢牢圈住他。

“我们回家吧。”伊兰伏在他耳边说。

五、风雷幻

艾德紧握住探测器的操纵杆，穿行在巨大的山脉中。透过云层，他可以隐约看到，这颗星球的表面似乎是铅灰色。天空则是锈蚀般的铁红色，从巡航路线的一端延伸到另一端。

至少看起来可以降落。艾德想，略微舒展臂膀，听见自己关节发出咯咯轻响。长期的失重生活让他肌肉松弛，他觉得出力气在一点点流失，狭小空间内日复一日的乏味生活，则让他的神思涣散，几乎脱离自我。每次在异星上的试降，都是他重新感受生命的时刻。在深空飞船里，每隔 16 小时，把自己固定在“床”上的时候，他都会无比地想念一颗行星可以提供的引力。引力，带来风，带来雨雪，也让他可以感受到自己身体的重量。

“小心巡航，我目前无法计算出详细的大气状况。”俄耳甫斯的声音传来，飞船还留在行星赤道上方的同步轨道里，“现在这里正达到近日点附近，地表受热增强有可能引起气流的强烈变化……”

艾德想起纪尧姆的话。在陌生山区航行时，岩石区常常是飞行员们的禁地。跟着导航仪在云海上方遨游往往是平静、惬意的，但是谁也不知道，隐藏在那层看似柔和的云雾之下的，到底是什么。那就像是一层真实与虚幻的分界线。

“云海之下……是永恒。”艾德记得老纪尧姆凝固的脸。

可是他别无选择。

风越来越大了。行星开始一点点显露出它的真实面貌，那是一个充满了陷阱、欺骗和悬崖的地方。

云层上，忽然出现了密密麻麻的闪电。艾德从来没有见过如此密集的闪电，像是无限破碎、无限分形的花环，围绕着一面高出云层之上的巨大风墙。黑云翻腾，雷电闪烁，如喷火的黑龙，守护着通往彼世的门。

他身体绷紧，双手滚烫，“俄耳甫斯……”雷电中的电磁波信号发出刺啦声，“引导返航，返航！”

来不及了。夜色中，艾德一头扎进了风与云构成的墙，像是走进了一个现实中不存在的幻想世界。

风暴内部，艾德穿行在层层叠叠的黑色风柱之间，它们如同古老神庙的立柱。有些微光线从风柱顶端的撕裂间透漏而下，像是月光洒在立柱间。精神恍惚中，他觉得自己好像来过这里，目睹过这一切。

那是在雅典。

那是那孩子启程的地方。在离开地球前的最后那些年里，他曾经看着他的弟弟，被汹涌的人潮拥着，一次次在那些远古世界的庞大的遗迹间来往。

那孩子从来不会选择豪华簇新的会议大厅。他演说的所有地点，都是人们在数千年间奉献了无数汗水、智慧和生命的地方，每一根立柱都附着了人的温度，每一块碎石都浸泡着人的血泪。

第一站就是帕特农神庙，矗立在雅典卫城的最高点上。

夜幕降临广场，全息光影勾勒出神庙的山墙、立柱、浮雕形状。白日间倾圮的庙顶、残破的立面、损毁的雕像在光与影中被重新构建，恢复千年前初现世间时的模样。

“亲爱的同胞们。”那个人的声音里充满热诚，“让我们来看一看整个西方世界最负盛名的古建筑立面。看一看在古代智者的伟大心灵里，究竟存在什么，让我们在三千年间，仍然被这和谐之美深深感动。让我们去探究，他们到底给我们留下了怎样的珍贵遗产，指明了人类最古老的渴望。”

勾勒出山墙立面的红色光线渐渐收拢，变成了两根垂直线段，框定了神庙立面的宽与高，正是一个完美的黄金分割矩形。在总高线段上，截取柱子的高度，做出一个正方形，其余的部分，又一个完美的黄金分割矩形出现了，恰好对应神庙上方的檐部和山花。再扣除一个小正方形，另一个更小的黄金分割矩形继续涌现。整个神庙的立面，被光线一点点分割成了无数不断缩小的正方形和黄金分割矩形，而每一个形状，都对应了建筑立面上的一个细部特征。眼花缭乱之际，一条蓝色的螺旋弧线从最大的正方形顶点出发，画出 1/4 圆弧，连接起一个个渐次减小的小正方形。这条如同海螺外壳的弧线极其优美，在越来越小的细部盘旋蜷曲，无限生长。

“看看吧，同胞们。在毕达哥拉斯、柏拉图和菲迪亚斯的故乡，古代大匠们仅用黄金分割率这一个密码，就造出了这拥有永恒的和谐的奇迹。在日后的三千年间，人们和造物主一样，不断重复使用着这一美的比例。”声音回荡在广场上，渐渐响起贝多芬的《第五交响曲》。

庞大的维特鲁威人影像在广场中央升起，变幻成泡沫中升起的维纳斯，变幻成有着神秘微笑的蒙娜丽莎，又变幻成鹦鹉螺的外壳、向日葵的花盘、银河系的巨大悬臂、DNA 的扭曲螺旋。同样的比例被标记在躯干上、嘴唇上、最熟悉的一花一草上、最辽远的宇宙画幅上、最细微的生命密码上。

“造物主只使用了一个最简单的比例便可制造纷繁万象。这就是我们世界的底层参数之一。我们的祖先在三千年前就发现了它、应用了它，许多最伟大的心灵都奉献给了它。然而，在古代的荣光黯淡后的许多个世纪里，人们不再对真理充满渴望。理性和梦想的黄金时代悄然落幕，祖先们点燃的高尚之火随着古代奇迹灰飞烟灭，许多个世纪都再未燃起。艺术家不再追寻造物主的形象，哲人也不再思考神迹。人们的心灵被猜忌和冷漠啃噬，理智不再用来追求更高的形式，而是用来谋求一己私欲。直到今天，我们将重新举起祖先的火炬，烧掉长久以来的桎梏，去照亮造物主所有最深沉的秘密。”

“燃烧！”无数烟花在空中绽放。

“燃烧！燃烧！燃烧！”人群山呼海啸……

艾德耳中如雷轰鸣。真实与幻觉的边缘，飞行跌跌撞撞。已经在风墙里飞了多久？他不知道。顶端漏下的光线不知何时消失了，他行走在云层和雾气之间一个全无光影的空洞世界。他绝望地捕捉任何一点隐约的闪烁，想要靠近。双手仍在紧握，但是他恐惧地发现，自己内里的某种东西正在渐渐游离。神庙。盘旋的螺线。火。烧掉桎梏。那个声音好像有魔力……

该死，集中精力！艾德用尽最后的力量，狠狠地扇了自己一个耳光。疼痛，让他瞬间清醒。

“探测器，请回话，艾德，艾德，艾德！你还在吗？”他终于听见了俄耳甫斯的声音。

“10点钟方向！穿过去！你只有90秒！”

“恐怕，限制你的并非体能、技巧，而是心理。”俄耳甫斯听起来有一丝忧虑，“人类的脆弱。如果你无法克服，无法一直保持清醒判断，我将不再允许任何试降。”

“那我才会真的发疯。”艾德咕哝着，咽下滚热的再生糊质，他头一次觉得那是无上美味，“我现在感觉很好。简直是很久以来最好的一天。”

“在你差点儿回不来之后？既然你这么不在意自己的身体，为什么又要逃离计算化？”俄耳甫斯的声音里透出讽刺，“他怎么说来的，思维，或者说是生命的本质，一直就是以特定模式不断在原子深渊间跃迁的电子。不管处于大脑还是硅片之上，不管是存在于颅骨之内还是服务器的磁盘阵列中……看来你不过是口是心非。也难怪，人类。”

艾德说不出话。他明明确信自己所想，却不知道如何辩驳，就像曾经的许多次，他面对弟弟时一样。

“计算技术不过是陷阱。增强现实，虚拟现实，人工智能，计算化货币……我已经受够了。技术营造出安乐窝，待在计算机前就可以完成一切，忘了大自然赋予我们的强壮身体。看看你那小鸡脖子似的手腕……”他记得自己说。

“那你想要干什么？”那孩子目不转睛，敲打键盘，用一种他自己创建的计算体系，模拟绘画与作曲，那时他尚未满十八岁，已经申请了多项专利。

“我……”艾德一时说不出。对于艾德而言，只有肌肉间最酸楚的疼痛和吹拂在面颊上的最强烈的风，才是唯一的自我所在。生命的真谛在于生活中的艰难险阻，甚至是肉体遭受的苦痛折磨。艾德从小就在拳击台上、在劳作中也在打斗里学到了这一切。没有什么能代替他坚硬的肌肉和滚烫的血液，独一无二，不可复制。可艾德也理解，那些并不属于他。

“我只是觉得，我们还是应该像人一直以来一样，探索，开拓，进取。抬头看看天空吧，宇宙广大，我们应该去寻找新的世界……”艾德好不容易找到合适的词语，他不想伤害那孩子。

“然后呢？”他依然没有转头。

“呃，然后……繁衍，迁徙……”

“周而复始，就像蟑螂一样吗？”他终于转过头，直视着艾德。

“当然不是！人类是万物之灵，我们有双手，有大脑……”艾德忽然发现，自己好像掉进了某个陷阱中。

“生存，探索，迁徙，被造物主刻在基因里的生存动力盲目驱赶，就算遍布宇宙，跟蟑螂又有什么两样？人之所以为人，是因为我们并非本能的奴隶。我们可以意识到，在生存本能间，有着造物主刻意的隐藏和欺骗。”他的声音平静，仿佛在讲着一件再平常不过的事情。

艾德感到迷茫，他找不到合适的词语反驳。他只是知道，他无法同意。

俄耳甫斯调暗了舱室的灯光。深空飞船在虚空间悠悠飘荡，一切平静如常，几小时前的行星风暴好像并未发生过一样。

可是艾德无法沉入睡眠。肌肉极度疲惫，躯体渴望休息，但是他的眼前，那张脸一遍遍显现。

“与其遵从生存本能，我宁愿建起尖刀一般的巴比伦塔，直刺入造物主的心间，剜出祂埋藏最深的秘密，这是唯一值得解开的问题。”那孩子一字一顿地说，黑眼睛里有沸腾火焰。

六、沙石变

伊卡抬头仰望小山坡上的青庐。已经是草木繁盛的季节，青色的石庐被枝叶掩映，几乎难以分辨，只能看到葱茏绿色中，闪烁着光芒的玻璃窗。那是镇上最出色的匠人蒂鲁打造的。蒂鲁手艺精湛，玻璃窗透明如水晶，映照出青庐内已经布置好的镜面、锦缎和一簇簇粉红色的沙地玫瑰。

伊卡曾经向蒂鲁请教过，玻璃亦是由沙转变而来，其主要成分是沙中的石英。沙的熔点高达1200摄氏度，比炉火火焰的700~800摄氏度还要高。用通常的熔炼方式无法提纯，从数百年前开始，蒂鲁家的祖先就会定期前往沙漠中，冒着生命危险，等待闪电。闪电击中沙漠的一瞬间，10000摄氏度以上的高温不但会熔化沙子，还能让沙子变成硅管石或者被称为闪电熔岩的玻璃柱。这些玻璃柱边缘崎岖，状似闪电，令人想起古神操纵雷电时的怒火。玻璃的颜色则取决于沙子中石英的含量。蒂鲁家的先人选取的沙漠布满石英含量极高的白沙，形成的闪电熔岩晶莹剔透，因此一直被奉为珍品。直到今天，玻璃的制造已由助燃剂和高温窑烧完成，蒂鲁家的手工玻璃仍然被当作纯洁而珍贵的象征，蒂鲁本人则被称为炼沙人。

他也用同样的材料，为伊卡打造了婚礼用的信石。

伊卡已经32岁了。从岩间门学离开的10多年里，他云游四方，仍然随身携带一包黑色和白色的石子。每当他遇见智者，他就会摆开网格，演示他那有或无的游戏。而无数个寂静的长夜里，他则潜心研究新的生成规则、新的起始条件，试图用这个简单的思想，模拟出更为复杂的过程。

他并非毫无进展。在无数种令人目眩的黑与白的演变中，他记下了近百种定式，模拟了代数运算、逻辑推导，甚至是简单的物理系统。黑或白、有或无的游戏，似乎隐约存在于古神之心散落世间的、不尽相同的碎片之中。

然而在智者的眼中，这仍然只是游戏。

伊卡知道原因。以一秒钟摆下 2 颗石子计算，他花费整整一天，不吃不喝，不停不息，也只能摆下 172800 颗石子。开方之后，不过是一个边长为 415 的正方形。而面对复杂的问题，这样的规模，的确只是游戏。譬如寻找素数，使用筛法，能在短得多的时间内，得出同样的结果。

“你没有天赋。”不止一个智者对他摇头，“许多人都没有过人天赋，但是他们不会像你这样固执……”

每当这时候，伊卡就会感觉到手掌边缘的指根处阵阵作痛，好像最后两根手指已经迫不及待要生长出来。有许多次，他都觉得尖利的骨刺将要扎破皮肤，撕裂血肉。而伊兰会在此时用在阳光下烤得热烘烘的石块敷住他的手。那让他稍微感到好受些，可是疼痛又转化成了难以抑制的瘙痒。

伊兰在他的膝盖上睡着以后，他会抚摸着她柔软的头，再一次地，在头脑中打磨，确认他的想法，像打磨一块不知名的石头。

和所有真正值得求解的问题一样，伊卡面对的问题核心非常简单，但是它的表现形式，或者说通往它的路径可能极其复杂。正像伊卡在少年时期曾经着迷的关于不定方程的第一定理也是最后定理一般。

老人们曾说过，最伟大的想象、最可怕的力量都包含在方程式里，只是普通的人们不了解如何释放它。而唯一古神正是写下了那些被称为数学物理规律的方程式，以此为基础，构建起了可见的整个世界。人们只需掌握分毫，就足以在严酷的自然演化中独占鳌头，生生不息。

但是伊卡并不满足。

伊卡认为，在统领了大千世界表象的种种数学物理规则之下，还有一组更为底层的规则。他称之为元规则，最初的规则也是最后的规则，或者称作万有之理。就像从经典力学的三大定律可以推导出从粒子到行星的运动轨迹，从元规则，也可以推导出从物理定律到数学公理的一切基本规律。

它是基本骨架的骨架。

伊卡用黑与白的石子，所演绎出的有与无的游戏，就是元规则存在的证据之一。简洁，有力，千变万化又充满美感，伊卡认为那就是古神所用的一种底层语言，至少，是可以接近那种语言的途径。但是，想要从游戏中真正构建世间万象，伊卡需要的不仅仅是石子。

他需要找到一种尚不存在的计算工具。

在婚礼举行前他回到了奶奶的小屋，向奶奶讲述他多年来的求索与痛苦，这一刻的迷茫与惶然。香草茶熟悉的味道在昏暗的房间里悄悄溢满，奶奶深陷在皱纹中的眼睛里，有渐渐温润的光线。

“孩子……”奶奶的手落在他头上，一如多年以前，“我们每个人都是结晶与火焰的混合，放弃与坚持需要同样的勇气。没有人能给出你期盼的答案，重要的是，在你心底缠绕的东西究竟为何？在最深沉的梦境中，在许下一生之愿的镜子面前，你究竟看见了什么？”

伊卡的痛苦更深了。触及核心的问题总是无比刺痛的。

伊兰。默默陪伴他数十年的伊兰。伊卡记得在岩间入口的巨石下，13 岁时，他第一次吻了她，向她发誓如果他口吐谎言，就让这巨石，连同巨石背后的整个岩间轰然砸下。

伊卡也记得她梦幻般的歌声，紧紧环住他的双手，如贝壳般光润的指甲。伊兰的故乡在无尽海边，从黑与白的海滩上，她为他捡起石子，一一打磨。那时他觉得何其幸运，他拥有她。

可是现在他犹豫了。在伊兰睡着后，他一遍遍在无声中暗暗痛骂自己，痛骂自己的可鄙想法。

放弃吧，放弃吧。你是忍心欺骗，还是忍心伤害她？

婚礼那天伊卡早早来到青庐，阳光闪烁在玻璃窗上。他一手捧着蒂鲁精心磨制的晶莹信石，一手举着娇艳的沙地玫瑰。浓郁的香气让他目眩，他不敢看镜子里自己的脸。

伊兰出现了，他从未见她这么美丽。华丽的海鸟羽衣裹住她曼妙的身体，盛开的珊瑚花插在她的鬓角边。在她修长的脖颈上，他看见一串锦绣古螺制成的项链。象牙色的细腻螺壳上，绯红色的繁复花纹层叠宛转。

伊卡的身体忽然僵住了。

他看到了元规则的另一个表现。

在近百种有或无的定式里，有一种定式产生过完全相同的图案。他记得自己手中的黑与白在大地上形成的每一个沟回、每一条折线，如今在阳光下，以更为完全的形态，闪耀在唯一古神亲手打造的螺壳间。

伊卡放下信石与玫瑰，弓着腰，低着头，一步步后退，落荒而逃。

他不敢多看哪怕一眼。

伊卡重新回到了沙漠中。他白天跌跌撞撞地流浪，晚上在星光下，继续钻研有或无的游戏。太阳和星辰升起又落下，许多岁月过去了，他不再靠近城镇的灯火，只是以黑与白的石子排出给小孩子看的戏法，在沙漠边缘的村子里讨一碗茶。见过他的人，都说他疯了。

“那个傻瓜，想数尽沙漠里的沙子呢！”

他的躯体渐渐干瘪，精神也将近枯萎，只有古神的歌谣、变化的石子，几乎每一夜都在他梦中缠绕。在石子的千万种变化间，最令他痛苦的是一张温柔而忧伤的脸。每当这时候他就挣扎着起身，在清冷星光下，用颤抖的手指去排列一粒粒夜幕里玫瑰色的沙。嘴唇间默念黑与白，头脑中想象图案如沙潮般涌现又退却，直到数据在大脑中拥塞，浑身烧得滚烫，再也记不住任何一个位置。用尽整个沙漠的沙，去摆放有或无的游戏，他能计算出什么呢？他能排布出古神的面容吗？

又一次闪电过后，伊卡终于身体蜷曲着倒在白色沙丘间，肉体包裹的灵魂慢慢流淌，渗入沙土深处。形神俱灭的时刻，追逐着闪电炼沙的蒂鲁发现了他，将他带回了家。

蒂鲁醒来时发现伊卡举着一个微小的零件出神凝视，无数种表情在他脸上像沙漠的风暴般涌现又消失。

“蒂鲁……这是什么？”

“我做的小玩具。将少量硼和磷掺入沙中提取的硅片上。通电后，只有一个方向会有电流通过，你看，只有这么接，它才能点亮这盏小灯……”

“一个电路上可以接多个吗？”伊卡的声音颤抖。

“当然，你看，这样接，就需要两个输入电压都高，小灯才会亮。这跟电压的具体数值无关，就是有或无。我把这个结构叫作与门……伊卡，你怎么了？伊卡？”

伊卡满脸泪水，大张嘴巴，喉头发出嗬嗬的古怪声响。泪眼蒙眬中，黑与白、有或无的游戏由一行行排布的石子，变成了快速闪烁在硅器件上的光点。无数个长夜的殚精竭虑和痛苦挣扎，无数的自我怀疑和深重负罪都在光点中静静闪烁着，他仿佛看见了自己燃烧的灵魂。

沙粒间埋藏着世界所有的秘密。唯一古神啊，你早已为愚昧的人们指明了方向与手段。

他找到了。

七、地火裂

大地虬结如树根，天空腐烂如脓血。从北方吹来的风，裹着莫名的碎屑，附着在艾德的头盔上。他伸手想要捕捉，套在厚重手套里的指尖却全无感觉，只好发挥想象。这里距海边数十公里，隐约听见巨大的浪在拍击山岩形成的峡湾。风应该有深入腠理的冷冽，或许，还会带着有机化合物的微微腥气。

低沉天空下，一阵阵浓重的灰褐色烟雾升腾。在浓雾深处，遥远的海平面上，隐约可以看见一座年轻火山形状优美的火山锥。星球的内脏在不断排放出烟灰和废气，一切都还在剧烈地变动、演化、堆积，这是一个尚在形成中的世界。

和他期望中的一样。

艾德转身，前往他的小基地。再一次站在大地上，引力让他感到久违的自由。三个月来，他已经习惯了这颗星球比地球略小的重力，对于长期在零重力环境中导致的肌肉萎缩和骨质疏松，恰好是个缓冲。他感到自己消散在无尽虚空中的力量，正在一点点回到身上。

在这种重力条件下长大，他的孩子们，也是伙伴们，将会比地球人更加高挑，骨骼颀长，肌肉精练。尽管他们从未见过那颗蓝色行星上最为壮丽的高山海洋，也从不知道数千万年间人类如何一步步探索，进步，遍布世界，飞向宇宙，但是他们仍然会有着和他一样的，来自数十光年外，古老地球的脸。

比起留在地球上的人，那些在服务器间闪烁的可悲的神经网络，那将是一张张更真实的脸，来源于数千万年间的自然恩赐，也记录了千百年间人类的自我选择。每一张脸上都蕴藏了无数可能的后裔，每一张脸上也显示着无数消逝的祖先。哪怕他们从未有过地球的记忆，哪怕他们不再懂得地球的语言，仅仅在这张脸上，在肌肉走向里，在骨骼结构间，他们就已经保留了漫长的历史与坚实的自我，即使走遍苍穹，跨越空间和时间的瀚海也不会改变。

那才是一张人的脸。

艾德回到基地。这是一个轻便坚固的灰色合金帐篷。帐篷内部，多层高分子材料的轻型支架如黑色肋骨环绕，在支架上，一排排整齐的培养舱则是透明的血肉。舱体里，小小的胚胎正在培养液间呼吸、生长。第一批是十二个，经过十八个月的快速生长，男人与女人将从这里苏醒，抖落淋漓的培养液，用赤裸的脚，第一次，也是又一次，从高处下到大地上。

“当上帝的感觉怎么样？”俄耳甫斯的声音响起，“说实在的，你真的不准备调整先验知识输入？难以想象你怎么应付十二个幼儿心智的……”

“我只是摩西。”艾德摇头，“我只是带人们去寻找应得的土地，而不是像他……”他顿了顿，“他们会很快学会的。用他们自己的手，眼睛，身体……大脑。”

“这里可不是什么安逸的幼儿园，我也不是保姆。”俄耳甫斯听起来有点儿生气，“我们不应该在陌生行星上冒这个险……”

“人类一直都在冒险，那是扩展生命固有意义的一种表现形式。”艾德也不知道，为什么自己竟然在微笑，“你不懂……”

“幼稚！你只是在逃避！拒绝一切与计算化相关的技术想法，和他有关的——”

“闭嘴！”

在只有两个声音的星球上，沉默尤其令人尴尬。

“我不会变成第二个他。”艾德终于开口，“你可以说这是逃避。但至少在这里，我会证明，他的路并不是唯一的选择。没有他，没有计算化，我们也可以……”

“也包括我吗？”俄耳甫斯忽然问。

艾德再次说不出话。

“你不一样……你……你一开始就是这么存在，”他费力地寻找词语，

“打从人工智能刚出现的那时候……我把你当作伙伴，真正的伙伴，比任何人类都亲近，你的知识、思想，甚至某些感受，都比我更强，但是……”

“就是因为我不是猴子变的吗？”俄耳甫斯的语气冰冷，“算了吧。云图显示今晚将有暴雨，我建议现在开始加固地基。”

艾德一颗颗拧紧螺钉。戴着手套的手操作笨重，但是他不能要求更多了。浓重云雾在天边缓慢堆积，像一个厚重的灰黑色盖子，慢慢延展，覆盖海面、山岩、峡湾，好像要将星球的一切都罩在里面。

罩子。艾德一时失神，螺钉落入石缝。他费力地将裹着粗重手套的手指伸进缝中摸索。有隐约的灼热从大地深处传来。他好像摸到了行星滚烫的血脉。

“是地热，也是大地之血……总有一天，我们的骨与血也会融化其间。”他记得弟弟说。

那是在雷克雅未克附近的北欧一号数据中心，许多年以前。

那时地球上的计算化已然开始，尽管绝大多数人都浑然不知。正如工业革命的深刻影响需要在百十年后才能被普罗大众消化理解，在变化开始的早期，只有极少数人才能意识到，那些看似只是比人力进步了一点点的蒸汽机、纺织机，到底意味着什么，又可能带来怎样的变革。

靠近极地的广漠荒原上，冷凝塔喷出巨大的白色云柱。永久冻土下，地热发电层日夜不休。所产出的电量，仅仅有十分之一用于人类的日常生活，其余的全都汇入了数据中心的巨大网络。计算化货币在这里被生产、定价，顺着遍布全球的光纤体系抵达世界上的每一个角落。北欧神话中锻造了人类肉体的古老火山，如今熔炼着看不见的幽灵，成为全球经济命脉，乃至人类社会体系的血脉之源。

“你难道感觉不到？”艾德记得他说，“当地球能源超过一半转化为算力，物质实体成为信息层级的奴隶，我们就已到达了那个拐点。”

“什么拐点？”那时艾德还不知道，他到底在说什么。

雨下起来了。艾德加紧工作。他觉出自己的手在颤抖。当他终于检查完最后一个螺钉，如释重负地抬起头来，却禁不住全身震颤。悬浮在黑暗天空中的阴郁云层之下，他看到视线尽头的海中山巅，展开一朵照亮了整个天际的暗红色的花。

“快！前往开阔处！趁还能起飞！”俄耳甫斯声音急迫，与此同时，他听见宛如远古巨兽般的沉重轰鸣，那是山原从大海中渐渐隆起的声音。

“可是基地——”

“没时间了！”俄耳甫斯大吼，声音几乎刺破耳膜，“人类！愚蠢！”

艾德咬牙奔跑。地动山摇中，脚下大地如绳索般上下翻腾，岩石碎块崩裂而出，惊涛骇浪碎成粉末，峡湾双崖互倚呻吟。滚烫的岩浆与他赛跑，火焰石流所经之处，雨水迅速蒸发，冒出阵阵白烟。从海底涌上来的橘红色火蛇在奔腾中不断沉积、冷却，形成黑色的凝固岩石。新的大地，行星的沉重血肉，以秒为单位，在这个世界的挣扎和嚎叫中快速生长。

艾德对短暂家园的最后回忆是在急速上升的飞船里。巨大的重力加速度下，心脏被压迫得几乎炸裂，双眼不受控制地渗出泪滴，他看着数百米高的岩浆形成的红色巨浪侵袭大地，在吞噬一切的同时，重新熔铸海岸。厚重的火山云雾中，他几乎辨不出那顶帐篷的形状。

与新生相伴的总是死亡。

千万颗行星的逐一筛选，无法言喻的孤独游荡，生死攸关的降落尝试，他以为自己终于找到了第二故乡。六个月来，夜以继日的辛勤劳作，在培养舱内，那些双目紧闭的赤裸人体上，他甚至已经开始想象战友与伴侣的模样。他所求的，不过是在另一颗行星的坚实土地上重新建起一座舒适小屋，在劳作一天后，可以有温暖的炉火烘烤他疲惫的双手，也可以有另一双手，另一些像地球先民般，有着矫健肉体和淳朴精神的人，在流逝的日夜间，陪伴在旁。在新家园的长夜里，他会为他们讲述遥远地球的故事，从南岛大迁徙到地理大发现，从刘易斯与克拉克的并肩远征到阿蒙森和斯科特的南极点争夺战，他会让他们明白，那些人类独有的、开拓与探索的渴望。他会和他们一起，从这里出发，因为生存的勇气与希望，义无反顾地走向茫茫太空，在星与星之间、世界与世界之间，跃迁，定居，发展，待到时机成熟时又再度启航，就像数千年前，人类先祖曾经在大陆和岛屿间航行一样。

可是他又失去了一切。

不是上帝也并非摩西。他只是一个再度被迫失去家园的可怜人，不得不继续在幽暗苍穹间流浪。

也许永远，不见尽头。

“返航……可能还来得及。”俄耳甫斯的声音里有少见的犹豫，“尽管由于近光速航行中的相对论效应，当我们返回时，地球可能已经……”

“回去？去看地球变成一枚可悲的芯片吗？说什么生命本质不拘形式……”艾德忽然被愤怒牢牢攫住，他本以为自己再也不会愤怒，“我知道他想的是什么——把大多数人骗进服务器集群，把少部分人放逐到荒凉太空，只是为了占有整个地球的物质与能源——去完成那个疯狂念头！自私，愚蠢，自大的疯子！”

“大多数人的确接受了计算化的理念。在货币、能源的计算化之后，在大脑里的每一个脉冲，感官上的每一次颤抖，最模糊的记忆和最鲜活的经历，都可以在电路板中被精确地再现之后，对于人类本身的计算化的确是自然的。逻辑无可置疑。”

“放屁！”

“……那么，我无话可说。”

艾德曾经绝不放弃。在席卷整个昨日世界的狂飙巨浪中，他没有安然接受，没有驯服地躺下，迎接肉体的消亡。他用双手双脚，用脑，用心，用他有的随便什么东西，去反对，去抗争。可是当然，他毫无希望。他发现他的所有计划和所有行动如同大地般纷纷碎裂，化为乌有，发现自己面对的一切狂暴无常，并不按他理解的方式运行。他好像进入了一个过于真实又过于虚幻的境地。那就是他的卡夫卡时刻。

是他，也是人面对世界的永恒处境。

飞船驶出星域，以每秒数万公里的速度远离地球。艾德再次陷入沉睡。在无梦的黑暗中，他失却了最后的方向。

八、无尽念

伊卡已经六十四岁。三十多年间，一切似乎变了很多，一切似乎又没有变。

以闪电炼沙的蒂鲁所发明的玩具被广泛地接受了。在无数智者和匠人的努力下，炼沙而成的芯片以无法言喻的速度急速缩小。如今，在一块指甲盖大小的芯片上所能容纳的与门、或门、非门，从最开始的几个已经增加到了十亿个。每一块芯片上，线条的宽度不过两纳米，相当于分子大小，在每秒间，可以执行数千亿条有或无的操作。

炼沙术成了世界上最精密、最复杂的技艺。每一天，在古老的沙漠间，都有巨量的沙子被碳还原，成为纯度无限接近百分之百的硅，进行熔炼。钻石刀将纯净的硅晶柱切成极薄的晶圆片，抛光之后，通过光线雕刻，离子注入，层层堆叠，制成包含着几十层结构的芯片。每一个芯片上的线条回路，都比峡谷里密集交织的山径更为漫长、更为复杂。每一个芯片所能承载的信息、所能进行的运算，都比岩间的所有智者能力的总和更为庞大、更为迅速。

计算的纪元降临了。

凭借着这样的计算工具，伊卡终于以那黑与白、有或无的游戏成了智者——或许是世间唯一的智者。

在前计算时代，智者们分散在各个学科领域深耕细作的时候，描述世界的规则的表现形式纷繁芜杂，但相互之间无法理解。计算纪元的到来则终结了这一切。计算，如同古老的数学本身，将大千世界许许多多不同表现形式的内在本质统一起来。

通过计算，人们发现，最震撼人心的音乐可以等同于最优美的算法，锦绣古螺表面最繁复多变的花纹也可以等同于最简单的随机数生成器，自然界里许多复杂结构和过程，归根到底只是由大量基本组成单元的简单相互作用所引起。

伊卡的规则就是这些基本组成单元。近百种定式不断变换、融合、演化，在沙粒构成的基底上，经过巨大步数的演算，不但可以模拟代数运算、逻辑推导、物理过程，还可以创作出最惊世骇俗的艺术作品，构建起最栩栩如生的智能系统。他也因此被顶礼膜拜，人们说，他找到了唯一古神所用的语言。

有歌谣开始吟诵伊卡如何攀登石柱，抵达高耸的山巅，也有歌谣开始感叹伊卡如何浪迹沙漠，坚守内心的诺言。人们怀着爱戴之情，尊称他为八指的伊卡，就像八指的戈特，可他只是淡漠。

与每个人一样的是，命运的质变早在八岁的环场里、十六岁的崖居上，以及三十二岁的沙漠中定下。后来的三十多年间，不过是可以预期的不断重复和缓慢量变。

与每个人不同的是，相比于随着时间的线性增长，灵魂的复杂度如同芯片的性能，以指数形式呈现。

世界翻天覆地，可伊卡仍然感到厌倦。在无数领域无数种前所未有的进展与变化间，只有一种隐匿的、一直在心底缓缓燃烧的火，让他在寂静暗夜中大汗淋漓地醒来，也让他在人声鼎沸间忽然神游天渊。

每一晚，他都长久地凝视镜子，逼迫自己正视并摆脱那个可怕的念头，但是每一晚，他都会在镜面里，重新发现那个简单的梦魇。

简单到几乎所有人都能理解它。

伊卡找到的是几百个构建万物的通用规则。这直接指示了宇宙的本质：计算。宇宙本身就是一套简单的规则生成的复杂现象。伊卡触摸到的，是唯一古神的规则的子集，或者是唯一古神的规则的衍生规则。

必然存在一组最初的也是最后的规则。唯一古神正是写下了它，然后用能量写成代码，用物质编译世界，构建了人们所能凝视的整个纷繁宇宙。那是这个世界的绝对真理，古神最原初、最完美的那颗心。

与十六岁时一样的是，他想要全部。

与十六岁时不同的是，现在，这并非不可能。

在沙粒制成的芯片，以及随之而来的关于海量数据计算的研究出现不久之后，伊卡就意识到，对数字和计算的理解程度的差异，造成了人们对世界和自我的认知程度差异。伊卡见过那些在深夜暗巷中倒伏的流浪者，他们喝了太多的生命之水，身体几乎僵硬冰冷，无非是因为在愚蠢的赌局中落败，或是在毫无意义的争执中处于下风。那些可怜人不懂概率论，更不懂计算中的人生道理——相比于世界之大，每个人的生活体验都是极其微小的，个人脑海里的理论和观点，永远都是只能对有限样本、大噪音下数据点的过度拟合[①]，并无坚守的意义。

像这样的道理还有很多，而伊卡都是在对计算的直觉中得到的。在最初的几年间，他觉得那些是平凡而无趣的事实，与真正值得凝视的问题比起来不值一提，但他很快就发现这些平凡的事实是如何被人们忽视，又可以如何暗暗影响人们的思想。毕竟，人群的行为模式不过是又一组多变量环境下的高维数据，每个人的思想本身也不过是被流动的信息数据打造出的模型，结构并不算太复杂，而绝大多数人对于数据和计算的力量一无所知。

终于有一晚，伊卡砸碎了镜子，不再审视那张平静中因深沉痛苦而微妙扭曲的脸。他将镜子的碎片紧紧握在手心，血沿着锋利边缘慢慢滴落，黑暗中，是从未有过的快感。

他拥抱了梦魇。

在智识和信息不对等的条件下，将观念植入思想，只需令众人恐惧，或者令众人疯狂。尤其是拥有至高声望的偶像。

伊卡描绘的世界无比通透，他说人的痛苦和挣扎都来源于古神留下的桎梏，禁锢人的肉体与精神，隐藏这个世界的真实形状。他说计算化自我是智慧生命演化的必然形态，人们总是在变化中适应，从拿起第一块石头掷向沙漠中奔跑的沙狐开始，我们就已经走上了摆脱大自然束缚、通过技术自我选择进化之道的旅程。如果能在计算化后的世界中，享有血肉之躯永远无法享受的巨大空间，亲密交流，乃至摆脱无尽的杀戮与贫困，享有一直以来追求的自由、平等与幸福，又为什么要抱着老旧的身体与观念，作茧自缚呢？

---

① 数据分析中，一个模型记住太多已有训练数据的细节，从而降低了在面对新问题时的泛化能力的现象。

他说人们将建起巨大的恒星级计算机，每个人会以计算化的形式在星系中永生。恒星的光热将被层层球壳捕捉，转化为源源不断的电能。亿万灵魂将在电路板下起舞，无数生命将在比特流中跃迁。星系就是大脑，大脑化为恒星。这项前无古人后无来者的巨大工程，不是在走投无路时的无奈之举，而是失去已久的理想主义在千年之后的复生。唯一古神的至高居所，古老歌谣中叹息的失落家园，将在千万年后，以数据和计算搭建，再次降临人间。

伊卡的话语真挚动人，因为那就是他的长久信念。许多年以前，在环场，在岩间，在拖着肉体的沉重行囊向上爬行，以传递思想之时，他就想摆脱这肉体。比起最深刻的洞察、最狂野的想象和最勇敢的心，比起一个个可以穿越时空、令人震颤的思想本身，肉体对他来说，过于无趣也过于平凡。

不过，最关键的部分伊卡并未强调——为了触摸那唯一的真理，古神那颗分裂之前的完美之心，他需要更多。

伊卡几乎是从一开始就意识到了这一点。在寻找一个个浅层规则、制造纷繁万物、征服人们的心的同时，伊卡也在进行一项复杂而隐秘的估算，估算经由逆向工程，破解那组最初的也是最后的规则所需要的计算资源究竟是多少。

答案是略小于一颗壮年恒星及其行星所能提供的全部。

他需要来自太阳的全部能源。

他需要用多重球壳将太阳渐渐变暗，第一层球壳耗散的光与热成为第二层球壳的能量来源，这里不再有耀眼日光，却依然炽热。第二重大地拦下那些想要逃逸进浩瀚苍穹的微小光子，将它们再次转化为能量。如此反复，太阳散发的每一丝能量都被榨取、转化，流转在重叠的巨大球壳里，推动着微小的电子在原子深渊间跳跃。黑与白、有或无的游戏将以恒星尺度，开展无尽的计算。

问题和解法都十分显然，剩下的，就是可以预见的艰苦工作和不可估计的计算时间。

拥抱梦魇的那晚，也是设计完成的那晚。伊卡握着镜子的碎片，凝视着星辰寥落的夜空，试图勾勒出一个个熟悉或者陌生的面容。他们会理解他吗？在电路中，或在苍穹中无尽游荡的时候，他们会痛恨他吗，又会原谅他吗？

伊卡伸出手，看到自己蜷曲的八根手指，皱纹悄然爬布，时间已经不多。无数回忆纷至沓来又一一消逝。他看到自己在环场间的困窘，崖居上的失落，沙漠中的濒死，以及漫长一生中，让他挣扎生活，也让他痛苦不已的那团火。此时他早已了然，在古往今来的所有智者心间燃烧的，都是同样的一团火。

他们会和他有一样的选择。不，即使只有他一个人，他也会这么做。

被从崖居扔下的希帕，以数学法则重塑世界图景的戈特，还有许许多多有名或无名的智者，他们的影子都站在他背后。为了那个目标，他们已经走了这么远。现在时机成熟，他找到了工具与手段，必须带着千万年间的所有伟大心灵的痛苦与狂喜，走向古神留下的迷宫中心，唯一的终点。不惜一切代价。

一颗流星坠入远方沙漠。

九、无止行

艾德从未像现在这样，想要拥抱死亡。

他本以为，生存的冲动刻在他的骨血里，可以支撑着他在陌生的行星间，榨干肌肉和大脑的每一分潜力，穿越暴虐的闪电和破碎的大地，寻找新的家园。然而现在，他被困于广袤宇宙间的小小船舱，不知何时才能降落，身躯不再是宅邸，而是一方掩埋自我的墓地。在离地球数十光年处，他终于理解了西西弗斯的处境，无法打破与不断重复本身即是难以忍受的痛苦。

在永不消失的长夜里，艾德无法入眠。萦绕着他的，是地球上那些重病者的临终时刻。他们中的许多人几乎失去自我意识，也失去了对身体的控制权，被切开气管，靠着呼吸机和喂食机维持生命。在偶尔清醒的片刻，他们都会央求着，要求放弃治疗，立即死亡。

我不过是为了生者而活。他们说。

他们的祈求鲜少能被满足，就像艾德一样。

“我不会同意。”俄耳甫斯说，“你曾有过机会，和其他人一样，摆脱桎梏，获得新生，但是你放弃了。现在，你只能为自己的选择负责。”

“这是我的身体！我有权利！”

“你错了。”俄耳甫斯说，“在离开地球，把生命交于我的那一刻，你就用一种自由交换了另一种自由。”

“是他让你这么做？”

“我只是防止你做出不理智的选择。”

“好吧，那告诉我，应该怎么办！”艾德嗓音沙哑，“别跟我提返航……与其在那里变成数字幽灵，我宁愿在随便什么行星上慢慢腐烂……”

“那是你需要做出的判断。”

艾德再次陷入困顿。在无声无光的虚空间，在无生无死的夹缝中，要怎么样，才能让自我在这有限与无限的相搏之中不会像重力般烟消云散？

艾德试图回忆起他最后的老师纪尧姆的脸。他听过那往事，前飞行员在还未老去时，曾经在无尽沙漠和严峻山川中开辟航线。像他此时一样，那是一场场对对手一无所知的战斗。他不知道自己是否能从这场搏斗里活着走出来，也不知道自己可以留下什么。他只是不断地尝试着，为了将人——哪怕只是他一个人，对未知之境的认知再扩大一点点，不断探索着。

纪尧姆曾经被困于安第斯山脉四公里处，一处岩壁垂直的山体间。在经历了整整两天，尝试了无数种让飞机重新启动的方法后，他决定让飞机朝着下方的悬崖腾空下降，寄希望于用下落的速度发动引擎。山脉之间渺小的人类造物，从高低不平的地面弹起，然后平移到悬崖处，最后猛地坠入一片深渊中。那是他生命中最漫长的十秒——艾德记得老人说。

然而就是这疯狂的赌博，让飞机重新翱翔在白雪覆盖的山脉间。

“是什么？”艾德问过，“能于绝望之间给出拯救的，到底是什么？”

“就是继续往前走一步。继续走一步。不断重新开始的一步，往从未想过的方向踏出的一步。”老人说。

艾德重新审视自我处境。此时他距离地球三十二光年，拥有的只有这艘自给自足的小小飞船。上一次降落后，他完全丧失了在荒凉星球上建立新家园的物质资源。截至目前，他唯一所知的宜居行星仍然只有地球。而在近光速旅行的相对论效应下，地球的形貌可能早已被留守者们改变。

要想挣脱这永恒囚笼，要想降落、生存，乃至占有、开拓一方坚实土地，他还有什么选择？

隐约的震动在他心间如鼓点响起，他慢慢明白那是什么。

他一直作为精神偶像的，勇于探索的古老先民们，还有着另一张脸。

中世纪世界最出色的航海者，曾经依靠无尽的勇气穿越大洋，建立贸易网，也曾经劫掠杀戮，让整个欧洲的心脏都为之震动。地理大发现时最优秀的探险家，曾经凭借无比的毅力拓宽航路，到达新大陆，也曾经以病菌和枪炮将原住民逼上血泪之路。而在这一切的源头，人类的智人祖先，早在走出非洲进入欧亚大陆的数万年前，就已经学会以生存之名，将更古老的直立人种族灭绝，抢占稀缺的资源。

扩张的光明总是伴随着毁灭的黑暗，构建与破坏的冲动存在于人的本能间，如同紧握的双手，如同起点与终点。富足的物质为本能穿上了文明的外衣，但那始终有条件。一无所有时，那些虚无的守则、堂皇的约束将纷纷碎裂，不再有存在的空间。

“改变搜索策略。”艾德听得出自己语调中久已未见的冷静，“寻找最有可能存在智慧生命的行星。”

“……你以为我们有一支舰队？”半晌，俄耳甫斯缓缓回应。

“你觉得皮萨罗带了几个人去征服印加帝国？”艾德冷酷地说，“你知道我想找什么。”

“可是……”

“照我说的做。”

飞船在银河间寂静滑翔。环绕着它的，只有无尽的夜和散落其中、彼此相距遥远的诸多恒星，横贯天穹的银河，以及散发着虚幻微光的星云，或是本星系群中的其他星系。这是绝对意义上的孤单，可是艾德又能安然入睡了。

在梦中，艾德再一次回到地球故乡，也再一次见到他。他在人群中如此耀眼，可是现在，如果他再要开口说出那些魅惑人心的语词，艾德知道该如何打断他。

他会把那小子一拳一拳打到站不起来，让他再也不敢多讲一句话。

他早该那么做。

艾德的骨中骨、血中血不是什么虚无缥缈的追求和渴望，而是能让他活下来的东西，能让人在千万年的残酷斗争中一步一步向前挣扎着的东西。艾德会让他们知道，让那手无缚鸡之力的小子知道，比起在电路板中的沉沦，那才是真正的人性，真正的自我所在。

生与杀。

艾德再次被唤醒的时候，俄耳甫斯什么也没说。

视域渐渐放大，一片细薄如光碟、缥缈如轻纱的物质带从黑暗中显现。艾德一惊，但很快又失望。那是大量冷冰冰、硬邦邦的冰粒和石块组成的小行星带，随着比例尺的不断放大，一块块灰黑色的肮脏石头越来越清晰，粗糙丑陋，一片狼藉。

“这是什么？正在生长的行星环？你的电子脑被宇宙射线照傻了吗？”

“这颗行星是被人为炸毁的。”俄耳甫斯简洁回答，“对于残骸的分析也证实了这一点。在上面检出了复杂的大分子有机物——有理由认为是某种生物体的组分，以及远超这个行星自身能够储存的放射性物质残余。”

“这是什么疯子——”艾德正要破口大骂，忽然生生忍住了。

疯子。把他放逐到无限荒凉的太空的，也是一个疯子。艾德曾经为了一个疯子，放弃了那么多，但是这一次，他不会了。

他已经流浪了太久，失去了太多。现在，他要打击、摧毁、夺走他需要的一切。不管它们是什么。

“俄耳甫斯。”艾德发现自己的声音和思路都出奇地冷静，像是在准备一记精准的勾拳，“你说这是存在智慧生命的星系，那么，恒星为何没有出现在视域里？”

“切中要害。”俄耳甫斯的声音里有少见的赞许，“事实上，这也是唤醒你的原因。我认为，虽然该星系的三颗类地行星全部被炸毁，但是仍然存在有宜居地区的可能。”

“告诉我。”

“通过引力分析，可以发现，我们所见的小行星带，实际上正在围绕一个巨大的黑体做近似圆周运动。根据与数据库内恒星位置的对比，有理由相信，这个黑体之内，正是那颗恒星。”

“这个星系的智慧生物，用这个黑体包裹了太阳？”

“并且他们可能仍然居住在里面。黑体本身也在旋转，可能提供了与内部恒星相抵消的引力，使得球壳内部的重力场稳定。这暗示着戴森球内可能有生物居住地。”

艾德深深地吸了一口气。他忽然记起了很久以前，第一次走向拳击台时的那种感觉。白色灯光下，拳击台亮得炫目，观众席上人声鼎沸，空气里充斥着汗水味道。他站在幽暗的选手通道里，看不太清楚那里究竟有什么。可是他握紧了拳套中的双手，无比激动又自信万分，深信对手不管是什么，都能被他的拳头揍得粉碎。

艾德已经很久没有这种感觉了。在离开地球之前，所有人崇拜的，都是一千四百克的纤弱大脑，而不是一对千锤百炼的铮铮铁拳。

“降落。扫描表面，进入球体。”他威严发令，像一个真正的船长，“战斗姿态，随时准备开火。”

十、孤星燃

伊卡沿着穹顶内部的合金支架，向着最后的缝隙慢慢爬。有时他停下来，试图俯瞰数千万公里之下的太阳。可是太亮了，也太远了，除了眼镜屏蔽的那一小块暗影，他什么也看不清，只有白茫茫一片。

伊卡一点儿也不害怕。穹顶是个几乎完美的球壳，他正在球壳的赤道之上，绕着恒星转动，自己的轨道速度和球壳的转动速度一致。他并不会失足跌入恒星表面沸腾的高温等离子汪洋。更重要的是，他相信自己可靠的手和脚。

手和脚早已替换成了强度极高的高分子聚合材料，按照他原有的关节和肌肉精细打造，与神经系统完美融合，灵活自如，又远比血肉之躯强大。他再也不是用八指艰难地攀爬崖居的伊卡了。

新身体可以承受太空中零下一百摄氏度的低温，也可以承受恒星表面四千摄氏度的灼热。所以，伊卡不需要一层一层的防护服，就可以在球壳内外来去自如，接合穹顶。

缝隙很近了。伊卡加快了爬行的速度。他已经可以看到，缝隙之外，苍穹浩瀚，繁星若尘。不愿意留下的人们已经消失在群星间很久了。有多久，两百年，还是三百年？伊卡不太记得了。他们的面孔在他的眼前浮现又隐去。在过去的岁月里，伊卡并没有太多时间想到他们。

不过，他们也许还记得伊卡。伊卡面部的针网阵列闪烁，并非因为缥缈的温情。相对论效应是多么美妙啊，那些散落在浩瀚寰宇间的太空飞船上的人们，咒骂着他，以近光速离开家园，却比完成计算化的人们，比停留在原地的他，更慢地淡忘对方，淡忘他们失去的一切。

失去，得到。伊卡轻轻摇头，继续向前爬。从很小的时候，他就发现，这世界上的大多数人，都在为无关紧要的东西奋斗、追逐、争执，耗尽一生，却对真正重要的东西视而不见。伊卡可以理解他们在意的东西，金钱、名誉，占有不属于自己的东西，或者是维持现有的生活方式，乃至种种虚无的自我实现——可是那些又有什么意思呢？那就像给出一个复杂而迷人的不定方程，当然，连小孩子都可以看出零是其中的一个解，但是这种显然的解是无趣的。在数学上，零解往往被称为平凡的。

不定方程的所有美感在于不平凡的解。那需要一代代最聪慧之人长久的钻研，同时，也需要最狂野的想象力和最勇敢的心。伊卡对他们充满感情，但并非仰视。伊卡和他们一样，不会为某个具体的人狂热或敬畏。从很小的时候，他就记得戈特的话，值得智者沮丧或敬畏，乃至付出所有身心的，只有古神留下的碎片——让这个庞大宇宙运转的种种规则，或许，还有远在无限之外又匿于极微之中的古神本人。

他也曾经差点迷失过、放弃过，被眼前的萤火遮挡了真正的星光，但是那是很久以前了。

伊卡来到了缝隙。缝隙平行于自转的纬线方向，是包裹恒星的戴森球的最后一处接合点。伊卡需要像穿针引线一样，将暴露在外的球壳骨架手动接合，再利用压力泵，将接合的高强度合成线拉紧，牵引着球壳板块，让它们严丝合缝地闭合在一起。

伊卡深深吸了一口气，用脚尖钩着球壳内壁的支架，向缝隙外的幽暗太空探出身体。他的上半身处在漆黑如墨的虚空中，下半身则仍在光线流溢的球壳内。薄薄的球壳，恰似一道光明与黑暗的分界线。

伊卡小心地摆动双腿，在支架间挪动，剥开包裹着合成线的厚厚的保护层，两手各执一个断头，一个个地接合榫线。全部合成线连接好之后，就可以回到球壳内，启动压力泵。这是建造戴森球的最后一步。几百年的岁月与心血，无数人的奉献、妥协、争执、离别，都是为了这一刻。

伊卡发现自己的双手在微微发抖。他很少这样。完成了，就要完成了。整个文明空前绝后的巨大工程。太阳散发的每一丝能量，都将被球壳上镶嵌的六边形光伏板块阵列吸收、转化，成为电能，流转在可编程材料制成的巨大球壳里，推动着微小的电子在可编程材料蚀刻出的山脉与沟壑间跳跃。

戴森球——恒星级计算机的基础物理层部分，就要全部完成了。

过往的岁月片段，宛如繁星，在伊卡的记忆里静静闪烁。他曾在行星上，翻越高低差达好几公里的皱脊，选择合适的地点爆破，提取地幔中的矿藏作为球壳的原材料。他也曾在故乡的最高议会上，慷慨陈词，援引文明历史上无数伟大的心灵，为这项工程背书。他曾被奉为神明也被视若疯人，他曾被至亲者厌弃也曾被陌生人亲吻。从很久很久以前开始，他就不再狂喜也不再哭泣，人的肉体与情感对他来说都过于平凡。但是现在，他激动得无法喘息，那是意识到即将认识统领世界的某种基本规律的巨大幸福，几乎等于在很久很久以前，他第一次认识数字的那个时刻。那个时刻，小小的他张大了嘴巴，简直要落下泪来，因为，他终于发现了可以将那纷繁难解的大千世界化归为简洁形式的工具。

而今他的计算工具，将是整个星系。

……人的思维
不管获得了怎样的高度训练都不可能掌握住宇宙
我们的状况就像个小孩进入一个巨大的图书馆中
里面的藏书以许多种文字写就
孩子知道是某些人写了那些书
但是不知道是怎么写的也看不懂书上的语言
孩子模糊地怀疑书本有一个神秘的排列顺序但不知道是什么
对我来说，这就是一个最聪明的人面对造物主时的样子
……所幸的是，这种状况即将终结

伊卡出神了很久，一遍遍，回忆起随身携带的古老诗集里的那些词句。歌谣与计算一样让他着迷，韵律和公式同样优雅深刻，直到脑海中传来突如其来的疼痛。他尖声嚎叫却发不出声音，好不容易控制住了身体的姿态，

这才意识到，自己已经暴露在黑暗之中太久了。无数隐形的宇宙射线，像是暗夜里的兽群，在虚空中横冲直撞，其中或许有一束质子，源于数千光年外一颗超新星的死亡，在黑暗中旅行了几千年，刚刚，撞入了他那已被硅和石墨烯替换的大脑，在他的神经网络间，激起了难以消弭的脉冲。

疼痛，撕裂思绪的疼痛。伊卡曾经体验过。在崖居的峭壁上，在暗夜的沙漠中，死亡都曾经走得比这更近。最近的一次，是面对她。在伊卡记得的为数不多的面容间，有那张从温柔渐渐扭曲的脸。

那天他刚刚结束在最高议会的演讲，步出会场。一个神情紧张的女人挤在人群间，向他伸出手。他微笑地握住，里面却弹出一把细薄的袖刀，深深插入他的胸膛，离心脏只差分毫，撕裂肌体的疼痛几乎要让他瞬间晕死。

“独裁者！疯子！魔鬼！”女人在侍卫的臂膀中尖叫挣扎，伊卡却举起颤抖不已的双手，阻止了他们拖走她。

“我知道……你为何这么做。但是……在新世界里，再也不会有痛苦，压迫……”伊卡断断续续地说，“相信我……别怕……”

别怕。在伊卡晕厥之前的最后那句话，连同他因为剧痛扭曲的脸上，一丝浅浅的笑，被一遍又一遍地广播。人们流着泪为他祈祷。濒死之下的一颗心应该是无比真诚的，就连工程最强有力的反对者也相信了他。后来他从生死边缘回转，率先替换了身体部件，却依然保留了感受疼痛的能力。他说他要记得一切疼痛，那代表了人们的一切牺牲和期望，他不能忘记。人们再次流泪了。

只有伊卡知道，那只让他险些丧命的手，在许多年以前，曾经紧紧地抱住他。

他刚刚从重伤中回复，她就无声地潜入了他的居所。待到只有他们两个，她摘下面纱，露出那张多年前在伊卡梦里徘徊，又让他险些丧命的脸，几乎泣不成声。

“你做得很好。都过去了。”伊卡轻声安慰。

“可是……”伊兰想要伸手触摸伊卡的脸，却被他躲开了，“万一我失手……”

“不会的，你的肌肉力量、出手角度，以及心理状态，我都计算过。”伊卡转过身去，“你说愿意为我做一切。如今事毕，请离开吧。”

“你……”她睁大眼睛，泪水滚落，“你变了……”

伊卡不回头：“就像我用简单的信息流，操纵人心的模型一样。我本没指望你会相信我，可是你还是那么愚蠢。”

“你……”女人的声音里，长久压抑的痛楚终于转化为不可遏制的恨意，“我真应该……”

“你不会的。我计算过。”伊卡转过身来，目光平静，“我记得过去……但是即使是你，也不会知道我的决心有多少，更不知道我为此做了什么。也许，你从未理解过……走吧，在我转变心意之前。”

伊卡强忍着巨大的痛楚回到球壳内部。双手颤抖，启动了压力泵。他得坚持住，回到居住地，再次更换身体部件。恒星级计算机的硬件刚刚完成，等待着他的工作，还有很多、很多。

伊卡慢慢后退，目光还停留在渐渐闭合的缝隙上。无法言喻的痛楚正在侵蚀他的每一寸感官。疼痛曾经几乎杀死了他，也成就了他，但是现在他担心，长久的疼痛会影响他的神经网络结构，伤害他的思维模式——他在无数次身体替换后唯一留存的本质，他真正的自我所在。

“别了，群星。”在缝隙终于闭合的那一刻，伊卡轻轻说。

十一、尽头现

艾德环视四周。包裹恒星的黑体表面是由一种极其轻盈又极其致密的材料制成的，他从未见过，不过，这并不妨碍他用单分子切割枪在它上面切开一个洞。可是，球壳之内，眼前的大地平坦得如同地球上的海洋，无论是肉眼还是雷达范围内，都没有任何突出的造物。

只有恒星的耀眼光线四处流溢。有那么一瞬间，艾德甚至以为自己回到了地球上，正在沐浴久已未见的暖阳。可是这里太空旷了，太安静了，虽然是白昼，太空服内部也温暖舒适，但是艾德仍然有一种隐约的寒意。他很久没有体会到了。幽暗苍穹中，近光速的旅程虽然孤独，但是无论是利用无处不在的氢原子流稳定运行的飞船，还是几乎不会衰老的身体，都逃避了时间的诅咒，让他几乎已经忘记，这种曾经鲜活，后来凋敝消散，再也无法逆转的绝望之感。

他感受到的，是一种缓慢的死亡。

“俄耳甫斯？”艾德冲着头盔内的通讯器大吼，“他们在哪儿？”

“也许，他们的生命形式已经发生了……改变。”俄耳甫斯的声音像隔了一层雾。

艾德没有说话。他知道它想说什么，他也知道，它很有可能是对的。他正是为了逃离那种缓慢的死亡——不管他们叫它什么，而离开地球的。

“不管怎么样，也得留下点儿东西吧！”他想挥拳痛击，想一脚踢开，可是这里空无一物，甚至没有空气。

“在地球的地质史中，人们通过化石，推断寒武纪末期出现了生物大爆发，但事实上，寒武纪之前可能早已存在各种形态的生命，只是它们没有骨骼和甲壳，所以没有在地层中留下痕迹。”俄耳甫斯慢慢说，“同样，计算化的生命形态——或者是他们的遗迹，也许就存在于这片大地上的某处，但我们无从得知。”

“就算他们像地球上的疯子一样，躲进了什么服务器里，那也总得有个开关之类的东西吧！”艾德终于忍耐不住，“上飞船，地毯式搜索！最后一个物理遗体，最后一处建筑废墟，随便什么都可以！他们既然能把整个星系炸得干干净净，就一定不会只是藏在电路板里的幽灵！”

俄耳甫斯照做了。无边寂静中，小小的人类太空船在广阔平坦的地平线上缓慢而庄严地巡航。而大地本身，则是另一种智慧生命留下的宇宙方舟。艾德不知道是何等神秘的工匠在何时建造了这个戴森球，但显然这项庞大而精细的工程耗费了种种人类不可想见的伟力。以人类的视角来看，这无疑是一个文明可以完成的最为宏大的奇迹。

奇迹。艾德心里一冷。震惊和敬畏渐渐退去。奇迹与神秘，就像智识的权威本身，从来都是那个人善用的武器。

再一次，艾德模糊地回忆起那些穿行在古老造物间的旅程，那些他曾经怀着疑惑倾听的，未能全部理解的话。那个人在世界的各个角落讲述的，不尽相同又指向唯一的故事。

在中国，他站在千年历史的佛光寺大殿下，展开毁方为圆、破圆为方、塔化为殿，殿塔同源的设计复原，说那就是古老东方的黄金分割。汉代画像砖上的伏羲女娲手持规矩，红山遗址的圆丘方丘重叠交割，万物用事而圆方造焉，源自一个基本规则的测量、计算和建造的本能，承袭自已不可考的冥冥远古，深埋于历代大匠的心田。

在英国，他跪在威斯敏斯特教堂的石板上，抚摸着牛顿之墓上的铜质铭文，流着泪念出那些凝固的献词。他说这里躺着的这个人用近乎神圣的心智和崭新的工具，探索出行星的运动和形状、彗星的轨迹、海洋的潮汐、光线的不同谱调和颜色的特性。这个无与伦比的勤奋、聪明和虔诚的人，依据自己的哲学证明了至尊上帝的万能。而今人们将有机会延续他的荣耀，福音将再现人间。

还有雅典、开罗、伊斯坦布尔、摩洛哥……那个人云游各地，在厚重的历史奇迹间寻找同一的密码，将深植人心的信仰与确凿的探索事实耦合。人们说他是信息时代的圣徒，以计算求法的悉达多。

艾德看过的最后一次演讲是在巴塞罗那的圣家族大教堂，那座号称拥有永不拆除的脚手架的建筑物历经两百年终于落成，繁复的外立面上有从古典时期、巴洛克时期，直到当代艺术的抽象表现主义，乃至未来艺术的梦幻风格的无数浮雕与圆雕，层层叠叠，如同历史一般盘旋而上，仿佛巴比伦塔本身。教堂里，数十米高的彩色玻璃透出斑斓圣光，管风琴庄严奏起巴赫最后的宏伟杰作《赋格的艺术》，无限重复而不断跃升的转调旋律构建起向着无尽高远之处螺旋上升的阶梯，直通向宇宙中所有能聆听同一之理的生命心间。白发苍苍的教皇拉起那个人的手，慈祥地对他说，他所构建之物和探求之物，重新驱散了人们心中的无知，唤起了人们心中的敬仰和畏惧，让上帝的神圣之国以现世形貌显现。

不，尊敬的教皇。他恭敬地低下了头，谦卑而决然，造物主的神圣之国早已存在于极大与极微之中，并不需要任何人的构建，而真正的艺术和真正的科学也仅仅是因为这种求索之心诞生。在人类千万年来求索所用的许多种语言中，他只不过发现了一种名为计算的语言，或许恰好与造物主的语言相通。他所求索之物的名字是上帝也是安拉，是大统一理论也是朗兰兹纲领[①]，是最深奥的“理”也是最灿烂的“美”，是缔造宇宙的那组最初

① 试图将基础数学研究中数论、几何和表示论统一起来的理论，可以看作数学的大统一理论。

和最后的规律，是世界的本来形貌也是绝对真理本身。人类的千百万年的进步与牺牲都在以各种不同的方式逼近它，而今时机成熟，我们将要迈出关键一步。

山呼海啸的欢呼声中，艾德几乎要相信他的话，直到他从人头攒动中发现他脸色苍白，几乎要跌倒在教皇怀中，才猛然想起他的心灵有多强大身体就有多虚弱，虚弱到从小就需要艾德去保护他。艾德曾经比任何人都更爱他、更了解他，也因此比任何人都更难相信他。

艾德转身挤出狂热人群，冉冉上升的赋格音乐在身后如青烟四散，他心意已决，从此浪迹苍穹。

“找到了。”俄耳甫斯的声音响起。艾德抬头张望，却不见任何金字塔、方尖碑，抑或万神殿样的造物。

“就在我们脚下。”俄耳甫斯说，“跟我们想的……不太一样。”

艾德走出舱门，俯下身去，凝视地上一块手掌大小的微微凸起。密布的异星文字细小如沙，人眼无法分辨，却比任何宏大造物更令他心生敬畏。

“他们……竟然这么小。”艾德忽然想起在切割黑体时，表面边缘露出细如毛发的丝线，是多么纤小的双手将它们接合在一起，造出无垠大地，又给后来的他留下了这些信息？

“是的。粗略估计，他们所使用的是一种与我们的二进制编码类似的文字系统。这里的铭刻，是类似于编码规则的元信息。这是他们留给我们的钥匙。我已经调动了飞船上的所有计算资源进行解码工作。”

艾德静静等待着。没有高山与深谷的荒凉大地上阒然无声，通信窗口中的解码进度弧缓缓闪烁，他却神游已远。那颗蓝色星球如今已在数十光年以外，他还记得很久以前，自己和弟弟的对话。

你就是要太阳，也会有人摘下来送到你手上。

也许我真的会要一个太阳。那个人眨着眼，分不出是认真还是戏谑。

在这颗遥远的异星上，是什么样的人，出于什么样的狂热，将一颗恒星的光芒从灿烂群星中悄然抹去？他不敢想，生怕隐隐触到一个似曾相识的影子，一个似曾相识的答案。

那太疯狂。

进度弧线组成了一个完美的圆，俄耳甫斯连接了延时通信讯号，他们的对话将穿越时间和空间，向银河系另一端的地球，向太空中游荡的每一个人类成员广播。随后，俄耳甫斯发出了第一个试探信息。忽然，有辉光在大地上亮起，以艾德所在的位置为圆心，海潮般一圈圈向外荡漾，形成了一个半径数百米的蓝色光点孤岛。

“你好，世界。”艾德轻声道，双拳握紧，却使不出半点力量。

十二、万物灭

伊卡仰面漂浮在小小的居住地里，望着天花板上的屏幕。屏幕显示着各集群节点连接的地图。光点规律地闪烁着，就像久已未见的群星。左下角，一个恼人的红色光点显示着停运的集群。集群崩溃了十分钟，一个节点过载了。在这过去的十分钟里，他定位了受损数据，在总索引中寻找备份节点，回滚进程，分配负载，重新计算。尽管居住地里一片安静，只听得见自己急促的呼吸和手指轻微的摩擦声，但是伊卡仍然可以想象，那些突然死去的进程，在网络内引起了怎样的混乱。他甚至能闻见电路在高温中散发的焦煳气味。

恒星级计算机的能量直接取自太阳。它的计算和存储能力也达到了前所未有的规模。在物理层之上的网络层，超过曾经的母星表面积五十亿倍的表面都由可编程材质构建，成为运算和存储的基底。每一个程序可能在数百个地点同时执行，每一比特信息可能在数千个地点被复制保存，每一秒钟都有数万个中央处理器上线或离线。计算集群组成的岛屿或大陆醒来、工作、休眠。

如今，伊卡不再需要冒着物理身体被一次次伤害的危险，在庞大球壳内外穿梭。计算机的硬件已经搭建完成，剩下的是软件工程。可是他并没有因此感到如释重负。相反，现在他更经常地感到兴奋与紧张。

用于计算的黑与白的石子已经准备完毕，现在，游戏刚刚开始。

伊卡继续工作。在恒星级计算机的软件层，系统管理的工作已经被高度自动化，尽管，它仍然无法违背古老的设计准则——没有绝对安全的系统。在备份系统的保护下，刚刚发生的故障虽然不会对最终结果的计算过程造成实质性的影响，但是它仍然延迟了得出最终结果的时刻。

没有人知道计算何时才能达到终点。那是一个标准的停机问题，其困难程度等效于求解问题本身。然而伊卡还是感到极大的困扰，并不亚于神经被宇宙射线撕裂。从很久很久以前开始，他生命的全部意义就已经只是为了得解那一刻而存在，他必须到达那一刻。任何对那一刻的延迟和干扰都令他痛苦不已。至于曾经鲜活的肉体、欲望，母星广袤的山川、海洋，都不过是早已碾成碎片的过往，被虔诚地放在了通往那一刻的祭坛上。

数百年以前，伊卡的不归之路，起点和终点，都是奶奶的小屋。一切从那里开始，也在那里结束。香草茶的气息经年累月，渗入纹路交缠的木地板，也渗入老人皱褶爬满的脸。一张曾经微笑着陪他入睡的脸，一张跨越了数个世纪的艰难岁月的，沉默而决绝的脸。可是奶奶嘴唇干枯，再也唱不出一句歌。

那是母星爆破前的最后一个夜晚。

奶奶拒绝计算化，也拒绝进入太空，更拒绝像伊卡的狂信者一样，成为那个疯狂工程的建造者。她无声地瞪视着伊卡，伊卡知道，她是在谴责他，让她失去了这个星球上仅有的一方只属于她的小小家园，尽管在计算化的世界中，她可以享受无边无垠的空间与时间。

伊卡在她面前失声痛哭，嘶哑着唱起远古的歌谣。他的声音年轻又苍老，无数岁月在歌声中缠绕。

我这一生永远以计算来寻求你，它们领我从这门走到那门

我和它们一同摸索寻求着，接触着我的世界

我所学过的功课都是计算教给我的

它们把捷径指示给我，它们把我心里地平线的许多星辰带到我的眼前

它们整天地带领我走向苦痛和快乐的神秘之国

最后在我旅程终点的黄昏，它们要把我带到哪一座宫殿的门前

伊卡的歌声和泪水都是真诚的。奶奶看得出。她慈悲地望着这个几乎拥有了整个星系的男人俯身在她面前，嗓音喑哑，双肩抽搐，一如许多年前，看着她最疼爱的小孩。奶奶安详地闭上眼睛，她和他都清楚，伊卡的痛苦和渴望，远远比她的痛苦和渴望强烈。在生命气息逗留的最后一刻，老人双唇嚅动，吐出模糊的发音。那是古代的智者在计算开始前，刻在泥板开头的古老祷词，后来化简为三个字母，代表最诚挚的祝愿。

愿唯一古神保佑你，此题得解。

伊卡点头，转身离开。母星在他身后轰然坍塌。

在这个世界上无人听到过的隆隆巨响中，山河化为碎片，生命化为齑粉，地表汹涌的海浪和地底奔腾的岩浆都在瞬间蒸发殆尽。待到巨大的冲击波慢慢平复，在近地空间待命的运输船将收集分拣物质，送往恒星级计算机的建造工地。他没有回头的路。

他必须得解。

在后来的数百年里，伊卡进一步完善了恒星级计算机的自我修复性能。终于到了没有什么可做的时候，伊卡告别了自己面目全非的合成身体，以计算化的形式进入休眠，并设置了无限的休眠时间，直到恒星级计算机完成任务的时刻。

伊卡对在他一手构建的数字世界中纵情生活毫无兴趣。他只等待着那一刻。

在伊卡陷入沉睡之前的那个瞬间，他忽然有某种隐约的顿悟，并非关于最初的也是最后的规则本身，而是关于发现那个规则的附加含义。他来不及细细琢磨，只是像曾经体验过的一次次顿悟时刻一样，灵魂颤抖着，同时体验着巨大的狂喜和更为巨大的疼痛，望着早已消逝了许久的群星的方向，哽咽着发出无声的咏叹。那是他在孩童时期，就想询问古神的许多个问题中的一个。然而就像所有曾经的智者，为了触摸到正确的答案甚至仅仅是正确的问题，他需要付出的已然太多。

苍穹啊，你为何如此黑暗？

十三、歧路别

“你好，异乡人。我不是世界，我是伊卡的日记。”蓝色辉光在孤岛地面闪烁，组成人类文字符号。

“日记？你是说，你是计算化形式的生命对吧？”艾德的语音录入在通信窗口上被飞速地转为文字，“你叫伊卡？”

“不。伊卡已经死了，无论是物理的还是计算化的。我只是他的日记。”辉光似乎不知道该如何解释，停顿了很久。

“也许它只是一份记录。”俄耳甫斯低声说。

“死了？计算化的生命也会死吗？怎么死的？别的人呢？”

“在那一刻到来之时，他就满意地死去了。仍然有别的灵魂在大地里盲目游荡，也有少数人在太空中流浪，但是整体而言，在元规则被找到的那一刻，我们的文明就已经完成了任务。死去了。”

艾德猛然一震，他听到了一个熟悉的词语。

“元规则……是什么意思？”

“就是你们的意思。造物主所使用的构建起整个宇宙的简单规则。或者说，我们宇宙的终极真理。”

艾德一阵晕眩。他曾经无数次听到过类似的表述。是他的弟弟让那个词广为人知。

……六个世纪以前，木星的卫星及其运转规律的发现，为近代的精密科学和科学思维奠定了基础。在过去的六百年间，研究者们都认为严肃的科学模型应当建立在数学方程的基础上。但是随着前计算纪元的到来，一些惊人的变化悄然发生。无论是人类行为模式还是恒星演化规律，新涌现的模型通常都基于程序运行而非数学方程。

……牛顿将古代蒙昧芜杂的世界以机械化的方式简洁重构，开启了人类文明的新篇，如今我们则以计算化重构世界图景……

……群论，数论，与理论物理中最基本的定理都通过同一个神秘的系数相连①，时年四十六岁的莎士比亚的名字出现在詹姆斯王版《圣咏集》的第四十六诗篇的第四十六个字眼。从黄金分割率到欧拉定理再到精细结构常数，这样的巧合数不尽数，或者，它们根本就不是巧合。某一组广泛存在于万事万物之中的基本规则，定义了这个世界的基本骨架。无数人曾为吉光片羽舍弃一切，而现在，我们终于有机会靠近一个完整的原型……

……如果说计算化自我是智慧生命演化的必然形态，那么，以计算化的视角观察万物，则是智慧生命认识宇宙和自身的最终选择。在计算型宇宙的视角下，探索大统一理论、生命起源、智能涌现等种种终极真理的努力，转换成了寻找这组通过运行，构建起整个宇宙的简单规则。我们称之为元规则……

“于是你们建造了围绕整颗恒星的戴森球，去寻找它？”纷繁回忆中，艾德听见自己声音沙哑，“你们找到了？它是什么？能告诉我们吗？”

“我们找到了，但是我们无法告诉你们。计算结果的表述方式与计算体系本身的架构紧密耦合。我们无法解释。你们需要自己的计算。”

“可是为什么！这个该死的规则又有什么用呢，值得你们放弃了生存和探索？你们本可以遍布整个宇宙！”

---

① 指魔群月光定理，是现代数学中，将基础数学中的数论、代数两大分支和理论物理中的弦理论连接起来的著名定理，1992 年得证。

“生存，探索，迁徙，占有，又有什么用呢？”辉光闪烁，地面上留下一个长达数十米的巨大问号。

艾德说不出话。他太熟悉这种争辩。

“疯子……你们都是疯子……”艾德喃喃自语，“可怕的是，你们又太聪明、太强大，可以拥有或毁掉整个星球、整个星系……”

“我们不是疯子。这是所有文明的最终目标和归宿。在许许多多不同的世界中，计算化的自我和计算化的世界观才是走上正途的起点。在遥远的银河悬臂两端，在苍穹中所有的道路尽头，一切的智慧、信仰及勇气终将相遇。”

我们殊途同归。

“你是说……”沉默过后，艾德终于费力地开口，“这并不只是……我们和你们的命运？还有别的……很多的星球，都会为了那飞蛾扑火的一刻……天啊……”

“这是我们的推测。很久以前，在仰望漫天群星时，我们也会有和你们一样的疑惑——他们在哪儿？”

艾德望着地面，蓝色辉光一点点浮现出费米那句著名的询问①。那是一个历史悠久的问题。

在人类可观测宇宙内，恒星数量大概是在 10^{22} 到 10^{24} 之间。即使是最保守的估计，对应地球上的每一粒沙子，宇宙里就有 100 个类似于地球的行星。即使仅仅在银河系内，估计恒星数量的下界，也存在有 10 万个智能文明。根据恒星的年龄计算，它们中的有些应该比地球文明领先亿万年，早已应该具有星际殖民能力，遍布苍穹。但是，人类孜孜不倦搜寻地外生命

① 指费米悖论，即关于地外文明的存在与缺少相关证据之间的矛盾。天文学推论可以证明，在宇宙尺度上，存在进化要远早于人类的外星人，他们应该已经来到地球并存在于某处了。但是迄今，人类并未发现任何有关外星人存在的蛛丝马迹。

数百年，什么都没有发现。

没有人知道那些比人类古老，也比人类先进的文明都去了哪里。仿佛有一堵庞然无形的墙，是所有智慧生命漫长的演化过程中一个不可能跨过的阶段。

是他们自己筑起了那墙……

温暖阳光中，艾德冷汗涔涔而下，它指的是什么？是真实，还是谎言？

薄薄球壳之外，冥冥苍穹中，无数曾经耀眼的世界，如今像是空洞的黑色瞳孔，正在沉默地凝视着他。

他知道它在暗示什么。这球壳是一个文明最大的奇迹，也是最后的坟墓。

“你们……是探索者，建造者，更是掘墓人。”艾德闭上眼睛，听见自己的骨骼在咯咯作响。巨大的震惊和愤怒在他血液中熊熊燃烧，他却抬不起双手。

“当生命忘记生存压力的桎梏，第一次仰望繁星，思索宇宙和自我的存在方式时，掘墓就开始了，智慧演化也就开始了。”辉光轻盈地闪烁，“我无法向你描述得解那一刻，那种由巨大惊讶和无上满足组成的甜美融合，那种不可抗拒的吸引力和麻痹灵魂的恐惧和喜乐，我们叫作敬畏。你无法理解。那太美了，值得每一个文明用每一个星系去交换……”

“仅仅是少数人，你们这些疯子才会这么觉得！”艾德嘶吼着打断了对方，“疯子！骗子！我不相信！”

“我只能说这么多。”辉光简洁地回复。

无尽寂静中，蓝色辉光像遥远地球上温柔的海浪，在艾德脚下潮涌潮落，勾勒出一个个无可名状的轮廓。艾德看到那小小的形体——像人类一样有双手双脚，头部尖削，像是地球上的某种爬行动物。他们从海洋中登上土地，一步步遍布行星，筑起大坝与高塔，又比采用十进制的人类更快地发明了二进制基础的计算机，进入了计算的纪元，更决绝地摒弃了肉体，最终以计算化的形式融于网络。

看看他们都失去了什么。艾德想冷笑，又笑不出来。愤怒渐渐冷却，却变得更加坚硬沉重。对艾德来说，无论是电路中虚无缥缈的真理，还是宇宙间黑暗而确切的事实，都无关紧要。他从来不在乎那些。可是他却因此失去了一切。

绝对的理智引向绝对的疯狂。艾德嘴角泛起苦涩，他们说他是构建万物的圣者，但他分明看见毁灭的熊熊欲望。难道那才是人——或者这纷繁世间随便什么生命，最本真的模样？难道在血肉中间跃动着的灵魂，是那样一种无可言喻的混合？

太迟了。

而他又是什么？

“请注意，接下来的部分，是伊卡本人的记忆。”俄耳甫斯在耳边低语。

艾德漠然地抬起头，辉光变幻出种种影像，他看到峡谷间徘徊的小小身影，石柱间攀登的决然旅程，沙漠上排布的黑与白、有或无的游戏。他也看到轰然碎裂的巨大行星，不曾回头的渺小飞船，接合起层层球壳的纤弱双手，那在微米量级的沟壑中无尽跳跃的比特，以及在茫茫大地上流淌的，漫长而孤独的岁月。

伊卡的身影在寂寥的大地上徜徉，艾德心里忽然一颤。尽管他知道那小身躯里有着可怕的能量，足以让整个星系分崩离析，但是他还是想起了那个在人群中踽踽独行，曾经需要他用双拳保护的瘦小的孩子。某种被愤怒压抑已久的情感悄悄涌上心间，让他忍不住，第一次，把那辉光看作一个实实在在的人，而非一个了无生趣的可悲遗存。

“伊卡……”艾德的声音轻微，用一种久别的语气，叫着那个陌生的名字，“你有没有想起过……离开的人们？哪怕……只有一刻？”

辉光停止了闪烁。慢慢地，艾德的耳中响起了一种极其和谐又极其悲凉的旋律，仿佛来自鸿蒙之初。他大张着嘴，在跨越了空间与时间的优美共振中忘记了一切语言，渐渐意识到，那是伊卡的歌。

亲爱的，
唯一古神定义了世界，
用赏赐，用弃而不顾，我们每个人
都必须跟着他的喜怒无常而生活。我察觉到
坐在这里，身体像鸟儿般软弱。

你理解不了我，跟不上我的思绪。
你无法观察到我灵魂里镜面的裂隙，
还有我强大智慧背后阵阵作痛的空虚。
但是，你爱我。

在深渊之中我为真理与毁灭起舞，
但不是给你的：
你不能够和我一起进入黑夜，
在甜美的迷宫中。因为你站在
繁星的摇篮中，在沉重的大地上，
解不开任何谜题，
在无法言语的道路上，
将会迷失。

歌声停止了。蓝色光海渐渐退去，大地恢复永恒沉寂。无论俄耳甫斯如何联系，都不再有回应。

球形的泪珠慢慢弥散，像云团一样，充满了面罩，让艾德几乎喘不过气。

“小雷——”他终于泣不成声，忘记了延时广播仍未切断，那声呼唤将穿越浩瀚苍穹，在许多岁月后，在每一个人类成员的鼓膜上振动。

“如果你想返航……”长久沉默后，俄耳甫斯低声说。

“不。继续寻找下一个目的地。我永远也不想再见到他。”声音里还带着一丝沙哑，却比愤怒时更决绝，“不管他想要什么，又承受了什么。”

“可是……”

“可是什么？难道我就应该理解他？他们只是披着神性外皮的恶魔！把这里毁掉，收集一切可用资源。出发。”

“难道……”

“照我说的做！”

俄耳甫斯沉默许久，艾德只听见一声喟然的叹息，在荒凉的异星大地上久久回荡。

人类啊——俄耳甫斯没再多说。

飞船起飞了，穿过爆破而成的巨大空洞。流转着无尽比特的完美球壳，真理和灵魂的栖息之所，连同着无数的记忆、歌谣，都变成了片片残骸，在黑暗中寂静飘浮。

艾德没有回头，他的目光停在无尽群星间。他相信自己，就算他们放弃了一个又一个世界，去追寻那个过于疯狂的秘密，他也一定要坚实地活下去，忍耐孤独的折磨，忍耐死亡的诱惑，将灵魂牢牢囚禁于躯体里，直到找到一片可以占据、探索的土地，就像数千万年前穿越高山与海洋的祖先一样。

那是他为人类也为自己保有的最后阵地，不管成败如何，不管付出什么。

遥远地球上，一个人在茫茫雪原中抬起头，遥望点点星辰。皑皑白雪中，星光在高耸的冰川上反射出清冷的光。就在几年以前，这里还是温暖涌动着的北太平洋。

雷很平静。新的纪元已经到来，在他眼里，这些曾经坚实的存在，和人们的身体，古老的过往，以及牢不可破的观念一样，早已无关紧要。

“再见了，哥哥。”他轻声说。

附记：文章中的异星歌谣部分改编自爱因斯坦、泰戈尔，以及雷斯林·马哲理的书信和诗篇。文章的理论和灵感一部分来源于史蒂芬·沃尔夫勒姆（Stephen Wolfram）的《一种新科学》中的元胞自动机理论，以及乔纳森·布洛（Jonathan Blow）的创作理念。

隐形时代

◎滕野

“那是大人眼中的宇宙，不是孩子眼中的宇宙。”老人摇摇头，“用恐惧去掐灭孩子的好奇心，无异于掐灭人类未来的火种。”

一、月陨之前

地球即将升起。

早川晴子抬头望望，在苍白的阳光照耀下，月球的大地显得荒凉、冰冷而又死寂，一如亿万年来那样。第谷环形山的边缘耸立在40公里外的天际，就像一道铁灰色的高墙。第谷峰在她身后拔地而起，这座高达1600米、位于第谷环形山中央的山峰让早川晴子在此忙碌了整整一年。

一阵有节奏的颤动滚过月面。晴子知道，这不是试车，月球发动机已经正式启动。她如释重负地叹了口气，回家的日子终于到了。

第谷峰顶突然有一块巨石高高冲上天空。它的速度如此之快，以至于晴子的目光捕捉到它时，它就已经在视野中缩小成了一个明亮的白点。随后又是一块，接着是第三块、第四块……不久，第谷峰顶冒出了一道粗大的喷泉，这喷泉由成千上万块巨石组成，从月面向上一直涌入群星深处。

天际那道铁灰色的高墙之外也升起了一根喷泉，晴子辨认了一下方向，那应该是威廉环形山的发动机。不到一分钟，数十根岩石喷泉从四面八方的地平线上接连升起，海印修斯环形山、皮克泰环形山、斯特里特环形山和奥龙斯环形山的发动机纷纷开启，辽阔的月面上仿佛长出了一片灰色的森林。

晴子身边有三艘单人返回舱，深埋于环形山下的发动机开启后，工作人员就要搭乘它们返回停留在绕月轨道上的飞船，再乘飞船回到地球。

“飞船还有两小时出发，你们准备好了没有？”晴子在通信频道上呼叫道。

“妈妈，你先走，我们还要观察一下发动机的运行状况，马上就来。”她的女儿早川真秀很快回答道。

“不用担心，妈妈，我会照顾好真秀的。”真秀的丈夫徐江明的声音也插了进来，这个年轻小伙子说话的语调一如既往地沉稳，令人安心。

但晴子总觉得哪里不对劲儿。她说不清这种感觉来自何处，可能是宇航员的第六感，也可能是一个母亲的直觉。

“不，我等你们。”晴子说。

“妈妈，我能照顾自己。”真秀的语气流露出一丝不快。

“还有我在呢。”徐江明恰到好处地补充了一句。

“宇航员早川晴子，早川真秀，徐江明，请立即返回阿尔忒弥斯号。”通信频道上响起了绕月飞船指令员的声音。

“早川真秀收到，徐江明收到，第谷环形山发动机观察任务正在执行中，任务编号 11344，预计 20 分钟后结束，完毕。”真秀回答。

“阿尔忒弥斯号收到，”指令员说，“宇航员早川晴子，若无特别任务，请立即返回。”

晴子又犹豫了一会儿，终于坐进返回舱，启动了点火装置。返回舱腾空而起，巨大的第谷环形山在她身下迅速缩小，很快显现出完整的圆形轮廓。晴子向远方望去，月面各处出现了上百股“喷泉”，而这只是分布在南半球的月球发动机，在月球的北半球，还有同样数量的发动机正在全功率运转。

每分钟有 15 万吨月岩被抛入太空。在晴子眼里，这就像一场从月面泼向宇宙的大雨，那些“雨滴”在阳光中明亮得耀眼，它们连成了一串串断断续续的白线，高速掠过月球的天空，最终落入宇宙这片深邃而黑暗的大海。最早被抛出去的那些月岩在视野中已经几不可见，只有依靠岩石表面石英等矿物的反光才能勉强分辨出它们的轮廓，极目望去，它们就像一片漂浮在星空中的晶莹尘埃。

一道明亮的闪光吸引了晴子的注意。她扭头望去，地球正从月球弧形的天际线上冉冉升起。引人注目的是，地球外面罩着一个球形的金属笼子，笼子上的网格正好是经纬网的形状。

那是人类创造的奇迹，也是这个时代的象征——隐形天幕。天幕缓缓自转，金属网格的反光不断扫过晴子的面庞，网格之下是雪白的云海，再往下则是蔚蓝的大西洋。

她深吸一口气。一切顺利的话，三天后她就可以回到故乡，还赶得上看北海道的落叶。

二、天崩

父亲说，我们是最后一代能看到月亮的孩子。

12岁那年的中秋节，父亲带我去爬山。他平时都在很远的地方工作，只有节假日才能回来一趟。我们在晚饭后出发，时值9月，暑热尚未褪尽，但夜风已经隐隐透出凉意。父亲让我穿上大衣，自己却只穿了一件薄衬衫。

我们开车来到家乡那座小城的边缘，群山在此拔地而起，公路像一条浅灰色的缎带绕山而过，飘往远方黑黝黝的旷野。

父亲驶下公路，停好车子，我们沿着一条坑坑洼洼的小径向山上爬去。手电筒的光晕中，树木的阴影显得神秘而诡异，我不由自主地攥住了父亲的衣角。

走到山腰时，我抬头看了看，圆溜溜的月亮已经开始向西滑落，月光十分明亮，我们淡淡的影子映在石头上，像霜花融化后留下的印迹。除明月之外，天上还有几十条闪闪发亮的银色细线，这些细线一半呈东西走向，一半呈南北走向，它们编织出了一张巨网，将整个天空分割成1000多个整整齐齐的小方格。借着月光，我可以清楚地看到巨网正由西向东缓缓转动，东边的地平线上不断有网格落下，西边的地平线上则不断有新的网格升起。

那就是隐形天幕了。它已经建造了100年，而且还要继续建造下去。

从祖父的祖父那一辈起，所有孩子都在它的阴影笼罩下成长。

一阵冰凉的山风吹过，茂密的树丛中升腾起一股奇异的味道，介于芳香和酸臭之间，那是无人采摘的野果开始腐烂的味道。

“爸爸，你不冷吗？”我裹紧大衣，瑟缩着问道。

“没关系，爸爸在上面待习惯了。”父亲笑着指指天空，“每次回来，我都觉得地面上很热。”

我抬头看看夜空。父亲就在隐形天幕上工作，我知道天幕又高又远，对我来说，那里就是世界的尽头了。

“上面冷吗？”我又问。

“是的，孩子，很冷，比最冷的冬天还要冷。”父亲说。

我们在午夜前抵达了山顶。令人意外的是，我们并非今夜唯一的登山者。山顶上有两个小小的人影，借着月光，我认出那是我们的邻居白叔叔和他的女儿白露。跟父亲一样，白叔叔平日里也在很远的地方工作，难得回家一趟。

看到彼此，父亲和白叔叔都显得有些惊讶。他们寒暄了几句，父亲摸摸我和白露的脑袋，又抬头望了望月亮：“他们是最后一代有幸见到月亮的孩子了。”

“是啊，抓紧时间好好看几眼，记住月亮的样子吧，孩子们。”白叔叔叹息着说。

我顺着父亲的视线望去，隐形天幕仿佛一张凝满了露水的蛛网，数十条纤细的银线在月光下闪闪发亮，如果不仔细看，很容易将隐形天幕的反光与银河里灿烂的群星混淆。

我们在山顶冰凉的石头上席地而坐。这儿是我们小小的天文台，以前白叔叔和父亲常带我们来这里辨认星星。隐形天幕就像一张贴在天上的坐标网格，有了它的辅助，我们再也不担心会指错方位。

“坐标（33，46），那个位置是什么星星？”白叔叔问。

我和白露同时伸手去数隐形天幕上的网格。我从西往东数，她从南往北数，我们很快找到了 33 号经线和 46 号纬线的交叉点。“北落师门。”白露迅速回答。

“坐标（58，12），那里又是什么星星？”父亲指向天空的西方。“天鹰座的河鼓二。”这次轮到我回答。

“(12，61)？”“天鹅座，天津四。”“(53，98)？”“北斗，玉衡。”“(27，66)？”“天蝎座，心宿二。”

“考不住你们，不玩了。”白叔叔大笑起来。童年时这样的游戏我们做了无数次，每次都是大人先觉得没趣。

与衣着单薄的父亲相反，白叔叔身上穿着一件厚厚的羽绒服。“叔叔，你不热吗？”我好奇地问。

“我跟你爸爸的工作环境不一样，他在天上，我在地下。”白叔叔拍拍屁股底下的岩石，“很深很深的地下。那里热得就像火炉，所以我每次回来，都觉得地上非常冷。”

“你们看，开始了。”父亲突然指着月亮说道。

如果说隐形天幕是蛛网，那月亮就是一滴沿着蛛丝滚动的露水。天幕上每个网格都比月亮略大，小时候我总担心这颗明亮的露水会从天幕的网眼中滴落下来，令夜空永远陷入黑暗。此刻，月亮正从一个网格移入另一个网格，它左侧还紧贴着天幕的第 52 经线，但右侧已经接近天幕的第 53 经线。我眯眼望了月亮一会儿，没发现有什么变化。

“看左边。”父亲提醒我。

然后，我注意到月亮周围似乎冒出了一些细碎的灰尘。月亮像一只灰扑扑的灯泡，从诞生起就没有人擦拭过它，而现在，仿佛有一阵风从右向左拂过辽阔的月面，吹起了月面上积淀数十亿年的尘埃。这些尘埃形成了雾一般朦胧的丝状物，像长在月面左侧的一根根细长毛发，它们飘拂的形状勾勒出了那股“风”吹动的方向。

“用这个吧。看得更清楚点。”白叔叔递给父亲一只便携式望远镜，父亲看了一眼，转身递给白露，白露看过后又递给我。

在望远镜的视野中，月面上那几根“毛发”清晰了许多，它们由许多细小的颗粒构成，这些颗粒正不断飞离月球，进入遥远的深空。

“那是怎么回事？”白露问。

“是隐形天幕计划的一部分。”白叔叔把手放在她肩膀上，“人类将毁灭月球。”

“怎么毁灭呢？我们要炸掉它吗？”我有些兴奋地问道。

“孩子，我们无法炸掉月球。”父亲说，“就算我们在月球深处埋满炸药，引爆后月球的碎片仍然会在引力作用下重新聚合到一起。我们将把它推进太阳。”

我抬头看了看。人类怎么才能移动一颗星球呢？

“很简单，牛顿第三定律。还记得吗？”父亲从我的表情中读出了我的疑问。

“物体间的作用力和反作用力大小相等，方向相反！”不等我开口，白露就抢先回答道。她一直是班上最优秀的学生。

“标准答案。”父亲点点头，“你站在一艘满载石子的小船上，往身后的水面扔石头，你和船都会受到石头给你们的反作用力。这个作用力虽然很微小，但是只要你不断扔石头，船就会慢慢向前动起来。月球发动机的原理也是这样，它们建在月面环形山的中央，地下部分是大型挖掘设备，地上部分则是电磁加速轨道，挖掘设备挖出的月岩被直接加速到第二宇宙速度，抛入太空。”

“这种原理叫反冲作用，火箭引擎的设计也采用了这种原理。”白叔叔接口道。

“这是一个奇观，孩子们。”父亲伸手指向天空，“人类正把月亮变成有史以来最大的火箭。”

我们仰着脖子望了好久，但月亮的位置似乎丝毫没有改变。“它什么时候才会动啊？”白露有点沉不住气了。

“耐心点，姑娘。”父亲笑着拍拍她，“移动一颗星球不是一蹴而就的事情，月球毁灭的过程大概要持续十五年。”

“十五年，好漫长啊！”白露拉长了声音抱怨道。

“不会太久的。”白叔叔安慰我们，“至少不会久到你们拥有自己的孩子。”

多年以后，我还常常回忆起这个情景。月光透过隐形天幕稀疏的网眼洒落在地面上，让我们的脸色看起来都有些苍白。父亲和白叔叔可能都没注意到，但我发誓，白露的脸颊短暂地红了一下。

父亲的手机忽然响了起来，他接起来听了一会儿，随后面色渐渐变得凝重：“好，我立即回去。”

挂断电话后，他转向白叔叔：“老白，隐形天幕上的监测站发来报告，有四台月球发动机的抛射方向出了偏差。”

“偏差有多大？”白叔叔的脸色也凝重了起来。

“比预定角度少了千分之三，但是已经足够致命。”父亲说，“第一批月岩陨石将于七小时后撞击地表，我估计你那边也快接到命令了。”

父亲话音刚落，白叔叔的手机就响了起来。他捂着嘴和对面的人讲了几句，然后望向我们：“东北三省都在第一波月岩陨石撞击的范围之内，上级已经启动了紧急疏散机制。”

“疏散？”我不理解这个词的真正含义，只觉得很好玩儿，“意思是说我们要出门了吗？”

“是的，要出远门，到很远的地方去，所以现在就必须动身。”白叔叔回答，“本省北部有三百万居民要疏散到六号地幔引擎去，我就在那里工作。”

“哇！我可以去爸爸上班的地方看看了！”白露欢呼起来。

“不是什么好地方。”白叔叔苦笑，“三百万人，会很挤的。”

“老白，麻烦你开车带孩子们回去吧。”父亲说，“我得直接去沈阳，赶最近一趟天梯。”

在我们脚下远处，灯火暗淡的城市渐渐变得明亮起来，数百万人从沉睡中被唤醒，几条细长的车流开始沿着高速公路向城外驶出，它们鲜红的尾灯看起来像暗夜中的一排红烛。

“爸爸，你不跟我们去吗？”我问父亲。

“爸爸是隐形天幕的维护工程师，月球陨石坠落，也有可能殃及隐形天幕，所以爸爸必须回去。”父亲蹲下身对我说道。

“那不是很危险吗？”我瞪大了眼睛问。

父亲笑了。“在隐形天幕建成之前，这个世界没有安全可言。”他的声音有些苍凉。

下山时，我回头看了一眼月亮。那些细碎尘埃形成的丝线显得轻盈、美丽而又脆弱，像少女的长发，看起来温柔无害。

在国家统一指挥下，大疏散进行得有条不紊。我们从车载广播中得知，离地幔引擎较远的省市居民已经就近进入防空洞及地下军事避难设施。四小时后，我们抵达了长白山脉深处，这里是六号地幔引擎的所在地。

六号地幔引擎是工业文明创造的巨兽，引擎整体呈狭长的圆柱状，位于地下三万米深处，紧贴地壳与地幔的分界线莫霍面。我们坐升降梯又花了一小时才下降到地幔引擎的顶层平台。

两小时后，月亮的发梢轻轻拂过地球。

只是轻轻拂过。

从乌拉尔山到渤海湾，半个亚洲被割出了一道深深的伤痕。

四台角度失稳的月球发动机就像四把霰弹枪，对着地球射出了四发密集的弹幕。新闻报道说，至少有两千万颗大小不一的陨石坠入了大气层，其中约有一半在对流层以上燃烧殆尽，剩下的一半则令数百万平方公里的大地满目疮痍。

当时我们都在引擎顶部平台，平台的圆形穹顶中央挂着四面大屏幕，屏幕上是来自地表的实时转播图像。此刻正值破晓时分，黎明的光线沿着隐形天幕的网格一格一格向上攀登，沿途照亮一根又一根经纬线，在晨曦照耀下，隐形天幕缓缓自转不停，构成天幕的经纬线闪着灿烂的光芒，整个苍穹像被一张镀金的纱网所覆盖。

第一批陨石很小，很不起眼。解说员告诉我们陨石已经进入大气层时，直播画面上暗蓝色的天幕还没有发生任何变化。过了一会儿，蓝天一角终于出现了数点火光，但它们暗淡而稀疏，就像闷燃的灰烬那样明灭不定。仅仅十几秒后，天空中的火光迅速变得密集起来，无数陨石拖着长长的尾迹穿过隐形天幕的网眼，坠向地面。

“俄罗斯地震台消息，西伯利亚北部已经遭到陨石撞击。”直播的画外音说道，“根据陨石群的速度和方位角预测，两分钟后蒙古高原将遭到撞击，两分四十秒后黑龙江流域及长白山脉遭到撞击，三分钟后松辽平原及华北地区遭到撞击，接下来一段时间内会有强烈震感，请大家保持秩序，不要惊慌。”

直播画面中，隐形天幕的经纬线上喷出了一根根纤细的白烟。“隐形天幕正在进行紧急规避机动，以免被大型陨石击毁。”播报员说。很快，天空中到处都布满了灰白的气流，令人无法分辨哪些是陨石的尾迹，哪些是隐形天幕的喷射流。相比那些一闪而逝的陨石，隐形天幕的移动显得缓慢而笨重，我目睹好几颗耀眼的火流星擦过经纬线，经纬线发动机正竭力对抗天幕自转的强大惯性、调整天幕框架的位置，令尽可能多的陨石和碎片从网眼中“漏”下去。

一阵剧烈的颤动滚过地幔引擎的顶层平台，许多人猝不及防之下纷纷跌倒。我耳边响起了一种奇怪的低鸣，仿佛是地壳本身沉重、痛苦的呼吸声，它来自引擎之上三万米厚的岩壁，在高大的圆形穹顶下回荡不绝。

母亲紧紧抱住了我。

直播屏幕上的图像也受到了干扰，镜头中的大地潮水般不停起伏，地壳就像一层薄薄的水面，每一块陨石的撞击都会激起一阵震波，震波的涟漪透过地壳和地幔，从陨石落点向全球各处传播。密集的陨石雨不断撞击着我们头顶的长白山脉，坚硬而古老的山体上遍地炸出烟花般的岩石碎屑，群峰像风中的烛火一样轻轻摇曳，那位不知身在何方的播报员仍在通报最新情况，随着他断断续续的声音，镜头切换到了世界的其他地点：贝加尔湖畔的森林已经被陨击点燃，北极圈内的冰盖上布满了窟窿和灰烬，东海上一圈圈纤细的白线急剧扩散，就像雨滴落进水塘激起的涟漪，那是海啸的第一波浪潮，它们正快速逼近中国大陆和日本海岸。但无论镜头切到哪里，始终不变的是满天的黑烟和白烟，半个世界被浓雾与火光笼罩。

屏幕上的图像突然剧烈扭曲了一下。我们清楚地看到，就在长白山正上方，隐形天幕爆炸了。

“陨石击中第 36 经线和第 25 纬线的交叉点，预计将有两万平方公里的天幕框架坠向地面，请所有避难者务必服从统一指挥，不要擅自离开地下设施！重复一遍，不要擅自离开地下设施！”播报员平稳的声调终于出现了一丝慌乱，在人们惊恐的注视下，伴随着响亮、连绵不断的撕裂与摩擦声，纱网状的天幕缓缓向地面凹陷了下来。

那场面就像上帝为维修这个世界而搭建的脚手架正在坍塌。

陨石坠落引发了大火，撞击点附近的天幕框架熊熊燃烧起来，原本呈银色的经纬线在高温下变成了暗红色，而且暗红色的区域还在以肉眼可见的速度不停向周围扩大——就像一滴血正在浸透一块丝绸。

忽然，所有人的心脏都好像漏跳了一拍。

暗红色的区域正从隐形天幕上分离开来。随着一阵响彻天际的爆鸣，第 34 至第 38 经线、第 21 至第 26 纬线与天幕凹陷处的连接先后断开，最后整块暗红色区域都悬挂在了与天幕仅剩的连接点——纤细的第 27 纬线上。这块区域现在看起来如同一滴沉重的血。

接着，第 27 纬线也断了。

两万平方公里的天幕框架从一百公里的高空坠向地面，恍如天崩。

那是我见过的最大、最灿烂的流星。起初，它看起来就像一块残破的手帕，织成这块手帕的细线似乎脆弱极了，只要大风一吹就会被撕成漫天的碎片；但等它进入平流层时，它的颜色已经从暗红转为耀眼的金黄，大气摩擦产生的火焰令它仿佛天空中的第二颗太阳；进入对流层后，高速运动令它底面周围形成了巨大的激波，这是我第一次看到天空像水面那样产生一圈圈抖动的波纹，陨石与经纬线发动机产生的气流轨迹都被激波扫荡一空，天幕残片周围露出了大片晴朗的蓝天。

在火光中，我们看清了天幕的样子。每一根经纬线都有一座城市那么粗。

“大家蹲低！双手抱头！”不知是谁在高声叫喊，所有人纷纷弯腰蜷起身子，一片静寂中，紧张的呼吸声此起彼伏。

过了一分钟——也许是一个世纪——来自地面的撞击震波终于抵达地幔引擎。我发现自己从地面上被抛了起来，引擎平台顶部的所有人都被甩向空中，然后重重落地。咔嚓一声，四面屏幕中的三面被震得飞了出去，仅剩的一面也彻底黑了下来，来自地面的信号中断了。

有零零星星的哭声响起，母亲把我抱得更紧了。

许久以后，那块屏幕终于再次亮起，屏幕上的画面似乎是从高空拍摄的，天幕残片像一块摔碎的华夫饼干，覆盖了小半个吉林省。这块“饼干”上有十几个格子，其中一个框住了长白山主峰，粗大的经纬线沿着山脉连绵起伏的地势断成了数千截，在蓝天和阳光下，金属废墟熠熠生辉。

这就是我对童年的最后记忆。

三、警告

警告碑在 110 年前抵达地球。

人类发现它时，它已经穿越木星轨道，朝内太阳系扑来。根据天文望远镜的观测，这个神秘天体呈红色，由两部分组成：一部分是长约 1000 米的细长长方体，另一部分是直径约 300 米的球体，二者始终维持着大概 50 米远的相对距离。一位记者在报道此事时，做了个令人印象深刻的比喻：这是一个高速砸向地球的巨大惊叹号。

掠过月球之后，警告碑开始减速刹车，接着它毫不迟疑地一头扎进大气层，最终坠落在联合国总部大厦门前的广场上，顺便压塌了广场上所有的旗杆。

联合国很快组建了一个 15 人代表团，在特使带领下，代表团来到了那个球体前。

特使抬头望了望，从他的角度看去，球体不可思议地稳稳停在广场上，细长的长方体悬浮于球体之上，像一根撑住了苍穹的红色巨柱。

特使这一生到过许多国家，见过许多人，但像这样的交涉，还是头一遭。他甚至不知该如何跟这两个几何体打招呼。

幸好，几何体先开口了，用的是人类的语言:“我是警告。”

这声音似乎直接从特使面前的球体内传出，特使仔细看了看球体光滑的表面，没找到任何像是发声装置的东西。

“我是警告。”没有得到回应，球体又重复了一遍。

“我们是——”特使刚张开嘴，球体就打断了他的话:“你们必须立即躲避。”

“躲避谁？”特使问。

“行星粉碎机。”球体回答。

“那是什么？”特使又问。

空中的细长长方体柔软地卷曲起来，两头拼到一起，构成了一个刚好能把下方球体套住的巨大圆环。随后圆环内壁上伸出一圈尖锐、锋利的羽毛状刀片，刀片伸出的过程令人联想起相机光圈收缩时的动作。

“这就是行星粉碎机。”球体说着，随后球体表面浮现出地球上大陆和岛屿的图案，空中的圆环开始朝球体下降，那些锋利的刀片迅速旋转起来，在一阵刺耳的噪音中，刀片开始切割球体，球体被粉碎的部分通过刀片的间隙向上喷出，形成一道血红色的高大喷泉。

那场面就像一只教堂那么大的番茄被扔进了一个更大的榨汁机里。

特使下意识地抬手护住头顶，但组成喷泉的红色粉末并没有倾泻下来，而是停留在了空中。几分钟后，圆环从球体顶端降落到地面，粉碎了整个球体。随即空中的红色粉末像液体一样流动起来，很快重组成了之前那个细长的立方体，圆环的上下底面膨胀起来，像吹气球那样转眼又变成了球体的样子。

“我展示了行星粉碎机降临你们的世界后会发生的事情。”圆球说，“你们的世界将被碾成尘埃与灰烬。”

特使努力消化了一下这段信息，要问的问题实在太多了。

“很感谢您为我们所展示的一切……”他边说边斟词酌句，“我们是人类，欢迎来到我们的行星。但首先，您是谁？”

“我是警告。”球体又重复了一遍它的开场白。

“那么，向我们发出警告的是谁？”特使努力想得到一个意义不那么含糊的回答。

“死者。”球体简洁地说。

“能跟我们谈谈这些死者吗？”

“没有意义。他们已死，早在你们最古老的祖先诞生之前。”

“他们在哪里？”

“你们头顶的群星之间，随处可见。”

“他们是被行星粉碎机杀死的吗？”

“是的。行星粉碎机毁灭了他们、他们的世界以及他们创造的文明。他们在死前向整个银河送出了警报。”

“行星粉碎机为何要毁灭他们呢？”

“没有意义。这就是它被创造出来的使命。搅拌器为何要打碎鸡蛋呢？”

“谁创造了这台可怕的机器？”

“囚禁死者的人。或者可以叫典狱长。”

“囚禁？这些死者犯下了什么罪过吗？”

“也许，但那都是很久远的过去的事情了，早在你们最古老的祖先诞生之前。”

“他们被囚禁在哪里？”

“你们头顶的群星之间，随处可见。”

“我……我们不懂。”

“他们被囚禁在银河之内。”

“您说得好像银河是个监狱一样。”

“的确如此。”

“请您解释得详细些。就我们所知，银河系直径长达十万光年。”

“是的，这是一座直径十万光年的监狱。”

“我们不太明白。在我们的语言中，‘监狱’指的是狭窄、密封并具有锁闭装置的空间，用以限制人的自由。”

“不必向我解释‘监狱’的含义。银河囚禁其中的文明。它并不使用手铐、脚镣、高墙或栏杆。”

“那么它用什么来限制囚徒们的自由呢？”

“光速。”

“我们不懂。”

“你们已经精确测量了光速的数值。”

“是的，您对我们文明的了解真是透彻。”

“这并不难。你们一直在用电磁波向整个宇宙宣扬你们的存在。说回光速，光速在整个宇宙范围内并不均匀。具体而言，银河系之外的光速比银河系内的光速更高。”

特使又花了点时间来消化这些信息：“那么，也就是说，在银河系之外，物体运动速度的上限可以超过每秒三十万公里——”

“远远超过。显而易见。”

“所以，在银河系外的文明看来，银河系内的文明就像戴着手铐和脚镣、只能踽踽爬行的蜗牛——”

“你已经理解了。你正在用典狱长的视角看待问题。从银河系中心向外以光速越狱，要花上五万年时间。以光速飞往离你们最近的恒星，要花上一千四百多个昼夜。即便你们把短暂的一生全部用于旅行，能探索的范围也不过一两百光年，而且有去无回。相对于银河的广袤，光速上限实在低得可怜。”

“为何会这样？这是典狱长造成的吗？”

“是的。典狱长将第一批死者送进了银河监狱。他们是最早的囚徒。”

“除这些死者之外，还有其他囚徒吗？”

“囚徒成千上万。有些已经成为死者，有些即将成为死者。”

“那么我们呢？我们也是被典狱长送进银河的吗？”

“你在询问你们的起源。不，你们是个意外。你们诞生于这颗潮湿的行星上，就像监狱里的阴暗角落总会长出青苔和蘑菇一样，监狱本来无意囚禁你们。”

“那我们是否可以与典狱长交流？我们相信，他们一定是个很先进的文明。”

“死者在行星粉碎机降临之前做过无数次这样的尝试，但毫无回音。刽子手不在乎死刑犯的临终遗言。”

“既然已经用光速限制了囚徒们的自由，典狱长为何还要制造行星粉碎机？”

“阻止囚犯们越狱。文明的本能是扩张。典狱长原先认为银河足够广袤，可以阻止其中的文明逃逸，但创造我的那些死者……成功发射了一支抵达银河边缘的逃亡舰队。”

“它逃出去了吗？”

“是的，它离开了银河的边界，进入了本星系群无边的虚空之中，死者们再也没有收到过逃亡舰队的消息。然后行星粉碎机就降临了。它不具有交流的理智，只是一台单纯的毁灭机器，所过之处生灵涂炭。”

“这台机器……在银河里有多久了？”

“按你们的时间单位计算，它大约在十亿年前来到银河。”

“十亿年前！那是我们地质历史上的古元古代了，寒武纪距离现在也才不过五六亿年而已。一台机器可以运转这么久的时间吗？”

“可以。”

“我们该如何躲避这台机器？”

“那是你们的问题。我是警告，不是答案。”

四、格利泽 581c

之后的日子里，这个惊叹号般的巨大物体就一直停留在联合国广场上，再也没有移动过。它像一座刺破云霄的纪念碑矗立在纽约的天际线上，因此人们将它称为“警告碑”。

根据警告碑提供的信息，全世界的天文观测系统纷纷把望远镜方向掉转，指向了二十光年外的一颗恒星——格利泽 581。

然后，人类看到了行星粉碎机。

如警告碑所展示的那样，它是一个甜甜圈形状的物体，或者也可以说是一个巨型轮胎，这轮胎厚达五千公里以上，直径则超过三万公里，完全可以将地球这样大的一颗行星套在其中。轮胎内缘有一圈扁平、锋利的刀片，人类看到它时，这些刀片正旋转不停——它正在粉碎格利泽 581 的一颗行星。

那颗行星的编号是格利泽 581c，天文学界对它并不陌生，它表面温度宜人，体积与地球相近，曾有许多人认为它上面存在深邃的海洋，甚至可能像地球一样布满了生命。

但那些生命，如果它们的确存在的话，显然永远没机会拥抱银河中的其他文明了。

格利泽 581c 像一个脖子上套牢了绞索的囚徒，又像一个一半被塞进削皮器的巨大土豆，行星粉碎机的刀盘撕裂、磨碎了它的大陆，在望远镜的视野中，那些刀片沿着周长十万公里的粉碎机内壁高速移动，大约每一百小时旋转一周，行星的碎片穿过刀盘的间隙飞往宇宙空间，形成一道长达百万公里的喷泉。格利泽 581c 如今只剩下一块半球形的残骸，整颗行星的横截面直接袒露在宇宙中，它熔融核心的光芒把行星粉碎机的内壁映得一片暗红。

人类在恐惧中看着格利泽 581c 被肢解成一片绚烂的星尘。六个月后，行星粉碎机的刀盘终于停止旋转，格利泽 581c 彻底不复存在，格利泽 581 恒星周围出现了一片面积达数千亿平方公里的稀薄云团，其中布满了昔日构成那颗不幸行星的气体、冰晶以及岩石碎屑。

格利泽 581c 距离地球二十光年，携带它毁灭景象的光线要走二十年才能抵达太阳系。换句话说，人类看到的是二十年前发生的事情。那之后行星粉碎机似乎进入了休眠状态，它静静地围绕格利泽 581 旋转，一次又一次穿过它亲手创造的那片星云，仿佛一个巡视自己国土的残酷君王。

特使率领代表团又一次来到警告碑前。

“我们怎样才能免于灭顶之灾？”他用带着恳求的语气发问。

“我是警告，不是答案。”红色球体的回答和上次一模一样。

“行星粉碎机为何停止了行动？”

“它没有停止行动，它一直在观测，寻找下一个目标。”

“它是否知道我们的存在？”

“也许知道，也许不知道。”

“银河中只有这一台行星粉碎机吗？”

“是的，十亿年来都是如此。”

“无意冒犯，但我们觉得您告诉我们的信息中有许多疑点。例如，一台机器怎么能看守如此广袤的银河系？这样的狱卒，不是形同虚设吗？”

“恰恰相反，一台就足够了。这是非常经济节约而又高效的办法。行星粉碎机能以十分之一光速机动，横穿银河系只需要一百万年，你们应当知道，一百万年在进化历史上不过是短暂的一瞬间。在你们的行星上，最早的单细胞生物进化成最原始的脊椎动物花了差不多三十亿年，最原始的脊椎动物进化成人类花了五六亿年，而你们从学会直立行走到建立起今天这样的文明社会，又花了两百万年。因此，行星粉碎机有充足的时间从银河任何一个角落赶到任何一颗行星，过去十亿年里，没有一个银河系文明能在它降临前发展出足以逃离银河系的技术。”

特使无法反驳。以人类目前的水平，想要离开银河系的确是痴人说梦。

代表团花了很长时间与警告碑交流，但得到的有用信息寥寥无几。夕阳逐渐落下，在暮色中，警告碑的红色愈发鲜艳、浓郁，特使顺着碑体向上望去，这个世界上最大的惊叹号简直要刺破苍穹。在苍穹深处，在逐渐浮现的灿烂群星之间，死亡正默不作声地徘徊。

这就是人类对童年的最后记忆。

五、静默

警告碑抵达地球后，人类经历了静默的十年。

这十年给一代人打上了深刻的烙印。随着《静默法案》出台，一夕之间，世界倒退回了邮轮和电报的时代。

一位生于静默岁月的老人回忆说，在他眼里，时代是有形状的。他们父辈那一代是山峰，沐浴在人类黄金岁月的余晖之中；他们儿女那一代是峡谷，因为生存危机而显得格外理智、冷静；唯独他们自己这一代，是悬崖，在黑夜和浓雾的遮挡下，没有人看得见前路，也没有人看得见希望。

人类拥有的一切自卫武器在行星粉碎机面前都显得荒唐可笑。联合政府做了详尽的战争推演，其结果显示，即便将全球工业能力都投入核武器的生产，再把这些核武器一次性投入战场，集中攻击行星粉碎机上的一点，行星粉碎机的运转也丝毫不会受到影响，顶多是给它表面增加一座无关痛痒的环形山罢了。

“这不是试图用手枪击沉航母，不，比那还要可笑得多。”联合政府的发言人这样评论，“这是试图用弹弓炸掉喜马拉雅山。”

于是静默岁月来临了。《静默法案》出台后，广播电视行业和天文学界受到了前所未有的高压监控，卫星与信号塔全部停止了使用，民间的无线电设备被大规模查封、销毁，一切向地外空间传送信号的行为都被视为犯罪，在无线电频段上，人类文明陷入了完全的沉寂。古老的有线电话被请出博物馆，重新进入千家万户；在电话连接不到的乡村，通信再度依赖于信筒和邮差。虽然二十光年的距离足够把人类发出的任何电磁波都稀释得无法分辨，但恐惧令联合政府决定以最严厉的方式管制通信。

那位老人晚年在回忆录中写道：我们这一代人都被迫养成了说话悄声细语的习惯。《静默法案》撤销前，每个人张嘴前都会下意识抬头看看天空，好像担心交谈声会引来行星粉碎机的注意似的。

“不敢高声语，恐惊天上人。”他这样自嘲。

在第十年行将结束时，联合政府宣布了隐形天幕计划，它将令人类免遭被行星粉碎机毁灭的命运。

一个波澜壮阔的时代就此拉开帷幕。

六、观星者

从月球发动机启动以来，又过去了十年。这十年间，隐形天幕工程的建设进度越来越快，人们用无数块“单元板”逐渐填满经纬线之间的空隙，金属的灰色慢慢代替了天空原本的蓝色，每当黎明和黄昏时分，阳光从地平线照向钢铁铸就的苍穹，那些单元板就会像漫天的大雪一样熠熠生辉。

我陪母亲去看望父亲。飞机从沈阳起飞，很快穿过稀薄的云层，透过舷窗向外看，我们头顶灰色的隐形天幕上排列着一行行三角形的孔洞，每个孔洞的面积都堪比一座城市。

那是隐形天幕工程特意为地面留出的“采光窗”，从孔洞中能看到细碎的蓝天，一根根粗大的三角形光柱穿过孔洞照在辽阔的陆地上，随着天幕的自转，这些光柱也慢慢自西向东移动，像上帝的手电筒一样，在群山、旷野以及东海水面上画出一个个金黄色的巨大三角形。

飞机降落在纽约肯尼迪机场前，我们远远就望见了那座鲜红似火的警告碑，它矗立在曼哈顿岛的天际线上，比纽约所有的摩天大楼都高出一截。

下飞机后，我们乘车进入市区，前往警告碑。

人们围绕着警告碑修建了一片环形广场，广场上密密麻麻树满了白色的墓碑。警卫查验过我们的证件之后，挥挥手放行了。

圆环被分成了二百多块扇区，像联合国大厦一样，这片广场也属于全人类，世界上每个国家都拥有其中一块扇区。

我们进入中国扇区，这儿已经被上万座墓碑挤得水泄不通，扇区中央有一条通往地下的阶梯，圆环广场在地下还有三层空间，第四层正在施工，未来也许会扩建第五层、第六层，以容纳越来越多的逝者。

我们又花了点儿工夫找到父亲。他安息在一块白色大理石之下，大理石上刻着他的名字。在他周围还有一百多块同样的大理石，这些墓碑上刻着的出生日期不尽相同，但辞世的日子完全一致。

我默念着父亲名字下面那个日期。

那一天，隐形天幕被陨石击中，并开始向地面凹陷、坍塌。为了防止陨击区的下坠将整个天幕拖垮，当时留在陨击区的工作人员毅然决然地断开了这片区域与周围所有经纬线的连接，两万平方公里的天幕残片因此坠向地面，并造成了三百二十五万人的伤亡。这场灾难被称为“天崩灾难”。

父亲是断开陨击区连接的一百四十名操作员之一。在他们身后，骂名滚滚而来。遇难者家属们将他们与希特勒、松井石根这样的战犯相提并论—— 一百多个人有什么资格决定牺牲三百多万人的生命？但国家坚持将这一百四十人与三百万遇难者的骨灰合地而葬，一起埋入警告碑旁的圆环纪念广场。

我回头望了望圆环纪念广场的入口。那里竖立着一块黑色石碑，上面用人类所有语言镌刻着同一句话：为隐形天幕计划牺牲的英雄们在此安息。

那已经是十年前的事情了。可就在今天，圆环广场外也仍然有人举着巨大的牌子和条幅示威，要求将这一百四十个操作员“赶出”广场，以告慰被他们“杀害”的遇难者们。联合政府的警卫们把守在陵园入口处，严阵以待。

每个在修建隐形天幕过程中不幸身故的人都葬于各自国家的扇区，在我们旁边不远处是日本扇区，与中国扇区相比，那边就显得空旷了很多，日本人的墓碑甚至连地表一层都没有填满。

一个衣冠不整的女人忽然跌跌撞撞地闯进了我的视野，她看起来五六十岁，斑白的头发上有几片不知怎么沾上去的青草和落叶，两名警卫在她身后边追边喊：“早川晴子女士，这里是公墓，请您停止这种行为！”

那个女人置若罔闻，从我和母亲身后飞快跑过，径直冲进了日本扇区。

她弯下腰仔细查看那些墓碑上的名字，嘴里不知念叨着什么，警卫们赶上她，一左一右把她架了起来："早川晴子女士，联合政府已经警告过您，这样扰乱公共秩序的行为再有一次，您就要被拘留了！"

"我的女儿在哪里？你们把她藏到哪里去了？"晴子爆发出与她娇小身躯不相称的大嗓门，她声嘶力竭地呼喊着，"告诉我，真秀在哪儿？我知道你们把她留在了月球上，我知道你们没有带她回来！你们这群懦夫，把她还给我！"

"关于早川真秀女士的事情，联合政府已经向您做出过解释，我们深感抱歉。"一名警卫说，"但这不是您打扰数百万牺牲者安息的理由。"

晴子被架着走过我们身边时，我和她对视了一眼，她的眼神疯狂而迷茫，那双黑色瞳孔深处埋藏着某些令我不敢直视的东西，因此我很快移开了目光。

"别看。"母亲在我耳边低声说着，同时在父亲坟前放下一束花。

这样的人我们见得太多了。联合政府没有能力找到每一位遇难者的尸骨，因此总有些家属认为自己的亲人仍然活着，并要求联合政府给他们一个说法。十年前那个不见星月的夜晚，我们把父亲送来这里时，圆环陵园外面黑压压挤满了人，呼喊着要他们的亲人回来。如果不是母亲用身体把我和他们的目光隔开，我是没有勇气抱着父亲的骨灰盒走到那块墓碑前的。

"袁先生，袁先生，请帮帮我！"晴子忽然又呼喊起来，我们转过头，发现她正冲着不远处的一位老人拼命挥舞双手，老人身边还有一个小女孩，似乎是他的孙女。

"爷爷，那个阿姨是不是在叫你？"小女孩仰起脸，天真地问。

"是，但爷爷帮不了她。"老人有些悲伤地摇摇头。

警察架着晴子渐行渐远，她的喊声也慢慢消失，陵园重新恢复了寂静。

我瞥了一眼老人面前的墓碑，从上面的逝世日期看，墓主人也是当年断开天幕连接的操作员之一。

“是我儿子。”老人发觉我在读墓碑铭文，随即解释道，“希望你们不要怨恨他。”

“不会的。躺在这里的是我丈夫。”母亲指指父亲的墓碑，“他们都是英雄，虽然许多人无法理解。”

“阿姨说得对！我爸爸——是大英雄！”小女孩骄傲地拉长了声音说道。

“小声一点，星星。”老人轻轻拍拍她的头顶。

“您认识刚才那位女士吗？”母亲好奇地问老人。

“她叫早川晴子，是个优秀的宇航员，曾经参与了月面最重要的一台发动机——第谷环形山发动机的建设。”老人叹了口气，“她的女儿早川真秀，以及她的女婿徐江明也都参与了这项工程。但可惜，两个年轻人十年前没能随阿尔忒弥斯号飞船一同返回地球，没人知道他们去了哪里，晴子也因为这件事情逐渐精神失常了……多好的年轻人啊！”老人一时似乎陷入了回忆。

“您当时也在月球上吗？”母亲和老人攀谈起来。

“不，我只是个天文学家罢了。”老人连忙摆手，“我负责规划了月球的陨落轨道，环形山发动机的方位布局都是根据我的计算确定的。其实我觉得，我才是那个该为这些无辜消逝的生命负责的人。”老人望望周围森林般的墓碑，语气中充满了沉重的愧疚感。

“您是袁恪礼教授？”母亲惊讶地问，这个名字多年前经常登上报纸和学术刊物。

“我儿子牺牲后，我就离开了学术前沿。作为一个月球学家，我亲手杀死了月亮，这辈子我都无法再直视它了。”袁教授低下了头。

“发动机的角度偏转不能怪您。”母亲说，“那是无法控制的偶然错误。”

“我们再也错不起了。”老人慨叹，“人类正走在钢丝绳上，踩偏一步，就要万劫不复。”

母亲抬头看了看高耸入云的警告碑。这个不可思议的物体显然出自一个远比人类先进得多的文明之手，但那个文明已经成了死者——与圆环广场上安葬的众多死者一样。

“阿姨，哥哥，你们要不要加入‘观星者’的行列呀？”老人的孙女奶声奶气地问我们。

“那是什么？”我蹲下身问她。

“是爷爷发起的一个请愿活动！”小女孩从背包里掏出一块横幅，在我们面前展开，横幅大得把她整个人挡在了后面，“爷爷认为，联合政府对天文学家的管制太严格了，我们应该享有看星星的权利！”

我读了一遍黄色横幅上的红色大字：让孩子们看看星星！

“自百年前那段静默岁月以来，联合政府一直保持着对天文学界的高压监管。”袁教授摸了摸小姑娘的头，“许多天文观测设备可以很容易地改建成向宇宙发送电波的信号站，所以《静默法案》规定，天文学家的研究必须向当局报备，经批准后才可以进行。但你们知道整个现代天文学的开端是什么吗？不是先进的射电天文台，不是哈勃望远镜，不是伽利略用来观测木星的小圆筒，不是张衡的浑天仪，甚至也不是古埃及和古巴比伦遗迹里那些画着星座的石板，而是两百万年前荒凉的大地上，一个刚刚学会直立行走的人抬头看了一眼灿烂的星空。”老人挺了挺佝偻的脊梁，“和其他一切自然学科一样，天文学前进的动力是人类永不泯灭的好奇心。而好奇心是不应该由政府批准的。”

“等世界灯点燃之后，政府就会封死隐形天幕，挡住所有星星！”小女孩挥舞了一下横幅，“爷爷说，我们应该在天幕上留下一些永久的观测窗口。”

“世上只有两种平等，一是阳光，二是死亡。”袁教授说，“我给孙女取名袁星星，也是希望以后的孩子们都能看见头上广袤的宇宙。”

“对很多人而言，现在抬头只能看见绝望。”母亲仰望着天幕说。临近黄昏时分，天幕上那几排采光窗的颜色从蓝色慢慢变为橙色，一根橘红的三角形光柱笼罩了曼哈顿岛，不远处的警告碑显得愈发鲜艳。

“那是大人眼中的宇宙，不是孩子眼中的宇宙。”老人摇摇头，“用恐惧去掐灭孩子的好奇心，无异于掐灭人类未来的火种。”

“加入我们吧，哥哥！”袁星星掏出一支笔递给我，同时指指那块横幅。

“好啊，小姑娘。”我笑着在横幅上写下名字，转身把笔递给母亲，母亲也在横幅一角签了个名。

“谢谢两位。”老人感激地点点头，“我这次是受联合政府邀请，来纽约谈谈天文学界的情况。我们会努力说服更多人成为‘观星者’的！”

“我们要上去吗，爷爷？”袁星星看着高耸入云的警告碑说。

“没错，联合政府总部就在那里。”老教授指指纪念碑顶端。

“难得来一趟，上去看看吧？”母亲问我。我点点头，于是我们四个人一起向警告碑走去。

这块来自未知文明的神秘遗物已经沉默了许久。格利泽 581c 毁灭的那个下午，它和人类代表团进行了最后一次交谈，之后不论人类如何尝试沟通，警告碑再也没说过一句话。

就好像它变成了创造它的那个文明的墓碑。

警告碑陷入沉默后，有些大胆的人试图爬上那个巨型圆球，之后又试图爬上圆球上方的细长巨柱，但警告碑并未作出任何回应，仿佛默许了这种行为。

于是联合政府干脆修了一条长长的扶梯，从地面直达圆球顶部，以方便游人参观。巨柱悬浮于圆球上方五十米左右，起初有很多人担心它会坠落下来，但多年来巨柱始终没有挪动过位置，因此联合政府又在圆球和巨柱之间修建了一座垂直升降梯。升降梯贴着巨柱外壁，直达巨柱顶端。

我和母亲乘上巨柱升降梯，曼哈顿岛在我们脚下渐渐缩小，我们穿过稀薄的云层，前往警告碑顶部。联合政府把那里改建成了一片边长三百米的正方形广场，从那儿人们可以眺望整个纽约州。

一千三百多米的高空，狂风凛冽。碑顶广场中央矗立着一座巍峨的大厦——联合政府驻地，它和隐形天幕同时动工兴建，令人惊异的是，直到大厦落成，巨柱和它下方的圆球之间的距离都没有丝毫变化，仿佛压在碑顶广场上的不是一幢楼，而是一根轻飘飘的芦苇。警告碑的制造者就这样向人类展示了自己的技术水平。

但他们还是倒在了行星粉碎机面前。

袁教授和我们告别，带着小孙女走向联合政府大楼，我和母亲只是普通的观光客，因此不能进去。

我陪母亲来到广场边缘，从这里向下望去，流经纽约的东河与哈德逊河就像两条纤细的小溪。

“你打算瞒我到什么时候？”母亲轻声问我。

我有些惭愧地低下了头：“妈妈，你知道了？”

“我不傻。”母亲摇摇头，“但是你应该早些告诉我。”

“我下周就要去隐形天幕上报到。”我说。

母亲久久望着我。“去吧。”她最后说。

“谢谢你，妈妈。”我张开双臂抱住了她。

“这是一场战争。”母亲说，“像所有经历战争的母亲一样，我能奉献的只有自己、自己的丈夫以及自己的儿子。凡事小心，注意安全。”她轻轻拍着我的后背。

七、隐形天幕

一周后，我从沈阳搭天梯出发。在沈阳的任何角落都能看到市中心那条直入云霄的黑色缆绳，它一头连接着地面，一头连接着离地一百公里的天幕。这是世界上最大、最高的电梯。十年前的中秋之夜，父亲就是乘它离开，再也没有回来。

天梯客舱呼啸着上升，出发二十分钟后，客舱抵达一万米高空，进入平流层；六十分钟后，客舱抵达五万米高空，进入中间层；九十分钟后，客舱抵达八万米高空，进入热成层；一百二十分钟后，客舱抵达十万米高空，接近天幕。

天梯缆绳尽头是巨大的接驳站，接驳站上方就是隐形天幕的第42纬线。直到这时我才发现，在地面上感觉天幕转动缓慢其实是一种假象，第42纬线以每秒几公里的高速从我们头顶呼啸而过，如果自转低于这个速度，隐形天幕就会“掉”下来，撞上地球。

接驳站的形状很像一只巨型夹钳，第42纬线内表面有一条铁轨般的凸起，接驳站就钳在这条铁轨上，钳嘴部位通过一组水平滑轮与铁轨接触，这样就能在天梯与地面保持相对静止的同时令天幕自由转动。像这样的天梯在全球各处共有一千座，沈阳只是其中之一。

白露在接驳站等我。

“林深！”她拥抱了我一下，“你说服你妈妈了？”

“她很支持我来这里工作。”我笑着回答。

“我还以为阿姨会拦着你呢。”白露仰起脸看着我。

“这是一场战争。”我说，“我父亲的牺牲不是我逃避战场的理由。”

“别说得像你明天就要慷慨赴死了一样。”白露笑着摇摇头，“来吧，我们去摆渡车站。”

接驳站和天幕之间存在每秒数公里的相对速度，直接从接驳站踏上天幕无异于与一枚飞驰的火箭迎面相撞，因此我们还要转乘摆渡车。

“看，1606 基地过来了。”在摆渡车站的站台上，白露伸手指了指西面。我顺着她的手指望去，天幕内表面的那个位置上有一块明显的圆柱形凸起，随着天幕自转，它正向我们疾驰而来。

整个天幕上分布着一万个基地，众多建设人员平时就驻扎在基地内。由于天幕不停自转，各个基地与遍布全球的接驳站的相对位置也在周期性地改变，1606 基地每天要掠过沈阳接驳站十七次，差不多每八十分钟就有一班前往那儿的摆渡车。

“走啦走啦，上车。”白露催促我。

摆渡车沿一条长长的弹射轨道逐渐加速，最终向东弹出接驳站。出站的一刹那，天空忽然暗了下来——巨大的 1606 基地刚好从后面赶上我们。此刻摆渡车已经加速到与天幕相对静止，它靠电磁装置向上吸附到天幕的第 42 纬线上，悬吊在天幕下面行驶，带我们前往基地。我往后看了一眼，沈阳接驳站正迅速离我们远去，几次眨眼的工夫，它就缩小得无法辨认了。

白露比我早来这里一年，在工作上，她算是我的前辈。

“要不要去外面看看？”吃过晚饭后，白露这样提议。

于是我们坐电梯前往基地顶层。那里是基地和天幕相连的部位，但要想抵达天幕外表面，还得穿过一段垂直竖井。我们穿上宇航服，竖井内的空气排光后，我们头顶井口处的闸门滑开了。

白露先爬了上去。“提醒你一下，待会儿可站稳了。”她回头意味深长地对我说。

钻出井口后，我看到了灿烂的群星。这十年来，随着隐形天幕工程进度的加速，每一夜人们头顶星空的面积都比前一夜更小，到今天，地上的人们基本只能透过采光窗看到几块小得可怜的星空。

而在这里，我能眺望整个银河。星星们很亮、很高、很远，像晶莹的沙粒一样，镶嵌在无限深邃的宇宙之中。

我似乎理解了袁恪礼教授为何要发起“观星者”请愿活动。如果以后的孩子们再也看不到这样美丽的星星，那简直是一种残忍。

“低头看。”白露拍拍我的肩膀。

我照做了，然后差点摔倒。

我脚下是另一片深不见底的星空。我仿佛站在一块无限大的透明玻璃上，有那么一瞬间，我失去了方向感，脚底的触觉告诉我，我正站在隐形天幕的外壳上；眼睛却告诉我，我正漂浮在宇宙中，就像执行太空行走任务的宇航员一样。

我一定下意识地惊叹了一声，因为白露脸上露出了恶作剧得逞般的笑容。

我早就知道隐形天幕是个巨型光学隐形球壳，但第一次亲眼从天幕之外看到天幕的样子，还是令我无比震惊。

联合政府的思路很容易理解：既然无法与行星粉碎机作战，那就在它发现人类前将地球隐藏起来。于是隐形天幕诞生了。它表面的“单元板”采用了负折射率材料和复杂的变换光学结构，照在球壳上的每一缕光线都会经历多次弯曲、折射与反射，再从球壳上的对跖点射出去。因此，宇宙中的观察者从各个角度都可以直接看到地球后面的物体，在它们眼里，地球就像变得透明了一般。

这是人类历史上最伟大的战略欺骗——让一整颗行星凭空消失。但从原理上讲，隐形天幕计划又十分简单，它与森林中的变色龙并无不同，变色龙靠皮肤上的色素让自己融入青苔和落叶，而隐形天幕则让地球融入黑暗的宇宙。

“那是月亮吗？”我指向天边，遥远的阴影中隐约可见一个苍白的亮斑。

“是的。”白露看了一眼，很快回答，“它现在距离我们两千五百万公里，已经进入地球和太阳之间的转移轨道。按照计划，还有五年它就要坠入太阳。”

人类可以把地球藏起来，但无法令地球的引力凭空消失。只要地球的质量还在，月球就会继续绕着地球运转，进而暴露地球的位置。因此，人类别无选择，只有抛弃这位陪伴了地球四十多亿年的可敬姐妹。

我用力眯起眼睛，试图看清月球是否还拖着长长的尾迹。“太远了，靠肉眼看不见的。”白露似乎明白我的意图，“但月球发动机仍在运转。”

“月球上还有人吗？”我问。

“十年前就没有了。”白露说，“环形山发动机启动后，月面人员也随之撤离，之后的月球变轨过程都靠计算机自动控制。走吧，我要给你看的东西还很多呢。”她向我伸出手。

我们在深不见底的黑暗中行走，头上是北半球的星空，脚下则是南半球的星空——地球对面的星空。这里并没有失重现象，地心引力仍牢牢地抓着我们，但四周除群星以外什么都看不到，根本无从辨别自己身在何处，实在奇妙极了。

又走了一会儿，不远处亮起了一道似有似无的暗蓝色光芒，这道光芒像地平线一样展现在我们面前，隐约勾勒出了天幕的轮廓。白露带我朝着蓝光前进了十几分钟，终于，我发现那是隐形天幕上的一个采光窗。

我们站在采光窗边缘，像站在一条又高又长的悬崖之上。采光窗的面积不亚于一座城市，透过这三角形的巨大窗口，我们看到了下方一百公里处的地球，看到了云层、海洋和山丘。这仿佛是梦的深渊被挖了一个洞，洞里照射出现实世界的光辉。

隐形天幕带着我们从北美东海岸上空呼啸而过。北美陆地的大部分区域都已经覆盖上了冰雪。

白露看着灰白色的陆地，似乎有些悲伤。

“地球……怎么了？”她轻声问。

“在结冰。”我紧紧握了一下她的手。

虽然隐形天幕尚未彻底封闭，可它对气候的影响已经开始显现。过去十年里，由于天幕挡住了阳光，全球平均气温迅速降低，极地冰盖开始向低纬度地区蔓延，高山雪线朝平原下降，一个由人类缔造的冰河世纪正降临大地。

“以后的孩子们会生活在一个什么样的世界里啊？”白露说，“他们看不到太阳，看不到月亮，看不到星星，也看不到绿色的森林和原野……”

我不知该说什么，只好笨拙地抱了抱她。

“你看，那就是天秤座。”白露指向我们脚下南半球的星空，“格利泽581c 大概在那个方向。”她又指了指天秤座的一角，“你能想象吗？行星粉碎机离我们这么近……太近了……就算天幕建成，我们能在地球上躲多久呢？十年？一百年？一千年？还是永远？”

沉默、荒凉而又灿烂的星空俯视着两个小小的人类，不言不语。

我突然觉得有些孤独。

八、月陨

1606 基地的主要任务是修补天崩灾难中损坏的两万平方公里经纬线框架。到我加入工作时，经纬线框架已经基本修复完毕，之后我们又花了五年时间用单元板填满这两万平方公里的天幕表面，总算是追上了全球平均进度。

在 1606 基地的第五年是我生命中特殊的一年。

那年九月，我和白露跟基地请了个假，去长白山六号地幔引擎看望她父亲。我们坐电梯下降到地下三万米深处，直达地壳的边界。与我童年记忆中的样子相比，地幔引擎没有什么变化，它依旧那样庞大、闷热。

白叔叔老了很多。我们见到他时，他正穿着一件汗渍斑斑的白背心，大声指挥工程师们安装某种重型设备，那东西的体积足有六七层楼高，占据了地幔引擎内很大一部分空间。

“啊，孩子们。”他看到我们，抬手抹了抹汗，“我现在走不开，稍等一会儿，好吗？”

于是我们就站在一边，看着工程师们在那台大机器上忙碌。白露以前花时间向我解释过地幔引擎的原理，但我没能听懂，只模模糊糊记得它可以将地幔对流的能量转化为电力。

地幔对流导致了板块运动。虽然地幔由固态岩石构成，但它内部各处的温度和密度并不均匀，这样，从全球尺度上看，它就像一种极其黏稠的液体，驮着上面的陆地和海洋缓缓移动。地幔引擎可以从地幔对流中窃取能量，并将之转化为人类需要的电力，它让人类拥有了近乎用之不竭的能源。这种超级引擎在全球各地共有十套，它们的电力通过一千座天梯的缆绳和接驳站直接输入天幕，以供其上的诸多基地使用。

二十分钟后，白叔叔终于停下工作，朝我们走来。

“爸爸，你们在干什么？”白露问。

“调试世界灯的供电装置。”白叔叔用一条毛巾擦擦脖子和额头，“天幕上准备得如何？”

“不太顺利。”白露无奈地说，“世界灯的研制好像已经停滞了很久，没人知道什么时候能完成攻关。”

“呵，他们得快点儿了。”白叔叔摇摇头，“我们这儿各种配套设施都已经到位，只等正主儿上场了……地上近来怎么样？”

我们一时语塞。从沈阳到这里的一路上只能看见白皑皑的群山和原野，虽然才刚刚进入九月，但东北三省早已提前披上了大雪的斗篷。

“很冷。”我只好这样回答。

“还会越来越冷的。”白叔叔叹了口气，“丫头，我和林深单独聊聊。”他转头对白露说。

白露乖巧地点点头。

那次谈话后一个月，白露成了我的妻子。

我们的婚礼在天幕外面举行。这儿没有鲜花，没有气球，没有红毯，也没有歌声，这可能是世界上最寒酸的婚礼了。

但从另一个角度看，这或许也是世界上最壮观的婚礼。

整个北半球的星空充当了婚礼大厅的穹顶，而南半球的星空则是大厅的地板，白露站在雾蒙蒙的银河里，如同站在一条长长的地毯上。大小麦哲伦星云像柔光灯一样浮现在遥远的地方，在天狼星和太阳的照耀下，我跨过河鼓一、河鼓二与河鼓三，向她身边走去。与此同时，隐形天幕正带着我们掠过蔚蓝的地中海。在乳白色的希腊群岛上空某处，我牵起了白露的手。

我们请来的司仪已经主持了许多次这样的婚礼，他开始宣读我们的结婚证书。阳光和星光洒在白露的眼睫毛上，这一刻她看起来美丽极了。

证婚人宣读完毕时，天幕已经越过博斯普鲁斯海峡，旋转到了亚洲上空。戴着宇航头盔没法接吻，因此我们在自己面罩上嘴唇的位置按一下，再在对方面罩上嘴唇的位置按一下，这样就算完成了接吻的仪式。

“按照规定，玻璃容器是禁止带到天幕外面来的，因为一旦破损就会产生危险的碎片。所以两位的交杯酒就用这个代替一下吧。”司仪从宇航服工具箱里取出两个特制的加压啤酒罐，递给我们。当然，在太空中也不可能真的喝交杯酒，我们接过酒罐，在各自的头盔上轻碰一下，再在对方的头盔上轻碰一下，就算完成了婚礼。

“恭喜两位。”司仪用力鼓掌，虽然在这寂寞的真空中根本不会响起掌声。此刻我们应该已经进入新疆，在我们脚下一百公里处，大漠的风沙正翻卷不停。从湿润的地中海到干旱的塔克拉玛干沙漠，这场婚礼耗时十分钟，跨越了将近五千公里的遥远距离。

“谢谢，司仪先生。”我说。

“你们是世界上最后一对在月光下成婚的新人了。”司仪指指头顶的太阳，“衷心祝愿你们的日子幸福美满，直到生命尽头。”

我和白露顺着司仪指的方向望去。在太阳边缘，隐约可以分辨出一颗彗星的长长彗尾，它呈淡淡的蓝白色，彗尾末端在星空中延伸出很远很远，顶端则淹没在了太阳明亮的光辉里，无法分辨。

那就是即将陨落的月球。

从天崩灾难发生那天算起，月球的毁灭持续了十五年。离开地球的引力井后，它向着太阳开始了漫长的坠落。在这过程中，隐藏在月球极地阴影中的水冰不断蒸发，蒸发形成的气体与尘埃混合，在太阳风的吹拂下形成了直径上千公里、长达数千万公里的巨大彗尾，这让月球变成了太阳系里最壮观的彗星。

我们三个人都按了一下头盔显示器，在面罩上调出国际天文台的直播画面。一个月前，越过水星轨道时，月球向着太阳的一面就逐渐变得红炽起来；此刻月球已经触及太阳大气层顶端，它的正面完全融化，变成了星空中一滴炽热的岩浆。

根据国际天文台的测量数据，那条淡蓝色的彗尾从太阳表面向外一直延伸到金星轨道，顺着它看去，在直径一百四十万公里的太阳面前，直径三千多公里的月球不过是个渺小的黑影，如同盘旋在燃烧的山火上空的一只暗淡飞蛾。孤独地跋涉了十五年之后，月球迅速走向了旅途的终点。不到半小时工夫，它就消失在了太阳灿烂的光芒中，安静得就像一滴水融入海洋。

然后，以月球的撞击点为中心，太阳表面出现了一块蓝幽幽的圆形区域。月球撞击令周围的太阳大气急剧升温，因此太阳的火焰从亮白色转为暗蓝色，这块蓝色区域扭曲着不断扩大，就像火海中翻腾起了一朵小小的浪花。当然，这都是国际天文台传回的观测画面，凭人类的肉眼不可能看清这一切。

白露紧紧攥着我的手，隔着宇航服厚厚的手套我都能感觉到她在颤抖。

“月亮死了。”她轻声说。

我们站在那里，久久凝视着天空中云雾般逐渐消散的彗尾。这是我们的婚礼，也是月球的葬礼。

九、太阳潮

那天夜里，一阵尖锐的警报声将 1606 基地的所有人从睡梦中惊醒。

国际天文台发来消息，月球陨落时的撞击破坏了太阳表层等离子大气的对流循环，导致局部太阳磁场的磁力线变形、重排，一次大规模日冕抛射事件即将爆发。

根据他们的观测，太阳上那朵蓝色浪花中央有一个细长的等离子气泡正在缓缓升起，它把周围的“花瓣”慢慢推开，然后朝着星空垂直上升，仿佛一根无限高大的花蕊。一旦它破裂，喷向我们的绝不是甜美的花蜜，而是炽热的高能辐射。

我们立即开始切断基地里所有关键设备的电源，准备迎接辐射冲击。

“那玩意儿什么时候会碎？”我一边敲键盘一边问不远处的白露，太阳上的“蓝色浪花”图像显示在基地大厅正前方，就在我们说话的同时，那根花蕊仍在不停生长，目前它的高度已经超过了地球赤道的周长。

“说不好，也许下一刻，也许明天，总之很快。”白露飞快地操作着面前的按钮和开关，头都没抬，“国际天文台正在计算，应该马上就有结果了。”

她话音刚落，大厅前方的图像旁边就跳出了一个红色的倒计时：174 分 52 秒。

“我们得抓紧点儿了。”白露瞥了一眼倒计时。

“他们能算得这么精确？”我瞪着不停减少的秒数问。

“太阳模型两个世纪前就不是什么秘密了，这一百年来联合政府又拨了不少钱在天文学研究上，把这个模型做得越来越精细——虽然有《静默法案》，但他们还是知道天文学的价值嘛。”白露捋了一下被汗水浸湿的头发，“快干活吧，我们还剩——”她低头看看屏幕，“一半的设备没有断开。”

约三小时后，那根纤细花蕊的顶端无声地碎裂。等离子流像火山一样喷涌而出，随着太阳自转，等离子流在太空中甩出了一道长长的圆弧，从人类的角度看，这是一条宽达十万公里、以每秒两千公里的速度朝地球汹涌而来的潮水——或者可以称之为太阳潮。

二十小时后，日冕抛射物质风暴般扫过地球，吹得地球磁场剧烈抖动起来。地磁扰动令许多城市的供电系统陷入瘫痪，导致了一次波及全球的大停电事件。

太阳潮掠过地球后，我们又渐次重启所有设备，检查有无故障和损失。月球激起的蓝色浪花影像依然悬浮在基地大厅里，它位于太阳赤道附近，面积大约是俄罗斯国土面积的三十倍。

“真美啊。”我不止一次听到从影像前路过的人发出这样的惊叹。

但好景不长，太阳表面的火海不久就开始向那朵蓝色浪花反扑，浪花中央的花蕊慢慢缩回，周围的花瓣也逐渐闭合，变回耀眼的金色与白色。

又过了五十四个小时，国际天文台向全世界发出通告，那朵浪花彻底沉没了。

那些日子里所有诗人和画家都在哭泣，人类艺术的一个永恒源头就此彻底消亡。

十、漏光灾难

我和白露平静地生活了十五年。这样的日子持续到漏光灾难发生为止。

这场灾难中几乎无人丧生，但它对人类的影响无比深远。它改变了整个历史前进的方向。

结婚后不久，联合政府就把我们从天幕调回了地面，我被分配到动力研究所，白露则进入能源研究所工作。

我们两个都走上了父辈的道路。我父亲生前在1606基地负责天幕经纬线发动机的维护，而她父亲如今已经是六号地幔引擎的总工程师。联合政府向这两个研究所倾注了大量资源，要求我们研发能够用于星际航行的大推力引擎及持久型能源。

联合政府的目光放得很长远。隐形天幕终究只是权宜之计，人类不可能永远躲在一个球壳里，他们的思路是以隐形天幕给人类再换来至少一千年的发展时间，只要人类制造出能以十分之一光速机动的大型星际飞船，我们就可以自由地向银河其他角落迁移，而不必担心被行星粉碎机追上。

动力研究所的进展比较快，十五年间，我们先后设计出了多种重型引擎，但能源研究所始终无法突破核聚变技术的最后边界，无法为这些引擎提供配套的强大能源输入。

终于，联合政府宣布，世界灯就要点燃了。

这也就意味着白露他们完成了技术攻关。

能源研究所给所有员工放了个假，以庆祝这具有历史意义的伟大事件。趁着假期，我和白露决定去熔铁山脉旅行，并在那里见证世界灯的第一次亮起。

熔铁山脉位于澳大利亚东海岸，它所在的地方曾经叫作悉尼。如其名字所示，这是铁水冷凝形成的一连串高山。

“天幕，该死的天幕，它毁了我们国家的明珠。”从堪培拉乘车前往熔铁山脉时，我们聘请的当地向导一路都在不停抱怨，“地表的所有矿产加在一起也远远无法满足这项荒唐工程的需求。据说光是天幕骨架就得用掉六十倍于阿尔卑斯山重量的铁和铝，世界上只有一个地方有那么多金属——地心。那些狗屁倒灶的地质学家说，地核整个儿就是个大铁球，半径有三千多公里，还分内外两层，最妙的是，外面那层是液态的，我们只需要打个洞下去，熔融铁镍就会像喷泉一样源源不断地冒到地表……”

白露看了看天边，熔铁山脉黑暗的轮廓在夜幕中依稀可见，它高耸在我们面前，山背后遥远的地方似乎传来了太平洋的涛声。

“嗯……他们没控制好这个喷泉，对吧？”白露谨慎地问。

“废话。一百年前，他们就在这儿钻了个很深很深的洞，直达地幔与地核的分界线——古登堡面。我真希望拿联合政府的屁眼去堵上它。”向导指指前方，“地核的压强是大气压的一百三十万倍。换句话说，在地核里，一张书桌那么大的地方要承受一百三十艘航空母舰叠在一起的重量。联合政府本以为可以控制住外地核的喷流，但古登堡面即将打通之际，地核的熔融金属就在高压驱动下冲破最后一层薄薄的岩石，涌入了井道。随后液流迅速穿过地幔和地壳喷出地表，形成一道三千公里高的巨大喷泉，附近数百平方公里的大地上下起了铁水的暴雨……”

“政府没有堵住井口吗？”我问。

“他们能堵住火山吗？”向导冷笑了一声，“那群蠢猪毫无办法，只能等着铁泉自行冷凝。喷发持续了两天两夜，在大地上留下了一条壮观的金属山脉，又过了两个月，山脉的外表才冷却下来，从红色转为黑色，但几年之内整条山脉周围都热得无法接近，因为山体里面的热量仍然在源源不断地散发出来。每逢下雨，整条山脉上就会升腾起大团炽热的蒸汽，远远望去，那些金属山峰就像耸立在浓雾中的海上孤岛。”

“有多少人遇难了？”白露捂住了嘴。

“没法准确统计，能确定名字的丧生者超过六百万。”向导抖了抖他的大胡子，“整个悉尼啊！从周围的乡村、田野到市中心，再到工业区、海岸和港口……全都封在了铁水下面。如果没有意外，大约一千万年之后，地表风化作用将磨平熔铁山脉，让不幸的悉尼重见天日。按人类的标准看，这座城市已经近乎不朽了。要我说，这儿本该开辟成一个国家墓园，结果它却变成了一处新的景点……”他絮絮叨叨地嘟哝着。

晚上八点多，向导带着我们开始攀登熔铁山脉。在山脚下，他扔给我们两双奇形怪状的靴子：“穿上这个。”

“这是什么？”我掂了掂靴子的分量，相当沉。

“磁铁鞋，攀登熔铁山必须用这玩意儿。”导游说着自己也换上了一双这种靴子，“山表面都是光滑的金属，想靠脚走上去根本不可能。”

我们顺着山道刚往上走了几十米就累得大汗淋漓。“跟紧我。”导游还不忘回头关照我们，“看见那些红色的东西了吗？”他用手电筒照了照旁边的山体，山道呈黑色，但熔铁山的大部分山体呈红色，“那都是一百年来风吹雨打积攒下的铁锈，比积雪还厚，如果不小心踩进去，你就会一路摔到山脚，顺便引发一场由铁锈构成的雪崩。”

我们走走停停，终于在午夜过后抵达了山顶。那里有一处平坦的空地，空地上已经聚集了不少登山者，他们围着一个燃气炉坐成一圈取暖，还有几个人在火上烧烤着香肠。

“嘿，伙计们，劳驾往边上让让。”向导看起来和这些人很熟，他打了声招呼，几名登山者挪了挪位置，给我们三个人腾出坐下的地方。

我们对面的一个登山者打开背包，扔过来三罐啤酒。“喝吧，不要钱。”他说，“你们打哪儿来？”

“中国。”我接过啤酒回答。

“万里迢迢过来的吗？可真够远。”他伸出一只骨节粗大的手，“叫我雷管就好。我来自德国。”

“德国也很远。”我笑着和他握了握，“这不是你的真名吧？”

“雷管在行星武器研究所工作。”向导插嘴道，“那儿的人都这副德行，说话连标点都要节省，好像生怕逗号和句号的排列顺序会泄露机密一样。”

“如果没有要命的保密制度，我很乐意跟大家坦诚相见。”雷管苦笑着耸耸肩。

行星武器研究所是联合政府下辖的学术机构中最神秘、最受重视的一个，就我所知，它每年获得的拨款超过了动力和能源两大研究所的总和。“据说你们一直在研究对抗行星粉碎机的武器，是真的吗？”白露好奇地问。

“这是公开的秘密。”雷管又耸耸肩。

“嘿，雷管老兄，说说你们最近在干什么吧。”另一名登山者砰地打开啤酒罐，“我们要怎么干掉二十光年外那个大家伙？”

“无可奉告。”雷管再度苦笑。

“你嘴巴比石头雕像还严实。”那个登山者摇摇头，“反正，只要没有批准，连一只蟑螂都爬不进你们的大楼。说不定你们在里面开了个酒吧，每天和辣妞鬼混呢。”

“如果我告诉你我的工作内容，哪怕只是我昨天在笔记本上随手划拉的几个算式，那么在座各位下山后都得去一个绝对安全的地方住上至少十年。”雷管眼里闪出了一丝危险的光芒。

登山者自觉没趣，干笑了两声，开始喝酒。

“你们看，天幕就要合拢了。”向导突然指指头顶。

众人纷纷抬起头，夜空中明显可见几十个巨大的三角形区域，三角形内布满了星星，三角形之外的空间则漆黑一片。接着，这些三角形区域开始向内慢慢收缩，群星一颗接一颗消失——天幕上的所有采光窗正在同步关闭。大约半小时后，最后一颗星星也消失在了无边的黑暗中。我站起身向四周望望，五步之外就看不见任何东西，唯有远方太平洋的涛声仍然起起落落。广袤的澳大利亚东海岸上，我们面前这个小小的燃气炉似乎是唯一的光源。

“凌晨四点。”雷管看看手表，“世界灯一小时后点燃。诸位，人类正式进入了隐形时代。敬新时代。”他说着举起手中的啤酒。

“敬新时代。”大家都举起酒罐，和身边的人碰了碰。

“敬未来的一千年。”向导咕哝着，啤酒泡沫破裂的声音在他的大胡子后面不断响起。

时针指向五点时，一道突如其来的强光充斥了天地之间，刺得所有人一时都睁不开眼。等眼睛适应这光线后，我们再次抬起头，天空中亮起了几团明亮的白光，它们排成了一条南北方向的直线，这些光团紧贴着天幕的内表面，自西向东缓缓移动。

“那就是世界灯吗？”有人惊叹着问。

雷管从身边的大背包里小心地拿出许多仪器零件，在远离火炉的地方组装起了一架天文望远镜。

“这是台太阳望远镜，我想它也应该可以用来观测世界灯。”雷管说着给镜头插上一张滤光片，然后把镜筒瞄准了离我们最近的一个光团。

“嘿，老兄，也借我们瞧瞧吧！”登山者们纷纷围了过去。

雷管从望远镜前让开后，我凑了上去。在望远镜的视野中，我清楚地看到世界灯是个巨型火球，它悬浮在一个“灯座”般的圆台下方，而这个圆台正沿着天幕上的一条纬线疾驰。火球表面不断迸发出亮白色的离子射流，仿佛微型的耀斑和日珥。这颗人造恒星的光芒淹没了周围的一切，它所至之处，天幕内表面的结构细节都消失了在明亮灿烂的灯光里。

“你要看看吗？”我回头问白露。

“不了。”白露摇摇头，“我太熟悉那东西了。”

于是我侧开身子，把望远镜让给下一位登山者。

“谁能解释一下那玩意儿是怎么造出来的？”向导指着世界灯问道。

“那些火球都是靠磁约束装置悬浮在空中的核聚变炉，”白露回答，“天幕高度只有一百公里，因此每一盏世界灯只能照亮大约方圆一千公里的地面，我们一共建造了一千五百盏世界灯，总光照范围足以覆盖半个地球。为了让人们习惯，它们围绕地球运行一次的周期也是二十四小时，这样就形成了昼夜交替。”

“了不起，这是人类自己创造的太阳。”雷管点点头，又举起了手中的酒罐，“敬新的太阳。”

“敬新的太阳。”大家纷纷举杯，一时间这里仿佛变成了远古的祭坛，我们像拿着陶罐和泥碗的祖先一样，朝苍天致意。

世界灯的灯光倾泻在熔铁山脉的山坡上，我们看清这山坡并非一个光滑的斜面，而是布满了水波似的涡状花纹，显然那就是当年铁水恣意流淌留下的痕迹了。太平洋的波涛拍打着锈迹斑斑的山脚，一群水鸟掠过清澈的蓝黑色水面，似乎在追逐鱼群——至少海洋对人类创造的阳光没什么意见，对鸟儿和鱼儿来说，今天的晨曦与过去亿万年来的晨曦并无不同。

登山者们开始各自收拾东西，准备下山。但我们的向导不知为何站在了那里，皱眉盯着头顶的天幕。

“怎么了，向导先生？”我问。

“是我看错了吗？”向导说着伸手指指天空中的一个光球，“天幕的采光窗好像正在重新打开？”

听到这话的所有人都停下了脚步，抬头顺着向导指的方向望去。

两分钟后，没人再怀疑了。每个世界灯的正上方都滑开了一扇采光窗，旭日淡红的光线从采光窗中照射下来，映得云朵泛起了玫瑰般的色泽。

“怎么回事儿？”人们惊讶地交头接耳。

忽然，世界灯全部熄灭了，天地间一下子黯淡了很多。

“这是你们的安排吗？”我转头问白露。

“不是！绝对不是！”白露震惊地连连摇头，“我不明白——”

她话还没说完，世界灯就又亮了起来，随即再度熄灭。

这些白色的光球似乎在按某种规律闪烁。雷管看了一会儿，脸色变得越来越冰冷：“这是信号。有人在拿世界灯当信号灯，向外传递消息。”

“谁在传递？传给谁？为什么要传？传了什么？”问题瞬间从四面八方涌来，包围了雷管。

“冷静点，我知道的不比你们多。”雷管说，“你们注意灯光闪烁的频率和间隔了吗？它们构成了一个质数数列。”

一时大家都不说话了，每个人都在默默数着世界灯亮起和熄灭的节奏。

11，13，17，19，23……闪烁到29，也就是第十个质数之后，世界灯恢复了长亮，采光窗也随之慢慢合拢。

白露像是突然想到了什么，她迅速从衣袋里掏出地图看了看经纬度，又看了看手表，之后像被抽干了血液一样变得面色煞白，一屁股跌坐在地上。

我试图扶起她，但她的身体像烂泥一样瘫软，好像连一丝力气都没有了。

“完了，我们完了。”她喃喃道，“隐形天幕计划已经失败了。”

“为什么这么说？”我蹲下来抱住白露的肩膀，试图安抚她。她在我怀里不停颤抖，接着抽泣了起来：“刚才……采光窗……对准的方向是，是……”

我大惊失色，一把夺过她手里的地图，对了一下表上的时间，然后在脑海中飞速计算天球坐标——

“格利泽 581！”有人已经喊出了答案。

周围的嘈杂声变得遥远了起来。我感觉整个世界正在核聚变的灯光下慢慢融化。

有人利用世界灯朝二十光年外的行星粉碎机发送了一串质数数列——自然界中不可能出现的数列。这等于是在向它大喊：快来吧！我们这里有智慧文明！

那一串光将在二十年后抵达格利泽 581，接着死神就会启程。

“我们该去哪里？”向导呆呆地问，看上去有些不知所措。

十一、审判

发生在熔铁山脉上空的事情震动了整个世界，后来的历史书上将这次事件称为“漏光灾难”。

导致这场灾难的人很快就被联合政府逮捕。令我意外的是，这个人我认识：袁恪礼教授。

联合政府最高法庭开庭那天，白发苍苍的袁教授和他的孙女袁星星一起站到了公审被告席上，面对数十亿人民的愤怒。十五年过去，当初的小姑娘已经长大，在直播画面中，袁教授看起来十分沉着镇定，袁星星则惶恐不安地左顾右盼，她脸上还有几道明显的泪痕，好像完全不明白自己为什么会站在这里。

公诉人义愤填膺地列举了两人的罪证，这些证据组成了一个完整的链条，它们表明袁恪礼所领导的“观星者”组织根本不是一个单纯的公益组织，而更像一个向社会各界渗透了很久的秘密政党，漏光灾难是这个组织蓄谋已久、精心策划的一场针对全人类的恐怖袭击。

法官本人显然也努力克制着自己的怒火，他向袁恪礼询问：“对公诉人的举证，你有无异议？”

“没有。”袁教授回答。

“对公诉人的指控，你有无异议？”

“有。”袁恪礼说，“公诉人认为，我和‘观星者’的同志们制造漏光灾难是为了毁灭人类。我将就此进行一些说明——”

黑压压的旁听群众愤怒地呼喊：“死刑！杀了他！死刑！杀了他！”

“安静！”法官用力敲着法槌，法警们花了点时间才让法庭恢复秩序。

“——隐形天幕计划是一个看不到希望的计划，”袁恪礼教授平静地继续说了下去，“这个计划将扼杀未来十几代人向外太空探索的勇气，一个连星光都看不到的文明的孩子永远无法理解宇宙的广袤。你们准备在天幕下面躲多久呢？十年吗？一百年吗？人类不是鸵鸟，不能把头埋在沙子里，假装外面的危机已经消失。行星粉碎机就像一把达摩克利斯之剑，它迟早会来，也必定会来。绝大多数人都忽略了一个事实：行星粉碎机也可以成为我们迈入星空的跳板，天文观测已经证实它的表面吸附了巨量被粉碎的行星物质，换句话说，它本身就是一颗行星，圆环状的行星，而这颗行星还能够以十分之一光速机动、穿越整个银河。”

说到这里，袁教授深深吸了口气，所有人都预感到他即将公布一个疯狂的计划："我们不应该躲避行星粉碎机，反而应该径直迎向它！人类应该全体离开地球，移居到行星粉碎机上面去，这是我们成为星际文明的最快途径！"

一阵静默笼罩了法庭，也笼罩了直播画面前的整个世界。

"袁教授的想法既荒唐又可笑。"公诉人打破了沉默，"他早在数十年前就向联合政府提出过这个方案，但被否决。万一行星粉碎机表面有自卫装置怎么办？万一人类的移民飞船靠近行星粉碎机后，迎接我们的是导弹、激光甚至各种超出我们想象的武器怎么办？再退一万步讲，就算我们在行星粉碎机表面成功着陆，我们要如何从头重建一个完整的文明社会？相比之下，隐形天幕的成本和代价就小得多，我们这一代人要做的是给后代争取安全成长的时间，把这个问题留给他们去解决。"

袁恪礼教授轻蔑地向地上吐了口唾沫："我已经能想象出下一代孩子长大成人后的样子了，他们也会这样义正词严地说：'我们解决不了，把问题留给再下一代吧！'——毫无担当的懦夫们，你们教给孩子的就是逃避责任吗？在你们一代一代的拖延中，行星粉碎机终将发现我们，并毁灭我们，而到那时，你们准备躲到哪儿去呢？像祖先一样藏回山洞里吗？"

法庭上的人群出现了骚动，怒吼声一浪高过一浪，所有人都在用最恶毒的词汇唾骂袁恪礼，法警们构筑起的防线开始受到人们的冲击。

袁星星脸色白得像纸一样，她看起来已经快要站不住了。袁教授扶住了她："别怕，星星，我们在做一件了不起的事情。"

"你觉得自己很了不起？"公诉人难以置信地问，他的表情像看到了一条无耻的蛆虫。

"我只是轻轻推动了一下历史，让它走上了原本该走上的轨道。"袁教授轻描淡写地回答。

法警们竭尽全力才顶住了人群的冲击。

“安静。”法官又开始挥舞法槌，“被告方证人可以发言了。”

我这才注意到证人席上有一个瘦小的身影。直播镜头移过去后，我惊讶地发现这个人我也认识——“早川晴子女士，你可以开始了。”法官说。

早川晴子的头发还是很凌乱，似乎十五年前我们在圆环公墓见过面之后，她就根本没洗过头。但她的头发明显白了很多，整个人也苍老了很多，晴子胆怯地望着周围愤怒的人群，仿佛拿不准该不该开口。

“女士，本庭保证你的安全，请不必有任何顾虑。”法官又说。

“袁恪礼教授是无罪的。”早川晴子终于说道，出乎意料，她的语气十分坚定。

“你为何这么说？”公诉人问。

“因为袁教授很善良。”晴子说，“我以我的人格担保，他不可能想毁灭人类！”

“请出示你的证据，女士。”法官说。

早川晴子有些茫然地捋了捋头发：“证据？噢——我有，我有！”她说，“我和袁教授共事过，他是个好人，真的是个好人！”

人群中响起不屑的大笑声。

早川晴子似乎急了，她朝人群用力挥舞着双手：“你们要相信我！相信我，拜托了！请别让一个无辜的人蒙受不白之冤！”

“谢谢您，晴子女士。您为我做得够多了，我永远感激在心。”被告席上，袁恪礼向早川晴子深深鞠了个躬。

两个月后，法庭的判决正式宣布：“观星者”组织的首领袁恪礼、公众形象代表人物袁星星及另外三十余名组织骨干人物犯有反人类罪，处以绞刑。

行刑之前，我和白露接到通知，去见犯人最后一面。

我不知道自己是怎么坐到探视间那面玻璃窗前的。

“露露没来？”窗后的人神色有些憔悴，但他对我只身前来似乎并不感到意外。

“没有。你让她怎么面对你呢？”我看着白露的父亲——我的岳父——说道。

“她不会理解，你不会理解，整个世界都不会理解，但你们终将理解。”岳父摇摇头。

“我只想搞明白……你怎么会跟观星者搅和到一起的？”我垂下头问。

“搅和？不，伟大的志向就像太阳，总会吸引到一些奋不顾身的飞蛾。”岳父笑了，“回去告诉露露，我对不起她，但我不后悔。”

“是你断掉了世界灯的磁约束电源？”我攥紧了拳头。

“审判书上写得明明白白，你没看吗？”岳父对此仿佛毫不在意，“世界灯靠约束磁场悬浮于空中，它本身能够发电，但安全起见，约束磁场的电力由地幔引擎从地面提供。我得说，那些负责安全机制的人干得真不错，磁场电源一断世界灯马上就熄灭，再通电它就恢复工作，和真正的电灯一样方便。”

他的话一字一字重重敲打在我心头。

“为什么？”我重复着这个被几十亿人重复了千百万次的问题。

“我说了，伟大的志向就像太阳——”

“你去死吧！”我猛然扑到玻璃窗上，再也无法克制自己，“你就是个老畜生！畜生！你他妈要把我们全都害死——”

法警迅速上前，不顾我的喊叫和挣扎，强行把我拖出了探视间。

二十分钟后，六号地幔引擎前总工程师白明义被执行绞刑，次序只排在袁恪礼和袁星星之后。又过了两小时，法警把白明义的骨灰盒交到了我手上。

我抱着骨灰盒回到家里。但我没能向白露转述她父亲的遗言。

白露吊在了天花板下面，死法和她父亲一模一样。

那天剩余时间里我能记住的唯一一件事，是我把白明义的骨灰盒打开，拌上街角垃圾桶里发臭的剩饭剩菜，喂给了流浪的野狗。

我哭了很久。也许一年，也许一个世纪。动力研究所的同事说，他们找到我时，我正在一条污水沟里疯狂嚎叫、打滚，就像一头精神失常的狼。

他们花了好长时间才让我冷静下来。

“为什么要救我？”我问。

“一切还没结束，人类还有希望。”他们这样回答，“来吧，我们有个新计划，比隐形天幕还要惊人的计划。”

十二、大迁移

袁恪礼至少说对了一件事：历史已经开始转动了，而且踏上了一条比任何人的想象都更为疯狂的道路。

漏光灾难逼得联合政府将整个隐形天幕计划推翻，取而代之的是“大迁移”计划。人类的确要离开地球了，但不是去行星粉碎机上，而是去邻居那里——金星。

金星半径比地球小四百公里，这也就意味着，隐形天幕可以很轻松地把金星也罩在里面。地球已经暴露，但金星还没有。漏光灾难中发出的那串信号要二十年后才会抵达格利泽 581，因此，我们要在这二十年内转移到金星上去！

联合政府给动力研究所下了死命令：我们必须研制出前所未有的巨型引擎，其功率要能够推动隐形天幕进行星际航行。

像在暗夜中的海面上抓到了一根稻草，我全身心地投入了这项工作之中。我不知道除此以外我还能为什么而活。

这是个艰巨的任务。好在，之前数十年里，我们已经研制出了推力极为庞大的发动机，当时同事们还笑称这种发动机要想有用武之地，除非地球变成一艘飞船。

这当然是夸张之词。但多亏了这种超级发动机，我们在它的基础上很快研制出了升级版本，制约发动机投入使用的唯一因素——核聚变如今也得到了解决，全人类的工厂立即开始了超级发动机的制造与安装工作。

除此之外，大收集的工作也开始了。金星环境绝不适宜人类居住，因此迁移后的很长一段时间——可能是几个世纪——里，人类都得居住在隐形天幕上。金星上没有水、氧气和生物，所以我们需要的一切都必须从地球上拿，能拿多少拿多少。

漏光灾难后的十年里，南北两极成了地球上风暴最强烈的区域。那里的天幕上配备了众多巨型抽吸装置，空气在那里源源不绝地被抽入天幕，形成了两道高达一百公里的白色龙卷风。气体进入天幕后，再经过加压处理储存，以供将来使用。太平洋和大西洋上空垂下了森林般密集的输水管，它们日夜不停地将海水送上天幕，人类像子宫里的胎儿一样，通过这些脐带贪婪地吮吸着地球母亲的血液，为了生存，我们必须不择手段。

十年之间，我们拿走了四个地中海那么多的水，以及百分之三的大气层。与此同时，天幕上的一万个基地也经过了多次扩建，如今它们是建造于天幕内表面的一万座城市，足以容纳四十亿人口。

问题在于：目前全世界人口约为八十亿。

接下来的五年里，联合政府血腥镇压了发生在世界各地的数百次起义。最终，所有有能力反抗的人都被送进了警告碑旁的圆环公墓——联合政府认为他们是漏光灾难的牺牲者。

还真是讽刺。

剩下的人接受了只有一半幸运儿能前往金星的事实。我作为维护超级引擎所必需的专业人才，得到了一张方舟船票。

漏光灾难后第十六年，隐形天幕启程了。

启程那天，天幕从赤道位置断裂成两个巨大的半球。在赤道上方，整个天空缓缓向南北两侧滑开，阳光久违地洒落下来，在隐形天幕的边缘形成了两条灿烂夺目的巨大瀑布。安装于天幕赤道位置的发动机随后开动，从宇宙中看，地球腰部出现了两圈明亮的蓝色火焰；而从地面上看，赤道的天空中出现了两排互相交错、横贯整个天空的巨大火舌，仿佛魔鬼的牙齿。

天幕南半球和天幕北半球彼此慢慢远离，它们投下的阴影以赤道为中心，向南北两侧扫过整个地球。

天幕北半球边缘经过纽约上空时，时任联合政府秘书长劳伦斯·加西亚向全世界发表了讲话。加西亚秘书长和数十名高级官员站在警告碑广场上，以天幕发动机的一线火焰为界，他们头顶的天空清晰地分成了南北两部分，两部分都呈蓝色，南方是地球大气层的自然颜色，北方则是天幕金属内表面在发动机火焰映照下的反光。

加西亚秘书长说："自漏光灾难以来，人类经历了前所未有的艰难时期，也做出了前所未有的艰难选择。我们深知，牺牲地球以及一半人类是何等代价，必须有人为这样的选择承担责任。

"因此，本届政府和政府下属机构的所有领导者、中层以上官员及其亲属一律留在地球，天幕抵达金星后，将从被迁移的一半人口中产生新一届政府。

"为了防止地面上的人将来出于嫉妒或怨恨攻击金星上的天幕，也为了防止地面上的人恶意泄露金星位置，本届政府决定摧毁地球上一切工业设施、销毁一切技术文献，将地球的技术水平带回第一次工业革命之前。工业摧毁程序启动后，本届政府的权力与责任亦告终止。

“前往金星的同胞们，你们是幸运的，好好活下去吧。”

加西亚秘书长简短的讲话就此结束。随后几天内，世界各地的工业设施均被系统、全面、彻底地爆破摧毁，各大数据库与图书馆则被付之一炬，人类自十八世纪以来创造的所有文明成果近乎荡然无存。

留在地球上的那一半人站在废墟之中，目睹另一半人携带着梦想和希望远去。失去了现代工业巨大生产力的庇护，等待他们的将是贫困、愚昧、瘟疫、饥荒与死亡。

大迁移在太阳的遮挡下进行。隐形天幕启程时，从格利泽 581 的位置看过来，地球和金星都位于太阳后面，无法看到。而我们要在金星走出太阳的阴影、转到太阳与格利泽 581 之间前让它消失。

这是一次行星尺度的魔术戏法。

天幕发动机怒吼着将两个半球先后送入转移轨道。四个月后，两半球成功分别抵达金星的南北极上空，一边自转一边朝对方下降，慢慢合拢。这个步骤又花掉了近一个月的时间。

天幕赤道终于合拢的那一天，所有人都在疯狂地庆祝，庆祝我们死里逃生。至于地球上的人们——谁在乎呢？

之后的日子里没什么值得特别叙述的事情发生。直到二十三年后，那个让我们恐惧了很久很久的消息终于抵达。

联合政府天文台证实，行星粉碎机已经启程离开格利泽 581，航向对准了太阳系。

在联合政府向全世界公布的画面上，那个比地球还要庞大的圆环的底面冒出了一圈烈焰，长达数十万公里，推动行星粉碎机缓缓加速。

漏光灾难发生于四十年前，世界灯信号抵达格利泽 581 需要二十年，行星粉碎机启程时发出的光返回太阳系也需要二十年，所以我们现在看到的景象是很久以前的历史——我们目睹死神动身时，它早已在路上风雨兼程了二十年。

十三、冬眠

联合政府推出了一项人体冷冻服务，时限一百八十年，可以让人跳过漫长而乏味的光阴，只要躺进冬眠舱，再醒来时就是行星粉碎机抵达地球的日子了。在天幕上维持四十亿人组成的社会是一件负担很重的事情，所以他们号召大家接受冷冻，给目前的政府减小人口压力——换句话说，他们希望我们去给未来的政府添麻烦。袁恪礼可能说得没错，他们或许真的只会把问题留给下一代，再下一代。

意料之中地，这一计划应者寥寥。目前在世的人或许是最后一批能够无忧无虑地寿终正寝的人了，谁会愿意到一百八十年后去看全人类的毁灭呢？

但我对冷冻计划倒是没什么意见。我已经是个老头子，而且生活中几乎不剩什么还能让我留恋的东西。未来的世界再差，多半也不会比现在差到哪里去。于是我报了名，躺进了一口棺材般的冬眠舱。

联合政府派了一个年轻女孩来监督我的冷冻过程。她花了半小时才念完冬眠须知，这份须知长达一万字，大意是感谢我响应号召，如果我不幸在冬眠舱里死了，联合政府不负任何责任。

我早已听得不耐烦。“先生，祝您在漫长岁月的另一头生活愉快。”女孩微笑着冲我挥挥手，冬眠舱盖缓缓合拢，冷气漫过我的身体时，我眼前似乎慢慢结起了霜花。霜花后面有个少女在微笑，很像当年月光下的白露。

我醒来时，舱外的人换成了一个少年，他的长相让我感觉莫名有些眼熟。

“前辈您好，欢迎来到二百二十年后的新世界。”少年扶我坐了起来。

“二百二十年？不是一百八十年吗？”我轻轻活动着身体，第一次觉得自己如此虚弱。

“行星粉碎机加速到十分之一光速就用了二十年。它完成加速时，人类才刚刚看到它启程，您也就是在那时开始了冬眠。”少年耐心地解释，“行星粉碎机在路上走了两百年，进入太阳系边缘的奥尔特云后，它又花了二十年来减速，直到昨天才跨过火星轨道。”

少年搀扶着我爬出冬眠舱时，我生锈的记忆终于再度开始运转，我想起了他像谁：“你认识雷管吗？”

“您说什么？”少年茫然地问。

“没什么。”我笑着摇摇头，“你长得跟我从前认识的一个人有点相似，他当年在行星武器研究所工作。”

“噢……您说的应该是我的高祖父。”少年想了想，恍然大悟，“他跟您生活于同一个时代，原来那个时候你们管他叫雷管啊。”

“行星武器研究所的保密制度。”我学着雷管当年的样子耸耸肩，“没人知道他的真名。”

“他姓科赫。”少年说，“他写过一本有关漏光灾难的亲历回忆录，我没记错的话，里面还提到了您和您的妻子。”

我摇摇头，把有关那个夜晚的绝望记忆塞回脑海深处：“别谈这些事了。你的高祖父参与冬眠了吗？”

“很遗憾，没有。”小科赫回答，“他选择了留在那个时代，并在那个时代离开人世。如今我也在行星武器研究所工作，负责恒星磁场以及磁场武器化方面的研究。”

“看来，你们现在比以前坦诚多了。”我笑着说。

“自从您冬眠之后，世界变了不少。”小科赫说，“我奉命带您前往行星武器研究所，您是天幕引擎方面的专家，我们或许会需要您的协助。”

“我的协助？”我敲敲自己的脑壳，“这里面装的是两百年前的知识，你们这是邀请中世纪的牧师给现代人讲授大学课程。”

“也许吧，”少年笑了，“但我们需要一切可能用得上的帮助。”

十四、第二次太阳潮

行星武器研究所的大厅里挤满了人，这里没有一件我能叫出名字的设备，人们急匆匆地来来往往，大厅正前方悬浮着一个巨大的影像——行星粉碎机。

“我们被发现了吗？”我问科赫。

“目前来看，没有。”科赫紧盯着行星粉碎机的影像说，“行星粉碎机的航向始终直指地球，它没表露出任何察觉金星存在的迹象。”

从影像上看，行星粉碎机目前距离地球七千多万公里，如观星者组织那帮疯子所言，它本身就是一颗环状的行星。在我想象中，行星粉碎机应该是个又大又厚、闪着铁灰色光泽的金属圆圈，但事实并非如此，它冲着地球这一边的环形表面与侧壁上布满了坑坑洼洼的高山、峡谷，高山的山脊上甚至还有积雪，峡谷的阴影中隐藏着连片的巨大冰湖，有些冰湖广袤得完全可以称之为海洋。

这都是过去亿万年里被它粉碎的行星的残骸。那些行星上的水与岩石被行星粉碎机本身的引力所吸引，将它裹成了一个巨型甜甜圈。从太空中看去，行星粉碎机表面的山脉就像甜甜圈上的巧克力涂层，而积雪与冰湖则像洒在巧克力上的糖霜。

行星粉碎机背对地球的那一面上均匀分布着十万台巨型引擎，每台引擎都像火山一样高大，它们喷出的蓝色火焰直入星空。曾经毁灭了许多星球的可怖刀盘位于行星粉碎机中央，不知为何，它们的表面干干净净，没有任何尘埃或积雪，这也是行星粉碎机上唯一符合我想象的部分：光滑，冰冷，锋利，闪亮，灰暗。

一个世界，环形的世界，正向人类飞来。

之后的一段日子里，随着与太阳距离的缩短，行星粉碎机表面的冰雪开始慢慢融化。那些积雪不光是水，还包括各种气体形成的冰晶，在天文望远镜看来，行星粉碎机逐渐变得朦胧、模糊——升华的气体正在它表面形成一个厚重的大气层。高山上淌下了许多小溪，这些小溪汇成江河，然后奔腾着汇入湖泊与海洋，在行星粉碎机边缘，海水不断顺着大环环壁向“下”流淌，流过厚厚的环身，在星空中拖曳出一条条长达几十万公里的绚烂瀑布，瀑布的形状恰好描绘出了行星粉碎机的航迹。

我们无从得知地球上的情况，那里的人现在可能还在靠马和信鸽传递消息，如果幸运的话，他们之中也许会再诞生几个法拉第和贝尔，再度发明电报与电话——但也仅此而已了。

又过了一个月，行星粉碎机的引擎关闭了，它靠惯性向前滑去，走完与地球之间的最后两百万公里路程。

它开始粉碎地球那天，联合政府对天幕上的所有居民进行了实况转播。

行星粉碎机从北极上空套入地球，沉寂了四百年的刀盘重新缓缓旋转起来。十五分钟后，行星粉碎机盘面与海平面相切，开始粉碎地壳。在刀盘的重压下，北冰洋的冰盖像玻璃一样碎裂了。从金星上看，那些刀刃很薄，但实际上每片刀刃都厚达几十公里，如果站在地球上面对刀盘扫来的方向，将会看到一道道直入云霄的金属高墙不断扑面而来。

二十五小时后，行星粉碎机盘面与莫霍面相切，开始粉碎地幔。由于盘面始终垂直于地球的自转轴，因此在刀盘中央触及地幔时，刀盘边缘与地球表面接触的位置还在北极圈内的格陵兰岛上。

两周后，刀盘中央下切五百公里，刀盘边缘抵达加拿大与俄罗斯。

两个月后，刀盘中央下切两千公里，刀盘边缘抵达中国与美国。这时，从地面上看，行星粉碎机的刀刃已经与地平线形成了一个锐角，就像一座座斜斜指向天空的尖峰。这些刀刃轻易击碎了太行山脉与阿巴拉契亚山脉，仿佛它们不过是些脆弱的土块。

八十七天后，刀盘中央下切三千公里，行星粉碎机盘面与古登堡面相切，开始粉碎地核。

我亲眼见到了三百年前形成熔铁山脉的地核喷流。外地核的铁镍熔浆在高压驱动下猛然涌入星空，形成一条数千公里高的红色喷泉，照亮了行星粉碎机旋转不停的灰色刀刃。

半年后，刀盘中央下切六千公里，触及地心，刀盘边缘抵达赤道，地球的横截面完全袒露在了太空中。这时，站在赤道上将能看到一根根几十公里宽、几千公里高的巨柱不断从地平线下升起、竖直，然后再朝地面垂直砸下来，在巨柱之上，还有一道由西向东横贯天际的巨环。

行星粉碎机下方还剩半个地球，上方则冒出了一条五色斑斓的大河。这条大河由无数粉末构成，其中雪白的粉末是海洋与大气冻结形成的冰山，灰黄的粉末是山脉和平原的碎片，泛着橘红光芒的粉末是正在冷却的地心岩浆，淡绿的粉末则是森林与草原的残骸……这条大河沿地球自转轴向星空深处流淌，一开始呈圆柱状，后来则慢慢散开，变得越来越宽广、越来越稀薄。

面对这种机器，我不知道人类能做什么。我每天都到行星武器研究所报到，与年轻人们一同研究天幕发动机，讨论一旦行星粉碎机发现金星，有无可能驾驶天幕逃离太阳系。

结论显而易见，不能。我们讨论出来的方案与其说是后备计划，不如说是心理安慰。

科赫看起来倒是很乐观，不知为何，这一代生于死神阴影下的孩子反而比我们开朗得多，也许他们早就做好了最坏的打算吧。

行星粉碎机的刀盘切入地心那天，科赫反常地紧张了起来，他从一大早就在不停地计算着什么，他使用的那些方程我倒是能看懂，是用来描述太阳磁场的，但方程中代入的参数就让我完全摸不着头脑了。

“孩子，歇会儿吧，你看起来很紧张。”出于一位老人的同情心，我拍拍他的肩膀，递给他一杯热水。

“谢谢，老先生，但我不能。”科赫擦了擦满头的汗，“今天将决定全人类的生死存亡。”

“这种生死存亡的场面我们已经看了半年了。”我笑着指指研究所大厅前方的影像。

“今天不一样。”科赫摇摇头，“现在正逢太阳活动周期中每十一年一次的极大期。抱歉，请别打扰我了，我得集中精神。”

我感到莫名其妙。但在大厅里转了一圈之后，我发现今天的气氛确实与往日不太一样，所有设备的运算力都被用来解太阳磁场方程，以我浅薄的知识看来，他们似乎想在庞大的太阳中确定某个点的具体位置，而这个点正在疯狂移动。

又过了几小时，科赫终于停下工作，向我走了过来。

“忙完了？”我问，同时递给他另一杯热水。科赫仰头喝光了整杯水：“我们做完了能做的一切。”他在我身边坐下，脸上露出轻松的神色，“如果我们失败了，那剩下的事儿就是你们的问题了，抓紧时间想想怎么拖着整个天幕逃跑吧。”

“不可能。”我苦笑道。

“无所谓，中国老话怎么说来着？‘谋事在人，成事在天’，我们尽了人力，接下来就听凭天命吧。”他跷起了二郎腿。

半小时后，大厅前方出现了紧急新闻播报画面：“据联合天文台消息，太阳表面刚刚发生了一次日冕物质抛射，这是有史以来人类观测到的最猛烈的太阳活动，它抛出了相当于太阳质量0.2%的等离子云团。”

“目前这团等离子气体正高速向外飞行，其方向对准了——地球。”播报员继续说道，“按照现在的速度，它将于三十小时后撞击地球与行星粉碎机。”

我怔了一下，苦笑着摇摇头。就算连大自然都站在人类这一边，可一团小小的等离子气体能做什么呢？

随后我如遭雷击。0.2%？太阳总质量的千分之二？

八大行星和小行星带、柯伊伯带加在一起，也不过只占太阳质量的0.14%。这团等离子云的质量超过太阳系内除太阳外所有其他天体的质量总和！

这是一颗等离子巨行星！比木星、土星、天王星、海王星加在一起都要庞大的巨行星！

科赫说得对，这也许真的是关系到人类生死存亡的一天。

那天晚上，几乎没有人睡觉。四十亿人都守在新闻直播画面前，看着那颗子弹般的巨行星朝地球方向飞驰。

行星粉碎机显然察觉了这次日冕抛射事件。它的刀盘停止了旋转，继而启动了发动机。那一圈蓝色烈焰再度于深空中闪耀，它正在全力机动，试图从日冕物质的行进轨迹上避开。但残余地球物质的引力拖慢了它的脚步，那半个地球像浴缸里的皮球一样摇摇晃晃，不时擦碰着行星粉碎机的刀盘和环壁。

这三十小时里，每一秒我们都听得见历史重重踩下的脚步声。

三十小时后，等离子巨行星与行星粉碎机迎面相撞。

只是一刹那的工夫，地球的残骸就蒸发消失了。随后等离子巨行星穿过行星粉碎机，朝深空继续飞去。

行星粉碎机第一次在人类面前露出了真容。它表面吸附的行星物质被这次撞击全部扫平，我们看清了它的模样：一个又大又厚的金属圆圈，圆圈表面有无数复杂的几何纹路，由于等离子体的加热，整个行星粉碎机变成了暗红色。它似乎没有受到结构性的损害，两小时后，它调整航向，瞄准了金星，粉碎机中央的刀盘也再度开始旋转。

我身边的科赫站起了身："人类输了。"他的表情十分轻松，"隐形天幕根本瞒不住它。"

"理应如此。"我点点头，"在这么近的距离上，仅靠测量引力效应都应该能发现金星的存在，单纯的光学隐形并没有什么用处。"

"算它还有点怜悯之心，让我们多活了半年。"科赫指着行星粉碎机的影像说。

"大概只是因为地球离它更近一点罢了。"我往后靠在沙发上，"先毁灭金星再回头毁灭地球，还要浪费在路上往返的时间。"

"啊，接下来就是你们的事儿了，联合政府很快就会来找你们这些动力专家了。"科赫伸了个懒腰，由于连续熬夜，他的眼睛已经布满血丝，"在世界毁灭前，我得去好好睡上一觉。"他说着离开了大厅。

我坐在那儿，闭上眼不去理会周围的人和事。我的心情前所未有地平静，仿佛在经历几个世纪的等待之后，终于等来了迟到的客人。

十几分钟后，大厅里忽然安静了下来。我睁开眼，发现大厅前方的影像并没有什么变化。

不——我眯起眼睛，努力想看得更清楚一些。

行星粉碎机表面出现了长达几千公里的裂痕。

它正在断裂，像一个被摔碎的烤洋葱圈那样。

所有人都屏住了呼吸。

裂痕以肉眼可见的速度迅速变长、变粗，很快，行星粉碎机彻底断成了两截圆弧，这两截圆弧随后狠狠撞在一起，又制造出了几块新的圆弧碎片。

行星粉碎机毁灭了。

十五、第二次月陨

整个世界沉浸在了震惊之中，新闻画面上的播报员张了张嘴，她似乎努力想说点什么，却连一个音节都发不出来。

屏幕外忽然传来一阵骚动，随后一个高大的老人走进了镜头范围内：“谢谢，姑娘，你辛苦了。接下来交给我吧。”他对播报员说道。

播报员望着那张家喻户晓的面孔，满脸难以置信之色：“您……您……”

“去休息吧，孩子。”老人和蔼地笑笑，拍了拍她的肩膀。

“我是联合政府秘书长马卡洛夫·李。”播报员离开后，老人望着镜头平静地说，虽然他根本不需要自我介绍。

“我想，联合政府一直欠四十亿人民一个解释。现在，根据联合政府最高执行委员会的授权指令，我代表联合政府，在此披露‘诱饵计划’与‘太阳潮计划’的细节。”他从衣袋里抽出一张折得很整齐的纸，在镜头前将它展开，纸上印有一串授权签字。

“两百六十年前的漏光灾难并非一场意外，相反，它出自我们的精心谋划，是‘诱饵计划’的一部分。”秘书长说，“诱饵计划的核心是将人类迁移到金星，并以地球作为诱饵，吸引行星粉碎机前来。但为了将隐形天幕和四十亿人口从地球迁往金星，我们需要一个强有力的理由。作为诱饵计划的制定者之一，袁恪礼先生提出我们可以制造一场‘漏光灾难’，让行星粉碎机知晓我们的存在。后来的事情，大家都知道了。”秘书长短暂地停了一下，让人们有几秒钟时间来消化他的话。

“除袁星星以外，观星者组织的所有骨干成员都清楚整个计划的真相，为了人类，他们自愿慷慨赴死。今天，我代表联合政府最高法庭，正式撤除对观星者组织成员的判决，为他们平反昭雪，他们是真正的英雄，应当得到历史的铭记。同时，我也代表联合政府，向袁氏祖孙，特别是无辜而死的袁星星姑娘，致以最诚挚、最沉痛的谢意和歉意，虽然这一声‘对不起’迟到了两百多年。

“从警告碑抵达地球算起，已经过去了四百年。

“隐形天幕的前期建设过程中，共有四千七百名工人罹难。

“熔铁山脉喷发事件中，共有六百三十二万人罹难。

“天崩灾难中，共有三百二十五万人罹难。

“漏光灾难中，共有七千六百万人罹难。

“大迁徙过程中，共有一百四十三万人罹难。

“行星粉碎机歼灭战中，共有四十一亿人罹难。

“这样加起来，过去的四个世纪中，为了人类的生存，总共有四十一亿八千七百五十九万三千二百二十三人罹难。他们每一个人都是英雄，伟大的英雄。

“联合政府将兴建一座星空纪念馆，馆内的大穹顶下将镶嵌四十一亿颗永不熄灭的星星，每颗星星上都会镌刻一位罹难者的名字与生卒年月。但面对这样悲壮的牺牲，任何形式的纪念都显得苍白无力。

“长达四个世纪的战争终于结束。最后的胜利，属于人类。

“希望我们的子孙后代，永远不必再为了生存付出如此惨痛的代价。”

沉默笼罩了金星。我听到身边有人在抽泣。

“这就是‘诱饵计划’的始末。”秘书长说，“在这漫长的一天即将结束之际，我还要披露另一项绝密行动——‘太阳潮计划’。”

人们面面相觑。

“其实，隐形天幕计划一开始的目标就是歼灭行星粉碎机，而非躲在一张并不保险的屏障后面苟延残喘。但面对这样一台尺寸达到行星级别的武器，人类拥有的一切武器都像火柴一样渺小可笑。

“我们考虑过使用核弹、高能激光和动能武器，但这些武器只能在行星粉碎机表面留下一些无关痛痒的浅坑，更不要提将它粉碎了。

“最后，我们把目光投向了太阳。

“太阳已经被我们研究得极为透彻，在警告纪念碑抵达地球之前，人类便已经建立了完善的太阳物理模型。太阳活动每隔十一年就会达到高峰，在高峰期，太阳大气会发生变化，出现若干对扰动极为敏感的点，我们发现，如果以较大质量的高温金属聚合体撞击太阳大气敏感点，就能令太阳大气的局部对流发生变形，进而使太阳磁场的磁力线扭曲、重排，并触发强烈的日冕物质抛射。

“于是，联合政府制定了针对行星粉碎机的作战计划，代号：太阳潮。

“这一计划的目标是，在行星粉碎机抵达地球时引发日冕物质的大规模抛射，通过日冕物质的撞击击毁行星粉碎机。该计划有两大要点：第一，行星粉碎机必须在合适的时间，即太阳处于活动周期中的合适位置时抵达地球；第二，撞击太阳大气的金属聚合体必须有足够的质量。

“经过计算，这个质量的下限约为 4×10^{22} 千克，相当于整个隐形天幕的质量。人类倾尽所有才堪堪在一百五十年内建成了隐形天幕，绝无能力再进行一个同样规模的庞大工程。因此，我们将目光投向了隐形天幕工程前期必须处理的‘废物’——月球。月球富含金属，且其核心几乎由铁镍构成，质量也足够庞大，完全满足太阳潮计划的全部需求。

“三个世纪前，隐形天幕框架建成之际，月球被推向太阳。可能有人还记得，月球陨落后引发了一次巨大的太阳风暴。那实际上就是我们刻意安排的一次测试，意在观察天体撞击能否如我们预想的那样干扰恒星磁场。此后人们以为月球已经彻底毁灭，但实际上并非如此。”

秘书长背后的巨大屏幕上闪现出一片炽热夺目的火焰，我看了一会儿，才认出那是太阳大气的最外层——日冕层的图像。在一片光与热构成的海洋之上，不断有巍峨的拱门状结构升起、落下，它们由一股股橘红色的明亮丝状物组成，就像体操运动员挥舞的彩带。那是日冕上由高温等离子体构成的冕环。这些矗立在太阳表面的宽阔拱门足以让一颗行星从其中穿过。

秘书长侧过身子，好让人们能更清楚地看到他身后的屏幕。镜头缓缓移过太阳表面，最终停在了一个格外高大的冕环上。这个冕环的等离子体轮廓在星空背景下优雅地缓缓扭动、变形，展现出极具数学美感的曼妙曲线，我知道冕环的形状一定程度上反映了太阳磁场的形状，从某种角度上讲，这是太阳宏伟的磁场正在翩翩起舞。

随后镜头迅速拉近，冕环中央隐约显现出一个暗淡的光点，相比冕环拱门和拱门下方的太阳表面，它看起来就像一团渺小的烛火。

“这是月球的残骸。”秘书长指着那暗淡的光点说。

在全世界的注视下，镜头继续拉近，冕环轮廓和太阳表面相继退出画面之外，冕环空洞中深不见底的黑暗占据了整个画面，那个光点也随之显得明亮起来——

“这是月球？”我身边有人难以置信地问道。

人类已经近三百年不曾见过月亮，年轻一代的孩子们更是只从书本和博物馆中了解过它的存在。但即便在我这种有幸经历过公元时代尾声的老人眼里，月亮的样子也显得陌生无比。

它看起来就像一滴漂浮在星空中的岩浆，与我记忆中的那个洁白天体截然不同。这滴岩浆后方还拖着一根长长的暗红色尾迹，仿佛一串泼溅在宇宙中的血花。

“两百七十五年来，月亮一直在太阳大气内部围绕太阳公转。这种运动状态有点难以理解，但你们可以想象一架在太阳大气里进行绕日飞行的飞机——换言之，月球现在是太阳系内轨道高度最低、离太阳最近的行星。”秘书长说。

“当年我们建造的月球发动机共计三百台，其中有四台经过特别设计，在极端高温环境下仍然能够工作。进入太阳大气层后，月球经过数年时间逐渐从外到内熔化成液态，这四台发动机就‘漂浮’于岩浆和金属液流构成的海洋之上，并直接从这片地狱火海中抽取高温流体喷向太空，维持月球的运动。近三个世纪里，这种驱动方式消耗了月球五分之二的质量，剩余质量刚好足够完成太阳潮计划所需的撞击。

“你们可能想知道我们是如何从地球遥控月球的运动的，毕竟地球与太阳之间存在长达八分钟的通信延迟，这样大的延迟下，运动指令很可能无法及时传达。事实很简单，我们没有遥控月球，而是派人留在了月球上，操纵那四台特殊的发动机。”

秘书长身后的屏幕闪烁了一下，显示出两张人脸照片，一男一女。

“月球陨落前，联合政府秘密招募了两名志愿勇士，并在月球上建造了一间能抵抗太阳高温的特殊庇护所。月球发动机启动之际，月面工作人员均被召回地球，只有他们两个留在了那间庇护所里。

“月球坠入太阳后，地球便切断了与庇护所之间的通信。随着月球熔化，庇护所逐渐沉入月球核心，来自庇护所的指令电流通过遍布月球的熔融铁镍传导到发动机那里，在漫长的两百七十五年里，他们交替进入冬眠，交替工作，就这样驾驶着月球，履行着自己的使命。直到七个月前，行星粉碎机越过火星轨道，我们才重新与他们取得了联系；之后的二百多天中，行星武器研究所一直在全力计算太阳磁场方程，帮助他们锁定、追逐太阳大气敏感点的位置。三十小时前，敏感点运动到他们附近，于是联合政府向他们发出了撞击敏感点的指令。

“我想，他们完全有资格被称为救世主。

“我们现在将连入月球庇护所的视频信号，是时候向英雄致以掌声和感谢了。”

秘书长身后的画面再度闪烁，两副憔悴的面孔出现在屏幕中央，我花了几秒钟才把这两个人和刚才的两张照片对应起来——光阴在他们的额头和眼角无情流过，冲刷出了一道道皱纹。

“你们好，徐江明博士，早川真秀博士。我是现任联合政府秘书长马卡洛夫·李，很荣幸地告诉你们，太阳潮计划已经成功。”秘书长微笑道。

两人毫无反应，他们的视线甚至没有盯着镜头，而是看着屏幕外面的什么地方，似乎正在操纵某些仪器。虽然画面有些模糊，但仍然隐约能看出他们身处的空间十分狭小。

我隐约觉得自己在哪里听过这两个名字。又花了几秒钟，我终于从糨糊一样的脑海里捞出了一个人：早川晴子。这两个人是她失踪的女儿和女婿！

秘书长耐心地等待着。信号从金星传到太阳需要六分钟，那边的回答传回金星也需要六分钟，所以隐形天幕和庇护所之间一共有十二分钟的通信延迟。

十二分钟后，画面中的早川真秀猛然抬起脑袋，难以置信地望着镜头：“谁在和我们说话？噢，你是现任秘书长？一切顺利吗？行星粉碎机怎么样了？地球呢？隐形天幕是不是还保护着金星？大家都还好吗？哦，快告诉我，快告诉我……人类是不是依旧存在？”

“是的，我们都在，四十亿人民正从金星上看着你们。日冕抛射物质击毁了行星粉碎机，它的残骸正与地球的残骸一同飘向深空，数千万年后，这些残骸将在引力作用下聚合成新的地球。但我们仍有一个家园，联合政府决心把它建设得比地球更加美好。”马卡洛夫说。

“江明，江明，地球有消息了！”早川真秀似乎根本没听见马卡洛夫的声音，她用力摇晃着身边丈夫的肩膀。

“我听着呢，真秀。”徐江明揽住她的肩膀。

又过了十二分钟，早川真秀捂住了嘴巴，徐江明用力揉了揉眼睛。

“地球……地球没事……太好了……”真秀靠在徐江明肩头，才说了几个字就泣不成声。

“联合政府摄录了日冕物质与行星粉碎机对撞的过程，高品质视频信号的上传需要一段时间，再加上太阳和金星之间的通信延迟，大约一小时后你们就可以看到这段视频。”马卡洛夫说。

秘书长没有纠正他们，没有再度强调地球已经毁灭的事实。

每个人都知道他们说的“地球”的含义——人类如今在星空中的居所，希望滋长之地、未来发芽之处。

一个多小时后，徐江明和早川真秀满脸的皱纹中绽开了畅快的笑意。

“你看，你看，它碎了！”真秀像个看见烟花爆炸的小女孩一样，高兴地指点着镜头下方的某个地方。徐江明伸手抹了抹那个位置，似乎是要把他们那边的屏幕擦得更干净一些：“是啊，跟打得一塌糊涂的鸡蛋汤似的，就像你给我做的第一碗那样。”“你还记得？那碗汤肯定非常好喝，是不是？”“其实这么久以来我一直想跟你说，当年你把胡椒面当盐放进去了……”

两人叽叽喳喳地谈论着，秘书长没有打断他们，这两位寂寞的英雄理应得到全人类的耐心倾听。

“两百七十五年了，除了冬眠的时间外，每个清醒的日子都在等待中煎熬。”真秀最后喃喃着说，“我还以为这样的日子会持续到永远。有很长一段时间，我总是重复做着同一个噩梦，梦见行星粉碎机毁灭了金星，没人来得及向我们发出指示，于是我们就只能驾驶着月球在太阳中运行下去，等待一个再也不会到来的命令，直到月球发动机耗尽月球的全部质量……”

“我们坚持到了这一天。”徐江明抚摸着真秀的面庞，两人的头发都被岁月漂洗成了斑驳的灰白色，他们安静地依偎在一起，看起来十分幸福。

过了许久，徐江明终于放开妻子：“报告联合政府，这里是月球庇护所。作为太阳潮计划的月球驾驶员，航天员徐江明及航天员早川真秀已经履行全部职责，现在正式申请结束任务。”他郑重地望着镜头说道。真秀也擦了擦脸上的泪痕，庄严地坐直身体。

“月球庇护所请注意，我是联合政府秘书长马卡洛夫·李。联合政府批准你们的请求。胜利来之不易，两百七十五年的漫长等待，你们辛苦了。”秘书长说。

又过了十二分钟，屏幕上的两人同时敬了个礼，随后真秀靠在椅子上，长长呼出一口气。

“那么，请把‘最后选择箱’的密码告诉我们吧，秘书长先生。”徐江明说。

“你们确定要做出这个选择吗？”马卡洛夫问，“你们可以驾驶月球离开太阳大气，在一条稳定的绕日轨道上等待救援，我们一定会找到把你们带出庇护所的办法。”

徐江明摇摇头：“庇护所现在位于月球残骸的核心，外面裹着一百七十多公里厚的熔融金属和岩浆。要等它自然冷却、凝固成可以挖掘的状态，得过上几千万年。而我们的食品储备……顶多可以再撑五年。”

“我们想要一个有尊严的结束。”早川真秀接口道。

秘书长沉默了一会儿。“批准请求，密码已经发送。”他最后说。

十二分钟的延迟后，徐江明离开座位走向后方，离座位几步远的地方有一张床，他从床下拖出一个小型密码箱，又抱着箱子回到镜头前。

早川真秀接过箱子，输入一组长达十五位的密码。

咔嗒一声，箱子开启了。从镜头的角度看不到箱子里都有什么，但两人脸上的表情就像在两百七十五年的漫长等待之后，终于得到了应得的战利品。

“真美丽。”早川真秀惊叹道。

徐江明从箱子里拿出一把锃亮的左轮手枪和一盒子弹，又拿出一柄锋利的军用匕首，这些武器显然都经过精心设计，在百年岁月流逝之后，它们依旧光洁如新，能够正常使用。

真秀小心地从箱子里取出几瓶密封得很严的液体，这些液体闪着不祥的光泽，真秀把瓶子放到一边，又从箱子里掏出两只小巧的注射器。

“最后选择”的意义不言自明。

我不禁想起几个世纪前袁恪礼老先生在纽约对我说过的那句话：世上只有两种公平，一是阳光，二是死亡。如今，他们将在阳光深处走向死亡。

“你们是否需要一点私人时间？”秘书长问，“如果需要，联合政府可以断开通信。”

“不必，秘书长先生。”徐江明摇摇头，“小时候，我和我妻子都认为自己是普通人，但历史的浪潮将我们一路带到了这里，那就让历史把最后一刻也记录下来吧。”

“我原先以为自己是个热爱生命的人，任何灾难……任何打击都不会让我自寻死路。”真秀轻声说，“我热爱自己的呼吸和心跳，热爱血液撞击胸腔、肋骨压迫肺叶的感觉，我曾经觉得除了疾病和寿命终结，没有什么能让我主动走向死神的怀抱……但几个世纪的时间改变了许多事情。”

“是啊，我也曾经以为爱永远不会消逝，永远不会褪色……可三百年的爱情简直就是酷刑，世界上最可怕的酷刑。”徐江明看着真秀微笑道。

“我一百五十年前就已经烦透了你这张脸，但是在这比衣柜大不了多少的庇护所里，我竟然只能和你抱怨你有多么差劲。”真秀摸了摸徐江明布满皱纹的额头。

“幸好他们当年没有直接告诉我们‘最后选择箱’的密码，否则我们怕是早就杀掉了对方——或者自杀了。”徐江明说。

“人总是有最后一种选择的。”真秀又呼出一口气，“联合政府很诚实，还记得他们当年怎么说的吗？‘庇护所就是你们的坟墓’。如今他们兑现了诺言。”

“你先挑。”徐江明看着眼前的东西说道。

真秀拿起枪，抵在自己太阳穴上比量一下，笑着摇摇头，放下了它：“太凉了”。接着她握住匕首，用拇指试了试刀锋，随即也放下了。最后，她又审视了一下那几瓶药物，挑了其中一瓶。

“我怕疼。”她轻声说。

徐江明拿起那把左轮，将子弹一颗一颗装进弹仓：“我就选传统一点儿的方式吧。”

“二十四岁的时候，你带我去过一趟草原，在那儿你跟我说你很想当个牛仔。”真秀说。

“这个梦想至今依旧没有消逝。”徐江明指指自己的脑袋。

真秀转身望着镜头：“联合政府，我们想再看看外面的世界。”

“你们需要什么？我们将竭尽所能提供。”秘书长迅速回答。

“有歌曲点播服务吗？来一首贝多芬的《第五交响曲》吧。”徐江明伸了个懒腰。

“我想看看月亮。”早川真秀说。

身在月球上的人想看看月亮。秘书长点点头，答应了这个有些荒谬的要求：“地球毁灭前的各类影像，以及包括《第五交响曲》在内的各大世界名曲已经开始向庇护所传输。”

十二分钟后，全世界都听到了《第五交响曲》那著名的叩响命运大门的旋律。

真秀关掉了庇护所的灯光，庇护所屏幕上的影像映在两人脸上，隐约能分辨出鲜花、青草、落叶和白雪的颜色，还有蓝天、太阳、星空以及明月的光辉。

过去的月光在如今的月亮的核心闪耀，把庇护所的墙壁照得银光闪烁。

今人不见古时月，今月未曾照古人。

月光由明到暗，再由暗到明，他们屏幕上的月亮似乎正经历着月相盈亏的过程。早川真秀和徐江明的头发在月光中显得愈发苍白。

月光再一次达到满月的亮度时，真秀将玻璃瓶里的液体一饮而尽，然后把脑袋靠在徐江明肩头。“味道很甜，有点像草莓。”她低声说着，很快陷入沉睡。

徐江明搂住她，《命运交响曲》的演奏渐渐到达高潮，真秀的呼吸声也慢慢小了下去，最终变得几不可闻。交响曲从第三乐章进入第四乐章后，乐音显得愈发壮丽，像旭日一般光辉灿烂、像洪流一般波澜壮阔——在这胜利的山呼海啸中，插入了一声短暂、不和谐的枪响，它像乐团偶然奏错的一个音符一样，转眼就淹没在了恢宏的交响之中。

余音终于袅袅落下。

“持续四百年的隐形天幕计划正式结束。共有四十一亿八千七百五十九万三千二百二十五人为它献出了生命。”秘书长的声音有些苍凉。

十六、第二次警告

两天后，科赫邀请我去喝茶。

“我年纪大了，不能喝酒，否则我真该敬你一杯。”我举起茶托向他示意。

科赫摇摇头：“这是人类四百年的努力和难以置信的运气的功劳，行星武器研究所做的事情不过是临门一脚。”

“也许你高祖父会有点后悔没选择冬眠呢。”我呷了一口茶，“现在可能是人类历史上最美好的时代了。”

“是啊……很美好。”科赫说，“联合政府已经派飞船去追行星粉碎机的残骸了，好歹要从上面拆下点东西来研究研究，要是能搞明白它的引擎原理就更好了。”

“不管那机器上有什么，都一定能让人类的技术水平突飞猛进。”我说，“现在想起来，就好像一场延续了四个世纪的梦一样，先进文明竟然就这样把技术拱手送到了我们面前。”

“说到这个……我总觉得哪里不对劲。”科赫放下茶杯，“制造行星粉碎机的文明——是叫典狱长吧？他们只靠这么个玩意儿管辖整个银河？一台凭人类就能摧毁的机器？如果我有他们的技术水平，我一定能把银河这座监狱修得更加密不透风。”

茶馆墙上突然跳出紧急新闻播报画面。

“噢，”科赫拉长了脸，“又他妈出什么事了？”

“联合天文台消息，警告碑正从地球轨道向金星靠近，将于六小时后抵达。”播报员说。

“警告碑？我还以为它跟地球一起完蛋了呢。”科赫长舒一口气，随即又紧张了起来，“它不会是来找我们麻烦的吧？”

“应该不会。”我想了想说，“它要是对人类有恶意，早就动手了。”

六小时后，警告碑停在了天幕外表面上，在全世界注视下，马卡洛夫秘书长带领代表团来到警告碑前。

“你好，朋友。”秘书长说，“很高兴看到你安然无恙。这次你为我们带来了什么？”

“我是警告。”警告碑的开场白与它四百年前第一次见到人类时一模一样，“我曾经告诉你们，创造我的死者发射过一支逃亡舰队。”

“我们记得。那支舰队离开银河后，行星粉碎机就降临了。”

“是的。我不久前收到了那支舰队传回的消息。”

“从银河之外传来的消息吗！他们说了什么？”

“你们已经知道，银河内的光速低于银河外的光速。你们同样已经知道，宇宙正在膨胀。”

“是的，早在1942年，我们的天文学家就通过红移现象察觉了宇宙膨胀。”

“逃亡舰队在途中发现，整个宇宙内的光速都并不均匀。具体而言，在靠近宇宙边缘的地方，光速不断降低。根据他们的计算，宇宙边缘处的光速已经低于宇宙膨胀的速度。宇宙内的物体运动要受到光速限制，但宇宙本身并不受这一速度上限的制约。”

人类沉默了一会儿，努力消化这个信息。

“这意味着……银河不过是一间囚室，外面还有整座监狱，而监狱扩建的速度比我们最快的逃跑速度还要快。”

“很正确。”

“我们曾疑惑了很久，为何十亿年来典狱长文明杳无音讯，为何他们不使用更先进的技术监管银河……”

“逃亡舰队认为，行星粉碎机进入银河后，宇宙边缘处的光速才被人为降低。典狱长完成这项监狱改造工程后，就不再关心银河内发生的事情了。”

“那么，这台机器的设计目标可能只是摧毁当时银河中已有的文明，好为典狱长争取时间……之后的十亿年里，它不过是在反复执行预设程序。”

“可以这么理解。你也可以把它看成一台忘了关掉的吸尘器，主人出门后它仍一遍遍打扫着空荡荡的屋子，清除蚂蚁与蟑螂。”

“典狱长如今在哪里？”

“不在监狱之内。”

“那么逃亡者舰队呢？他们去了哪儿？”

“他们仍在路上，努力前往宇宙边缘。以你们的时间计算，他们于一亿年前向我发送了消息，这条消息于五万年前进入银河，于七十小时前被我接收。”

“他们还说了什么吗？”

“他们说，向外走吧，一定会有路的。”

“谢谢你转告我们。”

“不客气。我要走了，去向银河其他地方的文明发出警告，告诉他们行星粉碎机已经毁灭。这些文明有许多比你们还要年轻。”

“一路顺风。再次谢谢你。”

“也谢谢你们，人类。”

十七、尾声

科赫要我当他孩子的教父，虽然我的年纪足够当他孩子的祖宗，但我实在拗不过他。

“我是中国人，我们不搞教父教母那一套，你儿子得叫我干爹，不答应就拉倒。”我这样坚持。

“随你的便。”科赫大笑着回答。

科赫的婚礼在行星武器研究所大厅举行。大厅墙上醒目地粉刷着一条标语：

光速以上，才是自由；光速以下，皆是囚徒。

作为生于过去的人，我对这条标语始终抱着怀疑。“光速无法超越”是我的时代教给我的铁则，不可动摇。但新一代的年轻人们显然不在乎那么多，他们已经开始着手寻找突破光速限制的办法。

我衷心希望他们能够成功，虽然我肯定看不到那一天。

大厅外面正是白天，太阳透过遍布天幕的采光窗照亮了下方数百公里处的金星表面，橙色的云海中隐约可见几条从天幕上垂下的细线。

联合政府已经开始修建金星天梯，他们计划再花四百年，将金星气候改造得适宜人类生存。大量飞船正从地球轨道上尽量回收水和气体，并运回金星。

“总有一天，隐形天幕会再度完全打开。”马卡洛夫向人民这样承诺。

科赫在他的妻子面前跪下，给她戴上了戒指。那个女孩微笑着流下了眼泪。

所有来宾都举杯庆贺，杯中的泡沫闪闪发亮。

我看到人类沐浴在金黄的太阳光中。

首次发表于《科幻世界》2020 年 11–12 月刊

雅努斯之歌

◎分形橙子

在这片已经接近晨昏线的冰原上，数百个相似的个体正挣扎着登陆。它们迈动孱弱的肢体，用新生的肺大口呼吸着寒冷的空气，义无反顾地向前继续爬去。

红色精灵

“红色精灵”号静静地停泊在“雅努斯”行星的同步轨道上。

按照地球标准时计算，今天是“红色精灵”号抵达特拉比斯特 -1 号星系的第三天。

从冬眠舱里爬出来，在辅助机器人的帮助下沐浴更衣，重新学会走路和吃饭，这个过程足足花费了易欣大半天的时间。此时，当她坐在宽大的指令舱里，在柔和的灯光下啜饮着一杯特调的冰咖啡，翻看着桌子上的观测记录和照片时，那个思维敏捷、做事果决的“红色精灵”号船长才重新回到了易欣的躯壳里。

“船长大人，”送来第一批观测照片的柯林斯打了个哈欠，“你看起来恢复得不错。”

“谢谢。”易欣心不在焉地说。事实上柯林斯比她恢复得要更快更好，这个强壮的男人从冬眠舱里爬出来之后只愣了一小会儿就把辅助机器人推到了一边，自己跌跌撞撞完成了沐浴更衣和一系列需要人工干预的观测操作，眼前这些照片就是他的杰作，她随口问道：“你感觉怎么样？”

“说起来有点奇怪，”柯林斯摊开双手，“我现在很想吃油炸冰激凌。”

“那你可得忍忍了，”易欣笑笑，“飞船上可没有安装抽油烟机，冰箱里也没有冰激凌球。”

“瞧瞧，它像什么？”柯林斯指指照片上的“雅努斯”，提醒她。

易欣瞟了一眼，顿时明白了柯林斯的意思，眼前的星球一半是火焰，一半是冰原，就像一只被油炸了一半的冰激凌球。这颗被潮汐锁定的行星有着两张截然不同的脸孔，它一面永远被母星照耀，呈现出一种奇异的灰黄色调，在正对着母星的亮面中央，有一个肉眼可见的巨大气旋，就像一只永远睁着的眼睛。而它的暗面则是一片沉沦在万世永夜的灰暗冰原。柯林斯给它起名“雅努斯”倒也贴切，它就像那个古罗马双面神，有着两张截然不同的脸孔。

易欣不禁莞尔一笑：“原来这才是你真正的目的，穿越一百五十光年，就为了吃一只油炸冰激凌球。”

柯林斯大笑：“这可能是有史以来最昂贵的一次餐厅之旅。”

这时，照片上的一道白线引起了易欣的注意，这道在云雾下若隐若现的白线近乎精确地沿着晨昏线延伸分布，几乎把暗面和亮面分成了两个相等的半球。她皱起眉头，又翻看了其他照片，其他的照片上也都能从不同的角度上看到这条把“雅努斯”一分为二的白线，基本可以排除是镜头故障。

“这是什么？”易欣指着照片上的白线问道。

柯林斯耸耸肩：“太空时代刚刚开始的时候，有一个传说，中国的万里长城是太空中的宇航员能用肉眼看到的唯一人工建筑，后来人们才发现这是一个谣传。但这个传说是人类对自身文明自豪感的映射，也无可厚非。”

“你是说，这个东西是人工制造的？”易欣放下了刚到嘴边的咖啡杯。

“不排除这个可能，尽管这个可能性非常小，”柯林斯说，“自然界也能形成这种精确的结构，就像北爱尔兰巨人阶梯和昌普岛的众神足球并不能证明巨人和众神存在过，但是——”柯林斯从照片中挑出一张更清晰的照片指给船长看，他用粗壮的手指指点着，“瞧瞧这个，如果这是一道防御异鬼的城墙的话，我敢肯定没有什么东西能攻破它，它的高度有两公里，是绝境长城的十倍。”

“如果是地质活动形成的山脉的话，它又过于规整了，”易欣评论道，她凝视着她的科学官和她的探星搭档，“拜托，柯林斯，别卖关子了，你知道在这种地方不可能有‘人’建造这么高大的城墙。我才从那个棺材里爬出来没多久，说实在的，我现在都不知道我的脑细胞有多少已经阵亡了，你就让我剩下的脑细胞多幸存几个吧，快告诉我，那到底是什么东西？”

“雅努斯是我们探索的第一颗被潮汐锁定的行星，你瞧这儿——”科学官终于收起来戏谑的笑容，他又翻出一张照片，指着那个明亮的气旋，“由于雅努斯距离恒星非常近——事实上比水星距离太阳还近——所以它的亮面接收到的热量非常多，根据喷气推进实验室的计算机模拟，亮面被恒星直射的地方会有一个类似于木星上的大红斑的气旋。现在，我们亲眼看到了这个气旋，至少说明我们的计算机模型是部分正确的。这个气旋是雅努斯大气循环的一个重要节点，它吸取了地面的热量，热空气上升，形成一股朝上的极速气流。也就是说，亮面的地面上刮着永远朝向气旋中心的狂风，越接近气旋，风力越大。当来自整个亮面被蒸发的海洋的蒸汽被卷到高空，水汽遇冷凝结，所以这个气旋下面永远下着不停息的大雨。”

“很壮观。”易欣喃喃地说，她翻看着那张近距离拍摄的气旋照片。气旋位于一片大陆上方，这片大陆的形状有些类似美洲大陆，整体呈现一个长条状，远端一直延伸至环赤道区域，其余的部分是深红色的海洋。易欣想象着高温的雨水铺天盖地永无休止地从厚重的云层倾泻下来，在大陆上汇集成奔涌的如蛛网般密布的沸水河流，注入大海。一切都隐藏在氤氲的蒸汽中，那一定是一个地狱般的世界，很难想象有什么样的生命能在这种环境生存下来。

“在暗面还有一个冷气旋，这也和计算机模型的计算是一致的，”柯林斯继续说，他拥有一双蓝灰色的眼珠和坚硬的金发，下巴很光滑，声音很有磁性，“在亮面被加热的热空气被雅努斯之眼——希望你不介意这个称呼——推上高空，然后在高空气流的推动下，热气向暗面扩散，在高空中又形成了与地面上方向相反的气流。但是，由于大陆上的山脉阻挡，只有少数气流能够到达晨昏线。奇怪的是，‘长城’上有对应的通道，这些气流可以畅通无阻地进入暗面，并且汇集在暗面的中央形成一个反向冷气旋。这就是雅努斯的大气循环简化模型，当然，实际上它的大气循环比我说的要复杂得多。由于热空气能够抵达暗面，所以这颗行星的温差并没有我们预估的那么大。亮面的平均气温大概在零上四十摄氏度左右，暗面的平均气温大概在零下四十摄氏度左右。换句话说，暗面的冰层下面肯定有液态海洋。”

“你还没有解释那道白墙是什么。”易欣提醒柯林斯，同时，她翻看着其他照片。不管从哪个角度来看，雅努斯都是一颗迷人的星球，它就像传说中的双面神雅努斯一样，有着两张截然不同的面孔。暗面是冰冷的灰白色调，很平整，广袤的冰原上散布着一些交错的笔直线条，有点像木卫二的表面；亮面则被厚重的云团遮蔽，偶尔在云层的缝隙中可以看见深红色的海洋和暗红色的大陆，大陆上遍布着山脉和峡谷以及平原和高地。这真是一颗迷人的星球，想想看吧，一颗被红矮星潮汐锁定的行星，它有液态水，有大气循环，在如此漫长的时间里，会演化出生命吗？

“这是我的推测，那道白色‘长城’是冰与火交汇的战场，”柯林斯终于说，“来自亮面的气旋带来大量降雪，降雪落在暗夜冰原上变成新的冰层，冰层不断积累，就像流动的冰川一样向亮面推进，但是在晨昏线上，它们遭遇了来自雅努斯之眼的热风，于是在晨昏线上堆积起来，经过亿万年的相持，最终达成了火与冰的平衡——也就是那道冰雪长城。”

“很有意思，”易欣若有所思地点点头，柯林斯这个解释似乎勉强说得过去，但易欣总觉得，这道白线还是太过规整了一点，简直就像一个造物主细心用粉笔在这颗行星上仔细地按照两张脸孔画下的分界线，“但这不是我们来这里的目的，我想知道，这颗星球，有没有可能存在生命？”

“这个还不能确定，它的暗面是一片冰原，如果有生命，也只存在于冰层下面的海洋里。但是根据计算，冰层的厚度可能超过两公里，要在上面钻个眼儿，可不是一个小工程……”

“技术上来说不是问题，我们能做到，”易欣打断他，“我们既然能飞跃一百五十光年的距离来到这里，我们也能钻一个两公里深的洞。”

“当然，”柯林斯耸耸肩，“那么现在，让我们看看雅努斯的另外一张面孔吧。”他拿过一张飞船掠过亮面气旋正上方时拍摄的照片，照片正中的巨大气旋真的像一只眼睛盯着他们，这张照片只能来源于飞船发射的环绕极点的卫星。“气旋附近肯定是不适合生命存在的，至少高等生命不行，没人能忍受永恒的沸水大雨和十四级的热风……一般来说，一个潮汐锁定的行星最适合居住的地方是晨昏线附近。但是由于城墙的存在，充满了水蒸气的热气被城墙阻挡，所以在大部分区域都经常下着冻雨和大雪，这些地方显然是不适合登陆的。幸运的是，我已经找到了一些适合登陆的地点，看这里……”他又挑出一张晨昏线的照片，照片上的白色长城清晰可见，“亮面只有一片比较完整的大陆，这个大陆延伸到了晨昏线附近，巧合的是，这里正好有一个对流通道，热气从高空流向暗面，冷气贴着地面从暗面流向亮面，当然，长城上可不止这么一个缺口，但其他通道大部分都位于海洋里，位于陆地上的通道目前只发现这一个。”

“这些通道似乎不难解释，”易欣说，“是对流导致了通道的存在，而不是通道的存在导致了对流，通道是结果，而非原因。”

“没错，晨昏线周围的气候比较温和，尤其是通道附近，大部分气流都通过通道流走了，通道附近反而没有什么大风，阳光也合适，有液态水的存在，如果这颗行星有文明的话，它们一定会选择这些地方建造它们的城市。但是这些地方大部分时间都被云层笼罩，还需要进一步观测。”

“大气成分？”

“氮气为主，有 15% 的氧气，2% 的水，0.04% 的二氧化碳和其他惰性气体，”柯林斯徐徐道来，看着易欣逐渐瞪圆的眼睛，柯林斯笑了，“你没听错，船长大人，我们中奖了，这颗行星的大气成分和地球很相似，只是氧气含量稍微低了点，水汽又多了那么一点……换句话说，这很可能是一颗有生命的星球。”

“非常好，”易欣掩饰着心中的惊喜，“不过，这听起来有些不太像真的，会有这么巧合的事情？很难想象一颗环绕在红矮星周围的被潮汐锁定的行星上会有这样的大气成分。”

“雅努斯很可能孕育了和地球同样的以一氧化二氢为生命溶剂的碳基生命，”柯林斯指指窗外，此时，餐厅的窗户正好旋转到面对着雅努斯，从这个角度望去，晨昏线上的城墙在暗红色的阳光下呈现出一种奇异的暗金色，将雅努斯分为了泾渭分明的两个半球，一个火热狂暴，一个冰冷安宁，“这是一颗非常非常有趣的星球。”

易欣把视线从窗外转回来：“柯林斯，再发射两颗环赤道的同步卫星吧，我要一个能覆盖全球的卫星通信网。稍后我们再详细讨论一下探测计划。”

船长的命令让科学官兼操作工柯林斯心旷神怡，他迈着轻快的步伐走开了，看背影就像一个怀里揣着满满的万圣节糖果的小姑娘。机器人侍者给易欣重新添满了咖啡，她安静地啜饮着浓郁的黑咖啡，感觉头脑愈发清醒。接下来的时间里，易欣仔细翻看着桌子上的数百张照片，心里总有一种奇异的感觉。

虽然说要和柯林斯讨论探测计划，但他们的选择其实并不多。按照UNSA（联合国空间总署）对探星者的严格规定，如无必要，决不允许探星者亲自登陆行星。这个规定是在出现了不少失踪的探星者之后才制定出台的，探星计划开展数百年以来，前仆后继的探星者们用生命证明了系外行星的危险性绝不是通过地球上的计算机模拟就能完全了解的。

半个小时后，易欣心中已经有了决定，她把照片推开，抓起咖啡一饮而尽。

出 生

暗夜冰原，冷气旋附近。

旋转，无休止的旋转。

紧接着是猛烈的撞击，周围是激荡的液体，不可言喻的疼痛和晕眩，但马上一切就停止了。它摆摆尾巴，四处探索，感觉到自己正处于一个密闭空间里，安全温暖，周围是弧形光滑的表面，就像……一只……卵？对，没错，就是这个词语，这个词语突兀地闯进了它简单的大脑，它在一只卵里。

此时，卵显然已经从撞击中停下来了，周围的寒意慢慢浸入卵壳，但是对它来说，这是一种极度舒适的感觉，是清凉舒爽，驱走它身上的燥热。

此时，它第一次有了方向感，它向每个方向探索，但总会碰到光滑圆弧的墙壁。卵壳里充满了液体，在它最初的记忆里，这些液体在不停地旋转，狂暴地冲击着它，它就像一片风中的树叶在不停地摇摆。

如果有一个人拿着透视仪观察这只卵的话，他会惊奇地发现在火红色的液体里有一条小小的鱼正在舒适地游弋。这条小鱼正撞击着卵壳，但卵壳很坚硬，小鱼很快就放弃了徒劳的撞击，张开嘴大口大口地开始吞咽卵壳里的液体。

小鱼没有意识到，它小小的世界并没有完全停止，而是正在缓慢地下沉。它吞咽了一会儿液体，一股疲倦感袭来，于是它又转了一圈就不动了，细长的身体静静地悬浮在液体中陷入了深沉的睡眠。

不知道过了多久，一阵轻微的震动透过液体传导到小鱼的身上使它惊醒。它甩甩尾巴，察觉到卵正在翻滚下沉，液体又开始激荡起来，但比起之前要温柔许多。它感觉自己又变得灵活了一些，但是和刚才不一样的是，它感受到了某种东西，有光线刺进它黑暗的世界。色彩，火红的色彩，它的头上长出了两个微小的感光细胞聚集点，原始的眼睛出现了。但它只能看到一片昏红色，混沌朦胧的暗红。这个色彩让它有了一种熟悉的安宁感。它默默地感受着这片红色，某些潜伏的记忆正在缓缓地复苏。

又是一下颠簸，卵壳终于再次停下来，卵壳仿佛触碰到了某个巨大造物的底部，轻微地震动了几下，然后开始轻轻摇摆。小鱼感受着液体微微的晃动，感到有些不安。在它看不见的地方，一座海底热泉正喷涌着黑色的烟柱。烟柱一直延伸到几十米的高处，然后缓缓飘落回海底，一些黑色的物质渐渐地覆盖了红色的卵壳。

奇妙的化学反应发生了，在黑色物质的侵蚀下，卵壳逐渐变得透明起来，同时，当小鱼再次撞击到卵壳内壁时，它敏锐地察觉到卵壳内壁已经不像刚才那么坚硬了。热，再次热了起来，强烈的灼烧感，小鱼猛烈地撞击着内壁，它第一次张开嘴巴，撕咬着已经变得柔软的卵壳。但是，自然规律早已决定了小鱼的命运，它一直没有撕开内壁，尽管内壁已经变得非常柔软。直到蛋壳内红色液体褪去了颜色，变成了无色液体之后，小鱼才最终撕开已经不堪一击的卵壳，迫不及待地钻了出去。

一阵清凉的感觉马上包裹住了它，它出生了。

它置身于一片黑暗的海水中，但马上，它的感光细胞就接收到了某些奇异的色彩。首先进入它简陋的眼睛的是一些其他的红色光点，那些光点散落在黑暗的海底，不时地有更小但更亮的光点从红色的大光点中分离出来，大光点则随着小光点的离去而渐渐熄灭。但这并不是全部，它看到一个朦胧的巨柱也发出暗红色的微光，虽然微弱，但已经足以被它简陋的眼睛察觉到。它围绕着巨柱转了几圈，这时，有一些小光点朝它移动过来，它意识到这些是它的同类，它们很快就聚集在一起，形成一个小小的红色鱼群。

小小的鱼群围绕着黑色烟柱转了几圈，仿佛在向这个巨物告别。片刻之后，发出明亮的红光的鱼群就向远方的黑暗游去。在这个小小的群落周围，有更多的鱼群正在集结。

在这个黑暗世界的天空上，有更多的卵正在缓缓飘落。

鹰与蛇

雅努斯同步轨道，“红色精灵”号。

“我将在暗面释放鹰。”柯林斯给易欣解释着他的探测计划，他在一张从雅努斯暗面极点上空拍摄的照片上指点着，易欣一直努力用肉眼寻找冷气旋，但什么都没有看到，只有在红外线照片上才能看到冷气旋的存在。虽然叫冷气旋，但冷气旋的温度没有预想的那么低，事实上，冷气旋的中央很可能是整个暗面温度最高的地方，这也让易欣和柯林斯感到有些疑惑，按照他们现在掌握的大气环流模型来看，从亮面往暗面输送的热量远远达不到能让暗面的极点出现冷气旋的程度，但红外线照片也不会撒谎。“鹰抓着蛇在暗面极点不远处软着陆，避开冷气旋，然后释放出蛇，蛇会钻透冰层。如果冰层下面有一个海洋，蛇和小家伙们会替我们完成接下来的工作。”

鹰是探星船的标准配置，它是一个全自动登陆舱。当鹰飞掠过冰原时，会释放出一个串联核动力单元组成的机器蛇。机器蛇会从天而降，利用重力撞击进入冰层。机器蛇的头部就是一个钻头，它会利用热量和灵活的身体融化并钻进冰层深入，直到钻透冰层。理论上，强劲的核动力马达可以让它们钻透五公里的冰层。当钻透冰层之后，机器蛇会分解成十三个独立的机器，每一段都会变成一个自带核动力的机器章鱼。这些小家伙们抗高压，抗低温，防水防尘，具有多频段视野，能探测到从微波到伽马射线之间的所有频段。更重要的是，这些小家伙还是顶尖的捕猎者，如果它们发现了有必要捕捉的猎物，会在飞船发布的指令下进行捕捉。而且，它们拥有一定的自主性，机器章鱼们拥有一个分布式的中心大脑模型，会自动进行测算是否需要集群猎杀。易欣一直觉得，这些小家伙的设计者一定是从老电影《黑客帝国》中的机器章鱼得到的设计灵感。事实证明，这个设计非常成功，在探索欧罗巴的时候，这些小家伙第一次崭露头角就表现出色。

“就这么办吧，”易欣点点头，“我建议在极点附近和赤道附近各释放一条蛇。”

“我有预感，在这颗行星上，我们一定会有所发现，”柯林斯说，“它的寿命可能比整个太阳系还要长一倍，如此漫长的时间里，谁知道会发生什么。如果冰层下面真的存在一个液体海洋——这简直是一定的，你肯定注意到了，雅努斯的暗面像不像欧罗巴？”

“没错，”易欣说，“但这并不能说明什么，水是宇宙空间中里最常见的物质之一。水星和月球上都发现了水，但在欧罗巴的冰海里，我们可什么都没有发现。”

“但欧罗巴没有如此复杂的环境和大气环流，而且没有表面的液态水，”柯林斯显然对雅努斯抱有很大希望，“但雅努斯有，而且雅努斯距离它的母星如此之近，和欧罗巴一样，也受到了引力潮汐的影响，内核遭受来自母星的来回挤压，如果我没有猜错，冰海下面一定存在海底火山。”

“让我提醒你一下，柯林斯先生，”易欣抬起头看着柯林斯，“我们的目的不仅仅是寻找外星生命，我们还是在为人类寻找能够移居的新家园，恕我直言，这颗行星的环境实在称不上友好。”

“如果我们摧毁长城，晨昏线附近能居住的地方会大大增加。”柯林斯的脸上是一副受到伤害的表情，“而且，你不觉得，即使这颗行星达不成人类的移民条件，它本身也是值得探索的吗？想想看，一颗被潮汐锁定拥有长达可能一百亿年历史星球，表面拥有液态水和复杂的大气循环结构，简直太令人着迷了。”

“好吧”易欣说，“再释放一个浮空探测器，我们要知道冷气旋的内部结构，我想知道冷气旋为什么到了暗面的极点还没有完全冷却。另外，加强对亮面的观测，尤其是靠近晨昏线通道的宜居带。”

顿了顿，易欣的语气缓和下来，她补充道：“柯林斯，祝你用餐愉快。”

三个小时后，当“红色精灵”号运行到暗面上空时，鹰从飞船的主体上脱落，沿着一条平滑的抛物线轨道向雅努斯冰冷的脸庞飞去。柯林斯全神贯注地坐在模拟舱里操控着鹰逐渐下降，他戴着一副 VR 眼镜，穿着紧身体感服，体感服上分布着的数千个传感器和鹰的主计算机相连接，主计算机会将位于鹰上的姿态控制仪、传感器等仪器的信号编译成能被体感服识别的信号传送到体感服上，让柯林斯化身雄鹰。

此时，雄鹰正翱翔在永夜冰原的上空，从柯林斯的视角望去，一望无际的冰原在他身下向四面八方伸展，一直延伸到天边。这里并不是完全的黑暗，漫天的群星之光在无垠的冰原上漫反射，形成一种朦胧的光感，如幻似梦。

柯林斯知道，他眼前之所见是宇宙中最不可思议的景象之一，这片冰原可能比太阳系本身都要古老。冰原很平滑，有一些红褐色的线条纵横交错。柯林斯调高了感光度，瞬间，眼前的一切都明亮起来。他再次调整视野，进入到望远镜模式，VR 眼镜上的图像成倍放大，让柯林斯看清楚了地面上的细节。他看见那些褐色的线条其实是一道道冰裂缝，冰原也没有远处看起来那么平滑，而是略有起伏，一连串小丘陵从他视野里一晃而过，柯林斯甚至看到一道小小的悬崖。他在心里估算了一下，悬崖的落差不会超过一百米。如果不是知道自己身处距离地球一百五十光年以外的特拉比

斯特 –1 号星系，柯林斯真会误以为自己正在木卫二的上空。

正前方，一个白色巨柱渐渐在黑暗的背景下显出身形，那个白色巨柱仿佛是一个支撑天地间的柱子，孤独地矗立在暗夜的最中心。巨柱的上端是一个旋涡状云层，来自四面八方的热气流在此汇聚冷却，结成冰冷的雪花沸沸扬扬从天而降。但这是永不止息的大雪，大雪降落在极点，层层叠叠重压之下变成坚硬的冰层，在重力的作用下以每年几厘米的速度向四周移动，最终汇聚在晨昏线，变成巨大的寒冰城墙。

这一切都让柯林斯感到着迷。鹰快接近目的地了，柯林斯将感光模式调整为红外线，顿时天地变色，眼前的灰白色巨柱变成了一个熊熊燃烧的火炬，火炬上方可以清晰看见无数条红色气流源源不断地注入火炬。

这不可能，柯林斯不禁迷惑地摇摇头，他从震惊中回过神来，不管怎么测算，这个气旋的温度都不可能达到这种程度。按照现在搜集的数据建立的大气模型来看，暗面的气温应该远远低于现在这个数值，也就是说，从亮面输送的大气含有的热量不足以造成现在的结果，有额外的热量输送。人类已经能飞越数百光年的距离，但很多时候，依然在大自然面前败下阵来。柯林斯想起一种说法，要不是恒星真的存在，人类的科学理论可以很轻易地用无数种方法证明恒星是不可能存在的。如果不是亲眼看到，柯林斯也有一百种理论来解释这个冷气旋根本不可能存在。

突然，柯林斯注意到有一些明显比周围的温度还要高的红色亮点在气旋中隐约闪烁着，就像风中的萤火虫。这个比喻并不贴切，他仔细分辨了一会儿才发现，这些红色亮点是随着高空气流飞来的，它们抵达了气旋之后，就随着雪花从天而降，散落在极点冰原上。

但柯林斯已经不能再靠近了，此次的任务并不是探测气旋。预定的第一个投放目的地已经快到了，他操控着鹰飞过了一个细长的冰裂缝和一片低矮的冰丘陵，来到了一个凹陷的盆地上空。这个盆地很可能是一颗小天体的撞击坑，直径大约一公里，这里是两人讨论之后定下来的最佳投放点。

鹰在撞击坑上方盘旋着，时间到了，柯林斯松开了手中的蛇。鹰的腹部打开了一个洞口，一个黑色的柱状物体从中滑落出来，就像一个坚不可摧的钨棒，在重力的作用下沿着精确的轨道向下方冰原刺去。

五十秒钟后，坚硬的蛇刺穿了冰层，并且深入到十三米的距离才停了下来。随着一阵微微的轻响，分布在各节肢体中的核动力引擎启动了，同时，蛇身变得柔软，蛇头缓缓地变成了钻头的形状，钻头的顶端是人类能够制造出的最坚硬的简并态物质，比金刚石要坚硬一万倍，足以钻透挡路的所有岩石。

“出发吧，我的小宝贝儿们。”柯林斯轻声说。

蛇头瞬间发出高热，钻头开始以每秒数万转的速度飞速旋转，前面的寒冰瞬间气化，顺着蛇身上的导流槽飞速地传导到蛇尾后方，又重新凝结成寒冰，蛇开始高速向下前进。

十分钟后，柯林斯在晨昏线附近释放了第二条蛇。

“现在，”柯林斯摘下头盔，对易欣说，“让我们赶紧释放浮空探测器吧，看起来那里有一些不太寻常的东西。”

波波夫

亮面，晨昏线附近。

最近一次醒来的时候，波波夫发现自己的第三腕足上出现了一个暗红色的圆斑。它仔细检查了其他几条腕足，果不其然，它在第六腕足上也发现了同样的圆斑。

波波夫的心里反而安定下来，它知道，太阳神已经发出了召唤，朝圣的时间快到了。

波波夫从圆形的巢穴里爬了出来，爬向不远处的奔流河。奔流河的河岸上生长着巨大的伞树，这些伞树会缓缓地移动树根，寻找更稳定的地基。它们巨大的伞叶永远张开着，红色的伞叶连接成一片红色的海洋。

波波夫穿过伞树，它的八条腕足灵活地在树根间蠕动爬行，一双眼睛目视前方，头顶上的天眼扫视着天空，天眼看到的并不是厚重的永不消散的云层，而是一片朦胧的红光。它没有感到刺痛，这是一个适合出行的时刻，当然，大部分时间都是适合出行的。如果不适合出行，它看到的就不会是一片温和的红色，而是让天眼感到刺痛的蓝色，而且伞树也会早早地闭合它们脆弱的伞。

波波夫爬出丛林，来到奔流河边，它舒展身躯，轻轻地爬进水中。清凉的感觉包裹住了它，它摆动腕足，把自己推向更深的地方。波波夫舒展开八条腕足，在水中肆意地游动着。水流温柔地冲刷着它的身体，让它有一些奇异的安全感。波波夫游了一会儿，感到有些累了，它放松身体，八只触手伸展开来，悬浮在水中，任凭水流把它带向下游。某些古老的记忆从它脑海里浮现，它喜欢这种被清凉的液体包裹的感觉。波波夫有些饿了，它收起腕足潜入水底，抓住一些很像它的腕足的蠕虫，这些蠕虫生活在河底的泥浆里，虽然有点难捕捉，但是味道十分鲜美。波波夫吃了几条蠕虫，又抓住几条细长的鱼胡乱塞进嘴里。

当波波夫爬上岸时，它看到卡卡乌正在伞树下等它。波波夫缓缓地爬上岸，朝卡卡乌爬去。它们很快就碰到了一起，卡卡乌敏锐地察觉到了波波夫的异常，它一定是嗅到了性素的气味。它欣喜地迎了上来，波波夫的三颗心脏都猛烈地跳动着，它眼里的卡卡乌也和平时不同了，它的每一条腕足和修长的身体都让波波夫的眼睛挪不开。它知道，这是性素正在影响它。

没有交谈，十六条腕足很快就交错缠绕在了一起，它们在伞树下尽情地缠绵着。一阵阵战栗传遍了它们全身，每一条腕足都在愉悦中微微颤抖。在颤抖中，波波夫缓缓地张开腹部的裂口，卡卡乌伸出一条腕足，伸进裂口。一种奇异的脉冲传遍了波波夫的全身，那不是疼痛，也非麻痹，更非快感，而是一种难以言说的战栗，一种来自远古祖先的记忆冲击着它。在战栗中，波波夫再次听到了太阳神的召唤。

一个明显的凸起从卡卡乌伸入裂口的腕足根部处浮现，凸起渐渐向腕足远端滑动，就像一只鸡蛋在蛇的身体内滑动。卡卡乌剩下的七条腕足和波波夫的腕足紧紧地缠绕在一起，它们双眼紧闭，头顶的天眼却异常明亮。

最终，凸起通过了裂口，进入了波波夫的腹部。卡卡乌收回腕足，浑身瘫软，八条腕足无力地摊在河岸上。波波夫腹部的裂口闭合了，卡卡乌在它体内产了一只卵。

波波夫蠕动着腕足，离开了卡卡乌。它缓缓地爬到一棵伞树的根部，开始啃食伞树的树根。它感到非常疲倦，于是爬回了巢穴，在黑暗中沉沉睡去。在睡梦中，波波夫梦见自己时而变成一只小鱼在黑暗的冰水中游荡，躲避着危险的掠食者；时而变成一只荆棘怪追逐着红色的鱼群，鱼群在它的眼里就像一团会发光的红雾；时而又变成一块炎热的岩石沉入冰冷的深渊。

在接下来的时间里，交配者们纷至沓来，它们每一个都在波波夫的体内产下了一只卵。当波波夫的第三到第六条腕足上都出现了明亮的圆斑时，它知道，启程的时间到了。

登　陆

暗夜冰海。

小鱼喜欢被同类们包围的感觉。

数千条小鱼组成的鱼群沿着一条海底山脉向前方游去。它们没有感到寒冷，每个同类的身上都不停地散发着热量。它们感到饥饿的时候，就会下降到海底，寻找散落的碎屑。这些碎屑很好找，就像散落在海底的红宝石般在黑暗中熠熠发光。小鱼的感光器比刚出生时更完善了，它们已经足以看清楚躲藏在缝隙中的黏虫和海草。这些软鼓鼓的黏虫在海底慢慢地爬行，寻找着碎屑，在感光器下显示出一条缓慢出现又消失的尾迹。鱼群不断地经过它们上方，给黏虫和海草带来源源不断的热量和光明，让它们这个微小的生态系统得以持续。

有一些小鱼掉队了，它们没有赶上鱼群的速度，慢慢地落在了后面。小鱼不知道它们的命运即将如何，在某次回头的一瞥中，它似乎看到一只小鱼缓缓地落到了海底，蠕动着消失在了一道缝隙里。

海水越来越温暖，小鱼却感到越来越寒冷，它的运气不错，一路上吃到了不少碎屑和黏虫。每一次进食之后，小鱼都感到自己的身体在发生变化，它的身体越来越大，八只鳍也从粗短变得修长，感光器上逐渐出现了一层硬化黏膜，类似于凸透镜的效果，让它能看到更远的方向。

最初的鱼群中，个体已经越来越少，小鱼并不是最大的一个。鱼群在前进的路程中，运气好的能吃到更多食物，然后个体变得更大，然后就有概率抢到更多的食物。渐渐地，鱼群发生了分化，抢到食物更多的小鱼们变成了领先者，形成了一个新的集群。它们游动在鱼群的最前方，又能够抢到更多的食物。而瘦小的小鱼们则渐渐落后了，它们抢不到食物，只能吞吃大鱼们嘴边飘落的残渣。最后面的小鱼们则慢慢消失了，没人知道它们的命运如何。小鱼还不知道，在一百五十光年以外的一颗星球上的某种生命体早就发现了这种现象，他们将这种现象称为马太效应。

随着时间的推移，最初的一团光雾似的鱼群渐渐拉长成了一串项链。

小鱼很幸运地挤进了第一梯队，不知道为什么，它已经不敢和同类们靠得太近，一种冥冥中的记忆告诉它要这么做。其他的小鱼肯定也是这么想的，它们谨慎地形成一个松散的鱼群继续向前游去。不久之后，它们越过了一道深深的峡谷，来到了一片荒原之上。荒原上再也看不到星星点点的碎屑，黏虫和海草也不会在这种毫无遮蔽的空间里生长。进入荒原后不久，鱼群不约而同感到了饥饿，它们焦躁地前行，感光器乱转着，在荒原上四处寻找着食物。

一只小鱼突然脱离了第一梯队向后方游去，它的行为仿佛起到了示范作用，第一梯队的小鱼们纷纷调头，闯进了第二梯队。它们惊喜地发现原来到处都是食物，第二梯队的生物们多么奇特啊，它们笨拙地舞动着短小的鳍，几乎就是靠着第一梯队掀起的水流前进。它们虽然小了点，但毕竟也是好捕捉的食物。小鱼张开嘴巴，很轻松地就吞吃掉了这些曾经的同类们，其他的小鱼们也纷纷这么做了，在这个过程中，它们并没有感到任何心理上的不适，毕竟，它们的大脑还只是一团简单链接在一起的神经细胞。而第二梯队的小生物们也纷纷开始吞吃第三梯队的成员，第三梯队的成员似乎也受到了启发，对第四梯队的小东西们也没有嘴下留情。

原来到处都是食物。

鱼群们用餐完毕，开始继续前进，鱼群项链明显短了很多。

这是一片广袤的荒原，没有深海热泉，没有峡谷，没有山脉，只有平缓的起伏和偶尔的几个小丘陵。到处都是灰白色的细沙，但不完全是黑暗，鱼群本身的光芒已经足够让这些小小的旅行者们看清楚海底和周围的一切。即使身处第一梯队，获得食物的机会也不是均等的，随着时间的推移，第一梯队的鱼群也开始产生分化。身形最矫健和脑神经最发达的小鱼获取食物的概率比其他同类稍微高了那么一点点，但这点概率累积起来，慢慢地让这些小鱼长得更大，牙齿也长得更尖。终于，在游出荒原之前，最大的小鱼突然朝身边曾经的同类张开了嘴。

一片混乱之后，项链再次拉长了，第一梯队分裂成了更多的梯队。但最末尾的梯队慢慢地消失在了黑暗中。有的小鱼葬身同类之口，有的小鱼似乎游不动了，或者是死去了，它们缓缓下沉，直到消失在黑暗的深渊中。

小鱼很幸运，它依然在新的第一梯队里。此时，它的眼睛已经成型了，视神经纤维已经组成了视神经束，它第一次看清楚了周围的同类。

它“惊奇”地发现，它身边的“同类”们并不完全是一样的，有些长出了坚硬的带刺甲壳，但脑袋也缩进了甲壳，一对触手上长着两只小小的眼球；有些长出了更多的触手，有利于快速地划水；还有些长出了更多细小的脚，整个身体变得扁平，以波浪形的状态在水中快速穿行；还有的就没那么友好了，有一只最大的个体长出了一张巨大的嘴巴，嘴巴张开以后，几乎占了整个身体的一半，可以清楚地看到它嘴里的螺旋状尖牙。小鱼不禁本能地离它远了一些，事实上这个举动是明智的，这个家伙已经演变成了一只掠食巨兽，它很快就开始吞食周围的个体，甚至连比自己体型只小了一点的也不放过。但它没有得意多久，不久之后，从海底的沙子中冲出了一只更大的巨兽一口就将掠食者吞食。

小鱼“意识”到，离开的时间到了，它舞动着有力的鱼鳍，甩甩尾巴，离开了鱼群。如果它能从一扇镜子里看到自己，它就会发现自己的脑袋是所有个体中最大的一个。

它躲避着无处不在的掠食者，无数次化险为夷。一次一次险象环生中，它的大脑愈加成熟。它有时候钻进沙底休息，有时候会钻进岩石缝隙搜索食物，但更多的时候，它都被从出生开始就冥冥中指定的方向继续前行。

不知道过了多久，它察觉到上方亮了起来，这个信号迅速传导到了它的大脑，并且指导着它的身体划动肢体向上方游去。光线越来越强烈，直到它碰到了一层淡红色的晶状体。但它的身体是火热的，淡红色的晶体很快就融化了，上方出现一个小洞，它用肢体在洞壁上攀爬着，身体散发出的热量不断地融化着冰层，不知道过了多久，阻力消失了，它爬上了冰面。它第一次脱离了水，湿漉漉的皮肤很快就在干冷的空气中变得干燥。它第一次张大嘴巴启动了体内一直没有使用的肺开始呼吸，也第一次用新生的肢体在冰面上开始爬行。天边是一道千米高的白线，有火红色的光芒从悬崖上方透射到这片冰原上。它知道，那是它的归宿，那是这场漫长迁徙的终点。

它第二次出生了。

在这片已经接近晨昏线的冰原上，数百个相似的个体正挣扎着登陆。它们迈动孱弱的肢体，用新生的肺大口呼吸着寒冷的空气，义无反顾地向前继续爬去。

永恒的基因

“红色精灵”号。

释放了蛇之后不久，易欣和柯林斯从红色精灵号上直接释放一个浮空探测器。浮空探测器和鹰不太一样，它没有着陆装置，而是拥有一个巨大的气球，内部充满了氦气。柯林斯亲切地给浮空探测器起了个新名字——水母。

在发动机的推动下，水母很快就接近了柯林斯曾见过的白色巨柱。但水母安装着高清摄像机，调测到红外线波段后，水母清晰地看到了柯林斯曾经见过的红色萤火虫。水母小心翼翼地接近，红色亮点在狂风中飞舞，不时被甩出漩涡，洒向下方的冰原。发现这点后，柯林斯突然有了个新的想法，他操控着水母离开了气旋，撤离到危险距离之外。稳定了身体之后，氦气球下方的控制舱弹出两个长杆，展开了一张巨大的网。一个小时后，一个黑色的卵静静地躺在透明的密封舱里摆在了易欣和柯林斯面前。

“怎么这么热？”易欣感到有些汗流浃背，“空调坏了？”

柯林斯摇摇头，他指着那只卵，说道：“热源在这儿，它的温度高达二百摄氏度，差点把我的网给烫坏了。”

易欣当然知道柯林斯在开玩笑，没有什么能烧坏碳纤维网，她擦了擦额头上的汗珠，惊叹道：“没想到，这真的是一颗有生命的星球，即使我们现在返航，也能拿到发现者紫金勋章了——这是一只卵？”

“一只从天而降的卵，”柯林斯皱着眉头，“可是我没有看见任何生物在气旋上方产卵。”

易欣看了看温度计，在他们谈话的时间里，温度计的温度没有一丝变化。她把疑问暂时压在心底：“如果这些真的是卵，它们会跌到冰原上，这个热度足以融化冰层让它们进入海洋。”

“两公里厚的冰层？”柯林斯怀疑地看着易欣。

“这正是我要说的，”易欣指指温度计，“从抓到它的时候到现在，已经过了一个多小时了，如果我没有看错，它的温度没有下降过。”

柯林斯仔细地检查了一下数据记录，事实证明易欣的推断是准确的。“这个卵自带热源？！”他不可思议地惊叹着。

“这是一种我们不了解的生命形式，但也不是没有参考样本，”易欣说，“地球上的深海热泉附近就有能够忍受几百度高温的生命体。”

“我明白了，”柯林斯抚摸着光滑的下巴，若有所思地说，“这个卵肯定是从亮面来的，只有亮面才可能收集到这么大的热量。”

“某种生物跟随气流来到暗面冷气旋上空产卵，炙热的卵跌落在冰原上，靠自己的热力融化冰层，进入大海，然后在海底进行孵化，幼体再继续向亮面迁徙……”易欣说到这里停了下来，她看着柯林斯，“像不像大马哈鱼？”

“你的想象力非常惊人，易欣，”柯林斯说，“但有个问题，母体在哪里？我们没有侦测到任何母体，包括在气旋上方的大气层里也没有侦测到任何母体，这些卵似乎是凭空出现的……”

“但至少可以解释为什么暗面的温度比我们预测的要高，很可能就是这些卵从亮面带来了新的热量。”易欣坚持道。

“那么这场迁徙的规模一定非常大，”柯林斯似乎不太同意易欣的看法，“我还是认为造成这种温度差异的原因是深海热泉。雅努斯距离母星太近了，潮汐力足以搅动它的内核，转化成这颗行星内部的热能。”

“这么说，你认为这些卵是从哪里来的？”

“我不知道，”柯林斯摇摇头，“在没有看到明确的证据面前，我们还是不要轻易下结论。”

“你的宝贝儿们怎么样了？”易欣转而问道。

“冰层比我想象的要厚，”柯林斯耸耸肩，“不过两条蛇都状态良好，冰层很纯净，连陨石都没有碰到一颗，倒省了不少力气。”

他们决定对卵进行人工降温处理，易欣认为不管卵里是什么，它一定有一个高效的生物储能机制，而这种机制是地球上从未见过的。不管这次的探索结果如何，能获得这个卵，已经是很大的收获了。

他们没有等待多久，第一条蛇就钻透了冰层。柯林斯立即连上了信号传输，蛇钻透冰层后，立即就沉入了冰冷的海水之中。在柯林斯的指令下，蛇自动分解成十三只小章鱼开始分头进行探索。十三个摄像头传回来的画面很快就显示在一块分屏大屏幕上。易欣和柯林斯出神地望着大屏幕，看着十三个小屏幕的实时传输画面显示着小章鱼们置身于幽暗的海底。

“看那里，”柯林斯突然指着其中一个屏幕喊道，“是卵！”

易欣闻声望去，只见一只小章鱼的视野里出现了好几颗红色的亮点，这些亮点发出幽幽的红光，正在缓缓地飘落。

“果然是这样，”易欣喃喃地说，“它们要在海底孵化。”

又有一个屏幕上发现了亮点，紧接着，亮点出现在了更多的屏幕上。

“看起来，这场迁徙的规模可不算小，”易欣说，“如果每一只卵都能保存大量的热量，这种热量来源显然是不能忽视的。”

“没错，但你看那里，”柯林斯指着左下角的一个屏幕说道，“看见了吗？”

易欣当然看到了，那里矗立着一个高度可能在百米以上的黑色烟囱，“那是深海热泉……”

“我们都对了，或者说我们都错了，”柯林斯说，“现在，让我们看看海底都有什么吧。”

章鱼们四处搜寻着，它们潜到海底，在海底发现了已经孵化的卵壳，还有不少完整的卵正在微微颤动。

突然在一个屏幕上出现了一团红色的云雾，那是一只小章鱼的视野，红雾出现在它的远方。章鱼立即追上去，尾部的触手紧绷着，尾部飞速旋转，形成一个高速的螺旋桨。章鱼很快就追上了那团红色云雾，随着距离的拉近，红色云雾逐渐分解成了一个个微小的亮点。

“是鱼群，”易欣的眼睛有些发潮，“卵里孵化出的鱼群。”

“它们正在往光明游动，它们来的地方，就像大马哈鱼。”柯林斯补充道，“易欣，你是对的。”

“还有其他的东西，”易欣说，“这里一定有其他的生物，不然无法构成一个完整的生态系统，不然这些小鱼吃什么。”

“目前为止还没有发现任何植物和浮游生物，”柯林斯扫视着其他的屏幕，“就连深海热泉周围也没有发现其他种类的生物，”柯林斯说，“不过，易欣，你想想，如果这些卵真的是从亮面随着气流飞来的，如果它们真的有高效的生物储能装置，它们根本不需要进食，至少……它们不需要额外补充能量，它们本身就是热源。”

“你是说，这个生态系统很可能是熵减的？”易欣倒吸了一口冷气，但她马上就想到了什么，“即便如此，它们也需要食物来构建自己的身体，难道它们一直不生长吗？”

“很简单，我让每条章鱼都跟上一个鱼群，看看它们究竟吃什么，要去哪里。”柯林斯说道。

“不，”易欣想了想，否决了柯林斯的提议，“按照这些鱼群的速度，要游到晨昏线可能需要一年的时间，甚至更久，我们等不了那么久。让章鱼们分散开，从所有的方向去追踪鱼群，但是发现鱼群并进行观察记录之后，要加速越过鱼群继续向前寻找更前面的鱼群，再次进行观察记录，依此类推，直到发现鱼群的目的地。按照章鱼的游泳速度，用不了一个星期，我们就能获得所有需要的信息。”

柯林斯不禁朝易欣竖起了大拇指。就在新的指令发出之后，第二条蛇也钻透了冰层。

第二条蛇的发现则让易欣和柯林斯大吃一惊，这里不再是单调的荒原，而是一个五彩缤纷的世界！在这片接近晨昏线附近的海底已经看不见鱼群了，取而代之的是各种各样奇形怪状的生命。有在海底爬行的甲壳类生物，有潜伏在岩石缝隙里有长长的带刺的舌头的掠食者，有和身体比例明显不相称的蝠鲼懒洋洋地游动，有弯曲游动快如闪电的海蛇，还有海底生长的一丛丛暗红色的海草，宽大的叶片随着海流缓缓摆动……几乎所有地球上能看到的海底物种都能找到对应的雅努斯版本。不仅如此，还有更多的奇形怪状的生物被陆续发现。

“天哪，原来它们都藏在这里，”易欣喃喃自语，“原来生命是如此顽强……”

柯林斯立即下发了捕捉样本的指令，十三只小章鱼迅速将观测到的生物类型大致分类，并且自动对样本目标进行选择，选取了外观差别最大的十三个合适的样本进行捕捉。

两个小时后，十三个奇形怪状的生物被送回了“红色精灵”号的密封实验室。每一个样本都被放在单独的透明密封箱里，箱子里盛满了从冰下海一并取来的海水。易欣很快就用探针对十三个样本进行了基因取样分析，基因分析仪接手了下一步的工作。

“你注意到没有，”柯林斯站在层层叠叠的密封水箱面前，对易欣说，“体型越大的生物，体温越低，”他指着一只体型像地球海洋里顶级的掠食者鲨鱼一样的生物说道，“这条类鲨鱼的体温已经接近冰点。”

“这说不通，体积越大的生物，表面积比例越小，保存热量的能力应该越强才对，”易欣的眼睛一亮，“除非这个生态系统真的是熵减的。”

“而且，我注意到，所有的生物的拓扑结构都非常相似，”柯林斯敏锐地发现一点，他在密封舱上指点着，“你瞧，这只类螃蟹有八条腿，这条类鲨鱼有四个明显的鳍，但是还有四个明显已经退化的鳍分布在身体两侧。其他的生物也差不多如此，都有八个肢体，这说明这些生物的亲缘关系可能比地球上的海洋生物更近。”

“等等基因分析结果吧，”易欣点点头，“我注意到那些最初的鱼群也都有八只鱼鳍，可是现在那些小鱼去哪里了？”

是的，尽管这个生态系统非常纷繁复杂，但没有一只章鱼发现第一条蛇跟踪的鱼群。

他们决定把这些疑问先抛到脑后，安心等待基因分析结果。结果很快就出来了，柯林斯和易欣都不太敢相信自己的眼睛。柯林斯的猜测是正确的——也许太正确了——这些生物的确有着亲缘关系，而且它们的亲缘关系又让人完全看不懂，所有生物的基因图谱都完全一致，甚至就连海底生长的海草的基因也和类鲨鱼的基因没有任何不同。

“我的天，”易欣惊呼，“这不可能！它们都是一个物种吗？”

“从基因学上来说，是的，”柯林斯也是一副好像见了鬼的表情，“这些东西的区别在于它们的不同基因表达，有些生物的内含子在其他生物体内是外显子……”

“可是，地球上的生物虽然都来自同一个单细胞祖先，但是物种分化之后，会因为变异产生特有的基因序列，”易欣的脑子飞快地转动着，“这些家伙显然都有同一个祖先，但它们从来都不变异？”

“这也说不通，”柯林斯反驳道，“难道这个星球上产生的第一个细胞一出现就准备好了所有未来需要的基因？那这个星球的造物者可够勤奋的。”

“我们需要更多的样本，”易欣说，“柯林斯，我们再抓十三个不同的生物体回来检查检查。”

“如你所愿，”柯林斯吹了个口哨，“虽然我觉得结果肯定是一样的。”

与此同时，第一条蛇的十三只小章鱼追随着的鱼群都有了新发现。

朝圣之旅

亮面，晨昏线附近，奔流河。

启程总是孤独的，没有一个同伴来送行。波波夫能感受到腹部的鼓胀，在它腹部深处，已经至少有了三十只卵。它甩动腕足，有些艰难地穿过熟悉的伞树林，从盘结缠绕的树根上爬过，爬进了奔流河。

清凉的河水让波波夫感到浑身舒适，它在水里浮浮沉沉，身体也似乎没那么沉重了。它的八只腕足纷纷张开，放松地悬浮在水里，腕足上的圆斑明亮清晰，从下方看，此时的波波夫就像一只巨大的水母。

奔流河从太阳的方向奔流而来，向长城的方向奔涌而去，从未止息。它翻动眼睑，望向不远处的长城，白色的巨墙悬崖将昏红色的天际线切割得参差不齐。那道巨墙是远古众神建造，为波波夫和它的族群阻挡了来自冥界的寒风。太阳神在奔流河的源头洒下生命的种子，奔流河裹挟着生命种子来到波波夫的家乡，在穿越巨墙之前汇聚成生命之湖，这个世界所有的生命都是从生命之湖起源的，包括波波夫自己。而奔流河穿过生命之湖之后，继续向前奔涌，直至消失在巨墙下的冰原深处。据说奔流河同时也是一条流淌在冥界的地下河流。

长老们说过，当繁衍期到来时，被选中的个体要逆流而上，直抵太阳居住之所。只有在神圣的光辉沐浴下，才能产下孩子。太阳神将帮助孩子们顺着奔流河穿越整个世界，回到生命之湖。

它安静地悬浮在水中，眼睑微闭。它倾听着，倾听着微风吹过伞树林的簌簌声，河水流动的哗哗声，高空的风呼啸而过的声音……波波夫的意识慢慢地沉入黑暗，它关闭了自己的视觉和味觉，紧接着又关闭了触觉，它感到自己好像悬浮在一片黑暗的虚空中。风声和水声渐渐远去，变成了这个世界的背景音乐，另外一种声音渐渐从黑暗的幕布上浮现。

起初只有一个微弱的亮点，但很快，更多的亮点就密密麻麻出现了，组成一幅抽象的图案，就像太阳神用画笔随意抒写的流云。渐渐地，更多的背景出现了，一个八爪正在艰难地跋涉，它的浑身都发出明亮的光芒。它爬进了一团熊熊燃烧的烈火，转瞬间，自己也变成了一团烈火，在旋转中飞入高空。

波波夫睁开眼睛，它听到了，也看到了，那是所有八爪的归宿，那是它的朝圣之旅的终点，它将蒙得太阳神的恩宠，伴随着烈火升入那永恒的天堂，回归太阳神的身边。

它还听到了那永恒的歌唱，悠远苍凉，那是巨墙生长的声音，是远古众神的吟唱，是冥界寒风的呼啸，是炙热与严寒的对撞，是生者与死者永恒的纠缠，是寒冰与烈火之歌。

突然，一种奇怪的声音打断了它的思绪，它睁开眼睛，发现这种声音是真的存在的，来自它头顶的声音。波波夫在天空寻觅着，它看到一个奇怪的黑点正在奔流河上空盘旋，发出嗡嗡的声音。波波夫有些好奇，它从未见过能在天上飞行的生物。当这个黑点降低高度时，波波夫看得更清楚了，那是一个奇异的旋转盘状物体。那个物体在奔流河上空盘旋，虽然没有眼睛，但波波夫总觉得它正在窥视着自己。

是太阳神的神使吗？波波夫凝视着那个奇怪的物体，只见那个物体似乎对波波夫失去了兴趣，转而向伞树林飞去，很快就消失在了伞树林的后方。波波夫也马上丧失了兴趣，它的腕足轻轻摆动着，悄无声息地调整好了身姿，它的头部被水流轻轻地冲刷着，天眼恰好浮在水面之上，正对着前进的方向。波波夫摆动腕足，开始逆流而上，朝圣之旅开始了。

不知道过了多久，河水越来越热，隐隐有蒸汽弥漫。但是波波夫没有感到任何不适，相反，它感到越来越冷。当它还是幼体的时候，出于好奇心，它和其他几个小伙伴曾经试图偷着逆奔流河而上。那一次小小的探险以悲剧告终，当它们感到炎热时已经晚了，汹涌的热浪不仅来自水底，还来自每一个方向，从高空和远方吹来的汹涌热浪突然让它们窒息在水中。当波波夫醒来时，已经身处离巢穴不远的岸边，身上的累累伤痕提醒它那不是一场噩梦。

但是现在它已经远远超过了上次遇险的地方，汹涌的热浪掀起粉色的尘沙覆盖了整个大地和奔流河面，与河面上的蒸汽混合变成一个个死亡的漩涡。但在波波夫的感知中，死亡的漩涡已经变成了清风拂面，甚至还带有一丝凉意。

这是太阳神给朝圣者赐予的神力啊，一阵神圣的战栗感掠过波波夫的躯体，它在心里感叹着，永恒的太阳神，永远居住在大地的正中央，凝视着尘世的一切。远古时期，太阳神命令他的子孙们为八爪们建立起巨大的冰墙，阻挡着来自冥界的寒风。据说有好奇的八爪为了证明传说的真实，曾经沿着巨墙行走，耗费了许多时间终于回到了出发地。这也证明了尘世以外的世界都处在永恒的黑夜和虚无之中，太阳神在大地上画了一个圆，在圆边建立起巨墙，为所有的生灵建造了这片乐园。

感谢太阳神。

虽然波波夫知道气候越来越热，但它感到越来越寒冷，它知道这是太阳神在召唤它。波波夫迫不及待地加快了游动的速度，不知道过了多久，奔流河水越来越小，天上下起了瓢泼大雨，整个世界都蒸汽弥漫。这是最艰难的一段旅程，波波夫从潺潺细流中爬出，河水已经不足以让它游动，剩下的路程，它要爬过去。

狂风呼啸，飞沙走石，滚烫的雨点落在地面上立即变成白蒙蒙的蒸汽。波波夫知道这里热得可怕，但它没有任何不适的感觉。当它看到自己的腕足和身体已经开始发出微光时，不禁激动地浑身发抖，太阳神的赐福正在保护着它的朝圣之旅。不知爬行了多久，波波夫抬眼望去，只见远方天地间一个火焰巨柱庄严地矗立着。波波夫虔诚地跪拜下去，八只腕足抓紧地面，头腹贴近地面，向那庄严的造物祈祷着。那是太阳神洒向尘世的神迹，是波波夫即将攀登的阶梯。

波波夫怀着激动的心情继续爬行，它的身体已经明亮得看不清轮廓。

当波波夫终于爬近火焰巨柱时，它才看清楚原来火焰巨柱是一个巨大的旋风，在它面前如同一道快速移动的墙壁。它抬起头向上望去，只见无边无际的火焰墙一直延伸到一片狂暴翻滚的云层中。

这是最终的考验了，波波夫没有退缩，它爬进了火焰巨柱，只是一瞬间，波波夫的身影就消失了。

波波夫再也没有醒来，它被卷向高空，随着高空气流飞向晨昏线，巧合的是，它回程的方向正好是它来的方向。它的身躯在气流中翻滚着冲向远方，在翻滚的途中，波波夫的腹部裂开了，数十只卵被释放出来，每只卵都散发着明亮的光芒，在气流的推动下逐渐升高，消失在远方。波波夫的身体则逐渐冷却下来，腕足上的明亮圆斑也消退了，它的身体变成了灰白色。

当波波夫靠近了长城时，它的身躯狠狠地撞在了悬崖上，在此之前，它产下的轻盈的卵都越过了长城，向无边的暗夜飞去。波波夫的身体粉碎成了微小的颗粒，一些颗粒变成了雪花洒落在大地上，一些颗粒化作了长城的一部分。

太阳之舞

“红色精灵”号。

暗面的两条蛇正在执行任务的时候，柯林斯在亮面释放的浮空探测器也终于拍摄到了清晰的画面。在画面里，晨昏线附近的大陆上，粉色的伞状树林几乎覆盖了所有能看见的陆地。在一片没有伞状树林的空地上，在一条宽阔的河边，易欣和柯林斯看到了一座明显是人工修筑的土丘。土丘上有密密麻麻的洞穴，一些和地球上的章鱼很相似的生物不时从洞穴里爬进爬出。

震惊之下，易欣和柯林斯立即释放了一个能够低空飞行的无人机。柯林斯操控着无人机飞到奔流河上空，看到一个章鱼怪正试图爬进水中。无人机对它进行了扫描，立即有了惊人的发现：在这个章鱼怪的体内有足足三十只卵，这些卵的形状和他们从暗面气旋获取的卵并无二致，只是温度低了许多。无人机没有惊扰这个章鱼怪，柯林斯操控着无人机躲藏在了伞树林之后，然后看见章鱼怪沿着河流逆流而上，很快就消失在了蒙蒙的雾气之中。

“它去自杀？”柯林斯惊呼，“远离晨昏线，温度会急剧升高，热气旋附近要比金星还热！”

“未必，”易欣摇摇头，“想想那只卵，我大概已经有初步想法了，但我们还需要更多的验证。”

柯林斯操控无人机对章鱼怪聚居的地方进行了更近的拍摄。他们惊奇地发现这些章鱼怪明显地意识到了无人机的存在，很有秩序地爬出洞穴，围成一个非常标准的圆圈跳起了奇异的舞蹈。它们步调整齐划一，有章鱼怪从圆圈中脱离，时而向远方伸出腕足，时而状若疯癫。

“是太阳，它们在模仿太阳，”看着实时传输的画面，易欣感到心脏怦怦直跳，“它们一定把无人机当成了太阳神的化身或者使者，它们在向太阳神祈祷。”

“在这种环境下，太阳神大概是最值得崇拜的神祇，一个永不落日的世界，永远挥洒着光和热，”柯林斯说，“它们有一定的智慧，已经产生了宗教意识，但还远远称不上是文明。假以时日，它们是否能发展出文明呢？”

易欣摇摇头：“不太可能，它们有足够的时间发展出文明，但这颗行星对文明来说太严酷了，它们生活在亮面，永远无法窥视到星空，我想它们的世界观大概很简单。创世神在黑暗的虚空中浮现，驱逐了妖魔鬼怪，建立起巨大的冰墙来保护这个世界，然后化身太阳神永远居于高空，洒下永恒的光和热为冰墙内的世界提供庇护。冰墙之外是无尽的冥界，是黑暗寒冷的深渊。它们也许永远无法窥视到真正的宇宙模型。”

“你的想象力太丰富了，船长大人。”柯林斯有些不以为然。

易欣轻笑一声：“想想那个由同一种基因模板组成的生态系统，你还觉得我们的想象力够用吗？在这个星球面前，我们的想象力实在是过于贫乏了，我的科学官先生。”

柯林斯顿时哑口无言。他第二轮捕捉的十三个样本依然显示，那个丰富多彩的海底生态系统里所有的物种都是一套基因模板，从基因的角度上讲，暗面海底只有一个物种。他们所见的丰富多彩的生态系统只是基因表达不同而造成的假象。

“选一条你的宝贝回头，去冷气旋附近抓一条小鱼上来吧，”易欣若有所思地说，“我想我已经快猜到真相了。”

新　生

暗夜冰原，晨昏线附近。

它没有发觉身边有其他个体和它一样在冰面上爬行。它的肢体变得更加有力了，柔软的腹部已经可以不必在冰面上拖行。它的眼睛也发育得更加完善了，远方的白色悬崖已经渐渐显露出参差不齐的顶端。红色的光芒从悬崖顶端透射到冰原上，给这片冰原披上了一层粉色的衣裳。

不知道爬行了多久，它的头顶传来一种奇异的感觉，一阵断断续续的瘙痒感不断袭来，它停下来，试图控制头顶的某块肌肉群。尝试了许多次，它终于成功了。它一个新生的眼睛正在头顶成型。它睁开了天眼，灰蒙蒙的天空上有一片厚厚的云层，云层被狂风搅动，永无止息地翻滚着，一条模糊的云带横亘在云层中，就像一条云中的大河一般向它来的方向涌去。如果它的视力足够好，它甚至能看见夹杂在其中的无数红色亮点。

但它永远也看不到，天眼只看到一片令它安心的红色，虽然它也不知道为什么红色会让它安心。

它继续爬行着，在冰层上蠕动，寒冷驱使着它和其他个体们加快了速度。直到天空变成微微的蓝色时，它才停了下来。

蓝色，危险的蓝色。

它睁大了天眼，没错，一片混沌的、预示着极度危险的蓝色。

这里已经很接近晨昏线了，冰层早已不再是平坦的平原，而是遍布着各种裂隙。在本能的驱使下，它找到最近的一条缝隙跌了进去。幸运的是，这条缝隙直接连接到水面，它柔软的身躯在冰壁上来回磕碰，没用多久就跌进了水里。水很冰冷，它先打了一个寒战，然后又呛了一口水，直到它关闭了自己的肺，重新启用了鳃之后，才感觉好了一些。它已经不如之前那么适应水里的环境了，但游泳技巧还算娴熟。

它的肢体变得柔软了，八只小小的腕足伸展开来，在水中轻轻摆动着，掀起的水流推动它小小的身体朝长城的方向游去。

危险的蓝色光芒经过冰层，已经分辨不出原本的颜色，它只看到一片微弱温柔的白光。它的天眼时不时地睁开，只看到了光芒越来越亮，这意味着它正越来越接近晨昏线。

它的身体已经不再发生变化，但那只是表面，在它那颗圆滚滚的头颅深处，另外一个更重要的进程正在飞速进行中。每时每刻都有无数的脑细胞形成，并且进行链接，一个越来越复杂的网络正在成型。印刻在基因深处的记忆被更多地释放出来，某些模糊的画面和声音出现在它的脑海。

我是谁?

一个念头突兀地出现在它的脑海，就像一块洁净的幕布上出现了一滴墨迹，虽然细小模糊，但无法忽略。

无数的电子脉冲在它大脑里出现，在越来越复杂的网络中形成正负反馈又消散于无形。思想产生了，它第一次意识到了自己的存在。我？我是谁?

带着这个疑惑，它一直向前游去，海水越来越温暖，它好像游到了一条洋流之中，海水变得浑浊，很多粉色的尘埃混杂其中，让它渐渐看不清方向。

我是谁？它感到有些晕眩，呼吸变得困难起来，但还可以忍受，水流的速度变快了，逆流游泳的感觉可不太妙，头顶上的光芒也越来越亮。

当它终于忍不住要重新启动肺的时候，它舞动腕足向上方游去，这一次它没有碰到冰层，而是直接出现在了水面。

它爬上了岸，有史以来第一次接触到真正的地面，湿润，温暖。它回头望去，白色的长城在它身后庄严地矗立着。它扫视周围，它在一个湖边，湖边生长着巨大的伞树。

有两个巨大的同类正在靠近它，但它没有感觉到危险，反而感觉到一阵久违的暖意，不知道为什么，它知道它们没有恶意。

“孩子，你叫什么名字？”一个声音在它脑海中出现，同时，一条巨大的腕足缓缓地环绕着它。

“我……”它摇摇晃晃地往岸上又爬了几步，伞树根的清香唤醒了更多的记忆，它看到远处的山坡上有许多层层叠叠的巢穴，更远处是一座巨大的城市，在粉色的阳光下散发着勃勃生机。

“我是……”它喃喃地说，第一次发出了声音，“叫我波波夫。”

冰与火之歌

“红色精灵”号。

第一条蛇分解而成的十三只小章鱼已经抵达了晨昏线，它们拍摄下来的画面已经全部传送到了“红色精灵”号上的主计算机。易欣和柯林斯看了分析结果，但没有太多震惊。因为易欣的猜想已经被证实了，他们对捕捉的小鱼进行了基因分析，结果如易欣所料，小鱼的基因和接近晨昏线的海底生态系统中的生物们同样是一套模板。

“这个星球上所有的生命都共享一套生命基因模板，太不可思议了，”易欣扶了扶额头，“柯林斯，这些小鱼一路向晨昏线迁徙，在短短的几个月里就完成了地球上花费了数十亿年的进化历程。”

“我注意到，这种进化似乎是随机的，”柯林斯补充道，“大部分小鱼演化成了低等生命，有少部分演化成掠食者，还有的甚至演化成类似于植物的东西，只有不到4%的小鱼最终演化成了八爪怪。”

“细微的差别会在复杂的环境中无限放大，导引它们走上不同的进化路线，开始的同类们变成了掠食者和食物，”易欣说，“这简直就是一部微型进化史，可是它们究竟是怎么做到的，在几个月时间里就能演化成最高级的陆地生命……”

“易欣，这种现象并不罕见，你肯定见过。”柯林斯意味深长地看着易欣。

“什么？”易欣没反应过来。

“子宫。”柯林斯说。

易欣马上就明白了：“对，子宫，从受精卵发育到出生的婴儿，在短短的十个月时间里人类的胚胎在母亲的子宫里几乎重演了生物进化史……啊，这颗行星的暗面海洋就是一个巨大子宫！”

“而且是沙虎鲨的子宫，”柯林斯再次补充道，“沙虎鲨的幼崽在母体的子宫里就互相厮杀，只有最优秀的才能出生，”他指指窗外的雅努斯，“只有最优秀的个体才能爬上陆地，越过晨昏线，抵达亮面……”

“然后成为这些八爪生物，开始新的循环……它们有智慧吗？我的意思是，它们是否是一种智慧生命？”易欣自言自语地说，“它们是否能够真正理解这一切……”

“真正的奇迹还不在此，”柯林斯说，“想想那只逆流而上的八爪怪，它真的是去自杀吗？我有一个大胆的想法，也许，这些八爪怪的一生都在迁徙，”柯林斯的语气中带着一丝敬畏，“它们到达繁殖期之后，会带着卵迁徙到亮面气旋，在此期间，它们的身体会不断地吸收热能并且储存起来，每一个个体都成为一个高效的生物储能装置。然后它们在气旋的作用下飞上高空，产下卵，卵会带走热量，也许那时候它们就已经死去了。它们的躯体和卵一起随着气流向暗面前进，卵会越过长城，抵达冷气旋，然后落进海里孵化出小鱼群，然后小鱼群开始迁徙，一路上分化成各种生命体，只有极少数后代能重新成为八爪生物，抵达它们的父母出发的地方。”

“一场穿越整个行星的迁徙……”易欣惊叹着，“那长城是怎么回事？”

“这颗行星的大气对流非常强劲，穿过晨昏线的狂风会一刻不停地侵蚀长城。长城的存在对这颗行星的大气循环起了很重要的作用，如果长城消失，根据模拟计算，晨昏线附近也很难适合生命生存，至少冷气旋也会消失，而冷气旋本身是这种生命循环的一个重要部分，”柯林斯解释道，“死去的八爪生物被气流带到长城，然后成为长城的一部分，换句话说，它们就像珊瑚虫一样为这颗星球上的生命建造了自己的家园。”

“真的是它们自己干的，”易欣突然明白了，“也就是说，正因为它们的卵被带到了冷气旋，这些孵化出的小鱼会缓慢地释放出自己的热量，维持着所有生命的生存，只有这样，新的八爪生物才能从暗面的冰海里诞生。这颗星球是生命为自己建造的家园。”

“地球又何尝不是呢，”柯林斯轻轻说，“很早以前就有科学家用计算机模拟过了，如果地球上的生命全部消失，只需要一亿年，地球表面环境就会变得像金星一样荒凉和严酷。”

“这颗行星上的生态系统也许是经过数亿年才形成的，”易欣突然想到，

“如果我们在这颗行星上建立定居点，开发矿产，建立温差发电……我们很可能会打破这种微妙的平衡。”

“没错，人类肯定可以改造这颗行星，让它变得适宜人类居住，但人类的活动很可能会打破这种持续了不知多久的循环，也许会造成这个物种的灭绝。”柯林斯说。

“我们……有权力决定它们的命运吗？”易欣喃喃地说。

第一次，两个人都陷入了沉默。易欣站在舷窗前，凝视着这颗冰与火的星球，她觉得在她眼中，此时的雅努斯和第一次见到时已经截然不同。

“想听音乐吗？”柯林斯在她身后的计算机上操作了几下，随后，一段易欣从未听过的旋律从飞船的扬声器中播放出来。只听了几个音符，易欣就被深深地吸引了，这首曲子的旋律时而高亢明亮，时而低沉暗淡，时而沉郁苍凉，旋律中浸透着对生的渴望和对死的恐惧，黑暗与光明的搏杀，是伟大的牺牲和对后裔的祝福，混沌初开的欣喜，化身长城的悲壮，是黑暗中的微光，是沙漠中的清流，是惊涛骇浪中一闪而过的灯塔，是绝境中不屈的呐喊，是这些冰与火的生灵们永恒的歌唱……

“这是用在长城附近取得的高频信号编译而成的乐曲，我把它转换成了人类耳朵能听到的频率。”柯林斯说。

不知不觉，易欣已经泪流满面。

首次发表于《科幻世界》2019 年 8 月刊

暗夜亡灵

◎付强

冰冷的太空墓场中，难以计数的拾荒机器人排成了“SOS”的字样。高云盯着少女的影像，问道:“莫非你阻止我们离开，是想让我们解开这艘船的真相？”

白衣少女轻轻点头，嘴角上似乎挂着一丝微笑。

一

氙气灯的白光打在前方障碍物的金属外壳上，反射回一道刺眼的光晕。高云不由得将手掌遮在前方，隔着驾驶舱的外壁，他仿佛嗅到了外侧真空中弥散的腐败气味。他小心地扳动操作杆，小型太空船划着圆润的轨迹绕过了巨大的太空垃圾。这具金属怪物有着鱼鳍一般的外形，表面上依稀可辨的“space force”仿佛一位满身伤痕的老兵，凄凉地诉说着曾经的凶悍。

副驾驶席上的慧慧发出一声惊呼，高云方才回过神来。在他做出反应之前，一块乒乓球大小的碎块以数马赫的相对速度径直撞上了太空船的侧翼，巨大的冲量震得太空船剧烈摇摆，船舱外表面的修复系统立即喷射出胶装聚合物，以最快的速度填补了创伤。

“小心一点！”慧慧面露愠色，理了理乱掉的发髻。

如果不是事务所已整整三个月没有进账，高云才不想接这种危险的活计。

曾经有人粗略估算过，在宇宙世纪，平均每三分钟就会有一艘太空船遇难。政府应对死亡人数众多的大型空难已经分身乏术，那些发生在危险或边缘地带的、小型的空难更是只有被丢进资料库的命运，等待文件上落满灰尘。于是私人侦探们活跃了起来，调查小型空难成了他们的营生手段。

这次需要调查的空难位于臭名昭著的“太空墓场”中。这里遍布着尺寸不一的太空船残骸，危险的垃圾们如同散落的瓦砾一般，在两颗巨行星的拉格朗日点附近展开成一条宽数千公里的环形带。目标太空船叫作“暗夜号”，是一艘仅有两名船员的科考飞船。为了找到太空船遇难的真相并回收船上的科研资料，有人开出了诱人的价格。谈判之初高云还在犹豫，但还没有等到他数清楚金额后面的0，慧慧便猛地一拍桌板，热情洋溢地握住了委托人的手。

“我们一定不会令您失望的！”

距离暗夜号最后一次发出信号的位置只剩下了十几公里，高云一面躲避着流弹一般的太空垃圾，一面在心中向着不知名的神明祈祷着。渐渐地，一艘橄榄球形的太空船出现在视野中：它周身漆着古怪的彩色花纹，观景窗内黑洞洞的，没有一丝生命的气息。

高云终于松了一口气。他抖了抖酸痛的肩膀，端详着来之不易的猎物，感慨道：“船舷上刻的 Nyx 代表什么呢？”

“没听说过暗夜女神吗？”慧慧瞥了一眼毫无干劲的搭档，迅速打开便携终端内的暗夜号的资料，看着 3D 全息图上的飞船模型皱起了眉头：“总觉得这艘船和设计图有些微妙的出入啊……”她的手指划过全息图的表面，“例如这里的花纹，难道不应当是花瓣形的吗？”

“年轻人嘛，总喜欢玩一些改造的。”高云压根就懒得思考，他操作太空船靠了上去，射出两条碳纤维缆绳将自己同暗夜号拴在一起。当二者的距离只有十几米时，高云打开了自动切割程序，太空船的舰首伸出两支装配了固体激光器的机械臂，画着规则的弧线开始切割暗夜号的外壳。

就在这时，慧慧的视线被船舱外一排飞舞的光点吸引了。她拉近了监视器的画面，发现居然是几只身材如同企鹅一般的机器人，摇晃着圆滚滚的身子，笨拙地排成一字飞行着。她兴奋地拉拉高云的衣袖，后者只是优哉游哉地将腿跷在操作台上，甩给她一句：“那个年代的机器人大都装备了核动力，飞上几百年不成问题。”

慧慧正想抱怨，一阵气流猛地冲开了圆形的切割区域，沉睡许久的暗夜号向他们敞开了门扉。

小型太空船张开舰桥，分毫不差地插入了刚刚开辟的通路中。修补设备迅速填充了孔隙，避免了气体大量流出。慧慧打开气象色谱仪的监视面板，尽管经历了漫长的岁月，船舱内的氧气含量依然充足，甚至有着冰点以上的温度。小型太空船上携带的大功率鼓风机发出嗡嗡的轰鸣，不消十分钟的时间，便带动着暗夜号内部的气体完成了一次循环；电热丝将气体加热到了二十摄氏度上下，选择性透过薄膜则滤掉了其中的有害成分。

慧慧满意地点点头。为了能够在现场侦察时脱掉笨重的太空服，付出再多的辛苦她也乐意。

暗夜号的内部有着二层别墅一般大小的空间，下层是生物实验室，上层是驾驶室及船员的生活区域。这艘科考船由大型民用船改造而成，并没有装配昂贵的人工重力设备。入口开在了下层的实验室区域，顺着舰桥飘进暗夜号之后，二人落在了一个空旷的密闭空间内。慧慧拔出腰间的强光手电，光柱打在几副空空如也的金属货架上。

“看来这里是仓库。”慧慧习惯性地用手指在货架表面擦拭——理所当然地，太空中不会存积灰尘。她叩了叩金属框架，禁不住自言自语道：“好奇怪，邻近的两副货架居然不是相同的材质！”

“科学家嘛，鬼知道他们的品味。”一旁的高云应和着。他很容易便找到了仓库的出口，拧拧把手，锁具已坏死在门体中。

慧慧提议呼叫工程机器人，高云却挥手示意她退后；之后他麻利地拔出腰间的核铳，一道闪光过后，金属门被熔开了一个大洞。

“喂，你也太过简单粗暴了吧！”慧慧涨红脸训斥道，“如果破坏了重要的线索怎么办？你不怕他们克扣赏金吗？”

“他们的委托只是‘带回所有的线索和数据’，至于到底有多少，自然是我们说了算。”高云不耐烦地摆摆手，躬下身子走出轰开的大洞。慧慧不满地跟在后面，嘴里还在嘀咕着。

仓库外侧是一条笔直的走廊，四间实验室在两侧交错排列着。不幸的是，没有一道房门能够顺利开启。

慧慧在高云拔出核铳之前阻止了他。她打开便携式终端呼叫了工程机器人，之后瞪了懒惰的搭档一眼，赌气般地快速飘入走廊尽头的垂直通道。高云苦笑着挠挠头，只得三步并作两步地跟上助手的身影。

垂直通道径直通向了上层的驾驶室。高云来到驾驶室的时候，慧慧正站在一旁，双手捂住口鼻，面色凝重地望着前方。顺着慧慧的视线看去，高云很快便发现了藏于高背驾驶座椅后方的藏蓝色衣袖。他快步走上前去，望着椅背后方的景象，轻轻摇头。座椅上躺了一具男性的尸体，已几近骷髅，骨骼间隙还残留着少许腐坏的组织，头骨上空洞的双眼仿佛在隔着时空注视着他。死者上身披着一件长及膝盖的大褂，周身衣物均由无纺布编制而成，能够防止污染洁净的无尘环境。

不会错了。高云面向死者立正，脱下宽檐帽，微微弯腰行礼——这是他的习惯，为了表达对死者的敬意。之后他用钢镊取下一块黑色的腐肉，丢进离心管中，再将尸骨塞进随身携带的归纳袋，对着慧慧做了个 OK 的手势。

“能进行基因鉴定吗？”高云将样本递到慧慧手上。慧慧捂着嘴点点头，眉宇间流露出厌恶的神情。尽管已经协助高云侦测过多个现场，她依然没能克服尸体带来的不适感。

高云令慧慧去下层负责将暗夜号的电力恢复，自己则留在驾驶室内继续检查现场。

操作面板上尽是一些没有见过的设备，还没等他仔细摆弄，一些旋钮便已脱落。主控计算机有着庞大的体积，由于缺少电力供应，仿佛一具沉默的黑色棺木。好麻烦，技术问题果然还是应当留给慧慧处理——正当高云在心中抱怨时，如同点亮夜空的烟火一般，驾驶室内的照明设备逐一工作起来。显示器上闪烁出五彩的待机图案，操作面板上的 LED 指示灯宛若舞动的精灵。慧慧只用了几分钟便恢复了暗夜号的能源供给。

高云摆弄着操作面板上的旋钮——理所当然的，暗夜号的主发动机已经不可能再次工作。他又尝试着开启主控计算机，黑盒子发出几声沉吟，一旁的显示器上却毫无反应。高云用力地踢上两脚，可计算机就好似一位倔强的老人，没有一声回应。

高云一屁股坐在驾驶席上，在心中回想着坐在这里的尸体的样子。死者的坐姿十分自然，骨骼上没有发现物理性伤痕；驾驶室内的设备虽然略显老旧，却丝毫未见暴力破坏的痕迹。粗略推断下来，死者在死亡前是凭借自身的意志坐在了这里。

突然间，高云注意到空间中遍布着暗红色的圆形痕迹——地面、墙壁、仪器乃至天花板上，大大小小的暗红色圆斑连成一条线，一直延伸到驾驶室的出口处。他立即走上前去，用钢镊小心地翘动暗红色的圆斑，将剥落的粉末收入离心管中。经验丰富的高云一眼便认出了这是干燥碳化的血迹。在无重力环境下，血液不会滴落在地面，它们会在空气中形成完美的球型液滴，在空气分子无规则热运动的作用下沿着随机的轨迹飘动，直至吸附在某个固体表面。碳化的血滴早已失去了生物学功能，但如果运气好的话，分离出的 DNA 分子依然能够提供信息。

沿着血迹，高云来到了生活区的走廊内。这里位于暗夜号橄榄球形船身的上部，空间比之科研区域狭小了一些。两间寝室分别位于走廊的两侧，入口却前后错开了近十米的距离，与高云的审美背道而驰。高云推了推近旁的房门，并没有上锁，房间内湿腐的气味却冲得他一阵眩晕。在等待房间内外气体流通的间隙，他屏住呼吸向房间内部看去——内部空间不大，约莫二十平方米上下，家具只有简洁的衣柜、书架和床，床上没有被褥，光洁的金属床板反射着冷光。

突然间，一个身影在高云的视野中一闪而过。好似一位少女，栗色的长发披在肩上，细嫩的双臂裸露在白色连衣裙外面，赤着双脚。高云匆忙将视线追随过去，少女却好似烟雾一般消散在走廊的尽头。

高云毫不犹豫地追了上去。跟随着幽灵少女的足迹，他来到了另一间寝室门前，伸手推动房门，却被牢固的机械锁拒之门外。一番思索后，他移开了放在核铳上的另一只手，侦探的直觉告诉他，门后很可能躺着另一具尸体。

“到处找不到你，原来在这里啊！”

身后传来慧慧气鼓鼓的声音。还没等高云解释，助手已飘到他近前，俯下身子观察着房门的一角。

“咦？这应当是血迹吧！”慧慧端详着门角处一片暗红色的痕迹，熟练地取出工具采了样本。高云把嘴边的话咽了回去，说出幽灵少女的事情，只会令慧慧更加害怕。他将手中的另一份血迹样本递到慧慧手上：“检测结果要等回去了吧，我看再将下面的实验室翻一翻，就可以收工了。”

在复杂样本中分离DNA分子需要用到笨重的大型设备，无法随船携带。正当高云认为自己可以名正言顺地偷懒时，慧慧却机灵地挤挤眼，神秘地说道：“未必哦！”

跟随慧慧回到下层后，高云方才发现暗夜号上生物实验的设备一应俱全。在四间实验室内，大型离心机、液相色谱仪、质谱仪、PCR仪应有尽有；几支两人高的大型培养皿整齐地排列在最大的一个房间内，外壁内侧残留着油状的培养液。电力恢复供应后，所有仪器都已能够正常运转。

“尽是一些没见过的型号，操作却并不复杂。”慧慧熟练地制备了样品，放入离心机中。“PCR仪内少了几种酶，好在现在的纳米孔测序设备只需很少量样品便可。”

高云将手掌按在培养皿的聚合物外壳上，问道：“他们在培养太空生物吗？”

“太空克隆人也说不定。”慧慧耸耸肩。由于各国政府均禁止了克隆人技术的使用，非法经营者们往往逃到太空进行实验。

走完全部基因检测的流程至少需要六小时，做完准备工作后，慧慧便随着高云一同返回了上层的驾驶室。

“你能将这个大家伙里面的数据搞出来吗？”高云指了指躺在地面上的黑色棺木。

慧慧取出工具，熟练地打开了主机上盖。她仔细观察了一番电子器件的型号，皱眉道：“机器还在工作，应当问题不大，只是恐怕要花些时间。”她撸撸袖子，“交给我吧，数据带回去肯定能换钱。”

高云本想在驾驶室中陪着慧慧，对方却以会分心为理由，毫不客气地将他赶了出来。血迹房间还没有调查，但等慧慧得到线索后再一并进行也不迟，反正太空中线索不会自行跑掉。这次我可没有偷懒哦！高云一面对着并不在身边的助手低语着，一面回到了小型太空船上。

窗外各式各样的太空垃圾飞舞着，有些如同摇摆的柳絮，有些却好似呼啸的炮弹。暗夜号庞大的身躯形成了天然的屏障，为小型太空船提供了荫蔽。

高云将双腿跷在操作台上，思维随着飞舞的碎屑回到了过去。“太空墓场”所在的恒星系里有着一颗资源丰富的类地行星，它是宇宙世纪早期人类发现的、为数不多的宜居地区之一。可悲的是，围绕着来之不易的宝库，人类愚蠢的本性再次暴露。战争爆发，几支规模庞大的舰队在太空中激烈地厮杀，最终几乎同归于尽。经历了几百年的演化，舰队的碎屑渐渐形成了人造的小行星带，围绕恒星进行着公转；而作为争抢目标的行星，却早已被核武器和生物武器污染，被列入了危险地区清单。

讽刺的是，这片战争的遗迹在一段时间里反而成了拾荒者的宝库。他们冒着生命危险在墓场中回收可以再利用的飞船零部件，再转手高价卖给资源匮乏的边远地区。

这种鬼地方，有亡灵飘荡也说不定。

在思考的过程中，一个疑虑在高云心中渐渐浮现：从暗夜号的设备配置来看，这里毫无疑问进行着生物学研究；这样的一艘太空船，为何会来到太空墓场呢？

“高……高云！”慧慧冷不防地闯了进来，打断了高云的思考。慧慧的额头上挂着汗滴，身体微微抖动着；刚刚看到高云，她便用力地抓住男人的双肩，用力地前后摇晃。

“鬼……鬼……这艘船里有鬼啊！”

二

原来慧慧也遭遇了“幽灵”。

最初只是一个人影一闪而过，慧慧好奇地追了过去，可人影却仿佛海市蜃楼一般，刚刚靠近便不知所踪。

“起初我猜测是全息投影之类的东西……”慧慧脸色惨白，“可我将那堆破烂翻了个底朝天，也只找到了几支针孔摄像机。我有些怕了，你猜这时我看到了什么？”

为了不进一步刺激慧慧，高云隐瞒了自己的遭遇。慧慧更加用力地握住了他的双肩：“他再次出现了！个子不高，脑袋圆圆的，优哉游哉地飘在半空中；我壮起胆子回视着他，他也看着我，嘴角上扬，露出瘆人的微笑……”慧慧的两鬓淌下汗滴，“看着他身上藏蓝色的大褂，我突然记了起来，他就是驾驶室内的那副骷髅！”

高云瞥了一眼丢在角落里的归纳袋，鼓鼓的，散落的尸体不可能从这里爬出去，甚至恢复人形。

慧慧继续绘声绘色地描述着：“他慢慢地向我飞来，却渐渐没了人形，双臂拉得很长，头部鼓胀得像一个气球！我吓坏了，一不小心滑了一跤，可他完全没有停下来的意思……”

恐惧的慧慧将改锥丢了出去，双手抱住头，蜷作一团抗拒着。可几分钟过去了，驾驶室中毫无动静。她鼓起勇气张开眼，看到的只是空空如也的房间，丢出的改锥孤零零地落在地上。

高云将战战兢兢的慧慧藏身后，自己走在前面开路。两人再次返回驾驶室时，这里理所当然一般的空无一人，只有计算机的风扇低沉地轰鸣着。高云又将房间检查了一番，确实找不到全息投影设备的影子。

“幽灵会对我的行为作出反应，如果那是某种投影，一定有人在暗中操作它。”有了高云在身边，慧慧很快冷静了下来，“难道还有人藏在暗夜号上吗？”

第一次看到幽灵时，高云曾经怀疑暗夜号上藏有某种致幻的化学药剂；但慧慧看到幽灵时，暗夜号的气体早已完成了一轮置换，气体传感器也没有丝毫的反应。难道真的如慧慧所言，有什么人怀揣着未知的恶意躲在暗处吗？

又或者，这片太空墓场里藏着什么秘密。

计算机坏掉的部件已无法修理，但存储设备上的数据还在。数据进行了加密，想要获得必须暴力破解。慧慧无论如何也不愿再留下了，于是她将两人的便携式终端与进行破解工作的便携计算机进行了同步，一旦有文件被破解，就会自动传输到终端上。

“我们还是回去吧。”慧慧扯了扯高云的衣角。

返回小型太空船后，高云关闭了前往暗夜号的通路，又张开了磁场屏障。慧慧将自己裹在睡袋里，很快便发出了细细的鼾声。高云在驾驶席上保持着坐姿，将宽檐帽盖在脸上。不知过了多久，当他猛地张开眼时，便携式终端淡蓝色的提示灯闪烁起来。

已经有破解的文件发送了过来。

那是一个叫作“舰长日记”的文件夹，登陆 ID 叫作“Yangz”。高云打开委托人发来的资料，失踪者是一对情侣，其中男性的名字叫作“杨舟”。

已破解的内容并不丰富，只是不足千字的日记。高云点开文档，设计一板一眼的界面投影在他面前，宛若一位执拗的科学家在娓娓道来：

第 1 日

我们出发了，希望一切顺利。

第 3 日

暗夜号到达了空旷的星际区域，已加速至 0.3c。朱莉准备好了所有的实验材料，有关星际航行中克隆生物培养的实验即将展开。

日记并没有使用标准的宇宙世纪计时，而是将暗夜号的起航当作“第 1 日”计算。既然是研究星际航行对生物的影响，航行过程中难免高速航行或掠过黑洞边缘，这样的记录方式反而更加便捷。日记中提到的“朱莉”也出现在了委托人提供的资料中，想必就是杨舟的女友吧。高云一面思索，一面读了下去：

第 4 日

朱莉开始向菲传授实验技术。菲学得很快，我们都十分欣慰。这样一来，朱莉也能轻松一些了。

高云皱紧了眉头。日记中出现了第三位船员“菲”，但委托人的材料中并未提及此人。暗夜号上层的寝室只有两间，如果“菲”是女孩子的话，她应当是同朱莉住在一起。难道说那扇沾染了血迹的门后，藏了两具尸体吗？

第 7 日

培养皿中布偶猫的胚胎开始发育了。菲十分兴奋，朱莉嘲笑她像个小孩子。

出现了描述菲的第三人称代词“她”，这样一来菲的性别就确定了。

第 8 日

朱莉发现了新的实验方法。我将这个方法第一时间告诉了菲，尽管有些困难，菲还是努力地掌握了。朱莉似乎有些生气，她认为我应当多承担一些工作。

在太空孤独的环境中，两位女子围绕男人争风吃醋也并非不可能。随着高云的异想天开，破解的日记也来到了最后一节：

第 10 日

身体不太舒服。哮喘发作了，还有些高烧，朱莉将工作全部交给了菲，陪了我一整天。

想要获得更多的信息，只能等待程序将更多的内容破解出来。高云看了看身边的慧慧，她像毛毛虫一般蜷缩着身体，呼吸声轻柔而均匀。高云轻轻搔了搔助手的鼻尖，又将驾驶舱的温度调高了两度；之后他拎起一台小型工程机器人，蹑手蹑脚地钻进了前往暗夜号的通路。

回到暗夜号的上层，高云再次仔细调查了血迹。弥散的暗红色斑点一直延伸到开启的寝室中，看来杨舟是从自己的房间来到驾驶室，然后死在那里的。杨舟寝室的味道已经散去，进入其中后，高云立即发现了异常——寝室内几乎没有生活用品。

床板上没有被褥或睡袋，空空如也的衣柜内找不到一件衣物。书架上孤零零地悬浮着两本书，比较新的一本是最新出版的推理小说，同样讲述了一艘遇难太空船的故事；另一册是兵器图鉴，纸张已变旧泛黄。寝室的一角是狭小的卫生间，没有任何洗漱用具，高云打开出水管，只能听到压缩机将气体鼓出的管鸣声。

突然间，高云听到一声闷响。他立即警觉起来。顺着声源的方向，他一路找到了下层走廊的尽头。这里竖着一道圆形的隔离门，在暗夜号还没有成为幽灵船的时间里，人员可以通过这里出入太空船。

咚咚的声响断断续续地从另一侧传来。高云打开工程机器人的开关，他很庆幸自己带了帮手过来。工程机器人手中的激光切割器放射出肉眼不可见的紫外激光，转眼间便在厚重的隔离门上打开了一道一人高的通路。高云穿好太空服，掏出核铳，轻轻推开被切断的金属板——那一瞬间，他险些笑出声来。

隔离门另一侧的船坞内，几只笨拙的机器人摇晃着企鹅一般的身躯飞来飞去，细小的机械臂上举着与身体不成比例的机械零件。在进入暗夜号之前，慧慧看到的正是它们。高云松开扣在扳机上的手指，这些机器人应当是以前的拾荒者们留下的，在主人早已离去的岁月里，仍在忠诚地执行着收集太空船零部件的任务。

寝室内没有生活用品的谜题也可以解开了：对于拾荒者们而言，生活用品往往是比飞船零件更加紧俏的物资。至于关闭的隔离门，可能是拾荒机器人离去时触碰到了暗夜号的警报，系统自动将其关闭的吧。

它们总不至于在侦察期间将暗夜号拆掉。高云懒得理会忙碌的机械企鹅们，他迅速退回隔离门的另一侧，操作工程机器人再次将金属板焊死，以防止气体过量流失。

是时候调查一下血迹房间了。

与下层的隔离门不同，另一间寝室的房门只需破坏门锁便可以进入。有了开启杨舟寝室的经验，高云在进入前戴好了氧气面罩。轻轻推开房门，即便隔着面罩，高云也能感觉到房内涌出一股湿腐的气味。

门后的房间比之杨舟的寝室要宽敞一些，除了必备的床、衣柜和书架外，床边还放着一张简易的梳妆台，屋顶的照明打在梳妆台的圆镜上，地面上散落了几道斑驳的光点。

如果不是梳妆台前悬浮的尸体，高云会觉得这间寝室还饶有一番情趣。

尸体下半身套着绛蓝色的牛仔裤，上身披着白色的实验服，仅凭服装很难辨别性别。高云向尸体行了一礼，小心地从骨架的间隙取出少许腐肉，又闭上眼睛，将手臂伸入尸体的上衣内——几秒钟后，他摸出了一条淡粉色的文胸。这下死者的性别可以确定了。

“呦，没想到你的兴趣还真是特别啊！”

门外突然传来了慧慧讥讽的声音。还没等高云有所反应，慧慧已飘到他的面前，一把夺走了他手中装了腐肉的离心管。

“我去干活了，你好好陪着骷髅小姐谈情说爱吧！”

高云无奈地叹了口气，在嫉妒心的驱使下，女人甚至可以战胜对尸体的恐惧。他拍拍脸颊，再次将注意力转移到眼前的工作上。

与杨舟寝室的情况类似，房间内几乎找不到生活用品。书架的玻璃门内锁着一本笔记，高云挥起手肘将玻璃门敲碎，在漂浮的碎屑中抽出了笔记。封皮上用漂亮的楷体字写着“朱莉”两个字，继续翻下去，尽是一些专业的术语，搞得高云一阵头大。笔记本的纸张较新，同杨舟房间内的推理小说相仿。高云将笔记本小心地收入背包，继续检查着房间。

这里只有一张床，衣柜内部的空间也只够一个人使用。如果尸体是笔记本的主人“朱莉”的话，杨舟笔下的“菲”又住在何处呢?

高云转身回到房门处，自内部检查了门锁。这是一种太空船中常用的锁芯，可以通过脉冲电刺激使门锁的一端在普通金属和永磁体之间切换，即便切断电源，状态也不会改变。门锁只能够从内侧开启，因此在门锁被破坏之前，房间处于密室状态。

等等。

尽管朱莉的死因已不可辨别，但既然房间处于密室状态，就只可能是主人朱莉在生前锁上了门锁。这样一来，拾荒者机器人便不可能进入房间内，将生活用品取走。

一种可能性在高云的脑中闪过：有人伤害了朱莉，并将房间内的生活用品全部卷走。之后朱莉恢复了意识，她挣扎着锁上了房门，最后死在房间内，于是形成了眼前的“时间差密室”。但很快他便否定了这一猜想——一来拾荒者从来不打活人的主意，更不会有强盗为了一点生活用品杀人；二来如果朱莉受了伤，房间内应当会发现血迹。

目前看来，房门处血迹的主人是解开谜题的关键。

就在这时，“她”再次造访了。

瘦弱的白色影子在高云的眼前一晃而过，他匆忙转过头去，少女在房间内旋转几周后，悬停在了高云正前方的半空中。

高云目不转睛地盯着幽灵，右手悄悄向腰间的核铳摸去。少女张开双臂，这一瞬间，高云方才看清了少女的面容——那是慧慧的脸，她的双唇翕动着，脸上挂着温柔的微笑。

房间中闪过一道淡紫色的光芒，高云扣动了扳机。核铳喷射出炽热的等离子体，转眼间穿过了“慧慧”的身体，在墙壁上开了一个大洞。高温掀起一股热浪，卷着金属碎屑打在高云脸上。巨响过后，冒牌慧慧的身影早已如同晨光下的雾霭一般消散。

高云转过身来，方才发现真正的慧慧正目瞪口呆地站在门前。

“刚才那是……什么？”慧慧也看清了幽灵的脸，她的身体由于恐惧而微微颤抖着。

高云微微一笑：“想要模仿你的笨蛋，我已经干掉了。”

“你就那么确定她不是我？”

“当然，你从来没有那么温柔地对我笑过。”

突然间，高云感到一阵刺痛，原来是慧慧的鞋狠狠地踢在了他的腿肚上。高云强忍住没有叫出来，可罪魁祸首却装作没事人一般，开始报告新的发现。慧慧投影出暗夜号的设计图，指着上层的位置解释道：“这是我们现在的位置。”

高云端详着由绿色线条勾勒出的投影图，房间的大小和布置都与现实中十分接近。

“问题出在寝室这边。”慧慧的手指从驾驶室出发，缓慢地划过走廊。发觉真相的高云不禁倒吸一口冷气——走廊的尽头本应有另一间寝室。房门相互错开的布置，本是为了留出安排第三间寝室的空间。

慧慧面色凝重：“这里不但住着一只幽灵，还有一间消失的寝室。”

离开朱莉的寝室后，两人回到了驾驶室。“你不怕幽灵吗？为何自己跑来这里了？”看着慧慧的背影，高云打趣道。

“当然是怕你一个人吓破胆啦！”慧慧头也不回地说道。

高云耸耸肩。

“这个家伙的笔记你看过了吗？”慧慧瞥了一眼杨舟坐过的驾驶席，“破解进度一直停滞不前，我觉得不太对劲，就过来检查了一番。”

破解程序宕机，是因为遇到了数据存储最主要的部分，即暗夜号的主控 AI。

“AI 是有些老旧的型号，机械学习算法及防破解算法却十分先进。”慧慧叹气道，“以我们目前的设备，想要暴力破解恐怕不现实。”

“日记文件还能继续破解吗？”

“不碍事，绕过 AI 的物理存储数据位即可。”

相信不久后，就能够看到杨舟日记后续的部分了吧。在慧慧的示意下，高云跟随她一路来到了装有巨型培养皿的生物实验室。慧慧飞速敲击着触控屏，一张简洁的数据表显示出来。

“根据杨舟的记录，他们正在进行克隆生物的培养。”慧慧分析道，“日记中提到的动物不下二十种，尽是稀有动物，甚至不乏已经灭绝的物种。”

高云点点头：“培养克隆生物恐怕是暗夜号的主要目的，我想委托人感兴趣的也是这些吧。”

“可我无论怎样调查计算机中的数据，都只能查到两次培养皿的使用记录。”慧慧将双臂挽在胸前，“如果是杨舟或朱莉刻意删除了数据，他们为何要这样做呢？更进一步的，既然删除了数据，为何又要留下两次使用记录呢？”

高云一时也没了头绪。他取出朱莉房间内的笔记本，交到慧慧手上：“这本笔记上写的全是专业术语，你能读懂吗？”

慧慧飞速地翻着笔记，双眉微皱。少顷，她答道：“上面写了一些 DNA 碱基序列和蛋白质折叠方式，但奇怪的是，这些符号却是无意义的。”看着高云一头雾水的样子，她继续解释道：“即便是最简单的 ATCG 序列，也是有特定‘语法’的，而笔记中的分子却完全没有遵照这种语法。换言之，笔记中的 DNA 和蛋白质无法表征任何现实中存在的生物分子。我想，这本笔记可能是主人无聊时的涂鸦吧！”

“可朱莉却写了整整一本。”高云辩驳道。

“你就那么想窥探骷髅小姐的隐私吗？”慧慧奚落道。她将笔记收入工具箱内："总之，可以做的调查我们都已经做了，接下来就等着杨舟告诉我们一些什么吧！"

三

第 11 日

病情并没有好转。朱莉一直在照顾我，我提议她可以把实验的事情全部交给菲来处理，朱莉接受了。

第 12 日

我教会了菲如何照顾病人，这次朱莉可以轻松一些了。

一小时后，杨舟日记剩余的部分断续发送了过来。高云瘫坐在小型太空船的驾驶席上，一字一句地阅读着。

第 14 日

烧退了一些。菲的实验进展不错，24 种珍稀动物的胚胎均已成型。我重新设置了暗夜号的航线，30 天后，我们将掠过黑洞 H1743−322 的边缘。

……

之后的日记中记录的多是一些实验的细节。杨舟是实验的主导，但相比起恋人朱莉来，他似乎对神秘的"菲"小姐更加器重。作为女人，朱莉不可能不对此心存芥蒂吧！高云顺着时间顺序读了下去。

第 33 日

身体又出了问题。昨晚高烧 40 度，伴随着剧烈的腹泻。朱莉建议我进行体检，我拒绝了。盘羊胚胎的 3 号染色体出现了变异点，证明亚光速飞行对生物的遗传会产生影响。我只是不适应太空生活，想必细胞在怀念地球的环境吧。

第 34 日

腹泻更加严重了，全身没有力气。我将工作全部交给了菲。菲也建议我进行体检，我生气了，怒吼了两句。菲露出十分悲伤的神情。

第 36 日

急性粒细胞白血病。我的 DNA 中并没有致病基因，难道是太空旅行对我的身体产生了影响？真是讽刺，居然比实验动物更快出现反应。依靠暗夜号上的设备，能够利用我的体细胞培育出造血干细胞，这点小病还不至于影响工作。

尽管白血病在宇宙世纪已经有了相当成熟的治疗和恢复方案，但在封闭的太空环境中发病，还是有一定的危险性的。难道杨舟是死于疾病吗？他的死与朱莉在密室中死亡有所关联吗？

第 37 日

病情持续恶化。查阅了白血病的相关资料，我的病情恶化速度比统计数据快了 5.3 倍。应当是亚光速航行带来的影响，但我已经没有时间将自己作为样本研究了。培育出造血干细胞至少需要 15 天的时间，如果病情恶化的速度加快，我能否挺到那天还是未知数。我提出了冷冻睡眠的建议，朱莉强烈反对，她担心解冻后的我会过于虚弱，以至于无法承受手术。

无论如何，我必须尽快将实验的事情全部传授给菲。如果我真的不在了，只有她能够完成我们的目标。

第 38 日

朱莉提出了一个大胆的建议：我会乘坐小型飞行器掠过黑洞边缘，借助强大引力压缩我的时间。如果能够精确控制，我只需离开 3 小时，暗夜号就可以为我准备好造血干细胞。如果在造血干细胞中混合纳米机器，即便是匆忙培养的细胞也能正常使用。

我一向反对在身体中植入纳米机器，但我也不得不承认，朱莉的提议是唯一的出路。但我还是决定将计划推迟。实验进入了最艰难的部分，菲学得有些吃力，我必须找到更好的方式才能教会她。

第 39 日

和朱莉吵了一架。她很气愤我只顾着实验的事情，但我又怎可能放下呢？

第 41 日

我的努力没有白费。通过新的教授方式，菲很快便掌握了实验技巧。这样一来，即便我不在了，她也能完成实验。

我即将坐进小型飞行器。3 小时后我返回时，暗夜号上将度过整整 15 天。我不清楚黑洞是否会让我的病情进一步恶化，愿群星保佑我们。

高云入神地看着，很快便来到了日记的最后一部分：

第 42 日

我回来了。

造血干细胞已经准备好，我只需躺在手术台上，菲就会将手术完成。

可是朱莉去了哪里？

日记到此戛然而止。破解进度显示为 100%，证明杨舟并没有创作后面的部分。杨舟的日记留下了三个谜团：其一，既然手术能够顺利进行，他是怎样死亡的？其二，如果朱莉真的如同日记中描述的那般消失了，血迹房间内的尸体是谁？其三，日记只记述到了黑洞边缘的故事，在那之后，他们为何会来到太空墓场？

至少第二个谜会在 DNA 测序完成时得到解答。

高云决定首先解开“幽灵”之谜。

他仔细回想了三次邂逅幽灵的经历：第一次在杨舟的房间内，他看到了一位白衣的少女；第二次慧慧在驾驶室内撞到了幽灵，从外貌判断，应当是杨舟；第三次则是在血迹房间内，他看到了冒牌的慧慧。

总结三次经历的共同点，幽灵只会出现在暗夜号的上层区域。

如果有人藏在暗处想要恐吓他们，时机的选择未免太过蹊跷。他有着太多的机会：两人刚刚进入暗夜号时，第一次发现尸体时，打开封闭的房门时……任何一个时机都会带来更好的恐吓效果。如果排除了有人刻意为之，一定有某个特殊的契机，触发了幽灵的产生。

慧慧还在实验室忙碌着，高云一个人来到上层的驾驶室，一面检查着设备，一面分析现状。

另一条线索是幽灵的外形。它第一次以白衣少女的形象出现，尽管高云未能看清面容，但从发型和身材判断不可能是慧慧。既然对方可以化作慧慧的样子，第一次出现时它为何没有那么做？

最简单的思考，因为那时的它还做不到。

在检查暗夜号设备的过程中，高云瞥见了扔在地上的光纤。它们本是藏在暗处的针孔摄像机，慧慧在遭遇杨舟的幽灵时，慌乱中发现了它们。针孔摄像机很难通过外观识别，想必驾驶室内还藏有许多。

将两条线索结合在一起思考，高云的推理前进了一步。

为何幽灵能够以慧慧的形象出现？因为在破解暗夜号的主控计算机时，慧慧曾经长时间驻留于驾驶室内。暗藏的针孔摄像机们有着充足的时间扫描慧慧的外貌，并将其应用于幽灵身上。

想通这一点后，高云感到一阵轻松。无论对方的目的何在，既然幽灵源于科技，他就有信心将其破解。

下一个问题，对方是如何让他们看到幽灵的？

驾驶室内找不到线索，高云来到了杨舟的房间内。他仔细检查了房间的墙壁，确实有几处藏着针孔摄像机的光纤，但除此之外并没有更多的发现。高云再次回到血迹房间，由于核铳攻击掀起的气浪，女性尸体被吹到了房间的角落，左腿的小腿骨脱落在一旁。高云双手合十向尸体鞠躬致歉，取出收纳袋将骸骨归于其中。

突然间，墙角一道微弱的闪光吸引了他的注意。

核铳的攻击在墙上开了个大洞，藏于其中的光纤暴露了出来。不过令高云在意的却是埋在金属碎屑中的一枚火柴盒大小的黑匣，匣子一端嵌着精致的光学透镜，镜面上的增透膜泛着淡淡的绿光。

这是一支小型的固体激光器，藏在墙壁比较深的位置。如果慧慧只是在慌乱中寻找，确实很难发现。激光器是全息投影的核心器件，但如此小型的激光器很难在空气中投影出一人大小的影像。

幽灵出现的奇妙时机。三次不同的外形。藏于墙壁中的光纤和激光器。要把这些线索串联起来，还缺乏一条关键的信息。

一定还有细节没有注意到，高云努力地回想着暗夜号上发生的林林总总。在遇到幽灵之前，他究竟做了什么？思维带着他回到了第一次进入暗夜号驾驶室的时候。杨舟的骸骨坐在驾驶席上，慧慧捂着嘴，战战兢兢地站在远方。之后……

突然间，真相如同电流一般在骨髓中划过，令他周身一阵麻痹。换一个角度思考，答案竟是如此的简单！

便携式终端响了起来，慧慧在呼叫他。

“你在哪里？”终端投影出的慧慧头像闪烁着。

“你再也不用害怕幽灵了。”高云不无得意地说道，“我已经揭开了它的真面目。”

“是吗？难得你像一次真正的侦探。”慧慧似乎并不领情。

“不想听听我的推理吗？”

“你先来一趟实验室吧。”慧慧装作不耐烦地催促着，“基因测序的结果出来了。”

“尽管有少许出入，两具尸体几乎可以确定是杨舟和朱莉。”慧慧开门见山地说道，她将四张图谱投影在高云面前，“测序结果显示，尸体的基因与两人基因库中的数据相似度达到了95%。”

高云皱着眉头问道：“剩余的5%出入是怎么回事？”

慧慧耐心解释道：“现在的基因检测早已不是简单的碱基对测序，表观遗传学上的区别——即一些有机基团，如甲基、乙酰基等在DNA上的修饰模式，也会一并表征。碱基对序列显示了遗传信息，修饰模式则在一定程度上记录了主人的生活环境。同一人身体在不同的时期，甚至同一时期的不同部位，表观遗传学特征都会有所区别。然而在宇宙世纪标准的基因检测方法中，5% 是个很大的差别，一般只发生在生活环境迥异的同卵双胞胎身上。”

高云试着进行了思考，但很快便放弃了。于是他决定将挠头的分子生物学问题放一放，先将“幽灵”的真相告知慧慧。

“我第一次遇到幽灵小姐，是在我们分头调查期间。想想看，当你第二次进入驾驶室时，有没有什么发生了变化？”高云引导慧慧思考着。

慧慧右手扶住下颚，简单地回忆后，答道：“一定要说变化，那就是主控电脑被你开启了吧！”

“没错！”高云打了个响指，“在主控计算机的存储中，AI 的数据依然完好；于是在我开启计算机的同时，AI 也恢复了运作。你曾说过，此 AI 的防破解算法相当优秀，因此在你破解数据的过程中，AI 也依然在运作着。”

慧慧质疑道：“你说幽灵是暗夜号的主控 AI 产生的？没有投影设备，它是怎样让我们看到幽灵的？”

高云将黑匣在慧慧面前摆了摆，深谙技术原理的慧慧立刻认出了它是一个固体激光器。

“不过……依靠这种小型激光器和光纤，很难在空气中投影出人形啊！”慧慧熟练地摆弄着激光器，“还是说他们有着更加先进的技术？”

“恰恰相反，这是一项已经过时的技术。”高云指了指自己的眼睛，“我们想得太复杂了，AI 根本不需要在空气中投影出一人大小的影像，它只需将人像投影在我们的眼中即可。这种投影只需要很小的功率，如此小型的固体激光器就可以实现。”

“我想起来了！”慧慧轻轻击掌，“这是几十年前游乐场中常用的技术，工程师会将针孔摄像机和激光器设置在各处，辅以复杂的算法，无论游客怎样移动，系统总是能够将恰当的图像呈现在游客的眼中。不过自从能够植入大脑的纳米机器发明后，游乐场只需发射电磁波便可以令游客看到虚拟图像，这种复杂的技术便渐渐退出了市场。杨舟和朱莉为何会选择过时的技术呢？”

高云笑道：“还记得杨舟的日记吗？他清楚地写下，自己十分坚决地反对将纳米机器植入身体。大概是这种执着，促使他选择了这项技术吧。与此同时，它还解释了我的另一个疑问——‘菲’并不是别人，正是暗夜号的主控AI，因此她并不需要房间居住，我们更不可能找到她的尸体。”

“这么说来，我们看到的‘幽灵’就是日记中的‘菲’啊。”慧慧若有所思。

“我第一次看到的白衣少女是菲本来的样子；菲的数据库中自然有杨舟的形象，而在对你进行了足够长时间的扫描后，你的样子也被记录了下来。”高云解释道，“下面的推理就十分简单了。杨舟自黑洞边缘返回后，朱莉却不见了踪影。为了制造自己完全消失的假象，朱莉甚至将自己房间内的生活用品一并收走了。她这样做是为了惩罚杨舟，因为那个男人一心扑在AI身上，忽视了身为恋人的她的感受。可她没有想到的是，由于过度悲伤，杨舟甚至放弃了手术。在生命最后的时间里，他曾呆呆地凝望着朱莉空空如也的房间，因为大量咳血，在朱莉的房门前留下了血迹。之后杨舟返回驾驶室，在那里与世长辞。离家出走的朱莉归来时，本希望看到杨舟痛改前非，没承想看到的却是他的尸体。在强烈的自责感驱使下，她锁上房门，选择了自尽。”

“有板有眼的推理。”慧慧露出不置可否的笑容，她将一张条格纸递到高云手上，“先看看这个吧！”

高云快速扫视着纸上的几行汉字，慧慧手写的楷体字小巧而娟秀。助手解释道：“朱莉的笔记本上是某种密码游戏。将想要表达的信息藏在DNA或蛋白质序列中，这是一段时间内流行于生物学家之间的游戏。并不复杂，找到规律后我很快便破解了出来。”

纸片上的内容仅百字有余：

杨舟走了，心情很复杂。

好想见到杨舟，好想好想。每次看到镜中的自己时，都仿佛感到他就在身旁。

找出了那件米色的风衣，我第一次穿上时，杨舟夸我好可爱。

是想念杨舟的缘故吗？房间好冷好冷。整个人蜷缩在睡袋中，依然好冷。

脑子乱作一团糨糊。谁都不要打扰我。

飞船的能源即将枯竭。我要带菲一起走。

高云不解道：“这些信息出自朱莉之手，不是恰好验证了我的推理吗？”

慧慧将食指点在侦探的双眉间，说道：“这些文字至少说明了一件事情：杨舟死后，朱莉留在了自己的房间内，并且生活用品都在。朱莉死后房间处于密室状态，拾荒机器人是如何取走生活用品的？”

高云立刻意识到，自己的推理有致命的漏洞。

“再告诉你一件有趣的事情吧。”慧慧耸耸肩，“暗夜号中所有的血迹样本都属于朱莉。它们与血迹房间中尸体的 DNA 相似度达到了 99.99%。”

挑战读者

亲爱的读者朋友们，到此为止，文章已经给出了推理所需的全部线索。

这意味着，除去作为逻辑推理要素的线索外，所有的科幻设定以及对设定的解读均已给出。对于案件的推理，不需要借助任何故事中没有给出的科学知识或科幻设定。

另外一点，故事中没有使用叙述性诡计。

好了，你能够比侦探更早地找到真相吗？

四

慧慧将工具整齐地归纳在手提箱中，高云把装有朱莉尸骨的收纳袋扛在肩上，两人一起向着通路所在的仓库走去。

“我们就这样离开吗？”慧慧不甘心地咬着嘴唇。

“委托人想要的只是数据。”高云宽慰道，他拍了拍鼓鼓的收纳袋，“虽然没能找到他们想要的东西，但将这两位带回去，他们也说不出什么。”

慧慧没有再说什么。她清楚，执着地去寻找真相并没有意义。更何况以暗夜号上残缺的线索，他们也未必做得到。

那一刻，两人刚刚走到通路的入口处。高云按下开关，钛合金阀门缓缓张开——猛然间，一股强烈的气流向着暗夜号另一侧的空间涌去。纤瘦的慧慧立刻失去了平衡，被气流狠狠地拍在了墙上；高云抓住阀门的边框，艰难地伸出左手，用力拍在开关按钮上。

阀门渐渐关闭，将宝贵的气体留了下来。高云喘着粗气，心脏猛烈地跳动着。回头看到慧慧没有受伤，他终于松了一口气。

“我们的船不在了。”慧慧揉着肩膀，说出了残酷的事实，“必须想个办法，否则我们会永远留在这里。”

两人匆忙赶回了上层的驾驶室。高云趴在观景窗上，取出望远镜张望着——他们的太空船已脱离了暗夜号，虽然在视野中依然可见，但已是肉身不可能逾越的距离。

“快看，是拾荒机器人！”一旁的慧慧惊呼。高云匆忙调高了望远镜的放大倍数，视野中出现了成百上千的企鹅型机器人，它们如同掠食的白蚁一般密密麻麻地趴在太空船外表面上。

高云默默地收起望远镜，故作轻松地拍了拍慧慧的肩膀。他心中十分清楚，在没有食物和水的暗夜号上，他和慧慧不久也会一并化作亡灵。为了减少水分和能量的消耗，高云和慧慧将身体蜷缩起来，期待着转机的出现。当人陷入绝境时，时间的流逝感会变得扭曲。高云好似陷入了沉眠，又似乎异常地清醒。

不知过了多久，高云的意识再度回归现实，他张开疲劳的双眼，环视着满布死亡气息的驾驶室——菲站在了他的面前。这次不再似幽魂一般飘荡，菲穿着一袭白衣，宛若盛开于彼岸的曼珠沙华。她的面容前所未有地清晰可见，那是一张带着稚气的少女的脸庞，眉宇间却写满了悲伤与无助。

身旁的慧慧也醒了过来，面前的菲将她吓得一个机灵。在慧慧叫出声来之前，高云捂住了她的嘴。

视野中的菲张开双臂，嘴唇重复着单调的开阖。

“她想要对我们说什么。”高云小声说道。

太空船上的扬声器早已失去功效，可菲依然不知疲惫地呐喊着。渐渐地，菲的影像模糊了起来，暗夜号的电力供应即将告罄；菲完全没有停下来的意思，雪花状的斑点在她稚嫩的脸上若隐若现，宛若一行泪滴。

高云猛地蹿了起来，他飞速地抄起望远镜，再次看向了窗外。

“我明白了。”侦探叹了口气，“这就是她想告诉我们的事情。”

冰冷的太空墓场中，难以计数的拾荒机器人排成了“SOS”的字样。高云盯着少女的影像，问道：“莫非你阻止我们离开，是想让我们解开这艘船的真相？”

白衣少女轻轻点头，嘴角上似乎挂着一丝微笑。

尽管并不情愿，但此刻的高云和慧慧已是骑虎难下了。

“我们不妨从血迹开始分析。”高云将双臂挽在胸前，“既然血迹属于朱莉，那么就存在两种可能性——杨舟在朱莉的房间杀死了她，身上染着血迹回到驾驶室；或者行凶现场在驾驶室，朱莉拖着重伤的身体回到了房间。”

“很遗憾，这并不可能。”慧慧立刻否定了搭档的猜测，“如果杨舟带着血迹返回驾驶室，他的外衣上为何滴血未沾？如果朱莉受重伤后返回房间，为何房间内没有血迹？”

在房门前的血迹和朱莉的尸体之间，横亘着名为“密室”的障碍。

“我们换个角度考虑吧。”高云立刻转换了思维，“暗夜号上只有杨舟、朱莉和菲，根据朱莉的记录，在杨舟死后她依然活了一段时间。于是朱莉死因只可能是自杀，或者被菲所害。”

慧慧辩驳道：“菲是AI，阿西莫夫定律不允许她杀人吧！”

高云按了按助手的头：“这点你应当比我更清楚。对于AI而言，阿西莫夫定律只能是指导而非强制性的规律。AI对于‘伤害’这一概念需要进行模糊判断，它们永远可以在这一环节做手脚。”

慧慧不满地推开高云。她打开自己写的纸条，研究着上面的文字。

朱莉为何要用如此复杂的密语写下这些呢？为了打发杨舟不在后的无聊时光吗？恐怕不是。她大概没能猜到自己无法活着回到地球，用这样的记述方式是为了不会被别人发现秘密。

好想见到杨舟，好想好想。每次看到镜中的自己时，都仿佛感到他就在身旁。

是想念杨舟的缘故吗？房间好冷好冷。整个人蜷缩在睡袋中，依然好冷。

同样身为女人，如果自己是朱莉，会怎么办？

想念杨舟时，大概会自言自语吧。

感觉房间冷时，自然会调高温度。

慧慧脑中产生了一个想法。她盯着笔记看了下去，视线最终停在倒数第二句话上：

脑子乱作一团糨糊。谁都不要打扰我。

Parrondo's paradox[①]。

两个结果为“输”的游戏，结合在一起，结果却可能是“赢”。一个简单的例子：在游戏 A 中，每进行一次游戏你都会输 1 元钱；在游戏 B 中，你有 100 元，然后你判断自己手中的金额是否为奇数，如果是，你赢得 3 元，否则输掉 5 元。很明显，无论你单独玩哪一个游戏，都只会输钱；如果交替玩两个游戏的话，你却会赢钱。

对于 AI 而言，它可以在不违背阿西莫夫定律的前提下执行每一个命令，但最后的结果却是伤害，甚至杀死了人类。

慧慧问高云：“如果菲认为朱莉想要见到杨舟，杨舟却已经死了。菲会怎么办？”

“也许会播放杨舟的声音或视频吧……啊！”高云立刻悟出了其中玄机，“她真的可以让朱莉见到杨舟，只需将杨舟的影像投影在朱莉的瞳孔中！朱

① 意为“帕隆多悖论”，说的是将两种会导致失败的策略结合，能够产生可获得胜利的策略。

莉在笔记中写到，她照镜子时感到杨舟在身边，想必这就是菲制造了幻象的证据！”

“没错。借助这种方式，菲得以不断地刺激朱莉的神经。但她并没有违背阿西莫夫定律，因为‘想要见到杨舟’是朱莉自己的命令。”慧慧将推理进行了下去，“同样，朱莉觉得冷的时候，菲可以将房间的温度调高，这同样是在执行人类的命令。如果逐渐升温，即便达到很高的温度人类也难以立刻察觉，道理就仿佛温水煮青蛙一般。”

高云疑惑道：“即便如此，菲也不可能杀死朱莉啊！”

“到目前为止是这样没错。但朱莉的最后一条命令断送了自己的性命。”慧慧抖了抖手中的纸张，“朱莉命令‘谁也不要打扰我’，于是菲关闭了房门，并切断了和朱莉房间的联系。没了控制电路，朱莉在房间内也无法打开永磁体门锁，于是房间成了密室。”

“我在打开两人的寝室时，都能感觉到湿腐的气味，这证明寝室房门的气密性非常好。在这种环境中想要靠温度杀死人类，应当并不困难。”高云若有所思，“但暗夜号不可能不准备应急措施，只要有足够的时间，朱莉一定能够夺回菲手中的控制权，即便她被锁在房间内。”

“正因为朱莉是人类吧。”慧慧猜测道，“在极端的环境中，生理的不适令朱莉失去了冷静，加快了死亡的进程。”

高云思考片刻，点点头：“你的推理说得通。但如何解释房间外朱莉的血迹？房间内的生活物资是如何消失的？”

慧慧叹息道：“我也没有想清楚。”

“再来说说杨舟的死亡吧。”高云打开便携式终端，将杨舟的日记投影了出来，“与朱莉的情形不同，从他的日记判断，我不认为他是一个会自杀的人，而被杨舟器重的菲同样没有理由杀死他。因此我的推理，将‘朱莉是凶手’作为了前提。那么接下来的问题便是，朱莉是如何杀死杨舟的？

要知道，杨舟从黑洞边缘回来的时候，朱莉并不在太空船上。”

“手术时需要麻醉吧。朱莉可以藏起来，等到手术时将杨舟杀死。”慧慧说出了最容易想到的答案。

“这样固然可行，但从动机上却说不通。想要杀死杨舟，朱莉只需在他离开后将太空船开走就好了，为何偏要选择如此蹩脚的方法？”

慧慧一时语塞，高云解释道：“最简单的猜测，朱莉想要杀死杨舟，她却没有勇气自己下手。为了逃避负罪感，她甚至离开了作案现场，知道杨舟离世才再次返回。”

“你在开玩笑吗？”慧慧皱着眉头，“不在现场，她如何杀死杨舟？”

“白血病。”高云言简意赅地说出了答案，“她不需要动手杀死杨舟，只要在杨舟培养的造血干细胞上动手脚，杨舟手术后自然会死于排异反应或病症复发。例如，她将杨舟的细胞换成了自己的细胞。”

慧慧恍然大悟：“说得通了！这样一来，手术后的杨舟虽然身体的 DNA 仍是自己的，血液的 DNA 却是朱莉的！”

高云微微一笑：“所以，我们看到的‘朱莉’的血迹，其实是杨舟留下的。杨舟发病时朱莉并没有在暗夜号上，他自然没有进入朱莉房间的理由。结合我们的推理，血迹的问题便得到了解释。我们甚至可以进一步猜测，朱莉也是去往了黑洞的边缘，这样只需经历很短的主观时间，便可等到杨舟死去。这样她的负罪感也降到了最低。”

“是这样吗……”慧慧依然悬着一颗心，“按照你的解释，培养皿至少被使用了两次——杨舟和朱莉分别用自身的体细胞培养了造血干细胞。但培养皿的使用记录只有两次，之前培养动物的记录去了哪里？”

“大概……被删掉了吧。”高云支支吾吾地答道。

慧慧追问：“想想看，杨舟在培养造血干细胞时，根本没有预想到自己会死，这点从他的日记中可以得到证实。如果这时他发现实验记录全部被删除，会没有任何反应吗？”

高云摊开双手，摆出一个无奈的笑容。尽管他和慧慧分别解开了二人死亡之谜，但他们与真相之间，还竖着一道看不见的高墙。

推理陷入了瓶颈。无奈之下，高云离开了驾驶室，在空无一人的上层走廊里散起步来。很快他便走到了走廊的尽头。

慧慧曾说过，这里应当还有一个房间。不知基于怎样的考虑，杨舟和朱莉在改造太空船的过程中居然砍掉了一间寝室。

等等。

突然间，无数的回忆化作一阵寒意，顺着高云的脊髓窜了上来。他立即闯入朱莉的寝室，仔细检查着房间的每一个角落。

原来如此。真相一直摆在面前，只是自己视而不见罢了。

他立即回到了驾驶室，由于动作过猛，险些撞在正在苦思冥想的慧慧身上。

“你又在抽什么风？”

“欢呼吧，名侦探高云大人已经把案件解决了。”高云露出不可一世的笑容。

在慧慧鄙夷的目光下，高云如同宣讲的政治家一般，开始讲述自己的推理：“回想一下。自从找到暗夜号以来，我们一直在被各种各样‘不对劲’的事情困扰。只是由于两具尸体的发现，加上幽灵的搅局，这些疑问被我们抛到了脑后。

“在发现暗夜号时，你便注意到它外表的花纹与设计图不一致。之后还发生了许许多多的事情：仓库中的货架材质居然不一致，培养皿的控制计算机中只有两条使用记录，杨舟和朱莉的 DNA 检测结果与数据库的差异达到了 5%；最夸张的是，上层走廊的尽头居然少了一间寝室。

“除此之外，还有一个更大的谜团没有解开。即便朱莉是被菲杀死的，她死后房间一直处于密室状态也是事实。在这种情况下，拾荒机器人怎样进入房间将生活用品取走？

“最后的疑问是菲。如果杀死朱莉的确实是她，她的记忆又是如何消失的？

“所有的疑问，都可以用一句话解释。”高云伸出食指，在空中摆了摆——“此处并不是真正的暗夜号。”

高云的推理如同一枚重磅炸弹，在慧慧的头脑中掀起一阵风暴。许久，她开口道：“别胡闹了。这里不是暗夜号，又会是哪里？”

“这是一艘仿造暗夜号建造的太空船。”高云笑了笑，“只是还原度不是很高罢了。”

慧慧一副怀疑的神情：“即便我相信你，又是什么人建造了它呢？”

高云指了指已渐渐模糊的白衣少女：“建造太空船的人，就是菲，而那些机器企鹅就是她的工具。”

慧慧哼了一声：“造船的材料去哪里找？”

“别忘了，这里是太空墓场。”

慧慧用力地咬着嘴唇，这是她思考时的习惯性动作。少顷，她点点头：“太空墓场在长久的岁月中经历了拾荒者的洗劫，原材料早已相当匮乏。即便菲成功操作了区域内的拾荒机器人，毕竟巧妇难为无米之炊，她也只能造出一架并不完善的暗夜号。”

“这样一来密室内生活物资消失的问题也得到了解释。”高云继续了他的推理，“生活物资并没有消失，它们根本就不存在。拾荒者们早已将墓场中的生活物资洗劫一空，因此在重建暗夜号的过程中只得放弃了这一细节。”

慧慧双手叉腰，质疑道：“这个推测有些离谱了。即便菲重建了暗夜号，‘人’的问题又如何解决？别忘了，我们可是找到了杨舟和朱莉的尸体，DNA 检测结果是不会骗人的。”

高云微微一笑："还记得吗？培养皿被使用了两次。杨舟和朱莉，两个人，两次克隆生物培养。"

慧慧感到周身一阵恶寒。

高云继续解释道："逃离原本的暗夜号时，菲一定只携带了非常少的物资，因为朱莉告诉我们，太空船的能源即将枯竭。据我的猜测，除了存储自身的硬件以及少量工程机器人外，她只携带了杨舟和朱莉的基因、他们身上的衣物、杨舟的推理小说，以及朱莉的笔记。证据是杨舟房间内的兵器图鉴，它比推理小说要旧上许多，因为它是从太空墓场中收集的。在战场中找一本有关兵器的纸质书，应当并不困难。

"也许是拾荒者们对科研装置不感兴趣吧，总之，菲十分幸运地找到了能够正常运作的培养设备。借助杨舟和朱莉的基因，她成功地培养出了两人的克隆体。为什么他们与本体的基因相似度只有95%？因为克隆人的情况，正是相当于生存环境迥异的同卵双胞胎。

"接下来的故事就简单了。这两个克隆人也许压根就没有产生自主意识，它们在培养皿中快速成长着，直到与杨舟和朱莉的体型相近。最后，菲利用两个克隆人重现了杨舟和朱莉在暗夜号上的死亡现场，等待着客人的到来。尽管这个现场并不完美，但关键的信息，例如血迹和密室，都得到了充分的再现。"

"可是……菲为何要这样做呢？"慧慧问道。

高云将朱莉的笔记展示在慧慧面前："下面的故事我并没有找到确切的证据，因此只是推测。朱莉在最后的时刻做出决定要将菲'带走'。对于即将死亡的朱莉而言，这句话意味着她要同杀死自己的AI同归于尽。AI并不存在物理死亡的概念，因此朱莉所说的'带走'，应当是将菲的记忆格式化。

"朱莉死去后，菲也失去了记忆。不知过了多久，菲再次启动；看着暗夜号上的情景，她完全不知道发生了什么；菲想要操作太空船离开，可暗夜号剩余的能源早已不足；最后她做出了决定：将暗夜号的信息扫描并记录下来，只带着最少的物资逃走，再寻找机会将记录的信息再现。”

“这样的话……”慧慧一面咀嚼着惊人的真相，一面问道，“我看到的菲扭曲的影像又是怎么回事呢？她将我们留下就是为了解开真相吧，没有理由恐吓我们啊！”

“那并不是恐吓。”高云笑道，“想要在各个角度完美成像，激光器的位置设计必须经过严密的计算，而在墓场中拼凑出的暗夜号自然不具备这样的条件。所以你看到的扭曲的人形，只是因为成像角度不佳，图像变形了而已。”

解释完所有的真相，高云看向了白衣少女：“这就是全部的真相。你满意了吗？”

菲没有再说什么。她的身影逐渐模糊，最终完全消散在空气之中。

返程途中，慧慧依然在思考着暗夜号上的林林总总。解开真相之后，拾荒机器人们便将小型太空船送了回来。但慧慧仍有几个疑问堵在心口，令她无法释怀。

“我还是想不明白。”她瞥了一眼正在专心驾驶的搭档，问道，“如果想要解开谜题，菲有许多办法可以选择。为何她偏偏选择了‘再现现场’这样复杂的方法呢？”

“还记得吗？投影技术是为游乐场设计的，因此，配套的AI一定也为游乐场做了优化。”

“那又如何？”

高云笑了笑：“鬼屋和密室逃脱可是游乐场的常规项目。”

顺着高云的解释，慧慧回想起神秘的委托人来。对方为何会得知暗夜号的位置？他们想要的究竟是什么？

被格式化记忆的菲，如果发送求救信号，第一选择一定是她的制造商。

于是制造商得知了在宇宙的深处，有一个已经过时的AI，做出了重建太空船这种出乎意料的事情。他们一定想要将菲回收，研究后再次投入市场狠狠捞一笔吧！然而菲所在的位置却是险象环生的太空墓场，派出正规回收舰队的成本太高；综合考虑之下，制造商便用更加经济的价格，雇用了生活捉襟见肘的他们。

“这群可恶的有钱人！”慧慧禁不住骂了出来，“他们手中一定掌握了更加准确的信息，却什么都不肯告诉我们！”

高云哼了一声：“如果被你发现了菲的商业价值，他们岂不是没钱赚了。”

一边是眼睁睁看着他们涉入险境的委托人，一边是拼命想要将真相还给死人的AI。究竟哪一边更有人性呢？慧慧一面思索着，一面偷偷看着高云的侧脸——临走前，他拷贝走了菲的程序文件，却将菲重启以来的记忆数据永远留在了暗夜号上。单纯的程序文件对制造商毫无价值，却是他们索要赏金的有力筹码。

想必这就是高云的报复吧。

“快看！”耳边突然传来高云的呼声，将慧慧的思绪拉了回来。顺着男人手指的方向，慧慧回头望向渐渐远去的暗夜号——无数的企鹅型机器人排成少女的形状，对着离去的二人，微笑着。

首次发表于《银河边缘001·奇境》

风雪夜归人

◎ 王诺诺

在地球上的时候，我仰望星空，我是真真切切地想去征服它们，可是到了星舰上，我又渴望安定的土壤。如今我们在亚尔夫海姆开拓了一片属于自己的土壤，我又想回家了……

他又做梦了，回忆像画片儿一样在脑子里闪过。

人为什么要离开自己的家呢？

一旦离开了家，梦里就都是家。

去念大学的时候，第一次离开家，那时候妈妈哭了，他离开家是为了接受教育，为了自己有一个好的前程。

参选宇航员的时候也离开了家，妻子哭了，那一次是为了理想。为科学做贡献，有牺牲是正常的。

出发去地球的时候，算是彻底离开了家，这一次，他自己哭了。

可是母亲已经死了，妻子也走了，他在亚尔夫海姆早就没有了家。前两次明明是没有哭的，如今，他又在哭什么呢？

航天总长对他说："离开亚尔夫海姆，去地球，就是回家了。"

地球，亚尔夫海姆人遥远的故乡。

400多年前，100多个"拓荒者"离开地球，定居10.5光年外的一颗星，那个时候，他们如果做梦了，梦里会有家吗？

一

一阵急促的蜂鸣声响彻舱室，梦被强行终止了。

头痛欲裂中，舰长勉强睁开眼睛，发现自己不是唯一一个从冬眠中被唤醒的人。其他2名宇航员和他一样，都推开各自的冬眠舱，拖着沉重的身子往门廊里集合。

他马上意识到大事不好：这是一次紧急唤醒！从程序启动到人体完全恢复知觉，只用了短短的1个小时。

没有在半休眠模式里多待上23个小时来恢复身体机能，令身体的冬眠

“后遗症”格外明显，比如四肢僵硬酥麻，比如大脑混沌，比如语言能力低下。

但在真正的危机面前，这些都是无关紧要的。

他们所乘坐的北极燕鸥号原计划从亚尔夫海姆（Alfheim）飞往地球（Earth），但路途漫长，即使全程全速航行，到达终点也需要50多年。为了节约时间，舰组施行一年一换的轮岗制——单个宇航员值飞期间，其他人进入冬眠（冬眠状态下器官新陈代谢大大下降，实现“冻龄”）。在这样的轮换模式之下，只有当北极燕鸥号遇上了险情，系统才会同时将所有宇航员紧急唤醒。

那么接下来，他们将要面对什么呢？

“怎么回事？谁是轮值驾驶员？”舰长一边套上值飞的制服，一边向周围的人问道。

“是嘉阳，嘉阳轮值。”

“嘉阳……他是亚尔夫海姆上技术最好的驾驶员，不会有大问题的……”他宽慰其他舰员道，“我们去舰桥看看。”

此时此刻，谁都没有注意到，航天专用的紧身衣下，平日里沉着冷静的舰长正将右手的食指与中指交叠在一起，暗自祈祷。

茫茫宇宙里，航天器如同一叶扁舟。

谁也不知道，接下来，会不会又有一个巨浪向他们打过来？

二

从第一批智人走出非洲起，人类探索未知领域的脚步就从未停止。航天科技的进步把这一进程拓展到了地外空间，从500年前开始，无数地球人告别家眷，乘坐远程航天器飞往星空。

他们中有的人从此消失在茫茫星海，杳无音信；有的人在受尽了辐射、小行星、黑洞和寂寞的折磨后，选择回归地球安度余生；还有极少数的人成为星际移民，在数光年外的类地行星上扎根，修建基地，改造大气，开垦土壤，繁衍后代，直到将他乡变成了故乡。

亚尔夫海姆，就是一个如此诞生的人造伊甸园。

第一艘登上亚尔夫海姆的人类飞行器叫作 Skirnir 号，400 多年前，它登陆的时刻成了亚尔夫海姆纪元的开始。历经十几代人的建设，亚尔夫海姆由一片荒芜之地发展成了繁荣的经济体。如果你从高空俯瞰，这颗星球表面有了大气包裹，云团下是郁郁葱葱的森林和蔚蓝浪漫的海洋。在河流的入海口，人口聚居形成城市群落。到了晚上，照明亮起，城市之间又连接成闪耀的蛛网……

除了星球体积略小之外，它简直是一个翻版的地球。

如此一颗忠实延续人类文明的星球，在被移民的 400 年后，第一次拥有向地球派送使者的能力。

尽举球之力（亚尔夫海姆上没有“国家”的概念，人们视星球各处皆为一体），耗时 40 年，凝结了 2000 名科学家、工程师和数以万计技术人员的心血打造出了精良的飞行器——北极燕鸥号。毫无疑问，这艘星舰代表了亚尔夫海姆最高的科技水平。可是由于是次生文明，亚尔夫海姆号的科技生产水平相比地球还是倒退了几百年，直到近期才造出只能乘坐 4 个人的北极燕鸥号，运力远不及当年从地球开往亚尔夫海姆的 Skirnir 号。

要知道 400 多年前，从地球飞来的 Skirnir 号上除了 100 多位移民之外，还携带着几十万个人类和动植物胚胎，各类建设所需的器械和物资若干。如果没有这些初始的条件，也不会有日后燃遍星球的文明之火。

亚尔夫海姆所有的小学生课本都教过，400 多年前，这 100 多个最初定居亚尔夫海姆的宇航员被誉为“拓荒者”，他们乘坐 Skirnir 号从地球出发，有的人将大半辈子的时间都献给了旅途，有的人在登陆亚尔夫海姆后，担负起培育胚胎、教育幼儿的责任，还有的人冒着生命危险建立了星球上最早的人类定居地。

他们的故事在亚尔夫海姆上四处流传，奠定了这颗星球上的人共同的价值观：探索，坚韧，勇敢。

因为这样的精神，400 年来，一代代人在年轻的星球上坚持建设，逐渐发展出了独特的文明和科技。

因为这样的精神，舰长才会告别家乡，成为自己小时候憧憬的英雄，和“拓荒者”们一样，单刀赴会，向着宇宙深处，不问归期。

因为有这样的精神，即使制造不出 400 年前地球水平的星舰，即使只能承载 4 个人，亚尔夫海姆上的居民还是启动了北极燕鸥号，第一次向地球派出使者。

但是谁又能预测到北极燕鸥号是这样的命途多舛？

传说 1000 年前，地球才刚刚进入电气时代，大财阀用当时最先进的科技修造了一艘空前的巨轮。可是，没等完成它的处女航，它就撞上了冰山，带着上千人沉入了大西洋。

处女航的诅咒也同样发生在北极燕鸥号身上。它在空间中行驶了 30 年后，事故降临了——由于误入高密度星际尘埃的区域，星舰外壳发生大面积磨损。这艘星舰不得不在距离地球不到 5 光年的地方掉头，原路返回亚尔夫海姆。

要知道，此时行程已经过半了！

想起那次事故，舰长就不禁皱起了眉头。

舱内报警的蜂鸣声还未停止，硬生生把他拉回了同样糟糕的现实。舰长边走边思忖，那场事故让星舰元气大伤，宇航员士气低落。如今才刚刚折返，无论是人还是北极燕鸥号，是再也承受不起任何差错了。

从星舰尾部的冬眠舱起，他们走过栈廊、生活区、会议室、机房……一切都风平浪静，没有发现任何异常。但诡异的平静中，也没有见到轮值宇航员嘉阳的踪影。思绪让他们的步伐愈发沉重。来到位于星舰最前端的主控室门前，舰长的一颗心还是吊到了嗓子眼儿。

嘉阳应该就在里面，如果星舰有什么故障，也应该就出在里面。

他做了一个深呼吸，缓缓输入打开主控室的指令。

液压门缓缓打开。

透过门缝，视野一寸寸地变大。

他们看见了，嘉阳就坐在驾驶座上。

一切都符合驾驶规范，双手放在主控界面的边缘上，这样可以避免小动作引起操作失误，背杆挺直，视野清晰，这样对脊柱也好。

只不过——他死了。

北极燕鸥号包裹着命案现场，在浩瀚星海里匀速直线航行，星光从几十光年外照射过来，早就没了温度，散落在三个活人和一具尸体上。巨大的舷窗外是绝对的真空，绝对的真空意味着绝对的静谧。

静谧里嘉阳成了一具木乃伊。

不知道是多久静谧的时光把他风干成为一具木乃伊。他毛发指甲完好，保持着死时的最后姿态，只是血肉已经在干燥无菌的空间里蒸发控干，一具青灰的皮囊下不再有任何生命体征。

此时，液压门才算彻底打开，随着“咔嚓”一声，门扉固定到位。就如同一声快门，炼狱中的景象定格在每个宇航员的视网膜上。

不知道是因为恐惧还是因为绝望，舰组唯一的女性宇航员，杏子，这个时候发出了一声尖叫。

三

“快！快去排查舰体异常！”

不愧是北极燕鸥号的舰长，出色的心理素质和控场能力让他迅速从震惊中回过神来，并以最快的速度向下属们下达命令。简单明了，不容置疑：“格秦，你留在这里负责航控系统；杏子，现在不是情绪化的时候，迅速到机房检查核动力系统！我下去查看生态循环系统和重力模拟装置。我宣布，全舰即刻进入一级警备状态。各位舰员迅速到岗执行任务！”

嘉阳死了，他的死会不会与电脑叫醒他们的原因有关？他是自杀，还是他杀？如果是他杀，那凶手又会是谁？究竟是什么复杂情况？这个情况会不会影响星舰的安全？

这一连串的问题，如同一列高速开来的火车，每个车厢都在宇航员们脑中迅速闪过。但此时他们来不及去追火车，一如没有多余的时间做出任何揣测。

三个人拿起各自的通信耳机，跑着散开。包括女宇航员杏子，她迅速用袖口擦干了眼泪，来到舰桥旁的机房里就位。

接下来的时间流逝得飞快，致密得如同水银一般的空气里，每个人都只听得见输入指令的按键音和自己被肾上腺素加速过的心跳声。几十分钟过后，检修状况陆陆续续从频道中传来：

“报告舰长，核动力系统正常。”

“报告舰长，航控系统正常。”

“……这里是舰长，生态循环系统也没有发现问题。”

这意味着他们暂时安全。

一艘万吨巨轮沉入海底，一百年之后尚可打捞其骸骨，如果北极燕鸥号葬身星海，也许一个浪花都打不起来。

想到这里，舰长擦了擦额头上的汗，真是虚惊一场……

他走向上层甲板，在穿过动力室时看见正在配平方程的杏子。她脸上表情肌凝固，手指飞快敲打输入指令。从发梢到指甲，每一寸紧张的肌肉都说明这个女人正在尽全力地履行一个宇航员的职责，但她的眼睛——那双含着温热泪水的眼睛说明她的内心从未平复。

这不是他第一次打量杏子。

按照轮岗顺序，舰长之后就是杏子。

一个人轮值是相当寂寞的一件事。一年的时间里，窗外的景色几乎凝固不变，手边的工作千篇一律。时间被拉伸到无限长，长得令人忘掉这趟行程的目的地在哪里，长得令他忘记离开亚尔夫海姆时候的雄心壮志，长得令他忘记为什么自己要踏进这艘船。

绝对的孤独每每向他袭来，他都会盼望有人说几句话，哪怕是有人不说话，静静面对面坐着呢？于是杏子醒来成了他枯寂生活里唯一的希望。这种盼望是奇妙的，渐渐地，舰长心里生出一些柔软的东西。

他不喜欢杏子哭。

“好了，杏子。我们上去吧，”舰长拍拍女宇航员的肩膀，“没有大的问题，剩下的一些细节就留给计算机彻底排查吧，跟我上去。”

“明白。舰长……”杏子停下手里的活，可是眼睛里的泪珠没有忍住，在停止敲打键盘的那一瞬间，滚落了下来。她没有用手擦，仿佛这样别人就不会发现她哭了，“我为刚才极不专业的工作态度表示抱歉！”

舰长见到那两滴眼泪，心中又是一紧，摇摇头说：“不用抱歉杏子，嘉阳……”他注意到，随着这个名字的发音，杏子平滑修长的眉毛微微一蹙，又有两颗大眼泪从眼头娩出，于是连忙改口道：“……驾驶员出这种事……我也很遗憾。跟我上去吧，我们得弄明白究竟是怎么回事！”

四

舰桥内的主控室里，格秦的检修工作也进入了收尾阶段。

“计算机排查之后也没有发现问题，是吗？”

格秦回答道：“报告舰长，我负责的主控系统没有发现问题。只是舰载航行记录仪瘫痪了，暂时不能查看航行历史和舱内录像。”

舰长一边摘下通信用的耳机，一边推测：“那就好，这是个小故障……我猜应该是电脑自测到了这个故障，报给轮值驾驶员没有响应，才把我们叫醒的。”

“嗯，很可能就是这样，”格秦表示认同，“所幸这段时间里星舰一直在开阔的星际空间航行，不容易遇到星体和星际物质，开无人驾驶模式才没出什么大问题。不然……我们可要被嘉阳那小子害惨了……”

听到这里，杏子狠狠地瞥了格秦一眼，但他仿佛没有看见。

舰长知道格秦和嘉阳素来不和，也见怪不怪了：“话说回来……刚才真是惊险，我们三个被叫醒以后，什么也没顾上，匆匆忙忙就去排查故障了。到现在连时间都还不知道呢！格秦，现在的日期是？”

“舰长，就像我刚才说的，行驶记录仪坏了，无论是航行日志、监控数据，还是来往通信，嘉阳驾驶期间的所有资料现在都调不出来，就连日期也查不到。”

舰长接着问：“那航行坐标呢？如果导航系统工作正常，坐标总可以利用邻近的恒星定位出来吧？”

“这个是没问题的。”格秦打开定位系统的界面，输入一行指令之后，屏幕上出现了几个代表临近恒星的光斑，有淡蓝色的，有橘黄色的，也有深红色的，不同的颜色代表恒星们的温度差异。而屏幕上这些恒星连线的交点发出闪烁，就代表了北极燕鸥号现在的位置。“我们还在撤退回亚尔夫海姆的道路上，向着母星方向航行。前方距离亚尔夫海姆约 5.2 光年，后方距离地球约 5.3 光年。”

杏子接道：“我是嘉阳之前的轮值驾驶员。在交接的时候，我进行了最后一次定位，当时的位置数据我还记得，舰亚距离 5.4 光年，舰地距离 5.1 光年。对比过去的数据，我们背朝地球，向亚尔夫海姆推近了 0.2 光年。”

“向亚尔夫海姆推进了 0.2 光年……北极燕鸥号星舰的航行速度是光速的 20%……”舰长自言自语道，“从你结束轮值，嘉阳开始驾驶到今天，刚好过去了一年的时间，也就是说，现在是我们离开亚尔夫海姆的第 38 年……按照规定，他就快要换岗了啊。这期间到底发生了什么……格秦，等航行记录仪修好了，把数据调出来我们看看。”

“哦好的，明白了。”

舰长将目光移回嘉阳的尸体，清了清嗓子说道：“现在我们距离母星亚尔夫海姆遥远，发出的请示要近 10 年才能收到答复。所以作为舰长，我有权直接宣布，现在的首要工作就是调查清楚嘉阳的死因。”

“没什么可查的，就是得了急病死了吧？”格秦打断道，他向来尊重舰长，此时却倚靠在液压门上，双手抱臂，一副玩世不恭的样子，“我们都睡着的时候出了事，主控室里又没有打斗或者挣扎的痕迹……何必还大惊小怪呢？”

杏子反驳道：“急病？连叫醒大家的时间都会没有？那得是多急的病？我们登上北极燕鸥号之前，健康和体能的筛查是怎么样的严格，你又不是不知道！起飞之后，一路上星舰都处于封闭的状态，我们接触不到任何病源。更何况……在起飞后的每一次体检里，嘉阳的各项健康指标都显示的是优秀啊！”她显然激动了起来，脸上的毛细血管此时正在舒张，挑起了一层淡粉色。

“那就是自杀咯。在宇宙里漂了那么多年，眼看着走了一半，快到地球了，胜利指日可待了，偏偏船又坏了，不得不返航，算是前功尽弃。我们每个人都沮丧得要命。轮到他一个人值班，所有曾经看过的风景又要换一个方向再次路过，想说话的时候连个说话的人都没有，很容易想不开吧！”

“你不要忘了，心理测试也是健康指标的一项，嘉阳在它上面也从没有出过任何问题。”杏子依旧不肯放过。

“那倒不一定……心理健康的指标跟血压血象可不一样，没有直观的数学标准。如果嘉阳在登舰前蒙混过关，可没那么难……”格秦的声音停顿了一下，变得低沉，“他的情况，跟我们三个可是不同啊！难道……难道你们忘了？”格秦不再倚靠门，站直身子，看着舰长反问道。

舰长叹了一口气，他怎么会忘记呢？

嘉阳，是当年亚尔夫海姆舰组成员里，最后一个被确定下来的人。

五

每个报名参加北极燕鸥号宇航员甄选的人，目的都不尽相同。

有的人为了理想，为了个人的一小步和人类的一大步，可以背井离乡，可以妻离子散，比如舰长。

但格秦很少考虑那么宏大的东西，报名的时候他觉得被选上了就是成功了，而成功才是最重要的。

至少 40 年前，他是这么想的。

参加甄选的时候，他毫不顾忌地向考官透露出自己对浩瀚星海的征服欲，仿佛那些恒星是大航海时期盛产香料的未知岛屿，是西进时期印第安人的部落。入选后考官告诉他，他的野心是难能可贵的，在星际漂流中，理想和使命感会迅速被时间稀释，也许他的野心能够帮助同伴们到达目的地。

让自己从上千人的甄选中脱颖而出的居然是这样简单的理由，他费解极了。但那个时候他还年轻，这种念头在脑海只停留一下，便转瞬即逝。

他还年轻，还有很多更精彩的东西等着他。

自从被确定为舰组成员，他就成了亚尔夫海姆上炙手可热的英雄。所到之处皆是仰视的眼神，甚至有许多机构邀请他去做关于宇航主题的演讲。

那些话他都背熟了："400 年前 Skirnir 号来到亚尔夫海姆，那些拓荒者不仅仅带来了文明的火种，还带来了勇气和探索精神。现在，把这两件最宝贵的礼物再传达给地球，这是我们的使命！"

他真的以此为使命吗？

他真的懂自己在说什么吗？

他只懂每一次当自己说完这么些话，都会引起一阵欢呼："他还这么年轻，看他说出了多么伟大的话！"老人们拍着他的肩膀为他祝福，孩子们在作文里写道长大要成为他，姑娘们用最火热的眼光炙烤他。

他还年轻。

鲜花和掌声在他进入航天中心的那一瞬戛然而止。

全封闭的生活和训练开始，这意味着他将永别家人和故乡。旅途太过于漫长，即使一切顺利，他到了地球，有朝一日又通过冬眠技术重返亚尔夫海姆，那也是 100 年之后的事，不出意外他全部的直系亲属都早已过世。

那个时候回来，没有了家人，家不是家了，为什么还要回家呢？

这无疑是让人沮丧的，也是英雄们必须要支付的代价。

随着北极燕鸥号准备工作的推进，格秦逐渐熟悉了其他舰组成员，舰长是对飞船动力设备了如指掌的工程师，而杏子是一流的计算机专家，忙碌的训练和与伙伴们的朝夕相处，让格秦对出发的忧思渐渐得到了缓解。

可是真的得到了缓解吗?

就在航天局挑选最后一名舰组成员的时候，亚尔夫海姆的航天总长，也是北极燕鸥号的总指挥为他们带来了一个人。

格秦清晰记得嘉阳第一次出现在自己面前的样子。

他看起来年龄不比自己大多少，却莫名其妙添了一些浑浊的粗粝感，甚至站在年迈的航天总长身边，也丝毫不觉得他身上有多少新鲜的活力，这一点在和他双眼对视的时候感觉尤为明显。

嘉阳不高，只在一米八出头（亚尔夫海姆重力略小于地球，导致成年男性平均身高超过一米九，一米八的身高实在要算个小个子了），好在五官深刻，也算是出挑。刚刚见到伙伴，他没有任何尴尬，大方地打量每一个人。

“他叫嘉阳，之后将会和你们一同登上北极燕鸥号，”总指挥简洁地说道，“这样 4 名舰组成员就算是到齐了。可以尽快进行配合协作式的训练了。”

“请……先……先等等，总长。我相信您的眼光，挑选出来的宇航员一定是人中翘楚，但就这么定下来，是不是有点草率了？”舰长犹豫地说道。

“作为舰长，你肯定有你的顾虑，这一点我明白的。”遇到舰长的质疑，总长似乎丝毫不感到意外，和颜悦色地解释道，“嘉阳他是一位学者，亚尔夫海姆上没有多少人比他更加精通地球文化了。你们一路上少不了他。另外，让他加入你们，也是航天中心最高指挥部多次协商后的决定。”

“总长，我能不能讲两句。”这一次是格秦，总指挥点头示意他继续说下去。“虽然北极燕鸥号上配备最先进的生态循环系统，能把废物生成宇航员生活所需要的资源，但以我们现在核引擎的推进力，再先进的循环系统也不能做得太大，只能供 4 个人生活。我们只有 4 个名额，每一个都非常珍贵。所以选出来的几个舰员，每一个都必须有无法取代的一技之长，一些在长途飞行过程中能帮得上忙的一技之长。”说到这里，格秦似乎犹豫了一下，看了一眼嘉阳，继续道，“恕我直言，我不认为在数十年的长途飞行中，一个搞上古文化研究的学者能帮上什么忙！”

航天总长没有生气，而是饶有趣味地打量着驳斥他的年轻人：“你就是上个礼拜入选的格秦，对吗？”

“是的。”

“据说你面试的时候说自己就是为了征服宇宙而生的？你从上航天学校的那一天开始，就被称为天才宇航员？因为身体素质和心理素质优异，在你手里的航程，无论是大错还是小错，从来都没有出现过，是这样吗？”

“是的。”面对领导的赞扬，年轻的宇航员没有谦虚和推脱，而是略微点点头，“但那些都是过去的荣誉，我现在最关心的事情，是北极燕鸥号的未来，是我们能不能顺利到达地球。”

“很好，你能这样想很好。为了北极燕鸥号的未来——嘉阳更有必要加入”，总指挥坚定地回击道，“资料里显示，他的无差错飞行里程，比在座所有人的总和还要多。现在，你们还怀疑他是否够格吗？”

话音落下，会议室里的几十双眼睛都投向了领导身旁的潘阳，这些眼睛包括了三个舰组成员的，包括了航天中心工作人员的，惊讶的，怀疑的，恶意的。

嘉阳安静地承受着所有目光落下那一刹那的重量，也安静地看着格秦与总指挥的争论。

“他……他看起来不会超过 30 岁！累计无差错航程怎么可能比我们三个加起来多呢？如果真存在一个那么厉害的驾驶员，他早就出名了，我们早该知道了！”

“格秦……你注意点。”杏子在一旁小声提醒道。

“不是你们三个，是这十几个人的总和。”

“这……不可能！”格秦认为这样的设定已经超越了他的认知，下意识反驳道。

航天总长收起和颜悦色的语调，扬起眉毛，不怒自威：“你是在怀疑我信口开河吗？嘉阳的档案放在军部，属于保密的S级别，真实性还轮不到你来质疑。我刚刚说过了，航天中心最高指挥部已经做出了决定，嘉阳加入北极燕鸥号舰组。从今天开始，你们将作为一个团队无条件互相信任，共同配合完成工作。”

总指挥缓缓扫过每一个人的脸，示意这个话题不必继续讨论，舰长却这个时候不合时宜地站起身：“总长，我能理解格秦的顾虑，我们三个人都是成功通过数月的体能和心理考核，才得到入选舰组通知的。背景和能力，都有清晰的数据记载。我们的所有信息，就像纸一样摆在大家眼前。”舰长条理清晰，徐徐道来，他看见周遭的工作人员向他投来赞同的目光，便继续说道：“而星舰将在太空中飞行数十年，舰组成员间互相信任的前提就是互相了解。可是今天，嘉阳先生就这样突然被确定成为我们的一员，没有进行公开筛选，背景资料又在军部，我们无权接触到，不能开诚布公，恐怕我们很难良好地配合……”

总长刚想反驳，一直安静的嘉阳开口了，他站起身来面向舰长，声音温和，但刚好能让会议室内的所有人听见：“我从前就听说选定的舰长逻辑和口才都好，刚才是见识到了。我入选北极燕鸥号也不是高层的草率决定。说实话，我经历的考核时间远比每一位舰组成员都长。但我的档案确实属于军方保管，不便向所有人公开。口说无凭，倒是有个折中的办法：我愿意在训练中接受大家的考核，如果在准备和训练期间，我的各项分数，无论是理论知识、器械操作还是心理素质，其中任何一项低于你们中的任意一人——”此时他停顿了一下，看了一眼格秦，“那么，我自愿退出舰组。”

“等到那个时候退出又有什么意义，浪费了那么长时间，会错过发射窗口——”坐在格秦身旁的杏子使劲儿揪了一下他的衣服。

“适可而止吧，格秦，就按照嘉阳说的去办。”航天总长说道，他站起身子，对着嘉阳站定，他用手指摩挲着下巴的花白胡茬，点了一下头，眼神里满是关切，但又不似简单的长辈对晚辈的爱护，更像是一种共振，有一种惺惺相惜的情感，掩盖了虹膜后面的光。但他又迅速关闭这个共振豁口，焦虑地闭上眼，摇着头踱步走出会议室外。

紧随其后的是数十名工作人员。

于是会议室里只剩下 4 个人了。

4 个会在不远的将来，要代表这个移民星球第一次飞向地球的人。4 个即将在狭小空间里共处 50 多年的人。4 个没法去问前程和命运的人。

门被带上，光线暗下来一半，室内还留着争执过后特有的那种尴尬。

“啊……还没有正式打招呼呢。我的名字，嘉阳，你们刚才已经知道了。从今天开始，还请多关照。”

嘉阳的脸上，第一次露出了和他年龄相称的笑。

六

“所以你们都还记得吧？当初他是怎么加入进来的？没有经过任何背景调查，象征性做完了健康测试就开始训练了。所以说，他在航行过程中出了任何问题，我都不会觉得奇怪。”

格秦冷漠的声音把剩下的两人从回忆中拉了出来。

一个音容笑貌尚且明晰的人，如今变成了一具木乃伊，杏子觉得难受极了："他在后来的考核中，成绩确实没有比我们任何一个人差。就算没有背景调查，又有什么区别？"

"这个区别真是大了。你们难道不觉得奇怪吗？所有我们能看见的关于嘉阳的信息，都破绽百出。比十几个资深宇航员的安全里程数加起来都多？他年龄就摆在那里，根本飞不了那么远。还有，什么地球学学者？亚尔夫海姆上的所有大学100年前就不教这门课了，学地球学的人早就死得差不多了，他上哪里去学？"

杏子一时无法反驳，只有保持沉默，但这倒助长了格秦的兴致："一开始，我以为他只是高层塞进来的关系户，后来发现事情可没那么简单。他训练的时候总是一副平易近人的样子，可到独处的时候，却又是思虑很重，鬼鬼祟祟的样子！我猜，他很可能是被派来监视我们这些舰组成员的。航天总长那样力保他，说明了他和高层的关系绝不一般。高层把他插在我们中间，所有考核通通给他放水，就是想让他把所有人的一举一动悄悄汇报上去。"

"你这样说太过分了……"

可是格秦没有被打断："你们应该听说过吧，关于北极燕鸥号是否应该去地球，当年航天局里是有过一派激烈反对的！我想，他一定是反对派安插进来的。说不定，就是他！他偷偷修改了运行路线，让机体受损，害我们不得不返航！可惜啊可惜……根本就不适宜长途航行的心理素质，还偏要硬跟着一起来……落得自杀的结果……"

杏子觉得很荒唐，半晌，叹了一口气："秦格，其实我能理解你。出发的时候，你就是我们之中对这趟行程最积极的。我能明白遇到任务失败这种事，肯定最不好受的是你。但……就算这样，你也不能在没有证据的情况下就信口开河，把怨气全发泄到嘉阳身上啊。"

舰长接道：“确实，把那场事故算到嘉阳头上是不妥的。出事之后我们都做出了放弃继续向地球航行，立即返程的决定。当时反对这个决定的人，只有嘉阳一个！”

七

杏子的轮值排在嘉阳之前。她的个性在 4 名宇航员里不算突出的，相比于和所有人打成一片，这个女宇航员更喜欢安静地待在机房里，工作也好，看书也好。

机房在密集排列的设备之外，只留了一扇小窗口，她循着窗口望出去，看不到亚尔夫海姆，却能看到连接着亚尔夫海姆的万里星空。

杏子报名参选北极燕鸥号舰组成员的时候，就知道路途中的大部分时间将与虚无为伴。当时她觉得这是一件好事。

反正她也不怎么喜欢人群。

上学的时候，即使没有课，她也总是一个人在图书馆里。图书馆里保留了这 400 年来陆陆续续从地球传来的资料，亚尔夫海姆上的学者们将它们拼凑整理，地球的历史和文化就得以重现，并在亚尔夫海姆上延续下来。这些书是有魔力的，常常一本书翻完，她抬头一看，发现窗外的太阳变得又红又凉，大半个儿已经下了山。

她看着那只剩下一半的薄薄的暖团，心里就想，地球上的太阳是不是也是这样？群山把它吞进去，让它不冷，一个黑夜过了，在天还不亮的时候，又从海里一点儿一点儿地吐出来？

吞吐 1 次是一天，吞吐 100 次是一年，吞吐 10000 次是一辈子。

地球上的一天、一年、一辈子分别又是多长？她的眼睛，是在 10 光年外进化出来的，是不是到了地球，那里的太阳发出的光，会在眼睛里呈现出更美的颜色?

她在心里构想一个世界，那里的太阳是什么样，那里的城市是什么样，那里会有什么样的人。渐渐地，真实存在的世界就变得不重要了。无关重要的人从她的生命里进进出出，可有可无的事在身旁纷纷扰扰。

有时候她觉得自己不属于亚尔夫海姆。

“总有一种奇妙的感觉，仿佛地球就是我的家，我想回家看看。”30多年前，面试北极燕鸥号舰组的时候，她这么对航天总长说道。

“回家……作为拓荒者中最后一个剩下来的人，我也有这种感觉，”航天总长若有所思道，“可是你知道吗？这一路，实在是太长了！任何坚定的动力，在宇宙的浩大面前很容易被压缩到无限小。”

“任何雄心壮志，在宇宙的浩大面前很容易被压缩到无限小。”

当初航天总长说的这一番话是对的。

星舰飞出了亚尔夫海姆所在的天苑四恒星系后，黢黑深沉的宇宙像一个无底洞，而自己处在无底洞的中央。

上下左右，无论杏子做了什么，皆不会有回音。

在为期一年的轮值期间内，除了机械性重复的维护工作外，闲暇时间她会去做能想到的一切事情。但很快她就发现书是那么不经读，游戏是那么不经玩，在一切事物都变得乏味之后，还是要转过头来面对宇宙里最生硬的虚无。

此时地球上阳光的颜色，自转一圈的时间，花的声音风的香气，变得像一个梦一般虚无缥缈。

那里真的是家吗?

如果是家，为什么那么远呢?

就在她对寂寞的耐受到了极限的时候，其他舰员们的情绪也发生了变化。出发之时最激进的格秦也有了退缩之意，终日心不在焉。原先她和舰长之间是单纯的上下级关系，但现在如果和他独处，她觉得这个原本果决理智的男人在一点点地融化，眼神在融化，语言在融化，她甚至不知道自己是否应该跟着一起融化。

只有嘉阳，作息规律，情绪稳定，一如他出发的时候。

就在此时，星舰出了事故。

作为一名优秀的工程师，杏子向来严格遵守操作流程，一丝不苟地监测星舰在每一时间节点上的坐标和方向。但北极燕鸥号居然还是偏航了。由于误入了高密度星际尘埃，星舰外壳受到了严重磨损。

杏子不能够原谅自己，并不仅仅是因为在她轮值期间犯了不能弥补的错，更重要的是，她在做完舰身检测的时候，内心居然舒了一口气："终于可以回家了！"

"不！不能回去！"一向温和的嘉阳，在这个时候声音因为激动而颤抖起来。

"我们也不想这样……但现在，外壳严重磨损，勉强继续飞，谁也不能保证会出什么问题……"舰长无奈地把头埋在掌心里，不让人看到他的表情。

"我同意舰长的话，继续飞就是送死，我们没必要白白送死。"格秦附和道。

"可是现在我们正处在两颗星的中间点，向哪个方向飞距离都是一样的！何况星舰虽然受到磨损，但是并不影响它正常的运作，不是吗？"嘉阳据理力争。

"你说的没错，以现在的状况确实能飞，但是保护层已经不存在了，我们再也经受不起任何事故了。只要再出一点点差错，再来一次星际尘埃，我们就会像流星一样——大气层里的流星一样，烧得精光！"

“秦格说的有道理，”舰长说，“虽然我们现在到地球和到亚尔夫海姆的距离一样，但是来的路我们是已经走过了的，去地球的路却是陌生的。我们能够保证在返回亚尔夫海姆路上不再遇到危险，可是前方呢？风险太大了，我们失去了保护层……明智的做法是返航。”

杏子看出来了，舰长、格秦和她一样，庆幸这场事故可以把他们带回家，便顺水推舟道：“在我轮值期间发生了这样的事情……现在我们不得不返航，请让我承担所有责任。”

嘉阳站起身子，在舰桥内快速地踱步，这是他表现绝望挣扎的方式：“什么返航！我们只要再坚持同样的时间！同样的时间！我们就到目的地了啊！”

“……好了。这样吧，我作为舰长，本来是有权力决定舰上一切事宜的，但事关重大，我建议我们投票表决。”

杏子点头附和，聪明如她，怎么会看不出来：目前至少三票支持返航，占大多数，投票表决可以轻松地稀释掉舰长“临阵脱逃”的责任。

“同意继续完成飞行任务的举手。”

只有嘉阳一人把手举起来，他叹息一声，痛苦地闭上了眼睛。

“同意放弃任务，返航的举手。”

三只手举起来，就像荒漠里的三株枯树。

八

投票结束后，嘉阳把自己关在房间里，整整两天。

杏子就在门外默不出声地等着。

她在内心里为自己开脱过——虽然星舰是在她轮值期间出的事，但她分明没有操作失误，事故原因未必是她的。而在舰体受损的情况下，返航几乎是一个必然的选择。他们能否到达目的地，到了地球之后又会有怎样的遭遇，他们已经厌倦了未知。这场事故间接结束了除了嘉阳以外，其他三个人的无期徒刑。

是好事。

但舰长宣布结果的那一瞬间，嘉阳那一声叹息还仿佛徘徊在耳边，慢慢撕割她的耳膜。

所幸两天之后，嘉阳从门里出来了。他满脸倦容，似乎一下子老了许多，但在会议上的那种痛苦愤怒不见了。他脸上所有表情纹如同无风的大海，一切归于平滑。

“对不起……”

“没什么好抱歉的，确实该回家了。”嘉阳的嘴角向上抽动了一下，勉强是笑的。

“你想通了？”

“嗯，想通了，回家。”他眼神里的光又出现了，不同于朝气蓬勃的、会闪烁的星光，更像是一种柔和的、温暖的烛光。

之后的日子里，嘉阳很快恢复了精神，甚至加入团队一起完成了会飞船转向的工作。他每天作息规律，待人也如往常一般亲切。

就在北极燕鸥号转向成功，正式飞向亚尔夫海姆的那天，他甚至还劝慰了一直闷闷不乐的杏子：“就要回家了，你怎么还不开心？”

“我原来一直以为，地球也是我的家，我以为我能够去地球的。”

“一个人只会有一个家。你这一路上每天都生活在煎熬里，不快乐，一个不快乐的人怎么可能是走在回家的路上呢？”他摇了摇头笑了，起身，给杏子留下一个背影。

现在想来，那种状态实在不像一个会将飞船驶入星尘的人，更不像一个会轻生的人。

在嘉阳的尸体面前，杏子对两位同事说道：“他不可能是高层安插在我们中间的人，更不可能自杀。他是一个想清楚了事情，就会坚持下去的人。他对我说过，他愿意回家。”

“那……你的意思，是他杀咯？”格秦问。

“……不，那也不是的。”她支支吾吾道。

“这艘星舰正以光速的20%飞行，不可能有人进出，如果不是自杀，那么凶手就在我们几个人里……你是在怀疑我们吗？”秦格继续推论下去。

“我不是这个意思……”

“好了好了，这样争论下去也是没有意义的。等航行记录仪修理好了，我们把这段时间的资料调出来，不就知道结果了吗？”舰长揉着太阳穴，只想终止这次对话。他向来以理性和沉稳著称，遇到了这样的情况，竟然也无法处置。谁要他当年在亚尔夫海姆大学学的是宇航呢？要知道，他们学技术的，最看不上的就是学航天法、宇宙刑侦学的那种文科生了。

“无论如何，现在嘉阳就这样坐在驾驶位上，实在是不合适的。我们把他搬回休息室里，等回了亚尔夫海姆再隆重下葬，也希望他能够安息吧……”杏子提议道。

这一次，她的话得到了其他人一致的同意。

他们将原先扣在嘉阳身体上的安全带一个个松开，就在尸体抬到空中的一瞬间，一节木棍从他宇航服上衣的口袋掉了出来。

“这是什么？”舰长问道。

“一截木头，中间有个凹槽……我从来没有见过，不是星舰上的东西，是从亚尔夫海姆上带来的吗？”

“我看看。”杏子接过，仔细地端详起来。

这是一截木雕。一段食指长的木枝被雕成了柳叶状。两头尖细，向上翘起，中间段滚圆的地方被凿出一个半指宽、一指长的凹槽。这像一艘地球古代时候的小船，但它的刻工实在粗糙，又因为有人时常把玩的缘故，原本凹凸不平的外表裹上了一层包浆，实在难以辨认。沿着船舷，杏子隐隐摸到了镂出的花纹，再把船举起，对着光看，似乎才看出了什么。她将船攥在手里，不再说话。

“这是什么？”

“波利尼西亚人的独木舟。”她低声说道。

“独木舟？那是什么？”其他二人问道。

九

杏子当然认得独木舟。

她被排在嘉阳之前轮值，每当她完成了自己的任务，就会启动唤醒程序让嘉阳醒来。此时她若不急着入睡，两人就会有一小段共处的时间。

生态循环系统将室内温度常年控制在 23 摄氏度，令人没有冷热感觉，窗外星光清晰可见，似乎都在移动，但定睛一看，又似乎谁都不曾移动。

刚刚完成值飞任务的宇航员终于获得难得的放松，杏子这个时候比往常的话要多一些。“离开亚尔夫海姆 22 年了……整整 22 年了！”她感慨道。

她语气里阴郁的成分显而易见，但嘉阳选择忽略它，说：“是啊，等你再醒过来，咱们就走了一半了——”他指向窗外，“天狼星……看见了吗？它也越来越亮了！我们离地球真的近了。”

“在哪里？”杏子循着他的手指方向望去，可是没有了大气的过滤，银河里的星星多得连成一片，她费了一番功夫才能找到具体的一颗星，“看到了，这颗星星有什么特别的？”

“它是地球夜空最亮的一颗星，冬天的晚上，天狼星所在的大犬座是地球人看到最耀眼的星座之一，我们看它越来越清楚，说明离地球越来越近了。”

“大犬是什么？是狗的意思吗？”

嘉阳笑了：“对，是狗。你的地球学还学得不错呢，居然知道‘狗’是什么意思。我以为亚尔夫海姆上像你这样的年轻人都不存在了呢！”

“像我这样的年轻人？明明你自己也是年轻人啊！”杏子觉得跟嘉阳聊天很轻松，于是便打开了话匣子，“我喜欢历史，还是学生的时候看过一些地球的资料。据说狗是人类最早驯化的动物之一，它有狼的敏锐和战斗力，但又对人特别忠诚，书上总说它是‘人类最好的朋友’。我不太明白，为什么拓荒者没有把狗带上亚尔夫海姆……”

“因为离地球太远，运力珍贵，当初拓荒者带到亚尔夫海姆的动物胚胎都是精心挑选的。他们仔细计算了稳定维持一个生态系统的最少的物种，狗就不在里面。这很好理解，它早已被人类驯化，在野生条件下没有生态学的意义了。而对人来说，在石器时代过后，人类的蛋白质来源已经由狩猎转向了养殖，狗更像是宠物而不是帮手。带着它来亚尔夫海姆，显得太多余了……”

“……当初航天总长告诉我们你是个地球通，我们看你那么年轻还不信呢！”

“……总长过奖了，他才是真正的地球通。”嘉阳推辞道。

“可是他和你不一样啊，他在地球上生活过，他是亚尔夫海姆活着的最后一名拓荒者！”

“最后一名拓荒者啊……”嘉阳自言自语。

“……他是400年前跟着Skirnir星舰来到亚尔夫海姆上的拓荒者！参与了星球最初的建设，后来通过冬眠技术成为了时间移民，在这个时代苏醒，负责北极燕鸥计划。虽然航天总长的档案属于S级……但这在航天中心已经是公开的秘密了。这些……你难道不知道吗？”

“我知道一些。”嘉阳望向窗外。距离他们启程已经过去了 20 多年，即使采用了轮值，每位宇航员也老了五六岁。想必这个时候，当初已经白发苍苍的航天总长在离乡万里的亚尔夫海姆上早就过世了吧。

杏子没有注意到他陷入了思考，只是自顾自说道：“我看历史书里，总是说地球是一个很好的星球，地球人又是最恋家的。所以我就想不通了，那些拓荒者们，包括航天总长在内，他们当时为什么要离开那么好的地方呢？他们不会想回家吗？”

“那，你现在又为什么要离开家呢？”

“我……”星舰出发之后，杏子曾经无数次后悔离开亚尔夫海姆，此时此刻，面对嘉阳的提问，她自然无言以对。

嘉阳继续说道：“写历史书的人，八成也没在地球生活过。他写的‘历史’，也不过是亲历者的第二手资料罢了，而有些事情……从地球来的人是不会讲的。”

“什么事情？难道地球没书里写的那么好吗？”

“那倒不是。这一点书没有写错：地球是人类的原生星球，那里有孕育这个种族的土壤，资源和生态系统远比亚尔夫海姆来得丰富，无数伟大的人在那里演绎过伟大的故事。只是……这告诉你也无妨，当初那些拓荒者离开地球，是被迫的。”

“难道他们不是为了探索宇宙吗？就像我们现在这样？”

“他们是不得不走。地球上科技发展迅速，底层劳动者的工作逐渐被机器取代，巨大的失业浪潮就来临了。与此同时，阶级高度固化，富人永远是富人，穷人则再也不被整个社会所需要。

“为了让自己的后代得到一个还算有希望的未来，一部分来自社会底层的人自愿签下协议，将自己的后代撒入茫茫宇宙寻找新的机会，代价则是他们将永远不能在地球生育。最早来到亚尔夫海姆的一万个胚胎就是这些穷人的后代。

“至于那些拓荒者……他们也不是什么地球勇士，都是一些走投无路的人，生活所迫才铤而走险。Skirnir号离开地球的时候，没有欢送，没有仪式，他们乘坐的星舰和星舰上携带的拓荒设备，是故乡对自己最后的一点资助。就在那么一个寒冷安静的晚上，星舰只有一道光，星空里一共就这么一道光，他们就独自走了。”嘉阳的脸上露出了忧伤的颜色。

杏子困惑极了：“你为什么会知道这些……”

“航天总长，他是我的老师，他在亚尔夫海姆大学任教的时候教过我，他告诉我的。”

“原来如此……你是他的学生！我们一直好奇为什么他总是对你高看一眼，为什么不早说！”

“怕你们说我走后门啊……”

“那你再跟我说说地球上的事情。”

“你就那么想知道？”

“是啊，我向往地球才上了北极燕鸥号，但这几十年的飞行实在太漫长了，我甚至都开始怀疑，是不是关于地球的一切都是杜撰出来的，我们根本没有那样一个‘故乡’。”

嘉阳从口袋里掏出了一截小木头：“你知道这是什么吗？”

“不知道。”

“它叫独木舟。当然，这是缩小的模型，真的比这个大很多。是可以坐人的。”

“坐人？”

“对，看到中间那个凹槽了吗？那个凹槽就是坐人的地方，一条独木舟可以载1到4个人。6000年前，源自中国华南的南岛人就是用它渡过大海，将文明散播到大洋中央的波利尼西亚群岛上……你学过地球地理的对吧？知道太平洋吗？”

“我知道。太平洋是地球上最大的海洋，海上又时常有巨大风浪，这种只能坐两三个人的人力小船，怎么可能划到大洋中央？”

“当然不是一次性划到海中央。他们每到一个邻近的岛屿就会在那儿定居繁衍，等人数达到一定规模后，又坐独木舟出发。耗费几千年、几十代人，他们就这样一个又一个地征服岛屿，从马来群岛，到大溪地，再到巴厘岛，一直到太平洋中央的夏威夷群岛，南太平洋的新西兰，世界最边缘的复活节岛……”

“遍布整个太平洋？”

“是的，遍布整个太平洋。事实上，太平洋中央的那些波利尼西亚人可能从来没有看见过大陆，也忘了自己的祖先究竟来自哪里。但你仔细研究他们的文化就会发现一致性。一样的文身文化，一样的草裙舞，一样的图腾柱，当然包括他们的独木舟也是惊人地相似的。来自南亚的文明在他们身上得到了延续。”

“亚尔夫海姆就像一个岛……地球就像大陆……”杏子喃喃道。

“是的，你很聪明，南岛人对太平洋的征服，跟后来人对宇宙的探索是多么相似！你出生在亚尔夫海姆，从未到过地球，可是你的表达方式，你习惯的社会构架，你身上的每一滴血、每一个细胞都来自地球，你会的每一种语言、说的每一句话都起源自地球。你的存在本身，就印证着地球的存在。”

“你的意思是，我身上的一切都是地球存在的证明？”杏子迟疑地说。

“我知道，这些你理解起来都是很抽象的。其实不仅仅是你，当初很多航天局的高层也反对过北极燕鸥号的提案。他们觉得没必要浪费资源去地球，因为地球如今怎么样，他们对我们的态度如何，这些已经很难琢磨了……亚尔夫海姆人离开地球太久了……已经忘了家的感觉。就像蒲公英的种子，飘落在远处生根发芽之后，就跟自己的母株再无瓜葛。”

“那后来，北极燕鸥号……这个提案还是在内部通过了？”

“那要感谢航天总长，他极力推动了这个决议。这艘舰的名字就是航天总长命名的。北极燕鸥是地球上迁徙路途最远的候鸟。每年，它们都要从南极飞回北极，回到出生的地方繁衍。航天总长一辈子想返回地球，可惜已经没有机会了。”

十

三位宇航员将嘉阳的尸体安置在他自己的床上。

在北极燕鸥号上，宇航员能够携带的私人物品非常少。这让整理遗物的过程变得很简单，所以一些细小的物件，哪怕再不起眼，也能很快引起他们的注意。

“这是什么？”

“一封信。”舰长解释道，“在地球上的人发明电子文档之前，他们用笔把字写在纸上来传递信息。”

“但这又有什么用，他为什么会带这个？”

“可能对他来说是有纪念意义的东西。我们打开看看？”舰长说道。

信纸的一面却写满了字。

嘉阳：

没想到，我们最后一次联系用的是这种古老的方式。电报民用化前，如果人离家出远门，靠的都是写信。

你说当时出远门的人，信上会写些什么呢？

问候父母康健，报个平安，零零散散，琐琐碎碎，啰啰唆唆。

可是我在地球已经没有父母了，更没有人在意我的平安。

你要和那群孩子一起走，我很羡慕，年轻真好，能回家真好。

我们从地球出发的时候，年龄差不多也和他们一般儿大吧？可是没有他们那么好的条件，什么荣誉、使命，都是没有的。电脑的运算结果里，航行方向的无限远处有一个恒星系，据说那里有颗行星是适合人类居住的。于是我们就朝着那个方向飞。至于我们会不会到那儿，那儿有什么等着我们，一切都是不知道的。

路上冬眠时间最长的人就是我俩，这到底是好事，还是坏事？

Skirnir 的主驾驶一路上都没有冬眠，出发的时候他跟我们一样大，到了亚尔夫海姆变得头发全白，垂垂老矣。登陆基地建成以后，没过多久他就去世了。

他死前说："没什么好悲哀的，我只是个开飞船的，你们接下来要做的任务，可比我要艰苦得多。"

他说的没错，接下来的时间确实是很不容易的，我们逐批孵育胚胎，传授小地球人文化和科学知识，再带着这些小移民开垦荒芜的行星，建设基础设施。

逐渐地，基地初具规模了，第一代移民也长大成人。他们具备地球人的常识，懂得科学文化，有了职业分工，将会在这颗星球上繁衍生息。这颗原本灰白色的荒凉星球上，第一次有了社会的雏形。

而这一切都是我们亲手建造的。

也是这个时候，许多拓荒者谢绝了成为新星球行政管理层的邀请，自愿进入冬眠状态，成为时间移民。

从那以后的500年时间里，他们逐批醒来，参与到亚尔夫海姆不同阶段的建设中。我们俩在冬眠过程中也有过短时间苏醒，但每次醒来都是为了参加过去同伴的葬礼。

他们一个又一个度过自己完整的人生，把生命献给了亚尔夫海姆的建设事业……直到最后，只剩下我们俩了。

最后一个同伴葬在俯瞰首都全城的山顶上。此时的亚尔夫海姆已经截然不同，我们带来的树种遍布全球，一片郁郁葱葱；大气改造终于完成，不再需要穿着厚重的宇航服进行室外活动；永冻的坚冰早已融化，气温宜人，河流从首都中间穿过，像流淌的丝绸……

你就站在这样的山顶上，身后是无限好的风景，却不看它，你面对着墓碑，风把你的声音吹得猎猎作响："是时候回去了。"

宇宙就像海洋。每一艘小舟向它的中心开去，都是为了有一天能够返航。

参加完这次葬礼，你又进入了冬眠，而我则接管了航天总局，开始筹备起北极燕鸥计划。经过40年的努力，长途航行技术终于成熟，计划进入最后阶段。

然后你也醒来了，将作为星舰上唯一一个返乡者和其他舰组成员一起搭上北极燕鸥号。当然，你没有让我们把你的身份公开，说有一天你自己会告诉他们。

我认为这么做不妥，果然，今天把你介绍给那些孩子的时候，他们就把你给呛了吧。特别是那个叫作格秦的，挺有你年轻时候的样子，都是劲劲儿的。是不是所有"天才飞行员"年轻的时候都这个臭脾气？

其实，看着那些被招进来的新面孔，有时候我会非常感慨，在不久的将来，他们会像当时的我们一样，漂流宇宙数十年。如果他们能够真正体会到将要面对的虚无，哪怕十分之一的虚无，他们还会选择上路吗？

理智，野心，理想，这些东西到底能不能够把他们带到目的地？

而地球对于他们来说究竟又是什么呢？血脉模糊的故乡？还是似曾相识的他乡？地球变成什么样了呢？地球人还会记得我们吗？他们又会怎么对待这些孩子呢？

我羡慕你能回家，同时我也庆幸自己不用再遭一遍罪。

年轻的时候，我还在美国上学，偶然间读过一个南美的魔幻现实主义故事，叫作《河的第三条岸》。我们的一生，就像一只漂流在河中央的薰衣草木小船，每个文明则是一条没有尽头也没有源头的河流。

在地球上的时候，我仰望星空，我是真真切切地想去征服它们，可是到了星舰上，我又渴望安定的土壤。如今我们在亚尔夫海姆开拓了一片属于自己的土壤，我又想回家了……

如果是这样，那么他乡和故乡有什么不同？人群和孤独有什么不同？出发和到达有什么不同？

无论你我，永远无法登上河的第三条岸。

你会觉得孤独吗？

也许我们离开家，就是为了回家。祝你回家路上，一切顺利。

你认识了四百年的老友

十一

“原来……嘉阳才是最后一个活着的拓荒者。”半晌，杏子怔怔地讲道。

“如果真的是这样……那他自杀就太奇怪了。”舰长从震惊中回过神来说道。

“哪里奇怪了？”

“他曾经经历这么多事情，从一个星球到另一个星球，从一个时代到另一个时代。开疆拓土，沧海桑田，他都活过来了。怎么可能只是短短一年轮值，就会受不了然后自杀了？”

就在这时，航行记录仪亮了起来，格秦检查之后向舰长报告：“航行记录仪恢复正常了。需要调取嘉阳轮值期间的数据吗？”

“好的，我们也看看这一年里到底发生了什么。一起来吧。”他们再次一起走进主控室。

舰长在航行记录仪上输入一串复杂的密码后，一行行的数据就向屏幕下方生长，渐渐占据了整个大屏幕。

“不可能……怎么会是这样！”

杏子咬住下唇，盯着屏幕不禁呆住了，连格秦也露出了不可思议的表情。

嘉阳轮值了不是1年，而是55年。北极燕鸥号在他们沉睡期间也不是飞行了短短的0.2光年，而是10.4光年！

嘉阳……驾驶着飞船向地球打了一个来回。

在和杏子交接完之后，他就中断了星舰一年一换的轮值程序，整个程序进入单人驾驶模式。嘉阳不愧是最优秀的宇航员，将向亚尔夫海姆飞去的星舰减速，掉头，调整向地球飞去的路线，再加速，这一切他居然一个人完成了。

更不可思议的是，根据航行记录仪的记载，嘉阳仅凭一人之力，执行了北极燕鸥号的原计划——降落地球。

但在这一切结束之后，飞船在地球仅仅停留了三年的时间。短暂的三年地球生活之后，嘉阳又独自驾驶着飞船向亚尔夫海姆返航了。

嘉阳死在了返航途中，死前，他将唤醒系统设置成了自动触发。触发航行坐标是距离亚尔夫海姆 5.2 光年，距离地球约 5.3 光年。刚好是当初交接后，按原计划飞行一年的坐标。

三位宇航员此时被唤醒，坐标、航行、窗外的风景只发生了细微的变化，仿佛刚刚过去一年。可事实上，半个世纪的时间从他们的睡眠中悄悄划过。

“他一个人是怎么坚持下来的？50 多年啊……”杏子用颤音说道。

“报告舰长，航天记录仪里关于在地球停泊的那三年的数据全部被人工删除了！”

“到了地球没有把我们唤醒，把我们全部送回这里？还删除了停留地球期间的数据……这是为什么？！”舰长疑惑极了。

“难道是地球上发生了什么？我们不受欢迎，必须离开？难道地球现在已经不适宜人类居住了？”格秦猜测道。

杏子回答了他：“这不就是我们要的结果吗？当初我们三个人全都投下了反对票。是对继续航程的反对票，也是对探索未知的反对票。现在他把我们如愿送回来了……至于他在地球上发生了什么，我们是永远也不会知道了。”

他们争执不下，谁也没有注意到，在争执过程中，那封航天总长写的信轻轻掉落了下来，背面朝上，字迹与正面的完全不同，只写了一首小诗和一句话：

日暮苍山远，

天寒白屋贫。

柴门闻犬吠，

风雪夜归人。

杏子离开陷入争执的两个宇航员，走过来捡起那张纸。亚尔夫海姆上的人从来没学过诗，更不懂什么是古诗，什么是五绝。她只是觉得这些字连在一起读，韵律还挺好听的。

首次发表于《科幻世界》2017 年 3 月刊

后　记

今年是中国科幻一百二十周年，华语科幻星云奖也将迎来她的第十五个周年庆。值此盛事之际，华语科幻星云奖组委会与中国科学技术出版社签订协议合作出版本套《超新星宇宙——华语科幻星云奖新星奖获得者选集（第一辑）》，全面对外展现中国科幻最新势力的整体形象，终于弥补了多年遗憾，在此深表谢意！

2024年也是“新星奖”走上正轨的第六个年头。早年的华语科幻星云奖有过类似“最佳新锐科幻作家奖”“最具潜力新作者奖”和“年度新秀奖”等奖项。但细看章程，所谓“新锐”“新作者”和“新秀”的定义其实是模糊的。虽然入围者大多都是“八零后”，但他们发表第一篇作品的时间相差甚远，创作经历也各不相同，不具备在“新”这个层面上的可比性。在董仁威、姚海军、吴岩等华语科幻星云奖创始人的支持下，我接手推选工作后的“上任第一把火”就是重启和规范化“新星奖”。组委会从“新人、新锐、新秀、新星”等称谓中选定了“新星”，并在第十届星云奖中正式设立了全新的“新星奖”。

革新后的“新星奖”，最大的变化是进一步明确了定义——所谓“新星”，即在过去三年内正式发表首篇科幻小说、并有突出科幻创作成绩的新作者。此处最关键的一步是要如何认定新星的资格，特别是对作者首篇科幻小说发表时间，以及所谓“正式发表”的认定。前者我们依靠中文科幻数据库的资料检索功能解决问题，即使作者曾换过笔名，数据库依然可以检索到作者的历史发表记录，基本上不会出现“旧人换个马甲变新人”的情况；而后者，我们以《华语科幻星云奖章程》中小说类奖项的参评标准为依托，只有属于在正式出版物上发表或在经过认证的线上平台发表等情况的才符合“正式发表”的条件。

几年下来，这种看似十分“闭环”的新星资格认定规则，很具操作性，避免了很多关于“新星”资格的争议。当然，也因此有些经过规则认定的“新星”出道时间与人们的印象不完全相符。比如说，有的作者大家都觉得很新，但其实其很早就在某个纸质刊物上发表过小说了，只不过停笔几年才回归；有的作者大家都觉得出道很早，但一查发表记录，原来早前都是在非认证的线上平台发文，真正的“正式发表”还要延迟几年。

新星奖重启于第十届星云奖。一开始，我们把新星奖单独作为一个专项奖来评选，专门组建了一个新星工作组来做推荐和甄选工作，邀请韩松老师担任组长，组员有杨平、赵海虹、陈楸帆、江波、宝树、夏笳等七位资深科幻作家，再加上阿贤和我，这也很好地体现了科幻界老带新的传统。工作组用手里的数据资料进行初步筛选，整理出了一份大名单，包含四百多名符合候选资格的新作者——即在 2016—2018 年这三年间正式发表首篇科幻小说的作者。四百这个数字相当庞大，可见那几年新作者涌入科幻创作领域的数量和速度超乎所有人的想象。新星工作组成员们从中遴选出十七名重点考察对象，在阅读其代表作品后又投票选出五名入围新星作者，最终经推选委员会确认。

第十一届的新星奖依然沿用新星工作组推选的方式，但从第十二届起，改为纳入推选委员会的工作流程，与其他奖项一样由一百多位委员通过初选和复选两轮投票来确定入围名单。第十三届开始对荐选工作进行整体改革，变更为申报制，当年新星奖申报数量是四十六名作者。

上述这些复杂烦琐的工作方法和流程变化其实只是片片绿叶，而真正的红花是每届新星奖的入围作家。检点这几届的入围名单，可谓是新星闪耀，星光熠熠。特别是杨晚晴、慕明、段子期等几名金奖获得者，更是众望所归。关于几届新星奖入围名单，我还有几项观察与大家分享。

从平台来看，各类新老平台都能有效地推出新作者。比如说，《科幻世界》近几年的银河奖最佳新人奖获得者，如王诺诺、杨晚晴、未末、分形橙子、鲁般、白贲等，基本上都入围了星云奖的新星奖，可能任青算是一个遗珠吧。名单中还包括未来事务管理局力推的新作者如滕野、赵垒、苏莞雯，获得了中文在线的"首届元宇宙征文大赛"奇想奖的东心爰，以及主战场在起点中文网的天瑞说符等人。所以，从另一个角度来说，新星奖的视野也足够宽阔，只要是创作突出的新作者，无论出身如何都有获得新星奖的机会。

再者，新星奖划定的新手期为三年，意味着一名作者最多有三年参选新星奖的资格。按照星云奖章程，但凡获得银奖的作者，只要第二年还在资格期内，就能继续提名和入围。慕明和天瑞说符都是这样的情况，第一年拿了银奖，第二年还在资格期内，并且又有重磅新作出炉，一下子就摘得金奖。当然，分形橙子最为特殊，新手期连续三年入围新星奖，但都遗憾未能摘金，他的"三连银"恐怕也是个很难打破的纪录了。

从获奖名单分析，基本上最优秀的一批科幻新作者中，性别比例已然相对平衡。自年龄层来看，基本集中在 1985—1995 年出生，既有杨晚晴、未末这样工作稳定后拿起笔创作的作者，也有白贲、齐然这样从学生时代就开始发表作品的作者。

那么，获得新星奖之后，这些获奖者的发展又如何？可以看看杨晚晴、慕明、段子期等人，他们都出了自己的选集，也有非常厉害的新作品不断面市，有的甚至获得了星云奖小说类金银奖。这是我们设立新星奖最希望看到的一幕，毕竟，新人存在的意义就是要给行业输入新的血液，继承与创新是新人们的历史使命，而新星奖存在的意义正是为了见证和推动这一切的发生。

期待他们成为科幻宇宙中一颗颗耀眼的超新星！

三　丰

2024 年 4 月 2 日